Charlotte Lyne

Kinder des Meeres

Weitere Titel der Autorin:

Glencoe
Kains Erben
Das Mädchen aus Bernau

Titel in der Regel auch als E-Book erhältlich

Charlotte Lyne

Kinder des Meeres

Historischer Roman

LÜBBE EHRENWIRTH

MIX
Papier aus verantwortungsvollen Quellen
FSC® C006701

Dieser Titel ist auch als E-Book erschienen.

In diesem Roman enthaltene Übersetzungen von Versen aus Francesco Petrarcas *Canzoniere* und Dante Alighieris *Divina Commedia* stammen von der Autorin.

Originalausgabe

Ein Projekt der AVA international GmbH Autoren- und Verlagsagentur
www.ava-international.de

Lektorat: Dr. Stefanie Heinen
Umschlaggestaltung: Johannes Wiebel, punchdesign, München
Einband-/Umschlagmotiv: Johannes Wiebel, punchdesign, München unter Verwendung von Motiven von © shutterstock/Triff; shutterstock/ Steve Heap / © Richard Jenkins Photography / © Bridgeman Giraudon, Berlin
Satz: Dörlemann Satz, Lemförde
Gesetzt aus der Adobe Caslon
Druck und Einband: CPI books GmbH, Leck – Germany

Printed in Germany
ISBN 978-3-431-03906-1

5 4 3 2 1

Für Maren

Wem der große Wurf gelungen,
Eines Freundes Freund zu sein …

Friedrich Schiller, An die Freude

Your good ship, the flower,
I trow, of all ships that ever sailed.

ADMIRAL EDWARD HOWARD AN
KÖNIG HENRY VIII. ÜBER DIE MARY ROSE

Erster Teil

Werftkinder

1511–1524

Nel dolce tempo de la prima etade
Che nascer vide et ancor quasi in erba
La fera vogila che per mio mal crebbe
Perche cantando il duol si disacerba,
Cantero com'io vissi in libertade.

Von der süßen Zeit der ersten Lebensjahre,
In der die rasende Sehnsucht, die zu meinem Unglück
weiterwuchs,
Noch neugeboren war wie ein junger Spross,
Will ich singen, wie ich in Freiheit lebte,
Weil Singen den Schmerz lindert.

Francesco Petrarca, *Canzoniere*

1

Fenella

Portsmouth, 19. Juli 1511

Fenella galt nicht als Zeugin. Wer in späteren Jahren jemanden suchte, der von der Tragödie jenes Tages zu berichten wusste, tat ihre Aussage ab. »Du warst zu jung«, behaupteten die Leute. »Du erinnerst dich nicht.«

Fenella aber erinnerte sich. Jede Einzelheit hatte sich ihr ins Gedächtnis gebrannt und würde dort bis an ihr Lebensende schwelen.

Es war einer jener saftlosen Sommertage, an denen der Himmel weder blau noch grau war, es herrschte eine unbestimmte Kühle, in der man sich ständig den Mantel vor der Brust zusammenzog, weil man einen Windstoß oder einen Regenguss erwartete. Was das Wetter anging, hätte man den Tag vergessen können. Fenellas Heimatstadt Portsmouth jedoch würde ihn so wenig vergessen wie Fenella selbst. Für sie beide war es ein Tag ohnegleichen – der Stapellauf der *Mary Rose.*

Der Tag, an dem der junge König, der achte Henry, seine Stadt besuchen würde. Noch vor wenigen Jahren hatte diese Stadt sich als Verfemte unter dem päpstlichen Interdikt geduckt, und jetzt erwies der schönste König der Christenheit ihr die Ehre.

Fenella mochte ein nutzloses Mädchen sein, doch sie wusste, dass die Stadt diesen Triumph ihrem Trockendock zu verdanken hatte, der Sensation des Schiffbaus, die in Europa einzigartig war. König Henry kam, um seinem brandneuen Schiff den Segen zu geben, ehe es aus der Werft hinausglitt, an Seilen geschleppt und dem Tower von London entgegen.

Monatelang hatten Fenella und ihre beiden Freunde auf

diesen Tag gewartet. Sie waren die Werftkinder, wuchsen auf zwischen den Kammern der Docks, den Winden und Kränen, Hobeln und Sägen und den Schiffsleibern, die wie die Riesen fremder Sagen über der Wasserfläche aufragten. Versteckt hinter Holzstößen dachten sie sich Geschichten aus, in denen sie als furchtlose Helden die Weite der Meere durchsegelten. Die Geschichten, die sich um das Schiff *Mary Rose* rankten, waren die schönsten, die sie sich je erzählt hatten, und sie hatten sie nachgespielt, bis die Geschichten wirklicher geworden waren als die Welt, die sie umgab.

Heute würde die *Mary Rose* ihre Reise antreten. In London sollte sie aufgetakelt und für den Kriegsdienst gerüstet werden, denn der junge König war anders als sein Vater, der vor lauter Geiz den Weg in den Krieg gescheut hatte. Henry VIII. wollte England zu nie gekannter Größe führen, wollte dem Inselreich auf Europas Landkarte einen Platz verschaffen. Er würde sein Schiff wie einen bis an die Zähne bewaffneten Kriegshelden ausstatten lassen. Neben dreißig Kanonen aus Gusseisen sollte sie auf ihr Batteriedeck sieben aus Bronze bekommen, tonnenschwere Vorderlader, die durch verschließbare Geschützpforten auf gegnerische Schiffe feuern konnten.

Jene Geschützpforten waren die neuste Errungenschaft im Schiffbau. Die wenigen, die die Bordwand der *Mary Rose* zierten, waren zwar vorerst nicht mehr als ein Versuch, doch sie setzten ein Zeichen. Ein Schiff mit Geschützpforten, so hatte Fenellas Freund Anthony es ihr erklärt, war zu mehr gedacht als zum bloßen Verschiffen von Truppen. An seine Planung durfte sich nur ein Meister wagen, einer mit der Erfahrung von Jahrhunderten und dem Mut eines Augenblicks.

»Geschützpforten bauen heißt nicht, irgendwo in einen Körper ein paar Löcher zu schlagen.« Während er sprach, furchten sich Anthonys pechschwarze Brauen. »Das Problem ist der Schwerpunkt. Liegt er zu hoch, gerät das Schiff aus dem Gleichgewicht. Setzt man die Pforten aber zu dicht über den

Wasserspiegel, läuft man Gefahr, dass Wasser in den Schiffsleib dringt.«

Fenella war stolz, weil Anthony mit ihr darüber sprach. Andere sahen über Fenella hinweg wie über Treibsel am Kieselstrand, aber Anthony sprach mit ihr, als verberge sich mitten im Treibsel eine Perle. Mit Sylvester sprach er natürlich auch. Was er ihnen von Schiffen erzählte, gehörte zu ihren Geheimnissen, über die sie vor dem Rest der Welt schwiegen wie drei Gräber. Fenella, Sylvester und Anthony. Die Werftkinder, die der *Mary Rose* beim Wachsen zugesehen hatten.

Die Schiffbauer, die sie gebaut hatten, gehörten zu den besten, die in Europa aufzutreiben waren. Der König hatte sie aus Portugal und Genua kommen lassen, damit sie seine eigenen Leute unterwiesen.

»Das ist eine Schande, oder nicht?«, hatte Anthony gefragt. »Unser Land liegt vom Meer umgeben, und dennoch haben wir keinen Mann, der uns ein solches Schiff bauen könnte.«

»Warum haben wir keinen?«, hatte Fenella zurückgefragt.

»Weil sich bei uns kein König je darum geschert hat. Wäre ich König von England, ich würde kein Handwerk so hoch schätzen wie den Schiffbau.«

»Ich wünschte, du wärst König von England, Anthony«, sagte Fenella und stellte sich seine Schultern unter königlichem Purpur vor.

»Ich nicht«, erwiderte Anthony.

»Was wärst du dann gern?«

Wind zerzauste sein Haar, und sein Blick schweifte ab. »Schiffbauer«, sagte er.

Anthonys Vater, Mortimer Fletcher, war Schiffbauer, und die Leute um den Hafen sagten, so lange die Stadt Portsmouth stehe, habe es hier immer Fletchers gegeben, die Schiffe bauten. Eine goldene Nase verdiente sich niemand damit. Seit jedoch der neue König regierte, winkten dem Schiffbauerhandwerk bessere Zeiten. Wer heute ein Schiff konstruierte, hielt die

Welt in den Händen, für den gab es keine Grenze als den Himmel.

Fenellas Vater war kein Schiffbauer. Er wäre gern als Offizier einer Kriegsmarine zur See gefahren, doch der Geiz des alten Königs hatte seinen Traum zerstört. Stattdessen war er Beamter der Werftaufsicht geworden, weshalb er zur Feier des Stapellaufs im Hafen erwartet wurde. In aller Frühe legte er seine Uniform an, die grüne, gezaddelte Schecke mit den aufgestickten Buchstaben HR für *Henricus Rex*, einer auf jeder Seite der Brust.

»Warum nimmst du nicht Fenella mit?«, fragte Fenellas Mutter. »James Sutton und Mortimer Fletcher kommen gewiss nicht ohne ihre Söhne.«

»Aber Fenella ist kein Sohn«, brummte der Vater.

»Dafür kann sie so wenig wie ich«, erwiderte die Mutter wie immer, wenn er sie darauf hinwies, dass ihr einziges lebendes Kind dem falschen Geschlecht angehörte.

James Sutton war der brillanteste Schiffbauer von ganz Hampshire, und er und Mortimer Fletcher galten als Freunde des Vaters. Ihre Söhne, Sylvester und Anthony, waren Fenellas Freunde. Anthony war ihr lieber als Sylvester, der anrührend hübsch war und so süß zur Laute sang, dass es im Herzen wehtat. Sylvester machte sich nichts daraus, denn ihm war Anthony lieber als Fenella. Dass sie beide Anthony liebten, dass sie auf der Werft aufwuchsen und für Anthony Traumgeschichten von Schiffen erdachten, verband sie fester als ein geteertes Tau.

Seufzend bückte sich ihr Vater und hob Fenella, die für ihr Alter leicht war, auf die Arme. Fenella machte sich an seiner Brust stocksteif. Der Silberklang der Fanfaren und die Sehnsucht nach der Zauberwelt der Schiffsgeschichten lockten sie mit wilden Kräften, doch es verletzte ihren Stolz, dass ihr Vater sie ohne Zögern gegen einen Sohn getauscht hätte. *Wenn du mich nicht willst, glaube nur nicht, ich könnte dich wollen.*

»Gib auf die Kleine acht. Sie ist alles, was wir haben.«

»Das ist nicht anders, als hätten wir nichts.«

Fenellas Mutter verdrehte die Augen. Sie war älter als andere Mütter und hatte fünf Söhne geboren und begraben.

Der Vater schob die Tür auf und schleppte Fenella hinaus in den kühlen, grauenden Tag. Die schmale Gasse hinunter sprudelten Ströme von Menschen. Die Festmusik schwoll, und die Morgenluft war salzig und sämig wie der Teig, den die Magd Dinah des Abends in der Küche knetete, um ihn in der Frühe zu Broten zu backen, denen vor Frische die Kruste platzte. Der Duft machte Fenella Appetit. »Dieses Kind hat immer Hunger«, pflegte ihr Vater zu klagen. »Statt eines Sohnes habe ich eine Raupe bekommen, die mir die Haare vom Kopf frisst.«

Die Haare des Vaters hingen schlaff aus der Bundhaube. Fenella rührte sie nicht an. Sie hatte Hunger, weil das Meer ihn ihr machte.

Über seine Schulter hinweg sah sie Dinah, die nicht nur die Pflichten einer Magd, sondern auch die einer Kinderfrau versah und ihnen als ein stummer Schatten folgte. Ehe sie die Schranken vor den Docks erreichten, gab der Vater Fenella an den Schatten weiter. Mit einem Sohn auf den Armen zeigte ein Mann sich gern, doch eine unerwünschte Tochter gehörte in die Obhut eines Weibes.

Die zwei Wachmänner am Tor senkten eben die Spieße, um den Vater passieren zu lassen, als sich hinter ihnen ein Geschrei erhob. Zwei weitere Wachen schleiften ein mit bunten Lumpen behängtes Skelett von einer Frau durch die Menschenmenge. »Schon wieder Thomasin, die Hexe«, sagte einer der Torwächter zu Fenellas Vater. »Wenn der König zu hören bekommt, was die kreischt, ist der Stadt ihr großer Tag verdorben.«

»Euer Blendwerk von Schiff ist verflucht!«, kreischte die Lumpenfrau. »Es liegt kein Segen darauf, nicht mehr als auf dem Turm zu Babel! Jede Planke daran wird in Menschenleben bezahlt.«

»Wer hat die überhaupt reingelassen?«, fragte der Vater missgelaunt.

»Weiß der Himmel.« Sein Bekannter zuckte die Achseln. »Manch einer glaubt ja, es bringt Unglück, wenn er sich an der vergreift.«

Die Wachen an den Schranken schoben die Balken einen Spaltbreit auf, damit ihre Gefährten die Lumpenfrau hindurchstoßen konnten. Die setzte sich mit erstaunlichen Kräften zur Wehr und kreischte sich die Seele aus dem Leib: »Prahlhänse seid ihr und Gotteslästerer, ihr Leute von Portsmouth! Euer stolzes Schiff verlieren werdet ihr und die Blüte eurer Jugend dazu.«

Schaulustige drängten hinterdrein und ergingen sich in Salven von Gelächter. »Komm schon, Thomasin, erzähl uns was Hübsches von der Zukunft, dann lässt dich schon einer am Ale nippen!«

»Wie steht's um meine Sterne, Thomasin? Die blonde Nichte vom Waldmüller, geht die zur Ernte mit mir ins Heu?«

Einer der Spötter riss einem Wachmann den Spieß weg und bohrte der Thomasin das Stielende ins Hinterteil. Die Frau wurde vornübergeschleudert, sodass die Torwachen sie packen und hinaus auf die Straße stoßen konnten. Dinah, die unter Fenellas Gewicht ächzte, seufzte erleichtert auf und wollte dem Vater durch das Tor folgen, doch Fenella richtete sich in ihren Armen auf und spähte über ihre Schulter.

Thomasin, die im Schlamm der Straße kniete, stützte sich auf die dürren Arme und hob den Kopf. Schmieriges Haar hing ihr in Strähnen über das Gesicht. »Du, Mädchen«, sagte sie zu Fenella. »Du glaubst, dort im Becken wartet dein Vergnügen, doch in dem Becken wartet der Tod.« Es hatte nichts Wirkliches. Es war eine Szene wie aus einer ihrer Geschichten, ein Höhepunkt, auf den Sylvester ein Lied hätte dichten können.

»Kommst du jetzt weiter?«, knurrte der Vater Dinah an, aber

die hatte Mühe, ihr Gleichgewicht zu halten, weil Fenella sich über ihre Schulter beugte.

»Lauf weg, lass dich nicht auf die Werft schleppen!«, sagte Thomasin zu Fenella. »Wenn du nicht fliehst, kommst du von dem Totenschiff im Leben nicht los. Du magst auf deine Freunde vertrauen, aber manchem muss ein Freund erst drei Mal das Leben retten, ehe er weiß, was er an ihm besitzt.«

Ein Lastenträger schleppte an seinem Joch zwei Bottiche vorbei und trat der Wahrsagerin auf die Hand. Die schrie auf, und im selben Augenblick gelang es Dinah, Fenella von ihrer Schulter zu zerren. »Nun aber weiter, junge Dame, und bloß nicht hingehört, was die Hexe schwatzt. Sonst wird's am Ende wahr.« So schnell sie auf ihren dicken Beinen konnte, folgte sie dem Vater ins Gedränge.

Fenella wünschte, sie hätte nicht hingehört. Die Worte der Alten machten ihr ein flaues Gefühl, und über das, was sie bedeuteten, wollte sie nicht nachdenken. An gar nichts wollte sie denken, nur an Anthonys Schiff. Schließlich war dies noch immer der Tag, auf den sie seit Monaten gewartet hatten.

Es war das Meer, das den Sturm in ihr besänftigte und die grausigen Worte zum Verstummen brachte. Über die Menschenmenge hinweg war das Meer nicht zu sehen, doch sein Duft war unverkennbar. Er erfüllte Fenella mit der vertrauten Erregung und machte die wirren Warnungen der Alten vergessen.

Vorn am Kai, wo die Schiffe warteten, stand die Tribüne für den König, geschmückt mit Girlanden im Rot und Weiß der Tudorrose. Fenella erhaschte einen Blick auf ihn, König Henry VIII., den strahlenden Herrscher, um den die ganze Welt England beneidete. In seiner roten, pelzbesetzten Schaube wirkte er groß, ja regelrecht ausladend. Obgleich er kaum zwanzig Jahre alt war, nahm er so viel Raum ein, dass die winzige Königin – die spanische Katherine, die ein paar Jahre älter war – neben ihm fast verschwand.

Es war aufregend, sie beide zu sehen, den König, der Englands Geschicke lenkte wie ein Steuermann sein Schiff, und die Königin, die seine Erben gebären würde. Gefeiert aber wurde an diesem Tag eine andere: die Verheißungsvolle, die Einzigartige, die Heldin ihrer Geschichten. *Mary Rose.* Der Viermaster zu fünfhundert Tonnen, der zu neuen Ufern segeln und ihrem Land Ruhm ohne Ende einbringen würde.

Tatsächlich waren es zwei Schiffe, die heute vom Stapel liefen, doch Fenella klangen Anthonys Worte im Ohr: »Das andere wird bald vergessen sein. Einmal wird man nur noch wissen, dass die *Mary Rose* hier gebaut worden ist.«

Wenn einer darüber urteilen konnte, dann Anthony. In den zwei Jahren, seit die *Mary Rose* aufs Kiel gelegt worden war, war er, sooft er entwischen konnte, an ihre Dockkammer gelaufen, um zuzusehen, wie aus Haufen von Planken und Knieholz, Kisten voll Nieten und Kübeln voll Harz der Schiffsrumpf in die Höhe wuchs. Gleich nach seiner Krönung hatte der König die Karacke in Auftrag gegeben. Anthony kannte jeden ihrer Spanten, jeden genialen Zug ihrer Konstruktion und jeden Fehler, der dabei vertuscht worden war. In gewisser Weise war sie nicht weniger sein Schiff als das König Henrys.

Wenn sein Vater ihn am Dock der *Mary Rose* erwischte, bog er seinen Körper wie einen Zweig vornüber, klemmte sich seinen Kopf zwischen die Beine und bestrafte ihn mit dem doppelten Riemen, den er um die Taille trug. Wenn Fenella Anthony hinterher wiedersah, wagte sie nicht, die Hand nach ihm auszustrecken, weil etwas um ihn war, das ihn unberührbar machte.

»Hat dein Vater dich sehr hart hergenommen?«, fragte sie scheu.

Er hob den Kopf, zog seine Brauen schräg in die Stirn und fragte zurück: »Was schert mich, was mein Vater tut? Das Schiff ist alles wert.«

»Alles, Anthony?«

»Wenn es mehr als alles gibt, auch das.«

Sie liebte es, dass er den Kopf so hoch trug, dass niemand ihm beikommen konnte. In den Augen der Leute taugte er nicht mehr als ein Straßenköter, doch in ihm steckte ein Kern, der wie ein Diamant war und den nur die Werftkinder, nur Fenella und Sylvester, kannten.

Bei der Aussicht, Anthony zu Gesicht zu bekommen, begann Fenella zu zappeln, bis Dinah gottergeben aufstöhnte und sie zu Boden gleiten ließ. Ehe die Kinderfrau sie bei der Hand packen konnte, lief Fenella ihr mit fliegenden Röcken davon. Sie kannte ihr Ziel, das Podium vor den Gleitschienen, auf dem die Schiffbauer die Arbeit in den Docks beaufsichtigten. Von dort würden sie gute Sicht auf die *Mary Rose* haben, viel besser als im Gedränge, wo man gar nichts sah. Vor allem aber würde Anthony dort sein.

Sie sah ihn schon von Weitem, dazu Sylvester und den unvermeidlichen Ralph, Anthonys Bruder. Fenella hasste ihn, wie sie Sylvesters Schwester Geraldine hasste. Dinah behauptete, sie sei nur neidisch, weil sie selbst keine Geschwister hatte, aber wer hätte Geschwister wie Ralph und Geraldine haben wollen? Selbst wenn sie ihr kaum Beachtung schenkten, waren die beiden ihre Feinde. Geraldine Sutton bedrohte die Welt, die Fenella liebte, und Ralph Fletcher bedrohte den Freund, der sie ihr schuf.

Unter den Schiffbauersöhnen galt Ralph als der Begnadete, der das Handwerk in eine glänzende Zukunft führen sollte. Mortimer Fletcher zumindest würde vor Stolz auf seinen Erstgeborenen eines Tages platzen. Ralph wurde nie mit dem Kopf zwischen die Beine geklemmt und mit dem Riemen verdroschen, wenn er sich an einem der Docks herumtrieb, sondern gelobt und wie ein hoher Gast hofiert. Der Gedanke erfüllte Fenella mit Zorn. Sie war ein Niemand, ein bedeutungsloses Mädchen, aber ihr Sinn für Gerechtigkeit war wütend wie das Meer, wenn es sich unter Winterstürmen auf den Strand warf.

Die drei Jungen – Anthony, Ralph und Sylvester – standen nicht bei ihren Vätern im Pulk, sondern zwischen den Gleitschienen, am Rand der jetzt leeren Dockkammer. Anthony stützte die Hände auf einen Pfahl und reckte sich, um seine Schöne zu sehen, seine *Mary Rose*, die in dieser Kammer auf Kiel gelegt worden war. Der Pfahl half ihm. Vor Jahren, als er gerade laufen gelernt hatte, hatte ein Unfall ihm die Knochen gebrochen. Etwas in seinem linken Knie war nicht mehr richtig zusammengewachsen. »Der fügt sich nicht«, sagten die Leute, »den kann keiner zügeln. Dass der sich das Bein zerschlagen hat, ist kein Wunder, sondern Gottes Strafe.«

Anthony sprach nie darüber. Wie ein Wolf in der Falle kämpfte er, um den Makel zu vertuschen, doch wenn er sich wie jetzt auf Zehenspitzen halten wollte, brauchte er eine Stütze.

Alle Fletchers hatten dunkles Haar, aber das von Anthony war schwarz. Vermutlich hatte er es von seiner Mutter, über die alles Erdenkliche gemunkelt wurde, auch wenn sie kaum je ihr Haus verließ. »Um die ganze Familie ist etwas Dunkles«, pflegte Fenellas Mutter zu sagen. In seinem Handwerk jedoch war Mortimer Fletcher beinahe so erfolgreich wie der gefeierte James Sutton. »Wartet nur ab, bis mein Sohn ein Mann ist«, hatte Fenella ihn prahlen hören. »Mein Ralph wird den formidablen James in den Schatten stellen. Dann brauchen wir auch keinen Nasehoch aus Genua oder Portugal mehr, der uns erklärt, wie man eine Karacke baut. Mein Ralph wird es tun. Mein Ralph wird Englands König eine Flotte schaffen.«

Jetzt allerdings war Ralph nicht damit beschäftigt, sich im Flottenbau zu bilden, sondern damit, seinen Bruder zu quälen. Wie so oft, wenn der Vater nicht hinschaute, sprang er hinter ihn und trat ihm gegen das verkrüppelte Bein. Meist verlor Anthony das Gleichgewicht, schlug lang hin, und wer dabeistand, brach in Gelächter aus. Der jüngere der Fletcher-Söhne galt als unnahbar und tückisch, sein Lächeln kannte kein Mensch, und es gab kein Missgeschick, das die Leute ihm nicht gönnten.

Wenn Ralph ihm zusetzte, stand Anthony auf verlorenem Posten. Der Bruder war einen Kopf größer als er und so stämmig, wie er selbst schmal und sehnig war. Mit seinen Tritten brachte Ralph ihn ins Schwanken. Anthony kippte zur Seite wie ein Schiff mit falsch gesetztem Schwerpunkt, doch ehe er diesmal stürzen konnte, verlieh der Pfahl ihm Halt. Vielleicht war es auch die *Mary Rose*, die ihm Halt gab. Er drehte sich nicht nach seinem Peiniger um, sondern sah dem leisen Schaukeln des Schiffes zu, als wäre Ralph nicht vorhanden. Die zweite Karacke, *Peter Pomegranate*, lag schräg dahinter, sodass die majestätische *Mary Rose* sie fast völlig verdeckte. Auch der Würdenträger, der die Festrede hielt, stellte sich an den Vordersteven der *Mary Rose*, unter das Rondell mit der Tudorrose, das ihr in den Leib geschnitzt war. Die arme *Peter* missachtete er, wie Anthony Ralph missachtete. Machtvoll erhob sich über seinem Kopf das Vorderkastell, ragten die Masten in den blassen Himmel. Die Außenwand des Schiffes war glatt wie aus einem Guss.

Anthony hatte Fenella erklärt, dass künftig alle Karacken nach der Kraweelbauweise, Stoß auf Stoß, gebaut werden würden, während man sie früher wie Hausdächer geklinkert hatte. »Im Mittelmeerraum baut man schon seit Jahrhunderten so.«

»Und warum, Anthony?«

Er hatte ihre Hand genommen und sie so behutsam über die glatte Fläche gestrichen, dass sie sich keinen Splitter einzog. Im Sonnenaufgang hatten sie sich hergeschlichen. Die Schläge, die er dafür bekommen würde, hielten ihn nicht ab. »Spürst du das? Es macht sie windschlüpfrig und viel stärker belastbar, weil Kraft von einer Kante zur anderen geleitet wird.«

Fenella nickte und streichelte mit ihm die Wand der erst zur Hälfte beplankten Karacke.

»Außerdem kann man Geschützpforten hineinschneiden, jede Art von Öffnung, die man braucht, solange man sich darauf versteht.«

»Du verstehst dich darauf, nicht wahr?«

»Nein«, sagte er. »Noch nicht. Aber ich glaube, ich bin einer von denen, die es lernen können.«

Sie hatte die Hand gehoben und flüchtig eines seiner Augen berührt. Seine Augen waren ein Mosaik aus goldbraunen Funken, die glitzerten, sooft er von Schiffen sprach.

Jetzt blickte sie wieder auf, zur Takelung der fertiggestellten Karacke. Noch waren die Spiere nackt, doch schon bald würden sich Segel daran blähen und ungestüm an ihrem Tauwerk zerren. Fenella wünschte, sie könnte näher bei Anthony stehen und seine Augen sehen. Kurz erwog sie, sich bemerkbar zu machen, doch so vertieft, wie er in die Betrachtung seiner *Mary Rose* war, hätte er für sie keinen Blick gehabt. Sylvester betrug sich genauso, hielt sich zurück und überließ Anthony seinem tiefsten Glück. Hin und wieder versuchte er, Ralph von ihm abzulenken, aber so zaghaft, wie er vorging, hatte er keinen Erfolg.

Die Zuschauer applaudierten, und der Redner trat ab. Sackpfeifer, die zugleich ihre Tabortrommeln schlugen, spielten eine Weise, die nach Weite und Wagnis klang. »Fang dieses Kind ein, Mädchen«, vernahm Fenella die Stimme ihres Vaters. »Wozu bezahle ich dich?«

Ehe Fenella ausweichen konnte, hatte Dinah sie gepackt und von den Jungen weggezerrt. »Du bleibst jetzt bei mir, junge Dame. Was glaubst du, wer du bist, eine Hafengöre?« Erbarmungslos schleifte sie Fenella an den Rand des Pulks. Von hier aus konnte sie das Schiff nicht mehr sehen, aber Anthony und die zwei anderen sah sie noch immer genau.

Den Augenblick der Unruhe nutzte Ralph, um Anthony das Gewicht seines Körpers in den Rücken zu rammen. Anthony krümmte sich vornüber auf den Pfahl, richtete sich jedoch blitzschnell wieder auf und drehte sich um. Ralph stieß einen Schrei aus und verschränkte die Arme vor dem Gesicht, als hätte der Bruder ihn geschlagen, auch wenn der nicht einmal eine Hand gerührt hatte.

»Beim heiligen Nicolas!«, erhob sich eine Stimme. »Kann nicht jemand diese Flegel zur Räson bringen?«

Wie ein Pfeil schoss Mortimer Fletcher aus dem Pulk und versetzte Anthony zwei schallende Ohrfeigen.

Gequält schrie Sylvester auf. »Nicht!«, presste er heraus, doch sein Protest blieb so gut wie unhörbar. »Anthony hat doch nichts getan.«

»Lass gut sein, Mortimer.« Das war James Sutton, Sylvesters Vater, auffällig schön mit seinem weißen Haar zur fast goldenen Haut und der gütigste Mann auf der Welt. Er trat vor und hob die Hand, als wolle er Anthonys Gesicht vor weiteren Schlägen schützen. »Wegen der kleinen Rangelei musst du den Jungen nicht vor aller Augen kränken.«

Mortimer Fletcher sah aus, als hätte er James Sutton gern erwürgt, doch er schluckte sein Schimpfwort hinunter und trollte sich zurück an seinen Platz. Anthony stand reglos am Pfahl und sandte Sylvester einen zornigen Blick. Sobald sein Vater und James Sutton sich zurückgezogen hatten, wandte er sich wieder der *Mary Rose* zu.

Fenella hätte ihm gern zugerufen, dass er ein Held war und Ralph eine hohle Schweinsblase, aber dafür hätte sie sich denselben zornigen Blick gefangen wie Sylvester. Anthony wollte weder Mitleid noch Bewunderung. Er wollte sein Schiff, sonst nichts.

Lange dauerte es nicht, bis Ralph auf etwas Neues sann. Wieder näherte er sich seinem Bruder und wisperte etwas in sein Ohr. Fenella stand zu weit weg, um ihn zu hören, doch sie kannte das Gift, das er versprühte: »Kannst du nicht auf deinen Beinen stehen, Krüppel? Brauchst du den Pfahl, damit du nicht in die Jauche plumpst?«

Damit traf er Anthony, wo er schutzlos und empfindlich war, und Fenella wusste, warum Ralph es tat: weil in Wahrheit nicht er, sondern Anthony der Begnadete war, der die Meister aus Portugal und Genua in Erstaunen versetzte. Ralph war krank vor Neid und bestrafte seinen Bruder dafür, dass dieser besaß, was er nie haben würde: Talent.

Anthony stand still, den Blick auf die *Mary Rose* gerichtet.

»Mit dem Älteren ist Fletcher gesegnet«, hörte Fenella einen der Werftaufseher sagen. »Aber mit dem Jüngeren ist er verflucht. Siehst du, wie gebannt er dieses Schiff anstarrt? Das hat etwas Teuflisches, oder?«

»Er ist von dem Schiff besessen«, erwiderte sein Nachbar. »Und er hat das Böse im Blick.«

Fenella betete, Anthony möge die gehässigen Worte an sich abprallen lassen. Eines Tages würde er ein Schiff wie dieses bauen, ein nie da gewesenes, das die Welt umrunden konnte. Ganz vorn am Bugspriet würde er stehen und aus dem Hafen hinaussegeln, fort von Ralph, fort von seinem Vater, fort von allem, was ihm Schmerz zufügte und ihn niederhielt.

Ralph trat einen Schritt zurück. Dass der Bruder ihn nicht beachtete, fachte seinen Zorn noch an. Der Stein, den er aufhob, war so groß wie zwei Fäuste. Mit einem Seitenblick versicherte er sich, dass niemand hinsah. Dann holte er zum Wurf aus.

Es war der Augenblick, auf den Anthony gewartet hatte, der, in dem die Schlepper anzogen und sich die Karacke in Bewegung setzte. Ihre große, dunkle Gestalt glitt aus der Enge des Beckens in die Freiheit, und Anthony musste Abschied nehmen. Nur noch einmal durfte er seinem Schiff seinen Segen geben, nicht jubelnd, wie der König es tat, sondern reglos und schweigend.

Ralphs Stein traf ihn an der Schulter und schlug den Augenblick entzwei. Anthony knickte in der Hüfte ein, dann fing er sich und fuhr herum wie ein Geschoss. Noch Jahrzehnte später hieß es, in seinen Augen habe rohe Wut gelodert, aber Fenella sah nichts als Erschrecken. Mit der Kraft eines Geschöpfs, das sich aufs Höchste bedroht fühlt, stieß er blindlings zu. Der Stoß traf seinen Bruder vor der Brust. Ralph war darauf nicht gefasst und taumelte drei Schritte rückwärts. Der dritte Schritt führte über den Rand. Haltlos baumelte sein Fuß ins Leere.

Vor Überraschung gelang es Ralph nicht einmal zu schreien. Er drehte sich um seine Achse und ruderte mit beiden Armen nach Halt, doch vor ihm war nichts als Luft. Anthony sprang hinzu, aber ehe er den Bruder greifen konnte, stürzte dieser hintüber ins Becken. Jede Einzelheit brannte sich Fenella ins Gedächtnis, aber keine so tief wie das Geräusch: Ralph fiel nicht ins Wasser, sondern schlug mit dem Kopf auf die steinerne Begrenzung. Dinah schrie und vergaß, Fenellas Schultern festzuhalten. Mit einem Satz entfloh sie und erhaschte einen Blick ins Becken. Aus Ralphs Schädel, der wie ein Ei geplatzt war, sickerten ihm Blut und gallertige Flüssigkeit ins Haar.

Mortimer Fletcher rannte an den Rand und stürzte auf die Knie. Sein Oberkörper schwankte, seine Hände rissen sich Haare aus, und sein Geheul klang wie das dunkle Grollen eines Tieres. Dann rückte die Menge nach und drängte Fenella beiseite.

Der Versuch, zu Anthony zu gelangen, war sinnlos. Fünf Aufseher stürzten sich gleichzeitig auf ihn, schwangen Knüppel und ließen Hiebe auf jeden Teil seines gekrümmten Körpers prasseln. Zu ihren Füßen sackte er zusammen. Fenella sah nur noch, wie er den Kopf reckte und in den leeren, grauen Himmel starrte, ehe ein Knüppelhieb ihn vor der Stirn traf.

Euer Blendwerk von Schiff ist verflucht, hallte es ihr durch den Schädel. *Jede Planke daran wird in Menschenleben bezahlt.* Sie wandte sich ab, zur Tribüne. Der hübsche rotgewandete König hatte nicht einmal den Kopf gedreht. Auch die *Mary Rose* glitt unbeirrt weiter übers Wasser, aus dem Hafen von Portsmouth, als hätten die Menschen, deren Schicksal sich hier entschied, nichts mit ihr zu tun.

2

Sylvester

Portsmouth, April 1520

Bis zu dem Tag, an dem die *Mary Rose* vom Stapel gelaufen war, hatte Sylvester mit seinen Freunden in den Anlagen der königlichen Werft gespielt. Zwischen den Docks tummelten sich die Kinder der Arbeiter beim Fangen und Verstecken, doch am liebsten bewaffneten sie sich mit den Resten der Planken und spielten Krieg gegen Frankreich. Sylvester und Fenella mieden wilde Spiele, um Anthonys lahmes Bein und seinen Stolz zu schonen. Stattdessen schufen sie sich hinter den Holzstößen eines Lagers, wo es nach Seetang, Baumharz und dem Pech der Kalfaterer roch, ein geheimes Reich.

Das Reich der Werftkinder. Hier waren sie die alleinigen Herrscher, hier bauten sie sich in ihren Träumen Schiffe, die über die Grenzen der bekannten Welt hinwegsegelten. Zum Zirpen von Sylvesters Kinderlaute sangen sie seine selbst erdichteten Lieder vom Heldentum auf See. Sooft Sylvester an jene Jahre seiner Kindheit dachte, erkannte er, dass er damals glücklich gewesen war, bis in den letzten Winkel seines Wesens glücklich, wie es später nie mehr möglich war.

Manchmal war Geraldine mitgekommen, obwohl sie die Docks und das Meer verabscheute. Sie fand, Anthony Fletcher sei erbärmlich schlecht erzogen und Fenella Clapham hölzern wie eine Schiffsplanke, ließ Fenella links liegen und traktierte Anthony mit feinen Spitzen. Damit tat sie Sylvester sogar mehr weh, als Ralph Fletcher es vermochte, weil er Ralph hassen konnte, seine Zwillingsschwester Geraldine hingegen lieben musste. Auch wenn er wusste, dass sie nur mitkam, um ihre verwunschene Welt zu verhöhnen, hörte er nie auf zu hoffen, sie würde eines Tages darin einen Platz für sich entdecken.

Dann war der Rumpf der *Mary Rose* fertiggestellt, und unter den Klopfhölzern und Stemmeisen der Kalfaterer errang sie ihre Seetüchtigkeit. Ein paar Wochen lang vergaß Sylvester, dass er eine Schwester besaß. Das Schiff beherrschte das Traumreich ihrer Spiele. »Die *Mary Rose* ist unser Schicksal«, sagte Sylvester und war unendlich stolz, dass ihm dieser Satz eingefallen war. Zu der Zeit las er gern Abenteuer von tapferen Recken, wie Thomas Malory sie in seinem *Tod des Königs Arthur* beschrieb. Der Satz klang wie eine bedeutungsschwangere Zeile aus dem Buch.

Fenella lachte auf: »Du redest wie der Priester, Syl.« Anthony aber wandte langsam den Kopf, sandte ihm seinen dunklen Blick, und dann lächelte er. Anthonys Lächeln war selten und flüchtig wie ein Regenbogen. Stolz trieb Sylvester Hitze in die Wangen. Sein Freund Anthony konnte machen, dass er sich stark fühlte, wie niemand anders es konnte.

Keine Woche darauf war der Zauber zerbrochen. Nach dem Tag, an dem die *Mary Rose* vom Stapel gelaufen und Ralph gestorben war, spielte kein Kind mehr zwischen den Becken der Werft. Ohnehin wuchs Sylvester aus dem Alter heraus, in dem ein Sohn vielversprechender Eltern sich in Traumspielen verlieren durfte. Sie lebten in einem Zeitalter des Umbruchs, das einem Mann von Verstand alle Türen öffnete, auch wenn er schlichter Herkunft war. Noch immer war nach dem Krieg der Rosen der Adel ausgedünnt und dürstete nach frischem Blut. Zudem umgab sich Henry, ihr König, gern mit Männern von niederem Stand. Von Kardinal Wolsey, seinem engsten Berater, hieß es, er sei der Sohn eines Schlachters aus Ipswich.

Im Jahr nach dem Stapellauf zog England in Frankreich wie in Schottland in den Krieg. König Henry hatte in Portsmouth fünf Brauhäuser errichten lassen, um den Durst seiner Mannschaften zu stillen, doch er brauchte auch Offiziere, die auf seinen Schlachtschiffen das Kommando führten. Genug Herren von Adel gab es nicht, also wurde nach Männern bürgerlicher Herkunft gesucht, die sich auf Schiffe verstanden und gebildet und manierlich waren. Sylvesters Vater war einer dieser Männer.

England schlug sich in beiden Kriegen glorreich, und im Triumph kehrten die Truppen heim. Sylvesters Vater wurde für seine Leistung mit der Erhebung in den Ritterstand und der Pacht über ein ertragreiches Stück Land belohnt. Er erfüllte sich seinen Lebenstraum, indem er das geziegelte Fachwerkhaus, in dem seine Kinder geboren worden waren, umfassend ausbauen und erweitern ließ, sodass es reichlich Platz für eine lebhafte Familie und einen endlosen Strom von Gästen bot. Zwischen den hölzernen Balken ließ er es weißeln, legte einen prachtvollen Garten an und nannte es Sutton Hall.

Was ihn selbst betraf, so war er damit am Ziel seiner Wünsche, doch seinem Sohn sollte jeder Weg offenstehen. Das neue England, so hatte Henry VIII. verkündet, würde ein Garten der Bildung werden, also suchte James Sutton nach einem Gelehrten, der seinem Sohn zu dieser Bildung verhalf. Er fand ihn in Benedict, dem Dekan von Sankt Thomas, einem Theologen von zwar wenig spektakulärem, doch solidem Ruf. Mit Sylvester sollten vier weitere hoffnungsvolle Söhne aus Kleinadel und gehobenem Bürgertum unterrichtet werden.

Vor Beginn des Unterrichts bestürmte Sylvester seinen Vater: »Kann Vater Benedict nicht auch Anthony nehmen? Er ist klüger als wir alle zusammen, und wenn er nicht zur Schule darf, gehe ich auch nicht hin.«

Sein Vater strich ihm über den Kopf und verlor sich flüchtig in Gedanken. »Ich spreche mit Mortimer Fletcher«, versprach er schließlich. »Glaub mir, dein Anthony liegt mir nicht weniger am Herzen als dir.«

Seit Anthonys Vater seinen Erstgeborenen verloren hatte, war er nur noch ein Schatten. Mortimer Fletcher war mit Sylvesters Vater in den Krieg gezogen, weil er nie wieder ein Schiff bauen wollte und sonst nichts zu tun wusste. Vielleicht tat er es auch, um seinem Zweitgeborenen aus dem Weg zu gehen, den er fürchtete wie der Teufel das Weihwasser. Damals bei den Docks hatten die Aufseher Anthony niedergeschlagen wie ein gefährliches Tier, hatten ihm die Hände auf den Rücken gekettet und ihn ins Stadtgefängnis verschleppt. Gewiss hatte sein Vater geglaubt, damit sei er ihn los, aber so leicht räumte sich sein Problem nicht aus der Welt. Nach drei Wochen erbitterter Verhandlungen hatte man ihm Anthony zurückgeschickt. Die Ratsherren waren zu der Erkenntnis gekommen, dass sie keinen knapp achtjährigen, verkrüppelten Schiffbauerssohn an den Galgen knüpfen mochten, weil der einem anderen einen Stoß versetzt hatte, wie Jungen es nun einmal taten. Auch wenn der andere an dem Stoß gestorben war. »Hängt das Untier auf!«, hatten Leute in den Gassen geschrien, aber es hatten ja auch Leute in Jerusalem »Kreuzigt ihn!« geschrien. Statt sich die Hände in Unschuld zu waschen, hatte der Rat der Stadt Portsmouth es vorgezogen, sie sich gar nicht erst schmutzig zu machen.

Beinahe wäre Anthony trotzdem gestorben. Musste ein Kind nicht daran sterben, dass man es halb besinnungslos schlug, es in eine Zelle für reißende Bestien sperrte und ihm sein Essen durch eine Luke zuschob? Als sie ihn herausließen, hatte er das Sprechen verlernt und ertrug nicht, wenn andere zu ihm sprachen. Sylvester tat das Einzige, was ihm einfiel: Tag für Tag setzte er sich mit seiner Laute zu ihm und sang ihm ihre erdichteten Schiffslieder vor. Anthony starb nicht. Er fand seine Stimme wieder und erholte sich.

Somit war Mortimer Fletcher gezwungen, die Frucht seiner Lenden aufzuziehen, musste den Galgenstrick, der seinen Liebling auf dem Gewissen hatte, kleiden, ihm Nahrung hinstellen und ihn unter seinem Dach dulden. Auf die Hilfe seiner Frau konnte er nicht zählen. Es gab Gerüchte, die schwarzbraune Lettice, einst eine dunkle, sinnliche Schönheit, habe nach dem Tod ihres Ältesten den Verstand verloren und sich völlig in ihre eigene Welt zurückgezogen. Als Sylvesters Vater Mortimer mit dem Vorschlag kam, Anthony zur Schule zu schicken, war er daher nur allzu erleichtert, ihn tagsüber los zu sein. Unter den Vätern der anderen Jungen gab es Gemurre, aber letzten Endes fügten sie sich. An dem, was Sylvesters Vater wollte, kam in Portsmouth niemand vorbei, also musste man den kleinen Satansbraten mit knirschenden Zähnen dulden.

Untier. Galgenstrick. Kleiner Satansbraten. Sylvester und Fenella hörten jedes dieser Worte, mit dem die Leute ihren Freund bezeichneten. »Jedes einzelne tut mir weh, als ob mir jemand eine Ohrfeige gibt«, vertraute Sylvester Fenella an.

»Dir gibt die keiner«, verwies sie ihn. »Es ist Anthony, der sie bekommt, nicht mit der flachen Hand, sondern mit der Faust.«

»Ich weiß.« Sylvester schlug den Blick zu Boden. »Am liebsten würde ich ihm meine Hände auf die Ohren pressen, sobald das Pack seine Hetzreden anfängt. Aber er sieht mich immer an, als dürfte ihn kein Mensch berühren.«

Fenella sandte ihm einen ihrer Blicke, die er nicht zu deuten wagte. Sie hatte graue Augen. Wie die Nebel über dem engen Meer, das Solent hieß. Wie ihre Heimatstadt Portsmouth: grau, nicht auffällig, doch voller Geheimnisse.

Immerhin hatte Sylvester erreicht, dass Anthony Vater Benedicts Schulstube besuchen durfte. Anthony schien ihm dankbar dafür zu sein, auch wenn er darum keine Worte machte. Er folgte dem Unterricht mit ungeteiltem Interesse, schweigsam und begierig, jede Silbe aufzunehmen. Es war, als hätte er seine einstige Hingabe an den Schiffbau jetzt, wo ihm die Werft verboten war, durch die ermüdenden Lektionen des Dekans ersetzt.

Sylvester hingegen langweilte sich in der Schule. Er hätte gern Lukrez gelesen, Cicero, die wiederentdeckten Querdenker der Antike, über die brillante Geister in ganz Europa sich die

Köpfe heißredeten. Der Dekan aber setzte ihnen stumpfe, ewig gleiche Beschreibungen von Feldzügen vor. Starrsinnig wie ein blinder Esel hielt er am Althergebrachten fest, während Sylvesters Hirn nach Neuem gierte. Außerhalb des Schulgebäudes gärte und brodelte die Welt wie ein Vulkanschlund. Aus Deutschland vernahm man Unerhörtes: Ein Mönch, ein Draufgänger namens Martin Luther, hatte eine Liste von Thesen an eine Kirchentür genagelt, die das Gemäuer des Christentums erschütterten. Sylvester war fasziniert von dem Gedankengut, das keine Grenzen und Verbote akzeptierte, sondern sie leichthin niederriss. Die neue Lehre glich dem Schiff, das sie sich als Kinder erträumt hatten und das sich von Ankerketten nicht aufhalten ließ.

Oft wünschte Sylvester sich, aufzubegehren und Vater Benedict zu widersprechen, wenn der von seinem Pult herab eine Lehrmeinung für unumstößlich erklärte, die ihm überholt und anfechtbar vorkam. *Warum soll für die, die kein Latein können, nicht ein Text der Bibel übersetzt werden?*, hörte er sich rebellisch in den Raum rufen, als der Dekan die Bewegung der Lollarden verteufelte, die für eine englische Fassung der Bibel kämpften. *Hat Gott Sein Wort nicht uns allen hinterlassen? Hat Jesus nicht zu Fischern und Bettlern gesprochen, die von der Sprache der Römer kein Wort verstanden?*

Im Raum herrschte Schweigen, nachdem Vater Benedict geendet hatte. Sylvester öffnete den Mund, doch das Krächzen, das sich seiner Kehle entrang, hörte nur er selbst.

Auf Vater Benedicts Pult lag ein Stock, ein biegsames Holz, viel härter als die Birkenrute, die Lehrer für gewöhnlich benutzten. Sobald Sylvesters Blick auf den Stock fiel, rutschte ihm der Heldenmut in die Hosen. Wie brachte ein Lollarde es fertig, für seine Lehre ins Feuer zu gehen, auf einem Scheiterhaufen stillzustehen, während das eigene Fleisch zu Asche verkohlte? Sylvester hatte Angst vor Schmerzen. Noch mehr Angst hatte er davor, niedergeschrien und gedemütigt zu werden. Dabei hatte er in Wahrheit keinen Grund, sich zu fürchten. Vater Benedict wies ihn nie anders als milde zurecht und rührte den Stock nicht an. Er war schließlich Sylvester Sutton, der Sohn von Sir James, dem beliebtesten Mann von Portsmouth. Einem wie ihm zerrte kein Lehrer die Hosen vom Hintern, um ihn über einem Schulpult durchzuprügeln, und dass ihn ketzerische Gedanken berauschten, sah man ihm nicht an.

Noch etwas anderes berauschte Sylvester: Er war sechzehn, der Frühling brach an, und auf einen Schlag schien die Stadt voller Mädchen zu sein. Die Mädchen schwangen ihre Hüften, und ihre Zöpfe hüpften unter ihren Hauben; sie steckten die Köpfe zusammen, gerieten miteinander ins Tuscheln, und manch eine drehte verstohlen den Kopf nach ihm. Oft hielt er es in Vater Benedicts Unterricht kaum aus, weil es ihm vor lauter Frühling und Mädchen in den Lenden kribbelte und weil sich mit dem Kribbeln in den Lenden nicht stillsitzen ließ.

»Master Sylvester!«, rief Vater Benedict ihn auch jetzt mit einem Schnarren in der Stimme zur Ordnung und senkte die Hand auf den Stock. »Glaubt Ihr, der Verlauf der Gallischen Kriege prägt sich Eurem Gedächtnis ein, wenn Ihr statt auf die Zeilen aus dem Fenster stiert?«

»Nein, natürlich nicht«, stammelte Sylvester und sprang auf. Hastig senkte er den Blick aufs Buch, wobei er feststellte, dass er keine Ahnung hatte, wovon auf der Seite die Rede war.

Die Mitschüler lachten. Nur Anthony lachte nicht. Er war ebenfalls aufgestanden und sah dem Dekan unbeirrt entgegen, als könne sein Blick Sylvester beschirmen. Vater Benedict klopfte mit dem Stock auf die Tischplatte. Einen Herzschlag lang spürte Sylvester, wie ihm aus den Poren im Nacken der Schweiß brach.

»Ihr seid hier nicht nur, um Euch im Lateinischen zu üben«, ermahnte ihn der Dekan, »sondern auch, damit Ihr lernt, Eure niederen Triebe zu beherrschen, wie es dem Allmächtigen gefällt. Versündigt Euch nicht! Der Schlund der Hölle kennt keine Wiederkehr.« Noch einmal klopfte er mit dem Stock aufs Pult, dann ließ er ihn liegen, und Sylvester atmete auf. Seine niederen Triebe würde er auch in den nächsten Tagen nicht besser beherrschen. Wenn es das war, was der Allmächtige verlangte – weshalb füllte er dann die Welt mit schönen Mädchen?

Im selben Frühling lernte Sylvester, dass die Schönheit seiner Schwester Geraldine die der anderen in den Schatten stellte. Schön war an jedem Mädchen etwas, wenn man nur gut genug hinschaute, doch Geraldines Schönheit, ihre blauäugige, glänzende Makellosigkeit, gehörte einer anderen Sphäre an. Manchmal, wenn sie beide allein waren, tanzte Geraldine stumm zu den Weisen, die Sylvester auf seiner Laute spielte. In diesen seltenen Augenblicken erkannte Sylvester, dass kein anderer mit ihr hätte tanzen können, dass kein gewöhnlicher Mann ihr gewachsen war.

Ihr Vater erhielt zwei Anträge für sie, beide von Söhnen aus gut gestellten adligen Familien, doch Geraldine lehnte einen wie den anderen ab. Tantchen Micaela, die seit dem Tod der Mutter ihren Haushalt führte, verlegte sich aufs Schimpfen: Hätte sie als Jungfer es gewagt, einen akzeptablen Bewerber zurückzuweisen, so hätte ihr Vater ihr jedes Widerwort aufs Hinterteil gezählt und der Familie des jungen Mannes mitgeteilt, seine Tochter sei entzückt.

Vermutlich war Tantchen Micaelas Vater tatsächlich ein Mann von solchem Schlag gewesen, denn er hatte seine zarten Töchter, Micaela und Juana, in fast noch kindlichem Alter übers Meer geschickt, allein mit einem spanischen Koch zur Begleitung. Im Gefolge der königlichen Braut Katherine waren die Schwestern aus ihrem sonnigen Aragon ins neblige Zwielicht Englands gelangt. Prinzessin Katherine heiratete den Kronprinzen Arthur und nach seinem Tod dessen Bruder, den frisch gekrönten König Henry, und etliche Damen ihres Hofstaats fanden Bräutigame unter des Königs Untertanen. Die schöne Juana fand James Sutton.

Sylvester erinnerte sich nicht an seine Mutter, die gestorben war, kaum dass ihre Zwillingskinder geboren waren. Er wusste nur, dass sie goldblond gewesen war, wie man es von keiner Spanierin erwartete, und dass sein Vater sie geliebt hatte und an ihrem Tod beinahe selbst gestorben wäre. Die Bediensteten im Haus erzählten sich, nachdem das Schweißfieber Juana Sutton dahingerafft hatte, sei sein Haar in einer einzigen Nacht schneeweiß geworden.

Dass er nicht zerbrochen war, verdankte James Sutton Micaela, Juanas Schwester, die samt Carlos, dem Koch, ins Haus gekommen war, um für ihn und seine Kinder zu sorgen. Sylvester hatte sie sein Leben lang als sein Tantchen gekannt, als immerwährende Präsenz, die über Hof und Herd herrschte, Nasen putzte, Kleider zurechtzupfte, kandierte Pflaumen austeilte und schimpfte, wenn er ohne Haube aus dem Haus lief. Erst in diesem Frühling, in dem er sechzehn wurde, fiel ihm auf, dass Geraldine einen Gutteil ihrer Schönheit von Micaela geerbt hatte. Im Grunde bemerkte er es erst, als Anthony, mit dem sonst über dergleichen kein Reden war, zu ihm sagte: »Deine Tante ist eine schöne Frau.«

Sie war tatsächlich schön. Blond, grazil und voll Leben, aber nicht makellos wie Geraldine. Micaela wuchs in strohigen Büscheln Haar aus den Ohren, und das, fand Sylvester, machte ihre Schönheit irdisch. So wie ihr Wesen.

Geraldine war anders. Unirdisch und fehlerlos. Aus Furcht vor Haarbüscheln untersuchte sie jeden Morgen mit einem Spiegel ihre Ohren.

»Dein Vater ist ein Lamm!«, schimpfte Tantchen Micaela auf Geraldine ein. »Warum erlaubt er dir törichtem Küken, die Hand eines Edelmannes auszuschlagen, he?«

Der Vater lachte darüber und strich dem Tantchen über die Wange. »Sei nicht so streng mit ihr, Mica. Frag sie lieber, warum sie sie ausschlägt, die edelmännische Hand.«

»Weil ich von hier fort will«, erwiderte Geraldine. »Irgendwohin, wo nicht jeder Tag gleich verläuft, wo nicht alles gewöhnlich und belanglos ist und zwischen Schafsdung und Fischgestank versauert. Warum beschaffst du mir keine Stellung bei Hof, Vater? Ich will dorthin, wo schillerndes Licht ist, Glanz und Erregung, Luft, die nicht stillsteht und stinkt.«

Der Vater stand auf und schloss seine Tochter in die Arme. »Haben wir geahnt, Mica, dass unter unserem Dach ein Stern heranwächst?« Er senkte den Kopf und küsste Geraldines Scheitel. »Meine Bachstelze, du hast dir den falschen Vater ausgesucht. Einen mit Beziehungen hättest du gebraucht, einen, der dir den Himmel bieten kann, an den ein Stern gehört.«

Geraldine befreite sich. »Dann wirst du dir eben Beziehungen schaffen müssen«, erwiderte sie. »Davon, dass du bei deinen Rosen stehst und Stecklinge hegst, bekommst du jedenfalls keine.«

Ihr Vater liebte seine Rosen. Seine Kinder aber liebte er mehr und Geraldine noch mehr als Sylvester. Sie war immer die Stärkere, Kühnere, Geschicktere von beiden gewesen, und sie war schön, sie war der Engel von Portsmouth. Mit den Wünschen seines Sohnes ging der Vater großzügig und vernünftig um, doch die Wünsche seiner Tochter waren ihm Befehl.

Im Frühling des Jahres 1520 saß König Henry seit elf Jahren auf Englands Thron, und Sylvesters Vater begann, seine zahllosen Bekannten für seine Tochter um Vermittlung zu bitten. Geraldine sprach Tag und Nacht davon, dass sie im Herbst nicht mehr hier sein würde. Am Hof in London würde sie leben, wo der König die Fenster aufriss, damit der neue Wind den alten Mief davontrug.

Der Gedanke, seine Schwester zu verlieren, schmerzte Sylvester, doch ihm war klar, dass sie nicht aufzuhalten war. Sie langweilte sich in Portsmouth zu Tode. Über die schmachtenden Blicke, mit denen die Männer sie bedachten, sah sie hinweg, als wären sie Luft. Auch mit ihrem Bruder verbrachte sie ihre Zeit nur, weil sie nichts Besseres zu tun fand. Über seine

Freunde urteilte sie härter denn je: »Dass du mit der Schiffsplanke Fenella Clapham herumstreunst, mag noch angehen, aber vor dem Unaussprechlichen sollte dir schaudern. Wer sich mit dem Teufel zum Würfeln setzt, verspielt seine Seele, Sylvester.«

Die maßlose Schmähung traf Sylvester schmerzhafter, als wenn sie ihn selbst beschimpft hätte. Anthony und Fenella waren die Pfeiler seiner Welt. Sooft Fenella ihre gebrechliche Mutter allein lassen konnte, rannte sie die Straße zu Sankt Thomas hinauf, um ihre Freunde vom Unterricht abzuholen. Dann gingen sie zu dritt über die Brücke, die über den Creek aus der Stadt hinausführte, setzten sich am Ufer des Wasserlaufs ins Schilf und sprachen von Gott und der Welt. Nur von Schiffen sprachen sie nicht mehr. Seit jenem Tag, an dem die *Mary Rose* vom Stapel gelaufen war, war Anthony die Werft verwehrt, und an diese Wunde wollte keiner rühren.

Wenn Sylvester Fenella vor dem Haus des Dekans warten sah, kam es ihm vor, als vollführe sein Herz einen Sprung. Nichts Gewaltiges, nur eine Art wiederkehrendes Zeichen, mit dem das Herz Fenella grüßte. Die kleine Regung blieb Fenella vorbehalten. Keins der anderen Mädchen, die sein Herz zum Flattern brachten, war wichtig genug für solch einen Sprung.

Anthony schien sich in diesem Frühling von ihm zu entfernen. Sylvester hätte über etliches mit ihm sprechen wollen, das er weder seinem Vater noch Fenella anvertrauen konnte. Nicht nur über das Kribbeln in den Lenden und den Hüftschwung einer drallen Seilerstochter, sondern auch über das Buch, das er las, ein schmales Bändchen, das ein Niederländer namens Erasmus verfasst hatte und das *Julius vor der verschlossenen Himmelstür* hieß.

Jede Zeile darin war so unerhört, dass Sylvester der Atem stockte. Der Verfasser ließ den verstorbenen Papst Julius vor die Himmelspforte treten und sie verschlossen finden, weil all das Geld, das er für seine Kirche angehäuft hatte, seine Kriege und Prachtbauten dem christlichen Glauben keinen Nutzen gebracht hatten. Wann hätte je ein Mann gewagt, mit derart ätzendem Witz und so viel geschliffener Frechheit über ein Oberhaupt der Kirche herzuziehen? Sylvester las das Buch heimlich, unter dem Pult in Vater Benedicts Schulstunde. Hätte er es daheim herumliegen lassen, wäre Tantchen Micaela vermutlich tot umgefallen.

Anthony fiel nicht tot um, als Sylvester ihm von dem Buch erzählte. Er zuckte nicht einmal mit einem schwarzen Kranz Wimpern. »Wenn es dir Spaß macht, Sylvester«, murmelte er, und in seinen Augen stand jener abwesende Ausdruck, als glitte das, was Sylvester ihm erzählt hatte, an ihm vorbei. So war es jetzt oft. Der Freund entzog sich, und was hinter seiner Stirn vorging, ließ sich um nichts in der Welt ergründen. Umso schärfer beobachtete ihn Sylvester. Es regte ihn auf, dass Anthony sich selbst genügte, dass er noch immer in ein inneres Reich verschwinden konnte wie in ihrer Zeit als Werftkinder. Nur dass Sylvester zu dem Reich keinen Zutritt mehr hatte.

Am Anfang eines jeden Monats händigte Vater Benedict jedem Jungen zwei Bögen Papier aus, auf denen sie ihre Übungen anfertigen sollten. Das Papier war Vater Benedicts Heiligtum. Beständig hielt er Predigten darüber, wie sich durch sorgsame Arbeit und aneinandergedrängte Buchstaben das kostbare Gut aufs Sparsamste verwenden ließ. Dennoch kam kaum ein Schüler mit den zwei Bögen aus. Zu viel musste gestrichen, verbessert und noch einmal von vorn begonnen werden. Ihre Väter kauften daher Papier dazu, um ihnen Vater Benedicts Strafen zu ersparen. Mortimer Fletcher kaufte keines, aber Anthony wurde trotzdem nie bestraft. Monat für Monat füllte er die Bögen mit engen, schönen, nach vorn geneigten Buchstaben. Nie musste er etwas wegstreichen, nie quetschte er ein Wort über das andere, sondern gab stets zwei makellose Seiten ab.

»Wie bringst du das fertig?«, fragte Sylvester.

Anthony zuckte mit einer Schulter. »Ich schreibe es erst auf, wenn ich es mir im Kopf zurechtgemacht habe.«

Sylvester bewunderte ihn. Für ihn selbst war es sinnlos, derlei auch nur zu versuchen, wie es auch sinnlos war, gegen Anthony Schach zu spielen. Anthony sah aus, als schliefe er ein oder wäre in Gedanken so weit weg wie der Weltumsegler Ferdinand Magellan, aber während er schlief oder die Welt umsegelte, setzte er Sylvester in ein paar gleichmütigen Zügen matt.

Dann kam der Frühling. An diesem Dienstag prallte die Sonne ins Fenster, ließ den Staub im Luftzug flimmern und die Schattenflecken auf dem Holz des Pultes tanzen. Auf Anthonys Hälfte lag sein aufgeschlagenes Textbuch und daneben das Papier mit seiner Übersetzung in sparsamer, gestochener Schrift. Anthony schien in die Arbeit versunken zu sein, hielt den Blick gesenkt und die Brauen in die Stirn gewölbt. Hätte Sylvester nicht unter dem Pult eine Schrift des Erasmus gelesen, er hätte nicht bemerkt, was sein Freund tat.

Der hielt sein zweites Blatt Papier auf den Knien und ließ ein gespitztes Stück Kohle in fieberhafter Hast darübergleiten. In alle Richtungen breitete das Netz der Linien sich über den Bogen aus, und im Nu schälte sich aus dem Gewirr ein Bild. Flüchtig glaubte Sylvester, die *Mary Rose* zu erkennen, doch der Rahmen aus Krummholzspanten wies völlig neue, ihm fremde Züge auf.

Du bist ein Verräter!, durchzuckte es ihn. *Wenn du nicht davon loskommst, wie kannst du es mir, deinem Freund, verschweigen? Haben wir diese Leidenschaft denn nicht geteilt?*

In seinem Zorn bemerkte Sylvester nicht, wie Vater Benedict den Stock packte und auf ihren Platz zuschoss. Als er ausholte, war es zu spät. Mit einem Pfeifen zerschnitt der Stock die Luft und sauste krachend auf die Platte des Pultes nieder. Das Tintenfass stürzte um, und ein schwarzer Strom ergoss sich über Anthonys sauber beschriftetes Papier. Noch einmal holte

Vater Benedict aus und ließ den Stock über Anthonys Hände schnellen. Die Zeichnung entglitt seinen Fingern und segelte zu Boden.

Der, der schrie, war Sylvester. Anthony biss sich auf die Lippen und blieb stumm.

»Steh auf«, befahl Vater Benedict. Jede Ader in seinem Habichtsgesicht war knüppeldick angeschwollen.

Anthony erhob sich. Reglos, mit geradem Rücken, stand er da, wie er gestanden hatte, wann immer Ralph ihn schikaniert oder sein Vater ihn sich vorgenommen hatte. *Er ist ein Held*, hatte Sylvester damals gedacht, aber Anthony war mehr. Er sah aus, als verfüge er über die Fähigkeit, sich wegzunehmen und von allen Quälereien unbehelligt zu bleiben.

»Heb das auf!«, schrie der Dekan ihn an.

Anthony ging in die Hocke, wobei er das verkrüppelte Bein zur Seite strecken musste. Er hatte es so oft geübt, dass er selbst dabei nichts von seiner eigentümlichen Anmut verlor. Mit dem Blatt in der Rechten erhob er sich wieder. Quer über den Handrücken zog sich ein Striemen, der beim Zusehen anschwoll.

»Gib das her!«

Dieses Mal gehorchte Anthony nicht. Er blieb stehen und hielt das Blatt, die Zeichnung des Schiffes, mit den zitternden Fingern der verletzten Hand umklammert.

»Gib das her, habe ich gesagt.« Die Stimme des Dekans wurde gefährlich leise. Als Anthony sich noch immer nicht rührte, hob er von Neuem den Stock.

»Nicht!« Sylvesters Stimme war ein Wimmern.

Der Dekan beachtete ihn nicht, sondern schlug über Anthonys Hände. Muskeln zuckten, Haut platzte auf, doch die Finger umklammerten das Papier noch fester. Ungerührt ließ der Dekan den Stock fallen und schnappte sich das Blatt. Mit einem Ratschen zerriss es. Zwischen den Zähnen stieß Anthony einen zischenden Schmerzlaut aus.

»Ein Schiff«, sagte der Dekan und betrachtete die Zeichnung. »Dafür vergeudest du teures Material, das dir für deine Arbeit übergeben worden ist – um ein Schiff zu zeichnen?«

»Ja, ehrwürdiger Vater«, sagte Anthony.

»Und du weißt, was dich das kostet?« Während Vater Benedict mit einer Hand das abgerissene Schiff festhielt, hob er mit der zweiten den Stock auf.

»Ja, ehrwürdiger Vater.«

Sylvesters Innerstes krampfte sich zusammen. Der Dekan würde Anthony schlagen, ihm Kopf und Schultern auf das Pult pressen und mit dem pfeifenden Stock nicht nur auf den schmählich entblößten Hintern, sondern auf seine völlig schutzlose Würde einpeitschen. War eine Tracht Prügel nicht das Mindeste, was Anthony verdiente, dafür dass er ihre Freundschaft verriet und verheimlichte, wovon er noch immer träumte?

Sylvester presste sich die Hände auf den Magen. Ihm war gleichgültig, was Anthony verdiente, er wünschte sich nichts, als ihn zu schützen. »Ich habe es gezeichnet!«, rief er und konnte seinen Todesmut nicht fassen. »Anthony hat es sich angeschaut, weil ich ihn darum gebeten habe.«

Ohne den Kopf zu Sylvester zu wenden, fragte der Dekan: »Ist das wahr?«

»Nein, ehrwürdiger Vater«, sagte Anthony. »Es ist meines. Master Sylvester hätte es nicht zeichnen können.«

»Warum nicht?«

»Weil nur ich es kann.«

Der Blick des Dekans senkte sich auf die zerrissene Zeichnung. Eine Zeitlang betrachtete er sie mit zusammengekniffenen Augen, dann stopfte er sie sich in den Gürtel. »Fünfundzwanzig«, sagte er und packte Anthonys Schulter.

»Und was ist damit?«, schrie Sylvester, zog sein Buch unter dem Pult hervor und hielt es Vater Benedict entgegen. »Ich lese eine verbotene Schrift, umstürzlerisch wie die von dem Luther – das verdient ja wohl eher Schläge als ein paar harmlose Linien auf Papier.«

Ohne Anthonys Schulter freizugeben, nahm der Dekan das Buch und betrachtete es. *»Lob der Torheit«*, las er den Titel. »›Von Desiderius Erasmus‹. Was soll daran verboten sein? Dieser Erasmus ist ein Freund Thomas Mores, der im Rat des Königs sitzt. Und unser König ist im Glauben fest und unverwandt.« Er gab Sylvester das Buch zurück. »Glaubt mir, Master, wenn ich annehmen müsste, Ihr würdet Ketzerschriften lesen und wärt vom Satan entsandt, dann würde ich mir nicht die Hände schmutzig machen, indem ich Euch das verzärtelte Gesäß versohlte. Ich würde Euch der Diözese in Winchester melden, damit man Euch auf einen Scheiterhaufen bindet und verbrennt.«

Kurz war es, als hielte der Raum den Atem an.

»Ehrwürdiger Vater«, sagte Anthony dann.

»Was hast du noch zu reden?«

»Kann ich mein Schiff wiederhaben?«

Die anderen Jungen brachen in Gekicher aus.

Der Dekan gab Anthony einen Blick, aber keine Antwort. »Nach vorn«, befahl er dann. »Beug dich über mein Pult.« Er ließ seine Schulter los, versetzte ihm jedoch keinen Stoß. Anthony ging von selbst.

»Und Ihr schert Euch nach draußen«, sagte Vater Benedict. »Der Unterricht ist für heute beendet.«

Ungläubig verharrten die Jungen auf ihren Plätzen.

»Ich habe gesagt, Ihr sollt gehen!«, herrschte Vater Benedict sie an. »Der da wird seine Strafe einstecken müssen, aber von Euch erlaube ich keinem, sich daran zu ergötzen.«

Sylvester ließ die Schultern hängen, während er sich hinaus ins Licht der Frühlingssonne schlich. Die Übrigen waren ihm längst vorausgeeilt.

Er blickte auf und sah Fenella unter dem Vordach. Jäh verspürte er den lächerlichen Wunsch, sich ihr in die Arme zu werfen.

»Wo ist Anthony?«, fragte Fenella ohne ein Wort der Begrüßung.

»Er schlägt ihn!«, brach es aus Sylvester heraus.

»Wer? Der Dekan?«

Sylvester nickte. »Fünfundzwanzig Hiebe, nicht mit der Rute, sondern mit diesem abscheulichen Stock. Er hat unter dem Tisch ein Schiff gezeichnet – oh Fenella, er hat uns belogen! Er ist überhaupt nicht davon frei, er würde noch genau wie damals alles auf sich nehmen, um ein Schiff zu bauen.«

Mit Schrecken sah er, wie hinter Fenella ein zweites Mädchen hervortrat. Seine Schwester Geraldine. Der letzte Mensch, dem er jetzt begegnen wollte. »Guten Morgen, Bruder«, sagte sie. »Da mich sonst in dieser Stadt niemand schert, wollte ich, dass du es als Erster erfährst.«

»Dass ich was erfahre?«

»Ich gehe an den Hof!« Triumphal warf Geraldine den Kopf in den Nacken, dass ihr Haar sich aus dem Flechtwerk löste. »Vaters Bekannter in der Admiralität hat mir eine Stellung verschafft – im Haushalt von Königin Katherine.«

»Wie soll er denn davon frei sein?«, fragte Fenella, als wäre Geraldine nicht vorhanden. »Für ihn wäre das, als wäre er frei von sich selbst und ohne Halt. Seine Schiffe sind der schmale Span der Welt, den er begreift.«

Sylvester erkannte, dass sie recht hatte. Und noch mehr: Anthony war geboren, um Schiffe zu bauen; er besaß ein Talent, mit dem sich niemand messen konnte. Wer ihn von Schiffen fernhielt, nahm nicht nur ihm, sondern der Welt etwas weg. »Aber wir dürfen das doch nicht geschehen lassen!«, rief er. »Vater Benedict zerschlägt ihm die Würde, er prügelt ihn durch wie einen Lumpen!«

Geraldines Lachen klang künstlich, bis ins Mark erschrocken. »Mut hat er, der Herr Dekan, das muss man ihm lassen.«

»Mut?«, fuhr Sylvester auf. »Weil er uns nach draußen geschickt hat und es mit einem allein aufnimmt? Anthony ist ein Hänfling, Geraldine. Und ein Krüppel. Er kann sich nicht wehren.«

Geraldines himmelblaue Augen weiteten sich, bis das Weiße sichtbar war. »Wer den Teufel prügelt, den pfählt sein Stock.«

»Anthony ist weder ein Krüppel noch ein Hänfling«, sagte Fenella, noch immer, ohne Geraldine zu beachten. »Wenn er sich nicht wehrt, dann weil er es nicht will, und seine Würde kann ihm niemand nehmen.«

Sylvester stockte. Fenella hatte nicht unrecht. Dass er sich auch gegen einen hochgewachsenen, stämmigen Burschen wehren konnte, hatte Anthony bewiesen, und doch hatte das, was dabei geschehen war, ihn fast zerstört.

Geraldine ließ ihren scharfen Blick von einem zum anderen schweifen. Sie schwiegen alle. Bis Anthony kam. Er trug sein Wams über dem Arm. Nur in Hemd und Beinkleidern gab sein Körper preis, was Fenella gesagt hatte: Er war kein Hänfling, sondern ein schmales Bündel Sehnen und Muskeln. Selbst jetzt, nach der erlittenen Demütigung, war in seinen Hüften ein Schwingen verborgener Kraft.

Wir alle sind noch Jungen, stellte Sylvester fest, *aber er ist schon ein Mann. Einer, der nicht nur weiß, wie die Spanten einer Karacke ausgerichtet werden, sondern auch, wie es sich anfühlt zu töten.* Anthony sah erschöpft aus, das Gesicht gerötet und verschwitzt. Sylvester hätte gern die Arme um ihn gelegt und ihm zugeflüstert, dass er ihn stärker als jeden anderen fand. »War es schlimm?«, fragte er.

»Nein«, sagte Anthony und ging weiter.

»Vater Benedict ist ein verfluchter Schinder.«

»Nein«, sagte Anthony noch einmal.

»Findest du, es ist sein Recht, dich zu schlagen?«, herrschte Sylvester ihn an. »Keiner von uns hat je von ihm Schläge bezogen. Uns achtet er, aber dich hat er behandelt wie einen verbockten Lümmel, der keine Achtung verdient. Warum du ihn noch verteidigst, begreife ich nicht.«

Anthonys bronzebraune Augen hielten ihm unbewegt stand. »Er hat mich angefasst«, sagte er. »Er hat sich die Hände an mir schmutzig gemacht und hatte keine Angst.«

Sylvester schwieg verblüfft. Jetzt wurde ihm klar, warum Geraldine gesagt hatte, der Dekan besitze Mut. Er wollte Anthony umarmen, doch er wagte es heute so wenig wie sonst. Selbst Mortimer Fletcher ließ seit Ralphs Tod die Finger von ihm. Er war unberührbar geworden wie einer mit dem Aussatz. War Vater Benedict nach neun Jahren der erste Mensch, der Hand an Anthony legte?

Unvermittelt trat Fenella vor. Sie stellte sich Anthony in den Weg und schloss ihm die Hände um die Wangen. Eine Weile lang ließ sie sie unbewegt liegen, dann begann sie, ihn zu streicheln. Anthony erstarrte nur einen Herzschlag lang. Gleich darauf entspannte er sich, senkte halb, wie in Träumen, die Lider und überließ sich ihren Händen. Fenella streichelte ihm lange die Wangen, ehe sie die Hände an seinem Hals hinuntergleiten ließ und ihm über die Schultern strich.

Sylvester wandte sich ab. Noch nie hatte er etwas gesehen, das zwei Menschen so völlig allein gehörte. Sein Mund wurde trocken. Hatte nicht er sich erboten, für Anthony die Schläge einzustecken, war der Freund ihm kein Wort des Dankes schuldig? Er wollte so nicht denken, er hasste sich für seinen Neid. Um sich nicht länger von aller Welt verlassen zu fühlen, sah er nach seiner Schwester und erschrak.

Geraldine, die Kühle, die nichts beeindrucken konnte, starrte auf Anthony und Fenella wie auf zwei Geschöpfe aus unbekannten Sphären. Ihre Lippen flatterten, wie um ein Wort zu formen, doch es kam kein Geräusch. Sie sah zu, wie Fenella Anthony das Gesicht und die Schultern streichelte, und schien in einem Zauber gefangen. Zum ersten Mal war sie unfähig, sich zu entziehen, die Nase zu rümpfen und mit spöttischem Lachen davonzustolzieren. Dabei war sie schöner denn je. So schön, dass es Sylvester wehtat.

Irgendwann löste sich die Starre. Als Sylvester sich den beiden wieder zuwandte, schloss Anthony die Hände um Fenellas Gelenke und machte der Liebkosung ein Ende. Auch bei ihr bedankte er sich nicht, aber er blickte ihr mit einem Lachen in die Augen. Nicht wie ein Junge, sondern wie ein Mann. »Was ist?«, fragte er Sylvester. »Gehen wir zum Creek?«

»Warum hast du mir nicht gesagt, dass du noch immer ein Schiff bauen willst?«, fragte Sylvester zurück und war wütend, weil er wie ein eingeschnapptes Mädchen klang.

»Du hast mich ja nicht gefragt«, erwiderte Anthony. Dann reichte er Fenella den Arm, lachte ihr noch einmal in die Augen und führte sie unbekümmert davon. In seinem Hosenbund steckte die zerrissene Zeichnung.

3
Fenella

Portsmouth, Mai 1522

Fenella rannte, dass ihre Zöpfe flogen. Erst als sie den schmalen Streifen Laubwald erreichte, dämpfte sie ihre Schritte. Sie wollte nicht, dass die Männer sie kommen hörten.

Wo der Wald sich lichtete, blieb sie stehen und lehnte sich gegen einen Stamm. Hinter dem Saum erstreckte sich das letzte trockene Stück Wiese vor dem Marschland, Boden, der im Auftrag der Stadt gerodet worden war, damit die Männer sich dort mit dem Langbogen üben konnten. »Alle Männer unter sechzig«, so hatte der König befohlen, »sofern sie nicht lahm, verkrüppelt oder schwer verwundet sind.« Anthony mit seinem Bein war davon ausgenommen. Aber er ließ sich nicht ausnehmen. Das hatte er nie getan.

Jeder Mann, der einen gesunden Sohn von sieben Jahren im Haus hatte, war vor dem Gesetz verpflichtet, für ihn einen Bogen mit zwei Schäften und Pfeilen anzuschaffen, und Mortimer Fletcher hatte für seinen Sohn Ralph einen prachtvollen Bogen angeschafft. Irgendwann nach Ralphs Tod hatte Anthony angefangen, den Bogen zu benutzen, und niemand hatte ihn daran gehindert.

Sooft Fenella ihn hier abholte, blieb sie eine Weile zwischen den Stämmen am Waldsaum stehen, weil es ihr Vergnügen machte, ihm zuzusehen. Die Männer und Jungen übten in Gruppen an aufgestellten Zielen. Es waren Väter darunter, die stolz oder ungeduldig ihre Söhne anleiteten, ein paar Veteranen, die ihren Schussarm beweglich hielten, und eine Schar junger Burschen, die sichtlich Vergnügen daran hatten, ihre Kräfte zu messen. Das Fußballspiel hatte ihr König ihnen ebenso verboten wie die Raufereien, damit nichts sie von der Arbeit mit dem Bogen ablenkte. Der Langbogen war die angestammte Waffe des Engländers, und Henry VIII. wollte ein Land voller kampfbereiter Bogenschützen.

Der Bogen war mannshoch, lag schwer in der Hand, und ihn zu spannen erforderte kräftige Schultern. Gerade packte Sylvester den Schaft aus Eibenholz mit der Linken und zog die Sehne mit der Rechten bis an sein Kinn zurück. Das überbordende Licht des Frühlings fing sich in seinem Haar, und die Muskeln seiner Arme zeichneten sich unter dem Wams ab. Er war so sehr das Inbild eines hübschen Jünglings, dass Fenella lachen musste. Sie hätte fünf Brüder haben sollen, statt allein mit der verwitweten Mutter zu hausen, doch von ihren Brüdern war keiner am Leben. Dieser blonde, wohlgestaltete Kerl, der seinen Pfeil mit zu viel Schwung knapp neben den Mittelpunkt der Zielscheibe setzte, war das Brüderlichste, was sie je bekommen würde.

Der Applaus der Kameraden fiel spärlich aus. Sie alle hatten Grund, Sylvester zu beneiden, und sie verbargen ihre Missgunst schlecht. Einzig Anthony trat zu ihm und legte ihm eine Hand auf die Schulter. Kurz standen sie beieinander und tauschten einen Blick. Fenella liebte es, sie so zu sehen. Niemand hätte vermutet, dass ausgerechnet der umschwärmte Sylvester an sich zweifeln könnte, und doch war es Anthonys Nähe, die ihm Halt gab. Dankbar sandte er dem Freund ein Lächeln, ehe er ihm den Bogen reichte. Bei dem von Ralph war das biegsame Splintholz längst abgenutzt, und James Sutton hätte Anthony nur allzu gern einen neuen gekauft, doch Sylvester beharrte: »Wir teilen alles. Warum sollen wir nicht einen Langbogen teilen?«

Weil ihr nicht alles teilt, dachte Fenella, aber weder sie noch Anthony hätten davon ein Wort zu Sylvester gesagt. Die Welt zu umsegeln oder ein Schiff für den König zu bauen konnte nicht halb so hart sein, wie Sylvester wehzutun.

Anthony nahm den Bogen über die Schulter und trat hinter

die ins Gras geschnittene Linie zurück. Er trug ein schwarzes Wams. Wann immer er konnte, trug er Schwarz. Wer ihm beigebracht hatte, sich mit solchem Geschick zu kleiden, wusste kein Mensch. Er hatte die Almosen eines Priesters am Leib, die Sylvesters Tantchen ihm zurechtschneiderte, aber er trug sie wie ein König seinen Hermelin. Er legte den Bogen ohne Aufhebens an, bog den Rücken durch und lehnte sein Gewicht in den Zug der Sehne, nutzte die Kraft jedes Muskels, von den Zehen bis hinauf in den Nacken. Seine Bewegungen erschienen so gleichmütig, so aufwandlos, dass man erschrak, wenn die Sehne nach vorn schnellte. Dass die Pfeilspitze genau neben der von Sylvester einschlug, präzise in der Mitte der Scheibe, verblüffte Fenella schon lange nicht mehr.

»Ich mache für heute Schluss«, sagte Anthony und brachte Sylvester den Bogen. Auf dem gesunden Bein schwang er kurz herum, wobei er Fenella mit einem Zucken der Brauen wissen ließ, dass er sie bemerkt hatte. Dann ging er, um seinen Pfeil zu holen.

Ihm applaudierte niemand, aber es zeigte auch niemand Neid. Er war kein Rivale für sie, weder bei den Mädchen noch in dem Krieg, von dem sie träumten. Die unglaubliche Treffsicherheit, die er sich antrainiert hatte, würde ihm, dem Krüppel, nichts nützen, denn ein Langbogenschütze musste standfest und in der Lage sein, endlose Tagesmärsche mit der schweren Ausrüstung zu überstehen. Anthony wusste das. Er trainierte mit dem Bogen, weil er von sich verlangte, alles zu können, was die Übrigen auch konnten. Sobald aber die Übrigen fort waren, kam er im Schutz des Zwielichts hierher, um etwas anderes zu trainieren, und dabei erlegte sein Bein ihm keine Schranken auf.

Schießen.

Mit einer Arkebuse, die sein Priester ihm bezahlt hatte. »Die Zeit des Langbogens geht zu Ende«, sagte Anthony, obwohl ein Bogenschütze acht Pfeile in derselben Zeit feuern konnte, die ein Arkebusier für einen einzigen Schuss brauchte. Zudem galten Handfeuerwaffen als nicht zielsicher, doch dazu bemerkte Anthony: »Wenn ich mein Ziel nicht treffe, muss ich eben mehr üben.«

Als er ging, glotzten die jungen Männer ihm nach. Fenella konnte ihre Gedanken lesen. *Der Krüppel nimmt uns nichts weg,* dachten sie. *Er mag ja etwas an sich haben, aber kein Mädchen schenkt einem Einbein wie ihm einen Blick. Und wenn doch, dann gewöhnt ihr Vater es ihr ab. Er ist immer noch Anthony Fletcher, der seinen Bruder getötet hat, damals, bei den Docks, als die* Mary Rose *vom Stapel lief. Er ist immer noch unberührbar, immer noch der mit dem Strick des Henkers um den Hals.*

Anthony wusste auch das. Er steckte den Pfeil in den Köcher, brachte ihn Sylvester und berührte den Freund noch einmal an der Schulter. Dann schob er die Hände in den Gurt und schlenderte vom Platz, als hätte er keine Sorge auf der Welt. Nach drei Schritten blickte er auf und sah Fenella ins Gesicht. Sie wich in den Schutz des Waldes zurück, ehe sie lächelte und die Arme nach ihm streckte.

An den Ufern des Creek wurde seit Monaten gebaut. König Henry hatte der Jugend seines Landes eine herbe Enttäuschung bereitet, als er Frieden mit Frankreich schloss. Jetzt aber ließ er die hölzernen Befestigungen seiner Hafenstadt Portsmouth durch steinerne ersetzen und schürte damit Hoffnung. Portsmouth lag der französischen Küste gegenüber, nur durch den schmalen Streifen Meer getrennt. Sie war eine für den Krieg gebaute Stadt.

Wenn der König hier Türme und Mauern hochziehen ließ, konnte das nur bedeuten, dass der Frieden nicht von Dauer sein würde. Das Heilige Römische Reich lag seit mehr als einem Jahr im Krieg mit Frankreich, und nicht wenige hofften, binnen Kurzem werde England an der Seite des Kaisers eintreten. Die jungen Männer, die darauf brannten, sich ihre Sporen zu verdienen, zitterten vor Erwartung wie Pferde im Stall.

Fenella und Anthony hatten lange suchen müssen, um eine Bucht zu finden, in der der Lärm der Hämmer und Winden ihr Liebesgeflüster nicht störte. Das Rutendach einer Weide schützte sie vor Blicken, und hinter der Weide drängte sich ein dreimal mannshoher Vogelkirschbaum. Vernahmen sie Stimmen, so flüchteten sie hinauf in die Krone des Baumes und kauerten sich ins Geäst. Mit der Zeit hatten sie gelernt, sich hemmungslos satt zu küssen, ohne dass der kleinste Zweig knackte.

Heute aber waren sie allein, und es war warm genug, um im Gras zu sitzen. Als sie sich geküsst hatten, bis der Hunger eine Pause einlegte, lehnte Fenella sich an die Weide, und Anthony streckte sich auf dem Rücken aus und bettete seinen Kopf in ihren Schoß. Sie strich ihm das Haar mit einer Sorgfalt aus dem Gesicht, die ihre Mutter sich bei ihrer Stickarbeit gewünscht hätte, und geriet über das Geäst feiner Adern an seinen Schläfen in Entzücken. Manchmal lächelte er, wenn sie ihn streichelte, und wenn er es nicht tat, kitzelte sie ihn, bis er nicht anders konnte. Er war überall kitzlig. Unter dem Kinn, in der Taille und an Stellen, an die die züchtige Tochter einer Beamtenwitwe nicht einmal denken durfte.

Es ging ihm gut, und dafür dankte sie Gott. An manchen Tagen sah sie seinem Gesicht an, dass ihm der Kopf wehtat, auch wenn er Himmel und Hölle aufbot, um es zu verbergen. Zuweilen kauerte er vornübergebeugt im Gras und presste sich die Hände an die Schläfen, als ließe sich der Schmerz aus seinem Schädel quetschen. Sie aber durfte ihm nicht helfen, sondern musste beiseiteschauen, als hätte sie nichts davon bemerkt.

Heute ging es ihm so gut, dass ihn das Fell juckte. Die ersten Blüten des Sandthymians, der zwischen Grasbüscheln wucherte, verströmten ihren Duft und betörten Fenella vollends. Sobald ihr Blick auf Anthonys rotbraune Lippen fiel, musste sie sich vorbeugen und ihn von Neuem küssen, auch wenn ihr Rücken dabei ächzte. Gelenkig, wie er war, hätte er sich ihr entgegenrecken können, aber er tat es nur, wenn es ihm passte.

Manchmal rangelten sie deswegen, bis sie vor Küssen und Gelächter fast erstickten, hinterher stopften sie mit gespielter Verlegenheit Stofffalten wieder dorthin, wo sie hingehörten, und strichen übertrieben eifrig Haarsträhnen glatt.

»Ich muss dir etwas sagen, Fenchel. Ehe du mir noch einen Kuss gibst.«

»Warum? Weil ich hinterher feststellen könnte, dass du keinen mehr verdienst?«

»In der Tat.«

»Hast du es Sylvester gesagt?«

»Ich fürchte nein.«

Da wusste sie, was es war.

Sie hatte es immer gewusst und versucht, sich für den Augenblick zu wappnen. Nach jenem Märztag bei Vater Benedicts Schulhaus hatte Sylvester mit seinem Vater gesprochen. James Sutton hatte nicht lange gefackelt, sondern Anthony ermöglicht, zu tun, wofür er geboren war: Schiffe bauen. Von den Schiffbauern wollte ihn keiner in seiner Werft dulden, doch James Sutton hatte ihn abends, wenn das Gelände leer war, in der seinen unterwiesen. An schwindende Sicht war Anthony gewöhnt. Er lernte alles, was er brauchte, im Zwielicht.

Sir James war noch immer der gütigste Mann der Welt. Zwischen ihm und Anthony gab es keine großen Gesten, doch die stille Freude, die er an Anthonys Begabung hatte, war unverkennbar. Ein Jahr später, im Frühjahr, hatte er zu ihm gesagt: »Du weißt so gut wie ich, dass ich dir nichts mehr beibringen kann. Glaub mir, mein Lieber, wenn es in diesem Land jemanden gäbe, der es könnte, würde ich ihn beschwören, dich in die Lehre zu nehmen, und wenn es das Letzte ist, was er tut.«

»Ich weiß«, hatte Anthony gesagt. Danke sagte er zu niemandem, aber Sir James wusste auch so, was er meinte.

»Wenn du Geld brauchst …«

Anthony schüttelte den Kopf.

»Ohne Geld wirst du nicht reisen können.«

»Ich finde einen Weg.«

Er schlug die nassgeküssten Lider auf und sah Fenella sternenäugig an. Wie es schien, hatte er den Weg gefunden. Er würde weggehen. *Ich werde nicht weinen*, schwor sich Fenella. *Nicht vor ihm. Ich werde ihm nicht sagen, dass ich keine Ahnung habe, wie das zu schaffen ist, leben ohne ihn.*

»Fenchel?«

Fenella nickte.

»Verlangst du etwa, dass ich dich um Verzeihung bitte?«

»Ach, halt den Mund«, sagte Fenella. »Wohin fährst du?«

»Nach Genua. Der Meister, der die beiden Handelsgaleeren überholt hat, nimmt mich mit. Solche Galeeren sollte sich der König für den Krieg bauen lassen.«

»Wir reden jetzt nicht von Galeeren, Anthony.«

»Nein. Ich fürchte nicht.«

Sie hätte es sich denken müssen. Zu Beginn des Frühjahrs hatte er ihr mit funkelnden Augen erzählt, dass der genuesische Schiffbaumeister ihn für sich arbeiten ließ. Als Handlanger und ohne einen Penny Lohn. Aber Geld war Anthony gleichgültig. Für ihn zählte nur, dass der Mann ihn nicht nach seinem Namen fragte.

»Und wann?«, rang sich Fenella ab.

»Morgen.«

Sie musste sich beherrschen, um ihn nicht zu schlagen. Auch wenn er nie einen Hehl daraus gemacht hatte, dass Schiffe ihm über alles gingen – er durfte sich nicht betragen, als sei das, was sie zusammen hatten, ohne Wert. Vater Benedict mochte die Hand über ihn gehalten haben, aber geliebt hatten ihn Fenella und Sylvester, und vielleicht wäre er andernfalls am Hass der Stadt zerbrochen. Sie hatte nie Dank dafür fordern wollen, doch jetzt verschleierten Tränen des Zorns ihr den Blick. Sie grub die Hand in sein Haar und rüttelte ihm den Kopf durch. Dann ließ sie ihn los.

»Fertig, Fenchel?«

»Halt den Mund, Anthony. Wenn du sagst: ›Es war hübsch mit dir‹, fängst du dir eine Ohrfeige, die du dein Lebtag nicht vergisst.«

»Traust du mir wirklich zu, das zu sagen?«

»Im Augenblick fällt mir nichts ein, das ich dir nicht zutraue. Sag gar nichts, ja?«

»Doch«, sagte er, rollte von ihrem Schoß und schwang sich auf die Knie. »Ich kann das nicht, Fenchel.«

»Was kannst du nicht?«

»Mich entschuldigen. Mich bedanken. Bei niemandem. Das weißt du, oder nicht?«

»Ja, ja, ja. Ich weiß alles, und du darfst mit meinem Segen jetzt Leine ziehen.« Sie starrte ins Gras. Unter dem Dach der Weide, wo die Sonne es nicht ausbleichen konnte, waren die Halme noch zart und grün, als wäre der Frühling nicht vorbei.

»Ich liebe dich«, sagte Anthony.

Fenella griff nach ihrem Herzen, weil sie glaubte, es bliebe ihr stehen. »Was soll das heißen?«

»Ich bitte auch niemanden«, sagte er stolz. »Aber ich würde gern wiederkommen.«

»Nach Portsmouth, Anthony?« Ihre Stimme war fast völlig erstickt. »In die Stadt mit dem einzigen Trockendock Europas? Dorthin, wo das Schiff gebaut worden ist, das du nicht vergessen kannst?«

In seiner Wange zuckte ein Muskel. »Nein«, sagte er. »Zu dir.« Diesmal war er es, der den Rücken krümmte. Er schloss die Arme um sie und zog sie an seine Brust. »Nicht mit leeren Händen, Fenella. Bei uns kommt der Schiffbau noch immer nicht vom Fleck, und einer wie ich kann nichts werden, wenn er nicht im Ausland war.«

»Meinst du wirklich, der König hält Frieden und lässt kein Kriegsschiff wie das eine mehr bauen?«

»Du kannst das eine getrost beim Namen nennen«, sagte Anthony. »Es tut mir nicht weh. Sie heißt *Mary Rose*.«

»Du hast einmal gesagt, ein Schiff wie sie baut niemand auf der ganzen Welt.«

»Da war ich ein Rotzlöffel von sieben Jahren.«

»Und jetzt sagst du es nicht mehr?«

Eine Bewegung glitt über sein Gesicht und verriet einen Herzschlag lang, wie verwundbar er war. »Doch«, sagte er. »Auf eine Weise schon.«

»Auf welche Weise?«

Er sah erst zu Boden und dann Fenella ins Gesicht. »Würdest du nicht gern zu mir sagen, es sei Zeit, von ihr loszukommen?«, fragte er.

»Und wenn ich das zu dir sagte – könntest du es?«, fragte Fenella zurück.

Anthony schüttelte den Kopf. »Von ihr nie.«

Nach einer kurzen Zeit des Schweigens erklärte er: »Ich habe von ihr gelernt, dass ein Schiff viel mehr kann, als Truppen von einer Küste zur anderen schleppen wie ein schwimmender Packesel.«

Fenella nickte, obgleich sie sicher war, dass er einen völlig anderen Grund hatte, von der *Mary Rose* nie loszukommen.

»Sie ist eine erstklassige Karacke«, fuhr Anthony fort. »Vor Brest hat sie dem König praktisch allein die Schlacht gewonnen, und bis die *Henri Grâce à Dieu* kam, dieser zu Wasser gelassene Mastochse, hat sie sich als Flaggschiff tadellos geschlagen. Aber die Zeiten ändern sich. Schiffe, die auf dem Kontinent gebaut werden, sind längst Kampfplattformen zur See. Die *Mary Rose* bräuchte nicht nur mehr Geschützpforten und einen tieferen Schwerpunkt, wenn sie mithalten will. Sie müsste von Grund auf überholt werden.«

»Und warum wird sie nicht überholt?«

Anthony schob einen Grashalm zwischen seine Zähne und zerbiss ihn, ehe er sprach. »Warum wohl nicht? Weil der König andere Sorgen hat.«

»Den Erhalt seines Geschlechts?«

»Ich fürchte.« Auf dem halben Grashalm stieß er einen Pfiff aus. »Er hat in zehn Jahren keinen lebenden Erben gezeugt. Ein König, der sich fragen muss, ob seine Ehe gottgefällig ist, hat den Kopf für keine Flotte frei.«

Fenella wusste, wovon er sprach. Ganz England sprach ja davon. Das einzige Kind, das der ansehnliche König und seine edelblütige Spanierin aufzuweisen hatten, war ein nutzloses Mädchen mit fünf toten Brüdern. Wie Fenella. »Aber was soll sich daran denn ändern, bis du wiederkommst?«, fragte sie kühler, als sie wollte. »Die letzte Schwangerschaft der Königin liegt bald fünf Jahre zurück, und das Kind war tot wie die anderen vor ihm. Dass sie jetzt noch einen lebenden Erben gebiert, nimmt wohl niemand an.«

»Wer weiß.« Er zuckte mit der Schulter und spuckte den Grashalm aus. »Der Krieg auf dem Kontinent geht ja trotzdem weiter. Irgendwann muss der König Farbe bekennen. Wenn er sich auf die Seite des Habsburger Kaisers stellt und gegen Frankreich zieht, werden die Karten neu gemischt.«

Das war sein Traum: in den Krieg zu ziehen und sich zu beweisen, den Schmutz von seinem Namen zu waschen oder wenigstens bei dem Versuch zu sterben. »Stirb nicht«, sagte Fenella leise.

»Ich gebe mir Mühe.« Sein Lachen hatte etwas Verlegenes. »Wenn ich zurückkomme, müsste ich in der Lage sein, Arbeit zu finden. Irgendwo, wo kein Mensch mich kennt. Zur Not in der Flussschifffahrt, solange es genug einbringt, um einen tausendschönen Vielfraß durchzufüttern.«

Fenella griff noch einmal nach ihrem Herzen. Dann straffte sie den Rücken, um zu verbergen, wie es in ihr stürmte. »Ihr wollt doch wohl nicht behaupten, dieses Gestammel solle ein Heiratsantrag sein, Master Fletcher?«

»Du kennst mich doch«, erwiderte er und senkte die Lider. »Anders kann ich es nicht.«

Ihre Hand tastete nach ihm. Seine Hand tastete nach ihr.

Als die Hände ihr Ziel fanden, schnellten sie beide herum und zogen einander heran. Sein Atem an ihrem Ohr war ein Stöhnen. »Wenn du willst, findest du hundert Bessere, Fenchel. Aber keinen, der ohne dich seinen Rest Verstand verliert.«

Sie war ein zähes Mädchen, hart im Nehmen, führte ihrer verschrobenen Mutter den Haushalt und stritt sich mit einem boshaften Onkel um Erbe und Unterhalt. Sie war das Kind, das ihr Vater nicht gewollt hatte, weshalb sie im Alter von fünf Jahren beschlossen hatte, ebenfalls keinen zu wollen. Keinen, nur Anthony. Der auch keinen wollte. Nur sie.

Wir sind die mit den engen Herzen, dachte sie. *Er hat in meinem Platz und ich in seinem. Nur weil es manchmal zu schwierig ist, solche wie uns im Herzen zu haben, haben wir unsere Herzen um einen Zoll geweitet. Damit Sylvester hineinpasst, der uns hilft, uns zu ertragen.*

Er strich mit den Lippen ihr Haar beiseite und setzte ihr kleine Küsse auf die Ohrmuschel. »Ist es jetzt besser?«

»Nein.« Sie lachte unter Tränen und richtete sich vorsichtig auf. »Es wird grässlich werden. Kannst du mir sagen, was ich ohne dich in dieser Stadt anfangen soll?«

»Auf keinen Vogelkirschbaum steigen, Fenchel Tausendschön. Unter das Dach keiner Weide kriechen und keinem hübschen Burschen erlauben, seinen Kopf in deinen Schoß zu legen.«

Sie gab ihm einen Klaps auf die Lippen. »Du bist alles, aber kein hübscher Bursche.«

»Eben drum.«

»Mir erzählt nicht ausgerechnet Anthony Fletcher, er sei eifersüchtig, oder?«

»Warum denn nicht?«

»Weil du kein Herz hast, mein Satansbraten.«

So redeten sie in der Stadt. *Der schwarze Fletcher-Junge, der Satansbraten, der hat seinem Bruder den Garaus gemacht, und in der Brust schlägt dem kein Herz.*

Er nahm ihre Hand und schob sie unter sein Wams. Durch den Hemdstoff pochte sein Herz gegen ihre Finger, um ihr zu erzählen, was der Feigling, dem das Herz gehörte, nicht über die Lippen brachte. Sie gab dem Herzen die Zärtlichkeit, die ihm gebührte, und ärgerte sich über den Hemdstoff. *Ich hab dein Herz so lieb, Anthony. Ich hab dich so lieb. Gott behüte dich, aber das darf ich nicht sagen, denn dann furchst du deine Brauen, als stünde in deinem Schädel ein Gewitter an.*

»Ich schenk's dir«, sagte er.

»Was schenkst du mir?«

»Das Ding, das ich nicht habe, obwohl es so viel Radau unter meinen Rippen macht.«

»Das ist der schiere Leichtsinn, Master Fletcher.«

»Ist es das?«

Sie biss ihm ins Ohr. »Wenn du es mir schenkst, wirst du auf es achtgeben müssen, denn wenn du es nicht heil zurückbringst, werde ich dir böse sein.«

»Sehr böse, Fenchel?«

»Darauf kannst du Gift nehmen. So böse, wie du blöder Kerl es dir im Leben nicht vorstellen magst.«

Anthony küsste sie. Erst zart in die Gruben der Mundwinkel und dann unzart auf den Mund. »Ich bringe es zurück«, sagte er rau. »Was sollte mir denn geschehen?«

»Wer weiß. Wenn du meine Mutter fragst, stürzt auf den ganzen Kontinent demnächst der Himmel nieder.« Sie bemühte sich, die weinerliche Stimme ihrer Mutter nachzuahmen: »Alle Welt ist in Aufruhr. Diesen Luther, den hat uns der Satan beschert, der will die Heilige Kirche vernichten, und Gott wird uns alle dafür strafen.«

»An seinesgleichen vergreift sich kein Satan«, sagte Anthony und küsste ihr den Hals. »Außerdem treibt dieser Luther sein Unwesen ja nicht in Genua. Zumindest möchte ich ihm nicht dazu raten.«

»Und warum nicht?«

»Wenn er mir über den Weg läuft, erschieße ich ihn.«

Ehe sie sich versah, hatte sie ihm die Hand auf den Mund gepresst. »Sei doch still, um alles in der Welt!«

Gelassen pflückte er ihre Hand von seinen Lippen und küsste ihr die Fingerspitzen. »Ist es nicht die Pflicht eines braven Christen, dem Ketzer den Garaus zu machen? Vater Benedict sagt, jemand wird es auf sich nehmen müssen, oder die Welt stürzt in den Schlund der Hölle.«

»Was dein ewiger Benedict salbadert, ist mir einerlei. Ich mag nicht, wenn du vom Töten sprichst.«

Der Muskel in seiner Wange zuckte, und der Zauber verflog. »Ich verstehe. Mit einem Mörder reißt man übers Morden keine Witze.«

Sie entzog ihm ihre Hand und drehte sich weg. »Du bist kein Mörder, sondern ein dummer Bengel, der ein paar aufs Fell braucht, wenn du so redest. Glaubst du nach all den Jahren noch immer, Sylvester und ich würden dich schuldig sprechen? Wenn du das glaubst, kann ich dir nicht helfen. Dann glaub, was du willst.«

Er brauchte eine Weile, um über seinen Schatten zu springen. Dann stieß er ihr sacht den Ellbogen in die Seite. Statt sich zu entschuldigen, küsste er sie, und sie küsste ihn, weil der Hunger beschloss, dass die Pause lang genug gedauert hatte. Wie sollte sie ohne Anthonys Lippen, Anthonys Schultern, Anthonys Hüften, diese zähen Kraftpakete, die sich nicht einmal kitzeln ließen, mit dem Hunger leben? Ohne Anthonys Duft, Anthonys Stimme, Anthonys selbstherrliche Unverschämtheit? Sie riss ihm das Hemd vom Hals und biss ihn in die Schulter. Er schauderte, und ihr wurde schwindlig vor Lust.

Hinterher lehnte sie sich noch einmal an die Weide und nahm seinen Kopf in den Schoß. »Wie willst du zurechtkommen? Du sprichst doch kein Italienisch.«

»Latein genügt, sagt der Genueser. Wenn das nicht stimmt,

soll's mir recht sein. Dann muss ich wenigstens nicht dumm schwatzen.«

»Ich wünschte, ich könnte Italienisch lernen«, entfuhr es Fenella.

»Warum?«

»Ich weiß nicht. Weil es schön und fremd klingt. So wie etwas, das wir uns ausgedacht haben, als wir Kinder waren und hinter dem Dock hockten. Es klingt, als könnte ich auf seinen Worten wie auf Schiffen die Reisen machen, von denen wir geträumt haben.«

Er nahm ihre Hand, küsste die Innenfläche und legte sie sich auf die Brust. »Ihr seid zwei Dichter, du und Sylvester. Wenn in meinem Holzkopf ein paar Brocken Italienisch hängenbleiben, bringe ich sie dir mit, ja?«

Seine Haut unter dem Hemd war warm und pulsierte. »Sylvester – wann sagst du es ihm?«

»Darum wollte ich dich bitten.«

»Du bist nicht nur ein Feigling, Anthony Fletcher, du bist der erbärmlichste Feigling von ganz England.«

»Das weißt du doch.« In seinen Augen leuchtete jeder einzelne Funke. »Sylvester leidet ja schon wie ein Hund, weil er seinen Engel von Schwester vermisst. Wenn er mich mit diesen herzzerreißenden Augen ansieht – soll ich ihm da vielleicht ins Gesicht sagen, dass auch ich ihn noch verlasse? Nur ein Unmensch brächte das fertig.«

»Du bist ein Unmensch, mein Liebling. Außerdem hast du es gerade kalten Blutes mir ins Gesicht gesagt.«

»Ach du«, sagte er und stahl sich einen Kuss. »Du bist Kummer gewohnt.«

Sie schlug ihm über die Wange, wenn auch zu halbherzig, um ihm wehzutun.

Immerhin erschrak er. Furchte die Brauen, berührte die misshandelte Haut und fuhr sich gleich darauf wie mit einer Forke ins Haar. »Ich dachte, du magst mich, Fenchel.«

»Manchmal«, sagte Fenella mit einem Seufzen, akzeptierte wiederum einen Kuss statt einer Entschuldigung und küsste ihn entschieden zu zärtlich zurück. »Was hat der Himmel sich nur bei dir gedacht?«

»Der Himmel gar nichts, mein Herz.«

»Du bist unmöglich.«

»Auch das ist dir nicht neu. Sag Sylvester, ich schreibe ihm einen Brief, ja?«

»Den wird er in der Luft zerreißen, weil er's mit dir ja nicht tun kann.«

Anthony grinste. »Ohne Zweifel. Aber erst, nachdem er ihn gelesen hat.«

4

Robert

HAMPTON COURT PALACE, PFINGSTEN 1523

Der Palast war ein Kleinod, eine erlesene Perle unter Feldsteinen. Der gesamte Hof jedoch spottete darüber, dass dieses Juwel nicht König Henry gehörte, sondern seinem Lordkanzler, dem mächtigen Kardinal Wolsey, von dem hämische Stimmen munkelten, er hielte den König und damit das ganze Land in seiner fetten Hand. Wie in jedem Jahr hatte der Kardinal zu einem Pfingstbankett geladen, und wer seinen Namen auf der Gästeliste fand, durfte sich rühmen, am Hof von England etwas zu gelten.

Auf dem Gang, der in den Saal führte, stand Robert Mallach, der Graf von Ripon, und wartete darauf, dass sein König mit wehender Schaube an ihm vorüberrauschte. Mit ihm wartete Thomas Boleyn, ein Höfling, der sich Verdienste im diplomatischen Dienst erworben hatte und dafür jüngst in den Hosenbandorden erhoben worden war. An das Fenster des Erkers prasselte Regen.

Robert verkniff sich ein Stöhnen. *Immerfort Regen über dieser Insel. Immerfort, selbst Ende Mai noch ein Himmel in undurchdringlichem Grau.*

»Ich verstehe Euch ja, Mylord Ripon«, sagte Thomas Boleyn. Seine Stimme war Robert unangenehm wie eine Nacktschnecke auf bloßer Haut. Der Mann war ein Kriecher, doch eben deshalb kam er ihm jetzt gerade recht. Auf diesen Gang stellte man sich, wenn man dem König mit einem Anliegen lästig fallen wollte, und das Lästigfallen würde Boleyn übernehmen. Robert selbst konnte sich dadurch im Hintergrund halten und einen Rest seiner Würde bewahren.

»Ich verstehe Euch wirklich«, beteuerte Boleyn ein zweites Mal. »Kriegsschiffe brauchen ihre Wartung, doch warum diese Eile, dieser Übereifer? Wisst Ihr, wie Ihr mir vorkommt? Verzeiht, mein Bester – wie einer meiner Jagdhunde, der Blut geleckt hat und nun danach süchtig ist.«

Robert biss sich auf die Lippen. Boleyn war ein Trottel, doch die Beschreibung traf. Er hatte Blut geleckt. Wann war das geschehen? Irgendwann im Nebel seiner Jugend, die er in einer sumpfigen Grafschaft an Yorkshires Küste vergeudet hatte. Auf einem Felsen über dem brüllenden Meer hatte er eines Morgens begriffen, dass das Volk, dem er angehörte, auf seiner elenden Regeninsel festsaß. Wenn es je vorankommen wollte, brauchte es Schiffe. An einem feuchtkalten Morgen, fern der Zivilisation, hatte Robert beschlossen, aus Yorkshire zu flüchten und dafür zu sorgen, dass sein Land Schiffe bekam. Keine Nussschalen. Sondern Schiffe, die dem Sturm ihrer Zeit die Stirn zu bieten wussten.

Deswegen stand er jetzt hier, in einen Erker gezwängt wie ein Bettler. Er mochte ein Graf mit Normannenblut sein, eine Stuterei besitzen, die den Hof belieferte, doch an seinen Beinen klebte ihm der Sumpf von Yorkshire. Wäre er anderswo zur Welt gekommen, im Umkreis der Hauptstadt, wo zumindest ein Hauch neuen Windes wehte, wäre seine Stellung eine andere gewesen. Nie hätte er sich derart erniedrigen müssen, um die Befugnisse zu erlangen, die zur Ausübung seines Amtes nötig waren. Er war Aufseher über den königlichen Schiffbestand, trug einen klangvollen Titel, doch was nützte ihm das, wenn damit nicht die Macht einherging, Entscheidungen zu treffen?

»Gebt Ihr mir keine Antwort, Mylord?« Boleyn hielt den Kopf schief wie ein Schoßhund. »Ich hoffe, ich habe Euch mit meinen Worten nicht gekränkt.«

»Gewiss nicht«, erwiderte Robert. »Ich war nur in Gedanken.«

»Gedanken an Euren Flottenausbau? An etwas anderes

denkt Ihr ja nie. Ihr solltet heiraten, mein Bester. Eine Familie lenkt ab, schenkt einem Mann Erfüllung.«

Der Mann hatte gut reden. Boleyns eigene Familie bestand aus zwei Töchtern und einem Sohn, deren Manieren er in Frankreich hatte schleifen lassen, ehe der Krieg ausgebrochen war. Hätte Robert ein Kind gehabt, hätte er dasselbe getan. Wozu ein Kind in die Welt setzen, wenn man es in der Ödnis von Yorkshire versauern ließ? Robert hatte kein Kind. Um eines zu zeugen, hätte es einer Frau bedurft, und die Frauen, die ihm zur Auswahl standen, waren Insulanerinnen mit Sumpfschlamm an den Beinen.

»Ich habe genug Erfüllung daran, diesem Land zu der Flotte zu verhelfen, die es verdient«, sagte er zu Boleyn. »Seit letztem Sommer liegen wir im Krieg mit Frankreich. Meint Ihr nicht, wir sollten als Verbündeter des Kaisers mehr aufzubieten haben als die paar traurigen Kähne?«

»Nun übertreibt Ihr aber, guter Freund!« Boleyn lachte gekünstelt. »Ihr könnt kaum behaupten, König Henry habe in den Schiffbau kein Geld gesteckt. Von seinem Vater hat er, soweit ich weiß, nicht mehr als fünf Karacken übernommen. Und wie viele haben wir heute? An die dreißig doch gewiss!«

»Zweiunddreißig«, erwiderte Robert missmutig.

»Da habt Ihr's. Und darunter befinden sich Prachtstücke wie die *Henri Grâce à Dieu*, die sich hinter keinem Schiff des Reiches verstecken muss.«

»Das könnte sie gar nicht, so überbaut, wie sie ist.« Robert schluckte trocken. Dass die *Henri Grâce à Dieu*, das protzige Flaggschiff des Königs, überbaut war, dass sie ihr Gleichgewicht nicht halten konnte, weil ein Fehler in der Konstruktion vorlag, hatte ihm ein Rotzbengel ohne Manieren und Herkunft erklären müssen, ein wild aufgewachsener Krüppel, der Schiffe las wie die grandiosen deutschen Kirchenreformer die Bibel. Robert hatte ihm einen Tag lang zugesehen und gewusst, dass er ihn haben musste. »Wenn du den Krieg überlebst, kommst du zu mir nach London«, hatte er zu ihm gesagt. »Ich kann in meinem Dienst einen Burschen brauchen, der weiß, wo bei einem Schiff vorn und hinten ist.«

»Das zu wissen nützt nichts«, hatte der Kerl mit unerträglichem Gleichmut erwidert. »Wenn man den Schwerpunkt zu hoch setzt und das Batteriedeck überbaut, kann man getrost die Enden verwechseln. Man kentert so oder so im ersten Sturm.«

»Darf ich fragen, von welchem Schiff du sprichst?«, hatte Robert ihn zur Rede gestellt.

»Von mehr als einem«, hatte der schwarze Köter blitzschnell erwidert. »Vor allem von dem, auf dem wir stehen. *Henri Grâce à Dieu.*« Er spuckte den Namen wie etwas Ungenießbares aus. »Wenn man nicht in der Lage ist, einen Zweidecker zu bauen, ist man mit einem Einzeldeck besser bedient. Und wenn man nicht mehr Geschützpforten ins untere Deck setzen will, muss man auf Bronzekanonen verzichten, denn für das Oberdeck sind Waffen von mehr als zwei Tonnen zu schwer.«

War das der Grund, warum sich mit der *Henri* keine scharfe Wendung vollziehen ließ? War das Hauptdeck mit seiner doppelten Beplankung und dem gewaltigen Vorderkastell überbaut, und saß sein Schwerpunkt zu hoch? Die Erkenntnis war so offensichtlich, dass Robert sich hätte ohrfeigen können: Weshalb war nicht er darauf gekommen, sondern brauchte diesen Strolch dazu? »Ich könnte dir mit der Brasse den Hintern peitschen lassen«, sagte er und haute dem Burschen die Maulschelle herunter, die ihm selbst gebührt hätte. »Dafür, dass du das Flaggschiff deines Königs schmähst.«

»Das würde im günstigsten Fall meinem Hintern aufhelfen«, konterte der Bursche. »Diesem Schiff aber nicht.«

»Und was passt dir nicht an diesem Schiff?«

»Fragt mich lieber, was mir daran passt, denn das ist mit einem Wort beantwortet: nichts.«

»Das genügt mir nicht!«, fuhr Robert auf.

Der Satansbraten zuckte mit der Schulter. »Ihr seht es doch

selbst. Wir liegen fest und warten auf besseres Wetter, weil sich vor dem Wind mit diesem Klotz nicht kreuzen lässt.«

»Das ist dummes Zeug. Ein rahgetakeltes Schiff dieser Größe ist zum Kreuzen vor dem Wind nicht gemacht.«

»Und warum machen wir es dann nicht wendiger? Sollte ein Kriegsschiff nicht bei jedem Wetter eine Halse vollführen und einem Gegner ausweichen können? Zudem ist dieses Schiff als Kampfplattform ein schlechter Witz, weil es bei leichtestem Seegang wie ein Spielball schaukelt.«

»Ein Schiff an Teilen auszubessern, die unter dem Wasserspiegel liegen, ist unbezahlbar«, bellte Robert, der sich auf seinem eigenen Feld geschlagen fühlte.

»Wir haben in Portsmouth ein Trockendock«, erwiderte der Krüppel ohne Erregung. »Das macht es nicht billig, aber erschwinglich. Hätten wir mehr solcher Docks und würden Pläne zur regelmäßigen Wartung sämtlicher Schiffe erstellt, so ließe sich der gesamte Bestand ständig seetüchtig halten.«

Eine Zeitlang brütete Robert schweigend. Er fuhr immer wieder auf den königlichen Kriegsschiffen mit, um zu prüfen, wie es um sie stand, und um mitzunehmen, was den Aufwand wert war. Die *Henri Grâce à Dieu*, die mit so viel Getöse gebaut worden war, war ihn nicht wert. Aber der schwarzhaarige Krüppel, der Italienisch sprach wie eine von Neapels Kanalratten, war es. »Weshalb bildest du dir überhaupt ein, dich auf Schiffe zu verstehen?«, herrschte Robert ihn an.

»Worauf soll ich mich sonst verstehen?«, fragte der andere zurück. »Ich bin aus Portsmouth. Aufgewachsen auf der Werft.«

Portsmouth, die für den Seekrieg gebaute Stadt mit dem einzigen Trockendock Europas. Und ich bin aus Yorkshire, dachte Robert bitter. *Aufgewachsen in einem Pferdestall.* »Nach dem Krieg will ich dich in London haben«, befahl er dem anderen noch einmal.

»Nicht sofort, mein Graf.«

»Was soll das heißen?«

»Ich bin meinem Herrn in Genua im Wort.«

»Pfeif auf dein Wort! Meinst du wirklich, ich muss einem Schacherer in Genua Ablöse für einen Köter aus Portsmouth zahlen?«

»Köter bleiben einem Meister treu, bis sie den letzten Trick gelernt haben«, erwiderte der Bursche ungerührt. »Wenn Ihr mich wollt, müsst Ihr warten.«

Oh ja, ich will dich!, durchfuhr es Robert. *Ich will dich, um dir den Hintern mit eigenen Händen zu peitschen und dir die verdammte Überheblichkeit auszutreiben.* Er wich dem Blick aus den seltsam diamanthaften Augen aus. Er gierte nach mehr, nach endlosen Gesprächen über Schiffe und nach Plänen, die vor nichts Halt machten. Vor allem wollte er den Kerl, um sich an dem zu berauschen, was dieser in bestechend klaren Worten darlegte – und um es dem König zu präsentieren.

Der König mochte bis über die Ohren in Problemen stecken, aber er hatte immer eine Schwäche für Schiffe gehabt. Mit Leuten, die sich auf Schiffe verstanden, saß er oft stundenlang beisammen, wobei er den lärmenden Rest der Welt vergaß. Außerdem wollte er Krieg, Heldentum, Liebe und Tod. Kein stumpfes Münzenzählen wie sein Vater. Ein König ohne Erben durfte sein Leben nicht riskieren, doch dass er deswegen verdammt war, in überheizten Palästen zu schmoren und dem Regen zuzusehen, statt sein Heer gegen Frankreich zu führen, machte Henry VIII. launisch wie ein Weib.

»Euch verstehe, wer will«, hörte Robert Boleyn an seiner Seite murmeln. Er zwang sich, ihm das Gesicht wieder zuzuwenden. »Der König kann sich das imposanteste Schiff des ganzen Nordens hinstellen und macht es Euch noch immer nicht recht«, sagte Boleyn weiter. »Ihr seid ein Getriebener, habe ich recht?«

Robert musste wieder an den Schützen aus Portsmouth denken. Der Kerl konnte kaum zwanzig Winter auf dem Buckel haben und hatte um sich einen Gleichmut, den Robert in fünfunddreißig Jahren nicht erlangt hatte. »Ja«, sagte er zu Boleyn,

»ich bin ein Getriebener. Und wie steht es um Euch? Weshalb lasst Ihr Euch als Diplomat durch halb Europa hetzen, wenn nicht, weil Euch etwas treibt?«

»Gott bewahre – mich treibt gar nichts.« Boleyn zog die Schultern hoch und spreizte die leeren Hände. »Ich bin lediglich ein Mann ohne nennenswerte Talente. Wenn ich ein paar Schäfchen ins Trockene bringen will, bleibt mir nichts übrig als die Diplomatie.«

Robert zuckte zusammen. Das war sie, die Erkenntnis, vor der er davonlief: Er war ebenfalls ein Mann ohne nennenswerte Talente, oder schlimmer – er besaß das falsche Talent. Was nützte einem, der sich nach dem Knattern einer windgebeutelten Rah sehnte, sein Pferdeverstand, sein Blick für Stutenbeine?

Aber ich habe dennoch eine Gabe, die mich aus der Masse heraushebt!, begehrte es in ihm auf. Er erkannte einen Mann, der ein Schiff bauen konnte, wenn er einen sah. Und er würde vor nichts zurückschrecken, um einen solchen Mann in seine Gewalt zu bringen. Eines Tages würde man ihn als Visionär feiern, als den Mann, der Englands stehende Flotte aus dem Nichts geschaffen hatte, wie die Vertreter des neuen Denkens aus den Trümmern des alten eine veränderte Welt schufen.

Das alte, erstarrte Denken, das den Geist der Menschen in Fesseln legte, war Robert so verhasst wie der Schlamm von Yorkshire.

»Der König kommt!« Boleyn kreischte auf und zerrte Robert am Ärmel seiner Schecke, während er sich auf die Knie fallen ließ. Robert schüttelte ihn ab und kniete ebenfalls nieder.

»Gebt Raum für den König!«, forderte der Ausrufer, und die wenigen, die es gewagt hatten, die Köpfe aus den Erkern zu stecken, schnellten zurück. Gleich darauf warf die Gestalt des Königs ihren Schatten. Turmhoch ragte er auf, und seine Schultern spannten den Samt der Schaube. Kardinal Wolsey, der seine gewaltige Wampe hinter ihm her trug, war sogar noch größer.

Robert hasste Männer, die sich an Statur mit Preisringern

messen konnten. Er selbst war wohlgestaltet, besaß harmonische Züge und feines rehbraunes Haar, doch das alles war so zierlich und winzig, als wäre es für ein Mädchen gedacht. Wenn er einem Untergebenen eine Lektion erteilen wollte, musste er zu ihm hoch schreien wie zu dem Schützen aus Portsmouth, obwohl der ein Krüppel und nur mittelgroß war. Selbst um ihn zu schlagen, hatte er in sein kühles Gesicht hinauflangen müssen.

Bück dich, hätte er ihm gern befohlen, wie er es mit seinen Bediensteten hielt. *Mach dich klein, wie der Herrgott mich gemacht hat. Männer lecken meinen Speichel, nennen mich Peer von England, doch wenn ich in der Frühe gezwungen bin, in meinen Spiegel zu sehen, starrt mir ein Zwerg aus Yorkshire entgegen. Vielleicht mag ich dich, mein Schiffe lesender Krüppel, weil du nicht meinen Speichel leckst. Peitschen werde ich dich trotzdem, aber nur milde, zur Mahnung, nicht bis Tränen fließen. Ich und du, wir können es weit bringen. Lass die anderen mit den Körpern von Riesen protzen. Ich und du, wir haben das Weltmeer im Herzen und sind Riesen im Geist.*

»Euer Majestät.« Boleyn hörte sich an, als stöhne er im Bett einer Hure. Mit Krallenfingern grabschte er nach dem Mantelsaum des Königs und drückte einen Kuss auf den purpurnen Samt.

»Ja, ja, schon recht.« Zerstreut beugte Henry VIII. sich nieder und tätschelte Boleyn den Kopf. »Was kann ich für Euch tun, mein Guter?«

»Ach, Majestät …«

»Keine Majestät hier, wo wir unter Freunden sind«, gestattete der König jovial. »Nur schlicht ›Euer Henry‹.«

»König Henry …«

»Ich höre.«

»Meine Kinder sind es, die mir Sorge bereiten«, presste Boleyn hervor. »Sie haben eine so glänzende Ausbildung genossen, diese frischen jungen Geister, aber jetzt sitzen sie alle drei in meinem Haus und scharren wie Fohlen mit den Füßen.«

»Soso«, knurrte der König, in dessen Haus keine frischen jungen Geister mit den Füßen scharrten, weil die königliche Manneskraft nur ein kränkliches Mädchen hervorgebracht hatte. Pikiert spitzte er die Lippen: »Wir dachten, Euer Sohn ist in Oxford. Und haben Wir Eurer Ältesten nicht eine treffliche Partie verschafft?«

»Oh ja, durchaus«, beeilte Boleyn sich zu versichern. »Meine Mary wird sich mit der Zeit gewiss zu einer braven Gattin mausern, doch das junge Blut rollt noch ein wenig rastlos für den häuslichen Herd. Und was meinen George betrifft, so hat er in Oxford gelernt, was es für einen Jüngling von Stand dort zu lernen gibt. Somit dachte ich mir, es gebe bei Hof vielleicht Verwendung …«

»Ja, ja, schon recht.« Henry Tudor vollführte eine wegwerfende Bewegung mit der Hand. »Schickt Eure Brut her. Von drei Mäulern mehr werden Wir nicht verarmen.«

Er wollte sich aus Boleyns Griff winden und endlich an seine Pfingsttafel eilen, da trat Robert vor. Weil er so klein war, musste er dem König den Weg versperren, damit dieser ihn bemerkte. »Mein König«, brachte er fest und männlich heraus. Wenn ihn nur jetzt nicht sein Übel befiel, war sein Ziel zum Greifen nah.

»Ja, ja«, brummte der König, der ihm aufs Barett hätte spucken können. »Helft Uns auf die Sprünge: Ihr seid wer?«

Robert Mallach von Ripon, hätte Robert antworten können, denn seine Familie brauchte sich vor niemandem zu schämen. Stattdessen reckte er das Kinn und sagte: »Ich bin der Mann, dem Ihr die Aufsicht über Eure Schiffe übertragen habt, mein König.«

»Unsere Schiffe, soso.« Über das hübsche, ein wenig weichliche Gesicht des Königs glitt eine Bewegung. »Es wird Uns niemand nachsagen, wir hätten für dieses Thema kein offenes Ohr, aber lässt Eure Wahl des Zeitpunkts nicht zu wünschen übrig?«

»Ich würde Euer Hoheit nicht belästigen, ginge es nicht um Euer Hoheit Ansehen.«

»Oho, oho! Nun, was bleibt Uns dann übrig, als die Damen und die knusprigen Fasane warten zu lassen?«

»Ich habe zu danken, mein König.«

»Ihr habt zu sprechen, sonst nichts.«

»Sehr wohl.« Robert vollführte einen Kratzfuß. »Im Interesse Eurer Hoheit bitte ich darum, eins Eurer Schiffe aus dem Kriegseinsatz vor Calais entfernen und im heimatlichen Dock überholen zu lassen.«

»Ihr bittet um *was?*«, stieß Henry eher verblüfft als zornig heraus.

»Um eins Eurer Schiffe«, wiederholte Robert. »Einen Truppentransporter. Es bestehen erhebliche Zweifel an seiner Seetüchtigkeit.«

»Habt Ihr den Verstand verloren, Mann? Der Herzog von Suffolk hat Unser Heer auf diesen Transportschiffen. Glaubt Ihr wirklich, er könnte nur Tage vor dem Einmarsch eines entbehren?«

»Das Schiff, von dem ich spreche, schafft tausend Eurer Männer von Küste zu Küste. Wenn Mylord Suffolk die verlöre, weil das Schiff sinkt, könnte das den Einmarsch zum Scheitern bringen.«

»Und warum sollte eines Unserer Schiffe sinken? Hat Euch das eine der Betrügerinnen, die in der Cheapside herumlungern, aus der Hand gelesen?«

»Nein«, erwiderte Robert beherrscht. »Ich habe es selbst feststellen müssen, als ich die Schiffe Eurer Hoheit inspizierte. Die fragliche Karacke ist mit zwei Batteriedecks und vier Decks auf dem Vorderkastell hoffnungslos überbaut, und der Schwerpunkt ist nicht tief genug gesetzt. Für ein Kriegsschiff ist es damit nicht wendig genug. Außerdem schwankt es in der kleinsten Brise, was es als Kampfplattform zur Katastrophe macht.«

»Soso. Zur Katastrophe also.« Der König stieß einen Mann, der ihn von der Seite her ansprechen wollte, unwirsch zurück. »Und auf derlei Finessen versteht Ihr Euch? Ein mickriges Bürschlein wie Ihr, das besser in eine Schreibstube passt als unter eine Rah, die im Wind ausschlägt?«

Roberts Bauchdecke verhärtete sich. »Majestät hätten mich kaum zum Aufseher über Eure Schiffe ernannt, wenn ich nicht dazu taugte«, brachte er heraus. Mit aller Kraft kämpfte er gegen den Druck in Brust und Hals, doch es war zu spät. Zwanghaft saugte seine Kehle Luft ein und stieß einen hicksenden Laut aus. Sein Übel hatte ihn befallen. Der Gipfel der Entwürdigung.

»Ist Euch nicht wohl?«

»Doch, mein König.« Ein weiterer Hickser wurde laut. Einer der Männer hinter dem König schien zu kichern. »Ihr bezahlt mich dafür, dass ich Schiffe lese wie andere Männer, hicks, Gesetzestexte. Meine Schreibstube, hicks, ist das Meer, das uns umgibt.«

»Sagt einmal, züchtete Euer Vater nicht Gäule?«, mischte sich das schmale Schlangengesicht ein, das neben Kardinal Wolsey stand: Thomas Howard, Sohn des Herzogs von Norfolk, womöglich das giftigste Gezücht des Hofes und ein tückischer Gegner jeder Reform.

Sagt einmal, hat nicht Euer Vater auf dem Feld von Bosworth gegen das Haus Tudor gekämpft?, hätte Robert gern gekontert, doch stattdessen hickste er.

»Zwiebelaufguss soll helfen«, bemerkte Norfolk.

»Wogegen?«

»Gegen Euren Schluckauf.«

»Ihr langweilt Uns!« König Henry seufzte auf wie eine Jungfer. »Wir wollen jetzt wissen, welches Unserer Schiffe dem Herrn Aufseher ein solcher Dorn im Auge ist.«

Robert holte Atem und schloss einen Herzschlag lang die Augen. »Die, hicks, *Henri Grâce à Dieu*, mein König.«

Gelächter wallte auf. »Ich höre wohl schlecht«, platzte Henry heraus und vergaß seinen Pluralis Majestatis.

»Die *Henri Grâce à Dieu*«, hörte man Umstehende zischeln wie ein Haufen Milchmägde.

»Mein König, wollen wir uns nicht zu Tisch setzen?«, nörgelte der Kardinal, der unter der Mozetta schwitzte und im Gesicht bereits rot angelaufen war. »Wird das Pfauenragout zu lange warmgehalten, ist die Zartheit flöten, und die Pastete pappt zusammen wie Kleister. Dann kann ich sie gleich dem Volk hinwerfen, das vor den Toren auf den Fraß giert, den wir ihm sonst aus den Innereien schmoren.«

Der König fuhr herum. Landauf, landab hieß es, nicht er, sondern der Fettwanst im roten Talar regiere England, während Henry sich auf der Jagd und beim Tennisspiel vergnügte. »Ihr meint, ich soll den Herrn Aufseher zum Teufel schicken, Eminenz? Aber wenn es um meine Schiffe geht, kommt mich das mit dem Teufel hart an.«

»Das ist begreiflich, Euer Gnaden. Aber so ein Missstand muss doch nicht ausgerechnet zu Pfingsten besprochen sein.«

»Ihr habt es vernommen, Sir.« König Henry wandte sich wieder Robert zu. »Eurer Sache ist Gehör geschenkt worden, so frech sie Uns auch anmuten mag. Nun fasst Euch in Geduld, während Wir Euer Anliegen prüfen.«

»Mein König, die Zeit, die ich mich in Geduld fasse, könnte Euch eine Tausendschaft von, hicks, Schützen kosten.«

»Beim Himmel, Mann, was scheren Euch Unsere Schützen?«

»Einer davon ist ein Krüppel«, entfuhr es Robert, dem die Kontrolle über die Lage entglitt wie ein schlüpfriges Paar Zügel.

»Ihr stellt Euch her und behauptet, Unser Flaggschiff sei ein schwimmendes Wrack, und um dem Fass den Boden auszuschlagen, erklärt Ihr, Wir setzten Krüppel als Bogenschützen ein? Was sollen Wir mit Euch anfangen, Zwerg? Euch aufs

Schafott schicken oder über Euch lachen?« Seine Entscheidung hatte der König offenbar getroffen, denn er lachte Robert von oben ins Gesicht. »Ein Krüppel kann einen Langbogen doch gar nicht spannen«, fuhr er unter Gelächter fort, »genauso wenig wie Ihr, Zwerg. Und Wir erlauben es auch weder Zwergen noch Krüppeln. Der Langbogen ist Englands Stolz!«

»Der Mann, von dem ich spreche, ist ein Arkebusier«, warf Robert zurück.

Henrys Lachen wurde zum Wiehern. »Ein Arkebusier! Aber die können doch so oder so nicht zielen – was soll da das Geschimpf auf Unser Schiff?«

Robert ließ die Schultern hängen und steckte auf. Für heute stand er auf verlorenem Posten, und sein verdammtes Übel gewann die Oberhand. Die Herren, die die Geschicke der Regeninsel in den Händen hielten, würden sich schäkernd und schmatzend an ihre Tafel begeben, während er selbst weit entfernt vom Zentrum der Macht mit einem Katzentisch vorliebnehmen musste.

»Nun weint nicht.« Der König patschte ihm auf die Schulter. »Wenn einer so dreist seine Sache vertritt, muss wohl etwas dran sein. Wir denken darüber nach. Und Euren Bruder oder wer immer der verkrüppelte Bursche an der Arkebuse ist, lasst Euch nach Hause schicken, wenn Euch so viel daran liegt. Bereitet eine Nachricht vor. Für die Versendung sorgen Wir.«

Immerhin, dachte Robert, *immerhin.* Der kleine Sieg war ein Tropfen Balsam auf seinem aufgeschürften Stolz.

Sechs Tage später traf ein Kurier mit Nachricht aus Calais ein. Es hatte einen Zwischenfall gegeben. Die *Henri Grâce à Dieu* war bei einem Scharmützel leckgeschlagen, weil sie die rettende Wende verpatzt hatte. Abenteuerliche Manöver waren nötig gewesen, um das Flaggschiff im Hafen von Calais zu bergen, damit es nicht mit Mann und Maus versank. Sobald die Schäden notdürftig geflickt waren, wollte der Herzog von Suffolk es in Richtung Heimat schicken: »Damit man mir ein Schiff daraus macht«, schrieb er zornentbrannt. »Mit einer besoffenen Riesenschaukel ist mir nicht gedient.«

In Robert Mallachs Leben hatte sich in der Zwischenzeit allerdings etwas anderes ereignet. Zum ersten Mal in seinem Leben war er von der Beschäftigung mit Schiffen abgelenkt und nicht in der Lage, seinen Triumph gebührend auszukosten.

5

Fenella

Portsmouth, September 1523

Fenella stand im Sprühregen am Kieselstrand und sah dem Meer zu, das die Wellen wie Soldaten in geraden Reihen vorwärtstrieb. Die Sicht war so übel, dass sich in den Nebelschwaden nicht einmal die Insel erkennen ließ, die auf dem Weg nach Frankreich Portsmouth gegenüberlag. Fenella kam oft hierher. Seit Krieg herrschte, war es verboten, über die Ufermauer zu steigen, doch kein Mensch machte sich die Mühe, es zu überwachen.

»*Il mio martir non giunga a riva*«, sprach sie sich flüsternd vor. »*Mille volte il di moro et mille nasco, tanto da la salute mia son lunge.*« Sie hatte die Worte in der schönen, fremden Sprache auswendig gelernt. Sylvester und sie hatten Wochen gebraucht, um jemanden zu finden, der sie ihnen übersetzte: *Mein Leiden gelangt an kein Ufer. Jeden Tag sterbe ich tausendmal und werde tausendmal geboren, so weit fort bin ich von meinem Heil.*

Der Dichter, der das geschrieben hatte, hieß Petrarca, und manchmal glaubte Fenella, er müsse sie gekannt haben. Sie wollte nie weinen, weil sie fand, dass das Meer mehr Haltung und Stärke von ihr verdient hatte. Dieses Meer, auf dem die Geschichten ihrer Kinderzeit spielten, Sylvesters Lieder, die sie über den Horizont hinausgetragen hatten, vorbei an der Insel und an Frankreich, fort aus jeglicher Enge. In Wahrheit war sie nie auch nur einen Schritt weit über den Streifen Treibsel, in dem schwarze Muscheln glänzten, hinausgekommen und würde es auch in Zukunft nicht schaffen. Nicht einmal mehr in Geschichten.

Sie würde bald aufbrechen müssen. Nach Hause trotten, sich die durchnässten Haare trocknen und der Mutter ein Frühstück aufsetzen, Pottage mit vier Kräutern, die angeblich vor Seuchen schützten und ohne die die Mutter keine Speise zu sich nahm. Fenella setzte ihn mit Weinraute, Knoblauch, Salbei und Minze an, und wenn die Mutter allzu sehr jammerte, lief sie an den Creek und pflückte Sandthymian. An den Creek zu laufen tat weh, und der Sandthymian duftete noch immer wie vor einer Ewigkeit im Mai, doch zumindest ihre Mutter gab eine kleine Weile lang Ruhe.

»Fenella!«

Sie hatte sich eben losreißen wollen, als der Regen ihren Namen über die Ufermauer trug. Im Herumschwingen entdeckte sie Sylvesters Kopf über dem grauen Stein. Er trug kein Barett, und der Wind bauschte ihm die Locken zur Gloriole. In der Hand schwenkte er einen Bogen Papier, ehe er das kostbare Gut angstvoll unter seiner Schaube barg. Ihm schrieb Anthony von Zeit zu Zeit einen Brief und machte ihn damit tagelang selig. Fenella schrieb er nie, aber er fügte den Briefen an Sylvester eine Handvoll Zeilen des italienischen Dichters für sie an.

Mit einem verunglückten Satz hechtete Sylvester über die Mauer, rutschte ab und stürzte vornüber in den Sand. Im Aufrappeln sah er aus, als sammle er seine langen Glieder einzeln ein. Verlegen klopfte er sich die eleganten, grün gestreiften Beinkleider. Fenella musste lachen, und auch dafür liebte sie Sylvester. In seiner Nähe fühlte sie sich so geborgen, dass sie noch lachen konnte, wenn sie in der schwärzesten Tinte saß.

»Warum stehst du denn schon wieder hier im Regen?«, fragte er und berührte sie am Arm. »Glaubst du, Anthony will, dass du dir den Tod holst?«

»Und glaubst du nicht, ich sollte mich einen Käse darum scheren, was Anthony will?«

Sein Lächeln geriet ein wenig gequält. »Deine Sprache macht den schlimmsten Dockarbeiter blass.«

»Wie auch anders?«, fragte Fenella. »Ich bin ein Kind von der Werft.«

Er sah sie an, und als er bemerkte, dass die Nässe auf ihren Wangen nicht vom Regen kam, öffnete er die Arme und zog sie zu sich. »Es geht ihm gut, Fenella.«

»Der Teufel soll ihn holen.«

»Nein.« Er senkte sein Gesicht auf ihr Haar. »Er soll nach Hause kommen. Bald.«

»Aber er kommt nicht, richtig?«

Sylvester schüttelte den Kopf. »Er marschiert mit dem Heer des Herzogs von Suffolk auf Paris. Über die Somme sollen sie schon hinweg sein, und dieser Brief war mindestens zwei Wochen unterwegs.«

Vor Schrecken wurde ihr kalt. »Zu Fuß, Sylvester? Er kämpft zu Land und zu Fuß? Aber das kann er doch nicht.«

»Vermutlich kann er alles, wenn er glaubt, es tun zu müssen.« Sylvester presste die Lippen zusammen.

»Und Töten?«, fragte sie. »Ich habe solche Angst davor, dass er Schaden nimmt, wenn er noch einmal töten muss.«

»Ich auch«, sagte Sylvester. »Aber vielleicht ist Töten im Krieg, wo ein Mann Land und Leben mit der Waffe verteidigt, etwas anderes.«

»Glaubst du das?«

»Das frage ich mich selbst«, antwortete er. »Ich weiß, ein Mann sollte etwas vom Töten verstehen, aber ich verstehe davon so viel wie ein Habicht vom Lauteschlagen. Kannst du dir vorstellen, dass ich Anthony manchmal beneidet habe, weil er weiß, wie es sich anfühlt zu töten?«

»Wie kannst du ihn darum beneiden? Es hat einen Teil in ihm zerbrochen, ohne den ein Mensch seine Welt nicht begreifen kann. Wenn etwas ihn zum Krüppel gemacht hat, dann Ralphs Tod, nicht der Unfall mit seinem Bein.«

Durch Sylvesters Leib rann ein Beben. »Du hast recht. Vergiss, was ich gesagt habe.«

»Ich versuch's.«

»Ich habe wochenlang neben ihm gesessen und mir die Seele aus dem Leib gesungen, damit er nicht daran kaputtgeht«, sagte Sylvester. »Ich will ihn genauso davor bewahren, noch einmal zu töten, wie du. Mein Vater gibt dem Dekan Geld, damit er für ihn betet.«

»Welchem Dekan? Vater Benedict? Warum muss dein Vater dem Geld geben? Warum betet der für Anthony nicht aus freien Stücken? Ich dachte, er liebt ihn.«

»Dass der lieben kann, glaube ich bis heute nicht.«

»Nein, vermutlich nicht«, stimmte Fenella zu. »Ich glaube, Anthony hätte nicht gern, dass dein Vater den Priester bezahlt, damit er für ihn betet.«

»Hat nicht Anthony alles gern, was diesem Priester zugeschanzt wird?«

»Das wohl. Aber er will nicht, dass dein Vater um seinetwillen Geld verschwendet.«

Sylvester hielt inne. »Ist Geld, das wir den Priestern für Gebete geben, verschwendet? Glaubst du das?«

Nein, hätte Fenella sagen können, *aber Anthony glaubt es. Er glaubt, dass sich kein Gott darum schert, ob er lebt oder stirbt.* Sie sagte es nicht, weil es Anthonys Geheimnis war. Eine versiegelte Kapsel, an die kein Mensch rühren durfte. »Was glaubst du?«, fragte sie stattdessen.

»Willst du das wirklich wissen?«

Sie nickte, und Regen troff ihr aus dem Stirnhaar ins Gesicht.

Sylvester schloss ihr die Hände um die Wangen. »Versprich mir, dass du es für dich behältst, dass du zu niemandem davon sprichst. Es ist gefährlich, Fenella. Landauf landab werden Menschen dafür verbrannt.«

»Ich spreche doch sowieso nur mit dir. Höchstens noch mit meiner Mutter, aber der komme ich damit gewiss nicht. Der machen die Fleischpreise schon Angst genug.«

»Ich glaube, dass wir zum Beten keinen Priester brauchen«, sagte Sylvester. »Und dass wir niemandem Geld bezahlen müssen, um zu unserem Gott zu sprechen. Wir können es selbst tun – mit unserer eigenen Stimme, auf unseren eigenen Knien und in unserer eigenen Sprache.«

»In unserer eigenen Sprache, Sylvester?« Was er sagte, war wie der Zündstoff einer Feuerwaffe, der das Geschoss aus dem Lauf jagte und einen Menschen umbringen konnte. Lollarden, Männer und Frauen, die Gebete auf Englisch hersagten, starben auf Scheiterhaufen, und ihre Kinder irrten als Waisen durch die Gassen.

»Ja«, sagte Sylvester, »in unserer eigenen Sprache. So wie Luther eine Bibel auf Deutsch verlangt, brauchen wir sie auf Englisch.«

»Aber dieser Luther ist ein Ketzer! Der König hat eigens eine Schrift verfasst, um ihn zu widerlegen.«

»Und dafür hat der Papst ihm den Titel *Verteidiger des Glaubens* verliehen«, ergänzte Sylvester. »Ist es aber wirklich der Glaube, den er mit solchen Schriften und Verboten verteidigt? Hindert er nicht vielmehr Menschen daran, ihren eigenen Glauben zu ergründen?«

Fenella sah in sein Gesicht und kämpfte gegen die Vorstellung von Flammenzungen, die sich rot und zuckend um seine Locken schlangen.

»Ich habe dich gewarnt«, sagte er. »Jetzt starr mich nicht an, als wäre ich ein Meeresungeheuer mit drei Köpfen.«

Sie nahm seine Wangen in die Hände wie er zuvor die ihren. »Du hast nur einen Kopf, und um den täte es mir leid. Bitte sieh dich vor.«

Über sein Gesicht breitete sich eine zarte Röte. »Keine Sorge«, erwiderte er. »Ich bin mein Leben lang ein Feigling gewesen. Deshalb steht mein Freund Anthony für sein Land im Krieg, während ich am Herd sitze und Verträge für Schleppkähne aufsetze.«

»Daheim seinen Platz auszufüllen ist nicht feige«, wies ihn Fenella zurecht. »Anthony läuft vor etwas davon, und das weißt du. Hat er dir nicht geschrieben, er könne mit diesem Grafen nach London gehen, als die *Henri Grâce à Dieu* stillgelegt wurde?«

»Aber wie hätte er das gekonnt? Er hat schon davon geträumt, auf seiner *Mary Rose* zu segeln, als sie nicht mehr als eine Idee war. Solange sie auf See bleibt, muss er auch bleiben.«

»Er ist doch gar nicht mehr auf See. Er marschiert auf einem lahmen Bein durch Feindesland, weil er die Küste, von der er stammt, mehr fürchtet als eine stürmende französische Armee. Meinst du nicht, das ist feiger, als du jemals sein könntest?«

»Das klingt so verächtlich«, sagte Sylvester. »Kannst du nicht verstehen, dass er dieser Stadt, die ihn geschmäht und verteufelt hat, etwas beweisen muss? Bist du zornig auf ihn?«

»Nein«, sagte Fenella. »Aber ich will ihn als den lieben, der er ist. Nicht für etwas, das er nicht ist.« Plötzlich fror sie und schlug die Arme um sich.

Sylvester zog sie wieder zu sich. »Glaub nicht, ich wüsste nicht, was er dir abverlangt. Aber er kommt ja zurück. Daran musst du dich halten.«

»Und wenn er stirbt?«

»Er stirbt nicht, Fenella.«

»Warum nicht?«

»Weil einer, in dem so viel Begabung steckt, nicht sterben darf. Wer soll England je das Schiff bauen, das uns in die Zukunft trägt, wenn Anthony stirbt?«

Unter Tränen und Zähneklappern lachte Fenella. »Ich liebe deine Predigten, Syl!«

»Wenigstens etwas, womit ich dich aufheitern kann. Wenn ich mich gleich hinsetze und Anthony antworte, rede ich ihm ins Gewissen, damit er auch dir endlich schreibt. Wozu hast du schließlich lesen gelernt?«

»Gib dir keine Mühe. Ein Gewissen hat er nicht. Dass ich

lesen kann, ist ihm gleichgültig, und außerdem behauptet er, er schriebe niemals Briefe.«

»Das stimmt ja auch.« Sylvesters Stimme klang kläglich. »Er schreibt weder seinem heiligen Benedict noch meinem Vater. Weiß der Himmel, warum er für mich eine Ausnahme macht!«

»Weil du seine verletzliche Flanke bist«, erwiderte Fenella. »Den Gedanken, dir wehzutun, erträgt nicht einmal Master Fletcher.«

Sylvester errötete von Neuem. »Und warum schreibt er dir dann nicht auch?«

»Weil er meint, ich sei Kummer gewohnt.«

»Was für ein Schuft!« Sylvester schnaufte. »Hat er eigentlich ein Herz?«

Sie lachten beide. »Und jetzt bringe ich dich nach Hause«, sagte er. »Willst du, dass ich dir unterwegs sein blödes Italienisch vorlese? Oder wartest du lieber, bis ich Matt von der Hafenaufsicht nach der Übersetzung fragen kann?«

»Lies es vor.«

Er führte sie den Hang hinauf. Als er sie stützen wollte, um ihr über die Mauer zu helfen, wehrte sie ab und kletterte allein hinüber. Beim Hinterhersteigen schürfte Sylvester sich die Hand auf. Er verzog das Gesicht, förderte aber den Brief zutage. »Und das ist für meinen Fenchel«, las er. »Francesco Petrarca, *Canzoniere*, Sonett Nummer hundertvierundsechzig. *Penso, ardo, piango. Guerra e'l mio stato, d'ira e di duol'piena. Et sol di lei pensando o qualche pace.*«

Durch das lange Schilfgras, das sich unter dem Regen beugte, gingen sie nebeneinander weiter. »Ich weiß, ich sollte mich schämen, dass ich kein Wort davon verstehe«, sagte er. »Mein Vater behauptet, in den Adern meiner Familie fließe ein Tropfen italienischen Blutes, und er hat mir einen Tutor bezahlt, weil ich diese Dichter so gern lesen wollte. Sie sind Vorreiter des neuen Denkens. Was uns der wundervolle Erasmus zu erklären versucht, haben diese Italiener schon vor zweihundert Jahren gewusst.«

»Du solltest Schriftenhändler werden«, sagte Fenella. »Bei deiner Begeisterung reißen dir die Leute auch die Dichter, die sie nicht lesen können, aus den Händen. Und wie kam es nun, dass du am Ende doch nicht Italienisch gelernt hast?«

Verlegen kratzte Sylvester sich am Kopf. »Ich fürchte, der Unterricht fiel in eine Zeit, als ich mich auf nichts als die Rundung von Mädchenhüften konzentrieren konnte.«

Laut lachte Fenella los. »Und das ist jetzt anders, Goldschopf? Ich glaube, den Mädchen dieser Stadt wäre es noch immer lieb, wenn du die Dichter Dichter sein ließest und dich auf ihre Hüften konzentriertest.«

Sylvester errötete schon wieder. Um ein Haar hätte Fenella ihn geküsst. »Ich bitte Matt um die Übersetzung, ja?«

»*Guerra* heißt ›Krieg‹«, sagte Fenella, die seit dem ersten Brief eine Liste mit Vokabeln führte. »*Pace* heißt ›Frieden‹, und *piango* heißt ›ich weine‹. Von hier kann ich allein gehen. Mach, dass du selbst ins Trockene kommst.«

»Wir sehen uns heute Abend?«

Sie nickte. Sein Vater hatte sie und ihre Mutter zum Essen eingeladen, damit Fenella aus der Enge des mütterlichen Haushalts herauskam. »Ich hab dich lieb, Sylvester.«

»Ich hab dich auch lieb, Fenella.«

So hatten sie sich als Kinder voneinander verabschiedet, und seit sie nur noch zu zweit waren, taten sie es wieder.

Im gleichen Augenblick, in dem sie in den Hof ihres Elternhauses rannte, wusste Fenella, dass sie an diesem Abend nicht zu Sir James gehen würden. Vor dem Verschlag, in dem ihr Vater sein Pferd gehabt hatte, mühte sich der uralte Pat, der letzte Bedienstete, den sie sich leisteten, damit ab, einen störrischen Buntschecken auszuschirren. Sie wusste, was das bedeutete: Der Onkel aus Southampton war gekommen.

Er war ein Halbbruder ihres Vaters und zu Fenellas Vormund bestimmt worden. Für ihre Mutter war er die Wurzel allen Übels, denn sooft er kam, brachte er neue Papiere, die angeblich bewiesen, dass ihm von dem kärglichen Erbe mehr zustand, als er bekam. Sir James hatte angeboten, Fenella einen Anwalt zu besorgen, aber sie wollte nicht, dass er dafür bezahlte. Also verhandelte sie selbst mit dem Onkel. Meist gab sie nach. Sie und die Mutter brauchten nicht viel, und solange er mit einem halben Pfund mehr im Säckel abzog, ließ er sie schalten und walten, wie es ihnen passte.

»Dein Onkel Walter ist da«, wisperte die Mutter, als Fenella in den winzigen Empfangsraum trat. »Wir werden ihm etwas auftischen müssen.«

»Es ist nichts da.«

»Wenn du rasch läufst, bekommst du beim Schlachter noch ein gutes Stück Lende«, beschwor die Mutter sie fast winselnd.

Fenella machte kehrt. Sie hatte gehofft, den Nachmittag über dem Buch zu verbringen, das Sylvester ihr geliehen hatte; ihr war kalt, und sie wäre aus den nassen Kleidern gern herausgekommen. Aber zum Schlachter zu laufen und sich hinterher an den Herd zu stellen war besser, als mit Mutter und Onkel in der Stube zu sitzen und den Onkel reden zu hören.

Als sie sich schließlich zu Tisch setzten, sehnte Fenella sich nach dem hellen Speisezimmer der Suttons, in dem das reizende Tantchen Micaela vor sich hin schnatterte, während Sir James es flirtend foppte und Sylvester zu seiner Laute ein Lied von süßer, verlorener Liebe sang. Das Haus der Suttons wimmelte ständig von Gästen. Sir James mochte Menschen, sie amüsierten ihn, und er schien ihnen nichts wirklich übel zu nehmen.

»In diesem Haus, das James Sutton gebaut hat, fange ich manchmal an, etwas Verrücktes zu glauben«, hatte Anthony gesagt.

»Was, Anthony?«

»Dass die Welt ein guter Ort ist. Dass alles, was mir die Luft abschnürt, schon in Ordnung kommen wird.«

Hier aber, in ihrer dunklen Stube, kauerte Fenellas Mutter wie üblich schweigend vor einer blakenden Kerze. Der Onkel sprach der Schweinslende in Apfelsauce zu, die er sich nicht nur auf dick abgesäbelte Brotscheiben schnetzelte, sondern über das Tischtuch spritzte, dass man versucht war, in Deckung zu gehen. Fenella rührte kaum etwas an. Sie war noch immer ein ewig hungriges Mädchen, aber heute blieben ihr die Bissen im Halse stecken.

»Eine gute Köchin bist du nicht gerade, was, Nichte?«, fragte der Onkel. »Und du servierst auch nur einen Gang?«

»Eine Stachelbeertarte noch«, erwiderte Fenella und dachte an die missglückte Honigglasur.

»Dann nehme ich wohl besser noch Wein zum Spülen«, brummte der Onkel und schwenkte den geleerten Zinnkrug.

»Ich bin nicht Eure Magd«, sagte Fenella, allerdings erst, als sie schon in der Küche war, um den Krug aufzufüllen.

Der Onkel beendete sein Mahl, lehnte sich zurück und faltete die Hände auf dem Bauch. Erst jetzt fiel Fenella auf, dass er während des ganzen Essens nicht über das Erbe gesprochen hatte. »Deine Mutter und ich hatten vorhin, ehe du dazukamst, eine Unterredung«, sagte er.

Fenella drehte den Kopf in Richtung ihrer Mutter, aber die starrte unverwandt auf den Tisch.

»Es geht um deine Zukunft, Nichte. Du wirst einsehen, dass ich dich und deine Mutter nicht ewig aus meinen Töpfen durchfüttern kann. Das Dasein als Witwer ist beschwerlich, mithin habe ich vor, mich noch einmal zu verehelichen. Und wenn eine Frau ins Haus kommt, das weiß man ja, dann braucht es einen prallen Beutel.«

Er schien zu sich zu sprechen, nicht zu ihr. Dennoch begann Fenellas Herz zu trommeln. Glasklar formten sich in ihrem Kopf die italienischen Worte, die Sylvester ihr vorgelesen hatte:

Penso, ardo, piango, und auf einmal erschloss sich ihre Bedeutung. Mit den unzureichenden Mitteln, die sie auftreiben konnte, hatte sie sich in die fremde Sprache eingegraben: *Ich denke, ich brenne, ich weine. Mein Zustand ist Krieg, erfüllt von Zorn und Schmerz. Frieden finde ich nur im Gedanken an sie.*

Ich weiß das, mein Liebling!, wollte Fenella bis nach Frankreich schreien. *Auch wenn mich manchmal der Zorn packt und ich dir den Kopf durchrütteln möchte. Ich weiß, was in dir tobt, und deshalb bin ich hier und warte. Der Onkel kann uns nichts anhaben. Er darf nicht. Irgendwann kommst du zurück, und dann ist die Welt ein guter Ort.*

»Heda, Mädchen! Hat dich niemand gelehrt aufzumerken, wenn einer das Wort an dich richtet?«

»Nein«, erwiderte Fenella wie betäubt. »Das hat mich niemand gelehrt.«

»Dann wird es Zeit. Vaterlos, wild aufgewachsen und dann noch so dicht bei dem Gesocks auf den Docks – damit wollte ich mich wahrlich nicht herumschlagen. Aber es hat sich jemand gefunden, der dazu bereit ist, und es ist eine gute Wahl. Es schadet nicht, wenn wir unseren Töchtern Männer geben, die ihnen Väter, Gatten und Lehrer zugleich sein können.«

Fenella musste lachen. *Du taugst nicht zum Lehrer, Anthony, und wer möchte dich zum Vater haben? Das Wort »Gatte« aber, das von »begatten« stammt, taugt dir tausendmal zu gut.*

»Geoffrey Mugger«, verkündete der Onkel. »Mein Nachbar, im Tuchhandel tätig. Wie ich verwitwet, doch fünffach mit Kleinzeug gesegnet, weshalb es mit der Heirat pressiert und die Höhe der Mitgift nicht allzu sehr beäugt werden kann. Und es behauptet ja niemand, dass die Nichte nicht hübsch ist. Auf ihre eigene Weise ist sie das durchaus.«

Fenella sprang auf. Sie hörte nur noch das Trommeln ihres Herzens, das ihr gegen die Rippen schlug, und die scharfen Schläge, mit denen draußen jemand den Himmel in Stücke hieb. Regen prasselte an die Scheiben und erschütterte das

Haus im Gebälk, als brülle die Natur gegen den Plan des Onkels an. Hinzu kamen das Donnern von Hufschlägen auf dem Pflaster des Hofes und kurz darauf das Hämmern von Fäusten an der Tür. Fenella presste sich die Hände an die Schläfen, wie Anthony es tat, wenn er fürchtete, der Schmerz zersprenge ihm den Kopf.

»Da ist einer draußen.« Wie war es möglich, dass die schwächliche Stimme der Mutter sich durch all das Getöse einen Weg bahnte? »Geh doch und sieh nach, Fenella.«

Fenella stand starr. Der, der draußen auf Einlass wartete, spürte jedoch, dass hinter dem Holz ein Mensch gerettet werden musste, und rammte die Tür ein.

Wie das fleischgewordene Gewitter polterte Sylvester in den Raum. Rosen der Erregung auf den Wangen, sturmzerzaust, triefend. Fenella wollte lachen und weinen, sich in seine Arme werfen und ihm ins Ohr zischen: *Bitte bring mich von hier weg.* Stattdessen blieb sie reglos stehen. Sylvester konnte ihr nicht helfen, auch wenn er der wundervollste Mensch auf der Welt war und sie die um ihretwillen zerschlagene Tür nie vergessen würde.

»Warum bist du nicht gekommen?«, fuhr er sie keuchend vor Atemnot an. »Ich bin vor Sorge um dich gestorben.«

»Das seid Ihr sichtlich nicht, junger Herr«, bemerkte der Onkel. »Wer immer Ihr sein mögt und wer immer es versäumt hat, Euch Anstand zu lehren – Ihr kommt immerhin passend, um meiner Nichte Euren Glückwunsch auszusprechen. An diesem Tisch ist soeben eine Verlobung besiegelt worden. Meine Nichte wird die Gemahlin von Master Mugger aus Southampton. Keine glänzende Partie, aber auch keine, für die man sich schämen muss.«

Sag Nein, wollte Fenella schreien, *sag gegen jedes Gesetz der Welt Nein.*

»Nein«, sagte Sylvester.

»Was soll das heißen?«

»Das soll heißen, dass Eure Nichte den Herrn aus Southampton nicht heiraten kann.«

»Und warum soll sie das nicht können, junger Wirrkopf? Ich wüsste jetzt doch recht gern, wer Ihr überhaupt seid.«

»Ich bin Sylvester Sutton, einziger Sohn von Sir James«, sagte Sylvester, und wie immer tat der Name seine Wirkung. Einen halben Atemzug lang hielt nicht nur das Getrommel des Regens, sondern sogar der Onkel inne.

Du kannst mich nicht retten, dachte Fenella. *Nicht einmal du kannst machen, dass die Welt noch einmal ein guter Ort ist. Aber dass du da bist, ist ein Stück vom Himmel. Dass dir nicht gleichgültig ist, wie ich verschachert werde.*

»Allerhand«, bemerkte der Onkel. »Und hätte Master Sylvester, Sohn von Sir James, die Güte, uns mitzuteilen, weshalb meine Nichte eine propere Partie ausschlagen sollte? Für den Bewerber verbürge ich mich, er ist mein Nachbar und bereit, die kränkliche Mutter seiner Braut unter sein Dach zu nehmen. Meine eigenen Verhältnisse zwingen mich, den Haushalt meines Bruders aufzulösen. Was könnte diesen beiden Damen also Besseres geschehen?«

Draußen spaltete ein neuer Hieb den Himmel; drinnen trommelte Fenellas Herz ihr gegen die Rippen.

»Sie wird sie ausschlagen müssen«, sagte Sylvester. »Der Master Nachbar wird sie ohnehin kaum wollen, weil sie einem anderen im Wort ist.«

»Im Wort?« Jetzt erhob sich selbst der fette Onkel halb vom Sitz. »Fenella? Wem sollte denn die im Wort sein?«

Durch das wieder einsetzende Getrommel, durch Aufruhr und Verwirrung sah Sylvester Fenella in die Augen. »Mir«, sagte er.

6

Geraldine

Greenwich Palace, Neujahrsnacht des Jahres 1524

Das Zimmer war warm, geradezu überheizt, das Feuer loderte, und die Daunendecken waren dick wie Polster. Für Geraldine, die Kälte hasste, war es wie gemacht.

»Dieser William Compton sollte das Ding, das ihm vorn aus der Hose sticht, nicht Schamkapsel nennen«, zischelte Anne. »Er kennt nämlich keine Scham.« Sie umschlang Geraldines Schultern, warf sich mit ihr in die Polster, und beide brachen in Gekicher aus.

Geraldine hatte nie mit anderen Mädchen gekichert. Sie hatte nie eine Freundin gehabt, weil sie nie ein Mädchen gekannt hatte, das ihr gewachsen war. Kein Mädchen und erst recht keinen Mann. Weder der Vater noch ihr Bruder boten ihr die Stirn, sondern küssten beide den Boden, über den sie ging. Gleiches galt für die unsägliche Tante mit dem Gestrüpp in den Ohren, die die Gestrenge spielte, aber keinem Köter ein Haar krümmte. Die Söhne des Kleinadels, die ihr schmachtende Blicke und Billets nachsandten, und die Töchter, mit denen sie Kammern und Betten teilte, hatten eines gemeinsam: Sie waren vorhersehbar wie die Gezeiten und langweilten Geraldine zu Tode.

Anne machte eine Ausnahme. Sie war der erste Mensch, den Geraldine nicht innerhalb von ein paar Herzschlägen durchschaut hatte. Der zweite, um genau zu sein. Aber an den ersten mochte sie nicht denken. Darüber hinaus war Anne der einzige Mensch, mit dem sie sich amüsierte.

»Soll ich dir sagen, was er drin hat, der Compton?«, flüsterte die Freundin an Geraldines Ohr.

»In seiner schamlosen Schamkapsel?«

»Draht!«, platzte Anne heraus. »Das Drahtgestell einer Fischreuse, weil er zwischen den Beinen nur ein Fischlein hat, und hast du schon mal ein Fischlein gesehen, das von allein stehen kann?«

Annes Gelächter war ansteckend. Geraldine schnappte sich eins der rundlichen Polster und schlug nach ihr. »Und woher willst du das wissen, du albernes Gehopse?«

Anne legte die Stirn in Falten. »Woher ich das wissen will? Meine Hüften sind voll von blauen Flecken, weil dieser Pflugochse mich bei jeder Gelegenheit mit seinem Drahtkasten rammt!«

Neue Salven von Gekicher folgten. »Aber auch sonst wüsst ich's«, fuhr Anne fort. »Vergiss nicht, ich war in Frankreich. Und als Erstes lernst du dort am Königshof: Wenn du deinen Weg machen willst, musst du wissen, was sich unterhalb der hübsch geschnürten Gürtel abspielt. Soll ich dir noch etwas erzählen?«

»Wenn's dir Spaß macht.«

Anne überlegte, stopfte eine Haarsträhne zurück in die Nachthaube und schüttelte den Kopf. »Ach nein. Jetzt noch nicht. Jetzt bist erst einmal du an der Reihe.«

Geraldine setzte ihr Kartenspielergesicht auf. Sie wusste, was Anne hören wollte, doch sie würde so schnell nicht verraten, ob sie die gewünschte Information besaß. Sie war neu in diesem Spiel, hatte aber die Regeln vom ersten Tag an durchschaut. Wenn es Menschen gab, die dafür geboren waren, war Geraldine Sutton eine von ihnen.

Noch vor Monaten hätte sie nichts zu erzählen gehabt. Ihre Stellung bei Hof war so unbedeutend gewesen, dass sie Jahre damit vergeudet hatte, mit Weibsvolk im Kreis zu sitzen und wie die Weiber in Portsmouth Kragen zu besticken. Nachts fror sie in klammen Betten, und tags wurde sie mit ihresgleichen in ungeheizten Sälen abgefüttert. Jahrelang hatte sie nichts zu erzählen gehabt, weil sie mit keinem in Berührung gekommen war, von dem ein Mädchen wie Anne etwas hören wollte.

Gewendet hatte sich das Blatt erst zu Pfingsten, als Geraldine beschlossen hatte, ihr Geschick in die eigenen Hände zu nehmen. Der Hof logierte zu dieser Zeit in Hampton Court, Kardinal Wolseys Schloss an der Themse, das mit den schwermütigen Gemäuern von Whitehall und Westminster nichts gemein hatte. Es war so entzückend, so leichtfüßig, als könnte es aufspringen und samt seiner Insassen davontanzen. Es besaß so viele verschwiegene Erker, so viele verschachtelte Höfe, Gänge und Kämmerchen, als wisperte es ihr aus jedem Winkel zu: *Ich könnte dein Schicksal sein, Geraldine. Hinter dem Samt meiner Vorhänge, im Goldschein meiner Feuer, lauert dein Glück, wenn du es dir nimmst.*

Geraldine hatte beschlossen, es sich zu nehmen. An jenem Nachmittag vor Pfingsten war sie nicht mit dem Rest der Herde gegangen. Stattdessen verbrachte sie Stunden im Dunkel einer Vorratskammer und besserte ihr Kleid auf. Es war in einem Bronzeton gehalten und das teuerste Stück, das sie besaß. Mit dem, was die Ehrendamen der Königin am Leib trugen, konnte es dennoch nicht mithalten.

Geraldine aber konnte mithalten. So wie Anne. Beide waren sie keine Töchter einflussreicher Väter, wenngleich Anne zumindest eine Mutter aus Englands mächtigstem Adel vorzuweisen hatte. Zum Ausgleich waren sie schön. Nicht wie die hübschen Kiesel, die sich am Strand von Portsmouth häuften, sondern wie Diamanten, deren Glanz Menschen dazu brachte, sich vor Gier zu vergessen.

Es war so einfach gewesen, dass Geraldine sich fragte, warum sie es nicht früher gewagt hatte. Sie hatte den Abend abgewartet und sich in den schnatternden Pulk der Ehrendamen gemischt, der zum Bankett in den Saal strömte. Einzelne drehten sich um und sandten ihr scharfe Blicke. Geraldine aber stolzierte mit so selbstverständlicher Grandezza weiter, dass jede annahm, es müsse alles seine Richtigkeit haben.

Geraldine verachtete Bescheidenheit, aber sie wusste, wie weit sie gehen durfte. Sie strebte nicht die Tische beim königlichen Podium an, sondern wählte den am untersten Ende des Saales. Kein Herzog und kein Marquis würde hier Platz nehmen, kein Mitglied des Kronrats und keiner der wechselnden Günstlinge des Königs. An diesem Tisch saßen schlichte Barone, höchstens der ein oder andere Viscount aus dem Norden. Da die Plätze für Damen sämtlich besetzt waren, hatte Geraldine zwei Möglichkeiten: Sie könnte stehen bleiben und in einer Erdspalte versinken oder sich auf einen der noch leeren Plätze für Herren setzen.

Natürlich gab es eine dritte Möglichkeit. Sie hätte fliehen können, aber Geraldines Herz neigte nicht zur Flucht. Schon gar nicht zur Flucht aus einem Saal, in dem tausend Wachskerzen brannten und in dem es vor Wärme flimmerte. Mit einem forschen Satz schwang sie sich zwischen zwei Damen auf die Bank. Ihre Nachbarin zur Linken, ein mausbraunes Pummelchen, rümpfte pikiert ihren Schweinsrüssel, aber Geraldine breitete sich die Serviette so gelassen über die Schulter, als diniere sie hier jeden Tag.

Als eine Fanfare von Zinken und Trompeten das Gesäusel der Gamben und Schalmeien ablöste, schöpfte Geraldine Hoffnung: Vielleicht war der Herr, auf dessen Platz sie saß, verhindert. Er würde nicht auftauchen, und niemand würde bemerken, dass dort, wo er hingehörte, ein tolldreistes Mädchen thronte. Gleich darauf sprangen die Versammelten von den Bänken und fielen auf die Knie. Der König kam und mit ihm der engste Kreis seiner Vertrauten: der scharlachrote Fettwanst Wolsey, den Henry VIII. schalten und walten ließ, wie es ihm gefiel. Thomas Howard, der mit dem Tod seines Vaters der mächtigste Herzog des Landes werden würde. William Compton, der dem König den Hintern wischte, und ein paar andere, von denen noch niemand wusste, ob sie sich in der Gunst Henry Tudors halten würden oder nicht.

Keiner von ihnen gehörte ans untere Saalende, und keiner würde ihr gefährlich werden. König Henry nahm auf dem Podium Platz und forderte die Gäste auf, sich zu erheben. Geraldine setzte sich wieder auf die Bank. Aus dem Augenwinkel sah sie, wie ein einzelner Mann auf ihren Tisch zustrebte. Einen Atemzug später erhob sich seine Stimme in ihrem Rücken: »Mit Verlaub, meine Dame. Ihr sitzt auf meinem Platz.«

Geraldine wandte den Kopf und hätte beinahe aufgelacht. Hinter ihr stand kein Mann, sondern ein Männchen, ein ausstaffierter Herr im Miniaturformat. Selbst die Rüschen an seinem Hals wirkten winzig und das erhobene Händchen nicht im Mindesten gefährlich. »Ich wusste mir sonst keinen Rat«, erwiderte Geraldine halb hilflos, halb hoheitsvoll. »Für mich war nirgendwo gedeckt, und ich fand, ich könne nicht einfach stehen bleiben wie ein Korb mit unappetitlichen Resten. Mein armer Vater hätte sich geschämt.«

Sie hörte förmlich, wie ihr Vater in Gelächter ausbrach, statt sich zu schämen.

Das Männchen krauste das Näschen. Dabei wandte es den Blick nicht von Geraldine. »Nicht Euer Vater hat Grund, sich zu schämen«, stammelte es, »sondern die, die einer Dame eine solche Peinlichkeit zumuten. Bleibt sitzen, genießt den ersten Gang, während ich die Sache für Euch regle.«

Der Zwerg wollte herumschwenken und auf einen der Saaldiener zustapfen, doch Geraldine legte ihm mit gespielter Scheu die Hand auf den Arm. »Ach nein, Mylord. Aufwand verursachen, alle beim Essen stören, das wünsche ich nicht.«

Der kleine Mann erstarrte. »Ob wir vielleicht …?« Er brach ab und stieß einen hicksenden Laut aus. »Ich meine, ob wir vielleicht, hicks, auf dieser Bank …«

Eine Fanfare rettete ihn.

Vier Diener trugen eine Platte in den Saal, auf der ein Pfau im Schmuck seines Federkleides angerichtet war. Aus seinem geöffneten Schnabel züngelten Flammen.

»Dasselbe dachte ich gerade«, flötete Geraldine. »Wenn wir wollten, könnten wir uns den Platz recht gut teilen.«

Sein Gesicht schien aufzuleuchten. Flüchtig erinnerte er Geraldine an ihren Bruder, der groß und hübsch war, dessen Gesicht aber denselben beseelten Ausdruck annahm, wenn sein Blick auf seinem Freund ruhte. Auf dem Unaussprechlichen, der mit den Mächten des Bösen im Bund stand.

Geraldine vermied es so weit wie möglich, an den Unaussprechlichen zu denken. Nur manchmal fragte sie sich, wie es sich anfühlen mochte, mit dem Bösen im Bund zu stehen. Das Männchen gehörte zur anderen Seite, es sah aus wie ein schwach vergoldeter Kinderengel. Geraldine rutschte zur Seite, ohne sich um die Proteste der Pummeligen zu kümmern, und das Männchen quetschte sich neben sie.

Geraldine hatte vom Aufstieg in den höfischen Adel geträumt. Von Türen, die sich ihr öffneten, vom süßen Vorgeschmack der Macht. Mit einem Baron hätte sie sich zufriedengegeben. Ein Baron rangierte über ihrem Stand, blieb aber in Reichweite. Der kleine Mann, dessen Schenkelchen an ihrem vor Ehrfurcht steif wurde, war kein Baron und auch kein Viscount, sondern ein Graf, ein durch und durch echter, auch wenn er aus dem Norden stammte. Sie sah seinem Blick an, dass er alles für sie getan hätte. »Ich möchte etwas für Euch tun, Mistress Geraldine«, bestätigte er ihre Vermutung.

»Was?«

»Alles, was Ihr Euch wünscht.«

Dann heiratet mich, hätte Geraldine gern zurückgegeben. Stattdessen klagte sie über ihre erbärmliche Stellung bei Hof.

Tatsächlich hatten sich ihre Hoffnungen nie erfüllt. Als Dame in Königin Katherines Haushalt durfte sie sich kaum bezeichnen, eher als Bedienstete in feinem Zwirn. Einmal war sie sogar gezwungen worden, in der Küche zu helfen, mit einer Fasanenfeder Blattgold auf den Marzipanrand einer Torte aufzufächeln. Natürlich übertrug man solche Aufgabe keiner einfachen Magd, aber Geraldine wollte diejenige sein, für die derlei Arbeit verrichtet wurde, und nicht diejenige, die gezwungen war, sie zu tun.

»Ich sorge dafür, dass sich Eure Stellung bessert«, versprach der kleine Graf und hickste. »Ich bin ein Freund von Lord Boleyn, der im Begriff steht, seine Kinder an den Hof zu schicken. Gewiss wäre seinen Töchtern eine Gefährtin willkommen.«

So war sie an Anne geraten. An Anne, die ihr in den Kopf sah wie in poliertes Glas und die vor dem, was sie erblickte, nicht erschrak. Anne, die mit Geraldine über das Volk lachte, das ihnen nicht gewachsen war. Anne, die ihr jetzt den Ellbogen in die Seite stieß. »He, Süße. Woran auch immer du denkst – warum strengst du dich dabei so an?« Dunkles Haar quoll ihr aus der Haube und säumte ihr bleiches Gesicht. »Wolltest du deiner liebsten Anne, die vor Langeweile umkommt, nicht etwas erzählen?«

»Ach, ich weiß nicht«, antwortete Geraldine. »Vielleicht behalte ich es lieber für mich.«

»Du Biest!« Anne sprang aus dem Bett. »Willst du mich hinhalten, bis ich platze? Dann lass wenigstens sehen, was dein kleiner Graf dir Ergötzliches zu Neujahr schickt.« Sie lief zu dem Korb, den Geraldine achtlos bei der Tür abgestellt hatte, riss das Samttuch herunter und hielt triumphierend eine Schachtel aus schön getriebenem Kupferblech in die Höhe. »Zuckerpflaumen! Wenn das keine delikate Liebesgabe ist.«

»Er ist nicht sonderlich einfallsreich«, sagte Geraldine. »Ich wette, ansonsten beglückt er mich mit zwei Schläuchen Süßwein, einem Schultertuch und einem endlosen brieflichen Erguss.«

Anne lachte rau. »Die Wette ist gewonnen. Diese Köstlichkeit verleiben wir zwei uns jetzt ein. Vielleicht löst der Zucker dir Geheimniskrämerin die Zunge.«

Mitsamt ihrer Beute sprang Anne neben sie und hielt ihr die Süßigkeiten hin. Im Bett zu essen war himmlisch. Hemmungslos durfte man sich die kandierten Früchte in den Mund stopfen und sich die Zuckerkruste von den Fingern lecken. Die Pflaumen troffen vor Saft und Süße. Gab es wirklich Frauen, die den schneckenhaften Kuss eines Mannes diesem Wohlgeschmack vorzogen?

»Dein Geheimnis, Schätzchen!«

»Das musst du mir abkaufen«, forderte Geraldine.

»Du bist eine Halsabschneiderin. Ich habe Spielschulden bei meinem Bruder. Eine teure Spionin können sich andere leisten, nicht die mittellose Anne Boleyn.«

»Dann tausch es«, bot Geraldine an. »Aber leg dich ins Zeug – das Geheimnis ist mehr wert als ein mickriges Skandälchen.«

»Ha!«, rief Anne. »Ich hab eins, das ist so saftig wie die Pflaumen von deinem kleinen Grafen.«

Ob der Zweideutigkeit brachen beide Mädchen in Gelächter aus. »Weißt du, dass über meine Schwester Mary gesagt wird, sie hätte etwas mit Louis von Frankreich gehabt?«, fuhr Anne fort.

»Der Hut ist älter als der, mit dem die Königin zur Messe geht«, winkte Geraldine ab. »Das weiß ich ebenso wie jede Ratte bei Hof.«

»Weißt du auch, dass es wahr ist? Dass Louis sie sein englisches Kutschpferd genannt hat?«

»Mit diesen Geschichten vertreiben die Weiber sich die Zeit beim Taubenrupfen.«

»Also pass auf, du Taubenrupferin.« Anne stopfte sich noch eine Pflaume in den Mund. »Meine Schwester ist eine Fischreuse, wie der Hinternputzer Compton sie in seiner Kapsel hat, und in der Reuse fangen sich gekrönte Häupter. Mit dem französischen Louis hat sie's gehabt, und jetzt hat sie's mit Henry von England.«

»Sie hat *was?*« Geraldine setzte sich auf. »Aber sie ist doch jetzt verheiratet!«

»Und wen kümmert das, Schätzchen?« Annes Lachen klang gurgelnd. »Der König nimmt sich, was ihm schmeckt, und wenn's ihm sauer wird, spuckt er's aus.« Wie zum Beweis spuckte sie den Pflaumenkern zurück in die Schachtel, dass es schepperte.

»Und wenn sie ein Kind bekommt? Einen Sohn?«

»Das fragt sie sich auch«, erwiderte Anne. »Sie kann nicht Königin werden, aber sie überlegt, ob sie nicht Mutter eines Königs werden könnte. Nur sind das Hirngespinste für Waschweiber. Der Sohn meiner Schwester würde ihrem Trottel von Ehemann als Kuckuckskind ins Nest gelegt. Einen Bastard hat der König längst, und ein Bastard wird nicht König von England.«

Nein, wohl kaum. Die Frucht auf Geraldines Zunge schmeckte auf einmal bitter. Ein Bastard erbte auch nicht die Grafschaft Ripon. Dass der kleine Graf sich nach ihr verschmachtete, brachte ihr nicht mehr als überzuckerte Pflaumen.

»Ich weiß, woran du denkst«, bekundete Anne und streichelte den Ansatz ihres Schlüsselbeins, den das Nachthemd freiließ. »Ich bin kein bisschen besser dran.«

»Du?«

Anne nickte. »Was nützt uns unsere Gewitztheit, wenn an sämtlichen Zügeln Männer sitzen? Und wenn wir uns die Männer an den Zügeln schnappen wollen, bekommen wir eins auf die Finger, weil wir nur Töchter von Rittern sind.«

»Und wer ist dein Mann am Zügel?«, fragte Geraldine.

»Harry Percy«, antwortete Anne düster. »Erbe des Grafen von Northumberland. Er frisst mir aus der Hand, und wenn ich ihn ließe, würde er aus meinem Nabel saufen. Aber was nützt mir das? Zum Schmusen in schwülen Ecken bin ich gut genug, doch heiraten wird er Mary Talbot, eine Grafentochter.« Im Zorn wirkte Annes Gesicht, das den scharf umrissenen Madonnenbildern früherer Jahrhunderte glich, um Jahre gealtert. »Der überfressene Rotrock hat sich eingemischt – was geht den eigentlich an, wer sich in wessen Betten wälzt?«

»Kardinal Wolsey?«

»Eben der. Er hat den Grafen von Northumberland angewiesen, seinen Sohn auf den Familiensitz zurückzubeordern, damit der sich die Mesalliance mit der Rittertochter aus dem Kopf schlägt.«

Geraldine schwieg eine Weile und dachte nach. »Meinst du, Harry Percy hätte dich ohne seinen Vater und den Kardinal genommen?«, fragte sie Anne schließlich.

»Und ob ich das meine«, erwiderte Anne und trat die Daunendecke beiseite. »Glaub mir, Schätzchen: Wenn ich einen Mann in die Mangel nehme, wünscht er sich keine Nacht, sondern ein Leben mit mir.« Sie spreizte die angewinkelten Beine, dass das Nachthemd ihr zum Bauch rutschte. Langsam, wie eine Verliebte, strich sie sich an der Innenseite ihres Schenkels hoch. Ihre harten Züge wurden weich, und ihrer Kehle entrang sich ein katzenhafter Laut.

Geraldine konnte den Blick nicht abwenden. *Das ist, was mir fremd bleibt*, erkannte sie. *Anne genießt das Spiel mit der Sinnlichkeit, aber ich spiele es nur, um ans Ziel zu kommen.* All das Schmachten und Stöhnen war ihr zuwider. Es blieb Geraldine ein Rätsel, was Mann und Frau zwang, einander zu verfallen, was ihren ansehnlichen Bruder dazu getrieben hatte, sich mit der belanglosen Schiffsplanke zu verloben. *Ich habe nie einen Mann begehrt. Ist es ein Trumpf in meinem Ärmel oder die eine Karte, die mir fehlt?*

Geraldine war schöner als Anne, das wusste sie. Wer sie zu sehen bekam, starrte ihr nach, dass sie den Blick im Rücken spürte. Aber ihre Schönheit entfachte keinen Brand. Daheim hatte ein Kerl zum anderen gesagt: »Ja, die Nichte, die sie den Engel von Portsmouth nennen, mag hübscher sein als die Tante, aber die Tante hat Wärme und Herz. Wenn ich die engelhafte Nichte zu lange betrachte, gefriert mir der Tropfen an der Nase zu Eis.«

War Anne zur Kokotte geboren, so war Geraldine die geborene Spionin. Welche von ihnen würde erreichen, was sie erträumte?

»Jetzt erzählst du's mir, nicht wahr?« Anne lehnte den Kopf an Geraldines Schulter. »Schließlich muss ich dir leidtun, wo ich doch meinen Liebsten verloren habe.«

»Du tust mir nicht leid«, gab Geraldine zurück. »Harry Percy war nicht dein Liebster, und außerdem bin ich sicher, dass du dich an Kardinal Wolsey rächen wirst.«

»Oh ja, das werde ich.« Sybillinisch schürzte Anne die Lippen. »Von einer wie mir denkt alle Welt, ich sei bis ins Mark verdorben, aber lässt die Welt einer wie mir denn eine Wahl?«

Ihre Blicke trafen sich, als gäben sie einander ein Versprechen. »Jetzt erzähl mir schon, was ich wissen will«, bat Anne. »Es ist das Einzige, was mich jetzt noch kümmert.«

»Also sei's drum.« Das Feuer brannte nieder, und Geraldine spürte, wie die Kälte ihr wieder in die Glieder kroch. Außerdem wollte sie wissen, warum Anne so viel an der obskuren Nachricht lag. »Wer ist denn eigentlich dieser Kerl, dass du dir vor Sorge um ihn die Nägel zerbeißt?«, fragte sie. »Das, was Harry Percy gern wäre? Dein Liebster?«

»Dummes Zeug.«

»Gut für dich«, konterte Geraldine. »Sonst hättest du nämlich nicht mehr lange Freude an ihm.«

»Was soll das heißen?« Annes Hand schloss sich um ihren Arm.

Geraldine schüttelte sie ab. »Lass das bleiben. Meinst du, ich möchte Schrammen bekommen, damit ich morgen so lange Ärmel tragen muss wie du? Jener Mensch aus Gloucestershire, William Tyndale, bleibt nicht in England. Wie du vermutet hast, hat er beim Bischof von London vorgesprochen, doch was immer er dort wollte – der Bischof hat's ihm abgeschlagen. Jetzt soll er klammheimlich aufs Festland verschifft werden. Ein paar Tuchhändler von der London Bridge helfen ihm.«

»Ist das wahr? Woher hast du das?«

Geraldine sandte ihr einen Blick von der Seite. »Du glaubst ja wohl nicht, dass ich dir darauf Antwort gebe.«

»Bist du meine Freundin, oder bist du's nicht?«

»Deine Freundin möglicherweise. Aber kein Mann, dem die Finger feucht werden, sobald ihm dein Duft in die Nase steigt. Du behältst für dich, warum dieser Tyndale dir so sehr am Herzen liegt, und ich behalte für mich, wer meine Informanten sind.«

Ihr Informant war der kleine Graf, der als Aufseher über die Schiffe des Königs während des Kriegs auf einem wichtigen Platz saß. Er gehörte selbst zu denen, die diesem Tyndale halfen, und sorgte dafür, dass der Mann übers Meer kam. »Ich riskiere mein Leben, damit England nicht in den dunklen Jahrhunderten stecken bleibt«, hatte er ihr mit einem Hickser zugeraunt. »Ein Wort am falschen Ort kann mich den Hals kosten, aber Euch vertraue ich. Ich würde Euch mein Leben anvertrauen, wisst Ihr das, Geraldine?«

Dein belangloses Leben wohl, dachte Geraldine. *Aber nicht deinen kostbaren Namen.* Dass er sein Herz einer Spionin ausschüttete, behielt sie für sich.

»Und wenn ich dir sage, warum mir Tyndale am Herzen liegt?«, fragte Anne. »Willst du wissen, warum er beim Bischof von London war? Weil er ihn um Erlaubnis und Unterstützung für ein Vorhaben bitten wollte, das Jahre kosten wird.«

»Und was hat er vor? Einen Palast zu bauen, in dem die Wände nicht schimmeln wie in diesem?«

»Das Neue Testament ins Englische zu übersetzen«, verkündete Anne triumphal.

Halb erschrocken, halb fasziniert stieß Geraldine ein Lachen aus. *Ketzerei.* Sie alle waren Ketzer. Der komische Kauz Tyndale, der kleine Graf und die sirenenhafte Anne Boleyn. Es gab nichts Gefährlicheres, als ein Ketzer zu sein. Keine Affäre mit dem König, kein Mord und kein Meineid brachten einen Menschen so sicher ins Feuer wie ein Bibelvers auf Englisch. »Und dafür willst du dich am Spieß braten lassen?«, fragte sie Anne. »Für eine Übersetzung, die du als Frau sowieso nicht lesen dürftest?«

»Für die neue Zeit«, erwiderte Anne. »Für unsere Zeit, in der der Mensch im Mittelpunkt des Universums steht. Niemand traut mir zu, dass ich mehr im Kopf habe als William Compton zwischen den Lenden, und das soll mir recht sein. Von mir aus braucht kein Mensch zu wissen, dass ich einfältig genug bin, mir manchmal eine Welt vorzustellen, die nicht bis ins Mark verrottet ist.«

»Und diese Welt verschafft dir Tyndale?« Das war es, was an Anne überraschte: Sie mochte das frivole Dummchen spielen, aber ihr Inneres war eine Zwiebel, deren Häute sich nicht leicht entblättern ließen.

»Tyndale ist Englands Luther«, erwiderte Anne. »Er hat versprochen, dass er dafür sorgen wird, dass jeder Pflugbursche in diesem Land von der Heiligen Schrift mehr versteht als der Papst.«

»Das ist der Gipfel der Ketzerei.«

»Ist es das?«

»Das weißt du selbst. Und was scheren dich eigentlich Pflugburschen?«

»Was schert ein Mensch überhaupt den anderen?«, fragte Anne versonnen. Dann wurde ihre Stimme wieder fest. »Sobald Tyndale auf dem Festland in Sicherheit ist, wird er seine Arbeit fortsetzen. Und wenn die Bibel erst einmal übersetzt ist, wird sie wie eine Kanonenkugel sein, die kein Papst und kein König aufhalten kann. Dann lässt sich mit Händen greifen, was uns heute verwehrt bleibt: das Recht, in der Bibel zu lesen, wenn es uns Spaß macht. Das Recht, einen Grafen zu heiraten, wenn uns von dessen Mundfäule nicht der Appetit vergeht. Das

Recht, ein Mensch zu sein und das Leben auf der Erde auszukosten.«

Geraldine zog die Daunendecke um sich. »Komm schlafen«, sagte sie. »Die Welt kannst du auch morgen noch aus den Angeln heben, aber leiser, damit kein Spion dich hört.«

»Einverstanden, meine liebste Spionin.« Anne nahm Anlauf, sprang zurück ins Bett und warf sich in die Kissen.

»Gute Nacht, Geraldine. Frohes neues Jahr.«

ZWEITER TEIL

Anker und Brassen

1524–1526

Tranquillo porto avea mostrato Amore
A la mia lunga e torbida tempesta.

Den stillen Hafen hat die Liebe mir gezeigt,
In meinem langen, finsteren Sturm.

Francesco Petrarca, *Canzoniere*

7
Sylvester

Portsmouth, September 1524

Leise, wie Gezeiten wechseln, ging der Sommer zu Ende. Es war ein feuchter Sommer gewesen, in dem die Leute sich über verdorbene Ernten, steigende Preise und düstere Gottesomen ereifert hatten. Für Sylvester aber war es der Sommer mit Fenella.

Das Glück war Sylvesters Familie die Jahre über treu geblieben. Mittlerweile ernährte die Werft seines Vaters dreißig Arbeiter und war die größte in Portsmouth. Mortimer Fletchers Gelände, das seit Ralphs Tod stilllag, hatte der Vater hinzugekauft. Seine eigenen Anlagen bedurften der Erweiterung, und zudem erwies er damit dem einstigen Freund, der von der Hand in den Mund lebte, einen Gefallen. Wäre es nach Sylvester gegangen, hätte Mortimer Fletcher für das, was er Anthony angetan hatte, in seinem Elend schwarz werden können, und seine Frau, die wie eine ausgestopfte Tote auf ihrem Schemel hockte, nicht minder. James Sutton aber war und blieb ein Mann mit einem butterweichen Herzen.

Seit dem Frühjahr hatte Sylvester mehr und mehr Aufgaben von seinem Vater übernommen. Der Vater erfreute sich nach wie vor blendender Gesundheit, doch seine Arbeit im Stadtrat erforderte Zeit, und seine zahllosen Freundschaften bedurften ständiger Pflege. »Außerdem genieße ich es zuzusehen, wie aus meinem Sohn ein Mann wird«, hatte er zu Sylvester gesagt. »Umso mehr, als es mir verwehrt ist, meine Tochter als Frau zu erleben.«

Ein wenig überrascht stellte Sylvester fest, dass er es ebenfalls genoss. Er war nicht zum Schiffbauer geboren, besaß keine Spur von Anthonys Genie, doch seine Männer liebten ihn, wie sie seinen Vater geliebt hatten. Nachdem er all die Jahre über umsorgt worden war, fand er Freude daran, selbst für eine Familie zu sorgen. Für den Vater, der ihn mit Lob überhäufte. Für das Tantchen, das den Haushalt wie eine Mischung aus Königshof und Armenspeisung führte. Für Geraldine in London, die ständig Kleider brauchte, für die alte Mistress Clapham und für Fenella.

Wenn er nach der Arbeit nach Hause kam, war Fenella da. Er spürte es, sobald er den ersten Schritt in die Halle setzte, und sein Herz vollführte einen kleinen Sprung. Im Duft seines Hauses schwebte eine neue Note, die zart war und dennoch alles durchdrang. Fenellas Note. Wenn er an die Treppe lief und sich still hielt, konnte er ihr zuhören.

Am vergangenen Abend hatte sie wie so oft im Ankleidezimmer gesessen und Tantchen Micaelas Predigten über sich ergehen lassen. »Der Herrgott hat dir prächtiges Haar gegeben, du Jakobsmuschel«, hatte diese geschimpft, »nur hat der arme Herrgott nicht mit einem Mädchen gerechnet, das sein Haar nicht pflegt. Was erwartest du, he? Dass Er im Fleisch herabsteigt und dir die Zotteln striegelt?«

»Seid nicht so streng mit mir, Tantchen Micaela.«

»Das sagen sie alle. Master Sylvester, der in seinem Leben nichts Böses getan hat, und Mistress Geraldine, die das spielend wettmacht. Carlos, mein fauler Mops von einem Koch, die Mägde, die mir auf der Nase herumtanzen, und der Herr des Hauses, der schöne *Señor Ingles*, das Lieblingsspielzeug meiner Schwester. Nur mein schwarzer Seestern hat nie mit der Wimper gezuckt, wenn ich ihm streng kam.«

»Euer schwarzer Seestern – ist das Anthony Fletcher?«

»Wer sonst? Die dunkle Hälfte von deinem hellen Bräutigam. Seit mein schwarzer Seestern nicht mehr hier ist, ist mein armer Kabeljau Sylvester ein Trockenfisch, den niemand wässert. Gut, dass er dich hat und zumindest ein bisschen Sonne abbekommt.«

»Ihr tut mir zu viel der Ehre!«, rief Fenella mit ihrer schönen rauen Stimme, in der ein Lachen bebte.

»Da magst du recht haben«, erwiderte das Tantchen. »Dieser Wollfilz auf deinem Kopf verdient jedenfalls keine Ehre. Hundert Bürstenstriche am Abend und hundert am Morgen, das ist es, was Mädchenhaare brauchen. Meine Mutter hätte mir Strich um Strich mit dem Bürstenstiel hintendrauf gezählt, wenn ich das je vergessen hätte.«

Fenella lachte noch immer, belustigt, zärtlich, doch nicht wirklich froh. *Es stimmt*, dachte Sylvester. *Fenella und ich sind zwei Trockenfische, denen der Segen des Wassers fehlt. Unser Wasser, unser schwarzer Seestern, hat uns länger, als wir denken können, zusammengehalten.* Immerhin hatten sie einander. Aber weil sie einander hatten, brauchten sie wenigstens nicht ohne Sonne auszukommen. Sie würden noch enger zusammenrücken und sich aneinander festhalten, bis Anthony wiederkam.

Und wenn er nicht wiederkommt? Sylvester hörte Fenella mit dem Tantchen lachen und fragte es sich zum ersten Mal. *Was, wenn das, was ihn dort draußen hält, stärker als alles ist, was wir ihm geben könnten?*

Später, als er versuchte, Schlaf zu finden, fiel ihm ein, dass Fenella bei ihm bleiben würde, wenn Anthony nicht zurückkam. Solange sie einander hatten, hatten sie auch die Erinnerungen an die Geschichten und Träume. Vielleicht würde es sein wie jetzt: als wären sie noch immer zu dritt, als wäre ein Teil von Anthony in ihnen beiden.

Am folgenden Morgen kam ein Bote und brachte ihm Anthonys Brief.

In Southampton war Wochenmarkt, und Sylvester ritt in der Frühe los, um eine Dechsel zu kaufen. Hinterher musste er Vater Benedict besuchen, ein Liebesdienst, den Anthony ihm aufnötigte, obwohl Sylvester den selbsternannten Ketzerjäger hasste. Der Dekan hatte seine Pfründe verloren und predigte nicht mehr in Sankt Thomas, sondern verbrachte den Tag damit, Hetzschriften an den Bischof von London zu verfassen und Menschen zu denunzieren. Sein bisschen Unterhalt bestritt er von den Pennys, die Anthony mit den Briefen übersandte.

Es wurmte Sylvester, dass dem Alten so viel Fürsorge zuteilwurde, aber Anthony bekam ihn stets aufs Neue an den Haken:

Gib Fenchel die paar Zeilen Petrarca und Vater Benedict die paar Münzen. Du bist mein Freund, Sylvester. Wenn du es nicht für mich tust, habe ich keinen anderen.

Wie hätte er das zurückweisen können? Ein Mann, der an seinem Stolz fast erstickte, bat ihn um Hilfe; sein Freund, der niemandem traute, verließ sich auf ihn. Ausgerechnet den linkischen, ängstlichen Sylvester ernannte er zu seinem Stellvertreter bei den zwei Menschen, die er liebte: seinem Mädchen und dem Mann, in dem er aus was für absonderlichen Gründen auch immer seinen Vater sah.

Entlang der Küstenstraße ritt Sylvester nach Southampton und genoss den blaugrau verhangenen Morgen. Je näher er der Stadt kam, desto dichter drängte sich der Verkehr. Bauern mit Karren mischten sich mit Kaufleuten in teuren Reisewagen, Reiter wie er teilten sich die Straße mit Frauen, die ihr Tragejoch schleppten. Der Markt von Southampton war beliebt, weil Fernhändler aus aller Herren Länder dort zusammentrafen. Eine Azuela, die spanische Dechsel, die sich zum Höhlen von Krummholz eignete, würde er nirgendwo bekommen als hier.

Diese Azuela statt der herkömmlichen Dechsel zu verwenden, hatte er von Anthony gelernt wie all die anderen Kniffe, die ihm die Arbeit erleichterten. Solange Anthony bei seinem Vater im Dienst gestanden hatte, war er unermüdlich über Land gezogen und hatte derlei Feinheiten aufgetan. In jedem Winkel von Hampshire hatte er sich herumgetrieben, um sich abzuschauen, wie die Holzfäller im New Forest krummgewachsene

Eschen schlugen, wie die Kalfaterer mit dem Klopfholz Werg in die Fugen ihrer Barken zwangen, wie die Segelmacher Kardeelen zu doppelter Stärke zwirbelten und wie die Kartographen über ihren Ptolemäus-Atlanten Jakobsstäbe und Zirkel schwangen. Mit seinem versehrten Bein konnte Anthony vielleicht zwanzig Schritte gehen, ohne zu hinken, doch wenn es um Schiffe ging, hielt nichts ihn zurück.

Ich hätte dir gern zugesehen, wenn du dein erstes Schiff baust, dachte Sylvester. *Ich hätte gern erlebt, wie ganz Portsmouth die Augen übergehen.* Aber ganz Portsmouth hatte Anthony ausgestoßen. Nun würde er sein Schiff in London bauen, für den Grafen von Ripon, und Sylvester würde nicht daran teilhaben.

Vor dem Stadttor von Southampton herrschte ein Andrang, wie er ihn noch nie erlebt hatte. Karren und Reiter standen Schlange, und die Wartenden riefen sich gegenseitig Flüche und Zoten zu. Auf dem Bauernwagen vor ihm reihten sich Bottiche mit gelber Milch. »Heda, Kutscher!«, rief Sylvester dem Mann auf dem Bock zu, der eine Bundhaube aus grober Wolle trug. »Könnt Ihr mir wohl sagen, was heute hier los ist?«

Der Mann drehte sich um und war nicht länger ein Mann, sondern ein Mädchen, dem Haar aus der Haube quoll. »Aber ja doch, edler Herr«, antwortete es mit einem Lächeln, das Butter schmolz. »Heut' wird hier der Henley geröstet. Der Ketzer.«

Sylvester stockte. »Ein Mann wird verbrannt? Auf dem Marktplatz von Southampton?«

»Und ob, edler Herr.« Ihr Lächeln wurde noch einladender. »Henley, der Kerzengießer. Honigäpfel soll's geben, gewürzten Holunderwein, Jongleure und Stelzenläufer. Hinterher auch Gefiedel und Tanz. Ihr, edler Herr, seid sehr hübsch, wenn's gestattet ist, und ich hätte später noch Zeit.«

»Was hat er getan?«, schrie Sylvester über die Zuber mit der Milch hinweg.

»Was hat wer getan?«

»Der Mann, den sie verbrennen, Mädchen.«

»Rafe Henley? Der hat ein Buch von dem Luther bei sich gehabt. Und zwei Kinder hat der, denen hat er beigebracht, das Pater Noster auf Englisch herzusagen. Dass es auf Englisch nicht richtig ist, haben die armen Würmer nicht mal gewusst.«

»Was geschieht mit ihnen?«, schrie Sylvester gegen den aufkommenden Wind.

»Geschieht mit wem?«

»Mit den Kindern von Master Henley!«

Das Mädchen lachte. »Der ist kein Master mehr. Und die Metze, die mit ihm gehaust hat, darf seine Brut nicht behalten, denn die hat gesündigt wie er.«

Die Kinder würden irgendwo in Pflege gegeben werden, wo sie nicht lange bleiben konnten. Hinterher mussten sie sich durchschlagen, stehlend, raubend, ihre Körper verkaufend, ohne Erinnerung an die Eltern, die sie zu Bett gebracht und mit ihnen gebetet hatten: Vater unser im Himmel, geheiligt werde dein Name.

Die Milchhändlerin sagte noch etwas, das Sylvester nicht verstand, dann war sie an der Reihe und verschwand durch das Tor. Sylvester hasste sich, weil ihm Tränen in die Augen quollen.

Von einem wie ihm sagte man in Portsmouth: Der ist zu nah am Wasser gebaut.

Mit jäher Heftigkeit sehnte er sich nach Anthony, der nie weinen musste, ihn aber in die Arme schloss, sobald der Tränenstrom losbrach. »Ich bin so schwach«, hatte Sylvester zu ihm gesagt. »Ich halte nichts aus.«

Anthony hatte ihm über das Gesicht gestrichen und ihn dabei mit jenem Staunen betrachtet, das Sylvester von keinem anderen kannte. »Du hältst alles aus«, hatte er gesagt. »Weinen, Schreien, Erröten, dass jeder Gaffer dich beglotzt. Wenn du schwach bist, Sylvester, wer zum Teufel ist dann stark?«

Dein Priester hätte dir fürs Fluchen auf die Hände geschlagen, dachte Sylvester traurig, *ich aber hätte dich endlos umarmen wol-*

len. Niemand fand mich je stark, nur du. Du würdest mich stark finden, weil ich um die Kinder des Kerzenmachers weine, und solange du bei mir warst, habe ich manchmal selbst meine Stärke gespürt.

Als er das Tor passierte, wirbelte ihm der Sturm der Gerüche entgegen. Marktgerüche. Geschmolzener Honig und in Butter gerösteter Fisch, Girlanden aus welken letzten Rosen und die Scheiße des versteigerten Viehs. Sylvester wusste, wo der Stand des spanischen Schmiedemeisters zu finden war, er hätte rasch seine Azuela bezahlen und zurück nach Portsmouth reiten können. Stattdessen ließ er sich vom Strom der Schaulustigen mitreißen und die Straße zum Gildehaus hinauftreiben. Die Wiese vor dem steinernen Gebäude diente im Herbst als Richtplatz. Wo er im Mai eine Nacht durchtanzt hatte, stapelten sich jetzt die aufgeschichteten Scheite und Reisigbündel, drängten sich Menschen wie Fische in der Reuse. Wer in den vorderen Reihen keinen Platz erwischte, konnte nichts sehen, Sylvester aber hatte vom Rücken seiner Stute aus den Platz im Blick.

Ein Uniformierter mit einer Tabor-Trommel teilte das Meer aus Menschen. Durch die Gasse folgten ihm rot gewandete Kleriker und sodann die Männer der Stadtwache mit dem Gefangenen. Der Mann, der am Strick geführt wurde, war kräftig und gesund, ein typischer Engländer der Südküste mit blühender Gesichtshaut und fleischigen Schultern. Seine Frau trug graue Röcke und hatte rostbraunes Haar. Zumindest nahm Sylvester an, dass das zierliche Geschöpf, das schreiend versuchte, sich zu ihm durchzuschlagen, seine Frau war. Sie war jung und ihre Haut weiß und ohne Makel. Zwei Piköre in roten Uniformen packten sie und zerrten sie zurück in den Pulk.

Der Mann hatte nur kurz den Kopf gedreht. Dachte er an eine nächtliche Stunde, in der er sie in den Armen gehalten hatte? Oder fragte er sich, was aus ihr werden würde, ohne Schutz, unter Menschen wie Wölfen? Die Wachen zerrten ihn auf den Berg aufgeschichteter Reisigbündel zu, und der Mann trottete mit. Wie hielt er das aus? Nicht zu schreien, sich nicht zu wehren, nicht um sein Leben zu kämpfen? Zwei der Wachen führten ihn hinauf an den Pfahl. Der Verurteilte ging mit ihnen, wie ein Maultier sich einen Hang hinaufschleppt.

Während die Wachen ihm Ketten um Brust und Mitte schlangen, schoben sich Händler durchs Gedränge und priesen Süßigkeiten und Honigwein an. Der Lärm schwoll und schluckte das Geheul der Frau. Kinder johlten, ihre Eltern buhten und zischten, Trommeln schlugen ihre Rhythmen, die den Tod hofierten, und heitere Läufe von Pfeifen tänzelten darüber hinweg. Sylvester hätte sich gern die Ohren zugehalten. Noch lieber wäre er im Galopp aus der Stadt geflohen, doch etwas zwang ihn zu bleiben.

Es war die Unfähigkeit, das Geschehen zu fassen. Sylvesters Verstand weigerte sich, zu glauben, dass Menschen dazu fähig waren, einen Artgenossen an einen Pfahl zu ketten und anzuzünden wie Holz zum Brotbacken, in der Sonne zu stehen, Nüsse in Honig zu naschen und mit dem Nachbarn zu plaudern, während einer von ihnen vor Schmerz zum Himmel schrie. Vater Benedict hatte gelehrt, der Leib eines Ketzers müsse verbrannt werden, damit Gott seiner Seele die Hölle ersparte, aber wie konnte Gott etwas derart Unsägliches wollen?

Sylvester ballte die Fäuste um die Zügel. Hinter dem Scheiterhaufen tauchte der Scharfrichter auf, um den kunstvollen Aufbau in Brand zu setzen. Eine Maske aus schwarzem Leder verbarg sein Gesicht, als er mit seiner Pechfackel vortrat. Die Pfeifen unterbrachen ihr Gehüpfe, und nur die Trommeln schlugen weiter, hämmerten Schlag um Schlag auf Sylvesters Schädeldecke.

»Wurde ja Zeit, dass hier mal ein Exempel statuiert wird«, hörte er zu seiner Linken einen Herrn seinem Gefährten zuzischen. Die beiden Kaufleute stammten eindeutig nicht aus der Gegend, denn sie trugen um den Körper geschmiegte Schecken, wie sie in Venedig geschneidert wurden, und weiße Hemden, die aus den Armschlitzen blitzten.

»Ihr sagt es«, erwiderte der Angesprochene. »Man bekommt ja Angst, dieser Flecken sei von Gott verlassen, und wenn dem nicht Einhalt geboten wird, kann mir der Markt hier gestohlen bleiben.«

»Darin sind wir einig. Habt Ihr gehört, dass es schon wieder Aufstände gegeben haben soll? Alles erdenkliche Pack – Lehrlinge, Tagelöhner und sogar Weiber – streitet sich mit Priestern um das, was der Kirche gebührt: den Zehnt, den sie schulden, Gebühren für Begräbnisse, sogar Leichentücher!«

»Vielleicht bläut's ihnen Vernunft ein, wenn sie sehen, wie man mit Gegnern der Heiligen Kirche verfährt!«, mutmaßte der andere und wies auf den Scheiterhaufen. »Der luthersche Irrsinn hat in unserem England keinen Platz. Nicht mit einem Verteidiger des Glaubens wie Henry Tudor auf dem Thron und unserem getreuen Erzbischof Warham als Kopf des Klerus!«

Sylvesters Augen brannten. Der Herr über Leben und Tod senkte die Fackel auf die unterste Reihe Scheite. Hier an der Küste war die Luft feucht und schwer vom Salz, von dem Fenella sagte, es mache sie hungrig. Der Henker musste mit der Fackel um den Aufbau herumlaufen, ehe endlich ein Scheit Feuer fing. Als die erste Flamme in die Höhe schoss, vereinten sich die Stimmen der Menge zu einem erregten Schrei.

Sylvester musste an den Tag denken, an dem er ein einziges Mal Mut bewiesen und Vater Benedict aufgefordert hatte, ihn mit dem Stock zu schlagen, um Anthony zu schonen. *Tu es jetzt noch einmal*, beschwor er sich. *Sei ein Mann, kein Wurm.* Alles war besser, als still auf einem Pferd zu kauern und zuzusehen, wie ein Mensch verbrannte. Schwarzer Qualm wallte auf und brachte die Leute in den vorderen Reihen zum Husten. Der Mann am Pfahl war bereits von Flammen umzingelt. Er wandte das Gesicht nach oben. »Vater unser im Himmel. Geheiligt werde dein Name.«

Tu es jetzt. Greif ein, lass solche Untat nicht zu.

Die Flammen leckten höher. An den Bewegungen der Lippen sah Sylvester, dass der Mann noch immer betete. Die erste Spitze des Feuers kroch zu seinen Füßen hinauf, dehnte sich aus und schmiegte sich um sein Bein. Augenblicklich wurde der Duft nach Harz und Holz zu Gestank nach verkohltem Fett. Aschefetzen wirbelten auf, und Sylvester glaubte, ein Geräusch zu hören, das er vom Spießbraten kannte, ein scharfes Zischen, mit dem Feuer sich in Fleisch biss. Das letzte Wort, das der Mann hatte beten wollen, geriet zum Schrei.

Es war zu spät, kein Mut der Welt hätte ihn jetzt noch gerettet. Alles, was Sylvester ihm wünschen konnte, war ein rascher Tod, aber der Tod ließ sich Zeit.

Statt Mut zu beweisen und einen Mann vor dem Feuertod zu retten, schrie Sylvester die Trockenpflaume von Priester an. »Hier ist Geld, das mein Freund Anthony Euch schickt«, schrie er und warf die Münzen auf den Tisch. »Damit Ihr noch mehr Menschen ausspionieren und Bischof Tunstall melden könnt, der sie ins Feuer schickt.«

Die Münzen sprangen über die Tischplatte. Vater Benedict, der wie ein greises Äffchen auf seinem Schemel kauerte, sammelte eine nach der anderen ein und umschloss sie mit seinen gichtigen Fingern.

»Der Kerzenmacher heute in Southampton – der geht auf Eure Kosten, richtig? Dass dessen Frau zur Hure wird und seine Kinder zu Diebsgesindel, kratzt Euch nicht, denn wenn das Fleisch, die Knochen und das Herz eines Mannes zu Asche zerfallen sind, winkt ja die Herrlichkeit Gottes, oder? Soll ich Euch etwas sagen, Vater? Ein Gott, der so etwas von seinen Geschöpfen verlangt, kann mir gestohlen bleiben!«

Er rang nach Atem.

Vater Benedict baute aus den Münzen einen Turm, ehe er aus schrägen Augen zu ihm aufsah. »So wart Ihr schon als Knabe, Sylvester Sutton. Außerordentlich mutig, wenn Ihr Euch sicher sein konntet, dass Ihr nichts zu befürchten hattet.«

»Und Ihr?« Sylvester schrie schon wieder. »Gehört vielleicht Mut dazu, in einer düsteren Stube Episteln abzufassen und Menschen in den Tod zu senden? Braucht es Mut, um einen einsamen, verfemten Jungen zu verprügeln, statt sich an die zu wagen, deren Väter in dieser Stadt Macht besitzen?«

Vater Benedicts Blick ruhte unverwandt auf ihm. »Das Gebäude unserer Kirche steht in Flammen«, sagte er. »Ich bete Tag und Nacht, dass Gott mir die Stärke verleiht, dem Höllenbrand mit bloßen Füßen entgegenzutreten.«

»Bloße Füße hatte der arme Kerl, den ihr wie ein Ferkel geröstet habt!«, schrie Sylvester. »Die Brandstifter seid Ihr mit eurem Hass! Wenn unsere Kirche in Flammen steht, dann bestimmt nicht weil ein paar harmlose Burschen Gottes Wort lesen, sondern weil das verdammte Holz morsch geworden ist.«

»Flüche machen aus einem Wickelkind keinen Mann«, sagte Vater Benedict. »Und was das Prügeln betrifft – gewagt hätte ich mich an jeden, aber keiner von Euch war es wert, vor der Hölle bewahrt zu werden.«

Eine Zeitlang schwiegen sie beide. Dann fügte der Kirchenmann hinzu: »Ihr kleines Licht seid es mir auch nicht wert, einen Brief an Bischof Tunstall zu schreiben. Euer Freund allerdings wäre sicher froh, wenn Ihr vor dem Plappern manchmal denken würdet.«

»Das geht meinen Freund und mich an«, blaffte Sylvester. »Nicht Euch. Ginge es nach mir, würdet Ihr Anthony im Leben nicht wiedersehen.«

Süffisant hob der Priester einen Mundwinkel. »Wie schade, dass es nicht nach Euch geht, nicht wahr? Er hat seinen eigenen Willen, und kein Stock und kein Augenaufschlag zwingen ihm einen fremden auf.«

»Weiß der Himmel, wofür er glaubt, Euch dankbar sein zu müssen!«, brach es aus Sylvester heraus.

Vater Benedict sah auf den Tisch. »Wie geht es ihm?«

»Ausgezeichnet«, erwiderte Sylvester wütend. »Mit dem

verfluchten Gewehr, das Ihr ihm gekauft habt, ist er bis fünfzig Meilen vor Paris marschiert, um sein Leben aufs Spiel zu setzen. Ich danke Gott dafür, dass er dem Tod entwischt ist – aber nicht dem Euren, der seine Geschöpfe in Flammen sehen will, weil sie verbotene Bücher bei sich tragen.«

»Kein Mensch muss wegen eines Buches brennen«, konterte der Kleriker. »Wer seinen Frevel bereut und dem Satan abschwört, erlangt Vergebung.«

»Ha!«, rief Sylvester, »Vergebung nennt Ihr das? Dass ein Mann mit einem Reisigbündel durch die Gassen laufen und sich vor solchen wie Euch erniedrigen muss? Dass er nach Sankt Paul's zitiert wird, um auf den Stufen zu bekennen, er sei kein würdiger Mensch mehr, sondern ein elender Sünder?«

»Demut fügt niemandem Schaden zu, sondern erweist der Seele eine Wohltat.«

»Und davon versteht Ihr etwas? Von Demut? Deshalb demütigt ihr einen Jungen, der Euch achtet, und redet ihm noch ein, Ihr hättet ihm eine Wohltat erwiesen? Deshalb verlangt Ihr, dass Christen ihre Sehnsucht nach Gottes Wort zur Ketzerei erklären, ihre Liebe zum Leben, ihren Stolz auf sich selbst? Wenn Ihr mich fragt, steckt in alledem mehr von Gott als in Euren Dogmen ohne Herz.«

»Das eine sage ich Euch.« Die Stimme des Klerikers war dünn und scharf wie die Klinge, mit der Anthony sich rasierte. »Wenn ich je befürchten müsste, Ihr könntet meinen Jungen in die Arme des Teufels treiben, würde ich auf der Stelle an Bischof Tunstall schreiben.«

»Er ist nicht Euer, und er ist kein Junge mehr. Er ist ein Mann und baut auf einer Werft vor Londons Tower ein Schiff.«

Damit drehte Sylvester sich um und floh ins Freie, ehe er in dem engen Raum erstickte. *Die neue Zeit ist so großartig*, dachte er. *Aber sie verliert aus Angst vor sich selbst den Verstand.*

Daheim fand er seinen Vater und das Tantchen beim Feuer, zärtlich zankend wie ein lange verheiratetes Paar. Vor ihnen auf dem Tisch aus Kirschholz standen ein Krug und Becher mit dem Wein, den sein Vater mit Zimt und Kardamom würzte und den er seinen Weltversüßer nannte. *Wie gut es uns geht*, sprang es Sylvester an, *wie viel Charme das Leben hat. Kann man uns einen Vorwurf daraus machen, dass wir uns in Todesfurcht daran klammern?*

Zwei Augenpaare, eines blau, eines braun, sahen ihm entgegen.

»Wo ist Fenella?«, fragte er.

Das Tantchen sprang auf. »Angebrachter wäre ja wohl die Frage, wo du warst, junger Herr.«

»Habt ihr euch Sorgen gemacht?« Eine kleine Last fiel von ihm ab. Dieses Haus besaß einen seltsamen Zauber – die Kraft, eine aufgewühlte Welt in Ordnung zu rücken.

»Ein wenig schon«, erwiderte sein Vater. »Aus Southampton bist du für gewöhnlich nicht so lange unterwegs, und in der Stadt soll es derzeit ständig Aufruhr geben.«

»Mir ist nichts dergleichen begegnet«, sagte Sylvester. »Ich war nur noch schnell bei Vater Benedict.«

»Hat Anthony geschrieben?«

»Ja.«

Über das Gesicht des Tantchens huschte ein Lächeln. »Es geht ihm gut? Er ist wieder in England?«

Sylvester nickte. »In London. Unversehrt.«

»Gelobt sei Gott«, bekundete sein Vater. »Was treibt er? Braucht er etwas?«

»Du kennst doch Anthony«, erwiderte Sylvester. »Er baut ein Schiff und braucht nichts.«

»Natürlich. Wie sollte es anders sein?« Sein Vater lächelte. »Willst du essen, Lieber? Carlos hält für dich warm, was wir von der Schnepfenpastete übrig gelassen haben.«

»Ich habe unterwegs gegessen«, log Sylvester, der es kaum

ertrug, ins Prasseln der Flammen zu blicken und dem Knistern der Scheite zuzuhören.

»In dem Fall gehst du besser nach oben und siehst nach deiner Fenella«, riet sein Vater. »Sie wollte nicht zum Essen herunterkommen. Gesagt hat sie, ihr sei nur ein wenig unwohl, aber Mica und ich befürchten, dass sie etwas quält.«

»Wen wundert's!« Tantchen Micaela warf den Kopf in den Nacken, dass ihr Haar zurückfiel und die Büschel in den Ohren freigab. »Jetzt, wo dein Herzensfreund sicher an Land ist, könntest du deine Gedanken vielleicht deiner Herzensdame zuwenden, oder? Soweit ich weiß, steht dieser Familie eine Hochzeit ins Haus.«

»Das eilt nicht«, wehrte Sylvester ab.

»Ach nein?« Das Tantchen stemmte die Hände in die jugendlich schlanken Hüften. »Und wer bestimmt das, he? Du oder das bedauernswerte Mädchen, das sein Herz an dich Hallodri gehängt hat? Glaubst du, es ist angenehm für eine Jungfer, unter dem Dach ihres Bräutigams bis zum Sankt-Nimmerleins-Tag zu warten? Du bist nicht gerade ein Bursche, der den Damen missfällt, mein Herr Kabeljau. Was meinst du, was deiner Braut im Kopf herumgeht, während sie den lieben Tag lang hier hockt?«

»Zwischen Fenella und mir herrscht Einigkeit«, verwies Sylvester sie barsch, um das Thema zu beenden.

Aber Tantchen Micaela hatte sich noch nie ein Thema verbieten lassen, mit dem sie nicht fertig war. »Einigkeit also!«, warf sie ihm entgegen. »Und was soll das arme Ding anderes tun, als mit dir einig sein, he? Sie hat keinen Vater, keine Mitgift, niemanden, der für ihre Rechte eintritt. Bist du wirklich so kaltherzig, sie das spüren zu lassen? Ich würde mich schämen, Sylvester, weil ich dir nicht beizeiten mit meinem Rührstab hintendrauf gezählt habe, wie ein Ehrenmann sich benimmt. Ich würde mich vor Gott und vor meiner Schwester, Juana, der Unfehlbaren, schämen.«

»Bei allen Heiligen, in Southampton ist heute ein Mann verbrannt worden!«, platzte Sylvester heraus. »Und ihr verlangt, dass ich ans Heiraten denke, womöglich die Nachbarn einlade, die heute auf unserer Hochzeit tanzen und morgen wieder eine Hinrichtung bejubeln?« Ruckartig drehte er sich um und floh die Treppe hinauf.

Fenella riss die Tür auf, ehe er anklopfen konnte. Schlank und aufrecht stand sie vor ihm, die Flechten aufgelöst, die Wangen nass. Sie schloss die Arme um ihn. »Ach, Sylvester.«

»Ach, Fenella.«

»Du auch?«

Er nickte mit dem Kinn auf ihrem Kopf.

»Was für ein abscheulicher Tag.«

Sie hielten sich fest. Fenella streichelte ihm das Haar, und er streichelte ihr das nasse Gesicht. Sein Herz vollführte nicht nur einen, sondern zahllose kleine Sprünge und beruhigte sich.

Stumm lösten sie sich und setzten sich an den Spieltisch, an dem sie manchmal Schach spielten, sie so jämmerlich wie er. Ihre grauen Augen stellten eine Frage: *Was ist dir geschehen?*

»In Southampton haben sie einen Mann ins Feuer geschickt. Einen Lutheraner, Vater von zwei Kindern.« Die Tränen ließen sich nicht aufhalten. »Ich wollte etwas tun, Fen, aber ich habe nur dagesessen und gegafft wie damals auf der Werft, als die Schergen Anthony zu Boden schlugen.«

Fenella schwieg und sah ihn an.

»Was hast du damals getan?«, flüsterte Sylvester.

»Gegafft«, sagte Fenella. Als er nichts erwiderte, hob sie mit der Hand sein Gesicht. »Wir waren kleine Kinder«, sagte sie. »Machtlos. Zu Tode erschrocken.«

Über Sylvesters Rücken rann ein Schauder. »Wenn ich an Anthony denke, sehe ich dieses Bild bis heute vor mir«, sagte er. »Ich höre nie auf, mich zu fragen: Wie kann er mir denn vertrauen, nachdem ich ihn im Stich gelassen habe? Du weißt nicht, wie sehr ich mir wünsche, ich wäre damals dazwischengegangen, ich hätte diese Unmenschen gehindert, meinem Freund auf den Kopf zu schlagen, ihn als Mörder zu brandmarken. Meinen Freund, der genauso machtlos und zu Tode erschrocken war wie ich.«

»Und wenn du das getan hättest? Glaubst du, wenn du Schläge mit dem Knüppel abbekommen hättest, hätte das Anthony Schmerz erspart?«

Er wusste keine Antwort. Fenella nahm seine Hand. »Du warst für ihn da, als sie ihn aus dem Kerker in eine Welt entlassen haben, die er nicht mehr verstand. Du warst seine Ankerkette, die ihn im Leben hielt. Für den Mann, der heute verbrannt ist, kannst du nichts mehr tun. Aber vielleicht gibt es ja eine Möglichkeit, für seine Witwe oder seine Kinder da zu sein.«

Verblüfft stellte Sylvester fest, dass er lächeln musste. »Du bist Gold wert, Fen, weißt du das? Wenn wir dich nicht gehabt hätten, hätten wir dich erfinden müssen – damals, als wir noch alles, was wir brauchten, in unseren Geschichten erfanden.«

Fenella lachte. Er sah ihr zu und entdeckte, dass ihre Wangen noch immer vor Nässe schimmerten.

»Ich werde es versuchen«, sagte er. »Der Mann hieß Rafe Henley und war Kerzenmacher, es dürfte nicht schwer sein herauszufinden, wohin seine Kinder verschleppt worden sind. Danke, du Liebe. Und jetzt erzähl mir, warum du geweint hast und warum dein Tag so abscheulich war wie meiner.«

»Lieber nicht. Gegen das, was du erlebt hast, ist es eine Lappalie. Ich fürchte, das ist an den meisten Tagen so.«

»Das Tantchen hat etwas in der Art angedeutet«, fiel ihm ein. »Sie hat mich wie eine Furie beschimpft, weil ich dich allein mit deinen Gedanken hier hocken lasse.«

»Wie ungerecht.« Sie schlang die Arme um ihn. »Jetzt musst du für uns auch noch den Kopf hinhalten, armer Sylvester. Hätten wir dich nicht gehabt, hätten wir dich auch erfinden müssen, Anthony und ich.«

»Was ist los, Fenella? Erzähl's mir.«

»Wirklich gar nichts«, presste sie heraus und wies auf das Pult am Fenster. »Nur dieses Buch.«

»Tod des König Arthur?«

Fenella nickte.

»Ich hätte es dir nicht geben dürfen.«

»Natürlich hättest du. Ich schäme mich, weil du gesehen hast, wie ein Mensch verbrennt, während ich um Papierfiguren in einem albernen Buch weine.«

»Ich habe auch geweint, als ich es gelesen habe«, sagte Sylvester. »Um König Arthur, der seine schöne Frau Guinevere und seinen Freund, diesen prachtvollen Lancelot, liebt, und um Guinevere und Lancelot, die einander lieben und …«

»… und die ihn betrügen«, beendete Fenella tränenerstickt seinen Satz. »Und um Camelot, das daran untergeht. Glaub mir, ich habe keine Ahnung, warum ich darüber so entsetzlich weinen muss.«

Er zog sie an sich und strich ihr über den Rücken. *Ich auch nicht*, dachte er. *Und ich will davon im Leben keine gottverfluchte Ahnung haben.*

»Es ist so viel Liebe zwischen diesen dreien«, stieß Fenella heraus. »Ach Sylvester, wie kann aus so viel Liebe denn nicht noch mehr Liebe werden, sondern Tod?«

Sie weinte zum Gotterbarmen. Jedes Mal, wenn sie versuchte, den Kopf zu heben, überkam sie eine neue Flut von Tränen. Es war alles zu viel für sie. Das Warten, die Sorge, ihre ungesicherte Zukunft. »Fenella«, sagte er. »Für England ist der Krieg zu Ende. Anthony ist in London, und seinem Brief nach geht es ihm gut.«

Einen Herzschlag lang wurde ihr Körper in seinen Armen starr.

Sylvester griff in den Gürtel und zog den Bogen Papier hervor. »Jetzt hör auf zu weinen, ja? Er schickt dir auch wieder Verse von Petrarca, und wenn du willst, laufe ich jetzt noch zu

Matt von der Hafenaufsicht und zwinge ihn, sie für dich zu übersetzen.«

Sie hörte nicht auf zu weinen, aber beim Weinen lächelte sie. »Bitte lies sie mir vor. Übersetzen kann ich sie, denke ich, allein.«

»Du, Fen? Seit wann verstehst du denn Italienisch!«

Sie zuckte die Achseln. »Ich habe doch sonst nichts zu tun. In all diesen Monaten habe ich die Zeilen immer wieder mit den Übersetzungen verglichen und jedes Wort in eine Liste eingetragen. Irgendwann habe ich begonnen zu verstehen.«

»Pace non trovo«, las Sylvester ungläubig.

»Ich finde keinen Frieden.«

»Et non o da far guerra.«

»Und ich habe keine Mittel, einen Krieg zu führen.«

»E temo et spero, et ardo et son un ghiaccio.«

»Ich fürchte mich und ich hoffe; ich brenne und bin ein Stück Eis.«

»Et volo sopra 'l cielo et giaccio in terra.«

»Ich fliege über den Himmel hinweg, und ich liege am Boden.«

»Et nulla stringo et tutto 'l mondo abbraccio.«

»Nichts erfasse ich und umarme die ganze Welt.«

»Du bist ein Genie, Fenella.«

»Ach nein. Nur ein Mädchen mit zu viel Zeit.«

»Ich frage mich, warum er dir in all den Monaten nie etwas auf Englisch geschickt hat«, sagte Sylvester.

»Weil ich es so gern lernen wollte«, sagte Fenella und wischte sich Augen und Wangen trocken.

»Italienisch?«

Sie nickte.

Er liebt sie, dachte Sylvester. *Er ist in der Lage, eine Frau zu lieben – mein Freund Anthony, der den Kopf nur nach Schiffen dreht.*

»Wenn du willst, fahre ich mit dir nach London«, sagte er.

»Nicht sofort, aber sobald die zwei Schleppkähne ausgeliefert sind.«

Fenella schüttelte den Kopf. »Nein, mein liebster Sylvester. Solange das Tantchen dir nicht deinen Kopf dafür abreißt, würde ich gern weiter hier warten.«

»Hier ist dein Platz«, sagte Sylvester. »Deine Zuflucht, wann immer du eine brauchst.«

Als sie den Mund öffnete, hob er die Hand. »Nein, Fen, bedank dich nicht. Du weißt nicht, wie froh ich bin, wenn du bleibst.«

»Das erleichtert mich, denn ich fürchte, ich bleibe noch lange.«

Sie lachten beide. »Hast du Hunger?«, fragte er. »Wollen wir sehen, ob man diese Pastete, die Carlos seit Stunden warmhält, noch essen kann?«

Fenella nickte und nahm seine Hand.

Drei Tage später kam Anthony.

8

Fenella

Portsmouth, September 1524

Die Wildnis, in der sie früher wie Tiere herumgestreunt waren, schien jetzt ummauert zu sein, und noch immer taten sich neue Baugruben auf. Der König war nach dem siegreichen Einmarsch in Frankreich aus dem Krieg ausgeschieden und hatte sein einziges Kind, seine Tochter Mary, mit dem Habsburger Kaiser Karl verlobt. Der Papst schätzte die Härte, mit der der englische König gegen Kirchenreformer vorging, und Francis, der Franzosenkönig, hatte gelernt, dass Henry von England kein Feind für Geplänkel war. Soweit es möglich war, saß Henry also sicher im Sattel, und doch fuhr er fort, seine Hafenstadt Portsmouth zu einer Festung auszubauen.

Vielleicht gab es gar kein Stück Wiese mehr, auf dem sie würden sitzen können. Vielleicht gab es kein Stück Stille mehr, und vielleicht war das gut so. Fenella war nicht sicher, ob sie nach all der Zeit Stille miteinander ertragen würden.

Die Weide gab es noch. Und den Vogelkirschbaum. Vielleicht hatte der leichte Regen die Bauarbeiter vertrieben. Es war still am Creek. Hinter den Weidenzweigen im Gras saß Anthony und aß Himbeeren.

Er hatte ihr nur ein Wort gesandt, und sie war hierhergelaufen. Jetzt blieb sie stehen und sah ihm zu. Gewiss war er der einzige Mensch, der Himbeeren aß, ohne auch nur einen Tropfen auf sein weißes Hemd zu spritzen. Er aß, wie er seinen Bogen spannte und wie er Werg in Teer tauchte, um ein Schiff zu kalfatern: scheinbar gleichmütig, ohne sich zu konzentrieren, doch vollkommen zielsicher. Nicht einmal das Kinn beschmierte er sich, und seine Finger blieben sauber, ohne dass er sie sich leckte.

Fenella holte Luft, bis ihre Lungen schmerzten. Eine Woge von Dankbarkeit schlug über ihr zusammen, weil die Welt ihn ihr zurückgegeben hatte – gesund, unbeschadet, frisch rasiert und mit tadellos geschnittenem Haar. Sie hatte unsägliche Angst gehabt, er könne an der Seele Schaden nehmen, doch danach sah er nicht aus. Er sah aus, als würde er beim Essen schlafen, doch seine Ohren schliefen nie. Er blickte auf, entdeckte sie und wischte sich das Haar aus der Stirn. Dann grinste er. »Fenchel Clapham.«

Fenella rannte.

Sie hatte sich gefragt, ob ihr Körper sich nach all der Zeit daran erinnern würde, dass er den seinen liebte. Ihr Körper fand die Frage töricht. Anthony saß mit gekreuzten Beinen, und sie starrte im Laufen auf die Innenseiten seiner Schenkel, die den Stoff der Hosen spannten. Sie musste lachen, stolperte und schlug der Länge nach hin. Ihr Kleid zerriss an der Schulter, und sie schürfte sich an einer Baumwurzel die Haut auf.

Sie fand sich lächerlich. Zwei Jahre lang hatte sie nichts getan, als zu warten, und jetzt verpatzte sie den Augenblick. Aber sobald er bei ihr war, machte das nichts mehr aus.

»Fenchel«, sagte er ungewohnt zart, und mit derselben Zartheit hoben seine Hände sie auf. *Die, die ihn nicht schön finden, kennen seine Hände nicht*, dachte sie. Unter der Berührung bebte ihr Rücken und bog sich ihm entgegen. Sie hätte aufseufzen wollen.

Behutsam strich er den zerrissenen Stoff von ihrer Schulter und betrachtete die Wunde. Klaubte so gewandt und zielsicher, wie er die Himbeeren gegessen hatte, Tannennadeln und Erdkrumen von der aufgeschürften Haut. Fenella sah seinen Händen zu und wollte ihn anfahren: *Lass das Gefummel mit der Wunde. Veranstalte deinen köstlichen Zauber an meinem ganzen Leib.*

»Tut es sehr weh?«

Sie hatte seine Augen vermisst und in manchen Nächten

Angst gehabt, sie könnten bei seiner Rückkehr erloschen sein wie an dem Tag, als die Stadtwachen ihn aus dem Gefängnis gestoßen hatten. Seine Augen aber funkelten und jagten ein Kribbeln über ihre Haut. »Nein, es tut fast gar nicht weh.«

»Ich muss das saubermachen, Fenchel«, sagte er, neigte den Kopf und begann, Zoll um Zoll die Wunde auf ihrer Schulter zu küssen. Seine Lippen und seine Zunge trafen federweich auf und sandten dennoch Nadelstiche durch ihr Fleisch. Ohne Warnung streckte sie die Hände aus und langte ihm in die Taille, kniff ihm gierig in den straffen Bauch und fing an, ihn zu kitzeln.

Augenblicklich ließ er von ihrer Schulter ab, stieß einen gequälten Laut aus und versuchte, sich ihr zu entwinden. Fenella war aus der Übung, doch jahrelange Erfahrung setzte sich durch. Dieses Bündel Kraft war geschmolzenes Wachs in ihren Händen, ließ sich hintüber ins regennasse Gras werfen und zappelte wie ein Fisch auf dem Land, um ihren Fingern zu entkommen. Sie ersparte ihm nichts, zerrte ihm das Hemd aus dem Bund und kitzelte die glatte, bloße Haut.

»Hör auf«, jammerte er.

»Erst, wenn du um Gnade bettelst.«

»Das tue ich nie.«

Sie kitzelte ihn.

Er japste nach Luft und rollte sich zur Kugel, doch sie erwischte seine Taille und zwang ihn kitzelnd, sich wieder aufzubiegen.

»Das ist genug!«

»Ist es nicht. Dir ist es zwei Jahre lang viel zu gut gegangen, also bekommst du es jetzt dreifach.«

»Ich will verhandeln, Fenchel.«

»Nichts da. Du bettelst oder leidest.«

Er hätte sich zum Schutz auf den Bauch rollen können, aber das tat er nicht, sondern blieb irgendwann wehrlos liegen und gab kleine Laute zwischen Klage und Gelächter von sich.

Fenella sah, dass ihm der Schweiß auf der Stirn stand, und ließ von ihm ab. Sie legte sich nieder und bettete sich in seinen Arm.

Heftig atmend drehte er ihr das Gesicht zu. »Dir auch guten Morgen, Fenchel.«

Sie sah ihn an, streichelte jeden Zug mit ihrem Blick. Die schmale Falte in der Stirn, die stets eine Frage stellte, die Brauen, die Wimpern, die Wangenknochen. Seine Nase war schlank, die beiden Flügel ständig in Bewegung und die Lippen rotbraun. Er hatte ihr immer gefallen, mehr als sich mit Worten ausdrücken ließ, aber nie so wie jetzt. Es hatte aufgehört zu regnen.

»Überlegst du, ob du mir noch böse bist?«, fragte er. »Ich finde, das dürftest du nicht, nachdem du mich so grausam bestraft hast, ohne dass ich es verdient habe.«

»Hast du nicht?« Sie hatte die größte Mühe, noch abzuwarten, nicht zu lächeln, nichts zu flüstern, ihn nicht zu küssen.

»Ich habe das Ding, das ich nicht habe, wiedergebracht. So, wie du gesagt hast.« Er nahm ihre Hand und legte sie auf seine Brust. Durch den Schutz der Rippen schlug sein Herz voll Kraft an ihre Handfläche.

Ihr eigenes begann zu trommeln, als wollte es seines überholen. »Ich fühle nichts«, log sie hemmungslos. »Nur dass du dir neuerdings Hemden aus sündhaft teurem Stoff machen lässt.«

»Fenchel!« Wäre er Sylvester gewesen, hätte sich sein Gesicht mit zartem Rot überzogen. Anthony aber blieb nach außen dunkel wie ein Pirat und wurde nach innen tiefrot. Fenella musste lachen, löste fingerfertig das Band an seinem Hals und schob ihm die Hand auf die blutwarme Haut. Das Herz darunter schlug mit furchterregender Heftigkeit.

»Willkommen zu Hause«, sagte Fenella.

Es war ein hinreißendes Spiel, und es war nie zuvor so gefährlich gewesen. Sie hatte es um jeden Preis gewinnen wollen, aber sie verlor. Als er das nächste Mal Luft holte, lag sie an seinem Hals. Augenblicklich streckte er ebenfalls die Waffen, presste sie an sich und legte zweieinhalb Jahre in ein Stöhnen.

Vielleicht konnte man lernen, auch anderen Männern etwas abzugewinnen. Die meisten Mädchen taten das, verguckten sich in einen, wurden mit einem anderen verheiratet und fanden sich zurecht. Aber die, die so lebten – hatten die an ihrem ersten Liebsten alles gemocht, wie Fenella alles an Anthony mochte?

In jenem ersten Frühling hatte sie zu ihm gesagt: »Du gefällst mir. So sehr, wie dir die *Mary Rose* gefällt.«

»Oh«, hatte er erwidert und den Kopf zur Seite gedreht, damit sie nicht merkte, wie er nach innen errötete. »Sie gefällt mir, ja. Aber wenn ich könnte, wie ich wollte, würde ich etliches an ihr ändern.«

Fenella hatte nachgedacht. Wenn sie könnte, wie sie wollte, was würde sie an Anthony ändern? Seinen Duft, sein Haar, das sie beim Küssen kitzelte, seine Lippen, die nach Himbeeren schmeckten, seine Zunge, die gegen den Wind kreuzen konnte? Gewiss hätte sie keinen Funken in seinen Augen geändert, keine Wimper und keine Kerbe, die sich beim Lächeln in seine Wange grub.

Auch an seiner gelenkigen, sehnigen Drahtigkeit, die andere unschön fanden, hätte sie nichts ändern wollen. Es war alles so, als hätte Gott es eigens für sie gemacht: seine Schultern, Schlüsselbeine, die klopfende Ader bei der Kehle, seine kitzlige, überempfindliche Haut, seine scharfen Sinne, seine völlig unerwartete Zärtlichkeit.

Einmal hatte sie gedacht: *Vielleicht hätte ich ihn ein wenig umgänglicher gemacht, seinen Stolz nicht so ruppig, seine Unverschämtheit nicht so maßlos und seine Liebe zu Schiffen nicht so überwältigend, damit für mich und Sylvester Raum bleibt.* Kaum hatte sie das jedoch gedacht, hatte sie ihn in die Arme nehmen müssen. *Ich will gar nichts an dir ändern. Du gefällst mir mehr, als dir die* Mary Rose *gefällt, denn jedes Tau, das ich dir stutzen könnte, nähme dir Wind aus den Segeln. Du musst der sein, der du bist. Auch wenn es wehtut.*

Er war wieder da und so sehr der, der er war, dass sie lachen musste. Sie hielt sich an ihm fest. Wie hätte sie sich je an einen anderen gewöhnen sollen?

Sie stand mit ihm auf und streifte ihm das Hemd herunter. Seine Haut glänzte feucht vom regennassen Gras. An der Schulter wölbte sich der Muskel vom Spannen der Bogensehne. »Fenchel«, sagte er, so durcheinander wie sie.

Fenella zog sich die Bluse über den Kopf und warf sie weg. »Komm zu mir, Anthony. Ganz.«

Er strich ihren Hals entlang, tastend über die oberen Rippen und den Ansatz der Brüste. Seine Hände zitterten. »Du bist schön, Fenchel. Zu schön, weißt du?«

Er legte die Arme um sie wie um etwas Zerbrechliches. Noch einen Herzschlag lang standen sie beieinander still, wie um einander vor dem Sturm zu schützen. Dann sprengte der Hunger die Taue, der Großbaum brach, und der Wind riss alle Segel mit.

Fenella hatte nie enge Freundinnen, sondern immer nur Sylvester gehabt. Was sie von der Liebe zwischen Mann und Frau wusste, stammte von ihrer Mutter. Bei der hieß »Liebe« nicht »Liebe«, sondern »Sich mit einem niederlegen«, und wer so dumm war, derlei zu tun, erntete Schmerzen, Schande und unerwünschte Kinder. Darüber hinaus hatte Fenella nicht mehr als ein paar Brocken aufgeschnappt, die sich die Mägde im Küchenhaus der Suttons zuwarfen. Denen ließ sich entnehmen, dass ein Mann sich den Hosenlatz öffnen und die Röcke der Frau zurückschlagen würde, dass man sich vor dem Anblick erschreckte und dass Männer beim Liebemachen grob waren. Letzten Endes, so hatte eine betont, war es aber nicht so schlimm, wie allenthalben berichtet wurde.

Und ist es nie schön?, hätte Fenella gern gefragt. *Warum will man es so sehr, wenn es nicht schön ist, etwas, das man nicht kennt und von dem man dennoch weiß, dass man es um jeden Preis haben muss? Warum betrügen Guinevere und Lancelot ihren liebsten Freund, wenn es nicht einmal schön ist?*

Anthony öffnete seinen Hosenlatz nicht und schlug ihre Röcke nicht zurück. Er lag mit ihr im Gras und küsste sie überallhin, bis sie sich wand wie er, als sie ihn gekitzelt hatte. Als sie ungeschickt an dem Latz zu nesteln begann, lächelte er. »Bist du dir sicher, dass du das willst, mein Herz?«

»Darauf kannst du Gift nehmen.«

Noch immer lächelnd schob er ihre Hand beiseite und streifte sich die Hosen von Hüften und Schenkeln. Dann setzte er sich nackt vor sie ins Gras und streichelte ihr Gesicht, damit sie nicht erschrak.

Sie erschrak trotzdem. Alles an ihm war ihr von klein auf vertraut, wie konnte etwas an ihm so fremd sein? Es machte ihr Angst, es machte ihr Hunger, es machte sie kirre, es verdrehte ihr den Kopf. Weil es zu viel war, sandte sie ihren Blick sein Bein hinunter, das sie auch noch nie nackt gesehen hatte.

Der Anblick schnitt ihr ins Herz. Sein Bein war gerade und schlank, mit langen, festen Muskeln. Das Knie aber wirkte völlig aus der Form, war wie zertrümmert und lieblos zusammengesetzt, umwuchert von tiefen Narben. Der Unfall musste viel schwerer gewesen sein, als einer von ihnen es sich ausgemalt hätte. Fenella wollte die Stelle berühren, doch ihre Hand erstarrte in der Luft.

Er bemerkte es, fischte sein Hemd aus dem Gras und warf es über sein Bein.

»Oh Anthony!«, rief sie, zog das Hemd weg und umarmte zum ersten Mal in ihrem Leben einen splitternackten Mann. Presste ihn an sich, küsste ihm die Lider, strich mit den Lippen über seine Schläfe. »Oh, mein Liebling, du gefällst mir. Mir gefällt alles an dir, viel mehr als dir an deiner *Mary Rose.*«

Als sie ihn enger an sich zog, spürte sie seinen harten, steilen Schwanz, vor dem sie sich eben erschrocken hatte. Ihre Lust erschreckte sie noch mehr. Er sah sie wieder an, und sie lachten beide. Hungrig und scheu. Statt ihn hochzuschlagen, wickelte er ihr den Rock von den Hüften. Dabei küsste er sie auf Lippen und Wangen, auf Hals und Schultern und auf den Ansatz der Brüste. Sylvesters Schwester nannte sie eine Schiffsplanke, weil sie flach und nichts Besonderes war, doch unter Anthonys Lippen lernte sie, dass Sylvesters Schwester himmelschreienden Unsinn schwatzte.

Als er allen Stoff fortgewischt hatte, beugte er den Rücken und küsste ihr den Schoß. Er war ihr Schlangenmensch, so biegsam wie ein Weidenzweig. Sie sah alle Wirbel an seinem Rücken heraustreten und war sicher, dort, wo sein Mund sie berührte, zu zerfließen. Unter Stöhnen rief sie seinen Namen, warf sich nieder und drängte ihn auf sich. Er war kein bisschen grob. Er war geboren, um Schiffe zu bauen, hatte die Hände eines Künstlers und schälte noch aus Holz ein Geheimnis.

Wenn es nicht schön war, warum wollte man dann nie mehr damit aufhören? Wehgetan hatte es nur das erste Mal, als senke er seinen Anker in ihr Fleisch. *Dies ist Fenchel Clapham, die Anthony Fletcher gehört. Keinem sonst.* Erst als sie alle Kraft ausgegeben hatte, lehnte sie sich zurück, verschränkte die Arme im Nacken und lächelte in den regengrauen Himmel. Dumm vor Glück hob Anthony ihren Rock auf und hüllte sie darin ein.

»Zieh dich an, mein Schöner«, sagte sie und biss mit zärtlichen Zähnen in jede seiner Fingerspitzen. »Wenn es nicht wieder anfängt zu regnen, kommen die Maurer zurück.«

»Die kommen nicht«, erwiderte er gleichmütig, setzte sich auf und ließ seinen Blick über ihren Körper gleiten. »Ich habe sie zum Teufel geschickt.«

»Und wie willst du das gemacht haben?«

»Hast du vergessen? Der Teufel ist mein Spießgeselle.«

»Du spinnst, Herzliebster!«

Er horchte auf. »So etwas hast du noch nie zu mir gesagt.«

»Du warst ja auch noch nie so herzallerliebst zu mir«, erwiderte sie. »Sag es mir: Hast du mit Frauen dasselbe gottbegnadete Talent wie mit Schiffen? Oder hast du beides zwei Jahre lang geübt?«

Sie musste wieder lachen, weil sie ihn reizend fand, wenn er verstört war. Statt seine Brauen wie sonst in die Stirn zu furchen, ballte er sie, dass sie sich über der Nasenwurzel trafen. »Erzähl es mir«, bezirzte sie ihn. »Keine Sorge. Ich verzeihe dir im Voraus.«

»Bist du dir dessen sicher?«

Fenella überlegte. Sie hatte dahingeredet, hatte nur wissen wollen, wo ihr menschenscheuer Einsiedlerkrebs gelernt hatte, solche Seligkeit zu verschenken. Auf einen Schlag aber war ihr die Vorstellung von ihm mit einer anderen Frau unerträglich. »Wovor hast du Angst?«, fuhr sie ihn an. »Davor, dass ich dich ohrfeige?«

»Nein«, sagte er und klemmte sich einen Grashalm in den Mundwinkel, ohne den Blick von ihr zu wenden.

»Ich fürchte, ich tu's.« Ihre Stimme war mit einem Mal erbärmlich schwach.

»Und wofür?«, fragte er kalt. »Du hast keinen Grund. Weder um mir ins Gesicht zu schlagen noch um zu weinen, Fenchel.«

Mit dem Handrücken wischte sie sich über die Augen und schniefte. »Ich weiß, Männer brauchen das. Sie gehen zu den Käuflichen, weil das der Lauf der Welt ist.« Fenella las Bücher. Sie wusste, dass Männer anders waren, dass sie Liebe machen mussten, wie Frauen ein Stück Brot aßen. Aber wie konnte *dieser* Mann das Geheimnis seines nackten Körpers einer anderen Frau anvertrauen, während Fenella vor Sehnsucht nach ihm krank wurde? Wie konnte er sie so demütigen? »Alle Männer tun es«, rang sie sich tapfer ab, um ihr Gesicht zu wahren. »Sogar Sylvester, der so sanft ist, und Sir James, der gütigste Mann der Welt.«

»Ich nicht«, sagte Anthony, ohne den Grashalm auszuspucken und seinen stolzen, verletzten Blick von ihr abzuwenden.

Sie brachte kein Wort heraus, keine Frage. Stattdessen fror sie und schlang sich die Arme um den Leib.

Er hob sein Hemd auf und breitete es um ihre Schultern. Als er ihre Bluse auch noch um sie legen wollte, gelang es ihr, seine Hand festzuhalten. »Bitte Anthony, sprich mit mir.«

»Was soll ich denn sagen?« Seine Augen blitzten. »Dass ich bis zu meinem verkrüppelten Knie in Frauenleibern wate, weil Männer eben so sind? Sylvester tut es, Sir James tut es, all die edlen Menschen – in welchem Sumpf wälzt sich dann erst ein Dreckskerl, der kein Herz hat und mit dem Teufel Brüderschaft getrunken hat?«

Er wollte ihr seine Hand entziehen, doch Fenella grub ihm die Nägel in die Haut. »Bitte sag's mir.«

»Was? Ich habe es dir schon einmal gesagt, und da du mir damals nicht geglaubt hast, ist das ganze Wortgeklingel in den Wind gehustet. Schlag mir ins Gesicht, Fenchel, wenn du dann aufhörst, zu weinen und zu zittern. Mir wird es weniger wehtun als deine Schläge mit Worten.«

Eine Brise vom Fluss schien zweieinhalb Jahre davonzutragen. Fenella sah Anthony im Gras knien wie heute, nur hatte er damals seine Kleider angehabt.

Ich liebe dich, hörte sie ihn sagen und griff nach ihrem Herzen, weil sie glaubte, es bliebe ihr stehen.

Ich bitte auch niemanden. Aber ich würde gern wiederkommen.

Nach Portsmouth, Anthony?

Nein. Zu dir. Wenn du willst, findest du hundert Bessere, Fenchel. Aber keinen, der ohne dich seinen Rest Verstand verliert.

Sie ließ seine Hand los, hörte auf zu weinen und setzte sich auf. »Verzeih mir, Liebling. Bitte verzeih mir.«

»Scht«, machte er. »Das sage ich nicht, und du brauchst es zu mir auch nicht zu sagen. Mach keinen Wind, vergiss es.«

»Ich vergesse überhaupt nichts! Ich habe dir wehgetan, und

du hattest das Gegenteil verdient. Ich möchte ›Verzeih mir‹ zu dir sagen, einerlei, was du störrischer Klotz zu mir sagst oder nicht.«

»Scht«, machte er noch einmal und senkte den Kopf.

Sie legte die Arme um ihn. Seine Muskeln in Nacken und Schultern waren hart wie Metall. »Ich liebe dich.« In jedem Wort eine Welt und ein Versprechen. Er hatte recht: Sie und er brauchten es einander nur ein Mal zu sagen, und wenn sie das eine Mal nicht begriffen, wie schwer es wog, war alles Reden nichts wert. »Zieh dich an, Liebster. So reizend es ist, diese blanke Pracht in den Armen zu halten – ich will nicht, dass du frierst.«

»Ich friere nicht.«

»Natürlich nicht. Aber du lügst.« Sie küsste ihn in die Grube zwischen Kiefer und Hals, zerrte sich sein Hemd von den Schultern und legte es ihm um den Nacken. »Danke, dass du mir die Verse von Petrarca geschickt hast.«

»Mir fiel nichts Besseres ein. Ich eigne mich nicht zum Lehrer.«

»Für mich eignest du dich.«

»Das ist nicht dein Ernst.«

»Scht«, machte sie und gab ihm noch einen Kuss. »Diese ganze Dummheit ist überhaupt nur entstanden, weil ich wissen wollte, weshalb du dich so gut auf die Liebe verstehst. Wenn Frauen untereinander reden, heißt es: ›Es tut weh, es ist nicht so schlimm, es lässt sich eben ertragen.‹ Ich wollte wissen, wie du es machst, dass es so viel Glück für mich ist.«

Er entwand sich, setzte sich mit dem Rücken zu ihr. »Ich habe jemanden gebeten, es mir beizubringen.«

»Eine Frau?«

»Was sonst, Fenchel? Ein Pferd wohl kaum.«

»In Genua?«

»Nein.«

»In Calais?«

»In Portsmouth.«

»Wann, heute?«, rief Fenella bestürzt.

»Vor bald fünf Jahren«, sagte er. »Als ich begriffen habe, dass ich die tausendschöne Fenchel Clapham lieben will, und fand, das dürfe ich nicht als ein blutiger Nichtskönner. Bist du jetzt fertig? Darf ich gehen? Oder braucht es noch ein peinliches Verhör?«

»Augenblick. Als du sechzehn warst, hast du jemanden gebeten, dich lieben zu lehren, und dann hast du fünf Jahre lang darauf gewartet, es mit mir zu tun?«

Er zuckte mit der Schulter. »Ich fand nichts Verwerfliches daran. Ich habe ja auch jemanden gebeten, mich Schiffe bauen zu lehren, und habe jahrelang darauf gewartet, es zu tun.«

»Du bist …«

»Unmöglich. Ich weiß. Eine Plage. Ein Satansbraten. Der, um dessen Hals der Strick des Henkers gehört.«

Fenella küsste ihn in den Nacken. »Der erstaunlichste Mann, der auf dieser Insel herumläuft. Und um deinen Hals gehören meine Arme, sonst nichts. Ich fürchte, du willst für dich behalten, wer die Frau war …«

»Das bin ich ihr schuldig, oder nicht?«

Fenella antwortete nicht. Sie ging im Geiste sämtliche Mädchen durch, die sie kannte, aber keines kam infrage. Die Frauen von Portsmouth hatten allesamt Angst vor Anthony, sogar Geraldine Sutton. Ein wenig eifersüchtig machte es sie, dass es außer ihr noch eine geben musste, die keine hatte.

»Du gehörst nach Hause«, sagte er. »Es fängt wieder an zu regnen.«

»Kommst du mit? Sylvester wird dich vor Freude erdrücken.«

Anthony schüttelte den Kopf, noch immer mit dem Rücken zu ihr. »Ich treffe Sylvester morgen früh.«

»Aber wo schläfst du denn?«

»Bei Vater Benedict.«

»Anthony, das ist doch Unsinn!«, sagte Fenella und rüttelte ihn sanft an den Schultern. »Ich verstehe, dass du nicht bei deinen Eltern bleiben willst, aber Sir James wäre überglücklich, dich in seinem Haus zu haben. Du hast keinen Grund, mit dem schrecklichen Priester in einer stickigen Kammer zu schlafen.«

»Für mich ist er kein schrecklicher Priester, und das weißt du. Ich möchte darüber nicht mehr reden.«

»Er ist ein Denunziant!«, rief Fenella. »Sylvester sagt, er hat einen Vater von zwei Kindern auf den Scheiterhaufen gebracht; er hält es für Gottes Willen, dass Menschen fürs Bücherlesen brennen.«

»Auf Gottes Willen versteht ihr euch, nicht ich«, sagte Anthony und stand auf. »Ich verstehe mich auf Schiffe. Ich denke aber, wenn die Welt ein Schiff wäre und jemand käme daher und bohrte irgendwo planlos Pforten hinein wie dieser Luther, dann würde sie samt Besatzung sinken.«

Es war noch genau wie damals: Ihr gefiel, was er sagte, auch wenn sie es falsch fand. Sie stand ebenfalls auf, und beide ordneten sie ihre Kleider, zupften Falten und Bänder zurecht, waren auf einmal wieder zwei, die sich ein bisschen schämten. Durch kein Betteln ließ er sich zum Bleiben überreden, und außerdem fing es tatsächlich von Neuem an zu regnen. Wenigstens erbot er sich, sie nach Sutton Hall zu begleiten, was für seine Verhältnisse geradezu galant war.

»Ich hätte dich so viel fragen wollen, und habe dich gar nichts gefragt«, sagte sie.

»Gar nichts? Du hast mich mit Fragen beschossen wie ein Folterknecht sein Opfer auf der Streckbank.«

»Mein armer Liebling«, spottete sie. »Wie kann ich denn so hartherzig sein? Dabei wollte ich dich eigentlich nur fragen, wie es dir ergangen ist, was du erlebt hast und was du jetzt tust.«

»Ich baue ein Schiff.« Er sah sie an, seine Augen ein Mosaik aus glitzernden Funken. Ein erwachsener Mann, der mit allen Mitteln um das, was er wollte, kämpfen würde, und der zugleich ein kleiner Junge war, der vor Stolz fast platzte. »Willst du es sehen?«

»Und ob – was glaubst du denn?«

Er zog die Zeichnung aus dem Beutel am Gurt, faltete sie auf und hielt sie ihr hin wie ein Ritter die Miniatur seiner Braut. Die Skizze war so, wie sie seine Zeichnungen kannte: makellos, ohne die kleinste Verbesserung, weil er erst das ganze Schiff im Kopf entwarf, ehe er es auf Papier bannte. Fenella verstand genug vom Schiffbau, um eine Karacke zu erkennen, die etwa dreihundert Tonnen aufweisen musste. Ihr hohes Heck und der flache Kiel verrieten fremdländischen Einfluss, gemahnten beinahe an die elegante Schlankheit einer Karavelle. Noch etwas anderes sprang ins Auge. »Geschützpforten, Anthony?«

Er nickte. »Ich möchte mich gern daran versuchen. Und an der Verstärkung des Spantenwerks, die nötig ist, um das zusätzliche Gewicht zu tragen.«

»Aber wer hat es denn in Auftrag gegeben? Ein Kriegsschiff kauft doch nur der König!«

»Der König muss Schiffe, die ihm fehlen, leihen«, erklärte er ihr. »Dieses hier kann in Friedenszeiten an Händler vermietet werden und eignet sich zur Abwehr von Piraten. Im Kriegsfall aber stünde es praktisch sofort zur schweren Bewaffnung bereit.«

»Zahlt der König gut, wenn er sich Schiffe für seine Kriege leiht?«, fragte Fenella.

»Sofern man nicht gewaltiges Glück hat, zahlt der König überhaupt nicht.«

»Dann verstehe ich nicht, weshalb dein Auftraggeber so scharf darauf ist, ihm seine Karacke zu leihen.«

»Fenchel«, sagte er, blieb stehen und nahm sie bei den Armen. »Es gibt keinen Auftraggeber. Ich baue dieses Schiff für mich.«

»Aber woher hast du denn das Geld?«, rief Fenella. »Ein Schiff von der Größe kostet doch ein Vermögen, wie willst du das je zusammenbringen?«

»Der Graf von Ripon bringt es auf«, erwiderte er. »Er ist der Aufseher über den Schiffbestand des Königs. Statt mich für den Bau zu bezahlen, überschreibt er mir die Hälfte des Schiffs.«

»Und dann?«

»Dann sind er und ich die Eigner, und ich kann es selbst segeln. Als Schiffseigner steht es einem Mann mit Kriegserfahrung offen, Offizier zu werden, selbst wenn er von Geburt nicht nur ein Nichts ist, sondern Dreck.«

Genau das hatte er immer gewollt: den Makel ausbrennen, sich den Dreck vom Leib waschen, bis man ihm gestattete, die Hände zum Schutz über ein Schiff zu halten wie andere über eine Frau. Dafür hatte er sie verlassen, dafür war er in den Krieg gegangen, und dafür würde er tun, was immer nötig war.

»Dein Graf könnte es sich anders überlegen«, wandte Fenella vorsichtig ein.

»Er könnte«, stimmte Anthony unbesorgt zu. »Aber er mag mich.«

»Anthony, dich mag niemand!«, rief Fenella mit einem Lachen. »Nur Sylvester und ich – und vielleicht noch Sir James, der alle Menschen mag.«

»Stimmt.« Beim Grinsen entblößte er seine schönen Zähne. »Aber der Graf mag die Schiffe, die ich ihm bauen könnte, wenn er mich bei Laune hält. Außerdem mag er, was ich ihm von Schiffen erzähle. Er erzählt es dem König weiter und schindet damit Eindruck.«

In Fenellas Ohren klang das alles geradezu halsbrecherisch, aber sie wusste, dass jede Warnung auf taube Ohren stoßen würde. Anthony war kein Mann, der zu Menschen Vertrauen fasste. Wenn er sich auf diesen Grafen einließ, dann um des Schiffes willen und in vollem Wissen um das Risiko. »Wenn er dich nicht bezahlt«, fragte sie deshalb nur, »wovon lebst du dann?«

Er verzog den Mund. »Von nichts. Daran bin ich gewöhnt.«

Der Regen verdichtete sich. Fenella schluckte. »Und ich, Anthony? Wovon sollen meine Mutter und ich leben?«

»Du?« Er hob die Brauen. »Hast du nicht bei den Suttons alles, was du brauchst, und deine Mutter auch?«

»Doch, das haben wir. Und mehr als das«, erwiderte sie und duckte sich unter das ausgekragte Stockwerk eines Hauses. »Aber wenn wir verheiratet sind, kann ich kaum bei den Suttons bleiben. Es ist schlimm genug, dass die Familie den Skandal einer gelösten Verlobung auf sich nimmt. Von einem anderen als Sylvester dürften wir ein solches Opfer gar nicht annehmen, und wie ich Sir James und Micaela danach je wieder unter die Augen treten soll, weiß der Himmel.«

»Der Himmel weiß gar nichts«, hielt Anthony dagegen und ging unbekümmert weiter. »Und die Verlobung soll Sylvester aufrechterhalten. Ich spreche mit ihm. Keine Sorge, ich bin sicher, er wird mir den Gefallen tun.«

»Er würde alles für dich tun!«, rief Fenella. »Sogar dir sein Herz zum Fraß vorwerfen, wenn du Hunger hast. Aber es ist nicht richtig, und ich will es nicht! Ich will mit *dir* leben, einerlei ob hier oder in London. Du hast gesagt, du kommst zurück, weil du mich heiraten willst. Ich habe zweieinhalb Jahre lang darauf gewartet, Anthony.«

»Ich weiß«, sagte er. »Aber du musst noch länger warten. Ich brauche alles für das Schiff. Ich schaffe es kaum, Vater Benedict und mich über Wasser zu halten, und wenn es fertig ist, will ich erleben, wie es sich schlägt. Nicht nur in sicherem Abstand zur Küste, auf unserem engen Meer, sondern dort, wo von Horizont zu Horizont kein Land zu sehen ist.«

»Hör auf!«, schrie sie ihm in die leuchtenden Augen. »Das kannst du nicht machen, so weit gehst nicht einmal du! Mich Sylvester aufzubürden, so lange wie es dir eben passt, einerlei, was Sylvester selbst für Pläne hat!«

»Sylvester lass meine Sorge sein«, sagte er. »Er ist mein Freund.«

»Und was ist, wenn ich ein Kind bekomme? Lässt du das auch Sylvester versorgen? Soll Sylvester mich am Ende heiraten, damit dein Kind nicht als Bastard zur Welt kommt?«

»Du bekommst kein Kind«, sagte Anthony. Er sah aus, als würde er jeden Augenblick beginnen, zu pfeifen oder einen seiner Halme zu zerkauen.

»Woher willst du das wissen?«

»Ich habe dir doch gesagt, ich habe es mir beibringen lassen. Und ich lasse mir immer das Ganze beibringen, jeden Teil, jede Frage, jedes mögliche Problem. Auch, wie man es verhindert, einer Frau einen Bastard zu machen.«

Sie ohrfeigte ihn. Gleich darauf tat es ihr leid. Er war unverschämt, er scheute sich nicht, ihr wehzutun, aber er hatte recht. Er musste sein, wer er war, und dafür bestrafte ihn die ganze Welt. »Entschuldige«, murmelte sie.

Er zuckte mit der Schulter. »Wenn dir davon leichter wird –.«

»Spar dir die verfluchte Überheblichkeit«, fauchte sie. »Mir ist zum Heulen, und du führst mir kaltschnäuzig vor, wie wenig dich das kratzt.«

»Was willst du, Fenchel? Dass ich vor dir auf Knien rutsche oder dass ich dem Grafen von Ripon erkläre, ich baue kein Schiff mehr, sondern zähle jetzt Erbsenschoten, weil ich ein Mädchen mehr liebe als mich selbst?«

»Vielleicht will ich, dass es dir zumindest wehtut«, antwortete sie und kämpfte gegen den Klumpen im Hals. »Nicht nur mir allein.«

»Und wer sagt dir, dass es mir nicht wehtut?«

Fenella gab auf, trat aus dem Schutz in den Regen und ließ sich in seine Arme ziehen. Erst jetzt bemerkte sie, dass er nicht völlig gerade stand, sondern das versehrte Bein schonte. Er streichelte ihr den Rücken, grub seine Lippen in ihr Haar. »Versteh mich doch. Wenn du es nicht kannst, dann verstehe ich mich eines Tages selbst nicht mehr.«

»Ist schon gut«, krächzte sie. »Ich verstehe dich besser, als mir lieb ist. Und dass ich dir ins Gesicht geschlagen habe, tut mir leid.«

Er küsste ihr die Stirn. »Mir ins Gesicht schlagen darfst du, solange du Maß hältst und mir meine Zähne lässt. Ich behaupte ja nicht, ich wäre ein liebenswürdiger Bursche, und irgendwie musst du schließlich mit mir fertigwerden. Aber du darfst dich nicht betragen, als würde ich nicht für dich sorgen. Das ist nicht gerecht.«

Trotz allem musste Fenella lachen. »Aha. Nicht gerecht ist das also, du unliebenswürdiger Bursche. Und wie bitte sorgst du für mich?«

»Ich gebe dir das Beste, was ich habe.« Er hob den Kopf und wies mit einer Bewegung in die Gasse, die vom Hafen hinaufführte. »Meinen Sylvester. Dafür verdiene ich keine Schläge, sondern Küsse.«

Fenella musste noch mehr lachen, küsste ihn auf die Wange und vernahm im nächsten Moment das Trappeln von Hufschlägen. Auf seiner roten Stute kam Sylvester die Straße hinaufgeritten, und anfangs sah es durch den Regen aus, als führe er zu beiden Seiten des Sattels schweres Gepäck mit sich. Weinschläuche oder Getreidesäcke.

»Anthony«, rief er, und seine Miene hellte sich auf, als begegne ihm an einem scheußlichen Regentag in Portsmouth der Erzengel Gabriel.

Er war nun nahe genug herangekommen, damit Fenella erkennen konnte, dass die Bündel keine Weinschläuche waren. Flüchtig versuchte er, sich vom Pferd zu schwingen, doch die Anhängsel hinderten ihn. »Fühl dich umarmt«, sagte er zu Anthony. »Wie es aussieht, hänge ich in meinem Sattel fest.«

»Oha!«, rief Anthony verblüfft. »Gleich zwei?« Dann trat er an die Flanke des Pferdes und schenkte Sylvester ein Lächeln, wie es sonst kein Mensch von ihm bekam.

Sylvester atmete tief. »Du hast mir gefehlt, Anthony.«

»Du mir auch, Sylvester.«

Ein paar Herzschläge lang legte Sylvester die Hand auf Anthonys schwarzen Schopf, und Anthony hielt still. Dann blickte er auf. »Stellst du mir deinen Nachwuchs vor? Ich bin euch übrigens böse, weil mir keiner von euch davon geschrieben hat.«

»Und was ist mit dir?«, verpasste Sylvester ihm einen zärtlichen Rüffel. »Seitenweise schreibt mir der Kerl über Knieholzspanten und Lateinersegel, aber kein Wort darüber, mit wem er seine Tage verbringt oder ob er Schnupfen hat.«

»Ich habe nie Schnupfen«, sagte Anthony. »Und meine Tage verbringe ich mit Knieholzspanten und Lateinersegeln. Mein Freund Sylvester hingegen …«

»Meine Kinder sind das nicht!«, fiel Sylvester ihm ins Wort und wurde rot. »Oder doch. Jetzt wohl schon. Ich weiß es nicht.«

Das größere der beiden, das kaum dem Säuglingsalter entwachsen sein konnte, begann zu brüllen. Fenella sprang Sylvester zur Hilfe, schob den erschrockenen Anthony zur Seite und hob das Kind aus der Trage. Sie besaß keinerlei Erfahrung mit Kindern, aber das Exemplar in ihren Armen schien zur freundlichen Sorte zu gehören. Sobald sie es an sich drückte, hörte es auf zu schreien. Fenella betrachtete es und fragte sich, woran sie so sicher erkannte, dass es ein Mädchen war.

»Das ist Elizabeth«, erklärte Sylvester kleinlaut. »Und ihr Bruder hier drüben, der dankenswerterweise schläft, ist Luke. Gute christliche Namen.«

»Sie sind Rafe Henleys Kinder, oder?«

Sylvester nickte. »Mit der Familie des Ketzers will niemand etwas zu tun haben. Den beiden wäre nur die Waisenpflege im *Domus Dei* geblieben.«

Das *Domus Dei*, ein von Augustinerlaien geführtes Hospiz, lag außerhalb von Portsmouth' südlicher Stadtmauer, ein hohes Sandsteingebäude, das denen Obdach bot, die nicht für sich selbst sorgen konnten: Greisen, Siechkranken, Armen, aber auch Pilgern auf dem Weg nach Winchester und zur Not verwaisten

Kindern von Ketzern. Das Dutzend Brüder und Schwestern tat sein Möglichstes, doch das Hospiz platzte aus allen Nähten, und die Überlebensrate von kleinen Kindern war gering.

»Rafe Henley ist der Mann, den sie verbrannt haben«, sagte Fenella zu Anthony.

»Komm mir jetzt nicht mit dem Natterngift, das dein Vater Benedict versprüht«, drohte Sylvester.

»Ich komme dir mit gar nichts«, sagte Anthony. »Höchstens mit dem schüchternen Rat, diese Kinder aus dem Regen zu schaffen.«

Sylvester senkte den Blick auf den Sattelknauf. »Ich habe sie einfach mitgenommen«, gestand er. »Weder mein Vater noch das Tantchen haben die geringste Ahnung.«

»Das macht nichts!«, rief Fenella. »Du hast das Richtige getan, und das werden dein Vater und das Tantchen auch so sehen.«

»Du bist wie üblich Gold wert.« Sylvester sandte ihr ein Lächeln. »Ihr beide kommt mit, ja? Allein rutscht mir das Herz in die Hose.«

»Ich habe gar keines, das rutschen könnte«, sagte Anthony. »Außerdem muss ich zu Vater Benedict.«

»Du musst gar nichts!«, beschied ihn Sylvester. »Nur wieder da sein.« Als Anthony sich davonstehlen wollte, packte er ihn am Kragen und zerrte ihn zu sich herum. »Du kommst jetzt mit uns. Keine Widerrede. Weil wir dich nicht hatten, haben Fenella und ich versucht, dich zu erfinden, aber um ehrlich zu sein, hatten wir herzlich wenig Erfolg.«

Anthony war kleiner und schmaler als Sylvester, aber weder ein Krüppel noch ein Hänfling. Er hätte sich wehren können. »Lässt du mich jetzt wieder los?«, fragte er weich. »Oder hattest du vor, mich zu strangulieren?«

»Das weiß ich noch nicht«, erwiderte Sylvester. »Jedenfalls habe ich nicht vor, dich zu deinem Bluthund von Priester flüchten zu lassen. Lieber stranguliere ich dich.«

»Du bist ein Erpresser, Sylvester.«

»Und du bist mein Gefangener.« Mit einem sanften Stoß in den Nacken gab Sylvester Anthony frei, und zu dritt, wie zu Werftkinderzeiten, machten sie sich auf den Weg nach Sutton Hall.

9

Geraldine

Greenwich Palace, Dezember 1524

Die Burg war ein Augenschmaus, ein echter Spaß in all der Langeweile. Seit der Hof sich zur Vorbereitung der Weihnachtsfeiern nach Greenwich verlegt hatte, lief Geraldine jeden Morgen hinüber zum Turnierplatz, wo die Arbeiter aus Balken und Leinwand einen Aufbau hochzogen, der einer Festung aus den Blütejahren des Rittertums glich. Die prunkvolle Attrappe mit ihren roten und goldenen Bannern und der naturgetreu gebildeten Zugbrücke diente einem Spiel, das ab dem fünften der zwölf Feiertage stattfinden sollte. Fünfzehn der jüngeren Höflinge hatten den König gebeten, das neuartige Divertimento durchführen zu dürfen, und der König hatte nur allzu bereitwillig zugestimmt.

Er hatte das Mannsvolk, das um ihn herumscharwenzelte, eigens aufgefordert, für die diesjährigen Feiern auf neue Höhepunkte zu sinnen. In den Tuschelwinkeln des Hofes hieß es, der einst so taufrische König sei müde geworden: müde des Wartens auf einen Sohn, der nicht kam, müde der ewig gleichen Zerstreuungen, müde der vertrauten Gesichter und vor allem seiner unansehnlichen Königin, die ihm im Alter vorangeeilt zu sein schien wie ein Pferd, das samt dem Wagen entfloh.

Geraldine verspürte beinahe Mitleid mit Königin Katherine. Dass Gott in seiner Schöpfung hässliche Männer brauchte, war in gewisser Weise einzusehen, aber warum um alles in der Welt schuf Er hässliche Frauen? Nur war Geraldine kein Mensch, der für andere Mitleid aufbrachte. Sie selbst hätte nichts mehr gehasst, als von jemandem bemitleidet zu werden. Dass ihr zuweilen Angst die Brust zuschnürte, auch ihr könne der Wagen davonfahren, ehe sie ein Trittbrett zum Aufspringen fand, ließ sie niemanden merken. Seit sie an Annes Seite zum Kreis der Königin gehörte, gab es reichlich Wein, der den dunklen Tagen Farbe verlieh. Es gab Gelächter und Geläster, die das Dröhnen der Stille übertönten, es gab warme Zimmer, und die zwölf Weihnachtstage boten Anlass, den Alltag zu vergessen. Geraldine war entschlossen, sich ins Vergnügen zu stürzen, ihre Kerze an beiden Enden anzuzünden, solange sie noch Wachs zum Verbrennen hatte.

Die geschmückte Jungfrauenburg auf dem Turnierplatz war ein Versprechen: Etwas würde geschehen. Der Aufbau wuchs stetig, während zwischen den zwei Bahnen für das Gestech geschmückte Schranken errichtet wurden. Über die Darsteller des Schauspiels wurde allerorten debattiert. Fest stand, dass die fünfzehn Initiatoren den Rest des Hofes herausfordern wollten: Wer immer sich kühn genug fühlte, sollte versuchen, ihre Festung einzunehmen, die sie bis zum Dreikönigsfest verteidigen wollten. Angreifer konnten einen Sturm auf Brücke und Tor wagen oder zum Zweikampf in die Schranken treten.

Offen blieb hingegen, welche weiteren Zutaten das Spektakel würzen sollten. Geraldine wusste nicht, worauf sie hoffte. Darauf, dass etwas geschah. Einerlei was. Jeder kleine Skandal, jeder Anflug von Überraschung konnte die Trübnis der Tage erhellen und die Leere des Lebens übertünchen. Zwar kam Anne gelegentlich mit ihr zur Burg, aber meistens hatte sie anderes zu tun: Harry Percy war an den Hof zurückgekehrt und hatte keine Zeit verloren, sein Techtelmechtel mit ihr wieder aufzunehmen.

Drei Tage vor Weihnachten rief Königin Katherine ihre Damen in ihrem privaten Empfangsraum zusammen. Wie üblich beorderte sie die Schar, sich im Halbkreis um sie auf die Dielen zu setzen und begonnene Handarbeiten fortzuführen. Die Spannung im Raum ließ sich greifen.

»Mylord Percy und seine Mannen habe ihre Forderung

überbracht«, erklärte die Königin endlich. In ihrer Stimme schwang ein wimmernder Ton. »Unsere fünfzehn Ritter wollen die Festung der Jungfrau verteidigen, doch sie wünschen sich einen Preis, der es wert ist. Mithin bat Mylord Percy Uns um Erlaubnis, vier Unserer Damen bestimmen zu dürfen, die es in den Zinnen der Burg zu beschützen gilt.«

»Wie entzückend!«, kreischte die leicht vulgäre Cathie Stafford, deren Vater auf dem Schafott gestorben war. *Zumindest verläuft ihr Leben nicht wie eine Lotleine, die niemals zuckt*, hatte Geraldine einmal über sie gedacht. Sosehr sie Vergleiche aus der Schifffahrt verabscheute, drängten sie sich ihr doch auf, weil sie zwischen Pech und Seetang aufgewachsen war.

»Dürfen wir uns bewerben, wenn wir wünschen, als Maid der Burg beschützt zu werden?«, fragte Mary Talbot, die als Harry Percys offizielle Verlobte galt. Dünnes Gelächter und Gequieke folgten.

»Wir wünschen, dass diese Erregung sich legt«, befahl die Königin. Auf ihrer matten Eidechsenhaut bildeten sich rötliche Flecken. »Zunächst einmal werden die Herren Gelegenheit erhalten, die Namen von Damen vorzubringen. Lord Percy hat kundgetan, es werde ihnen eine Ehre sein, die schönsten Blumen Unseres Hofstaats zu Herrinnen ihrer Burg zu küren.«

Statt sich zu legen, schlug die Erregung Wellen. Das trüb beleuchtete Gemach schien zu brummen und von Stimmen widerzuhallen. Wer von ihnen würde zu den vier Glücklichen gehören, wer durfte sich Hoffnung machen, wer hatte von vornherein verloren? Geraldine leistete sich ein kleines Gähnen und tat, als widme sie sich ihrer Stickarbeit. Natürlich würde keines der lächerlichen Herrchen es wagen, ihren Namen zu nennen. Eine Verbindung mit ihr brachte keine Vorteile ein, und keiner der hochadligen Väter würde seinem Sohn dafür auf die Schulter klopfen. Der Kampf um die Burg würde im Sande verlaufen wie alles andere, was sie in ihren Jahren bei Hof mit klopfendem Herzen erwartet hatte. Einige hochgeborene Töchter würden von hochgeborenen Söhnen in die Zinnen der Burg gesetzt werden, und das alte Volk würde die Spielerei der Jugend gerührt beklatschen.

»Kein bisschen aufgeregt, Dinchen?« Anne schmiegte sich vertraulich an ihre Seite. »Ich dachte, du bist von der Jungfrauenburg so hingerissen.«

»Du übertreibst«, verwies Geraldine sie. »Ich fand die Idee vergnüglich, aber wie es aussieht, wird das Spektakel so langweilig wie der Rest dieser endlosen Feiertage.«

»So schwarzseherisch? Stellst du es dir nicht hübsch vor, von einem Tross ansehnlicher Ritter verteidigt zu werden?«

»Findest du einen von denen ansehnlich?«

Anne lachte. »Du bist zu anspruchsvoll, Süße! Manchmal glaube ich, vor deinen seltsamen Meeresaugen hat noch nie ein Mann Gnade gefunden.«

»Damit könntest du recht haben«, gestand Geraldine ein. Natürlich entging es ihr nicht, wenn ein Mann sich geschmackvoll kleidete und kostbaren Schmuck trug, doch was darüber hinaus die anderen Mädchen in Entzücken versetzte, entzog sich ihr. Sylvester war fraglos ein schöner Mann, aber er war ihr Bruder und damit eine Ausnahme, der einzige Mensch, der sie nicht völlig kaltließ. Zuweilen fragte sich Geraldine, ob sie mit einem Mangel zur Welt gekommen war, so wie es von Gott verstoßene Kinder gab, die ohne Hand oder Fuß geboren wurden. »Was soll überhaupt das Herumgerede?«, fragte sie Anne. »Eine von uns beiden werden die sogenannten Ritter ohnehin kaum auswählen.«

»Und warum nicht? ›Die schönsten Blüten des Hofes‹ – wer sollte denn damit gemeint sein, wenn nicht du und ich?«

»Hast du mir nicht selbst erklärt, das nütze uns nichts, weil wir nur Töchter von Rittern sind?«

»Ich habe mich eben geirrt«, erwiderte Anne. »Harry Percy ist zurückgekommen, er hat sich seinem Vater widersetzt, und ich bin sicher, dass er mich erwählt.«

Wäre ich zu Mitleid fähig, könntest auch du mir leidtun, dachte Geraldine. Sie hatte geglaubt, Anne sei ihr ebenbürtig, jetzt aber zeigte die andere ihre verletzliche Flanke. Sie würde enttäuscht und gedemütigt werden, und sie würde schwach genug sein, es sich anmerken zu lassen.

»Ist das etwa Neid, der dir die Sprache verschlägt? Ach, es ist herrlich, beneidet zu werden! Manchmal wünsche ich mir, den Neid der ganzen Welt zu spüren. Aber nicht deinen, Süße. Du bist meine Freundin. Wenn du willst, bitte ich Harry, auch deinen Namen auf die Liste zu setzen.«

»Lass das lieber«, sagte Geraldine. »Mein Neid sei dir gegönnt.«

Bereits am folgenden Morgen machte die Nachricht die Runde, die erste Herrin der Burg sei benannt. Es war Mary Talbot, die sich Harry Percy als seine Dame erbeten hatte.

Bis zum Abend waren auch die übrigen Plätze belegt. Sie gingen an die Stafford-Töchter und die jüngste Schwester von Annes Onkel, dem frisch gekürten Herzog von Norfolk. In dieser Nacht war mit Anne kein Reden. Sie trank Wein wie eine Sickergrube, fluchte wie ein Windenknecht und schwor, Percy vor dem versammelten Hof die smaragdgrünen Augen auszukratzen.

Wie öde, dachte Geraldine. *Warum nur ist alles vorhersehbar, was Menschen tun?* Auch Anne hatte sich letztlich als offenes Buch erwiesen, und selbst ihre Eskapaden als Spionin, von denen sie sich Kitzel und Erregung versprochen hatte, brachten nicht mehr als gerötete Gesichter und vor Empörung wogende Busen. Die neue Zeit sickerte so schläfrig dahin wie die alte. Manchmal wünschte sich Geraldine ein Erdbeben oder einen Kometen, damit nur einmal etwas Unerwartetes geschah.

Anderntags hatte Anne sich beruhigt. Sie war kleinlaut und blass. »All das Toben ist ja nutzlos«, sagte sie zu Geraldine.

»Und warum hast du so getobt? Was liegt dir an diesem

Percy? Zur letzten Weihnacht hast du mir noch erzählt, wie erbärmlich er ist.«

Anne zuckte die Achseln. »Ich war eine Idiotin, ich weiß. Ich habe mit eingebildet, unter all der Fassade wäre etwas echt.«

Der Morgen, an dem die Verteidigung der Burg anstand, zog klirrend kalt herauf. Vor Sonnenaufgang hallten Fanfaren vom Turnierplatz bis in die Schlafräume des Palastes, und als die Hofgesellschaft nach dem Frühstück hinüberzog, war die Burgattrappe mit immergrünen Girlanden geschmückt. An Pfählen prangten die Wappen der Verteidiger, deren Farben in den klaren Tag leuchteten. Die vier Damen, die die Heldinnen des Tages geben sollten, wurden feierlich auf vier Schimmeln über die Brücke geleitet.

Die Königin hatte kaum ihren Platz auf der Tribüne eingenommen, als eine eigentümlich kostümierte Gruppe von Rittern vor der Balustrade aufritt. Ihre Pferde und Rüstungen waren farbenfroh dekoriert, doch am auffälligsten war das dichte Gewirr ihrer Haare und Bärte: Sie waren sämtlich schlohweiß.

Die Masken waren gut. Durch das Dickicht vor den Gesichtern ließ sich nicht erahnen, wer sich dahinter verbarg. Einen aber erkannte Geraldine sofort, denn seine Eigenheit war durch keine Kostümierung zu verhüllen: seine Körpergröße. Es war Robert Mallach.

Der kleine Graf war mehr als einen Kopf kürzer als seine Begleiter, und dass er prächtig zu Pferd saß, machte ihn nicht imposanter. Seine Stellung bei Hof aber musste sich verbessert haben, wenn der König ihn in sein Gefolge aufnahm. Wie sich zeigte, war er sogar zum Sprecher ernannt, denn er trieb seinen Braunen vor den Sessel der Königin. »Verehrung, Majestät. Wie wir erfuhren, haben Euer Gnaden für diesen Tag das Festgeschehen in die Hände der Jugend übergeben, auf dass sie beweisen kann, was sie an Geschick und Körperkräften aufzubieten hat.« Zumindest schien er sich in der Rüstung sicher zu fühlen, sodass er keinen Schluckauf bekam.

Die Königin lächelte ihm aufmunternd zu, und er fuhr fort: »Wir treten vor Euch als in Ehren ergraute Ritter, deren Jugend nur noch in Erinnerung fortlebt. Mit der Jugend können wir nicht mithalten, und doch bitten auch wir um das Privileg, mit Schwert und Lanze beweisen zu dürfen, was in uns steckt.«

Applaus und Gelächter erfüllte die glasklare Luft.

Mit einem gönnerhaften Lächeln gewährte die Königin die Bitte. »Lasst Uns hören, was Ihr zu bieten habt, Mylord.«

»Die Jugend glaubt, wir wären lange darüber erhaben. Doch auch in uns brennt der Wunsch, die Farben einer Schönen zu tragen und ihr zu Ehren einen Kampf auszufechten«, bekundete der kleine Graf. »Wir bitten Euer Gnaden, uns diesen Wunsch, den keine Zahl von Jahren zum Schweigen bringt, nicht abzuschlagen.«

Als alle begriffen, was die Vertreter des Alters vorhatten, ging das Gelächter in wildes Gejohle über. Sie wollten zwei Damen um die Ehre ihrer Farben bitten und sie zu den übrigen in die Burg geleiten. Sodann würden sie Leib und Leben riskieren, um den Verteidigern die Burg abzujagen und ihre Schönen zu entführen.

Die meisten Damen, die mit Geraldine und Anne in der hintersten Reihe der Tribüne saßen, waren aufgesprungen, sobald der kleine Graf mit seiner Ansprache begonnen hatte. Geraldine und Anne aber blieben sitzen und erhaschten somit keinen Blick auf den Ritter, der jetzt die Stimme erhob. »Mylady Boleyn, wollt Ihr mir erlauben, für den heutigen Kampf Eure Farben zu tragen? Es wäre mir Ehre und Freude zugleich.«

Wenn Anne überrumpelt war, so ließ sie es sich nicht anmerken. Mit bewundernswerter Würde erhob sie sich, löste ein hellgrünes Seidentuch von ihrem Ärmel und schritt durch die Reihen, um es ihrem Verehrer um die Lanze zu winden. Alles

Lachen und Johlen war erstorben. Jeder hatte den kostümierten Ritter an der Stimme erkannt.

Es war Henry von England.

Schmähte er wahrhaftig seine Königin, um der unbedeutenden Anne Boleyn zu huldigen? Das zumindest gehörte nicht in die Reihe vorhersehbarer Ereignisse, und der Grund war Geraldine ein Rätsel. Wollte er den Boleyns Ehre erweisen, weil Annes Schwester Mary ihn seit Langem als Mätresse beglückte und sich dafür vom gesamten Hof ›die Königshure‹ schimpfen ließ? Die Tochter, die Mary in diesem Jahr geboren hatte, war Gerüchten zufolge das Kind des Königs.

»Und Ihr, Mistress Sutton?«, fragte der kleine Graf. »Wollt Ihr einen bescheidenen Ritter zum glücklichsten Mann unter der Sonne machen, indem Ihr ihm für diesen Tag die Ehre erweist?«

Anne hatte sich gewünscht, den Neid der Welt zu spüren. *Der meine ist dir sicher*, dachte Geraldine grimmig, während auch sie nach unten schritt, um das Tuch von ihrem Gelenk zu lösen und es um die Lanze zu knoten, die für den Winzling viel zu schwer wirkte. Er sah zu ihr auf wie ein Hund, der um ein Tätscheln bettelte. Geraldine hätte ihm dankbar sein sollen, doch stattdessen fühlte sie sich betrogen. Wenigstens der Schimmel, den er am Zügel führte, um sie in die Burg zu geleiten, machte etwas her. Er war grazil, senkte den edel modellierten Kopf und legte mehr Stolz an den Tag als jeder Mann.

Die Schlacht um die Burg zog sich über Stunden hin. Eine Paarung nach der anderen trat mit Lanzen und Schwertern zum Stechen in die Schranken, auf der Zugbrücke fanden Fußkämpfe mit Speeren statt, und zum Sturm auf die Festung fuhr ein Trebuchet auf, das in seiner täuschenden Echtheit ein kleines Kunstwerk darstellte. Die Damen tummelten sich derweil auf den Zinnen und stellten ihre Reize zur Schau, um ihre Recken anzufeuern. Mary Talbot und die Stafford-Schwestern kommentierten das Kampfgeschehen in ekstatischen Ergüssen. Anne und Geraldine hingegen saßen hoheitsvoll auf ihren Plätzen und verzehrten die gereichten Süßigkeiten.

Die erstaunliche Huldigung des Königs schien Anne völlig kaltzulassen. Als Geraldine sie in einem verschwiegenen Moment danach fragte, bemerkte sie wegwerfend: »Meine Schwester liegt im Kindbett und ist derzeit für ihn ohne Nutzen. Was ist verwunderlich, wenn er beschließt, sich an einer weiteren Stute aus demselben Stall gütlich zu tun?«

Der Ausgang der Schlacht stand von Beginn an fest. König Henry liebte es, seine Kräfte im Turnier zur Schau zu stellen, und verlangte von seinen Höflingen, dass sie sich als Gegner zur Verfügung hielten. Er scheute keine Verletzung, nahm abenteuerliche Stürze in Kauf und hatte einmal einen Mann geadelt, der ihm um ein Haar ein Auge ausgestochen hatte. Dennoch hätte sich niemand erlauben dürfen, einen Sieg über seinen König zu erringen.

Als der Himmel begann, sich gelb zu färben wie altes Papier, stürmten die Angreifer ein letztes Mal das Tor, und als das Gelb zu Rot wurde, erklärten die Verteidiger die Kapitulation. König Henry ritt in die eroberte Festung, um die Trophäe in Empfang zu nehmen. »Mylady Boleyn.« Er sprang vom Pferd und verneigte sich vor Anne. Mit einem Ruck riss er sich das falsche Haar vom Gesicht. Anne blieb sitzen, bis er sie um die Taille fasste, in die Höhe hob und in den Sattel des mitgeführten Schimmels setzte.

Nicht übel, dachte Geraldine und blickte bedauernd auf den kleinen Grafen, der seinem König hinterhergeritten war.

»Mistress Sutton.« Atemlos rutschte er aus dem Sattel und ging vor ihr auf ein Knie. *Bitte sprich nicht*, beschwor sie ihn stumm, doch er öffnete bereits den Mund. »Von ganzem Herzen danke ich Euch für Eure Gunst. Es war mir die größte Ehre, hicks, für Eure Befreiung kämpfen zu dürfen.«

In ihrem Rücken hörte Geraldine Mary Talbot kichern. Sie

war diesem Narren Dank schuldig, doch am liebsten hätte sie ihm einen Klaps auf den Mund gegeben, damit er still war. Mit dem Handrücken. Ohne den Handschuh abzustreifen.

»Meine Verehrteste. Hicks. Darf ich Euch bitten?« Verlegen, ohne den Kopf zu bewegen, wies er auf den Schimmel. »Gern würde ich Euch gefällig sein, jedoch …«

Geraldine hatte Mühe, nicht aufzulachen. Sie galt als zartknochig, doch hätte eher sie das Männchen in den Sattel hieven können als umgekehrt. Ohne ihm eine Erwiderung zu gönnen, ergriff sie den Sattelknauf und zog sich nach oben. Obwohl es mühsam war, wollte sie auf dem Pferderücken sitzen, ehe er versuchte, ihr behilflich zu sein.

Applaus wallte ihnen entgegen, als sie nebeneinander aus dem Burgtor ritten. Inzwischen war der Himmel schwarzblau und noch immer von einer geradezu gläsernen Klarheit. Fackelträger säumten ihren Weg zum Palast. Der König ritt mit Anne voran, und Geraldine und ihr Miniaturritter folgten.

»Geraldine«, stammelte er und schaffte es, ihren Vornamen, dessen Verwendung sie ihm nicht gestattet hatte, durch einen Hickser zu zerstückeln. »Geraldine, für meinen Kampf um Euch – darf ich um einen, hicks, Gefallen bitten?«

In Gottes, hicks, Namen ja, hätte Geraldine gern zur Antwort gegeben.

»Einen Tanz«, stieß das Männchen heraus. »Nach dem Bankett. Ich verspreche, Ihr werdet es nicht bereuen.«

Geraldine wünschte sich ein Erdbeben. Oder einen Kometen. Geraldine wünschte sich, dass etwas geschah, das unvorhersehbar war.

Zum Bankett zog Geraldine das blassblaue Kleid an, das ihr kleiner Graf ihr geschenkt hatte, weil er fand, zu ihren blassblauen Augen passe blassblaue Seide. Selbst in der Kleiderordnung fiel nichts aus dem Rahmen. Sie aß gesottenes Lamm in Ale und Butter, Rindspastete mit Korinthen und Nelken, gefüllten Petersfisch, Kapaun in Rosenwasser, kandierte Zwiebeln, gelierte Milch und Birnen in Zimtsirup, nahm von allem nicht mehr, als in den Magen eines Sperlings passte, und hinterher tanzte sie mit Robert Mallach.

Er tanzte nicht übel. Im Gegenteil, er kannte in der Galliarde mehr Figuren als die meisten anderen Festgäste und verstand sich sogar auf den halsbrecherischen Saltarello. Dennoch war jede Runde, die er um sie drehte, jeder Sprung, der Blicke auf sich zog, eine Demütigung. Er war eine Handbreit kleiner als sie.

Ihre Freundin Anne konnte Geraldine nirgends entdecken, ebenso wenig Harry Percy und den König. Ihre Füße vollführten routinierte Schritte, doch in ihrem Kopf breitete sich bleierne Müdigkeit aus. Einst hatte Musik ihr etwas bedeutet, sie hatte in den Beinen ein Kribbeln verspürt, sobald ein Takt zum Tanz einlud. Jetzt aber verspürte sie nur noch Überdruss und Durst auf schweren Wein.

»Geraldine, wisst Ihr, wie sehr ich mir wünsche, Euch einmal, hicks, glücklich zu sehen, wenn Ihr in meiner Gesellschaft seid?«

»Ich bin nicht unglücklich, mein Graf«, heuchelte sie, ohne sich viel Mühe zu geben.

»Nicht unglücklich ist etwas anderes als glücklich«, bemerkte er. »Bis ich Euch kannte, war ich, hicks, überzeugt, Glück könne mir einzig ein vollkommenes Schiff schenken. Und da in diesem Land kein Mann in der Lage ist, das vollkommene Schiff zu bauen, das ich im Kopf habe, würde ich dieses Glück nie erlangen. Dann traf ich Euch, und seither weiß ich, dass selbst einem Mann wie mir, der sein Leben dem Schiffbau verschrieben hat, ein Glück winkt, das über Vorderkastell und Bugspriet hinausweist.«

»Ich hasse Schiffe«, warf sie ihm ins Gesicht. Wozu war all das nütze? Wäre sie in Portsmouth geblieben, zwischen zerfransten Kragen und nach Teer stinkenden Tauen, hätte sie ihr Leben nicht elender vergeuden können.

»Was ich für unmöglich hielt, wird mir derzeit zuteil«, hauchte er, als hätte sie nichts gesagt. »Ich habe doch noch einen Handwerker aufgetan, der das Zeug hat, meine Pläne umzusetzen. Das vollkommene Schiff, das ich auf dem Papier bis in den letzten Spant erdacht habe, ersteht in diesem Winter aus solidem Holz.«

Als er Atem holte, bemerkte Geraldine, dass er all die verschrobenen Sätze ausgestoßen hatte, ohne einmal zu hicksen. Wie um das wettzumachen, hob er erneut an: »Wird mir auch das andere Glück noch zuteil, mein Engel, hicks, Geraldine? Ein Lächeln von Euren Lippen? Ein leiser Dank, weil etwas, das ich Euch geben könnte, Euch, hicks, glücklich macht?«

Wenn das Euer Ernst ist, gebt mir Euren Namen. Aber es ist ja nur lausiges Gewäsch.

»Ich habe, hicks, ein Geschenk für Euch. Es wartet unten. Beim Fluss. Wollt Ihr mir die Freude machen, es Euch anzuschauen?«

»Nicht in die Kälte!«, rief sie entsetzt.

»Ich bitte Euch, es dauert, hicks, nur zwei Augenblicke.«

Mit einem Seufzen ließ sie sich den pelzbesetzten Umhang umlegen und verließ an seinem Arm den Saal.

Es schneite nicht, doch die Nacht war wie in Eis erstarrt. »Ich, hicks, bedaure«, sagte Robert Mallach, als sie aus einem Seitentor des rechten Flügels in die schneidende Luft traten. Um den Schluckauf zu krönen, klapperten ihm die Zähne. »Ich hoffe, mein Geschenk ist, hicks, Euer Leiden wert.«

Das hoffte Geraldine auch. Sie fühlte sich schwach, wenn sie wie Espenlaub bibberte, und Schwäche war ihr zuwider. Robert Mallach hätte sich die samtene Schaube von den Schultern nehmen und sie darin einhüllen sollen, doch dem armen Kerlchen zitterten die Glieder ärger als ihr. In steifen Schrittchen stapften sie hinunter zum Fluss, der in der Klarheit der Nacht ölschwarz glänzte.

Im Näherkommen erkannte Geraldine eine vertäute Barke,

die auf den Wellen schaukelte. Oberhalb der Uferböschung saß ein Mann im schwarzen Mantel. Neben ihm, angepflockt, graste ein weißes Pferd an gefrorenen Halmen.

Etwas in Geraldines Herzen zuckte, weil das Bild aus Schwarz und Weiß von einer so undurchdringlichen Schönheit war – schön und still und ganz für sich allein. Sie wäre gern stehen geblieben, um den Anblick in sich aufzunehmen, aber Robert Mallach führte sie weiter. »Dort vorn, hicks, wartet es. Mein Geschenk.«

Der Mann, der mit gekreuzten Beinen am Ufer saß, presste sich die Hände an die Schläfen. *Er hat einen Dämon im Kopf*, sprang es Geraldine an. *Er reibt sich den Schädel, um den Dämon zu wecken.* Ein Teil von ihr schauderte und wollte fliehen, ein anderer schritt voran, als würde sie gezogen.

»Heda!«, rief der kleine Graf.

Der Mann reagierte nicht. Er presste die Hände an den Schädel, um seinen Dämon wachzurufen.

»Mein Mann, der auf das Geschenk achten sollte, schläft wohl«, sagte der kleine Graf, ohne zu hicksen. »Aber so etwas dulde ich nicht.« Er zog seine Gerte aus dem Gurt, holte aus und schlug den Mann über ein Schulterblatt, dass es klatschte. Der Mann schien nichts zu spüren. Ohne Eile wandte er den Kopf.

Erstickt schrie Geraldine auf. Hatte sie vorher in der Kälte gezittert, so gefror jetzt ihr Innerstes zu Eis.

»Du bist hier, um der Dame die Stute zu hüten«, blaffte der kleine Graf. »Nicht um dich auf die faule Haut zu legen.«

»Ich lege mich nicht auf die faule Haut«, sagte der Mann mit einer Stimme wie geschliffenes Metall. »Meiner faulen Haut ist es dafür zu kalt, und von Euren Schlägen wird ihr nicht wärmer.« Er stand auf und machte sich daran, die Zügel der Stute vom Pflock zu knoten.

»Damit hast du allerdings recht«, sagte der Graf und tätschelte ihm versöhnlich die Schulter, auf die er ihn geschlagen hatte.

Mit einer blitzschnellen Bewegung duckte der Mann sich unter seiner Hand hinweg. Er sandte seinem Herrn einen Blick, der seine Botschaft mit teuflischer Eindeutigkeit überbrachte: *Noli me tangere. Rühr mich nicht an.* Der kleine Graf stolperte zurück.

Gelassen verschloss der Mann eine Schnalle an den Zügeln und reichte sie Robert Mallach. Der nahm Geraldines zitternde Hand und legte die Zügel hinein. »Ein Tier aus feinster Zucht mit portugiesischem Einschlag«, sagte er. »Es gehört Euch. Sie heißt *Beauté*, Schönheit, denn an kein, hicks, anderes Wort kann ich denken, wenn ich in Eurer Nähe bin.«

Noch vor Stunden hatte Geraldine sich gewünscht, das weiße Pferd, auf dem sie in die Burg geritten war, möge ihr gehören, doch jetzt würdigte sie den Spender keines Blickes. Etwas war geschehen. Ein Erdbeben. Ein Komet, der zu ihren Füßen einschlug.

Vor ihr stand der Mann mit dem Dämon im Schädel, der Brudermörder, der Unaussprechliche. »Geraldine Sutton«, sagte er und verzog höhnisch den Mund.

10
Fenella

PORTSMOUTH, MÄRZ 1525

»Warum eigentlich Petrarca? Warum kein anderer italienischer Dichter?«

Sie lagen im Gras. Anthony half Fenella bei der Übersetzung, um die Sylvester sie gebeten hatte. Die Luft war kühl, der Wind vor Trockenheit knisternd, und der Himmel sah aus, als wäre schon Frühling.

»Da fragst du einen schlichten Mann zu viel, Fenchel. Ich verstehe ja nichts von Dichtkunst. Nur von Schiffen. Vielleicht hat mir dieser Petrarca gefallen, weil er mich an Schiffbau erinnert. Er weiß, wo jeder Spant hingehört, er hält sich strikt an die Gesetze der Form, und erst wenn alles sitzt und im Gleichgewicht ist, erlaubt er seinem Kopf, sich auszutoben.«

Fenella beugte sich über ihn und bedeckte mit zarten Küssen sein Gesicht. »Wenn du nichts von Dichtkunst verstehst, verstehe ich nichts von Klugheit, mein Schatz.«

Er lächelte. »Ich bin mir noch immer nicht sicher, ob du nicht besser ›mein Sargnagel‹ zu mir sagen solltest.«

»Sollte ich nicht, Dummkopf. Du bist mein Schatz, den ich hüten möchte, und ich mag nicht, dass du dieses Zeug isst.« Sie wies auf das Bündel, in das er auf dem Marschland Triebe von Quellern und Meerfenchel gesammelt hatte. »Weißt du, wie weh es mir tut, an Sir James' Tisch in fetttriefenden Köstlichkeiten zu schwelgen, während du dich mit nassem Kraut begnügen musst?«

Er stützte den Kopf in eine Hand, fischte einen Trieb aus dem Bündel und schob ihn sich in den Mund. »Ich esse das gern, Fenchel. Wir haben es auf See gegessen, weil es frisch und unverdorben war, nicht so wie der Fraß aus Trockenfässern, und weil wir es überall, wo wir vor Anker gingen, pflücken konnten. Es geht mir blendend damit. Wie kannst du denn glauben, mir bekäme etwas schlecht, das ›Meerfenchel‹ heißt?«

Sie musste lachen und ihn auf die Lippen küssen, die nach dem Salz von seinem Meerfenchel schmeckten. Er hatte recht. Es ging ihm blendend. Wenn er alle zwei Wochen auf dem Pferd, das sein Graf ihm lieh, nach Portsmouth kam, trieb er zärtliche Spiele mit ihr und war von einem Übermut, den sie an ihm nicht kannte. Nur noch selten fand sie ihn benommen vor Schmerz mit den Händen an den Schläfen, und einmal hatte er ihr erlaubt, ihn dabei in die Arme zu nehmen und schweigend zu wiegen.

Jetzt grinste er geradezu dreckig und strich ihr über die Rundung der Hüfte. »Dir bekommen deine Köstlichkeiten bei Sir James aber auch nicht übel.«

»Was fällt dir ein?« Sie gab ihm eins auf die Finger und sandte ihm einen blitzenden Blick. »Willst du etwa behaupten, ich werde zu fett?«

»Was denkst du denn von mir?« Als wäre er tödlich gekränkt, zog er die Hand zu sich. »Ich wollte dir ein Kompliment machen, und was bringt mir das ein?«

»Du bist ein Lügner, Anthony Fletcher. Du willst niemandem ein Kompliment machen – höchstens Sylvester, weil der dich zum Schmelzen bringt.«

Er setzte sich auf und zog sie in seine Arme. »Du magst mich nicht geschmolzen. Du magst mich so vernagelt, wie ich bin, oder nicht?«

Ich mag dich ganz furchtbar, so vernagelt, wie du bist, dachte Fenella. *Ich weiß nicht, wie ich Sir James noch in die Augen sehen soll, und ich wäre verrückt vor Stolz, deine Frau zu sein, aber wenn es dich derart aufblühen lässt, so zu leben wie jetzt, dann bekommst du einen Kuss und meinen Segen dazu.*

Er hatte ihr erzählt, dass sein Graf ihn Pläne machen ließ

und sie dann dem König vorstellte. Pläne, die der Rest der Welt für Wahnsinn hielt, wie den Gedanken, ein Schiff auf die Seite zu legen, um es nach Jahren im Wasser neu zu kalfatern und zu überholen. Durch den Mund seines Grafen konnte er dem König vortragen, wovon er von klein auf träumte: von einer stehenden Flotte, die beständig seetüchtig gehalten wurde, statt im Kriegsfall mühsamer Herrichtung zu bedürfen. Von einer Flotte, die viel mehr vermochte, als in friedlichem Wind über das enge Meer zu schaukeln.

Dass der König Feuer gefangen hatte, war bis nach Portsmouth zu spüren. Henry VIII. hatte Anthonys Grafen nicht nur in seinen engsten Kreis aufgenommen, sondern schickte Bauleute zum Ausbau der Werftanlagen, kaum dass der Schnee fort war. Anthony kam ständig herüber, um die Arbeiten zu überwachen. Er achtete darauf, dass jedes Becken weit genug gemacht wurde, um ein großes Schiff aufzunehmen. Einen Fünfhunderttonner. Seine *Mary Rose.* Sie zur Überholung herzubekommen war sein Ziel, und darin ging er auf.

Fenella betete, dass er die scheelen Blicke und Zischeleien nicht bemerkte. Für die Leute von Portsmouth hatte sich nichts geändert. In ihren Augen trug er noch immer das Kainsmal auf der Stirn, und wenn sie ihn anstarrten, glaubte Fenella, sie bis heute grölen zu hören: *Hängt das Untier auf!*

»Was ist denn, Fenchel?« Mit den Lippen strich er ihr über Stirn und Schläfe. »Ist dir eine Katze übers Grab gelaufen?«

»Nein, nein.«

»Doch, doch. Wenn du's mir nicht erzählen willst, sag: ›Scher dich um deinen eigenen Dreck‹, aber versuch nicht, mich mit einer Lüge abzuspeisen.«

Sie nahm sein Gesicht in die Hände und schenkte ihm ihr süßestes Lächeln. »Scher dich um deinen eigenen Dreck, Herzliebster. Was meinst du, übersetzen wir noch ein bisschen Petrarca?«

»Müssen wir?«

»Sylvester wünscht es sich. Er sagt, er kann die neuen Denker, die er bewundert, nicht richtig durchdringen, solange er Petrarca nicht lesen kann.«

Anthony nickte versonnen. »Ja, das glaube ich, dass solche Art, sich den Kopf durch die Wand zu denken, Sylvester begeistert. Mich erschreckt sie wie den Teufel das Weihwasser, aber weißt du, wie sie sie in Italien nennen?«

»Sag's mir.«

»*Rinascimento*. Wiedergeburt. Gefällt dir das?«

Fenella nickte und fuhr mit einem Finger seinen Lippen, die das Wort geformt hatten, nach.

»Wenn ich irgendwann wieder nach Italien komme, schicke ich dir noch mehr *Rinascimento*-Dichter«, sagte er. »Soll ich dir erzählen, was dieser Petrarca getan hat? Er ist auf einen Berg gestiegen, obwohl er da oben nichts zu suchen hatte. Ohne Grund, nur um sich zu beweisen: Ich kann einen Berg bezwingen. Um hinauszuschreien: ›Salve, Berg, ich bin Francesco Petrarca. Ich schreibe Verse, auf denen sich segeln lässt, liebe ein Mädchen, das Laura heißt, und kann alles, was ich will.‹«

Er sah so hingerissen aus, dass sie lachen musste. Gleich darauf bekam sie es mit der Angst. »Versuch nicht, es ihm nachzutun, hörst du? Du bist nicht Francesco Petrarca, und du kannst keinen Berg bezwingen.«

»Was behauptest du denn da?« Trotzig furchte er die Stirn samt den erhobenen Brauen. Dass man davon Kopfschmerzen bekam, wunderte Fenella kein bisschen. »Ich bin der Lieblingssohn des Teufels. Ich kann mehr als nur das, was ich will.«

»Wenn du so redest, laufen Scharen von Katzen über mein Grab.«

»Sag Geraldine, sie soll ihnen die Hälse umdrehen«, gab er zurück.

»Wie bitte?«

»Geraldine Sutton.« Er kniff die weiten Augen zu Schlitzen. »Der *Engel von Portsmouth*. Als sie ein Engelchen von sechs

Jahren war, habe ich sie im Marschland gesehen, wo sie einer schwarzen Katze den Hals umdrehte. Die Katze hat ihr aus Leibeskräften die Arme zerkratzt, aber Geraldine hat weitergedreht, wie eine Wäscherin Laken auswringt. Irgendwann hat das arme Vieh den Geist aufgegeben. Als sie es merkte, kreischte sie auf und schleuderte den Kadaver von sich, so weit sie konnte.«

Kalter Schrecken fuhr Fenella durch den Leib. Im Nu war Anthony bei ihr und legte ihr die Hände an die Wangen. »Ich hätte dir das nicht erzählen dürfen«, sagte er. »Sag es niemandem, schon gar nicht Sylvester.«

»Du hast das gesehen, als du sechs warst, und hast nie mit jemandem darüber gesprochen?«

Böse lachte er auf. »Den Teufel schrecken keine Engel, die Katzen morden, Fenchel.«

»Anthony, kannst du bitte eines Tages damit aufhören? Du bist nicht der Teufel, du bist kein Mörder, und du bist schon gar kein Mensch, der sinnlos Tiere quält. Hättest du kein versehrtes Bein, könntest du auf einen Berg steigen, um ihm zu sagen: ›Salve, Berg, ich bin Anthony Fletcher. Ich baue Schiffe, mich liebt ein Mädchen, das Fenchel Clapham heißt, und ich habe die Welt mehr lieb, als ich zugeben mag.‹«

»Wenn ich es wollte, würde mein blödes Bein mich nicht hindern, es zu tun«, begehrte er auf.

Fenella war heilfroh, dass ermordete Katzen und Teufel für den Augenblick vergessen waren. »Nun gut. Wenn es deinem Stolz damit besser geht: Du könntest einen Berg bezwingen, aber du willst nicht.«

»Nein, ich will nicht.« Er seufzte selbstzufrieden.

»Was also willst du bezwingen?«

Seine Augen funkelten. »Das Meer.«

Demut war seine Sache nicht. Fenella aber wollte nichts an ihm ändern, nicht einmal das, was ihr Angst machte.

Petrarca übersetzten sie an diesem Tag nicht mehr. Anthony musste hinunter in die Docks, und Fenella bestand darauf, ihn zu begleiten. Für gewöhnlich ließen sie sich nicht gemeinsam in der Stadt blicken, um Sylvester nicht bloßzustellen, der noch immer als Fenellas Verlobter galt. Letztlich konnte jedoch kein vernünftiger Mensch etwas Verwerfliches daran finden, wenn ein Mann mit der Braut seines Freundes über eine Straße ging.

Immer wieder, vor allem, wenn sie eine selige Stunde lang in seinen Armen gelegen hatte, vergaß Fenella, dass es in dieser Stadt keine vernünftigen Menschen gab, wenn es um Anthony ging. Vom *Bischof der See*, dem Wirtshaus hinter dem Hafen, kamen vier Männer herauf, Beamte der Hafenaufsicht, die Fenella von klein auf kannte. Einer von ihnen war Matt Knivers, der in Venedig gelebt und Sylvester die Verse aus Anthonys Briefen übersetzt hatte. Ein netter Mann. Ruhig, nie betrunken.

Als die Männer Fenella und Anthony sahen, blieben sie stehen und verstummten. Sodann verteilten sie sich über die Breite der Gasse, verschränkten die Arme vor der Brust und versperrten den beiden den Weg.

Anthony erstarrte im Schritt wie ein Tier. Fenella aber, die keinen Grund hatte, sich vor den Männern zu fürchten, ging weiter. Als sie bemerkte, dass er ihr nicht folgte, griff sie nach seinem Arm. »Guten Abend, Masters. Wir müssen hier vorbei.«

Matt Knivers spuckte Fenella vor die Füße. Erschrocken sprang sie zurück. Einer der anderen, der Pete Barrelmaker hieß und das Brauhaus im Hafen führte, spuckte ebenfalls und stieß heraus: »Lewis Claphams Tochter – dein Vater hätte dich lieber erwürgt, als solche Schweinerei von dir zu dulden. Verlobt mit dem feinsten Jungen der Stadt und legt sich hin wie eine Metze – mit dem Brudermörder!«

Wie von der Sehne geschnellt sprang Anthony vor, packte Pete Barrelmaker beim Wams und schüttelte ihn mit entsetzlichen Kräften. »Mistress Clapham ist keine Metze, verstehst du? Du Dreck bittest sie um Vergebung, oder ich zersplittere dir deinen kleinen Schädel, wie ich ihn meinem Bruder zersplittert habe.«

»Anthony!« Fenellas Stimme klang in ihren Ohren fremd und schrill. »Komm zurück, lass den Mann los! Was schert uns, was die reden!« Sie hatte nie zuvor gesehen, dass er einen anderen angriff. Nie. Nur das eine Mal auf der Werft.

Anthony hörte nicht auf, Pete Barrelmaker zu schütteln, und als ein anderer dazusprang, stieß er diesen mit dem Ellbogen weg. Er schien nur noch aus Muskeln und Sehnen zu bestehen, ein Bündel zorniger, geballter Kraft. Aber er hatte nur ein gesundes Bein. Matt Knivers sprang blitzschnell vor und trat ihm unter das versehrte Knie. Anthony stürzte und riss den Barrelmaker mit.

Aus Türen und Gassen strömten Leute, die Waffen über ihren Köpfen schwangen. Schürhaken, Lachsangeln, eine halbe Zaunlatte. Sie wollten ihn niederschlagen wie damals, wie man ein reißendes Tier schlägt, ohne sich zu scheren, ob es die Schläge überlebt.

Fenella sprang dazwischen, umschlang seinen Kopf und presste ihn an ihren Leib. »Er hat nichts getan!«, schrie sie. »Nur mich verteidigt, wie jeder brave Mann es täte, wenn ein Mädchen in seiner Begleitung beleidigt wird! Er hat dem Barrelmaker gesagt, er soll sich entschuldigen, und dafür schlagt ihr ihn nicht tot!«

Wie von Sinnen schrie sie weiter, bis Anthony aufstand und die Arme um sie legte. »Es ist gut, Fenchel. Uns geschieht ja nichts.« Da erst bemerkte sie, wie ihr die Kraft ausging. Er barg ihren Kopf an seiner Brust und schloss die Hände um ihr Gesicht.

Die Leute, die einen Ring um sie gebildet hatten, wichen langsam zurück. »Lasst ihn«, sagte der Barrelmaker. »Das Mädel hat recht, der Satansbraten hat mir nichts getan.«

»Sir James hat uns geschickt, dich zu suchen«, sagte Matt Knivers zu Anthony. »Deinen Vater hast du nun endlich auch ins Grab gebracht, und die schwarzbraune Lettice, die das Pech hatte, dich gebären zu müssen, wird's nicht viel länger machen.«

Anthony starrte ihn an, als wäre das verschliffene Hampshire-Englisch ihm fremd.

»Für das Begräbnis wirst du ja sorgen müssen, selbst wenn dein Vater dich nicht kratzt«, warf einer der Männer ein. »Sir James fand, wir sollten dir Bescheid geben. Er wartet bei der armen Kranken, die sich deine Mutter nennen muss.«

Fenella gewann die Fassung zurück. »Komm«, sagte sie und rieb Anthony den Schweiß von der Stirn. »Dein Vater ist gestorben. Wir beide müssen in euer Haus.«

Der Ring öffnete sich und entließ sie. Anthony ging willenlos, wohin sie ihn führte. Durch den Kleiderstoff spürte sie, wie er bei jedem Schritt in der Hüfte einknickte.

Das Haus der Fletchers lag über der nördlichen Flanke des Hafens in Richtung Southampton. Es war kein prachtvolles Anwesen wie Sutton Hall, aber ein gutes Wohnhaus, solide auf einem Steinfundament erbaut und nach den Seiten ausladender als die älteren Häuser in der Gasse. Ein Haus, das von florierendem Handwerk und Wohlstand gekündet hätte, wäre es nicht völlig verwahrlost gewesen.

Anthony wand sich aus Fenellas Umarmung und schob sie zurück. »Geh nach Hause.«

»Sei nicht albern. Ich gehe mit dir.«

»Geh nach Hause«, wiederholte er schneidend. »Du hast in einem Haus wie diesem nichts zu suchen.«

Er ließ sie stehen und ging weiter auf das Haus zu. Fenella folgte ihm. Vor der Tür schoss er herum und schrie sie an. »Lass mich und mein Dreckshaus in Frieden, Fenchel! Geh nach Sutton Hall, wo du hingehörst, am besten gehst du und heiratest

Sylvester! Ich begreife nicht, warum du das nicht längst getan hast.«

Fenella sah, wie seine Schultern zitterten. »Weil du ein Idiot bist«, sagte sie. »Dass Sylvester dich dafür durchprügeln sollte, weißt du, nicht wahr?«

Er starrte sie an, geschüttelt von Schmerz und Furcht, denen sein Zorn nicht gewachsen war. »Ja«, sagte er endlich und senkte den Blick.

»Geh ins Haus«, sagte Fenella. »Und mich lass mitkommen. Wenn ich es nicht aushalten kann, drehe ich mich um und gehe, einverstanden?«

»Wenn du mich nicht aushalten kannst«, jedes Wort kostete ihn Mühe, »versprichst du, dass du dann gehst und Sylvester heiratest?«

»Ja, das verspreche ich dir.« Ihre Kehle war trocken. »Wenn ich dich nicht aushalten kann und wenn Sylvester bereit dazu ist, dann heirate ich ihn. Fühlst du dich jetzt besser?«

Statt einer Antwort fragte er verstört: »Weshalb sollte Sylvester nicht bereit sein? Sylvester mag der edelste Mann der Welt sein, aber er bleibt doch ein Mann. Kein Heiliger.«

Ich liebe dich, dachte Fenella traurig. *Du hältst dich für einen Grobian ohne Charme, aber was du gesagt hast, ist süßer als Petrarcas Liebessingen.*

Langsam, wie unter einer Last, drehte Anthony sich um. Mit der Schulter stieß er gegen die Tür, die in den Angeln baumelte, und trat ins Haus. Fenella ließ ihm Zeit, ehe sie ihm folgte.

Sie hatte das Haus der Fletchers nie zuvor betreten. Es war dunkel und stank wie der Karren des Totengräbers, aber es war einmal ein Haus gewesen, in dem eine der guten Familien der Stadt ohne Mangel gelebt hatte. Den Möbeln fehlte der erlesene Geschmack von Sutton Hall, doch sie entstammten feiner handwerklicher Arbeit. Keine Kerze brannte, kein Feuer milderte die feuchte Kälte, und die Läden vor dem Fenster waren zugeschlagen. Die einzige Lichtquelle schien die helle Schecke des Mannes zu sein, der in einem Winkel stand und den Kopf nach ihnen wandte. James Sutton. Fenella schöpfte Atem.

Als er auf sie zutrat, sah sie, dass sich eine weitere Gestalt in dem Winkel befand: eine Frau, die zusammengesunken auf einem Schemel kauerte. Durch die Lumpen, die ihren Körper umhüllten, war sie in den Schatten kaum auszumachen. Ihr Haar war grau wie angelaufenes Silber und hing ihr in Strähnen vom Kopf.

»Mein Beileid, Anthony«, sagte Sir James. »Dein Vater hat sich zum Ende nicht quälen müssen. Gott hat ihn erlöst, sobald der Priester ihn mit den Segnungen versehen hatte.«

»Er ist schon weg, oder nicht?«, fragte Anthony.

»Der Priester? Ja, mein Lieber. Er ist schon weg.«

Anthony straffte den Rücken und sah Sir James entgegen, wie um ihn herauszufordern. »Ich habe ihn also ins Grab gebracht, ja? Ich habe zwar vierzehn Jahre dazu gebraucht, aber am Ende habe ich es geschafft.«

»Ist es das, was die Leute auf der Gasse reden? Ach Anthony, warum gibst du denn noch immer etwas auf dieses unsägliche Geschwätz?«

»Ich gebe nichts darauf«, sagte Anthony. »Ich will es nur wissen.«

Sir James seufzte. »Nein«, sagte er, »du hast deinen Vater nicht ins Grab gebracht. Er war ein kranker Mann, er hat zum Schluss kaum noch essen können, und sein Tod war eine Gnade.«

»Er war nicht mein Vater«, sagte Anthony. »Und auf die Gnade hat er jahrelang gewartet.«

Sir James ging auf ihn zu und legte die Arme um ihn, ohne sich davon abhalten zu lassen, dass Anthony den Kopf zur Seite drehte und seinen Körper steif machte. »Es tut mir von Herzen leid, mein Lieber. Alles, was geschehen ist, alles, was wir falsch gemacht haben, was wir dir nicht ersparen konnten. Willst du ihn sehen? Er liegt oben aufgebahrt. Wenn du es wünschst, komme ich mit dir.«

»Nein, ich will ihn nicht sehen«, sagte Anthony. »Was ist, wenn ich kein Geld für das Begräbnis habe? Erhält er dann keinen Segen?«

»Für das Begräbnis sorge ich. Mach dir darum keine Sorgen.«

»Ich mache mir keine. Wenn mich niemand mehr braucht, würde ich gern gehen.«

Sichtlich widerstrebend gab Sir James den stocksteifen Körper frei. »Deine Mutter braucht dich.« Er wandte sich nach der Gestalt auf dem Schemel. Die Frau aber rührte sich nicht, sondern starrte blind vor sich hin.

»Nein«, sagte Anthony.

Fenella fasste sich ein Herz und ging quer durch den finsteren Raum zu der Frau. Beinahe wäre sie zurückgeschreckt. Anthonys Mutter war es, die den Geruch nach Leichen verströmte, nach Gift der Verwesung und nach nassem Fell. »Mein Beileid, Mistress Fletcher«, sagte Fenella. »Euer Sohn ist hier. Gewiss möchtet Ihr ihm die Hand reichen.«

Ein fiependes Krächzen drang aus der Kehle der Frau, die wie eine Hundertjährige wirkte, jedoch nicht viel älter als das blühende Tantchen Micaela sein konnte. Ihre Hand glich einer Kralle. Angstvoll bohrte sie die Finger in Fenellas Ärmel und hob den dürren Arm vor ihr Gesicht.

»Sag ihr, ich tue ihr nichts.« Anthonys Stimme zerschnitt die stickige Luft. »Und dann komm von ihr weg. Sir James, könnt Ihr Mistress Fenella mit zurücknehmen?«

»Ich bleibe bei dir«, sagte Fenella, ohne zu hören, was Sir James antwortete. »Warum hat sie solche Angst vor dir?«

»Was weiß ich! Weil ich mit dem Teufel im Bund bin. Weil ich ihr den Schädel zerschmettern könnte wie ihrem Sohn Ralph. Oder weil ich sie geschlagen habe.«

»Das hast du nicht getan!«, rief Fenella.

»Doch.« Er verzog keine Miene. »Ich habe sie geschlagen, damit sie mir etwas sagt, ich war der Ansicht, es stünde mir zu. Aber sie hat es mir nicht gesagt, und ich werde sie nicht noch einmal schlagen. Nicht weil es mir leidtut, sondern weil es keinen Sinn hat. Und jetzt geh, wie du es versprochen hast, Fenchel. Geh aus diesem Dreckstall, und heirate Sylvester. Etwas Besseres kann kein Mädchen sich wünschen.«

»Komm doch zu dir!« Sir James versuchte, ihn noch einmal zu umarmen, aber Anthony wich ihm aus. »Uns verschlägt das Unrecht, das dir widerfahren ist, den Atem, aber du hast dich bis jetzt zu nichts hinreißen lassen. Geh den Weg, den du gehen musst, weiter, und mach deinen Frieden, damit diese Last dir nicht länger die Seele zerfrisst.«

»Meine Seele schert mich nicht«, sagte Anthony. »Nur mein Kopf und meine Hände, die ich brauche, um mein Schiff zu bauen.«

»Anthony«, sagte Fenella, »was sollte deine Mutter dir sagen?«

»Wenn ich dir darauf antworte – wirst du mich dann lassen und gehen?«

»Das habe ich dir versprochen: Wenn ich dich nicht mehr aushalten kann, dann gehe ich.«

Er blickte an ihr vorbei, als stünde hinter ihr noch jemand im Raum. »Sie sollte mir sagen, wer mein Vater ist.«

Fenella begriff. Deshalb hatte Mortimer Fletcher seinen talentlosen ersten Sohn in den Himmel gehoben und dem hochbegabten zweiten das Leben zur Hölle gemacht: weil er nicht sein Sohn war. Seine Frau, die stinkende Alte, die wie eine Tote in der Ecke hockte, hatte ihm Hörner aufgesetzt, und er hatte den Sohn des Nebenbuhlers dafür bestraft. Hatte seinen eigenen Sohn dazu getrieben, den Halbbruder bis aufs Blut zu schikanieren, bis dieser zurückgeschlagen hatte.

Danach hatte er keinen Sohn mehr gehabt.

»Warum gehst du nicht? Denkst du darüber nach, wer mich gezeugt haben könnte?«

Ich denke darüber nach, dass ich dich liebe.

»Ob ich der Bastard des Teufels bin oder der des Fullers, der Nachttöpfe leerkauft, kann ich dir leider nicht sagen.« Flüchtig verzog er das Gesicht zu einer höhnischen Grimasse. »Sie rückt es nicht heraus. Vielleicht hat sie es ja selbst nie gewusst.«

Ich muss es auch nicht wissen, dachte Fenella. *Ich weiß, dass du nach innen weinst, und es zerreißt mir das Herz, dass ich dich nicht festhalten darf.*

»Du kannst jetzt gehen, Fenchel Clapham«, sagte er beinahe sanft. »Und Ihr auch, Sir James.«

»Ich bin kein Sir für dich«, sagte Sir James. »Du bist meinem Sohn ein Bruder, also bist du mir ein Sohn. Ich will, dass du mit uns kommst.«

»Aber ich komme nicht.«

Fenella überlegte fieberhaft. Was konnte sie ihm sagen, das ihm half, diesen Schmerz auszuhalten und nicht zu zerbrechen? *Mein Vater hat mich nicht gewollt, und deiner hat dich nicht gewollt, weshalb sollten wir die beiden wollen? Dass du mich wolltest, hat mich stark gemacht, und ich will dich mehr als alles auf der Welt.*

»Es kommt mir unmenschlich vor, dich alleinzulassen«, sagte Sir James. »Du wirst ja auch entscheiden müssen, was mit deiner Mutter geschieht und mit dem Haus, das jetzt dir gehört.«

»Warum mir?«, fragte Anthony. »Ich war nicht sein Sohn, ich habe kein Recht auf seinen Besitz.«

»Das Haus ist dein Erbe«, antwortete Sir James. »Was immer du darüber denkst, ich finde, es steht dir zu.«

Anthonys Blick jagte von einer Wand zur anderen, als hoffte er, in einer könne sich ein Ausweg auftun. Dann ließ er müde den Kopf sinken und bedeckte seine Schläfen mit den Händen. »Ich wünschte, ich hätte mit alledem nichts zu tun«, sagte er. »Aber ich habe damit zu tun. Ihr nicht. Ihr sollt jetzt gehen.«

Fenella ging durch das Zimmer und blieb vor ihm stehen. »Das hier ist dein Berg, Anthony«, sagte sie. »Mach es, wie du es mir von Petrarca erzählt hast, sag: ›Salve, Berg. Ich bin Anthony Fletcher, ich stehe hier und lasse mich aus dieser Welt nicht mehr wegdenken. Ich baue Schiffe, ich liebe mein Mädchen Fenchel und meinen Freund Sylvester, ich kann alles, was ich will, und mehr.‹« Was Sir James davon denken mochte, war ihr gleichgültig.

Erst als sie ihn aufhorchen sah, hob sie die Hand und strich ihm über die Furche in der Stirn. Ungläubig lauschte er ihren Worten nach.

»Was ist das?«, fragte Sir James. »Petrarcas *Besteigung des Mont Ventoux?*«

»Ich glaube ja«, sagte Fenella, und Anthony nickte.

»Du bist ja eine Philosophin«, rief Sir James begeistert. »›Hier stehe ich und lasse mich aus dieser Welt nicht mehr wegdenken.‹ Ich glaube, so können wir zusammenfassen, was unsere Zeit in solchen Aufruhr versetzt, meint ihr nicht?«

»*Rinascimento*«, antworteten Fenella und Anthony. Sie beugte sich zu ihm und raunte an seinem Ohr: »Wiedergeburt.«

Scheu, von der Seite, sandte er ihr einen Blick. »Willst du wirklich nicht gehen, Fenchel? Hältst du mich noch aus?«

»Darauf kannst du Gift nehmen.« Mit trockener Kehle lachte sie auf. »Soll ich dir sagen, was ich will? Dich beim Kragen packen, dich in Sir James' helles Haus schleifen und irgendetwas Warmes, Nahrhaftes, das Carlos für die Kinder braut, in dich hineinzwingen. Und Sir James' Weltversüßer hinterdrein.«

»Der Plan klingt so weise, er könnte von Petrarca stammen«, sagte Sir James und drehte sich noch einmal nach dem Winkel um, in dem Anthonys Mutter kauerte. »Gute Nacht, Lettice. Ich komme morgen früh nach Euch sehen und bringe den Bestatter mit.«

Dann kehrten sie der Stummen den Rücken und traten hinaus in die erlösende Kühle der Nacht.

11

Robert

Pool of London, Werftgelände, Spätsommer 1525

Das letzte Licht sank schon. Sie hatten die Arbeiter nach Hause geschickt, und Robert hatte seinen Torwächter angewiesen, niemanden vorzulassen. Dann hatten sie einen Verschwörerblick getauscht und waren in den Schiffsleib gestiegen, um über alle drei Decks zu tollen wie kleine Jungen. Verrückt vor Freude, atemlos vor Stolz. Hatte sich Gott so gefühlt, als er am Ende des sechsten Tages die Erde ansah? *Siehe, es war sehr gut.*

So zu denken war Blasphemie, aber das schreckte Robert nicht. Diesen einen großen Herzschlag lang fühlte er sich unbesiegbar. Womöglich war die Zeit ohnehin bald vorüber, in der ein Mann sich von weltfernen Priestern vorschreiben lassen musste, was er zu denken hatte. Jäh fiel ihm die hochexplosive Fracht ein, die er mit diesem Schiff zu transportieren hoffte, die unbezahlbaren Stapel Schriftguts, die sich hier unten im Orlopdeck verbergen lassen würden. Sie glichen einander, das Schiff und die Ladung. Beide waren in der Lage, Grenzen einzureißen und ihre Besitzer zu Ufern zu tragen, von denen sie jetzt nicht einmal etwas ahnten. Beide würden ihre Welt verändern, zwei Wunderwerke, die bezeugten, wozu der Mensch, die Krone der Schöpfung, fähig war.

Wir sind Giganten.

Und dies hier, der Traum in Holz, war seine Schöpfung!

Der Krüppel kam die Stiege vom Hauptdeck hinunter und blieb stehen. »Wolltet Ihr noch einmal nach oben? Oder ist die Inspektion beendet?«

Krüppel. Robert würde ihn nie wieder so nennen. *Ich liebe diesen Mann*, stellte er fest, ohne sich zu schämen. *Nicht auf sinistre, widernatürliche Weise, sondern für die Visionen, die wir teilen, und für das, was er mit seinen Zauberhänden kann.*

»Von wegen Inspektion.« Robert schlenderte quer durch das Deck und gab dem anderen einen Klaps auf die Schulter. »Als hätte unsere Schöne hier eine Inspektion nötig. Was hältst du davon, ihr ihren Namen zu geben und meinen feinsten Wein auf ihr Glück zu trinken – nur wir beide, deren Geheimnis sie war?«

»Dazu ladet Euch jemanden ein, der es zu schätzen weiß«, erwiderte der andere. »An mich ist Euer feinster Wein vergeudet.«

Robert gab seiner Schulter noch einen Klaps. »Du bräuchtest nicht so stoffelig zu sein, hörst du? Habe ich dich in all der Zeit schlecht behandelt? Habe ich es dich büßen lassen, dass du mir damals nach Frankreich entwischt bist? Bestrafe ich dich je, wenn du mir ungehorsam bist?«

Jäh fiel ihm ein, dass er den jungen Mann geschlagen hatte, um sich vor Geraldine zu brüsten, als könne er mit einem feinnervigen Genius umspringen wie mit einem Knecht, der Sickergruben leert. Als wäre der andere der unterwürfige Diener, den er einst aus ihm hatte machen wollen, nicht der Gefährte, nach dem er sich sehnte. Hinterher hatte er gefürchtet, der kostbare Vogel, mit dem er sein Glück gemacht hatte, werde ihm davonfliegen. Er hatte versucht, ihn an eine Kette zu legen, aber der Kerl zog seine wendigen Glieder aus jeder Fessel. Sein Geist glich einem Segel, das nur an lockerer Brasse gehalten werden konnte. Aus seinen undurchdringlichen Augen sah er Robert an und sagte: »Nein.«

»Was nein?«

»Ihr bestraft mich nicht.«

»Freut mich, dass dir das klar ist«, sagte Robert. »Es geht dir bei mir also gut?«

»Ja.«

»Kein anderer ließe dich hier schalten und walten, wie es dir in den Kram passt. Und ein anderer würde dir auch nicht erlauben, unentwegt in dein verdammtes Portsmouth zu reiten, obgleich deine Arbeit dafür liegen bleibt.«

Sein Gegenüber zuckte mit der Schulter. »Wenn Ihr nicht wollt, dass ich reite, gehe ich zu Fuß.«

»Herrgott, Kerl, komm aus deiner Muschelschale! Von mir aus reite in dein Portsmouth, bis du schwarz wirst, aber heute will ich mit dir trinken. Haben wir vielleicht keinen Grund? Wir haben ein Schiff gebaut, und bei allem, was recht ist – was für ein Schiff!«

Der andere verzog unsäglich langsam den Mund und entblößte sein prächtiges Gebiss. »Also schön. Wenn Ihr darauf besteht, Euren Wein in ein Loch zu kippen – trinken wir. Und wo? Ich fürchte, für das, was Ihr an Umgebung gewohnt seid, fehlt es mir an Eleganz.« Spöttisch zupfte er sich an dem ledernen Wams, das die Schiffbauer trugen und das an ihm saß, als hätte es ihm ein ziemlich ordentlicher Schneider auf den Leib gemessen.

Robert überlegte nicht lange. »Hier«, sagte er und stampfte auf die frisch verlegte Planke. Die knarrte nicht einmal. Alles an dem Schiff wirkte mit leichter Hand entworfen, aber es war so fugenlos verzahnt wie aus einem Guss, fast, als könnten die Kalfaterer, die morgen einrücken würden, sich die Mühe sparen. »Wir trinken hier, wo wir hingehören. Erzähl mir nicht, du hättest dich nie ohne Erlaubnis an Bord geschlichen, um dir dein Viehfutter einzuverleiben.«

»Bestraft Ihr mich, wenn es so wäre?«

»Was ist, wenn ich Ja sage?«

»Dann sage ich Nein.«

Sie lachten beide.

»Ich habe ein Fass Wein im Lager«, sagte Robert. »Ich hole uns einen Krug.«

Der andere hob die Hände. »Das lasst besser mich tun. Ihr wollt nicht, dass ich am Ende auf die Idee komme, Ihr wärt mein Bursche und der Herr wäre ich, oder doch?«

Robert drohte ihm mit dem Finger und gab ihm den Schlüssel zum Vorratsraum der Werft. Sein junger Genius bediente ihn gewandter als sein Diener. Mit dem niedrigen Tisch auf dem Rücken stieg er kurz darauf die Strickleiter hoch, stellte Tisch und Schemel vor Robert und schenkte ihm Wein in einen Becher. Dass er dennoch wirkte, als hielte er ihn für seinen Burschen und sich für den Herrn, störte Robert heute nicht. Es amüsierte ihn. »Setz dich hin. Nimm dir Wein.«

Der andere zog sich eine der Kisten mit Werkzeug heran und setzte sich.

All das Trinken und Verbrüdern zwischen Männern widerstrebte Robert. Von Politik, die über ständig nachgefüllten Bechern gemacht wurde, hielt er sich fern. Er wusste, dass ihm dadurch der Weg zur Macht versperrt blieb, doch was hätte er tun sollen? Mehr und schneller trinken als andere, damit ihn sein Übel nicht befiel? Einmal hatte er es versucht und sich in jene bodenlose Peinlichkeit hineingetrunken, an der man im Licht des nächsten Morgens vor Scham vergeht. Sein Übel hatte ihn dennoch befallen, und das Getuschel, das ihm auf Wochen gefolgt war, hörte er noch heute.

Jetzt saß er in seinem Orlopdeck und genoss es, mit einem anderen Mann zu trinken. Er fühlte sich hier wohler als unter den hohen Decken geschmückter Hallen. Oben in den Kastellen, die schwimmenden Wohnstuben glichen, spürte man kaum, dass man an Bord eines Seglers war, doch hier unten, in dem Teil, der unter Wasser dahingleiten würde, kündete jedes Detail vom Meer. Das trübe Licht der Schiffslaterne zeichnete die Konturen weich, wie von Wellen umgeben, und der Duft des geteerten Tauwerks erschien Robert süß.

Vor allem fühlte er sich mit dem Mann wohl, der ihm gegenübersaß. Sie waren von einer Art – ein Zwerg und ein Krüppel, beide von ihresgleichen verhöhnt, ohne dass jemand ahnte, welche Grenzenlosigkeit sich hinter ihren Stirnen auftat. Roberts Übel blieb aus, wenn er mit dem jungen Mann allein war. Er trank ihm zu, füllte sich den Becher neu und schenkte dem Gefährten nach, obwohl der kaum getrunken hatte.

»Und?«, fragte er. »Gefällt es dir? Bist du mit unserem Werk zufrieden?«

»Ach ja«, erwiderte der andere, »es gefällt mir. Aber zufrieden bin ich nie.«

»Was bauen wir also als Nächstes?«

»Das wird sich finden. Vorher will ich es auf seiner ersten Fahrt segeln, um zu sehen, was gelungen ist und was verbessert gehört.«

Oh nein, mein Freund!, dachte Robert. *Und wenn du dir hundertmal eine Belohnung verdient hast – diese bekommst du nicht. Die erste Fahrt ist ein Spiel mit dem Feuer, und du bist mir zu teuer, um zu riskieren, dass sie dich mir am Spieß braten.* Er wollte das Glück des Tages nicht verderben, also fragte er nur: »Und dann?« Dass das Schiff ohne ihn über alle Berge war, würde sein Schützling erst merken, wenn er nichts mehr daran ändern konnte.

Der andere spielte mit seinen schönen Fingern, verschränkte und bog sie, dass man sich fragte, aus welchem Material seine Knochen waren. »Warum muss ich das heute schon wissen?«, sagte er. »Ich gehe auf See, ich probiere ein paar Dinge aus, danach bleibt mir genug Zeit, mich zu entscheiden.«

»Ich mag nicht, dass du sprichst, als hätte ich an deinen Plänen keinen Anteil«, wies Robert ihn zurecht. »Vorhin hast du selbst eingestanden, dass du es gut bei mir hast.«

»Ich habe es wie die Made im Speck bei Euch«, erwiderte der andere. »Aber Speck bekommt mir nicht, und ich werde nie dorthin gehen, wo ich es am besten habe, sondern dorthin, wo ich das, was mir im Kopf herumgeht, an ein Schiff bringen kann.«

»Du kannst bei mir jedes Schiff bauen, das du willst«, versprach Robert. »Du sagst mir, was du brauchst, und ich sorge dafür, dass du es bekommst. Ist das ein Angebot, oder ist es keines?«

»Ich sollte mich schämen«, sagte der andere und sah seinen sich biegenden Fingern zu.

»Ja, vielleicht solltest du das. Oder zumindest lernen, dich zu bedanken. Manieren stehen auch einem Handwerker nicht schlecht zu Gesicht.«

»Spart Euch die Mühe, Mylord.« Das Spiel der Finger wurde zu schnell, um es mit Blicken zu verfolgen. »Bei mir ist Hopfen und Malz verloren.«

»Hattest du eigentlich keinen Vater, der dir für deine Frechheiten den Hintern versohlt hat?«

Der andere faltete die Hände und drückte die Finger nach unten, bis die Gelenke knackten. »Mein Vater hat aufgehört, mir den Hintern und jedweden anderen Teil zu versohlen, als ich acht Jahre alt war.«

»Warum denn das? Du bist wohl kaum über Nacht zum Engel geworden.«

»Im Gegenteil. Er hatte Angst, ich werfe ihn in die Hölle, um meinen Hintern zu rächen.«

Schallend lachte Robert los. Er sah dem anderen in das viel zu scharf gezeichnete Gesicht mit den teuflischen Brauen und konnte dem biederen Handwerkervater seine Angst nicht verdenken. Er selbst hätte sich von seinem Schützling zwar Dankbarkeit gewünscht, doch im Grunde war ihm dessen Mangel an Erziehung recht. Solange alle Welt ihn für einen ungehobelten Klotz hielt, gehörte das Genie in ihm allein Robert. »Also sei's drum, du Höllenfürst«, sagte er, »dann bedankst du dich eben nicht. Aber mein Angebot nimmst du an, hast du verstanden?«

»Vielleicht.«

»Herrgott, was sollte dich denn davon abhalten? Etwas Besseres bekommst du doch nicht!«

»Vielleicht will ich als Nächstes überhaupt kein Schiff bauen, sondern eines überholen«, sagte der andere, ohne eine Spur seiner aufreizenden Ruhe zu verlieren. »Ich würde gern eine Weile lang in Portsmouth bleiben und ausprobieren, was man auf diesem großen neuen Trockendock zustande bringen kann.«

»Portsmouth, Portsmouth, irgendwann gehe ich hin und setze dein verdammtes Portsmouth in Brand. Wärst du ein anderer, würde ich glauben, du hast dort ein Mädchen.«

»Das geht nur mich etwas an. Ob ich ein anderer bin oder ich.«

»Und wer, verdammt nochmal, soll dir den Auftrag erteilen, das Trockendock in Portsmouth zu benutzen? Der König vielleicht? Für den bist du ein Nichts, das er nicht einmal mit dem Hintern ansieht.«

»Ich finde einen Weg. Zur Not vorbei am königlichen Hintern.«

Woher nahm der Kerl diese Sicherheit? Robert hätte ein Vermögen hergeschenkt, um sich auch nur die kleinste Scheibe davon abzuschneiden. »Deinen Weg biete ich dir«, sagte er. »Ich erkläre dem König, ich will in dem verdammten Portsmouth an vermoderten Kähnen arbeiten, und ich nehme dich mit, hast du gehört?«

Der andere entflocht seine Finger. »Warum tut Ihr das, Mylord? Ihr wisst doch, dass ich mich nicht bedanke.«

»Ich will keinen Dank, sondern Treue.« Robert füllte beide Becher, bis sie überliefen. »Untersteh dich also, mir davonzulaufen, weil irgendwer dich lockt. Was immer der dir bietet, überbiete ich.«

»Mich locken Schiffe, keine Menschen. Aber ich kann Euch nichts versprechen. An mir ist kein Anker, Mylord. Nur Brassen.«

»Herrgott!«, herrschte Robert ihn an. »Behandelt man so einen Freund?«

Zum ersten Mal zeichnete sich auf dem wie in Eis gehauenen Gesicht Erstaunen. »Ihr seid mein Herr, nicht mein Freund.«

Robert trank Wein aus dem übervollen Becher und begoss

sich den Kragen. »Und wenn ich dir anbieten würde, dein Freund zu sein?«

Der andere schwieg.

Ich habe es geschafft, frohlockte Robert, *ich habe den ewigen Eisblock aus der Fassung gebracht.* »Na komm schon, stoß mit mir an. Auf uns, denen zusammen alle Wege offenstehen!«

Mit spitzen Fingern nahm der andere seinen übergelaufenen Becher, stieß ihn gegen Roberts und trank gerade so viel, dass ein Rand entstand. Hemd und Wams, selbst sein Kinn bekamen nicht den kleinsten Spritzer ab. »Ich kann auch das nicht annehmen«, sagte er, und die sonst schneidende Stimme war seidenweich.

»Was soll das heißen, du kannst das nicht annehmen?«

»Ich kann nicht Euer Freund sein, Mylord.«

»Und warum nicht?«

»Weil ich schon einen Freund habe. Ich mag ein Dreckskerl sein, der nicht oft genug versohlt worden ist, aber ich bin nicht untreu.«

»Herrgott! Männer haben Dutzende von Freunden.«

»Ich nicht.«

Ich auch nicht, dachte Robert und fühlte sich einsamer als je. *Was hat es mit diesen zwei Kreaturen aus dem verdammten Portsmouth auf sich – dem weißgoldenen Engel und dem Teufelsgesicht von einem Mann? Warum bin ich von diesen beiden besessen, während mir all die Speichellecker zuwider sind?*

Die Tonfolge einer Trompete ließ ihn zusammenschrecken. »Was ist das?«

»Das wisst Ihr besser als ich.«

Er hatte recht. Es war die Fanfare, die den König ankündigte. Robert sprang auf die Füße. Im nächsten Augenblick hörte er, wie jemand mit trommelnden Fäusten gegen die Bordwand schlug. »Euer Gnaden!«, rief sein Wachmann. »Ich konnte das Tor nicht versperrt lassen – der König ist da.«

Robert hatte diesen Abschnitt des Werftgeländes vor der

Welt verborgen, wie er auch Geraldine gern verborgen hätte. Die Rotte der Höflinge hatte ihn mit Fragen bedrängt, ob er seine Zeit bei einer verschwiegenen Schönheit verbrachte. »Im Gegenteil, vermutlich ist sie so hässlich, dass Graf Hicks nicht wagt, sie uns zu vorzustellen«, hatte Norfolk gewitzelt. Der König hingegen hatte gebettelt wie ein Kind um Zuckerzeug: »Aber Euren König werdet Ihr die Herzensdame doch sehen lassen? Ob hübsch oder hässlich – wenn es um Brände der Leidenschaft geht, findet ihr keine verwandtere Seele als Uns.«

Robert hatte sich herausgewunden. Er wollte dem König sein Meisterwerk präsentieren, wenn es fertig vor ihm stand. Vor allem aber wollte er in ihm keinen Verdacht wecken, dass nicht er es war, der ein Schiff lesen konnte wie William Tyndale das Evangelium. Der Genius aus Portsmouth war seine Entdeckung, und was immer er schuf, war so gut wie von Robert selbst geschaffen.

Was wollte der König hier? Würde sich sein Anliegen mit ein paar Worten regeln lassen? Der Wein ließ Roberts Gedanken tanzen, und auf dem Weg zum Einstieg schwankte er. »Du bleibst hier oben, verstanden?« Er fuhr herum, doch der andere stand bereits neben ihm. »Wie es aussieht, bleiben wir beide oben«, sagte er.

Tatsächlich! Robert spähte ins Freie und sah, dass das letzte Tageslicht verloschen war. Am Rand des Beckens warteten zwei Reiter mit Fackeln, und der König war im Begriff, die Strickleiter an der Flanke des Schiffsrumpfs hochzusteigen. »Majestät!«, rief Robert vor Entsetzen schwach.

»Habe ich Euch doch erwischt, mein Graf.« Ziegenhaft lachte der König in die Nacht. »Das also ist Eure verborgene Schöne. Und was für eine Sirene sie ist!« Er klopfte gegen die hölzerne Wand.

»Gebt mir einen Augenblick, Majestät«, rang Robert sich ab. »Ich komme zu Euch hinunter.«

»Keine Umstände meinetwegen.« Wieder lachte der König. »Ich komme zu Euch hinauf!«

Robert spürte den verhassten Druck im Hals und wäre am liebsten über den Fluss geflohen. An seinem Ellbogen bemerkte er die federleichte Berührung des Gefährten. »Anthony.« Er packte ihn beim Gelenk. »Kein Wort vor dem König, ich beschwöre dich.«

Anthony zuckte mit der Schulter. »Kein Wort von was?«

Der Kopf des Königs erschien am Rand der Einstiegsluke, und die beiden Männer sanken auf die Knie.

»Nicht doch, nicht doch.« Bemerkenswert elegant für einen derart ausladenden Mann schwang sich der König an Deck. »Steht auf, Robert, ich bitte Euch. Genießen wir, dass wir einmal unter uns sind, frei von allem Geziere – nur wir Männer, die wir eher einer hübschen Hure widerstehen als einem schnittigen Dreimaster.«

Er klopfte Robert auf die Schulter. Der blieb auf den Knien liegen, zu steif, um sich zu rühren.

»Und wen haben wir hier?« Henry Tudor trat hinüber zu Anthony. »Seht Uns gefälligst an, Mann.«

Ohne Scheu hob Anthony den Kopf.

»Oho!«, machte der König. »Ein Gesicht, das einen durch Träume begleitet, was? Euer Bursche, Graf?«

»Mein Schiffbauer«, sagte Robert. »Der Mann, der mit seinen Händen umsetzt, was mein Kopf erdenkt.«

»Seht an, seht an.« Der König nahm eine von Anthonys Händen und betrachtete die Innenfläche. »Euer Kopf erdenkt sich die erstaunlichsten Dinge, mein guter Robert. Darf ich fragen, was genau das hier ist? Eine Karacke? Eine Karavelle? Handelsschiff mit Geschützpforten, Engländerin, Portugiesin, Genueserin?«

Fieberhaft sann Robert auf eine Antwort. Als er den Mund öffnete, entfuhr ihm ein hicksender Laut.

»Eine Bastardin«, sagte Anthony. »Europas Königshäuser

mischen ihr Wissen und ihr Blut, um die besten Anteile zusammenzubringen, und Europas Schiffbauer tun klug daran, ihrem Beispiel zu folgen.«

Einen Herzschlag lang wirkte der König verblüfft, dann stieß er ein beifälliges Gelächter aus. »Wacker, Mann«, bekundete er und tappte Anthony auf die Wange. »Und darf ich fragen, welcher Anteil aus der zerbrechlichen Jungfer Karavelle eine derart üppige, voll erblühte Schönheit macht?«

»Die maurische Karavelle hat bereits Prinz Henrique von Portugal vergrößern und verstärken lassen«, erwiderte Anthony. »Graf Ripon hat ein wenig von der Robustheit des alten Nao hinzugefügt und ihr durch zusätzliche Querstreben die Stabilität der Karacke verliehen. Der Rest bleibt sein Geheimnis. Sonst wäre das Schiff nicht einzig.«

Robert presste die Lippen zusammen, doch es half nichts. Ein hicksender Laut nach dem anderen befreite sich aus seiner Kehle.

Der König nickte beifällig. »Und diese tollkühnen Ideen, die Unser guter Graf sich erdenkt, sind die ordentlich zu bauen? Oder machst du dir bei der Umsetzung zuweilen Knoten in die Finger?«

»Etwas, das gut durchdacht ist, ist auch gut umzusetzen«, erwiderte Anthony gleichmütig. »Es ist leichter, ein Schiff zu bauen, bei dem schon auf dem Papier der Schwerpunkt richtig sitzt und das Spantengerüst berechnet ist, um das angestrebte Gewicht zu tragen, als eines, bei dem man im Dunkeln tappt und auf gut Glück Krummholz verschiebt.«

»Auf dem Papier? Graf Robert zeichnet diese bildhübschen Geisteskinder zuvor auf Papier?«

»Andernfalls könnte ich nicht arbeiten«, erwiderte Anthony.

Dafür hast du bei mir einen Stein im Brett, dachte Robert und spürte, wie die Enge in seiner Kehle sich weitete. *Einen, der ewig hält. Wann immer du die Hilfe eines Freundes brauchst, vergiss den anderen Kerl. Komm zu mir.*

Mit zwei Schritten stand der König wieder vor ihm. »Jetzt aber auf mit Euch, Geheimniskrämer, und das Licht nicht länger unter den Scheffel gestellt! Wenn Ihr ein Schiff vor der Kiellegung vollständig zeichnen könnt – meint Ihr, man könnte damit künftigen Schiffbauern Lehren erteilen? Endlich Männer ausbilden, die sich nicht hinter denen vom Kontinent verstecken müssen?«

»Wenn Ihr mich fragt, ist das eine glänzende Idee«, sagte Robert ohne den kleinsten Hickser und erhob sich. »Eure Vorgänger hätten längst daran denken sollen, ihr Wissen über Schiffbau aufzuzeichnen. Dann würden wir heute nicht den Portugiesen hinterherhinken.« Robert wusste, dass Anthony von dem Gedanken geradezu besessen war. Unter seinen hochfliegenden Plänen befand sich auch ein Handbuch für Schiffbauer, und ein solches würde Robert dem König vorschlagen.

»Wen sollte ich denn sonst fragen, wenn nicht den Meister der Materie?« Lachend schlenderte der König zum Tisch und zog Robert mit sich. »Wie ich sehe, hat mein Besuch ein Gelage unterbrochen. Warum lassen wir uns nicht nieder und setzen es fort?«

»Nur ein Tropfen Wein zur Schiffstaufe«, wehrte Robert ab.

»Umso besser.« Der König ließ sich auf den Schemel sinken. »Und Euer Mann soll sich zu uns setzen. Was sollte aus dem Gold in unseren Köpfen werden, wenn wir nicht die Hände hätten, die es uns schmieden?«

»In der Tat, Majestät.«

Anthony blieb auf den Knien liegen.

»He, du!«, rief der König. Dann wandte er sich an Robert. »Wie heißt Euer Mann?«

»Fletcher«, sagte Robert. »Aus Portsmouth.«

»He, Fletcher aus Portsmouth, setz dich zu uns! Mir war die Seele heute schwer wie geschwärztes Blei, aber hier spüre ich wieder, dass ich noch nicht tot und begraben bin.«

Im Aufstehen streckte Anthony das lahme Bein zur Seite.

»Hast du etwas mit deinem Bein, Fletcher?«

»Ich bin ein Krüppel«, antwortete Anthony.

»Darum tut es mir in meiner Seele weh«, beteuerte der König. »Ich danke Gott, dass Er dir dein Talent nicht in die Beine, sondern in die Hände gelegt hat.«

»Ich auch, Majestät.«

Da der König auf dem Schemel und Robert auf der Kiste saß, setzte sich Anthony auf den Boden. Robert bot ihm seinen Becher an, doch er schüttelte den Kopf.

»Auf die Schiffstaufe also«, sagte der König und trank. »Wie soll sie denn heißen, die Herzensbrecherin?«

Robert hatte geplant, sie *Alice Mallach* zu nennen, nach seiner Mutter, die er kaum gekannt hatte. Jetzt aber sagte er: *»Lady Geraldine.«*

Anthony blickte auf.

»Oho, oho!«, bemerkte der König und musterte Robert. »So klein, wie Ihr seid, scheint Ihr vor Geheimnissen zu bersten.«

»Nein, es ist nur …«

Der Seufzer des Königs unterbrach sein Gestammel. »Ich weiß schon. Euch quält eine Liebeslast. Glaubt nur nicht, euer König bliebe davon verschont, nur weil seine Stirn gesalbt ist. Ach, meine Freunde, warum ist die Welt eigentlich kein Meer, sodass man nichts als herrliche Schiffe darauf bräuchte?«

Anthony fletschte beim Lächeln die Zähne.

»Donnerwetter«, bemerkte der König. »Mit dem Gebiss könntest du einem, der dir dumm kommt, die Kehle durchbeißen, was?«

»Wenn Ihr es wünscht, probiere ich es bei Gelegenheit aus.«

Der König lachte. »Du gefällst mir, weißt du das? Und du hast mich verstanden. Du wünschst dir auch manchmal eine Welt, die allein aus Wellen und Schiffen besteht, nicht wahr?«

»Nicht nur manchmal«, erwiderte Anthony.

»Sag, hast du Kinder, Fletcher? Söhne?«

»Nein.«

»Du bist noch jung«, sagte der König. »Aber glaub nicht, du hättest ewig Zeit. Falls es ein Mädchen gibt, das sich von deinem furiosen Gesicht nicht schrecken lässt – sieh zu, dass es dir Söhne schenkt.«

Anthony wartete. Da Robert nichts tat, nahm er den Krug und schenkte den Becher des Königs von Neuem voll.

Der König klopfte ihm die Hand. »Ja, Söhne«, sagte er, die Stimme vor Schwermut weich. »Ich und Robert hier haben keine. Ist ein Mann überhaupt ein Mann, wenn er keinen Sohn hat? Ist ein König ein König?«

»Davon verstehe ich nichts«, sagte Anthony.

»Aber Ihr denkt etwas?«

»Ja.«

»Dann heraus mit der Sprache. Seid kein Feigling.«

»Für mich ist ein König, der Schiffe hat, ein König«, sagte Anthony. »Ein König, der einer Insel eine Flotte gibt, gibt einem Krüppel Beine.«

Der König trank Wein, blickte in die Flamme der Laterne und sah dann wieder Anthony an. »Du bist ein bemerkenswerter Bursche«, sagte er. »Wäre ich ein Mädchen deines Standes, ich ließe mich von deinem Gesicht nicht schrecken.«

Anthonys Gesicht blieb unbewegt.

»Hab Dank, dass du das zu mir gesagt hast«, fuhr der König fort. »Mich hat die schwarze Galle in den Klauen, und es ist ein Segen, in solchen Nächten nicht allein zu sein. Weißt du, wie lange ich auf einen Sohn gehofft habe? Sechzehn Jahre. Weißt du, wie viel ich gebetet, der Kirche Stiftungen erbracht und für jede lächerliche Sünde Buße getan habe, nur damit der Himmel mir gewährt, was jedem Schweinehirten in den stinkenden Schoß fällt? Eine Weile lang habe ich versucht, mich mit der Aussicht auf einen Enkel zu trösten, der über halb Europa herrschen könnte, doch auch diese Hoffnung hat sich zerschlagen. Der Kaiser hat mein mickriges Töchterlein verschmäht und sich eine saftige portugiesische Prinzessin erwählt.«

Der König blies die Brust auf und blickte in Anthonys glitzernde Augen. »Wofür, frage ich dich, wofür bestraft mich Gott? Warum darf ich, ein Verteidiger des Glaubens, keinen Sohn haben, wo die schwärzesten Ketzer Dutzende zeugen?«

»Von Gott verstehe ich nichts«, sagte Anthony. »Aber der Priester, der sich bemüht hat, mich zu erziehen, würde wohl sagen, Ihr müsst Gottes Urteil annehmen oder handelt selbst wie ein Ketzer.«

»Du redest niemandem nach dem Mund, was? Hat man dich nicht gelehrt, dass das gelegentlich von Nutzen ist?«

»Ich bin nicht sehr gelehrig«, erwiderte Anthony. »Ich kann anderen auf den Mund schauen, aber der meine spuckt trotzdem sein eigenes Gewäsch aus.«

Das Lachen des Königs klang hell wie das eines Mädchens. Er drehte sich nach Robert um. »Euer Mann ist eine Wohltat, wisst Ihr das? Ich will ihm einen Wunsch erfüllen – und ich habe schon Kerle von geringerem Stand zu Rittern und den Sohn eines Schlachters zu meinem ersten Minister gemacht. Was also willst du, Fletcher aus Portsmouth? Nutze die Gunst der Stunde, von deinem König bekommst du nur einmal alles, was du dir wünschst.«

»Ist das Euer Ernst?«, fragte Anthony.

»Aber ja, aber ja.« Wieder lachte der König. »Wie mir scheint, geht es um eine Heiratserlaubnis. Die sollst du haben, und obendrein das Geld, um deiner Liebsten ein Heim zu geben.« Er trank Anthony zu. »Viele Söhne, mein Freund. Ich werde dich im Auge behalten, und es wird dir nicht an Arbeit mangeln, um die deinen zu füttern.«

Anthony wartete, bis der König seinen Becher abgesetzt hatte. »Ich brauche keine Heiratserlaubnis«, sagte er dann. »Ich habe keine Ahnung, weshalb Ihr mir einen Wunsch erfüllen solltet, aber wenn Ihr es tut, dann lasst mich eines Eurer Schiffe überholen.«

»Eines meiner Schiffe?«

»Eine Karacke, die schon zu lange im Wasser liegt«, antwortete Anthony. »Einen Fünfhunderttonner, den ich auf siebenhundert Tonnen aufstocken würde. Einen bewaffneten Truppentransporter, aus dem ich eine Kampfplattform machen will.«

»Seht an, seht an«, bemerkte der König, hellhörig geworden. »Das klingt, als hegtest du solche Pläne schon seit Langem.«

»Ich kann …«, begann Anthony und brach ab. »Ich würde den Grafen von Ripon bitten, Euch Zeichnungen vorzulegen.«

Du hast verdient, was du dir da wünschst, dachte Robert. *Aber ich hätte es sein sollen, der es dir gibt, nicht er. Wie lange wird es dauern, bis ein anderer Geraldine gibt, was sie sich wünscht, während ich nicht einmal ahne, was es ist?*

»Und welches meiner Schiffe soll in den Genuss dieser Behandlung kommen?«, fragte der König.

Anthonys Gesicht veränderte sich. Die scharfen Züge bekamen etwas Poetisches, und die Augen sahen aus, als seien zwei dunkle Diamanten zu Splittern zerstoben. »Die *Mary Rose*«, sagte er.

»Ja, ja«, murmelte der König verklärt. »Die ist etwas Besonderes, die gebieterische Brünette, was? Wie bei den Frauen – mit Hunderten liegt man, und nur von einer kommt man nicht los.«

»Ja«, sagte Anthony, der von Frauen nichts verstand.

»Weißt du, dass damals, als sie vom Stapel lief, bei meinen Docks ein Kind verunglückt sein soll?«, fragte der König. »Als wir aus Portsmouth abreisten, überschlugen sich die Damen vor Entsetzen, und irgendeine Dienerin behauptete, es sei ein böses Omen. Ein Schiff, dem ein Kind zum Opfer gefallen sei, werde sinken und Hunderte in den Tod reißen. Was meinst du dazu? Ist es Geschwätz von Weibern, oder ist etwas daran?«

»Auch davon verstehe ich nichts«, sagte Anthony.

»Und wenn es dein Schiff wäre?«

»Wenn es mein Schiff wäre, würde ich denken, dass ich es mehr als jedes andere schützen muss, weil ein Kind für es gestorben ist.«

»Um keine Antwort verlegen, unser Mann aus Portsmouth.« Der König lächelte und klopfte Anthony auf den Rücken. »Dein Wunsch ist dir gewährt, Fletcher. Robert, Ihr prüft mir, wann meine *Mary Rose* zur Überholung stillgelegt werden kann. Sodann harre ich mit Ungeduld Eurer Zeichnungen.«

»Sehr wohl, mein König.«

»Majestät«, sagte Anthony. »Es ist der Graf von Ripon, der die *Geraldine* erdacht hat, nicht ich.«

»Ja, ja, die *Geraldine!*«, besann sich der König. »Was habt Ihr denn jetzt mit dieser Perle vor, mein guter Robert? Könnte ich Euch wohl ein Angebot für sie unterbreiten?«

»Fürs Erste habe ich sie vermietet«, stieß Robert hastig heraus.

»Vermietet? Soso. Und darf man fragen, an wen?«

»An einen Tuchhändler. Nur für zwei, drei, hicks, Fahrten.«

»Tuchhändler«, murmelte der König. Robert wurde der Kragen eng, dann aber fuhr Henry Tudor blitzschnell zu Anthony herum. »Warum hast du mir gerade gesagt, dass Mallach die *Geraldine* erdacht hat? Und wer ist das eigentlich, diese Geraldine, dass dieses bezaubernde Schiff ihren Namen tragen soll?«

»Das Letzte fragt den Grafen, nicht mich«, erwiderte Anthony. »Doch wenn Ihr mir ein Geschenk macht, gebührt ihm erst recht eines, und zudem bin nicht ich es, sondern er, der eine Heiratserlaubnis braucht.«

»Ist das wahr, Robert?« Von Neuem fuhr der König herum. »Schmerzt Euch das kleine Herz um eine Geraldine? Um eine Frau meines Hofes? Und davon sagt Ihr Eurem König nichts?«

Robert hatte nie gewagt, darüber nachzudenken. Bislang waren all seine Mühen fehlgeschlagen, von Geraldine zu erlangen, wonach er sich kranksehnte. Er hatte sie mit Geschenken überhäuft und sich zum Narren gemacht, als er versuchte, sie zu verführen. Er hatte ihr sein gefährlichstes Geheimnis anvertraut, hatte ihr von Tyndales Bibel erzählt und damit sein Leben in ihre Hand gelegt. Sie jedoch unterdrückte in seiner Gegenwart nicht einmal ihr ständiges Gähnen. Wenn es nun einen Weg gäbe, sie zu seiner Frau zu machen, die ihm niemand mehr entreißen konnte? Würde sie ihn lieben, wenn er sie in den Stand einer Gräfin von Ripon erhob?

»Nun redet doch, Mann. Wer ist sie denn, Eure Geraldine?«

»Eine Ritterstochter«, sagte Anthony. »Geraldine Sutton. Aus Portsmouth.«

»Oho, oho. Du kennst sie also?«

»Sie ist die Schwester meines Freundes, wir sind zusammen aufgewachsen.«

»Hübsch?« Der König leckte sich die Lippen.

Wie zur Antwort fletschte Anthony die Zähne. »Bei uns daheim haben die Leute sie den ›Engel von Portsmouth‹ genannt.«

Erstaunt blickte Robert auf. Die beiden stammten aus derselben Stadt, sie waren im selben Alter, aber dass sie sich kennen mochten, war ihm nie in den Sinn gekommen.

»Und so etwas verschweigt Ihr Uns!«, fuhr der König ihn an. »Ist das denn wahr, was Fletcher sagt? Wollt Ihr die Ritterstochter zur Gräfin machen? Und Ihr glaubt, Euer König verwehrt Euch den Wunsch, weil die Dame nicht Eurem Stand entspricht?«

Robert gab keine Antwort.

»Und wenn Euer König nun wüsste, wie es einen Mann zerreißt, eine Frau zu lieben, die nicht seinem Stand entspricht? Wenn der König wie der Untertan wachliegt und sich nach einer verzehrt, die er nicht haben darf?« Er wandte sich um. »Du, Fletcher – warst du nie verliebt?«

Die seltsamen Augen sahen den König an, ohne dass die langen Wimpern sich rührten. Der Mann, der sich von niemandem greifen ließ, schwieg.

Drei Mal versuchte Robert in den folgenden Wochen, Geraldine zu treffen, und drei Mal ließ sie ihn durch einen Boten abweisen. Der Bote gehörte zum Stab der Boleyns, die sich neuerdings mehr Personal leisteten. Thomas Boleyn hatte nicht schlecht davon profitiert, dass er dem König seine Tochter ins Bett legte, und war zum Viscount aufgestiegen. Derzeit aber weilte die lüsterne Mary samt ihrem Ehemann auf dem Familiensitz in Hever, um ihr zweites Kind zu gebären. Ein weiterer Bastard des Königs, glaubte man bei Hof zu wissen.

Zum ersten Mal empfand Robert Mitleid mit Henry Tudor, der sich sehnlichst einen Erben wünschte, aber nur Kinder zeugte, die andere aufzogen. Die Vorstellung, er selbst könne in naher Zukunft einen Erben haben, vernebelte ihm vor Freude den Verstand. Sein Sohn, so schwor er sich, sollte den Schlamm von Yorkshire nie zu sehen bekommen. Sein Sohn würde im Geist der neuen Zeit erzogen werden, in der kein lähmendes Blei ihn niederhielt.

Geraldine nutzte den Boten der Boleyns, weil sie mit Anne befreundet war, Marys jüngerer Schwester. Die dunkle Boleyn-Tochter war nicht weniger kokett als die helle, aber sie galt zudem als scharfzüngig, klug und den Reformern zugeneigt. Dennoch hatte sie etwas an sich, was Robert unheimlich war.

»Sagt Mistress Sutton, ich muss sie um jeden Preis sprechen«, wies er den Boten an. »Ort und Zeit mag sie bestimmen.«

Nach Tagen quälenden Wartens willigte sie in ein Treffen in der Pfirsichallee von Greenwich ein. Es war ein trüber Tag, der schon nach Herbst schmeckte. Geraldine trug ein Kleid, das vom Saum bis zum Hals schneeweiß war. Andere Damen des Hofes pressten sich mit versteiften Miedern die Brüste hoch, dass sie ihnen aus dem Ausschnitt quollen, aber sie hatte so billige Kniffe nicht nötig. Vom ersten Tag an hatte ihre Schönheit Robert geblendet, doch an diesem Tag war sie schöner als je zuvor. Sie war so, wie er sich ein Schiff wünschte: ohne Makel.

»Lady Geraldine. Ich versuche schon so lange, Euch zu sprechen.«

»Ich hatte keine Zeit«, erwiderte sie knapp.

Er hatte sich die Worte sorgfältig zurechtgelegt, fürchtete aber mit einem Mal, sein Übel werde alles verderben. Hastig stieß er heraus, was er ihr immer sagte: »Ich möchte Euch etwas geben, Geraldine. Alles, was Ihr Euch wünscht.«

»Ich wünsche, Euch nicht mehr zu sehen«, sagte sie.

Er packte sie bei den Gelenken. »Geraldine, so etwas dürft Ihr nie wieder sagen! Alles könnte ich von Euch ertragen, aber nicht, Euch nicht mehr zu sehen.«

»Ihr kompromittiert mich«, sagte sie. »Ein Mädchen wie ich hat nichts als seinen Ruf aufzubieten, und wenn der zerstört ist, wer kommt mir für den Schaden auf?«

»Ich«, sagte Robert. Er suchte ihren blassblauen Blick, doch sie drehte das Gesicht zur Seite. Da umfasste er ihre Taille und sank auf die Knie. »Ich habe den König um Erlaubnis ersucht, Euch zu heiraten. Werdet meine Frau, Geraldine.«

Er starrte auf die feuchte Erde, die seine goldgelben Beinkleider ruinieren würde. Warum sagte sie nichts? Hatte er ihr nicht alles gegeben, was ein Mann einer Frau zu geben hatte? Er würde sie zu sich erheben, sie zu einer Gräfin machen! Was zählte dagegen, dass er nicht stattlich gewachsen war? Was wog sein Übel gegen das Leben, das ihr an seiner Seite offenstand?

»Schickt den Mann weg«, sagte sie.

»Wie bitte?«

»Wenn Ihr mich heiraten wollt, schickt den Mann weg. Euren Burschen, der mit dem Unaussprechlichen im Bund steht. Ich will ihn nicht mehr sehen.«

»Anthony Fletcher?« Es war lachhaft, auf den Knien mit ihr zu debattieren, doch er fand nicht den Mut aufzustehen. »Ist er Euch gegenüber unverschämt geworden? Wenn er sich Freiheiten herausgenommen hat, die ihm nicht zustehen, sorge ich dafür, dass er eine fühlbare Strafe erhält.«

»Da sei Gott vor – rührt ihn nicht an!« Ihre Stimme schraubte sich in die Höhe. »Wer den Teufel prügelt, den pfählt sein Stock. Schickt ihn weg, oder Ihr seht mich nicht mehr.«

»Geraldine«, begann er versöhnlich, »eine gebildete junge Dame wie Ihr wird doch keinem Aberglauben für Dorfweiber anhängen. Der Mann ist mein Schiffbauer. Ihm tut etwas Zucht not, und er ist nicht eben umgänglich, aber er ist beileibe kein schlechter Kerl. Mir sagte er sogar, er sei mit Eurem Bruder befreundet.«

»Habt Ihr mich nicht gehört?« Geraldine, für Robert der Inbegriff kultivierter Beherrschung, kreischte wie eine Stallmagd. »Er steht mit dem Unaussprechlichen im Bund, ganz Portsmouth weiß davon. Schickt ihn weg, dann werde ich Eure Frau! Schickt ihn weg!«

»Aber er gibt mir doch gar keinen Grund!«, rief Robert bestürzt. Wie konnte er den Mann nach allem, was der für ihn getan hatte, verraten? Wie sollte er ohne ihn seinen Traum verwirklichen, wie sein Gesicht vor dem König wahren? »Der Mann ist fleißig und verlässlich, er kennt nur seine Arbeit. Wenn er Euch nicht angenehm ist, stelle ich sicher, dass Ihr ihm nicht mehr begegnen müsst.«

»Er gibt Euch keinen Grund?« Ihre Stimme überschlug sich, hielt inne und wurde kalt. »Nun, dann werde ich Euch einen geben: Euer pflichtbewusster Mann hat seinem eigenen Bruder den Schädel zertrümmert. Einem Kind von zehn Jahren! Er hat ihn dem Teufel geopfert, weil er von diesem Schiff besessen ist.«

»Von welchem Schiff?«, stammelte Robert.

»*Mary Rose*«, sagte Geraldine. »Für das Schiff geht er über Leichen. Meinen Bruder Sylvester hat er sich hörig gemacht, und eines Tages wird er auch ihn in den Tod reißen. Wenn ich Euch wirklich etwas bedeute, dann wascht Euch diesen Mann, der den Tod bringt, von den Händen. Schickt ihn weg!«

Sie war von dem himmelschreienden Humbug, den sie von sich gab, überzeugt wie das verblendete Volk in Yorkshire, das ein Kind halb totgeißelte, um ihm einen Dämon auszutreiben. Nichts, was er sagte, würde sie von ihrem Wahn abbringen. Wenn er sie nicht verlieren wollte, musste er den einzigen Mann verraten, der an ihm wie ein Freund gehandelt hatte. »Aber wo soll ich ihn denn hinschicken?«, unternahm er einen letzten Versuch. »Auf die Straße? Verlangt Ihr wirklich von mir, dass ich einem verdienten Mann für ein paar Gerüchte einen Fußtritt verpasse?«

Kurz überlegte sie, und Robert schöpfte Hoffnung. »Wenn Euer Gewissen dazu zu zart ist, werde ich Euch sagen, was Ihr mit ihm tun könnt«, bekundete sie dann. »Ihr habt mir doch erzählt, dass Ihr Euer Schiff den Tuchhändlern gebt, die die verbotene Bibel aus Deutschland holen.«

»Um Gottes willen!« Robert sprang auf und legte ihr die Hand auf die Lippen. »Kein Wort davon, Geraldine, ich flehe Euch an! Dieser Palast und selbst die Gärten sind voller Spione.«

»Schickt ihn mit denen«, sagte Geraldine und streifte seine Hand ab. »Mit den Händlern, die nach Deutschland segeln. Wenn sie ihn erwischen, brennt dieses eine Mal wenigstens der Richtige.«

Ihre Worte ließen ihn schaudern, doch nach dem ersten Schrecken beruhigte er sich. Die Lösung war das kleinste Übel. Er musste Anthony nicht einmal vor den Kopf stoßen, da dieser sich gewünscht hatte, die *Geraldine* auf ihrer ersten Fahrt zu segeln. Von Tyndales Bibel hatte der junge Mann keine Ahnung, und der Transport des Druckwerks war so sorgfältig vorbereitet, dass niemandem etwas geschehen würde. Bis die ersten Ausgaben der verbotenen Übersetzung sicher auf englischem Boden waren, würde Geraldine die Sache vergessen haben, und er und Anthony konnten ihre Arbeit wieder aufnehmen.

Erst als er Atem holte, fiel ihm auf, dass er seinem Übel das gesamte Gespräch hindurch standgehalten hatte. »Ich werde tun, was Ihr Euch wünscht«, sagte er. »Und Ihr, Mylady? Werdet Ihr tun, was ich mir wünsche?«

Mit einer anmutigen Drehung wandte sie ihm ihr entzückendes Gesicht zu. »Ja, Robert«, sagte sie. »Ich werde Eure Frau.«

12
Fenella

Portsmouth, kurz nach Ostern 1526

Der Winter war hart gewesen und die vierzig Tage der Fastenzeit noch härter. Jetzt aber brach mit furioser Gewalt das Grün aus allen Zweigen.

Am Fuß der Hauptstraße hieß eine mannshohe hölzerne Hand die Besucher des Jahrmarkts willkommen. Traditionell fand der Jahrmarkt von Portsmouth im September statt, doch seit dem Ausbau der Hafenanlagen hatte die Stadt sich das Recht erworben, einen zweiten Markt im Frühjahr abzuhalten. Inzwischen kamen Händler aus jedem Winkel Europas, und die früher so viel erfolgreichere Schwesterstadt Southampton glitt zurück in den Schatten.

Fenella und Sylvester schlenderten wie eine mustergültige Familie durch die Gasse der Marktstände. Er trug den kleinen Luke, der nicht zu laufen wagte, auf der Hüfte, und sie führte Elizabeth, die tapfer stapfte, an der Hand. Die beiden Kinder gediehen prächtig. Sie waren verwahrlost und verängstigt nach Sutton Hall gekommen, doch in dem lebhaften Haushalt waren sie unter ein Füllhorn von Liebe geraten. »Statt zu warten, bis eins meiner Kinder mir Enkel schenkt, holen wir uns welche ins Haus«, hatte Sir James zu Micaela gesagt, und in der Pflege der zwei Waisen gingen beide auf.

Sylvester war zum Vater geboren. Sooft Fenella ihn weltvergessen ins Spiel mit Luke und Lizzy vertieft sah, regte sich ihr Gewissen. Er erzählte den beiden ihre alten Werftgeschichten, sang ihnen seine verwunschenen Lieder vor, und als Lizzy in einem Anfall von Übermut die Laute zerschlagen hatte und in Tränen ausgebrochen war, hatte er sie in die Arme gezogen.

»Ich wünsche mir ohnehin seit Langem eine neue«, tröstete er sie. »Im Frühling, wenn Jahrmarkt ist, kaufen wir eine aus Italien, wo der Dichter Petrarca herkam.«

Sylvester hätte heiraten und eigene Kinder haben sollen. Immer wieder versicherte er Fenella jedoch, dass er so, wie sie lebten, glücklich war. »Mir bleibt noch genug Zeit zum Heiraten, und mit wem sollte ich mich bis dahin wohler fühlen als mit dir?«

Fenella erging es nicht anders. Sie vermisste Anthony schmerzlich, doch davon abgesehen hätte sie nirgendwo glücklicher leben können als auf Sutton Hall. Während sie mit den Kindern über den Markt streiften, um endlich den italienischen Lautenmacher aufzusuchen, konnte sie kaum fassen, wie geborgen sie war. Es belastete sie jedoch, dass Sylvester um ihretwillen seine Zukunft hintanstellte.

Er sah ihr an, was sie dachte. »Fenella, Liebes – warum zerbrichst du dir den Kopf? Ich habe meinem Freund versprochen, seine Braut für ihn zu hüten – weißt du, was das für eine Ehre ist? Zudem ist Anthony wahrlich nicht schuld daran, dass sein Graf ihn den ganzen Winter über mit diesen Tuchhändlern hin und her schickt. Soll er sich obendrein noch um seine Liebste sorgen?«

»Ach Sylvester, natürlich nicht. Aber schuld daran ist Anthony eben doch. Er könnte den Grafen verlassen, sich etwas anderes suchen und für mich sorgen, wie Tausende andere Männer es für ihre Frauen tun.«

»Wirfst du ihm das vor?« Sylvesters Augen blitzten wie die seiner Tante, wenn sie über Gott, die Welt und Fenellas Haarpflege schimpfte. »Anthony ist nicht wie Tausende anderer Männern. Ich dachte, dafür liebtest du ihn.«

»Ich liebe Anthony Fletcher für so ziemlich alles, was er sein könnte«, antwortete Fenella, »und ich werfe ihm gewiss nichts vor. Mich wundert nur manchmal, dass du es nicht tust – schließlich hast du dir nicht ausgesucht, der Schutzwall für unsere eigenartige Liebe zu sein.«

»Doch«, gab Sylvester ohne Zögern zurück. »Hast du vergessen, dass auch ich ihn liebe? Hast du vergessen, dass wir zu dritt waren, vom ersten Tag an, du und Anthony und ich?«

Fenella schüttelte den Kopf, doch das Unbehagen blieb.

»Pass auf«, sagte Sylvester, »ich setze jetzt Luke und Lizzy bei Seb, dem Garbräter, ab, kaufe ihnen kandierte Lambertshaseln, und dann erzähle ich dir etwas, das das Gewölk um deine Stirn vertreibt. Eigentlich wollte ich es mir bis heute Abend aufheben, wenn ich die neue Laute habe und dir ein Lied aus alten Tagen spielen kann, aber dieses Elend mag ich nicht länger mitansehen.«

»Sylvester! Spann mich nicht auf die Folter!«

Lachend bat er den Garbräter, für ihn ein Auge auf die Kleinen zu haben, bevor er mit einem Becher Honigwein zurückkehrte. Er reichte ihr das Gefäß. »Auf dein Glück, Liebes! Keinen zwei Menschen wünsche ich mehr davon.«

»Was ist denn nur los?«

Mit ausholender Geste zupfte er ein Papier aus dem Ausschnitt seiner Schecke. Dabei strahlte er wie sein Vater, wenn der zu Neujahr Geschenke austeilte. Fenella erkannte Anthonys steile, gleichmäßige Schrift. »Woher kommt der? Aus Deutschland?«

»Hamburg.« Sylvester nickte. »Sie müssen diesmal länger auf ihre Ladung warten, aber bis wir nach London fahren, ist Anthony auch dort. Und er bleibt.«

»Was meinst du – er bleibt?« Fenella hätte ihrem Herzen gern verboten, vor Freude zu springen, ehe sie Gewissheit hatte. Nach London würden sie samt Sir James und Tantchen Micaela in knapp zwei Wochen reisen, weil Sylvesters Schwester dort getraut wurde. Geraldine Sutton heiratete einen Mann des Hochadels – jenen Grafen von Ripon, mit dem zusammen Anthony das Schiff gebaut hatte und für den er zur See fuhr. Zwei Mal war die Hochzeit angesetzt und wieder abgesagt worden, doch jetzt sollte sie wahrhaftig stattfinden.

»Bleibt heißt bleibt.« Sylvesters Lächeln war beinahe spitzbübisch. »In London bleibt er zwar nicht, aber immerhin auf englischem Boden. Die Fahrten für die Tuchhändler sind zu Ende.«

»Und wohin geht er?« Fenellas Herz ließ sich nicht länger am Springen hindern.

Sylvester nahm ihr den Becher weg und zog sie in den freien Arm. »Er geht in irgendeinen Hafen an der Südküste. In eine kleine Stadt mit einem großen Trockendock.«

»Das ist nicht wahr!«

»Doch, das ist es, mein Liebes, und kein Mädchen hat es mehr verdient als du. Aber da gibt es auch noch eine schlechte Nachricht. Er kommt nämlich nicht allein, sondern bringt die einzige Frau mit, mit der du ihn dein Leben lang wirst teilen müssen.«

»Was für eine Frau?«

Sylvester küsste sie auf die Stirn. »Ihre Majestät, *Mary Rose.* Sein Graf hat ihm versprochen, dass er sie hier in unserem Dock für den König überholen darf, wenn er diese Fahrten für ihn abschließt.«

Fenella schloss die Augen und ließ sich von den Geräuschen des Marktes umschwirren, dem Geschrei der Händler und dem Feilschen ihrer Kunden, die zu einem lullenden Singsang zu verschmelzen schienen. Sylvester setzte ihr den Becher an den Mund und ließ ihr die Süße des Honigweins auf die Lippen tropfen. So konnte das Leben sein: übersüß und reich, ein Charmeur, dem kein enges Herz gewachsen war. Ihr Liebster kam nach Hause. Nur eine Handvoll Tage lang hatte sie ihn während des endlosen Winters gesehen, bei Landgängen zwischen den Fahrten, wenn er zu Tode erschöpft war und nach einer gierigen Umarmung in ihren Armen einschlief. Jetzt würden sie Zeit haben. *Du und ich und der Vogelkirschbaum. Du und ich und dein Traum, der sich erfüllt. Das Schiff, das wir nicht vergessen können.*

»Fenella?«

Sie schlug die Augen wieder auf.

»Ich habe noch mehr für dich.« Über den Briefbogen hinweg sah er sie an. »Nein, heute keine Verse von Petrarca. Wenn du ihm verrätst, dass ich dir das vorgelesen habe, spreche ich kein Wort mehr mit dir.«

»Vielleicht solltest du dann lieber nicht …«

»Doch, Fenella. Ich sollte.« Er strich den Bogen glatt und las:

Kannst du deinen Vater bitten, das Haus an der Hafenstraße für mich zu verkaufen? Ich werde ja eines brauchen, um meinen Fenchel darin einzupflanzen, und ein solches Dreckshaus hat sie nicht verdient. Wie sie überhaupt nicht verdient hat, aus eurem Wolkenschloss herausgerissen und in irgendeine Kate verfrachtet zu werden, die sie mit ihrem unleidlichen Ehemann, dessen blödsinniger Mutter und einem abgehalfterten Dekan teilen muss.

Fenella entfuhr ein Jauchzen. Ehe er weiterlas, sandte Sylvester ihr ein Lächeln:

Sie hat schon gar nicht verdient, mit einem Verfemten zu leben und sich für ihn bespucken zu lassen, aber das Mädchen ist so unbelehrbar wie ich. Wirst du also deinen Vater fragen? Ich verstehe vom Hauskauf so wenig wie von allem, was nicht schwimmt, und auf meinem Schiff wird nicht einmal Fenchel, die das Herz einer Heldin besitzt, mit mir hausen wollen.

»Doch!«, rief Fenella, der das Herz überlief. »Wenn er es anders nicht aushält, hause ich meinethalben unter Wasser mit ihm.«

Sylvesters Augen glänzten. »Unter Wasser mit Vater Benedict und Lettice Fletcher – du besitzt wirklich das Herz einer Heldin.«

»Weshalb müssen wir eigentlich Vater Benedict auch noch beherbergen? Stellt die Diözese dem denn nicht länger eine Kammer?«

»Ich fürchte, Anthony hat ihm vor Jahren versprochen, ihn in seinen Haushalt aufzunehmen, falls er je einen gründet. Wie üblich scheint er nicht mit dir darüber gesprochen zu haben. Reiß ihm nicht den Kopf ab, ja? Ich habe ihm wegen dieses Priesters oft genug Saures gegeben, aber er begreift überhaupt nicht, womit er mich so in Rage bringt. Für ihn ist dieser verschlagene Ketzerjäger ein Heiliger.«

»Er ist treu«, sagte Fenella. »Dir und mir genauso wie seinem Priester. Dafür gebe ich ihm kein Saures. Ich finde es nur ein wenig hart, wenn er auf einen Schlag für mich und die drei alten Leute sorgen muss.«

»Fenella, falls ihr jemals Hilfe braucht – du weißt, unsere Geschäfte gehen glänzend, und an der Überholung der *Mary Rose* soll unsere Werft auch beteiligt werden.«

»Oh Sylvester, das freut mich so!« Sie umarmte ihn. »Du hast dir so gewünscht, gemeinsam mit ihm an einem Schiff zu arbeiten, und jetzt ist es nicht irgendeines, sondern unsere *Mary Rose!* Weißt du noch, wie du gesagt hast, sie sei unser Schicksal? Ich fand dich albern, aber letzten Endes ist es so gekommen.«

»Du findest dich besser damit ab: Was immer dein Anthony sich in den Kopf setzt, kommt letzten Endes so.«

Mein Anthony, sang es hinter ihrer Stirn. *Er kommt zurück nach Portsmouth und heiratet mich, er kauft ein Haus, um seinen Fenchel darin einzupflanzen.* Sylvester schien die Musik in ihrem Kopf auch zu hören, und sie tanzten ein paar Schritte zwischen den Marktbesuchern. Dann brach das Geschrei los. Fenella und Sylvester schreckten aus ihrem Taumel, und der kleine Luke auf seinem Schemel beim Garbräter begann zu weinen.

Das Gejohle des Volks übertönte fast die Trompete des Stadtschreiers. Zwischen die Reihen der Marktstände wälzte sich ein Lindwurm aus Leibern, der einen Leiterwagen mit Hebevorrichtung mit sich schob und zerrte. Hinter dem lärmenden Pulk gingen die Räte der Stadt in ihren pelzbesetzten Schauben und Amtsketten, in ihrer Mitte Sir James, der Friedensrichter, mit vor Scham gesenktem Kopf.

Fenella erkannte den Wagen. Es war der Karren des Gerichts. Auf die Hebevorrichtung war der umgitterte Tauchstuhl genagelt, und die grölende Menge schaffte ihn in die Bucht von Cattecleffe. Dort, wo der Solent in einem Zulauf endete, wurden Weiber bestraft, die anderen übel nachredeten, Ehebrecherinnen, Diebinnen und Ortsfremde, die ohne Erlaubnis Liebe verkauften. Unter dem Gejohle der Gaffer wurden die auf den Stuhl gefesselten Frauen kopfüber in das eiskalte Wasser getaucht und unter noch größerem Gejohle vor Nässe triefend wieder herausgehoben. Eine Frau, die körperlich geschwächt war, konnte an der Misshandlung sterben.

Als Kinder hatten Fenella und Anthony einmal erlebt, wie die Knechte des Henkers auf solche Weise eine klapperdürre Korndiebin bestraften. »Ich wollte, sie würden nicht das Meer dazu missbrauchen, sondern es wenigstens mit ihren Händen tun«, hatte Anthony gesagt.

Der Menschenstrom drängte Fenella gegen den Stand des Garbräters. Ein Kübel mit Fett stürzte um. Sylvester war in die Knie gegangen und versuchte, die weinenden Kinder zu beruhigen. Fenella nahm ihm Luke ab und presste den verschwitzten kleinen Leib an ihre Brust. Immer wieder warf der Junge den Kopf hoch und rang röchelnd nach Luft, weil das Weinen ihm den Atem raubte.

War es so, als sie dir deinen Vater wegholten, als du zu klein warst, um zu begreifen, aber groß genug, um zu sehen? Haben solche Schreckensbilder sich dir ins Gedächtnis gebrannt? Fenella konnte nichts tun, als besänftigend auf den Kleinen einzumurmeln. Dabei versuchte sie, über die Köpfe der Menschen hinwegzuspähen. An das Gitter des Tauchstuhls war tatsächlich eine Frau gefesselt, ein zartgliedriges Wesen, dem rostbraunes Haar bis auf die Hüften fiel.

Sylvester hielt die kleine Elizabeth in den Armen und reckte sich ebenfalls, um die Delinquentin zu sehen. Als Sir James im Block der Stadträte vorüberschritt, schrie Sylvester auf: »Lass sie das nicht tun, Vater! Sie müssen sie losbinden! Es ist ihre Mutter, verflucht, es ist Lukes und Lizzys Mutter!«

Flüchtig hob sein Vater den Kopf. *Mir sind die Hände gebunden*, sagte sein Blick. *Ich habe getan, was ich konnte, und es hat nicht gereicht.* Dann sah er wieder zu Boden und ging schleppenden Schrittes weiter.

»Vater!«, brüllte Sylvester. Er wollte loslaufen, besann sich aber des weinenden Kindes in seinen Armen. »Fen, kannst du Lizzy bei dir behalten? Ich muss hinterher!«

»Was willst du denn machen?«, rief Fenella über den Lärm hinweg. »Glaubst du nicht, dein Vater hätte der Frau geholfen, wenn er die Möglichkeit gehabt hätte?«

»Aber wir können das doch nicht zulassen! Ist an dem armen Ding noch nicht genug verbrochen worden?«

»Das ist das Weib von dem Ketzer aus Southampton«, bekundete Seb, der Garbräter, stolz. »Die kann von Glück sagen, wenn sie die tauchen, als hätt' sie nichts getan, als ihren Hintern verkauft.«

»Was hat sie denn getan?«, fragte Fenella.

»Pst«, machte der Garbräter und beugte sich über das wimmernde Kind hinweg zu ihr. »Ketzerische Reden geschwungen hat die – hier bei uns, vor dem *Bischof der See.* Wenn wir das Sakrament des Herrn nehmen, hat die gesagt, dann sollen wir's uns denken, als wär der Herr bei uns auf Besuch – und im Brot, das uns der Priester in den Mund gibt, wär Er nicht.«

Fenella hatte davon bereits gehört. Fragen dieser Art tauchten allerorten wie Flammenzungen eines Lauffeuers auf: Verwandelten sich ein Stück Brot und ein Mundvoll Wein tatsächlich unter den Worten eines Priesters in Fleisch und Blut des

Herrn? Oder war es nicht vielmehr die Erinnerung an Gottes Opfer und seine Liebe, die in der Feier der Eucharistie lebendig wurden?

»Aber das ist noch nicht alles!«, fuhr der Garbräter fort. »Die hatte Papiere bei sich – Greg Bischofswirt hat dabeigestanden, der hat's mit eigenen Augen gesehen!«

»Was für Papiere?«, herrschte Sylvester ihn an.

»Pst«, machte Seb diesmal in seine Richtung und flüsterte: »Seiten aus der Bibel, richtig gedruckt – weiß Gott, wo die hergekommen sind. Aber nicht aus der echten, die der Priester auf der Kanzel liegen hat, sondern aus einer, die ein Oberketzer gefälscht hat – auf Englisch!«

»Verflucht, was glaubst du denn!« Sylvesters Gesicht war kreidebleich vor Zorn. »Dass Gott bei Vater Benedict im Unterricht war und nichts gelernt hat als Latein? Ist die Sprache, die Seine Geschöpfe sprechen, nicht gut genug für ihn?«

»Bei allen Himmeln, halt den Mund!« Mit einem Arm umklammerte Fenella das Kind, mit der freien Hand verschloss sie Sylvesters Lippen. »Willst du, dass sie dich hinterherschleifen? Auf den Scheiterhaufen oder ins Stadtgefängnis, wo sie dich mit glühenden Eisen zwicken?« Ihr war klar, was geschehen sein musste: Sir James hatte die Frau wegen Hurerei festnehmen und aburteilen lassen, um ihr damit die Überstellung ans Kirchengericht, die Folter und das Todesurteil wegen Ketzerei zu ersparen.

Mit ihrem süßesten Lächeln wandte sie sich an Seb. »Dein Honigwein hat es in sich«, sagte sie. »Dem armen Sylvester ist er zu Kopf gestiegen.«

Nur einen Herzschlag lang wirkte Seb verwirrt. Dann zuckte er die Achseln. »Hab ja nichts gehört«, sagte er. »Ich fahr doch keinem an den Karren, schon gar nicht dem Sohn von Sir James.«

»Dank dir. Auch dafür, dass du uns die Kinder gehütet hast.«

»Wo habt ihr die überhaupt her, die zwei Blagen?«

»Von meiner Cousine aus Fratton«, log Fenella. »Gestorben am Fleckfieber, sie wie ihr Mann. Der Herr hat's gegeben, der Herr hat's genommen, der Name des Herrn sei gelobt.«

Der Garbräter bekreuzigte sich.

»Einen guten Tag, Seb. Und du, Sylvester, komm weiter, oder dein Lautenmacher ist über alle Berge.«

Mit den Kindern, die nur noch leise greinten, machten sie sich auf den Weg durch die Gasse. Wo der Menschenstrom den Karren mit dem Tauchstuhl entlanggezerrt hatte, zogen sich Radspuren über die Pflastersteine. Wo eben noch Leben getobt hatte, herrschte jetzt Stille. Wie es aussah, wollte sich kein Marktbesucher das Spektakel in Cattecleffe entgehen lassen.

»Ich kann jetzt keine Laute kaufen«, sagte Sylvester gepresst.

»Das habe ich auch nicht angenommen«, erwiderte Fenella, setzte sich Luke auf die Hüfte und nahm Sylvesters Arm. »Mir war nur daran gelegen, deinen Kopf aus der Schlinge zu ziehen. Soll ich Anthony etwa erzählen, wie leichtsinnig du mit deinem Leben spielst?«

»Bitte lass es«, antwortete Sylvester kleinlaut. »Die Kirchenreform ist zwischen uns ohnehin tabu. Vater Benedict hat ihm seine vernagelten Ansichten so gründlich eingeprügelt, dass er sich weigert, darüber auch nur nachzudenken.«

»Warum sagst du das? Du weißt so gut wie ich, dass Anthony sich nichts einprügeln lässt. Er ist der Ansicht, deine Reformer stechen blindlings Löcher in Kirchenwände wie Schiffbauer, die nichts von Geschützpforten verstehen.«

Sylvester blieb stehen. »Wenn dieser Unsinn nicht so traurig wäre, würde ich darüber lachen.«

»Ich nicht«, sagte Fenella. »Jetzt komm.«

Als sie die Mole von Cattecleffe erreichten, die die Bucht überragte, rötete sich der Himmel, und die Ränder der Wolken leuchteten wie vergoldet. Der Karren mit der Hebevorrichtung war ins seichte Wasser gerollt worden, das den zwei Knechten des Scharfrichters bis zu den Taillen stand. Noch einmal fuhr der Hebearm nieder und tauchte den Stuhl mit der Frau, die wie ein Paket vornübergeschnürt war, in die Wellen, die von der Rückkehr der Flut kündeten. Mehrere Herzschläge lang blieb sie vollständig unter Wasser. Fenella hatte ihren Kopf niemals unter den Spiegel des Meeres gesteckt, doch sie war sicher, dass Dunkel und Todesangst schlimmer sein mussten als Kälte. Sylvester verbiss sich einen Schmerzlaut. Die beiden Kinder waren erschöpft in Schlaf gefallen.

Nach einer qualvollen Ewigkeit fuhr der Arm mit dem Stuhl in die Höhe. Ströme von Wasser liefen den gekrümmten Leib der jungen Frau herunter. Ob sie noch lebte, war nicht auszumachen. Die Henkersknechte legten sich in die Siele und zogen den Karren rückwärts aus dem Wasser. Vereinzelte Spottrufe klangen auf, dann begann die Menge, sich zu zerstreuen.

Schweigend verließen Sylvester und Fenella ihren Platz auf der Mole und gingen hinunter in die Bucht. Ein knochiges, bunt zerlumptes Geschöpf, eher einem Vogel als einem Menschen ähnlich, sprang ihnen in den Weg. »Ein Blick in die Zukunft, edler Herr?« Die Frauenstimme war vom Alter brüchig.

Ehe Sylvester ausweichen konnte, hatte das Weib seine Hand so fest gepackt, dass er Mühe hatte, das kleine Mädchen nicht fallen zu lassen. »Bist du toll?«, fuhr er die Wahrsagerin an. »Treibst dich hier herum, wo der Rat der Stadt versammelt ist? Willst du, dass sie dich auch tauchen, oder sind dir vierzig Rutenhiebe lieber?«

Die Alte kicherte ohne Belustigung. »Die haben mich weggescheucht, Eure Ratsherren«, sagte sie. Ihr Gesicht glich dem eines Huhns, die Haut war zerknittert, lose, bräunlich gefleckt. »Und auf dem Markt ist keine Seele mehr, die sind alle hergerannt, um zu gaffen. Wie soll sich da unsereins ein Abendbrot verdienen?«

»Gib ihr einen Penny, ich bitte dich«, sagte Sylvester zu Fenella, doch Fenella tat nichts. Sie hatte die Frau erkannt.

Es war Thomasin, die Todesbotin, die vorausgesagt hatte, die *Mary Rose* würde in Menschenleben bezahlt werden.

»Fenella!«, rief Sylvester.

Fenella und Thomasin starrten einander an. Thomasin hielt noch immer Sylvesters Hand umklammert und streichelte mit ihrem dürren Finger seinen Handrücken. »Dich kenne ich«, sagte sie.

»Ja«, bestätigte Fenella.

»Du bist die Tochter von Clapham, dem Aufseher.«

»Ja.«

»Und das ist dein Bräutigam? Was für ein wohlgestalteter Mensch, was für eine Freude für die Augen! Gott muss den Tag geliebt haben, an dem ihm der Gedanke kam, euch zu schaffen.«

Daran war nichts Bedrohliches. Es war ein reizendes Kompliment, und Fenella hatte keinen Grund, so zu zittern. Sie zwang sich, in ihrem Beutel nach einer Münze zu tasten, und wünschte, Thomasin möge Sylvester loslassen. »Das ist für dich«, sagte sie und hielt ihr den Penny hin. »Beeil dich, damit du in der Stadt noch etwas kaufen kannst.«

Thomasin nahm das Geldstück, hörte aber nicht auf, Sylvesters Hand zu streicheln. »Gott vergelt's dir«, sagte sie zu Fenella. »Halt dich vom Hafen mit den großen Schiffen fern. Und auf deinen schönen Herrn gib acht. Manchem muss ein Freund erst dreimal das Leben retten, ehe er weiß, was er an ihm besitzt. Und für manchen Freund ist es nach dem dritten Mal zu spät.«

Fenella wich zurück und drückte den kleinen Luke an sich. Sylvester entzog Thomasin die Hand und legte den Arm um Fenella. »Wir müssen jetzt gehen«, sagte er. »Gute Nacht, Gott schütze dich.«

Zu Fenellas Erleichterung ließ die Alte sie ungehindert passieren. »Das hat sie schon einmal gesagt – gewiss sagt sie das jedem«, stammelte Fenella mit klappernden Zähnen. Der Tag war frühlingshaft gewesen, aber die Abendkälte zog viel zu schnell herauf. Wie musste die arme Frau frieren, die die Knechte nun aus dem Stuhl rissen und im Schlick des Ufers liegen ließen. Sir James stand bei ihr, nahm sich den Mantel von den Schultern und breitete ihn über ihr aus. Die anderen Räte hatten die Bucht bereits verlassen.

»Was hat sie schon einmal gesagt?«, fragte Sylvester.

»Das von dem Freund, dem einer dreimal das Leben retten muss, ehe er weiß, was er am anderen hat«, antwortete Fenella zitternd.

Als sie das Gesicht wandte, sah sie, dass auch Sylvesters Lippen zitterten. »Vergiss es«, sagte er leise. »Sie ist ein armes Ding, dem der Hunger den Verstand ausbläst. Was sie redet, hat nichts mit uns zu tun. Wir wissen, was wir aneinander haben, und wer von uns wem das Leben rettet, rechnen wir nicht auf.«

Fenella musste lächeln. »Weißt du was, Sylvester Sutton?«, fragte sie ihn im Weiterlaufen. »Ich liebe dich. Wenn ich nicht mehr bei dir wohne, musst du uns jeden Tag besuchen kommen.«

»Vielleicht ziehe ich bei euch ein«, erwiderte Sylvester. »Und ich liebe dich auch, Fen.«

Sie erreichten die Stelle des Ufers, wo die Getauchte noch immer lag. Sir James blickte auf. Ohne ein Wort reichte Sylvester ihm Lizzy und kniete sich zu der Frau in den Schlick. »Mistress Henley? Ich bin Sylvester Sutton, ich habe Eure Kinder in mein Haus geholt. Luke und Elizabeth. Es geht ihnen gut, Ihr werdet Euch freuen, wie sehr sie gewachsen sind.«

Die Frau versuchte, den Kopf zu heben. Ihr Gesicht sah erschreckend aus, die Augen riesig, die Wangen hohl. »Elizabeth«, brachte sie heraus. »Lucas.«

»Wir rufen sie unter uns Lizzy und Luke.« Sylvester lächelte. »Sagt Ihr mir den Namen, bei dem man Euch ruft?«

»Hannah«, krächzte die Frau.

»Wir müssen Euch ins Warme bringen, Hannah«, sagte Sylvester. »In unser Haus, dorthin, wo Eure Kinder leben. Meint Ihr, Ihr könnt ein Stück weit gehen, wenn wir Euch stützen? Wir müssen uns beeilen – die Kälte bringt Euch um.«

Sie versuchten es. Fenella nahm Luke auf die Hüfte und Elizabeth an die Hand, und Sir James und Fenella stützten Hannah Henley, aber das verschlafene Kind konnte nicht weiter als ein paar Schritte laufen, und der Körper der Frau hing zwischen den Männern wie eine kraftlose Hülle. Sie hatten keine Zeit zu verlieren. Die Wolken ballten sich dichter, ein Sturm zog auf, und es würde im Nu stockdunkel sein. Schließlich nahm Sir James Lizzy auf die Arme, und Sylvester trug Hannah Henley den ganzen Weg zurück nach Sutton Hall.

Tantchen Micaela musste am Fenster der Halle gewartet haben. Sie riss die Tür auf, als sie den Laubengang mit Sir James' Rosenranken, die jetzt noch kahl waren, erreichten. *»Ay Dios mio*, wo kommt ihr denn her, und wie seht ihr aus?« Dann rannte sie wie ein Mädchen den Weg hinunter, packte Sir James bei den Armen und küsste ihn mitten auf den Mund. »Dem Herrgott sei Dank, ich habe euch alle im Haus, ehe der Sturm losbricht.«

Nie zuvor hatte Fenella das helle, warme Haus so sehr als Segen empfunden wie an diesem Abend. *Sir James hätte es Camelot nennen sollen*, dachte sie. Später, als sie Carlos' gepfefferte Pottage in den Mägen hatten, als die Kinder schliefen und Hannah Henley in Decken gewickelt im Bett lag, setzte sie sich mit einer Kerze an ihr Kammerfenster. Sie hörte dem Tosen des Sturmes zu und dachte daran, dass sie bald ihrem Liebsten ein Zuhause geben durfte. In jeder Sturmnacht würde sie wissen, dass er in Sicherheit war, dass sie, wenn er aufschreckte, die Arme um ihn legen und ihm ins Ohr flüstern konnte: »Es ist alles gut, mein Herz. Schlaf wieder ein.« Der Tag war lang und voller Ereignisse gewesen, doch es gab keinen Grund, sich zu fürchten. Ihr Leben war reich und übersüß.

Drei Tage später kam ein Bote aus London. Hannah Henley lag noch zu Bett, doch der übrige Haushalt rüstete sich für die Reise und summte vor Geschäftigkeit. Fenella fühlte sich, als wäre sie selbst die Braut. Sylvester, der von der Werft kam, stürmte mit den Kindern gleich wieder hinaus, begierig zu erfahren, was der Bote brachte.

»Gewiss einen weiteren Brief mit Befehlen von ihrer Hoheit Geraldine«, mutmaßte das Tantchen, das einem Spitzenschleier einen Saum verpasste. »Die Dame fürchtet, ihre niederen Verwandten könnten sie vor der neuen Sippschaft bloßstellen, wenn sie ihnen nicht zwölfmal einschärft, dass man sich beim Essen nicht kratzen und nicht mit den Hinterbacken über seinen Stuhl rutschen darf.«

Fenella musste lachen. »Sollte ich nicht lieber hierbleiben?« Sie wollte ungern einen Tag länger darauf warten, Anthony in die Arme zu schließen, aber streng genommen gehörte sie nicht zu Geraldines Familie.

»Dummes Zeug!«, beschied sie das Tantchen. »Du bist Sylvesters Braut, Jakobsmuschel, und für uns bist du eine Sutton, auch wenn der Schuft von Kabeljau sich in hundert Jahren nicht entschließen sollte, dich zur ehrbaren Frau zu machen.«

Sir James kannte die Wahrheit über Fenellas Verlobung seit dem Tag, an dem Mortimer Fletcher gestorben war. Micaela hingegen hielt hartnäckig an der Überzeugung fest, Fenella werde eines Tages Sylvester heiraten. Fenella hoffte inständig, das formidable Tantchen würde ihr vergeben, dass sie sie betrogen hatte und mit ihrem schwarzen Seestern davonzog.

Strahlend wie der Frühlingstag platzte Sylvester mit den Kindern in den Raum. In einer Hand hielt er den Steg einer Laute, in der anderen einen kleinen Beutel aus schwarzem Samt. Der Bote folgte ihm mit ein paar Schritten Abstand, blieb im Eingang stehen und lehnte sich müde gegen den Türstock.

»Ein Mann meines künftigen Schwagers«, stellte Sylvester ihn vor. Dann hob er voll Stolz und Seligkeit die Laute. »Schaut euch das an! Hat einer von euch schon einmal ein so göttliches Instrument gesehen?« Liebkosend ließ er die Finger über alle sechs Saitenpaare spielen und entlockte dem tränenförmigen Leib der Laute eine perlende Folge von Tönen, wie einen Willkommensgruß.

Die Laute war aus rot leuchtendem Kirschholz gefertigt und enthielt auf der Decke des Klangkörpers eine Einlegearbeit, ein klar geschnittenes Muster in sanfteren Rottönen, wie sie dem Kernholz der Eibe eigen waren. Sylvester hatte recht. Das Instrument war so schön, dass man sich göttliche, nicht menschliche Hände daran vorstellte.

»Und das schickt dir dein künftiger Schwager?«, fragte Fenella. Der Schwager war der Graf von Ripon. Anthony redete nicht viel über seinen Dienstherrn, doch er schien ihn zu achten, ja auf seine eigene Art sogar zu mögen. *Offenbar zu Recht*, dachte Fenella. Ein Mann, der dem Bruder seiner Braut mit so viel Feingefühl ein Geschenk wählte, musste tatsächlich ein besonderer Mensch sein. Die Frage blieb nur: Warum heiratete dieser Mensch ausgerechnet Geraldine Sutton?

»Ach was, mein Schwager!« Sylvester streichelte die Decke der Laute. »So etwas schenkt mir doch kein Fremder, sondern nur einer, der mir ins Herz sieht. Ich hatte Anthony von Lizzys Missgeschick geschrieben, und er hat die Laute einem Händler aus Tirol abgekauft. Nirgendwo in Europa baut jemand Lauten wie am Rand der Alpen, nirgendwo gibt es Tonhölzer von solchem Klang.«

Du versetzt mich in Erstaunen, Herzliebster, dachte Fenella. Es musste ihm gutgehen, wenn er sich weit genug aus sich herauswagte, um solch einen Liebesbeweis zustande zu bringen.

»Und das ist für dich.« Sylvester hielt ihr den schwarzen Samtbeutel hin. Dann aber übermannte ihn die Neugier, und er stülpte ihn um, ehe Fenella zugreifen konnte. Um ein Haar wäre der schmale Silberring zu Boden gefallen, und vielleicht wäre der Stein auf den Fliesen zerschellt. Er glitzerte durchsichtig, fing das Licht wie blaues Glas.

»Verzeih«, murmelte Sylvester, legte die Laute auf den Tisch und nahm Fenellas Hand, um ihr den Ring auf den Finger zu stecken. »So macht es Europas Hochadel: Kann der Bräutigam nicht selbst zugegen sein, schickt er den Freund als Stellvertreter.«

Fenella hatte nie ein Schmuckstück besessen, und Anthony war der letzte Mann auf der Welt, dem sie zugetraut hätte, ihr eines zu schenken. Sie hatte sich stets ermahnt, dass ihr die Tiefe ihrer Verbindung genug sein musste und dass sie auf die banaleren Freuden einer Liebe verzichten konnte. Dass er wider Erwarten den Wunsch hegte, ihr solche Freuden zu bereiten, jagte ihr einen Schwall von Glück durch den Leib.

Sylvester hielt noch immer ihre Hand und betrachtete den Ring. Er bestand aus zwei verflochtenen Silbersträngen, die den Stein auf ihren Spitzen hielten. Das Blau des Steins veränderte sich mit jeder Bewegung ihres Fingers. »Das ist ein Aquamarin.« Sylvester lachte auf. »So ganz kann dieser verrückte Mensch eben doch nicht aus seiner Haut. Weißt du, was der Name bedeutet?«

»Nein.«

»Meerwasser.«

Fenella lachte mit. »Oh Sylvester, wie kann er uns denn derart teure Geschenke kaufen? Bezahlt dein Schwager ihm so viel?«

»Das will ich ihm geraten haben«, erwiderte Sylvester. »Soll er Hampshires wertvollstes Talent etwa für einen mürben Apfel und ein Ei bekommen?«

Sie tauschten einen lachenden Blick. Im nächsten Atemzug fiel Fenella etwas ein: »Du sagst, der Bote kommt aus London? Von Graf Ripon? Aber dann muss Anthony ja schon in England sein!«

»Das muss er dann wohl«, bestätigte Sylvester und legte die Arme um sie.

Die Kinder drängten sich um ihre Beine, Tantchen Micaela schob sich zwischen sie, um einen Blick auf den Ring zu werfen, und Sir James trat von der Aufregung angelockt aus seiner Schreibstube. Ein kurzes Schweigen entstand, in das die Stimme des Boten platzte. »Master Sutton.«

Alle drehten sich um. Der Mann stand noch immer im Türrahmen und räusperte sich, als stecke ihm im Hals, was er zu sagen hatte. »Ihr habt mich draußen nicht ausreden lassen«, begann er endlich. »Ansonsten hätte ich Euch sogleich in Kenntnis gesetzt, dass ich mit keiner guten Nachricht komme. Mein Herr, der Graf von Ripon, wies mich an, Euch die Geschenke Eures Bekannten zu überbringen. Er bittet jedoch, diese Gefälligkeit nicht an die große Glocke zu hängen und in Anbetracht der Umstände zu verstehen, dass er für Euren Bekannten nicht mehr tun kann.«

»Dürfen wir wissen, von was für Umständen Ihr da faselt?«, blaffte Sylvester.

Der Bote räusperte sich noch einmal. »Euer Bekannter ist bei seiner Ankunft in London verhaftet worden«, sagte er. »Er hatte ketzerisches Schriftgut an Bord. Exemplare jener skandalösen Übersetzung des Neuen Testaments, die seit Monaten in London die Runde macht, verborgen in Ballen von deutschem Tuch.«

Sylvesters Gesicht wurde grau. »Und jetzt?«, schrie er spitz auf. »Was geschieht mit ihm jetzt?«

Der Bote schlug den Blick zu Boden. »Ich bedaure, mein Herr. Wenn nicht ein Wunder geschieht, wird er brennen.«

Dritter Teil

Klippen und Sandbänke

1530–1533

Tal m'a in pregion che non m'apre ne serra,
Ne pe suo mi riten ne scioglie il faccio,
Et non m'ancide Amore e non mi sferra,
Ne mi vuol vivo ne mi trae d'impaccio.

Jemand hält mich im Kerker, und weder öffnet noch schließt er ihn.
Weder hält er mich bei sich, noch löst er meine Fessel.
Und die Liebe tötet mich nicht, noch befreit sie mich von den Ketten,
Sie will mich weder lebendig noch aus dieser Verwirrung erlöst.

Francesco Petrarca, *Canzoniere*

13

Geraldine

Hampton Court Palace, Neujahr 1530

Etwas war geschehen. Die Erde bebte, und ein Komet war eingeschlagen. Geraldine aber, die Gräfin von Ripon, die ihr Leben lang auf ein solches Ereignis gewartet hatte, gehörte nicht zu den Beteiligten, sondern war dazu verdammt, als Zuschauerin am Zaun zu stehen.

Kardinal Wolsey, die massige, immerwährende Präsenz, die ein scharfsinniger Beobachter den »König über dem König« genannt hatte, war vor acht Wochen all seiner Ämter enthoben und vom Hof verbannt worden. Das Siegel des Lordkanzlers hatte er an den Gelehrten Thomas More abgeben müssen, der als sein erklärter Feind galt. Wolsey habe gegen ein Gesetz namens *Praemunire* verstoßen, hatte More gegen ihn vorgebracht. Er habe in England die Weisungen des Papstes über die des Königs gestellt. Nicht wenige nahmen an, er werde dafür zum Tod verurteilt werden.

Die Weihnachtsfeiern der königlichen Gesellschaft fanden wie in den Jahren zuvor auf Hampton Court statt, in dem verwunschenen Idyll, das Wolsey sich erschaffen hatte. Er selbst war nicht mehr dort. Das Schloss an der Themse gehörte ihm nicht länger, sondern war in den Besitz des Königs übergegangen, der seinem Steuermann das Ruder aus der Hand genommen hatte.

Geraldine hasste noch immer Schiffsvergleiche, doch dessen ungeachtet drängten sie sich ihr auf.

In jedem Winkel des Festsaals wurde über den wahren Hintergrund für den Sturz des großmächtigen Kirchenmannes spekuliert. Schon während des Essens sah man Höflinge und

Damen mit den Füßen scharren, und seit die Tafeln aufgehoben waren, schien das Getuschel die Luft zu verdicken. Kein Mensch konzentrierte sich auf den Tanz, die Wechsel und Promenaden dienten lediglich dem Austausch von Zeichen und Blicken: *Wisst Ihr etwas Neues? Habt Ihr etwas sagen hören?*

Geraldine wusste alles. Sie hatte den Grund für Wolseys Sturz gekannt, bevor der Sturz überhaupt erfolgt war. Hätte sie Geld gebraucht, so hätte sie es sich als Wahrsagerin auf der Cheapside verdienen können. Aber Geraldine brauchte kein Geld. Seit sie es in Hülle und Fülle besaß, hatte es jeglichen Reiz für sie verloren. Sie war eine glänzende Spionin geworden, weil alles, was sie auftat, sie kaltließ. Mit ihren Informationen hätte sie ein Vermögen scheffeln können, doch sie verkaufte nur ab und an eine Messerspitze, weil es sonst nichts zu tun gab.

Ein einziger Coup war ihr gelungen, der ihr Blut in Wallung versetzt hatte: Vor fünf Jahren hatte sie den Unaussprechlichen zu Fall gebracht. Es war ein Augenblick des Triumphs gewesen, in dem all ihre Sinne lebten, und über lange Jahre hatte sie gehofft, es ginge immer so weiter. Sie hatte sich neue Höhepunkte verschafft, hatte mit dem Unaussprechlichen ein berauschendes Spiel begonnen wie einst mit den räudigen Kötern und Katzen, denen ihr Koch Carlos im Hof Brocken zusteckte. Wie damals hatte sie sich steigern müssen, von einem Rausch zum nächsten, bis sie den höchsten erreicht hatte. Danach war das Gebäude in sich zusammengefallen. Der Unaussprechliche hatte sie besiegt, und auf das belebende Feuer, das durch ihren Körper geflutet war, waren Leere und Ödnis gefolgt, kalte Asche im ausgebrannten Kamin.

Sie war noch immer jung. Nicht mehr in der ersten Blüte, doch die hatte ohnehin etwas Fades, allzu Harmloses an sich. Sie war noch immer schön. Die kühle, beinahe leblose Makellosigkeit, die sie von klein auf vervollkommnet hatte, war jetzt auf ihrer Höhe. Seit sie bei Hof nicht mehr am Katzentisch saß, verfolgte sie ein Schwarm von Anbetern, wohin immer sie ging. Höflinge dichteten Verse auf sie, bettelten um Tänze oder warteten hinter den Hecken der Palastgärten, um einen Blick von ihr zu erhaschen. Mit Schmeicheleien hätte sie die nackten Wände eines Gemachs polstern können, doch keine Silbe davon erreichte ihr Herz, das kaum noch spürte, dass es fror.

Sie war eine Unbeteiligte. Ein Zaungast. Die Erde bebte, und binnen Kurzem würde Europa von dem Einschlag eines Kometen erschüttert werden wie weiland von den Thesen des deutschen Mönchs, die ihren Bruder Sylvester außer Rand und Band versetzt hatten. Geraldine konnte sich ausrechnen, mit welcher Wucht das Geschoss auftreffen würde, doch es kümmerte sie nicht. Einst war sie überzeugt gewesen, sie werde bei Hof etwas entdecken, das sie kümmerte, werde lernen, worum es bei dem ganzen Wirbel um das Leben eigentlich ging, aber es war ihr ein Rätsel geblieben.

Die Musik war schön. In ihrer Jugend, wenn ihr Bruder mit seiner hohen, glasreinen Stimme zur Laute sang, hatte Geraldine Musik als ein Versprechen empfunden, inzwischen aber ließ auch Musik sie kalt. Sie war wie die Versprechen ihrer Verehrer, die ohne Widerhall verpufften.

Geraldine tanzte mit Henry Norris, einem in die Jahre gekommenen Höfling, der dem König seit William Comptons Tod den Hintern wischte und damit eine der angesehensten Stellungen des Hofes innehatte. In den Sprüngen der Galliarde, die der behäbigen Pavane folgte, hechelte er wie ein überfütterter Spaniel. »Ich überlasse die flinken Tänze sonst ja der Jugend«, pustete er ihr zwischen Schnaufern zu. »Aber mit Euch musste ich es einfach wagen, Mylady Countess – oder ist es mir gestattet, Lady Geraldine zu sagen? Geraldine, was für ein herrlicher Name. Euer Vater muss Euch unter seinen Töchtern am meisten geliebt haben, dass er Euch einen Namen gab, in dem so viel Lächeln schwingt.«

»Mein Vater hat nur eine einzige Tochter.« Den Drehsprung am Ende des Dreiertaktes verpatzte sie, weil ihr Tanzpartner stehen blieb und ihr den Platz versperrte.

»Ich auch«, erwiderte Henry Norris betrübt. »Wenn ich in Eure himmlischen Augen schaue, wünschte ich, ich hätte meiner einzigen Tochter nicht den schlichten Namen Mary gegeben.«

Geraldine hatte sich seit Langem abgewöhnt, im Gesausel schmachtender Verehrer einen Sinn zu suchen. Die Musik setzte aus, und sie wechselte nach der Linken, zu einem bräunlich gewandeten Jüngling, der einen wenig kleidsamen Vollbart trug. »George Carew«, stellte er sich vor und verneigte sich zu tief. »Es ist mir eine Ehre.«

»Sir«, sagte Geraldine und reichte ihm zierlich die Hand. Dabei kam sie sich vor wie eine Puppe, an der sie selbst die Strippen zog. George Carew packte ihre zarten Finger mit seinen pummeligen, und im Vorwärtsschritt streifte ihr Blick den königlichen Tisch auf dem Podium. Wie an den übrigen Feiertagen hatte Königin Katherine sich sofort nach dem Verzehr diverser Süßspeisen zurückgezogen. Eine leichte Unpässlichkeit, hieß es, kein Grund, sich das Vergnügen ruinieren zu lassen. Auf Katherines Platz saß jetzt Robert, Geraldines Gemahl. *Mein Gemählchen*, dachte sie mit ätzender Häme. Neben Henry Tudor wirkte der Graf von Ripon, der zum Liebling des Königs avanciert war, wie ein Kinderspielzeug, das beim kleinsten Puff zerbrechen würde.

Der Tanz war zur Hälfte vorüber, als Geraldine bemerkte, dass etwas fehlte. Carew sprach nicht, verzichtete auf die immer gleichen Phrasen, mit denen die Herren ihre blauen Augen, ihre Grazie, ihr Blondhaar priesen. Vielmehr absolvierte er die Sprungfolge, als hätte ein blutrünstiges Insekt ihn in den Knöchel gestochen, und als die Musik schließlich ausklang, atmete er erleichtert auf. Sobald Geraldine aber zurücktreten wollte, umfasste er ihre Gelenke. »Ich kam in der Hoffnung her, Eurem

Gemahl zu begegnen«, nuschelte er. »Es gibt bei Hof keinen Mann, den ich mehr bewundere.«

Dass jemand versuchte, sich über sie an den kleinen Grafen heranzuschmeicheln, kam immer häufiger vor. Robert stand in der Gunst des Königs, er verfasste Traktate über Schiffe, die Henry Tudor entzückten. Dass aber jemand vorgab, ihren Mann zu bewundern, hatte Geraldine noch nicht erlebt.

Von Neuem setzte Musik ein, doch Carew begann nicht wieder zu tanzen. »Ob es wohl möglich wäre, dass Ihr mich Eurem Gemahl …«, begann er, doch weiter kam er nicht. Eine Hand umfasste Geraldines Arm. »Ich muss mit dir sprechen. Jetzt sofort, ich warte seit Tagen darauf.«

Zu ihrer Rechten stand Anne, angetan in Gelb, das ihre dunkle Sinnlichkeit betonte. Der Herr, der mit ihr getanzt hatte, Thomas Wyatt, Poet und Liebling der Damen, wollte sich Geraldine andienen, doch Anne schob ihn unwirsch beiseite. »Tut mir den Gefallen, Thomas – die Gräfin Ripon und ich brauchen Luft.« Kurzerhand hakte sie sich bei Geraldine ein und führte sie aus dem Saal.

Die Nacht war eisig und sternenklar. Anne führte Geraldine in einen engen Hof, ließ sich auf einem Schubkarren nieder und klopfte auf den Platz neben sich. Geraldine wäre liebend gern in die Wärme des Saales zurückgekehrt, doch sie fügte sich in ihr Schicksal und setzte sich neben Anne. Die lehnte mit vernehmlichem Seufzen den Kopf an ihre Schulter. »Weißt du, wie ich dich vermisst habe, Süße? Das einzige Geschöpf, das weder vor mir kuscht, noch mich mit scheelen Blicken zu durchbohren wünscht.«

Eine Zeitlang hatte Geraldine Anne auch vermisst: die Nächte bei im Bett verzehrten Zuckerpflaumen, das Gekicher und Geläster, vor allem die geteilte Erwartung, dass das, was sie erlebten, erst der Anfang war. Für Geraldine war die Erwartung vorüber. All die Erregung, der flatternde Busen und die atemlose Stimme kamen ihr hilflos und kindisch vor.

»Warum hast du mir nicht gesagt, dass du den hübschesten Bruder von ganz England hast?«, platzte Anne heraus.

»Wie bitte?«

»Dein Bruder, der dich besuchen wollte – wenn ich nicht andere Sorgen hätte, würde ich dich auf der Stelle ersuchen, ihn mir vorzustellen.«

»Sylvester?« Das war nicht möglich. Ihr Bruder, vielleicht der einzige Mensch, den sie gern gesehen hätte, weigerte sich, ein Haus zu betreten, das Robert gehörte.

»Sylvester! Sag, hat in deiner Familie eigentlich jeder einen Namen, der klingt wie ein Liebeslied?«

Geraldine schüttelte sich, weil die Winterkälte ihr unter die Seide des Kleides fuhr. »Hast du mich in diese abscheuliche Kälte geschleift, um mit mir über meinen Bruder zu palavern?«

»Das nicht gerade. Ich habe etwas Schärferes für dich – das, was der gesamte Hof heute Nacht zu wissen wünscht. Aber dass du dein Schmuckstück von Bruder mit dem Volk, das um Brot bettelt, am Tor stehen lässt, ist schlechter Stil. Findest du nicht?«

»Mein Bruder stand bei den Bettlern am Tor?«

Anne nickte. »Sein entzückendes Gesicht war brandrot gefroren. Er ist noch hübscher als Thomas Wyatt, oder?«

»Woher weißt du, dass es mein Bruder war?«

»Schätzchen, das sieht man auf den ersten Blick!« Anne lachte. »Aber davon abgesehen rief er für jeden hörbar durch die Gitterstäbe: ›Ich bin der Bruder der Gräfin von Ripon, ich muss meiner Schwester auf der Stelle eine Nachricht bringen.‹«

Etwas unter Geraldines Rippen regte sich. Er war also gekommen, obwohl er geschworen hatte, keinen Schritt mehr in ihre Nähe zu setzen, solange sie an Robert Mallachs Seite war. »Wo ist er jetzt?«, fragte sie.

»Die Torwachen wollten den armen Engel dort draußen erfrieren lassen«, antwortete Anne. »Also habe ich mich seiner angenommen. Ich habe jemanden angewiesen, ihn in mein Ankleidezimmer zu führen, damit er sich aufwärmen kann. Dort bleiben kann er allerdings nicht. Es gibt jemanden, dem es ganz und gar nicht recht wäre, den fleischgewordenen Adonis in meinen Privaträumen vorzufinden.«

An der Art, wie Anne die Lider senkte, erkannte Geraldine, dass sie darauf brannte, ihre Neuigkeit loszuwerden. Je eher sie es hinter sich brachte, desto eher würde sie Sylvester sprechen können. »Wer denn?«, fragte sie mit gespieltem Interesse.

Anne aber war keins der Dummchen, mit denen sie sonst zu schaffen hatte. »Du willst es gar nicht wissen!«, fuhr sie auf. »Du, der einzige Mensch, von dem ich glaubte, er schere sich um mich! Um das, was ich fühle, nicht um das, was herauskommt, wenn man mich wie eine Knoblauchzehe auspresst.«

Geraldine zögerte. Dann entschied sie sich für die Hälfte der Wahrheit, die oft den klügsten Weg darstellte: »Natürlich schert es mich, Anne. Ich glaube nur, dass ich es schon weiß.«

»So?« Anne sprang vom Schubkarren. »Und was bitte weißt du schon? Dass sie mich die große Hure des Königs nennen? Dazu braucht man keine Meisterspionin zu sein – das weiß jedes Kind im Küchentrakt. Weißt du aber auch, dass ich diejenige bin, der Wolsey, der verschlagene Fettsack, seinen Sturz verdankt?«

Geraldine wusste es, doch sie schüttelte den Kopf. Anne hatte sich inzwischen in Rage geredet und würde ihre Antwort nicht anzweifeln.

»Ich habe dir einst gesagt, ich würde mich an ihnen rächen, wenn der Zeitpunkt gekommen ist, nicht wahr? Nun, er ist gekommen. Henry Tudor ist Wachs in meinen Händen. Ich habe ihm gesagt: ›Schickt Euren Liebling Wolsey zum Teufel‹, und er hat es getan.«

Flüchtig blitzte Erinnerung an ihren eigenen Triumph in Geraldine auf. Robert von Ripon war nicht Henry Tudor, aber der Augenblick hatte dennoch süß geschmeckt: Sie hatte dem Männchen einen Befehl erteilt, und es hatte seinen Liebling reißenden Hunden zum Fraß vorgeworfen.

»›Euer in den Himmel gehobener Wolsey hat in Eurer großen Sache nichts erreicht‹, habe ich zu ihm gesagt«, erzählte Anne weiter. »›Und wollt Ihr wissen, warum? Weil er sie nicht ordentlich betrieben hat, wie er seit Jahren Eure Angelegenheiten nicht ordentlich betreibt.‹ Was dann geschehen ist, weißt du. Weißt du aber auch, was das ist, die große Sache des Königs?«

»Die Auflösung seiner Ehe mit Katherine.« Geraldine fror erbärmlich und unterdrückte ein Gähnen. Seit drei Jahren versuchte der König im Geheimen, bei Papst Clemens eine Annullierung der Ehe zu erwirken. Katherine war die Witwe seines Bruders Arthur gewesen, und dem Buch Leviticus zufolge stellten solche Ehen eine Sünde dar. Henry hatte die Nacktheit seines Bruders entblößt – war deshalb jeder seiner Söhne gestorben, kaum dass er geboren worden war?

Da Gerüchte aufgekommen waren, hatte der König im Sommer eine Erklärung verbreitet: Ja, es gebe eine Untersuchung, ein päpstlicher Legat werde nach England entsandt, um über die Rechtmäßigkeit der königlichen Ehe zu Gericht zu sitzen. Um nichts als die Zukunft des Reiches gehe es dabei, denn wenn auf dieser Ehe nicht Gottes Segen lag, konnte ihr kein Erbe für Englands Thron entspringen.

Das Volk, dem übles Wetter, Missernten und Hunger zusetzten, ließ sich nicht so leicht befriedigen, wie der König es erhofft hatte. Königin Katherine erfreute sich großer Beliebtheit, und ihre Tochter Mary war eine Prinzessin von England – wie konnte der König da wünschen, sie zum Bastard zu erklären? Zudem war Katherine die Tante von Karl V. Würde der streitbare Kaiser protestlos hinnehmen, dass Henry seine Verwandte beiseiteschob, oder würde er das von Not gebeutelte Inselland mit Krieg überrollen?

Bei Hof hielt sich boshaftes Gerede über des Königs neuste Mätresse, die üblen Einfluss auf ihn ausübte. Seine große Hure. Mary Boleyns Schwester Anne.

Die setzte sich jetzt wieder auf den Schubkarren und schlang die Arme um den zitternden Leib. »Die Leute geben mir die Schuld«, fuhr sie fort. »Weil ich seine Mätresse bin, will er auf einmal Katherine loswerden, behaupten sie. Aber ist das die Wahrheit? Was glaubst du, Geraldine?«

»Es ist nicht die Wahrheit«, sagte Geraldine.

»Richtig!«, rief Anne triumphal. »Aber die rührende Geschichte um den fehlenden Erben und die Angst vor Gottes Zorn ist auch nur die Hälfte davon. Ja, Henry Tudor will Katherine von Aragon loswerden. Aber nicht, weil ich seine Mätresse bin, sondern weil ich es nicht bin.«

Sie legte eine kunstvolle Pause ein, als bräuchte Geraldine Zeit, diese Sensation zu verdauen. »Erinnerst du dich, was ich dir vor Jahren über Harry Percy gesagt habe?«, fragte sie dann. »›Wenn ich einen Mann in die Mangel nehme, wünscht er sich keine Nacht, sondern ein Leben mit mir.‹ Was meine Schwester von ihrer schafsköpfigen Willfährigkeit hat, habe ich schließlich erlebt: Hohn und Verachtung. Ich bin anders. Ich habe mich Percy verweigert, und er wollte mich zu seiner Gräfin machen. Jetzt verweigere ich mich Henry Tudor, und er macht mich zur Königin von England.«

Auch wenn Geraldine alle Teile dieses wirren Mosaiks längst selbst zusammengesetzt hatte, klang es noch immer unglaublich. Sie selbst hatte nicht weniger gewieft taktiert, aber während Anne auf dem Kamm einer Welle ritt, die Europa überfluten würde, hatte sie ein Leben an der Seite eines Männchens bekommen, in dem sie an Leere erstickte.

»Und? Was sagst du?« Annes Blick forderte sie heraus.

»Dein Mut ist bemerkenswert«, rang sich Geraldine ab.

»Ja, das ist er.« Anne sog eisige Luft ein. »Und nicht weniger bemerkenswert ist meine Zähigkeit. Damals war ich ein junges, dummes Ding und habe ein paar alten Männern gestattet, mir mein Werk zu zerstören. Diesmal aber lasse ich mir von keinem Übervater entreißen, was mir gehört. Von Wolsey nicht. Und auch nicht vom Papst in Rom.«

»Du sprichst von Seiner Heiligkeit. Glaubst du, du kannst gegen den höchsten Führer der Christenheit einen Krieg gewinnen?«

»Derzeit streuen wir den Gesandten des Vatikans Sand in die Augen«, erwiderte Anne ungerührt. »Der König und ich spielen die arglose Unschuld. Wie du siehst, tanzen wir nicht einmal miteinander, und statt meiner sitzt die spanische Tollkirsche an seiner Seite. Niemandem darf der Verdacht kommen, es ginge in der großen Sache um etwas anderes als um den Willen Gottes. Und sollte ein dreister Spitzel gerade meine Gemächer stürmen, so trifft er dort keineswegs auf Henry Tudor – sondern auf den bezaubernden Bruder meiner Freundin Geraldine!«

Sylvester. Geraldines Glieder waren inzwischen so steif gefroren, dass sie ihr nicht mehr zu gehören schienen. »Vielleicht gehe ich dann besser und sorge dafür, dass er anderswo unterkommt«, sagte sie.

»Weshalb meldet er sich eigentlich nicht an, wenn er dir einen Weihnachtsbesuch abstattet?« Anne klang lauernd. »Schließlich hätte dein Robert leicht eine Einladung für ihn erwirken können – der König brennt ja darauf, ihm seine Wünsche von den Augen abzulesen.«

»Es ist nur dieses Buch über Schiffbau, das sie zusammen schreiben«, wehrte Geraldine ab. »So etwas verbindet Männer.«

»Und dein Bruder baut auch Schiffe, richtig?«

»Mein Bruder und mein Mann stehen einander nicht nahe.«

»Aha«, machte Anne und betrachtete Geraldine von der Seite. »Weißt du, wie du mir vorkommst? Wie eine Auster. Sobald man sie antippt, verschließt sie sich, und ich bin noch nicht sicher, ob in der Schale eine Perle steckt.«

Keine Perle, dachte Geraldine. *Kein Fleisch. Nur Leere.* Auf einmal wünschte sie sich mit wilder Heftigkeit, Sylvester zu sehen. Mit schmerzenden Beinen stand sie auf. »Ich hole meinen Bruder aus deinem Zimmer. Hab Dank, dass du dich um ihn gekümmert hast.«

»›Hab Dank, hab Dank‹«, äffte Anne sie nach. »Hat dir eigentlich schon einmal jemand gesagt, dass dir die Ehe nicht steht, Geraldine? Es gab eine Zeit, da hätte ich geschworen, du hättest so etwas wie Feuer in dir, so etwas wie Sehnsucht nach dem Kern, der dieses Leben ausmacht. Aber seit du dir deinen putzigen Grafen unter den Nagel gerissen hast, bist du so stumpf und behäbig geworden wie der Rest der Schafsherde. Ich habe dir gerade erzählt, dass ich dabei bin, diese schläfrige Welt aus den Angeln zu heben, und was tust du? Verkneifst dir höflich ein Gähnen und bedankst dich, weil ich mich um deinen Bruder gekümmert habe.«

Geraldine wusste keine Antwort. »Ich bedaure, dich gelangweilt zu haben«, sagte sie schließlich und ging über den Hof auf die Tür zu. Unter dem Vordach glitzerten dolchspitze Eiszapfen in der Dunkelheit.

Der König hatte Anne zwei ineinander übergehende Zimmer in Wolseys Wohnbereich überlassen, die sie nach ihrem Gutdünken hatte einrichten dürfen. Trotz der Eile, mit der die Umgestaltung vonstattengehen musste, hatte Anne den ihr eigenen Geschmack bewiesen, das leicht Französisch-Frivole, das dennoch nie gegen die Grenzen des Stilempfindens verstieß. Die vorherrschende Farbe war ein tiefes Grün, das die goldenen Akzente zur Geltung brachte. Im Feuer verströmten Rosenblätter eine schnell verfliegende Süße. Geraldines Finger schmerzten, die Gelenke schienen zu knacken wie tauendes Eis. Am Fenster stand ihr Bruder Sylvester und sah hinaus auf den Fluss.

Der Anblick seines Rückens, der Schultern, die den Satin spannten, und des schimmernden Haars war ihr vertrauter als der jedes Menschen bei Hof. Einst hatte das Vertraute sie angeödet, sie hatte ihm um jeden Preis entfliehen wollen, doch jetzt verspürte sie eine Sehnsucht, die sie rennen ließ. »Sylvester!«

»Geraldine!« Er drehte sich um. Sein Gesicht wirkte müde

und angespannt, doch kaum sah er sie, begann er zu lächeln und öffnete die Arme. Sie ließ sich hineinfallen. Wie Schmelzwasser perlte die Kälte von ihr ab. Er roch nach Sutton Hall, dem Lavendel, den das Tantchen in die Feuer streute, dem Wachs aus des Vaters Bienenstock und ein bisschen nach Seetang, nach Salz und Teer. Sie hasste Portsmouth, sie wollte nie wieder dorthin, aber heute Nacht tat der Geruch ihr gut.

»Du hast mir gefehlt«, sagte er.

»Du hättest mich ja besuchen können.«

»Du weißt, dass ich das nicht kann. Ich habe deinen Mann aufgefordert, die Wahrheit zu sagen, doch er hat sich geweigert und meinen Freund den Preis zahlen lassen. Ich könnte an einen solchen Menschen kein Wort mehr richten, es bliebe mir im Halse stecken.«

»Schweig doch still!« Sie riss sich los. »Wie einfältig bist du eigentlich? Hat dir noch niemand erklärt, dass Wände Ohren haben?«

Er ließ die Arme hängen. »Ich muss aber sprechen, Geraldine. Ich brauche deine Hilfe.«

»Bist du deshalb gekommen? Nicht weil du deine Schwester vermisst, sondern weil du die Haut von deinem schwarzen Teufel retten willst?«

»Anthony ist kein Teufel! Er ist ein Mensch, der blutet und sich vor Schmerzen krümmt, wenn man ihn foltert, einer, der nie begriffen hat, wofür man ihn anklagt, und der für den Verrat deines Gatten seit fünf Jahren durch die Hölle geht.«

»Und warum ist er nicht tot?«, entfuhr es Geraldine. Sie hatte das Gefühl, innerlich zu zittern, und musste an der Wand nach Halt tasten. »Etliche Männer sind verbrannt worden, weil sie das Buch von diesem Tyndale verbreitet haben, andere sind hinter Kerkermauern verreckt. Warum lebt der schwarze Galgenstrick noch immer? Warum hat er Folter, Seuchen, Hunger überstanden, wenn nicht, weil der Teufel ihn unangreifbar macht?«

Ihr Bruder sah sie an. »Wenn du ihn sehen würdest, wärst du nicht mehr der Ansicht, er wäre unangreifbar oder hätte etwas überstanden«, sagte er. »Er ist ein Wrack, Geraldine. Ein über sämtliche Grenzen des Menschlichen gequälter, erniedrigter Mann. Wir haben all die Jahre um einen Freispruch gekämpft, weil ihm so viel daran lag, sich von dem Vorwurf reinzuwaschen, aber länger geht es nicht. Wir brauchen ein Gnadengesuch. Er spricht kein Wort mehr, er zeichnet nicht einmal mehr Schiffe. Wenn er nicht schnell herauskommt, zerbricht er. Mehr hält er nicht aus.«

Wie fühlt sich das an, einen Menschen zu kennen, um dessen Schmerz man weint?, durchfuhr es Geraldine. »Ich denke, er hält mehr aus, als du dir vorstellen kannst«, sagte sie. »Wäre ihm wirklich daran gelegen, aus dem Clink herauszukommen, hätte er widerrufen und das Reisigbündel nehmen können, ist es nicht so?«

»Nein, so ist es nicht!«, rief Sylvester verzweifelt. »Selbst wenn er mit der Entwürdigung leben könnte – um zu widerrufen, müsste er eingestehen, etwas getan zu haben! Das ist der schwarze Humor des Schicksals: ein vernagelter Katholik, der beschuldigt ist, ein rebellischer Lutheraner zu sein.«

»Dann muss er eben an seiner Sturheit zugrunde gehen.«

»Sturheit nennst du das?« Mit dem Handrücken zerrieb er sich die Tränen und starrte ihr entgegen. »Wenn ein Mann in wochenlangen Verhören die Lippen nicht auseinanderbekommt, weil er weder sich selbst der Tat bezichtigen kann noch den Mann, der ihn verraten hat? Ich nenne es anders. Ja, ich habe mir gewünscht, er wäre nicht so verflucht entschlossen, sich vor deinen Mann zu stellen, aber zugleich wünschte ich, wir alle hätten auch nur den kleinsten Teil von seinem Schneid.«

Darum habe ich dich beneidet, dachte Geraldine. *Du bist so echt. An dir kann niemand rütteln. Ob du weinst, ob du knallrot wirst, ob du deine seltsamen Lieder singst oder deinen Unaussprech-*

lichen liebst, du bist immer nur du. »Ich kann dir nicht helfen, Sylvester.«

»Du musst! Dein Mann hat Einfluss auf den König, jeder sagt es, und du weißt, warum. Dein Mann soll zum König gehen und ihn bitten, ihm Anthony herauszugeben, ohne langes Verfahren, als einen Gnadenakt zum neuen Jahr. Wenn du ihn bittest, wird er es dir gewähren. Du bist so schön, Geraldine. Schön wie keine. Nicht einmal ein Unmensch könnte dir eine Bitte abschlagen.«

»Das mag sein. Nur trage ich ihm diese Bitte nicht vor.«

Er packte sie bei den Armen, flehte: »Aber wer soll mir denn helfen, wenn nicht du? Du bist mehr als meine Schwester, du bist mein Zwilling. Manchmal dachte ich, du bist die Hälfte, die mir fehlt.«

Ja, das denke ich auch manchmal, durchfuhr es Geraldine. *Nur schlägt man sich mit der Hälfte, die ich bekommen habe, leichter durchs Leben.* Sie machte sich frei. »Wenn du etwas brauchst, wende dich jederzeit an mich«, sagte sie. »Selbstverständlich kannst du daraus Nutzen ziehen, dass deine Schwester in der Welt vorangekommen ist, wie Anne Boleyns Bruder Nutzen aus der Stellung seiner Schwester zieht. Aber für den schwarzen Satan bitte mich nie wieder. Wenn ich mir eines wünsche, dann dass es einen Weg gäbe, diese Bestie zu verbrennen!«

Suchend glitt Sylvesters Blick über ihr Gesicht. »Warum hasst du ihn so?«

Geraldine zitterte so heftig, dass sie nicht länger stehen konnte. Sie ließ sich auf einen Polsterstuhl sinken und klammerte sich an dessen Rändern fest. »Jeder Christenmensch muss ihn hassen«, flüsterte sie. »Er hat seinen Bruder erschlagen. Für sein Höllenschiff.«

»Aber nicht doch!«, rief Sylvester. »Er hat sich erschrocken, das war alles. Er hat ein verkrüppeltes Bein. Weißt du, wie verwundbar sich ein Mensch fühlt, wenn er sich nicht auf seine Beine verlassen kann? Ralph hat ihn von hinten angegriffen, und Anthony wollte ihn wegstoßen, um sich zu schützen, aber er wollte ihn nicht töten. Fenella und ich waren dabei, wir haben alles gesehen.«

»Fenella und du!«, höhnte Geraldine. »Ihr wart zu jung, ihr könnt euch nicht erinnern. Ganz Portsmouth ist voll von Zeugen, ganz Portsmouth hat die rohe Wut gesehen, die ihm aus den Augen loderte.«

»Und dafür muss er sterben? Dafür, dass ganz Portsmouth nichts Besseres zu tun hat, als Unsinn zu schwatzen? Beim Himmel, Anthony war genauso jung wie wir!« Ohne Warnung fiel er vor ihr auf die Knie. »Bitte hilf mir! Anthony ist kein Teufel, und er tut weder dir noch irgendwem sonst etwas zuleide. Er ist ein scheuer Mann, der sich nur auf Schiffe versteht und froh ist, wenn ihm die Welt gestohlen bleibt. Die ganze Welt, nur nicht Fenella und ich.«

So war es immer. Damals auf eurer stinkenden Werft. Fenella, Anthony und du, froh, wenn der Rest der Welt euch gestohlen blieb.

Den Rest von Sylvesters Bettelei hörte sie nicht, denn die Tür flog auf. »Ich bitte um Vergebung, Herrschaften.« Anne stand im Türstock, eingerahmt wie ein Porträt.

Auf seinen Knien rutschte Sylvester zu ihr herum. Er sah furchtbar aus. Verweint, echauffiert und abgekämpft. »Wir sind es, die um Vergebung bitten müssen, Mistress Boleyn. Ihr wart so freundlich, mir zu helfen, und ich hatte nicht vor, Eure Hilfsbereitschaft auszunutzen.«

»Du lieber Jesus. In welchen Sturm seid Ihr denn geraten?« Anne ging zu ihm, hob sein Kinn und glättete ihm das Haar.

Eine andere Szene stieg vor Geraldine auf. *Die Schiffsplanke und der Unaussprechliche. Ihre Hände, die seine Wangen streicheln.* Nähe, die Geraldine nicht kannte. Sie hatte es vergessen wollen, doch der Anblick hatte sich ihr wie eine Peitschenschnur ins Herz gegraben.

»Legt Euch hier schlafen, seid heute Nacht mein Gast«, sagte Anne zu Sylvester. »Ich komme bei meiner Schwägerin unter. Und meine Hilfsbereitschaft nutzt aus, wann immer es Euch nottut. Es ist mir eine Freude, Euch gefällig zu sein.«

Als Geraldine in ihre eigenen Gemächer zurückkehrte, wartete Robert auf sie, um ihr die Arme und den Hals mit Schmuck zu behängen. »Mein Neujahrsgeschenk«, sagte er. »Ein wenig reichlicher in diesem Jahr, doch du hast es verdient. Es ist mein Wunsch, dir zu danken, mein Engel.«

»Wofür?«

Feucht küsste er ihr die Hände ab. Wenigstens hickste er kaum noch, wenn er mit ihr sprach, solange sie nicht ins Bett gingen.

»Ich weiß, uns ist das größte Glück bisher versagt geblieben«, sagte er. »Auch in diesem Jahr hat unser Wunsch nach einem Kind sich nicht erfüllt, doch das macht dich nicht weniger kostbar für mich. Geraldine, ich weiß, dass ich kein Mann wie Thomas Wyatt bin, von dem die Frauen träumen. Ich weiß auch, dass es bei Hof keine schöne Frau mehr gibt, die ihrem Gatten treu ist. Keine als dich. Du bist die Schönste von allen, und du bist mir treu. Damit gibst du mir eine Größe, die ich nie gekannt habe, und dafür sollst du von mir bekommen, was immer du dir wünschst.«

14

Sylvester

Von Portsmouth nach London, März 1530

Im Haus war es klirrend kalt, das Feuer seit Stunden heruntergebrannt. Ehe er aufbrach, deckte er sie noch einmal zu und küsste ihr die Stirn. Sie schlug die Augen auf.

»Schlaf weiter, Liebchen. Es ist noch Zeit.«

»Wohin gehst du?«

»Pst. Sorg dich nicht. Ich reite noch einmal nach London.«

Sie setzte sich auf. »Noch einmal? Das sagst du immer. Du fährst wieder und wieder und weißt doch, dass du mit leeren Händen zurückkehren wirst.«

Sylvester schluckte. »Diesmal nicht.«

»In Wahrheit bringst du es nur nicht übers Herz, aufzugeben, nicht wahr?«

Als er keine Antwort gab, fuhr sie fort: »In all den Jahren, in denen ich zusehe, wie du dich quälst, war ich manchmal froh, dass sie mir Rafe umgebracht haben. Was sie euch antun, übersteigt eines Menschen Kraft. Ich liebe dich, Sylvester. Ich will nicht, dass du daran kaputtgehst.«

Sie wollte ihn festhalten, doch er streifte ihre Hand ab. »Wenn ich Anthony im Stich lasse, gehe ich kaputt«, sagte er. »Das verstehst du nicht, und das mache ich dir nicht zum Vorwurf. Ich bin geboren, um Anthony zu schützen. Ich bin sein Schild, und er ist meine Stärke. Das war immer so, und für mich und Fenella ist es gut so, einerlei, was die Welt darüber denkt.«

»Ich bin nicht die Welt«, sagte Hannah.

»Und ich muss jetzt gehen«, erwiderte Sylvester. »Du hast jedes Recht, dich von mir vernachlässigt zu fühlen, doch ich habe dir immer gesagt, dass dieses Leben, wie wir es führen, alles ist, was ich dir zu bieten habe. Wenn es dir nicht genügt, werde ich dafür sorgen, dass du anderswo ein Auskommen hast, aber wenn du bei mir bleiben willst, musst du hinnehmen, dass Anthony und Fenella an erster Stelle stehen. Wir sind Werftkinder. Aneinander verankert.«

»Fenella«, murmelte sie in Gedanken. »Hast du der überhaupt erzählt, dass du nach London reitest?«

Sylvester schüttelte den Kopf. »Ich will nicht, dass sie sich wieder Hoffnung macht und enttäuscht wird.«

»Es ist nicht Fenella, die sich falsche Hoffnungen macht, sondern du! Fenella will so wenig wie ich, dass du dein Leben gefährdest. Ich habe bereits einen Mann, den ich liebte, brennen sehen, seinen Körper schwarz werden, sein Fleisch zu stinkenden Flocken zerfallen. Ich will das kein zweites Mal aushalten müssen.«

»Aber ich soll es aushalten?«, schrie er, obwohl er Gefahr lief, das Haus zu wecken. Das Bild, das sie beschwor, zerriss die meisten seiner Nächte. Sylvester ertrug es nicht mehr, an einem Feuer zu sitzen; er ertrug es nicht, sich Essen schmecken zu lassen, Sonne und Regen auf dem Gesicht zu spüren, geschweige denn, an einem Schiff zu arbeiten. Sie konnten von Glück sagen, dass sein Vater sich bester Gesundheit erfreute und seinen Platz auf der Werft wieder eingenommen hatte.

»Es gibt doch keinen Weg, es zu verhindern«, murmelte Hannah. »Im ganzen Land werden unseresgleichen verbrannt. Als ließe sich dadurch die Erneuerung aufhalten, als wüchsen nicht für jeden, den sie uns rauben, zehn nach.«

»Dieser wächst nicht nach«, sagte Sylvester. »Und er ist nicht unseresgleichen, sondern ein vernagelter Katholik, der glaubt, Reformer bohren Löcher in Schiffswände. Sie quälen ihn mit der grausamsten Langsamkeit zu Tode – für etwas, das er nicht einmal im Traum getan hätte.«

Er hatte es ihr tausendmal erzählt, und sie hatte tausendmal dasselbe erwidert: »Es tut mir leid, Sylvester.«

»Grüß die Kinder von mir. Sag Fenella, ich bin in Southampton.«

»Und das soll sie mir glauben?«

»Nein.«

Damit ging er.

Wie oft er die Strecke geritten war, wusste er nicht. Irgendwann hatte er aufgehört zu zählen. Auch die Menschen, denen er sich als Bittsteller vor die Füße geworfen hatte, zählte er längst nicht mehr. *Mach dir keine neue Hoffnung*, beschwor er sich und wusste doch, dass es nichts nützte. *Diese Frau ist anders*, flüsterte die zähe Stimme in seinem Innern. *Sie will wahrhaftig helfen, und halb England munkelt, sie habe die Macht dazu.*

Seit der Neujahrsfeier hatte er sie zweimal im Geheimen besucht und ihr die Einzelheiten des Falls geschildert. Sie hatte versprochen, sich der Sache anzunehmen, sobald der Zeitpunkt günstig war. »Derzeit fehlt mir die Möglichkeit, den König an einem sicheren Ort zu sprechen. Aber sorgt Euch nicht. Sobald der Wind sich dreht, trage ich ihm Euer Anliegen vor«, hatte sie gesagt.

»Wir haben keine Zeit«, hatte Sylvester verzweifelt gebettelt. »Mein Freund haust seit fünf Jahren in diesem Loch, in das der Dreck und die toten Ratten der Themse geschwemmt werden. Sie haben ihm eine Kette um den Fuß geschmiedet wie einem Tier, aber ein Tier würde man eher totschlagen, als es derart zu quälen. Ich weiß nicht einmal, ob er nicht wieder gefoltert wird, ob sie ihm von dem Essen, das wir schicken, auch nur Krumen geben, ob ihm in der Nässe das Fleisch von den Knochen fault oder er an der nächsten Welle von Typhus stirbt.«

»Es ist erstaunlich, dass er so lange überlebt hat.« Die Verwunderung der Frau wirkte echt. »Ich hätte erwartet, dass das Rückgrat eines Mannes in solch einem Kerker nach spätestens einem Jahr gebrochen wäre.«

»Sein Rückgrat ist aus einem schwer verwüstlichen Material«, erwiderte Sylvester. »Ich habe mich darüber schon gewundert, als wir noch Kinder waren.«

»Wie oft habt Ihr ihn in all der Zeit gesehen?«

»Vielleicht vier- oder fünfmal im Jahr. Ich habe mich durch sämtliche Instanzen gebettelt, um ihn zumindest besuchen zu dürfen. Zu meinem Glück ist jetzt ein Kerkermeister dort, der seine Großmutter verkaufen würde, wenn der Preis stimmt.«

»Und was habt Ihr getan, wenn Ihr dort wart?«

»Nicht viel«, erwiderte Sylvester so hilflos, wie er sich seit fünf Jahren fühlte. »Ihm gebracht, wonach er am dringendsten verlangte: Papier und Zeichenkohle, Tinte und Talglichter. Ich habe mich zu ihm gesetzt. Meine Hand auf seinen Rücken gelegt. Ihm erzählt, wie Zug um Zug verwirklicht wird, was er sich für die Flotte erträumt hat. Manchmal habe ich gesungen, und ich habe ihm zu jedem Abschied gesagt, dass ich nie einen Menschen kennen werde, den ich mehr achte, mehr liebe und mehr vermisse als ihn.«

Die Frau mit den nachtfarbenen Augen hatte die Papiere, die er ihr gegeben hatte, zusammengeschoben und auf ihr Pult gelegt. Dann war sie zu ihm zurückgekommen und hatte ihm eine Locke von der Wange gestrichen. »Wenn Ihr mich fragt, habt Ihr ihm das Leben gerettet«, sagte sie. »Ihr seid beide erstaunlich, und was Ihr tut, ist für mich unfassbarer als jegliche gelehrte Erkenntnis, jeglicher Sieg mit Bogen oder Schwert.«

»Ist es nicht selbstverständlich?«, erwiderte Sylvester. »Wir sind Freunde.«

Die Frau stieß ein Kichern aus. »Vielleicht weiß ich nicht einmal, was ein Freund ist. Ich bin so sehr an das Verdorbene gewöhnt, dass mir etwas, das unverdorben bleibt, wie ein Wunder erscheint. Müsste ich selbst wie Vieh in einem Kerker liegen, wünschte ich jedenfalls, Ihr würdet zu mir kommen und mir versichern, dass ich noch immer ein Mensch bin.«

»Ich komme«, versprach Sylvester.

Sie lächelte, nicht ohne Bitternis, aber auch nicht ohne Wärme. »Reist nach Hause. Versucht, Euch nicht allzu sehr zu zermürben. Ich sende Euch Nachricht, sobald ich mit dem König sprechen konnte. Und in der Zwischenzeit sorge ich dafür, dass niemand Eurem Freund mehr Schmerz zufügt und dass er wie ein Mensch zu essen bekommt.«

In der Nacht nach jener Zusammenkunft hatte Sylvester zum ersten Mal wieder tief und fest geschlafen. In den folgenden Wochen war die Zuversicht jedoch geschmolzen wie der Schnee. Sie hatte versprochen, ihm Nachricht zu senden, doch sie sandte keine. Sie war nicht irgendwer, sondern die Frau, über die sich die Männer in den Machtzentren Europas die Köpfe zerbrachen, ein verwöhntes Töchterchen mit schrillem Kichern und frivolem Augenaufschlag, verstrickt in ihre eigenen Geschicke. Seine Geschichte hatte sie gewiss längst vergessen, auch wenn diese sie einen Herzschlag lang berührt haben mochte.

Wieder schreckte er schweißgebadet aus dem Schlaf und fürchtete, Anthony sei tot. Als sie Kinder gewesen waren, kleine Jungen von sechs Jahren, die sich von Helden erzählten, hatten sie einander geschworen zu spüren, wenn der andere starb, und ihn bis zum Ende in den Armen zu halten, aber Sylvester war kein kleiner Junge mehr. Seit Anthony im Clink eingekerkert war, hatte er mit jeder Faser seines Wesens aufgehört, ein kleiner Junge zu sein.

Hätte er die anderen nicht gehabt, wäre er verrückt geworden: seinen Vater und das Tantchen, die den Haushalt über Wasser hielten, die Kinder, die ihn brauchten, Hannah, die mit ihm schlief, und Fenella, die seine Hölle teilte. Dazu Vater Benedict und Lettice Fletcher, die Anthony ihm auferlegt hatte. Er hätte beide gern zum Teufel geschickt, aber Fenella war mit ihm in die verdreckte Kammer gegangen, in der der alte Schinder vor sich hin dämmerte. »Euer Ziehsohn hat versprochen, Euch in seinen Haushalt aufzunehmen«, hatte sie gesagt. »Ich bin seine Verlobte. Master Sutton und ich sind gekommen, um Euch abzuholen.«

Zu Sylvester, in dem sich alles sträubte, hatte sie gesagt: »Kann der Bräutigam nicht selbst zugegen sein, schickt er den Freund als Stellvertreter.«

Hätte er Fenella nicht gehabt, die tapferer war als irgendein Held in irgendeiner Geschichte, hätte er verrückt werden und endlich nichts mehr spüren wollen. »Ein Mädchen sollte nicht gezwungen werden, so tapfer zu sein«, hatte er zu ihr gesagt.

»Ich bin nicht tapfer«, hatte sie erwidert. »Wäre ich tapfer, würde ich Anthony vielleicht erlauben, der Qual ein Ende zu machen. Sag ihm, er darf das nicht, hörst du? Und du auch nicht. Ich bin nicht tapfer genug, ihr dürft nicht aufgeben.«

Als er schon nicht mehr damit gerechnet hatte, sandte die Frau ihm eine Nachricht. Sie bestellte ihn wiederum in die Stadt, in eines der pompösen Stadthäuser, das einem Bekannten ihres Bruders gehörte. »Dort sind wir ungestört«, schrieb sie. »Ich möchte Euch nicht in falscher Hoffnung wiegen, doch wenn nicht alle Himmel gegen uns sind, warte ich mit guter Nachricht auf Euch.«

Er musste die Stute, die nicht mehr jung war, schonen und kam nur langsam voran. Zu langsam für die Anspannung, unter der jedes seiner Glieder schmerzte. Der Abend senkte sich früh, und in der Dämmerung wirkten die Dächer der Stadt rosenfarben, so als könnten sie kein Wässerchen trüben.

In Wahrheit verhungerten die Menschen in Londons Straßen schneller als anderswo. Die erste Kornernte war im Dauerregen ersoffen, und die versumpften Felder hatten eine zweite Saat unmöglich gemacht. Seither weigerten sich Englands Bauern, das Korn, das sie brauchten, um im Frühjahr neu auszusäen, in die Städte zu verkaufen. Über Nacht wurden Handwerker und Händler zu Bettlern.

Sylvester sah die Brotkarren der Armenspeisung, die sich durch die engen Gassen wälzten, und die Menschen, die daran hingen wie Trauben an der Rebe. Niemand wollte abspringen, ohne etwas Essbares zu ergattern, und im Winter hatte er erlebt, wie das Gewicht des Karrens einen Greis an einer Hauswand zu Tode quetschte. Vielleicht war das verglichen mit dem Verhungern der gnädigere Tod.

Wie immer, wenn er in die Hauptstadt kam, sehnte Sylvester sich nach Portsmouth. In Portsmouth gab es auch Hungernde und Brotkarren, deren Brot nie ausreichte. Auch Fenella buk welches mit Carlos und dem Tantchen und hatte gelernt, einen Karren durch die Gassen zu lenken. Aber in Portsmouth war die Luft nicht gelb vor Dreck, und ihm taten vom Atmen nicht die Lungen weh. In London schien alles, was es in Portsmouth gab, hundertfach größer und bedrohlicher zu sein – alle Bosheit, Gewalt, Zerstörung, alle Verwirrung und Gleichgültigkeit. In Portsmouth war Platz, wo in London bedrückende Enge herrschte.

Das Haus, in dem die Frau ihn erwartete, lag westlich der Brücke, nicht weit von Southwark. Dort residierte der Bischof von Winchester, dem das Clink-Gefängnis unterstand. Es war so nah an den Fluss gebaut, dass bei Hochwasser verdreckte Brühe in die Zellen flutete und die Häftlinge bis zu den Hüften in Wasser standen. In der untersten Zelle, die zusätzlicher Bestrafung diente, reichte es ihnen sogar bis zum Hals. Krankheiten breiteten sich so schnell aus, wie Ungeziefer sich vermehrte. »Clink« hatten die Londoner das Gefängnis nach dem Geräusch der Schmiedehämmer getauft, die rot glühende Nieten in die Kettenschließen um die Gelenke der Häftlinge schlugen. Den meisten wurden die Ketten erst wieder abgenommen, wenn man ihre Leichen ins Freie schleifte.

Auf dem Weg durch Southwark musste Sylvester die Stute am kurzen Zügel reiten, damit sie nicht scheute und Bettler, Diebesvolk und käufliche Weiber überrannte. Hinter jeder Zeile eng gedrängter Häuser taten sich umzäunte Arenen auf, in denen lärmende Männer ihr Geld auf Hunde, Hähne und

Bären wetteten. Bordelle warben mit hübsch gemalten Schildern und phantasievollen Namen: Der Kardinalshut. Das Einhorn. Die gekreuzten Schlüssel.

Einmal war Sylvester in einem dieser Häuser eingekehrt, als er aus Anthonys Hölle kam. Er hatte nichts als Leben spüren wollen, Geilheit und Kraft eines wohlgenährten, nicht misshandelten Körpers. Das Mädchen, über dem er sich ausgewütet hatte, war im Morgengrauen älter gewesen als Tantchen Micaela, und einer ihrer Kumpane hatte ihm beim Pinkeln die Börse vom Gürtel geschnitten. Sylvester gönnte es ihm. Sich selbst hätte er einen »Biss der Gänse von Winchester« gegönnt, wie die Londoner die Lustseuchen nannten, die man sich bei den Mädchen in Southwark holte, doch er war verschont geblieben.

Hinter dem Bischofspalast erstreckte sich ein Streifen ummauertes Land: der »Friedhof der gekreuzten Knochen«, ungeweihter Kalkboden, in dem die Leiber der Huren verscharrt wurden, wenn diese ausgelaugt zusammenbrachen. Ohne Sarg, ohne Segen, in Leinen gewickelt und in die Grube geworfen, die meisten keine dreißig Jahre am Leben. Mit den Häftlingen, die im Clink verreckten, wurde ebenso verfahren. Ihre unsterbliche Seele wurde wie der geschundene Leib auf den Abfall geworfen.

Sylvester schloss die Schenkel um den Leib des Pferdes, das heftig antrabte, sodass die Menschen auf der Gasse auseinanderstoben. Erleichtert erkannte er die Seitenstraße, die die Frau ihm genannt hatte, und gleich darauf sah er das Haus.

Die Frau ließ Sylvester nach oben in den Saal führen und schickte ihren Diener hinaus, der nach dem Feuer gesehen hatte. Der Raum war in Eiche und tiefen Rottönen gehalten und besaß ein weites Fenster, das sich in die Nacht öffnete. Auf dem Tisch stand ein Schalenbrunnen, dessen Wasser Rosenblätter von einer Ebene zur nächsten spülte. Darum gruppiert warteten ein Weinkrug, eine Platte mit Trockenfrüchten und ein paar

Schalen mit Nüssen. Die Frau trug Grün, ein Kleid mit weiten Ärmeln, die über ihre Hände fielen. Ihr dunkles Haar hatte etwas Pflaumenfarbenes. Sie war auf eine gewaltsame, nicht leicht erträgliche Art schön.

»Mistress Boleyn.«

Sie stand auf und kam ihm entgegen. »Master Sutton. Ich würde Euch gern Sylvester nennen, wenn ich darf.«

Sylvester nickte. Die Anspannung erschwerte ihm das Sprechen.

»Ich bin eine, die Menschen gern auf die Folter spannt«, sagte sie. »Ich genieße es, eine Nachricht hinauszuzögern, bis mein Gegenüber nach Luft japst. Eine Katze, die die Maus zu Tode spielt, hat meine Mutter mich genannt. Mit Euch will ich nicht spielen, Sylvester. Bitte setzt Euch, erfrischt Euch, Ihr habt Euch lange genug gequält. Die Nachricht, die ich für Euch habe, ist gut.«

Fünf Jahre Warten. Fünf Jahre Angst, die sich wie ein eiserner Panzer um den Brustkorb legte. Sylvester griff nach ihren Schultern, wollte jede Einzelheit aus ihr herausschütteln. »Ihr habt mit dem König gesprochen? Er gibt Anthony heraus?«

»Sagt das noch einmal«, bat sie, ohne sich aus seinem Griff zu winden.

»Was?«

»Anthony.«

»Warum?«

»Weil ich noch nie gehört habe, wie ein Mensch so hinreißend den Namen eines anderen ausspricht. Ja, ich habe mit dem König gesprochen, und ja, der König gibt Euch Euren Anthony heraus.«

»Wann?« Er schrie beinahe. Bilder von dem Loch, in das die Gefangenen zur Bestrafung gesperrt wurden und das der Kerkermeister *Oubliette* – den Ort der Vergessenen – nannte, stiegen in ihm auf. Der Gestank nach Eiter und Fäulnis stahl sich ihm in die Nase, und er glaubte, die Fieberhitze zu spüren, die ihm in der Handfläche brannte, sooft er sie auf Anthonys Schultern legte.

Anne Boleyn befreite sich, ging zum Tisch und raffte einen Stoß Papiere zusammen. »Jetzt«, sagte sie. »Ich habe Euren Freund heute Mittag gesehen und hätte ihn recht gern auf der Stelle erlöst. Aber ich fand, das stünde Euch zu.«

»Ihr wart im Clink?«, stieß Sylvester heraus. »Und ich kann Anthony holen – jetzt sofort?«

Sie nickte. »Ich habe einen Schmied hier und einen Mann, der Euch im Wagen hinüberfährt.«

»Einen Schmied?«

Wieder nickte sie. »Ich habe Kerkermeister de Vere angewiesen, Eurem Freund die Kette abzunehmen, aber der Niet muss mit einer kalten Feile aufgebrochen werden. Das kann nur ein Schmied, zumindest wenn man Eurem Freund nicht unnötig wehtun und die Verletzung unter dem Eisen nicht verschlimmern will.«

Sylvester hatte hinter dem Gitter gestanden und zusehen müssen, wie dieser Niet glühend heiß geschmiedet und in die Löcher der Schließe getrieben worden war, die um Anthonys Fußgelenk lag. Er hatte Anthony schreien hören, als stieße man ein Tier bei lebendigem Leib auf einen Bratspieß. Der Lehrling des Schmieds hatte eine lächerlich kleine Kelle voll Wasser aus einem Bottich geschöpft und über das verbrannte Gelenk tröpfeln lassen, während Sylvester wie von Sinnen an den Gitterstäben rüttelte.

Der Kerkermeister hatte die Tür schließlich aufgesperrt, weil er wusste, dass Sylvester ihn dafür bezahlen würde. Gern hätte Sylvester Anthony in die Augen gesehen, aber dessen Augen waren vor Schmerz verdreht und sahen nichts mehr. *Ich liebe dich*, hatte Sylvester gedacht und ihm einen Faustschlag an die Schläfe versetzt, der ihm das Bewusstsein raubte. Als er nach Portsmouth zurückkam, hatte er Fenella nichts davon erzählen können. In jener Nacht war Hannah das erste Mal in seine Kammer gekommen, und er war ihr bis heute dankbar dafür.

Heute würde die Kette aufgeschlagen werden. Behutsam, ohne Anthony noch tiefer zu verletzen. *Wenn es trotzdem wehtut, blase ich dir noch einmal mit der Faust das Licht aus, aber dann nie wieder*, schwor Sylvester stumm. Plötzlich hätte er furchtbar gern gelacht.

Anne Boleyn hielt ihm einen Becher Wein hin. »Hier, trinkt das, damit Ihr unterwegs nicht zusammenbrecht.«

Sylvester trank dankbar. Als er den Becher absetzte, sah er, dass der Samt ihres Kleides an der rechten Schulter in Fetzen hing. »War ich das?«, fragte er erschrocken. Er erinnerte sich nicht, er hatte sich gefühlt wie im Taumel.

»Nein.«

»Wer dann?« Er erschrak noch mehr. »Nicht der König, oder? Er war nicht zornig auf Euch, weil Ihr ihn für meinen Freund gebeten habt?«

»Und wenn?«, fragte sie ein wenig spitz. »Was, wenn ich auch einmal erfahren wollte, wie es sich anfühlt, für einen anderen Menschen zu leiden und ein Opfer zu bringen?«

»Mistress Boleyn …«

Sie hob die Hände. »Nein, keine Sorge. Der König war alles andere als zornig. Er hat mich gefragt: ›Werden in Englands Gefängnissen denn immer noch fähige Männer festgehalten, weil sie Papier verbreitet haben? Braucht England die Begabung seiner Männer nicht anderswo?‹ Die Zeiten ändern sich, mein schöner Träumer. Tyndales Neues Testament ist noch immer verboten, aber es muss längst nicht mehr jeder brennen, der seine Hand dafür ins Feuer gelegt hat.« Sie ging an einen Spind, schloss ihn auf und zog ein Buch heraus. »Das habe ich dem König zu Neujahr geschenkt. Es hat ihm nicht übel gefallen, und derzeit überlegt er, ob er Tyndale nicht auffordern sollte, nach England zurückzukehren.«

Das Buch war Tyndales *Gehorsam des Christenmenschen.* Sylvester besaß selbst ein Exemplar und eines des teuer erkauften Neuen Testaments dazu. Nie hätte er jedoch gewagt, die Bücher offen herumzuzeigen.

Anne Boleyn verblüffte ihn ständig aufs Neue. Sie hatte ihm ohne Federlesens Hilfe angeboten, wo seine eigene Schwester sie verweigerte. Sie ging in Samt und Seide ins berüchtigtste Gefängnis der Stadt, las Tyndale und gab ihn einem König zu lesen, der sich noch vor Kurzem gerühmt hatte, in seinem Land werde jeder Ketzer zu Tode gehetzt. Was steckte noch in ihr? Auf dem Wochenmarkt nannten die Leute sie »die große Hure«, aber so einfach war Anne Boleyn nicht beizukommen.

»Ich werde nie wissen, wie ich Euch danken soll. Aber ich werde darüber nachdenken. Wärt Ihr mir böse, wenn ich jetzt aufbreche?«

»Nein, ich wäre Euch nicht böse«, sagte sie. »Geht.«

Als er sich zur Tür wandte, fiel ihm ein, dass er nicht die geringste Ahnung hatte, wo er mit Anthony hinsollte. Zu Pferd konnte er ihn nicht nach Portsmouth schaffen, und vermutlich hätte er die Tagesreise nicht einmal überstanden.

Er drehte sich nach ihr um.

»Kommt mit Eurem Freund hierher zurück«, sagte sie. »In diesem Haus seid Ihr sicher, bis Ihr reisen könnt. Ich lasse Euch allein. Ihr findet hier alles vor, was Ihr braucht. Auch einen Arzt und meinen eigenen Kaplan, falls sein Beistand vonnöten ist.«

»Ihr habt mir noch immer nicht gesagt, warum Ihr das für mich tut«, bemerkte Sylvester. »Für einen Fremden. Hilfe wie Eure habe ich von meiner Schwester erwartet, nachdem Anthony ihrem Mann den Hals gerettet hat.«

»Warum hat er das eigentlich getan?«, unterbrach sie ihn. »Geht so viel Edelmut nicht zu weit?«

Sylvester hatte Anthony dasselbe gefragt. Er hatte ihn angeschrien: »Wie kannst du diesen Mann decken, der dich kalten Blutes auf den Scheiterhaufen gehen lässt? Ich würde für dich sterben, Anthony. Aber du stirbst für einen feigen Verräter, der dir nichts bedeuten kann!«

In der Zeit, ehe sie ihm die Kette anlegten, hatten sie ihn täglich an den Handgelenken an die Decke der Zelle gefesselt und in die Höhe gezogen, sodass seine Füße eine Armlänge über dem Boden schwebten. In dieser Stellung hatten sie ihn hängen lassen, bis er vor Schmerzen ohnmächtig wurde. Sie hatten ihn in den eisernen Storch gefesselt, bis ihm das Blut aus Ohren und Nase quoll, und hatten ihn mit den Dornen der Ketzergabel nächtelang wach gehalten. Sylvester hatte London nicht mehr verlassen und den Wärtern ein Vermögen hingeworfen, damit sie ihm erlaubten, Anthony zu sehen und seine Wunden zu versorgen. Aufgeplatzte Striemen von unzähligen Peitschenhieben, ins Fleisch gebrannte Krater von glühenden Eisen. »Warum tust du das?«, hatte Sylvester geschrien. »Um uns zu beweisen, dass du ein edler Mensch sein kannst, während Fenella und ich keinen Tag unseres Lebens mehr ertragen?«

»Fenchel auch?«, hatte Anthony kleinlaut gefragt.

»Was soll das heißen: Fenella auch?«

»Fenchel kann auch nicht mehr ertragen, dass ich bin, wie ich bin?«

Sylvester hatte Anthonys Kopf auf seine Knie gebettet und ihm das Haar, das in Stirn und Wangen klebte, zurückgestrichen. »Wir lieben dich«, hatte er gesagt. »Wir ertragen, was immer du uns aufladst, aber nicht, dass du dich für diesen Mann zu Tode quälen lässt. Tust du es meinetwegen, Anthony – weil er der Gemahl meiner Schwester ist? Das musst du nicht. Du kennst meine Familie. Für Geraldine wird gesorgt sein, was immer diesem Untier geschieht, das sie geheiratet hat. Sag ihnen seinen Namen, damit sie endlich aufhören, dich zu schinden.«

»Und dann?«

»Was meinst du: und dann?«

»Wenn ich Graf Robert bezichtige und wenn sie ihn aburteilen und verbrennen – wer gibt dann acht auf das Schiff?«

Sylvester war so fassungslos gewesen, dass er nicht mehr herausstammeln konnte als: »Welches Schiff?«

»Sie muss aus dem Wasser«, hatte Anthony vor sich hin gesprochen. »Die *Mary Rose*. Ich kann von hier aus nichts für sie tun, ich habe sie seit Jahren nicht gesehen und muss ihr Spantenwerk prüfen, um zu entscheiden, wie wir sie verstärken können. Aber solange muss sie aus dem Wasser, sonst verrottet sie. Graf Robert sorgt dafür.«

Das Schiff musste aus dem Wasser. Dafür verbrachte dieser Kerl seine Nächte in einer Zelle, in der den Gefangenen das Fleisch von den Knochen faulte, weil ihnen das Wasser bis zur Mitte stand! Sylvester holte aus und ohrfeigte ihn, schlug einem Mann, der zerschunden und wehrlos auf den Knien lag, ins Gesicht. »Ich habe in meinem Haus das Mädchen, das dich liebt!«, schrie er ihn an. »Dieses wundervolle, starke Mädchen zerbricht an deinem Schicksal, und du scherst dich um nichts als ein verfluchtes Schiff?«

Anthonys Gesicht verschloss sich. Der Blick der bronzebraunen Augen wurde leer, und vergeblich versuchte er zu verbergen, wie verletzt er war.

Sylvester begriff in diesem Moment, dass er seinem Freund unrecht tat. Wie konnte er ihn für das bestrafen, was ihn einzigartig machte, was ihm Stärke verlieh, ihn im Leben hielt? »Verzeih mir«, sagte er weinend. »Anthony, ich halte nicht aus, dass du stirbst.«

»Wenn du es nicht aushältst, komm nicht mehr zu mir, Sylvester.«

Sylvester hatte ihn umarmt und ihm geschworen, zu ihm zu kommen, wann immer man es ihm erlaubte. Irgendwann hatte die Konvokation zwar keine Schergen mehr geschickt, um Anthony zu foltern und nach seinen Auftraggebern zu befragen, die Aufseher aber ließen sich nicht hindern, ihn weiter zu peinigen. Graf Robert, der eine Zeitlang mit mäßigem Argwohn beobachtet worden war, hatte seine Stellung bei Hof zurückerhalten und war in der Gunst des Königs kometenhaft aufgestiegen. Er hatte nach Anthonys Plänen einen Zweihunderttonner für die königliche Flotte gebaut, organisierte die Wartung sämtlicher Schiffe und schrieb ein Buch über Schiffbau, das unter der Schirmherrschaft Henry Tudors in Druck gehen würde.

Das Buch war das Herzstück von Anthonys Träumen. Er war sieben Jahre alt gewesen, als er erklärt hatte: »Wir Engländer haben Jahrhunderte verloren. Wenn wir irgendwann Schiffe bauen wollen, die auf dem Seeweg Indien und China erreichen, müssen wir anfangen, aufzuschreiben, was wir über Schiffbau wissen.«

Nie wieder hatte Sylvester ihm einen Vorwurf gemacht. Nur ein einziges Mal hatte er Anthony den Arm um die Schultern gelegt und ihn gefragt: »Ist es nicht furchtbar falsch, dass du all dein Wissen, all dein Talent dieser Bestie von einem Mann schickst, der sich mit deinen Federn schmückt und dich zum Lohn in einem Loch zugrunde gehen lässt?«

»Ist es auch furchtbar falsch, dass dieser Tyndale, den du in den Himmel hebst, sein Wissen nach England schickt?«, hatte Anthony zurückgefragt. »Zu Leuten, die an seinem Scheiterhaufen jubeln und Schweineschwarten essen würden? Was soll sonst mit dem Wissen geschehen? Soll der, der es hat, daran ersticken?«

Sylvester hatte ihm darauf keine Antwort geben können. Wenn es die Weitergabe seines Wissens war, die Anthony vor der völligen Verzweiflung bewahrte, wie durfte er sie ihm nehmen?

Nicht lange darauf hatte Anthony aufgehört zu sprechen. So wie damals, nach Ralphs Tod. Nur fand er diesmal die Sprache nicht wieder. Sylvester war an einem Maiabend, der schwer vor Süße war, ins Gefängnis gekommen und hatte ihn an der Zellenwand kauernd gefunden, in seinem Schweigen gefangen wie zwischen den Mauern. Auf seine Fragen, was seinem Freund geschehen sei, erntete er Achselzucken und abgewandte Gesichter. Das Zeichenpapier, das er ihm brachte, blieb von diesem Tag an unberührt.

Sylvester schüttelte sich. Die Bilder wurde er davon zwar nicht los, aber er gewann die Kontrolle über seinen Körper zurück. Anne Boleyn legte ihm die Hand auf den Arm. »Ich hatte Euch eine Frage gestellt.«

Er rang sich das Lächeln ab, das sie verdiente. »Ich Euch auch. Sogar zwei Fragen.«

»Also gut. Eure Antwort im Tausch gegen zwei von mir, einverstanden? Und hinterher macht Ihr Euch auf.«

Mühsam nickte Sylvester. »Es ist so schwer zu erklären. Mein Freund baut Schiffe. Das ist sein Rückgrat. Er hat den Dämon Ripon gerettet, damit der sein Sprachrohr bleibt – der Weg, um dem König seine Träume von Schiffbau ins Ohr zu säuseln. Bitte versucht, kein Monstrum in meinem Freund zu sehen, das Schiffe höher schätzt als Menschen. Schiffbau ist der einzige Teil der Welt, den er versteht. Das Tor, durch das er seine Hand strecken und mit Menschen Kontakt aufnehmen kann.«

Anne Boleyns Lachen klang beinahe zärtlich. »Ihr seid ein Dichter, mein Träumer. In einem Mann, dem Ihr ein solches Liebeslied singt, könnte ich kein Monstrum sehen. Im Übrigen sehe ich auch keinen Dämon in Robert Mallach. Nur einen schwachen Menschen. Seid Ihr ihm begegnet? Wisst Ihr, wie winzig klein er ist und wie er beim Sprechen hickst?«

»Es ist mir berichtet worden«, erwiderte Sylvester. »Aber als ich ihm gegenüberstand, habe ich nichts davon bemerkt. Ich fürchte, ich habe einen Dämon gesehen, wo mir ein kleiner hicksender Mann gegenüberstand. Und ich werde wohl immer einen sehen.«

Sie klopfte ihm auf den Arm. »Ihr seid sehr liebenswert, Sylvester. Liebenswert wie ein lockiger Welpe und offen wie das Mieder einer Dorfschlampe. Nichts von alledem lehrt uns das Leben bei Hof, und damit habt Ihr meine Antwort auf Eure

Frage. Es war mir eine Freude, Euch helfen zu dürfen, und ich bin sicher, Ihr würdet mir ebenso behilflich sein. Ich kenne sonst keinen Menschen, von dem ich das behaupten würde.«

Sie war schön, begehrt und ihr Name in aller Munde. Warum war ein Fremder der einzige Mensch, von dem sie sich Hilfe versprach? »Und meine zweite Frage?«, erinnerte er sie.

»Ach du liebe Zeit – die habe ich vergessen.«

»Wer hat Euch das Kleid zerrissen?«

»Weiber. Ehrbare Gattinnen, die vom Einkauf zurück in ihre Häuser zockelten und die Gelegenheit nutzten, der großen Hure eine Lektion zu erteilen. Sie lieben ihre Katherine, diese Hüterinnen der Moral. Dass ein niedrig geborenes Flittchen mit einem losen Mundwerk ihre Königin bedroht, dulden sie nicht.«

Sylvester entzog ihr seinen Arm und strich ihr den zerfetzten Stoff auf der Schulter zurecht. Ehe er überlegen konnte, hatte er sich niedergebeugt und sie auf den Ansatz des Halses geküsst, der weiß und schmal aus dem Nest ihrer Schultern wuchs. »Gott habe ein Auge auf Euch, Mistress Boleyn.«

»Anne, wenn es recht ist. Grüßt das ungreifbare Meereswesen, das Ihr zur Schwester habt. Und falls in diesem Land Flittchen mit losen Mundwerken Königinnen werden, dann vergesst nicht, bei wem Ihr einen Stein im Brett habt.«

»Sollte England Euch zur Königin bekommen, so kann es sich glücklich schätzen.«

Als Sylvester nach unten kam, war der Kutscher mit dem Schmied vorausgefahren, und ein Bursche wartete mit seiner Stute. In fliegendem Trab ritt Sylvester in die Nacht, das Themseufer entlang, das um diese Zeit menschenleer war. Master de Vere erwartete ihn auf der Gasse, vor einer der nach außen vergitterten Zellen, in die Insassen zum Betteln gesperrt wurden. Das Clink war ein privates Gefängnis ohne Versorgung für Gefangene. Manche durften sich in ihren Ketten auf die

Straße schleppen, um mildtätigen Passanten Pennys abzuschnorren, andere mussten dazu ihre Hände durchs Gitter der Bettelzelle strecken. Wer überhaupt nicht aus dem lichtlosen Keller herausdurfte, war auf das angewiesen, was Angehörige schickten, oder starb am Hunger.

»Freut mich, Euch zu sehen, Sir.« Obwohl ihm zwei Vorderzähne fehlten, sprach der Kerkermeister, ohne zu lispeln. »Euer Kumpan ist sein Eisen schon los, und alles ist geregelt, wie die Lady es wünschte. Ihr werdet an seinem Zustand nichts auszusetzen finden.« Der Mann streckte ihm die offene Hand entgegen.

Unzählige Male hatte Sylvester ihm Geld hineingelegt, in der Hoffnung, Anthony damit Erleichterung zu erkaufen. Jetzt aber sagte er: »Ich denke, die Lady hat Euch zur Genüge bezahlt«, und ging an ihm vorbei.

Unter dem Türstock musste er sich ducken und aufpassen, dass er keine der glitschigen Stufen verfehlte. Es roch nach Schimmel, nach allen Arten von Körpersäften und verfaultem Fisch.

Auf dem Absatz, auf dem sich eine Zelle für Schuldner auftat, stand eine Bank. Der Mann, der sich mit seiner Laterne dort niedergesetzt hatte, musste Anne Boleyns Kutscher sein. Er sprang auf, verbeugte sich und wies vor sich zu Boden. »Wir können aufbrechen, sobald es Euch recht ist, Sir.«

Sylvester nickte und ging an ihm vorbei. Anthony lag auf dem Treppenabsatz unter einer sauberen Decke und schlief. Sooft Sylvester hergekommen war, hatte er ihn nie schlafend gefunden. Jetzt aber lag er zur Kugel gerollt, das Gesicht im Schutz der Arme geborgen. Über die Schläfe zog sich ein frischer Striemen, von dem das Blut abgewischt worden war.

Sylvester kniete nieder und berührte ihn im Nacken. Jemand hatte ihm das Haar gewaschen und die Schürfwunde von der Halsfessel mit Salbe bestrichen. Er hob die Decke und sah nach Anthonys Fuß. Das Gelenk war mit Leinenstreifen verbunden, durch die Wundflüssigkeit zu sickern begann. Ruhe herrschte. Nie zuvor hatte Sylvester an diesem Ort Ruhe empfunden.

Wir halten dich im Leben, versprach er Anthony stumm. *Ich und Fenella. Wenn wir dich nicht hätten, wie hätten wir dich erfinden können? Wir stehlen deine* Mary Rose *aus Ripons Klauen und bringen sie dir zurück. Wir lassen nicht zu, dass unsere Geschichte hier zu Ende ist.*

»Kannst du mir helfen?«, fragte er den Kutscher. Er wollte Anthony in den Wagen schaffen und diesen Ort hinter sich lassen, wollte, dass der Arzt nach ihm sah, und dann seinen Schlaf bewachen, die ganze Nacht hindurch.

»Mit Verlaub«, erwiderte der Kutscher. »So trefflich, wie Ihr gebaut seid, schafft Ihr es besser allein. Der Mann besteht ja nur aus Haut und Knochen.«

Sylvester wickelte die Decke fest um Anthonys Schultern und hob ihn auf die Arme. Sein Gewicht hing ihm auf den Ellbogen, und sein Kopf sank ihm an die Brust. Der Kutscher ging mit der Laterne voraus und beleuchtete die Stufen. Als Sylvester mit seinem Freund auf die Straße trat, sah er, dass die Nacht glasklar und voller Sterne war. Sie hatten fünf Jahre überlebt. Welcher Schaden ihnen davon blieb, würde er erst erkennen, wenn sein Verstand die Kraft dazu fand.

15
Fenella

Portsmouth 1530

Fenella taten alle Menschen leid, die nichts zu tun hatten. Im Sommer nach Anthonys Verhaftung hatte Regen die Ernte vernichtet, und als der Herbst gekommen war, waren die Augustiner-Laien vom *Domus Dei* mit Körben durch Portsmouth gezogen und hatten grobes, trockenes Brot verteilt. Die alten Männer schleppten mühsam an der Last, und so langsam, wie sie voranschlurften, so schnell waren ihre Körbe leer. Einmal sah Fenella, wie einer der Greise stürzte, weil etliche Menschen zugleich an ihm zerrten. Ein andermal sah sie, wie ein Haufen Männer sich um einen Brotlaib prügelte und wie eine Frau, die leer ausgegangen war, sich in den Schlamm der Straße warf und lauthals weinte.

Vielleicht waren die Mönche mit ihren Brotkörben und die Hungernden, die wie Fische danach sprangen, das Erste, was Fenella seit Anthonys Verhaftung wahrnahm. Tage und Nächte waren ineinander übergegangen, während sie sich die immer gleichen Fragen stellte: *Lebt er noch? Wird er morgen noch leben? Muss ich nicht Gott bitten, ihn mir zu nehmen, damit er nicht länger leidet? Wie soll ich das Leben ohne ihn ertragen? Was kann es von Fenchel Clapham noch geben, wenn es Anthony Fletcher nicht mehr gibt?*

Die Frage, die sie einem der Augustiner vom Hospiz stellte, als er mit leerem Korb von dannen zog, war die erste andere: »Steht es so schlimm um die Leute, dass sie Euch das Brot unter den Fingern wegreißen müssen?«

»Es steht viel schlimmer«, erwiderte der Augustiner. »Was wir tun können, ist nicht mal ein Tropfen auf dem heißen Stein.«

»Solltet Ihr nicht mit Karren ausfahren? Ihr könntet Brotreste aus gut gestellten Haushalten einsammeln und mit Eurem Backwerk verteilen. Ich bin Fenella Clapham, Sylvester Suttons Braut. Ich werde unseren Koch anweisen, von morgen an täglich zwei Laibe zusätzlich auszubacken, und ich werde Sir James bitten, die Familien der Räte dafür zu gewinnen.«

»Gott lohne Euch Eure Herzensgüte«, erwiderte der Bruder. »Ich bin Bruder Francis, Chorherr des *Domus Dei.* Wir haben einen Karren im Hospiz, doch der wird gebraucht, um Kranke zu besuchen und Sterbende zu geleiten. Leider gibt es in der Umgebung kein weiteres Haus, das derlei Dienste leistet.«

»Und wenn wir Euch einen Karren gäben?«, fragte Fenella. Sir James würde helfen. Das Pony der Werft war gewiss für ein paar Stunden entbehrlich.

»Dann hätten wir immer noch keinen, der ihn fahren kann«, erwiderte der Bruder betrübt. »Wir sind alte Männer und ein paar noch ältere Frauen, die den Erfordernissen der Zeit nicht gewachsen sind.«

So lernte Fenella, einen Karren zu lenken und Brot auszugeben. Sie lernte, an den Türen der Herrenhäuser zu betteln und das Erbettelte einzuteilen, und hatte bald alle Hände voll zu tun.

Das war ihre Rettung. Ihr Liebster saß in einem Gefängnis ohne Licht, Schergen der kanonischen Gerichtsbarkeit unterzogen ihn der Folter, und von den Speisen, die Sylvester ihm brachte, nahm sich sein Kerkermeister den größten Teil. Fenella konnte Anthony nicht vor den Schindern schützen, seinen misshandelten Körper nicht streicheln und ihm nicht ins Ohr flüstern, dass er ihr das Liebste auf der Welt war. Aber sie konnte Leuten, die Not litten, Brot geben, und damit das Gefühl ein wenig lindern, unbrauchbar zu sein.

Wenn sie nach Hause kam, sah sie nach Anthonys Mutter und Vater Benedict, flößte der Frau ein wenig Brühe ein und lieh den Klagen des Dekans ihr Ohr. Seit sie den Brotkarren fuhr, war sie auch dafür dankbar. *Ich kann dich nicht halten, Liebling, dir nichts abnehmen, dir nicht einmal sagen, wie wundervoll du bist. Nur für die Menschen sorgen, für die du dich verantwortlich fühlst.*

»Die Leute zerreißen sich die Mäuler«, greinte Vater Benedict, dessen Habichtsgesicht zum Totenschädel abgemagert war.

»Welche Leute, ehrwürdiger Vater?«

»Das Volk in der Küche und im Waschhaus. Die sagen, sie haben meinen Jungen in den Kerker geworfen, weil er ketzerisches Schriftgut verschifft hat. Aber das hat er nicht getan. Das hätte er niemals getan.«

»Nein, natürlich nicht.«

»Ich hätt's ihm ausgeprügelt.«

Fenella sprang auf. »Das hättet Ihr nicht gekonnt!«, fuhr sie ihn an und dachte: *Mein Liebling, warum habe ich dir nie gesagt, wie stolz ich auf die Stirn war, die du der Welt geboten hast? Ohne Fußgestampfe. Ohne feurige Deklarationen. Nur indem du nicht anders konntest, als du selbst zu sein.*

»Er hat's nie nötig gehabt«, krächzte Vater Benedict. »Er ist ein braver Katholik. Wenn der Welt die Wände brechen und wir in den Schlund der Hölle stürzen, wird mein Junge stehen bleiben.«

Dein Junge glaubt, dass der Himmel leer ist und weder Gott noch Teufel sich um seine Qualen scheren, dachte Fenella traurig. *Wie hält ein Mensch das aus? Wie soll ein Mensch, dem der Tod droht, den Gedanken ertragen, dass auf den Tod das ewige Schweigen folgt? Hättest du deinen Jungen nicht lehren können, dass uns Gott, wenn wir nach innen weinen, in die Arme nimmt?*

Fenella wischte dem Alten Krumen von den Lippen, wünschte ihm eine gute Nacht und ging in die Nebenkammer zu Lettice Fletcher. *Der verknöcherte Priester nebenan – der hat dir deinen schönen Sohn gemacht? Hättest du dem nicht sagen kön-*

nen, wer sein Vater ist? Kein Teufel und kein Strauchdieb, sondern der Priester, den er liebt – weißt du nicht, wie viel ihm das bedeutet hätte?

Fenella schluckte die Fragen herunter und schwieg. Der Alten träufelte sie gegen die Blähungen einen Sud aus Ziegenmilch und Lauch ein, und hinterher fragte sie Hannah, ob sie Hilfe mit den Kindern brauche. Einmal hielt Sir James sie auf der Treppe auf. »Ich mache mir Sorgen um dich«, sagte er. »Du verausgabst dich.«

»Ihr Euch auch«, entfuhr es Fenella. Sir James war immer ein schöner Mann gewesen, erfüllt von einer Spannkraft, der die Zeit nichts anhatte, obwohl sein Haar weiß war, solange sie ihn kannte. Seit Kurzem aber wirkte er so alt, wie er war.

Sie lachten beide. Nicht froh, aber auch nicht allein. »Um ehrlich zu sein, mache ich mir um Sylvester mehr Sorgen als um uns«, gestand Sir James.

»Ich auch.« Etwas in Fenellas Bauch zog sich zusammen. »Manchmal überlege ich mir, ob wir ihn davon abhalten sollten, nach London zu fahren. Was sie Anthony antun, tun sie Sylvester doppelt an.«

»So war es immer. Und so zäh, wie Anthony ist, so empfindlich ist Sylvester.« Sir James stockte, als er ihr Gesicht sah. »Nein, Fenella, so habe ich es nicht gemeint. Ich will nicht den einen ausliefern, um den anderen zu schonen, und Sylvester ließe sich niemals darauf ein. Es ist gut, wie es ist. Sylvester soll hinfahren und kämpfen, und eines Tages bringt er uns Anthony nach Hause. Frag mich nicht, wie, aber aufgeben werden wir nie.«

Er ging, um Papiere für die Werft durchzusehen, und Fenella ging, um mit Carlos und dem Tantchen Teig zu walken. Weil sie zu tun hatten, lebten sie weiter. So waren fünf Jahre vergangen.

Mehr als einmal hatte Fenella Sylvester gedrängt, Hannah zu heiraten. Sylvester aber wollte nichts davon hören, selbst dann nicht, als Hannah der Leib schwoll. Der fürsorglichste Mann, den sie kannte, erwies sich als stocktaub, wo es um die Frau ging, die sein Kind im Bauch trug. »Sind Lizzy und Luke nicht gut versorgt?«, fragte er. »Gebe ich den beiden keine Liebe? Ich bin weiß Gott froh, dass wir die Kinder im Haus haben, und ich werde auch froh über das dritte sein und dafür sorgen, dass es ihm an nichts fehlt.«

»Zum Kuckuck, das dritte ist dein leibliches Kind, Sylvester!«

»Muss das einen Unterschied machen? Glaubst du, ich könnte einen leiblichen Bruder mehr lieben als Anthony?«

Das dritte Kind war ein Mädchen, es war so goldgelockt und rosig wie Sylvester, und es starb keine Stunde nach der Geburt. Sylvester hielt sein Versprechen. Er sorgte dafür, dass es dem Kindchen an nichts fehlte. In seinen Armen wiegte er es, bis der Priester kam, der an dem sterbenden Bündel die Nottaufe vollzog und es mit den letzten Riten versah. Unter dem Namen Juana Anne Henley wurde das Kind ins Kirchenbuch eingetragen und in geweihter Erde, auf dem Friedhof von Sankt Thomas, begraben.

Fenella fuhr fort, sich um Sylvester zu sorgen, weil es leichter war, als sich um Anthony zu sorgen. *Du bist so weit weg, mein Liebling, dass ich mich manchmal frage, ob du noch wirklich bist. Bin ich noch wirklich? Du und ich, das war das Wirklichste, was ich kannte.*

In den ersten Jahren hatte jeder Funke frischer Hoffnung sie in Erregung versetzt, doch irgendwann war die Kraft dazu erloschen. Als Sylvester im Frühling neuen Mut schöpfte, vermochte Fenella nicht mitzutun. Ein weiteres Mal verschwand er bei Nacht und Nebel nach London, und sie betete nur noch, die erneute Enttäuschung möge ihn nicht zerbrechen.

Dann aber kam an Sylvesters Stelle sein Brief. Sir James trug den Bogen ins Küchenhaus und warf ihn auf den hefeduftenden Teig, den Fenella nach dem Rezept der alten Dinah bereitet hatte. »Da, schau«, stieß er heraus. Auf seinem Gesicht lag ein Strahlen. »Gibt es in diesem Land noch irgendwen, der Briefe schreibt wie mein Sohn?«

Lieber Vater. Um alles in der Welt, kannst Du einen Reisewagen mieten und Fenella herschicken? Ich habe Anthony bei mir, wir sind rundum versorgt und in Sicherheit. Mir zur Seite stehen ein Koch, der Fleisch so fein wie Seide schneidet, ein Arzt aus Montpellier und der sanfteste Kirchenmann der Welt. Dennoch kommen wir nicht gegen die Grausamkeit an, zu der Menschen fähig sind. Ich habe einmal all meine Liebe aufgeboten, um diesen Mann ins Leben zurückzuholen, und ich tue es wieder, aber wie damals ist meine eine Liebe nicht genug. Schick uns Fenella, und bete. Seid alle umarmt von Deinem Dich liebenden Sohn Sylvester.

So fuhr Fenella nach London. Unterwegs bekam sie Angst. Nicht nur vor dem, was die fünf Jahre aus Anthony gemacht hatten, sondern auch vor dem, was sie aus ihr gemacht hatten. Würde wieder zusammenwachsen, was Jahre zerrissen hatten, oder hatte Verzweiflung ihre Liebe erstickt?

Sylvester empfing sie auf den Stufen. Sie fragte ihn nicht, wie er an das prachtvolle Haus hinter dem Fluss gekommen war. »Erschrick nicht«, sagte er.

»Nein«, sagte sie und erschrak bis ins Mark.

Sylvester führte sie die Treppe hinauf in eine Kammer auf der Galerie. Vor das Fenster war ein Gobelin gezogen, der den Raum verdunkelte. Am Bettpfosten lehnte Sylvesters Laute aus Tiroler Kirschholz.

»Er spricht nicht«, flüsterte Sylvester. »Der Arzt sagt, seine Kehle ist nicht sichtbar verletzt, doch ich habe seit einem Jahr kein Wort von ihm gehört.«

Fenella sah die Umrisse von Anthonys Körper unter der seidig schimmernden Decke, und ihre Angst zerstob. *Ich habe dich in meinem engen Herzen. Vertäut mit Ankerketten. Versiegelt mit dem Pech der Kalfaterer.*

»Er isst auch nicht. Ich muss ihn zwingen, und das bricht mir das Herz.«

»Bitte«, sagte Fenella, »sprich nicht über ihn, als wäre er nicht da oder nicht bei Verstand.«

»Er hört mich doch nicht«, flüsterte Sylvester, aber Fenella schüttelte den Kopf.

»Hier ist dein Fenchel«, sagte sie zu Anthony. »Ich komme jetzt zu dir, ich gehe langsam, weil ich glaube, wir beide brauchen ein bisschen Zeit. Aber ich möchte furchtbar gern rennen, wie wir am Creek gerannt sind, wenn wir nicht warten konnten.«

Anthony drehte sich nicht nach ihr um. Sie hatte geglaubt, ihr müsse jede Bewegung schwerfallen, aber es gab nichts, das ihr leichter fiel. Sie setzte sich zu ihm auf den Bettrand, und als das nicht nah genug war, rutschte sie hinunter, legte den Kopf aufs Bett und grub ihre Nase in seinen Nacken. Der Verband um seinen Hals roch nach einer Salbe aus Honig und Kamille, und sein Haar duftete nach Lavendel, mit dem die Bader Läuse auswuschen. Fenella musste lachen. Sie hatte fieberhaft nach Worten gesucht, die ihn dazu bringen würden, sich umzudrehen, und jetzt lachte sie, weil er roch wie Sir James' Garten im höchsten Sommer. Das Lachen durchbrach die Unberührbarkeit. Er drehte sich um.

Seine Augen standen weit offen. Sie hatten keinen Ausdruck, aber sie waren weder blind noch stumpf, und seine Brauen waren noch tintenschwarz. Das Haar sauber gewaschen und vom Schlaf zerzaust. Von der Schläfe bis auf den Wangenknochen verlief eine frisch verschorfte Wunde.

»Ach, mein Liebling«, sagte Fenella. »Ich werde jetzt weinen, aber darauf darfst du nichts geben. Das ist ja nichts Neues für dich, dass ich dich beim Küssen nass mache.«

Auf seinen Wangenknochen war nur noch Haut. Fenella

küsste ihn, als könnten ihre Lippen etwas an ihm zerbrechen, dann merkte sie, dass solche Küsse nicht besser waren als Wassersuppe für Verhungernde, und küsste ihn fester. Seine Haut glühte. Die Tage im Vogelkirschbaum fielen ihr ein, als sie vor Gier um ein Haar aus dem Geäst gefallen waren. Sie war verrückt. Sie wollte, dass Sylvester ging, damit sie sich zu Anthony legen und mit ihm schlafen konnte. *Ich liebe dir weg, was sie dir getan haben.* In seinem Gesicht bewegte sich nichts als die Augen, die jeder Regung von ihr folgten.

»Dass du nicht sprechen kannst, ist nicht schlimm«, sagte sie tapfer. »Darauf können wir so lange warten, wie du willst. Aber ich werde Sylvester jetzt sagen, dass er dir kein Fleisch mehr geben soll, und dann musst du essen. Darauf können wir nicht warten. Du quälst Sylvester, wenn du von ihm verlangst, dass er dir wehtut, damit du dich nicht zu Tode hungerst.«

Anthony gab ihr mit keinem Zeichen zu verstehen, dass ihre Nähe ihm wohltat. Nur seine Augen ließen sie nicht los. Sie blieb bei ihm sitzen, hielt seine übel zugerichteten Hände und blies ihm Luft in das fieberheiße Gesicht, bis ihm die Augen zufielen. Dann küsste sie ihn auf die Stirn und ging auf Zehenspitzen mit Sylvester hinüber ins Küchenhaus. Von dort gingen sie in den schmalen, von einem grünen Zaun umgebenen Küchengarten. Die Kräuter und Frühjahrsgemüse, die schon hoch wucherten, dufteten süß.

»Er schläft ständig ein«, sagte Sylvester. »Er hat überhaupt keine Kraft.«

»Ruhe tut ihm gut«, erwiderte Fenella. »Lass ihn schlafen.«

»Glaubst du, er wird essen, wenn er wach wird?«

»Ja«, sagte Fenella, »aber du musst Geduld haben. Ich habe Leute an meinem Karren, die seit Wochen nicht ordentlich gegessen haben. Sie haben Hunger wie Wölfe, aber ihre Mägen sind schwach und können nichts bei sich halten. Wir dürfen ihnen nur winzige Brocken geben, oder wir machen sie krank.«

Sie sah, wie Sylvester gegen etwas kämpfte, was ihm in der

Kehle saß und herauswollte. »Sag's mir«, bat sie ihn. »Du warst lange genug damit allein.«

»Anthony auch.«

»Ich weiß«, sagte Fenella. »Aber wir sind die Werftkinder. Von uns ist jetzt keiner mehr allein.«

»Sie haben ihm in diesem Höllenkerker kübelweise Wasser eingezwungen«, stieß er ein Wort nach dem anderen heraus. »Ihm ist der Bauch wie ein Ballon geschwollen, und dann haben sie ihn mit ihren Knüppeln auf den Magen geschlagen, bis er all das Wasser in einem Schwall wieder von sich gab. Vermutlich ist es kein Wunder, dass ein Mann, der so barbarisch behandelt worden ist, nichts mehr schlucken kann.«

»Nein«, sagte Fenella.

»Ist denen, die behaupten, sie verteidigten Gottes Recht auf Erden, der menschliche Körper nicht heilig?«, schrie Sylvester los. »Ich habe geglaubt, das mit dem Wasser sei das Schlimmste, etwas Infameres kann niemandem einfallen, aber ich habe mich geirrt.«

»Erzähl's mir.«

»Als ich das nächste Mal kam, haben sie einen, der beklagt war, vor St. Paul's einen Priester mit Pflaumen beworfen zu haben, aus der Zelle gezerrt und ihn am Boden mit gespreizten Gliedern auf ein Gerüst geschnallt. Dann haben sie eine steinerne Platte, so dick wie zwei Fäuste, auf seinen Körper gelegt und ein Gewicht nach dem anderen darauf getürmt. Der arme Kerl konnte nicht einmal mehr schreien, und ich bin sicher, ich habe gehört, wie ihm unter dem Stein die Rippen brachen. Fenella, wie können wir uns denn Christen nennen, wenn wir imstande sind, Gottes Kindern, seinem Salz der Erde, so etwas anzutun?«

»Vielleicht sollten wir uns gar nichts mehr nennen«, murmelte Fenella. »Vielleicht gibt es für uns kein Wort.«

»Neben ihm stand ein Mann, der war einer wie ich«, fuhr Sylvester fort. »Ein Bruder oder ein Freund, der den Gefolterten nicht alleinlassen wollte und weinte wie ein Hund. Ich habe mir geschworen: Wenn sie jetzt kommen, um mit meinem Anthony dasselbe zu tun, springe ich auf die verfluchte Platte und bringe ihn um, damit sie ihn endlich nicht mehr quälen können.«

»Ich glaub', deshalb«, sagte Fenella stockend. »Deshalb können wir uns noch Christen und Menschen nennen, weil manche von uns so sind wie du.« Sie legte die Arme um ihn, ohne ihn an sich zu ziehen. »Danke, dass du bei ihm warst. Danke, dass du es ausgehalten und ihn behütet hast.«

»Ich habe ihn doch nicht behütet!«, wütete er. »Hätte er statt eines elenden Feiglings einen Mann mit Schneid zum Freund, hätte der diese Hölle gestürmt und ihn herausgeholt.«

»Würde Anthony sich derart schmähen, finge er sich eine Ohrfeige, einerlei, wie elend es ihm geht«, sagte Fenella. »Ein Kerl, der versucht, das Gefängnis des Bischofs von Winchester zu stürmen, ist ein Idiot. Aber ein Mann, der seinem Freund in höchster Not nicht von der Seite weicht, hat in meinen Augen Schneid für drei.«

Sylvester errötete und senkte hastig den Kopf. »Sieh dir doch an, was von ihm übrig ist«, murmelte er. »Sie haben ihm das Fleisch in Fetzen von den Knochen gerissen und ihm die Würde aus dem Leib gedroschen wie das Korn aus der Spelze.«

»Sein Leben ist übrig«, sagte Fenella. »Das hast du ihm gerettet, weil du ihn nicht alleingelassen hast. Weil er wusste: Wenn die Qual die Kräfte übersteigt, springst du auf den Stein und machst ein Ende. Du hast ihn bewahrt, und seine Selbstheilungskräfte sind stark, Sylvester. Er braucht Zeit, aber er wird gesund.« Sie sagte es so fest, wie sie es glauben wollte.

Im nächsten Augenblick trat ein Mann in den Garten, ein Kleriker in weißem Talar und schwarzer Bundhaube. »Oh, Verzeihung.« Vor Verlegenheit stockte er. Dann entdeckte er Fenella und lächelte. Nie zuvor hatte Fenella ein Lächeln gesehen, das sich derart langsam über jeden Zug eines Gesichtes breitete. »Wie ich sehe, ist die Dame eingetroffen, um deren Ankunft wir gebetet haben. Gelobt sei Gott. Willkommen in Swan House, Mistress Clapham.«

»Danke, Ehrwürden«, sagte Fenella, die keine Ahnung hatte, wie man den Kleriker ansprach.

»Nicht doch.« Sein Lächeln überwältigte sie. »Ich bin Thomas Cranmer, ein einfacher Gelehrter von der Universität in Cambridge und Kaplan der Familie Boleyn.«

»Ist Mistress Boleyn denn da?«, fragte Sylvester verwundert. »Wer hat Euch überhaupt eingelassen, Doktor Cranmer?«

»Ich mich selbst.« Das Lächeln galt jetzt Sylvester. »Dieses Haus ist nämlich meines. Oder besser: Es ist das Haus, das der König mir zur Verfügung stellt, solange ich eine kleine Arbeit für ihn erledige. Nein, keine Sorge! Ihr seid mir nicht im Weg, und ich werde mir Mühe geben, es Euch auch nicht zu sein. Binnen Kurzem reise ich ohnehin nach Rom, und Ihr bleibt bitte, solange dieses Haus Euch eine Zuflucht sein kann.«

»Doktor Cranmer war in der ersten Nacht hier«, sagte Sylvester. »Ich glaube, ich wäre ohne ihn die Wände hochgegangen.«

»Ich habe Eure Tapferkeit bewundert«, widersprach Cranmer. »Wie geht es Eurem Freund? Was sagt der Arzt?«

»Die Entzündung am Fußgelenk heilt nicht. Der Arzt hat Sorge, dass sie ihm den Knochen zerfrisst. Er will eine andere Salbe probieren, aber wenn das Fieber nicht sinkt, muss er ihm das Bein nehmen – sein Bein, das er ohne Gnade gedrillt hat, damit es ihm dient wie ein gesundes.«

Cranmer trat neben Sylvester und legte ihm die Hand auf den Arm. »Beten wir, dass Gott ihm das erspart. Wenn es aber getan werden muss, wird Euer Freund nicht allein sein. Nicht unversorgt und nicht ungeliebt. Hat er essen können?«

Stumm schüttelte Sylvester den Kopf.

»Er wird es jetzt können«, warf Fenella schnell ein. »So gut, wie sein wunder Magen es erlaubt. Lass mich für ihn sorgen.« Entlang des Zaunes wucherten Nesseln in dichten Büscheln.

»Doktor Cranmer, darf ich von diesem Wildkraut dort etwas für eine Suppe nehmen?«

»Aber ohne Frage! Nehmt, was immer Ihr brauchen könnt.«

Angewidert verzog Sylvester das Gesicht. »Nesselsuppe! Ich habe mir geschworen, wenn ich Anthony aus diesem Gefängnis bekomme, verhätschele ich ihn wie den Mops der Königin. Ich habe den Koch das feinste Fleisch der Umgebung aufkaufen lassen, und jetzt kommst du und willst ihn mir mit Schlangenfraß vergiften?«

Fenella war schon dabei, mit beiden Händen Nesseln zu pflücken, und genoss das scharfe Brennen auf der Haut. »Der Mops der Königin ist nicht halb so mimosenhaft wie unser schwarzer Seestern. Lass mich nur machen.«

»Ich rate dasselbe.« Doktor Cranmer lachte. »Mistress Clapham scheint besser zu wissen, was sie tut, als wir zwei.«

»Weshalb wolltest du mir eigentlich sagen, ich solle ihm kein Fleisch mehr geben?«, fragte Sylvester.

»Weil er keines isst«, sagte Fenella und pflückte weiter.

»Wie bitte? Hat er dir gesagt, er kann kein Fleisch essen? Aber er spricht doch kein Wort!«

»Er hat es mir nie gesagt«, antwortete Fenella. »Aber er isst schon seit mehr als zwanzig Jahren keines. Lass mich jetzt diese Nesseln kochen. Das ist besser, als ihm etwas in den Rachen zu zwingen, das ihn ekelt.«

Mit den Armen voll Grün stapfte Fenella ins Küchenhaus, in dem es nach Knoblauch und den an der Decke aufgehängten Kräutern duftete. Die beiden Männer folgten, blieben in der Tür stehen und sahen ihr zu, während sie mit dem Koch über die Bereitung der Nesselsuppe sprach.

»Erklär mir das, Fen«, bat Sylvester. »Weshalb ekelt ein erwachsener Mann mit einem prächtigen Gebiss sich vor Fleisch?«

Fenella zuckte mit den Schultern. »Fleisch ist von Toten geschnitten. Aber gefragt habe ich ihn nie.«

Vier Wochen lang blieben sie in dem Haus hinter der Themse. Der Priester, der auf seine Abberufung nach Rom wartete, war ein Segen. Weil er sich mit Sylvester auf eine Steinbank in den Garten setzte und über die Umwälzungen sprach, die sich im Land vollzogen, brauchte Fenella sich nicht auch noch um Sylvester zu sorgen. Das Wetter war schön. Frühlingshaft. Wenn Sylvester nach dem Essen heraufkam, um den schlafenden Anthony zu sehen, setzte er sich eine Weile zu ihr und erzählte ihr flüsternd von seinen Gesprächen mit dem Kleriker. Dabei hielt er Anthonys aufgeschürftes Gelenk umfasst.

»Dieser verschüchterte Doktor Cranmer ist ein erstaunlicher Mann«, sagte Sylvester. »Seit etlichen Monaten streiten sich Beauftragte des Königs und Beauftragte des Papstes um die Gültigkeit der königlichen Ehe, ohne dass sie einen Schritt weiterkommen. Der König besteht darauf, seine Ehe sei sündig und müsse annulliert werden; der Papst hingegen weigert sich zuzugestehen, dass einer seiner Vorgänger einen falschen Dispens erteilt hat. Päpste begehen keine Fehler – auch nicht, wenn die Zukunft Englands auf dem Spiel steht. Doktor Cranmer hat in seinem Gelehrtenstübchen ein wenig darüber nachgedacht und ist auf einen genialen Einfall gekommen: Statt wieder nach Rom solle der König die Frage an die theologischen Fakultäten Europas verweisen. Beamte, die in dieser Ehesache das ganze Land durchforsten, haben es dem König zugetragen, und der hat sich den kleinen Gelehrten aus Cambridge im Handumdrehen nach London schaffen lassen.«

»Doktor Cranmer sieht aus, als wäre er ganz gern in seinem stillen Cambridge geblieben«, sagte Fenella.

»Das gewiss«, stimmte Sylvester zu. »Aber er ist entschlossen, seinen Mann zu stehen, wo Gott ihn hinstellt. Für den Fortschritt in diesem Land sind Leute wie er nicht mit Gold aufzuwiegen.«

»Was geschieht in der Ehesache denn jetzt weiter?«, fragte Fenella. Ein wenig kam sie sich vor, als hätte sie in all den Jahren hinter dem Mond oder zumindest hinter ihrem Brotkarren gelebt.

»Doktor Cranmer hat mit einem Komitee gelehrter Männer aus den Antworten der Universitäten ein Papier erstellt. Daraus geht klar hervor, dass der Papst überhaupt keine Befugnis hat, in dieser Frage über den Kopf eines englischen Königs hinweg zu entscheiden. Geht es um England, besitzt der König die höchste Entscheidungsgewalt. Keine fremde Instanz darf versuchen, sich darüberzustellen, auch nicht der Bischof von Rom.«

»Der Papst meinst du? Aber Sylvester, der Papst ist Gottes Stellvertreter auf Erden!«

»Deshalb wollen ja all diese Stellvertreter von eigenen Gnaden verhindern, dass wir unsere Bibel selbst lesen«, konterte Sylvester. »Weil wir sonst nämlich feststellen würden, dass in den Evangelien von Stellvertretern überhaupt keine Rede ist.«

Vor Verblüffung lachte Fenella auf. »Das, was du da redest – sagt Doktor Cranmer das auch?«

»Der sagt noch viel Schlimmeres.« Sylvester schmunzelte einen Herzschlag lang, wie er es als junger Mann getan hatte.

»Und ihr habt beide keine Angst?«

Sylvester streichelte Anthonys Gelenk. »Doch, Fen. Cranmer und ich verstehen uns, weil wir zwei Feiglinge sind, denen das, was sie auf einer Gartenbank schwatzen, vor den Toren im Hals stecken bleibt. Aber wie es aussieht, stehen diesem Land Zeiten bevor, in denen wir lernen könnten, der Angst weniger Raum zu geben – und der Freiheit der Gedanken viel, viel größeren.«

»Es ist schön, dir zuzuhören, wenn du so redest.« Fenella lehnte den Kopf an seine Schulter, und zusammen sahen sie Anthonys Atemzügen zu.

»Früher hast du gesagt, ich rede wie ein Priester.«

»Vielleicht hättest du einer werden sollen, Syl. Auch wenn alle ledigen Frauen von Portsmouth aufweinen würden, weil ein so hübscher Mann an den geistlichen Stand vergeudet ist.«

Er lachte verloren. »Erscheint dir das nicht falsch? Dass ein

Mann, weil er die Liebe Gottes predigt, keine Frau an der Seite haben darf, die er liebt? Martin Luther ist verheiratet. Und Thomas Cranmer …« Er brach rasch ab und hob die Hand. »Thomas Cranmer wird England guttun, wenn er sich nicht wieder in sein Schneckenhaus zurückzieht«, fügte er schließlich hinzu. »Und Mistress Boleyn auch, obgleich ich mir nicht einbilde, Mistress Boleyn zu durchschauen.«

»Sylvester«, begann Fenella, »warum haben diese Leute uns geholfen? Warum erlauben sie uns, in ihren Häusern zu wohnen, warum schickt diese Mistress Boleyn, um derentwillen sich der König mit dem Papst anlegt, uns ihren eigenen Kaplan und ihren Arzt, der Wunder wirkt?«

»Wirkt er Wunder?«, fragte Sylvester und hob vorsichtig die Decke, entblößte Anthonys Bein bis über das vernarbte Knie. Vor dem Gestank wich er angewidert zurück. »Das nennst du Wunder? Das Fleisch ist faul bis auf den Knochen, es muss ausgebrannt werden.«

»Beherrsch dich. Weck ihn nicht auf.« Sie nahm ihm die Decke weg und breitete sie wieder über das verletzte Glied. »Was so stinkt, ist nicht sein Bein, sondern die Salbe. Honig und Schafskot, miteinander vergoren. Anthony hat sich dagegen gewehrt wie ein Tier in der Schlinge. Hätten ihn nicht irgendwann die Kräfte verlassen, hätte der Arzt die Salbe nicht in die Wunde einbringen können.«

»Warum erlaubst du das?«, fuhr Sylvester auf.

»Weil es hilft«, sagte Fenella. Sie nahm Sylvesters Hand und legte sie auf Anthonys Stirn. »Das Fieber sinkt, seit diese stinkende Salbe in der Wunde wirkt. Der Arzt sagt, es ist der Schimmel, der die Entzündung wegfrisst. ›Dieser Mann hat für unsere Sache genug gelitten‹, hat er gesagt. Helfen sie uns deshalb, Sylvester? Sind sie alle Reformer, wollen sie uns ihren Dank erweisen, weil Anthony Tyndales Bücher transportiert hat? Aber Anthony hat von den Büchern auf seinem Schiff doch nichts gewusst!«

»Nein«, sagte Sylvester. »Gewusst hat es nur der Dämon, den ich meinen Schwager nennen muss, und wie sie alle mit ihm zusammenhängen, darfst du mich nicht fragen. Mir war es lieber, nichts zu ahnen. Anthony brauchte um jeden Preis Hilfe, und wäre sie von Robert Mallach gekommen, hätte ich sie nicht annehmen dürfen.«

Ihre Blicke trafen sich. In diesen fünf Jahren war der Name Robert Mallachs, den Fenella nie gesehen hatte, zwischen ihnen zum Inbegriff des Bösen geworden. Der Graf von Ripon hatte Anthony nicht nur ohne jeden Skrupel geopfert, er hatte ihm auch alles genommen, wofür er jetzt hätte leben können: das Eigentumsrecht an der *Lady Geraldine*, den Ruhm für die Arbeit an dem Schiffbauer-Handbuch, die Wertschätzung des Königs und das Schiff, das er liebte. Fenella litt unter Anthonys Schweigen, doch sie fürchtete zugleich den Augenblick, in dem er sie nach seiner *Mary Rose* fragen würde und sie ihm Antwort geben musste.

»Fenella.«

»Was ist?«

»Ich habe seit Langem mit dir darüber sprechen wollen, habe aber nie den Mut gefunden. Es wäre meine Pflicht, Geraldine ebenso zu hassen wie ihren Mann, nicht wahr? Sie war an dem Verbrechen nicht beteiligt, aber sie hat nicht gezögert, den zu heiraten, der es begangen hat.«

»Hast du ihr gesagt, was er getan hat?«

Sylvester nickte. »Ich habe ihr gesagt, sie muss die Verlobung lösen, oder ich kann nicht mehr ihr Bruder sein. Sie hat sich nicht darum geschert, und ich habe sie fünf Jahre lang nicht gesehen. Zwischendurch habe ich gehofft, ich würde vergessen, dass ich je eine Schwester hatte, aber dazu war ich nicht stark genug. Zu Neujahr, als die Not am größten war, bin ich zu ihr gekrochen wie ein Hund. ›Sie ist doch meine Schwester‹, habe ich gedacht. ›Wer soll mir denn helfen, wenn nicht sie?‹«

»Aber sie hat dir nicht geholfen.«

Er schüttelte den Kopf. »Was sie zu mir gesagt hat, kann ich nie einem Menschen erzählen. Dir nicht und Anthony noch weniger. Sie hätte ihn kalten Blutes zugrunde gehen lassen. Dass ich sie nicht hasse, kommt mir vor, als würde ich ihn verraten.«

»Sei nicht so streng mit dir«, sagte Fenella, obwohl sie sich wünschte, er könnte Geraldine hassen und es gäbe keinen Grund, sie je wieder zu sehen. »Sie ist deine Schwester. Wie könnten Anthony und ich dich für das verurteilen, was du empfindest? Wir haben ja nie Geschwister gehabt.« Sie erschrak und hielt inne. Was sie gesagt hatte, war wahr und falsch zugleich.

»Du denkst an Ralph«, sagte Sylvester. »Weißt du, wie oft ich an Ralph denke und wie sehr ich ihn gehasst habe?«

Ein unfrohes Lachen entfuhr ihr. »Du kannst doch gar nicht hassen, Sylvester.«

»Ralph schon«, erwiderte er. »Und etwas in mir wünscht, wir hätten sie beide nicht gehabt, weder Ralph noch Geraldine, sondern nur einander. Du siehst müde aus, Fen. Soll ich heute Nacht bei Anthony wachen, damit du schlafen kannst?«

Fenella schüttelte den Kopf. Auch der Arzt hatte ihr seine Hilfe angeboten, doch in Wahrheit genoss sie die Nächte, in denen sie mit Anthony allein war.

Als Sylvester gegangen war, streifte sie die Kleider ab und kroch zu ihm unter die Decke. Die Wärme seiner Haut schenkte ihr Frieden, obgleich die Verbände zwischen ihnen lagen. Wenn Anthony sich krümmte oder im Schlaf stöhnte, streichelte sie ihn und raunte ihm Fluten von zärtlichen Worten ins Ohr. Sie waren ein Fleisch gewesen, und sie spürte die Grausamkeit, mit der sein Körper misshandelt und geschändet worden war, am eigenen Leib. Schreckte er aus dem Schlaf, so gab sie ihm Wasser, versorgte aufgeplatzte Wunden oder schlang die Decke um seine schlotternden Glieder. Dann drückte sie ihn an sich, bis er wieder einschlief.

Wenn sie am Morgen erwachte, hielt sie ihn noch immer so fest umschlungen, dass er sich nicht rühren konnte. Meist war er wach und starrte mit weit geöffneten Augen vor sich hin. Nie erwiderte er ihre Zärtlichkeit, aber er schob sie auch nie von sich fort.

Während Fenella auf seine Seele wartete, pflegte sie seinen Körper, und war glücklich über jede Wohltat, die sie ihm erweisen konnte. Sie wusch seine Wunden mit Wein aus und verband ihm die Hände, die von Abschürfungen bedeckt waren, als hätte er versucht, das Mauerwerk seines Kerkers aufzureiben. Seine Haut, die sich in Schuppen löste, rieb sie mit einer Salbe aus duftendem Bienenwachs ein, damit sie dort, wo sie unverletzt war, ihre Geschmeidigkeit zurückgewann. *Ich mache dich heil, mein Liebster. Wir sind noch nicht alt, uns ist noch nicht alles zerschlagen. Eines Tages will ich dich wieder kitzeln, bis du um Gnade winselst. Eines Tages will ich wieder deinen Kopf in meinem Schoß halten, während du mir von deinen Träumen erzählst.*

Das Essen fiel ihm schwer. Sein geschundener Magen konnte kaum etwas behalten, sodass er das meiste in blutigem Schwall erbrach. Fenella lief auf den Markt und kaufte zartes Frühjahrsgemüse. Ihre Mutter hatte sich oft beklagt, weil sie so unwillig kochte, doch jetzt tat sie es mit aller Hingabe. Sie hielt Anthony im Arm, während sie ihn fütterte, und einmal traf sie sein Blick, verzerrt von Demütigung. Sie stellte die Schüssel beiseite. »Ist gut«, sagte sie und küsste ihn. »Probier's allein, auch wenn ich es furchtbar gern für dich getan habe. Darf ich wenigstens bei dir bleiben?«

Beinahe flehend sah er sie an. Sie stand auf, gab ihm behutsam die Schüssel in die verbundenen Hände und küsste seinen Kopf, ehe sie den Raum verließ.

Draußen stand Cranmer, der ihr einen Krug Wein bringen wollte. »Wie steht es?«, fragte er, und sie erzählte es ihm.

Er schenkte ihr sein unglaubliches Lächeln. »Er beginnt zu kämpfen«, sagte er. »Ihr tut ihm gut, Fenella – wenn Ihr ihn allein lasst ebenso, wie wenn Ihr an seiner Seite steht. Ehe ich nächste Woche nach Rom aufbreche, wird er vermutlich versuchen zu laufen.«

»Und zu sprechen?«, entfuhr es ihr.

»Nehmt den Körper als Vorhut«, antwortete Cranmer weich. »Die Schläge, die die Seele abbekommen hat, haben Wunden hinterlassen, die wir von außen weder kühlen noch mit Balsam lindern können. Sie werden ihm lange wehtun, ehe sie unmerklich beginnen zu heilen.«

»Und wenn sie eitern?«

Ihr war, als zucke er zusammen. »Dann müssen sie behutsam geöffnet werden«, rang er sich ab. »Er ist ja nicht allein auf der Welt, sondern hat Euch und Master Sutton. Ich glaube, ich habe nie einen Menschen gekannt, der solche Freunde hatte.«

Fenella beließ es dabei. »Was tut Ihr in Rom, Doktor Cranmer?«

»Ich gehöre einem Komitee von Gesandten an, das den Fall des Königs noch einmal vor Papst Clemens darlegen soll.«

»Und wenn er sich weiter weigert, die Ehe zu annullieren?«

Cranmer zögerte. »Vielleicht muss der König dann seinen Weg allein gehen«, sagte er. »Sein Gewissen vor Gott steht über jeder anderen Erwägung.«

Was würde geschehen, wenn Henry von England den Weg allein ging? Würde der Kaiser die Insel mit Krieg überziehen? Angst packte Fenella. Den Mann, der hinter der Kammertür um seine Würde kämpfte, konnte sie in keinen Krieg mehr ziehen und sein Leben aufs Spiel setzen lassen. Aber genau das würde er wollen: wieder in einen Krieg ziehen, wieder versuchen, den vereiterten Makel auszubrennen, den kein Schafskot heilte.

Ehe sie sich's versah, hatte Cranmer über ihrem Scheitel ein Kreuz geschlagen. »Ich werde Gott bitten, Euch nicht von der Seite zu weichen«, sagte er lächelnd. »Und Mistress Boleyn lässt noch einmal daran erinnern, dass sie Euch gern behilflich wäre, wann immer Ihr es braucht.«

»Ich begreife noch immer nicht, warum«, gestand Fenella.

Er überlegte eine Weile. »Das Leben bei Hof ist einsam«, sagte er dann. »Ist zudem nicht jeder von uns froh, wenn er einen Menschen trifft, dem er einfach vertraut?«

»Und diesen Menschen hat sie in Sylvester gefunden?« Fenella blickte auf. »Das verstehe ich allerdings nur zu gut.«

»Ich auch«, sagte er.

Von dem Tag an aß Anthony allein. Sie brachte ihm Wasser, damit er sich waschen und sich den Bart scheren konnte, und einmal erwischte sie ihn dabei, wie er versuchte, auf dem verletzten Bein zu stehen. Es trug sein Gewicht nicht, er knickte ein und hatte Glück, sich am Bett zu fangen, ehe er mit Kopf und Schulter auf den Steinboden prallte.

»Bist du verrückt?« Fenella packte ihn und schüttelte ihn kurz und zart, ehe sie ihn an sich drückte. »Lass dir doch Zeit. Wem musst du denn etwas beweisen?«

Sein Blick presste ihr das Herz zusammen. Alles hatte sie erwartet, verletzten Stolz, Zorn, aber keine so abgrundtiefe Traurigkeit. »Setz dich dahin«, herrschte sie Anthony an, wies auf das Bett und zerrte ihn unsanft hoch. Dann verließ sie das Zimmer und durchsuchte das Haus von oben bis unten, bis sie gefunden hatte, was sie brauchte.

Sie kehrte zurück und warf ihm ihren Fund in den Schoß. »Da hast du, du blöder, sturer Kerl. Du kannst nicht laufen, und du wirst es noch lange nicht können – nicht, weil du ein Schwächling bist, sondern weil du fünf Jahre lang in einem Loch gefangen warst, an eine bleierne Kugel gefesselt und bis aufs Blut geschunden! Wirst du diesen armen Beinen jetzt gefälligst Frieden gönnen, ehe du sie dazu peitschst, einen Berg zu bezwingen? Zu Fuß warst du ohnehin nie der Größte, Anthony. Hier, zeichne alles Papier in diesem Haus mit deinen Schiffen voll.«

Verdutzt blickte er auf, und sie hatte ihn so lieb, dass sie schleunigst gehen musste, damit er das, was sie übermannte, nicht für Mitleid hielt. Die nächsten Stunden ließ sie ihn mit der Zeichenkohle allein und spielte mit Sylvester zwei klägliche Runden Schach. Als sie im Dunkeln zu ihm zurückkam, lag er wie meist mit dem Rücken zu ihr. Papier und Kohle hatte er am Bettrand aufgeschichtet. Fenella legte sich zu ihm und schlief ein.

Irgendwann in der Nacht erwachte sie und fand seinen Kopf an ihrer Schulter, seine Wange auf ihr Gelenk gedrückt. Er schlief so friedlich wie an manchen Tagen am Creek, gehüllt in den Duft von Sandthymian. Als sie die Arme um ihn legte, gab er einen kleinen Laut von sich, nicht vor Schmerz, sondern vor Behagen. Fenella spürte, wie das Glück in Wellen durch ihren Körper strömte, lag still und zehrte davon.

Am nächsten Morgen ging sie früh Wasser holen, und als sie zurückkam, saß er auf dem Bett, die Decke um die Hüften, der Oberkörper nackt und ohne Verbände. Fenella erschrak nicht. Er blickte auf, und eine schwarze Strähne fiel ihm über ein Auge. »Fenchel«, sagte er, die Stimme vor Sehnsucht rau.

Keinen Herzschlag später lag sie in seinen Armen.

In dieser Nacht liebte er sie. Er umschlang ihre Hüften mit seinem gesunden Bein und stillte mit seinen verschorften Händen ihren Hunger. In dem ausgezehrten, zerschundenen Leib erkannte sie ihren schönen Mann wieder, der sie unter der Weide und im Vogelkirschbaum vor Verlangen toll gemacht hatte. Erst seine Finger, dann seine Lippen liebkosten die Innenseiten ihrer Schenkel, bis sie sich unter ihm wand.

Sie hatte seinen scharfen Verstand vermisst, seinen bösen Humor, seine Art, mit ihr zu sprechen, wie sonst nur Männer untereinander sprachen. Er war die andere Hälfte ihrer Welt, und sie hatte seine Wärme und das Lächeln vermisst, das außer ihr und Sylvester niemand kannte. War sie eine Sünderin, ein verdorbenes Frauenzimmer, weil sie die Liebe mit ihm mehr als alles andere vermisst hatte?

Wenn du mich noch einmal küsst, wo ich ganz ohne Schutz bin, wenn du mich noch einmal dort streichelst, explodiert zwischen meinen Beinen das Glück. Aber dafür war es zu früh, von dem Glück sollte doch er die Hälfte bekommen! »Anthony, ich will dich in mir!«, rief sie und umschloss seinen Kopf, um ihn zu sich zu ziehen.

Er befreite sich und blickte auf. »Nein«, sagte er traurig. Dann, ehe sie ihn hindern konnte, liebte er sie weiter mit Lippen und Händen, und in ihr explodierten Glück und Traurigkeit zugleich.

In den folgenden Nächten liebte er sie auf dieselbe Weise, sooft sie sich zu ihm legte. Einmal versuchte sie, mit ihm darüber zu sprechen. »Lass mich dich auch lieben, Anthony. Lass mich dir auch etwas von dem Glück geben.«

»Nein«, sagte er, und dabei blieb es. Mehr als »Ja«, »Nein« und ihren Namen sprach er ohnehin nicht und auch diese drei Worte so selten, als müsse er sie sparen. Nur ein einziges Mal, als Fenella ihm nach der Liebe das Herz streichelte, sprach er einen ganzen Satz. »Sei mir böse, Fenchel«, sagte er. »Ich habe auf das Ding, das ich dir geschenkt habe, nicht gut aufgepasst.«

»Oh mein Gott!«, rief Fenella. »Wie hättest du das denn tun sollen, und wie soll ich dir dafür auch noch böse sein?«

Er zuckte mit den Schultern und verfiel wieder in sein Schweigen. Sein Körper lag starr in ihren Armen.

In einer dieser Nächte nahm Fenella ihren Mut zusammen, schob ihre Hand zwischen seine Beine und musste erkennen, dass das, was sie sich wünschte, nicht möglich war. Der steile Schwanz, vor dem sie einst erschrocken war, ehe er sie die Liebe gelehrt hatte, hing schlaff herunter. Als sie ihn streicheln, ihn wecken wollte, stieß Anthony ihre Hand beiseite.

Das Entsetzen darüber konnte Fenella nicht einmal mit Sylvester teilen. Zorn und Schmerz weckten einen Entschluss:

Ich werde herausfinden, was dir geschehen ist. Ich werde nicht ruhen, bis ich weiß, was diese Kraft in dir zerbrochen hat. Erst aber musste sie dafür sorgen, dass der Rest von ihm gesundete, dass er Gewicht zulegte und in eine Art von Leben zurückfand.

Cranmer brach nach Rom auf. »Alles, was ich wollte«, sagte er zum Abschied, »war, mich in meiner Zelle in Cambridge einzuigeln und still und liebevoll in meiner Bibel zu lesen.«

»Warum nur ist Euch das nicht vergönnt?«, fragte Fenella, die sich in diesen Tagen etwas Ähnliches wünschte: *Warum nur haben wir uns nicht in Portsmouth vergraben können und ein stilles, liebevolles Leben führen wie Sir James und Micaela?*

Cranmer zuckte die Achseln und schenkte ihr sein Lächeln. »Vermutlich ist das ein Gesetz großer Zeiten – dass selbst ein kleiner Mann nicht klein bleiben darf.«

Fenella und Sylvester standen bei den blühenden, duftenden Ligustersträuchern und winkten ihm nach, als er auf seinem Grauschimmel davonritt. »Glaubst du auch, dass er ein kleiner Mann ist?«, fragte Fenella.

»Ja, vielleicht ist er das«, erwiderte Sylvester in Gedanken. »Er ist kein Luther, der für seine Ziele die Welt in Flammen setzen würde, und auch kein Tyndale, dem seine Begabung Verpflichtung und Wegweiser ist. Thomas Cranmer ist weder ein großer Theologe noch ein großer Held, doch er ringt unentwegt darum, das Richtige zu tun. Gott begleite ihn.«

»Ist er in Gefahr?«

Sylvester hob die Schultern. »Keiner von uns ist sicher, aus welcher Richtung der Wind morgen wehen wird«, sagte er. »Aber der König hat einen Narren an Cranmer gefressen. Er wird ihn nicht fallen lassen.«

»Hatte der König nicht auch an dem Kardinal einen Narren gefressen, von dem es hieß, er regiere uns?«, wandte Fenella ein.

»Kardinal Wolsey?« Sylvester strich sich das Kinn. »Ja, damit hast du wohl recht. Es ist kein leichtes Unterfangen, des Königs Freund zu sein. Aber er hätte Wolsey nie fallen lassen, wenn der ihn nicht in der Ehesache enttäuscht hätte. Außerdem hat Henry die Anklage gegen ihn niedergeschlagen. Es heißt sogar, er habe ihm einen Ring gesandt, der ihn vor jeder Verhaftung schützt.«

»Und du glaubst, so wird er auch mit Doktor Cranmer verfahren, falls der ihn genauso enttäuscht?«

»Cranmer wird ihn nicht enttäuschen«, erwiderte Sylvester. »Er ist ein besonnener Mann, der durchdenkt, was er tut. Weißt du was? Mir fehlt er schon jetzt. Es war mir beileibe wohler zumute, solange er hier war.«

»Mir auch.«

Sie tauschten einen Blick, und Sylvester tastete nach ihrer Hand. »Jetzt, wo er fort ist, geht es mir, als stünden wir zwei Kinder mit unserem Schwerverletzten allein auf einem Schiff, dem sämtliche Planken brechen.«

Sie schob ihre Hand in seine. »Ich würde gern bald nach Hause fahren, Syl. Nach Sutton Hall, zu meinem Brotkarren und deinem Vater. Zu allem, was uns Sicherheit schenkt.«

»Glaubst du, Anthony ist für die Reise stark genug?«, fragte Sylvester.

»Der Arzt sagt, er kann mit seiner Kunst nichts mehr ausrichten«, antwortete Fenella. »Die Gefahr ist vorbei. Anthony wird nicht sterben.«

»Wird er eines Tages wieder leben?«

»Vielleicht braucht er dazu, was er immer gebraucht hat«, sagte Fenella. »Queller und Meerfenchel von den Salzwiesen, das Geräusch der Brandung und den Duft von Kalfatererpech.«

16

Robert

Whitehall, November 1530

»Der König wünscht, Euch zu sehen, Mylord.«

»Sehr wohl«, erwiderte Robert matt. Boten, die in der Dunkelheit durch solche Stürme ritten und außer Atem in die Häuser von Adligen platzten, brachten nie gute Nachrichten. »Ist es recht, dass ich meine Aufwartung morgen in der Frühe mache? Wie Ihr seht, sitze ich mit meiner Dame beim Nachtessen und würde ihre Ruhe ungern noch mehr stören.«

Er warf einen schnellen Blick auf Geraldine, die sich zierlich den Mund abtupfte, obwohl sie von dem in Butter gerösteten Rebhuhn so wenig gegessen hatte wie vom Karpfen mit Korinthen und Pflaumen. Sie zuckte mit den Schultern, als wollte sie fragen: *Was schaust du mich an? Ich habe mit alledem nichts zu tun.*

Das Kleid, das sie trug, hatte er bei dem Schneider fertigen lassen, den auch Anne Boleyn beschäftigte. Hellblau mit einem Stich ins Silber, ein Ton, der schwierig zu färben und kostspielig war. Robert liebte Geraldine in dieser Farbe. Sie war seine Königin aus blauem Eis. Dass er ihr Herz nicht berühren konnte, zehrte ihn innerlich auf, doch er fand Trost darin, dass auch kein anderer es konnte. Sie war Geraldine, die Unberührbare. Die Versuchungen des Hofes, in die sich Männer und Weiber wie in einen Strudel stürzten, ließen seine Eisprinzessin kalt.

Sie wandte sich einer Platte mit Süßigkeiten zu, drehte eine Rose aus Zucker abschätzend in den Händen und legte sie zurück.

»Ich bedaure, mein Graf«, sagte der Bote. »Der König lässt ausrichten, die Sache dulde keinen Verzug.«

Roberts Handflächen begannen zu schwitzen. Er hatte damit rechnen müssen. Wer in der Gunst des Königs hoch stieg, stürzte umso rascher ins Bodenlose. Dass die erstaunliche Anne Boleyn ihren Henry wie einen zahmen Affen an der Leine führte, bedeutete nicht, dass in England keine Ketzer mehr verfolgt wurden. Ein Mann, der glaubte, er könne Henry Tudor derart simpel vorausberechnen, erlag einem lebensgefährlichen Irrtum.

Zwar wollte der König der Gängelei durch den Papst ein Ende setzen, aber im selben Atemzug ließ er Tyndales Neues Testament vor der St. Paul's Kathedrale öffentlich ins Feuer werfen. Der Aufschrei, den die Verbrennung der Heiligen Schrift auslöste, kümmerte ihn nicht. Ebenso mochte er seiner Bettgefährtin verzeihen, dass sie sich an verbotenen Traktaten ergötzte, doch seinem gescheiterten Flottenaufseher, der das Herzstück der Ketzerbewegung ins Land geschmuggelt hatte, verzieh er deshalb noch lange nicht.

Robert machte sich nichts vor: Wenn seine Rolle bei der Verbreitung der Tyndale-Bibel aufflog, drohte ihm Härteres als der Tod: ein langsames, elendes Verrecken, Erniedrigung und Schmerz. Und zu allem das Wissen, dass er einem Unbeteiligten eben dies auferlegt hatte, einem Mann, dem er den süßen, flüchtigen Glücksrausch seines Lebens zu verdanken hatte.

Langsam stand er vom Tisch auf und wies seinen Diener an, ihm Barett und Schaube zu bringen. Er hätte versuchen können zu fliehen. Männer wie Schiffe standen bereit, um gefährdete Reformer in die Sicherheit der deutschen Fürstentümer zu schaffen, aber er ertrug den Gedanken nicht, Geraldine zurückzulassen. Einmal hatte er zaghaft versucht, mit ihr darüber zu sprechen, aber sie war ihm nach zwei Sätzen über den Mund gefahren: »Mich verschleppst du in keine deutsche Einöde, Robert. Hier bei Hof habe ich wenig genug, für das sich ein Leben lohnt, dort aber hätte ich weniger als nichts.«

Du hättest mich, dachte er bitter und konnte ihr Lachen darüber förmlich hören.

»Der König schickt Euch einen Wagen«, ließ der Bote ihn wissen.

Zumindest kein Boot, dachte Robert. Also würde man ihn nicht über den Fluss in eine Gefängniszelle des Towers schaffen. Vor einem Jahr hatte es auf der Themse von Booten gewimmelt, denn kein Londoner hatte sich entgehen lassen wollen, wie der verhasste Kardinal Wolsey an die Stätte seiner Strafe und Schande verschifft wurde. Letzten Endes aber hatte der König Gnade walten lassen und den Kardinal verschont.

Daran versuchte Robert sich festzuhalten, während der königliche Wagen im Galopp durch die stürmische Nacht jagte. Nein, er hatte nicht wie Wolsey König Henry über Jahre als Berater zur Seite gestanden, doch auch sie beide hatten glorreiche Zeiten erlebt. In den Monaten, in denen das Handbuch für Schiffbauer Gestalt angenommen hatte, hatte der Tudor-Monarch kaum einen Mann mit so viel Wärme überschüttet wie ihn, den Grafen von Ripon. Robert würde ihm glaubhaft machen müssen, dass dies alles nicht zu Ende war, dass es mehr Schiffe, mehr Schriften und mehr Träume von einer Großmacht zur See geben würde.

Wie aber sollte es dergleichen noch einmal geben? Er hatte dem sprudelnden Quell ein Ende bereitet, indem er den strahlenden Verstand, dem er entsprang, wie Ungeziefer zerquetschen ließ. *Für Tyndales Bibel*, hatte er sich tausendmal vor sich selbst zu rechtfertigen versucht, *für Englands Zukunft*, doch nichts verfing. Er hatte seinem Land das schönste Talent geraubt, das ihm je untergekommen war, und sich selbst den einzigen Mann genommen, den er sich zum Freund gewünscht hatte.

Wie war er gestorben? »An völliger Entkräftung«, hatte Geraldine gesagt, bei der die Nachricht damals eingetroffen war. »Am Typhus, an einer brandigen Wunde auf der Brust.«

Drei Todesursachen? Konnte ein Mann drei Tode sterben, einer grausamer als der andere? Robert hatte um jeden Preis wissen wollen, was geschehen war, hinterher aber gewünscht, er hätte nie Erkundigungen eingezogen.

Fast vier Jahre lang hatte er von Anthony Fletcher aus dem Clink Nachricht erhalten, wann immer er auf geheimem Weg danach verlangt hatte – Texte und Zeichnungen, die ihn befähigten, ihren gemeinsamen Traum voranzutreiben. Um es ihm zu lohnen, hatte er ihm das Beste vom Besten ins Gefängnis gesandt, Leckerbissen, wie Fletcher sie gewiss nie bekommen hatte, wollene Decken und Bestechungsgelder, damit seine Wärter ihn nach Beendigung der peinlichen Verhöre nicht länger traktierten, wie es in Gefängnissen vorkam. Dennoch hatte er auf eine Weise sterben müssen, die weder leicht noch würdevoll gewesen sein konnte.

Und wenn er selbst im Tower gefangen saß? Würde jemand den Wärtern Geld schicken, um ihm Qualen und Erniedrigungen zu ersparen? Durch die Ritze zwischen den Vorhängen spähte Robert hinaus auf die Themse, die nachtschwarz vorüberglitt, und spürte jäh, wie kalt es war. Er hatte niemanden. Keinen Sohn, keinen Freund, nur Geraldine, die vermutlich nicht einmal bemerken würde, dass ihr der Mann abhandengekommen war.

Robert hingegen hatte allzu schnell bemerkt, dass Fletcher ihm abhandengekommen war. Auf einen Schlag war aus dem Clink keine Antwort mehr erfolgt. Sein Drängen, Locken, Versprechen verhallte ohne Echo. Schon bald hatte er sich bei seiner Arbeit in Schwierigkeiten verstrickt, und umso rascher hatte er den Grund des Schweigens ermitteln und aus dem Weg räumen müssen. Da er seinem damaligen Mittelsmann nicht mehr traute, hatte er einen anderen rekrutiert, einen Niederländer namens David, selbst ein verfolgter Lutheraner, der noch heute in seinen Diensten stand. Als David mit der Nachricht in sein Haus gekommen war, hatte er nur Geraldine angetroffen, von der Robert ihm gesagt hatte, er dürfe ihr vollends vertrauen. Dieses eine Mal in ihrem Leben hatte seine Frau ihn an der Tür empfangen.

Dein schwarzer Unaussprechlicher ist tot.

Robert hatte geglaubt, ihn könne nichts so hart treffen wie die Enttäuschung darüber, dass Geraldine kein Kind von ihm bekam. Diese Nachricht jedoch traf ihn wie ein Keulenschlag. Bis zu jenem Augenblick hatte er sich eingeredet, er würde eines Tages, wenn seine Stellung sich gefestigt hätte, in der Lage sein, Fletcher aus dem Gefängnis zu befreien. Eines Tages würden sie weitermachen, wo sie aufgehört hatten, und Fletcher würde ihm danken, dass er an ihren Träumen festgehalten hatte. Jetzt aber war all das verloren. Ohne die Sendungen aus dem Gefängnis konnte er die kapriziösen Wünsche des Königs nicht erfüllen. Sein Stern begann zu sinken.

Der Palast von Whitehall ragte schweigend in die Nacht. Die Wachen traten beiseite und öffneten dem Wagen samt Robert den dunklen Schlund des Tores. Würde er aus diesem Tor wieder ausfahren, würde er dann noch der Mann sein, der er heute war? Als Mitglied des Hochadels durfte er keiner Folter unterzogen werden, aber würden sich Schergen, die ohne Hemmungen Menschen in den Feuertod schickten, um derlei gesetzliche Feinheiten scheren?

Ein Diener in der roten Livree mit den königlichen Initialen erwartete ihn im Vorhof. Ohne ihn zu grüßen und ihm den angemessenen Respekt zu erweisen, führte er ihn über eine der Hintertreppen hinauf in Henrys private Räume.

Kein Tribunal. Eine intime Unterredung mit seinem König, der in einem pelzbesetzten Schlafrock beim Feuer saß und ein Tischchen mit einem späten Imbiss vor sich hatte. Der König aß mit den Fingern. Es stank nach Aal.

»Majestät.«

»Ach was. Erspart Uns die Förmlichkeiten.«

»Sehr wohl.« In dem Moment, in dem Robert sich erhob, begann er zu hicksen und konnte nicht mehr aufhören. Sein Übel hatte ihn schon so lange nicht mehr heimgesucht, dass er vergessen hatte, beizeiten dagegen anzukämpfen.

»Ist Euch nicht wohl, Mann?«, bellte der König.

»Verzeiht«, brachte Robert heraus, während er sich unter den Hicksanfällen krümmte. »Nur eine Unpässlichkeit. Ein Becher verdorbener Wein.«

»Nehmt Euch zusammen«, schoss Henry VIII. zurück. »Ich habe Euch herbestellt, um zu reden, nicht um mir anzusehen, wie Ihr Euch Euer bisschen Seele aus dem Leib spuckt.«

Um zu reden. Nicht um eine Verhaftung zu veranlassen. Robert schluckte und beherrschte sich. »Ich bitte untertänigst um Vergebung.«

»Ja, ja, ja, schon gut.« Der König winkte ab. »Setzt Euch dahin. Vom Aal biete ich Euch nichts an, sonst geht das gleich wieder los mit Eurem Gespei. Soll ich Euch etwas sagen? Ihr seid zu empfindlich. Eure hochfliegenden Pläne klingen hübsch, aber unter der geringsten Last brecht Ihr samt Euren Luftschlössern zusammen. So war es auch mit unseren Flottenplänen, habe ich recht? Ein paar nette Kähne haben wir gebaut, die *Mary Willoughby*, kein übles Gefährt, aber mit ihren zweihundert Tonnen kaum mehr als ein Kinderspielzeug. Als es ernst werden sollte, als wir Schiffe für Männer bauen wollten, habt Ihr gekniffen. Auf den Bauplan warte ich seit Jahr und Tag wie ein Jude auf seinen Messias, haha!«

Sein Haha stieß er noch einmal in den Raum, dann brach er ab, und als er weitersprach, lag in seinem Ton kein Spott mehr, nur Kälte. »Von der *Mary Rose*, die Ihr überholt habt, berichtet mir Suffolk, sie schwanke beim leisesten Seegang viel schlimmer nach der Seite als weiland meine *Henri Grâce à Dieu*, über die Ihr Euch mokiert habt. An der habt Ihr ein glänzendes Stück Arbeit hingelegt, weshalb mir umso rätselhafter ist, warum Ihr aus der *Mary Rose* einen solchen Pfusch machen konntet. Sagt mir die Wahrheit, Robert: Wo ist Euer Verstand hin, der ein Schiff aus dem Ärmel schütteln konnte wie ein schönes Mädchen eine Lüge?«

Aus kleinen Augen traf ihn ein bohrender Blick. Robert

schlang die Arme um sich, ehe ihm von Neuem ein Hickser den Leib krümmte. »Ich weiß nicht«, stieß er eilig heraus.

»Sind es die Frauen, Robert? Saugt Euch die Eure den Saft und das Hirn aus wie mir die meine?«

Robert zögerte. Dann hörte das Hicksen auf, und er nickte. Wer wollte behaupten, dass darin keine Wahrheit lag? Hätte er die Kraft, die er darauf verwendete, Geraldines Liebe zu gewinnen, für seine Visionen eingesetzt, hätte er womöglich auch ohne Hilfe Großes zuwege bringen können. Fletcher hatte den Kopf frei gehabt. Er hatte nie eine Frau, nie einen Menschen geliebt, nur das Holz, aus dem sich Planken und Spanten schälten.

»Ihr seid so geschlagen wie ich«, bemerkte Henry Tudor. »Ihr habt keinen Sohn.«

Jedes Mal, wenn jemand daran rührte, platzte die Wunde auf. Robert hatte sich innig einen Sohn gewünscht, doch nach den Jahren vergeblichen Wartens wäre ihm auch eine Tochter lieb gewesen, ein kleines Abbild von Geraldine, aber eines, das mit Liebe zu ihm aufsah, ihn Vater nannte und eine winzige Hand in die seine schob.

»Eine undankbare Betschwester von Tochter, das ist alles, was mir vergönnt war!«, schnaufte der König. »Ich hätte meinem Sohn beigebracht, was für ein Glück es ist, an einem stürmischen Morgen unter einem Rahsegel zu stehen und den Kurs für den Tag zu bestimmen. Ihr nicht auch, Robert?«

»Ihr werdet Söhne haben, mein König.« Das war die Antwort, die Henry Tudor von jedem Mann in seiner Nähe hören wollte. »Wenn erst die Frage Eurer Ehe gelöst ist, wird Gott Euch prächtige Söhne schenken, die Euer Werk auf Erden fortsetzen.«

»Soso.« Der König brummte und schluckte an einem Batzen Aal. »Ihr seid nicht schlecht darin, einem Mann nach dem Mund zu reden, was? Aber bei den Frauen tut Ihr Euch nicht so leicht, denn den Frauen genügt kein gedrechseltes Geschwätz.

Da muss ein Mann schon zeigen, zu welchem Einsatz er bereit ist.«

Robert hickste.

»Von meiner Anne werde ich Söhne haben, sagt Ihr«, fuhr der König fort. »Aber ist meine Anne vielleicht bereit, mir nach allem, was ich um ihretwillen auf mich genommen habe, den kleinsten Vorgeschmack auf künftige Freuden zu gewähren? Weit gefehlt. Ins Bett ihres Königs legt sich die Dame Boleyn nicht ohne eine Krone auf dem Kopf.«

»Genauso war es für mich«, entfuhr es Robert, obgleich er alles andere wollte, als vor dem König das Fiasko seiner Ehe auszubreiten.

»Soso«, machte der König. »Eure Geraldine und meine Anne könnten Schwestern sein, was? Ihr musstet also eine propere Gräfin aus der Rittertochter machen, ehe sie Euch an ihr Kleinod gelassen hat, ja? Und wie steht es heute? Der silberne Engel hat Euch so wenig einen Sohn geboren wie mir meine spanische Backpflaume. Bereut Ihr, dass Ihr mit höchstem Einsatz gespielt habt?«

Robert hatte sich die Frage nie gestellt. In fliegender Hast ließ er die Bilder seiner Ehe mit Geraldine an sich vorüberziehen: die Demütigungen, kränkende Worte über seinen Kleinwuchs, Gelächter über sein Übel, spitze Bemerkungen, die schärfer als Ohrfeigen trafen. Sein Stolz war ein roher, wunder Klumpen, seit er mit Geraldine lebte. Seine Diener tuschelten hinter seinem Rücken, und bei Hof spekulierten gehässige Zungen darüber, mit wem die schöne Geraldine ihren hicksenden Zwerg gerade betrog. Aber sie betrog ihn nicht. Sie trug seinen Namen und war trotz allem sein.

»Nein, ich bereue nichts«, sagte er. »Ich täte es heute noch einmal.« *Ich nähme dich noch einmal zur Frau, ich legte dir noch einmal mein Herz zu Füßen, damit du darauf herumtrampeln kannst, ich schickte noch einmal einen Freund in den Tod, weil du es verlangst.*

»Soso«, bemerkte der König zum dritten Mal. »Was Euch an Charme fehlt, macht Ihr also durch Beständigkeit wett. Und Ihr glaubt, das verfängt?«

Nein, dachte Robert, doch er schwieg.

»Vielleicht müsstet Ihr Eurer Geraldine Härte statt Güte geben, um ihr zu imponieren«, sinnierte der König, um gleich darauf einen seiner abrupten Themenwechsel zu vollziehen und wieder in majestätischen Plural zu verfallen: »Wir wollen nicht länger um den Brei herumreden, Robert. Das zweite Batteriedeck, das Ihr Unserer *Mary Rose* eingezwängt habt, und die Geschützpforten, mit denen Ihr sie durchlöchert habt, sind nicht zu gebrauchen, weil sich der überladene Kasten nicht mehr segeln lässt. Suffolk sagt, ihr kracht die Schwarte, als platze sie aus allen Nähten. Die *Mary Rose* war Unser Lieblingsschiff. Meint Ihr nicht, Ihr habt eine gehörige Strafe verdient, weil Ihr sie mir verdorben habt?«

Robert rieb die Handflächen aneinander, was den Schweißfluss verstärkte. »Ich bin nicht schuld«, entfuhr es ihm. Er hickste zweimal und hatte sich nie im Leben tiefer verachtet.

»Ach nein? Nun, dann lasst Uns hören, wer der Schuldige ist, damit wir den statt Eurer bestrafen können.«

»Anthony Fletcher«, murmelte Robert. Der Mann hatte seine Strafe bis zur bitteren Neige erhalten und konnte aus der Beschuldigung keinen Schaden mehr ziehen. »Majestät erinnern sich vielleicht. Ich hatte seinerzeit, hicks, diesen Schiffbauer bei mir, dem ich ein bisschen auf die Füße geholfen habe und der verhaftet wurde, weil er, hicks, verbotenes Schriftgut transportierte.«

»Allerdings. Ich erinnere mich.« Der König legte den Kopf schräg und musterte Robert mit einem Blick, der unmöglich zu deuten war. »Der Kerl hatte die Unverfrorenheit, für seine ketzerischen Umtriebe Euer Schiff zu benutzen, war es nicht so? Obendrein hat er auch noch Eure Arbeit an der *Mary Rose* verdorben? Unglaublich, auf was für Frechheiten so ein Bube verfällt. Was tun wir mit dem Mann? Hängen, schleifen und vierteilen? Dreimal quer durch die Stadt peitschen, bis er in seinem eigenen Blut watet?«

»Er ist tot!«, rief Robert, den Entsetzen schüttelte.

»Ach, er ist tot.« Der König gähnte. »Das ist allerdings bedauerlich. Den Leichnam auszugraben und durchzupeitschen, lohnt wohl nicht der Mühe.«

Vor Übelkeit würgend schüttelte Robert den Kopf. Der Leichnam, so hatte Geraldine ihm berichtet, lag auf dem Hurenfriedhof der Gekreuzten Knochen in ungeweihtem Kalk verscharrt.

»Wisst Ihr, was Wir Uns nur fragen?«, fuhr die Stimme des Königs in seine Gedanken. »Wie hat er das eigentlich angefangen, Eure Arbeit in so infamer Weise zunichtezumachen? Aus diesem Loch von Gefängnis heraus? Aus dem Grab? Der Kerl ist Uns unheimlich. Vielleicht sollten Wir seinen Leichnam nicht peitschen, sondern pfählen lassen, damit er mit seinem langen Arm aus dem Jenseits nicht weiter Unwesen treibt.«

»Er hat …«, begann Robert, doch eine Reihe von Hicksern schnitt ihm die Rede ab.

Der König winkte ab. »Ach, lasst gut sein. Mit Eurem Geist, der Pläne verhunzt, müsst Ihr allein fertigwerden. Wir dagegen halten uns an den Mann, der Uns für das Schiff verantwortlich war. Um Euch für Euer klägliches Versagen zu strafen, entziehen Wir Euch vom heutigen Tag an die Aufsicht über Unsere Schiffe.«

»Nein, Majestät!« Ehe Robert sich hindern konnte, lag er auf den Knien. Die Aufsicht über die königlichen Schiffe war alles, was ihm geblieben war. Wenn der König ihm das nahm, stand er vor Geraldine mit leeren Händen da. »Ich bitte Euch um Gnade, mein König. Um unserer Erfolge willen, gebt mir die Möglichkeit, mich zu bewähren und den Schaden gutzumachen. Majestät könnten eine neue Karacke derselben Größe in Auftrag geben, und ich verspreche, ich werde Euch ein Schiff hinstellen, das die Welt in Staunen versetzt.« Wie er das anfangen wollte, war ihm ein Rätsel, doch umso eifriger fügte er hinzu: »Die *Mary Rose*, mit Verlaub, hat ihre besten Jahre ja ohnehin schon hinter sich, und so viel, wie mancher in ihr sah, hat sie wohl nie getaugt.«

»Schweigt still!«, schrie der König. »Was Unsere Schiffe taugen, beurteilen fortan Wir, habt Ihr verstanden? Ihr habt zur Genüge bewiesen, dass Ihr dafür der falsche Mann seid, und ob wir Euch je wieder die Möglichkeit geben, Euch an Unseren Karacken zu versuchen, wird sich zeigen. Vorerst habt Ihr Euch auf anderem Gebiet zu bewähren, wenn Ihr Eure Haut retten wollt. Wir schicken Euch nach York. Noch heute Nacht.«

»Nein, Majestät«, entschlüpfte es Robert noch einmal, aber diesmal so leise, dass der König es nicht hörte. Das Urteil über ihn war so oder so gefällt: Er wurde vom Hof verbannt und zurück in den Schlamm von Yorkshire geschickt.

»Die Abordnung, mit der Ihr reist, steht bereit. Vier Bewaffnete, ausgestattet mit jenen windschnellen Pferden, die Ihr dort oben züchtet. Wenn Ihr nach Unserer Meinung fragt, versteht Ihr Euch auf Vierhufer, die über die Erde jagen, weit besser als auf Holz, das auf dem Wasser schwimmt. Warum mussten es denn um jeden Preis Schiffe sein?«

Robert hatte sich die Frage selbst viele Male gestellt. Warum Schiffe, warum verbotene Schriften, warum der Hof in London? Was gingen ihn England und sein Fortschritt an? Hätte er Geraldine nach Yorkshire gebracht, in die düstere, zugige Burg seiner Familie, vielleicht hätte sie die Wärme und Nähe ihres Mannes zu schätzen gelernt. Hätten sie in den endlosen Winternächten von Yorkshire ein Kind gemacht? Robert wusste es nicht. Von klein auf hatte er nur eines gewollt: aus den Sümpfen fortgehen, dem Licht und der Zukunft entgegen, und keinen Blick zurückwerfen.

»Gesprächig seid Ihr nicht gerade«, stellte König Henry fest. »Also mögt Ihr genauso gut ohne Verzug aufbrechen. Könnt Ihr

Euch rasch das Nötigste zusammenpacken lassen? Länger als drei Tage werdet Ihr bei der Geschwindigkeit Eurer Pferde kaum unterwegs sein, und nach getaner Arbeit reist Ihr stehenden Fußes zurück.«

»Zurück?«, stammelte Robert. Die Hickser taten seiner knochentrockenen Kehle weh.

»Ja, was habt Ihr denn gedacht?« Von Neuem wirkte Henry wie verwandelt, setzte sein joviales Lächeln auf und schlug den Ton eines heiteren Trinkkumpans an. »Habt Ihr erwartet, dass ich Euch in die Verbannung schicke? Oder sogar noch Ärgeres? Zittert Ihr deshalb wie Espenlaub und bringt kein klares Wort heraus?«

Robert sah zu Boden und hickste.

»Die Handvoll Männer, die einem König ein paar Stunden der Freundschaft bescheren, sind selten und kostbar«, murmelte Henry Tudor vor sich hin. »Zu teuer, um sie fallen zu lassen, ohne ihnen eine letzte, goldene Brücke zu bauen. Ich bin kein Dummkopf, Robert. Ich weiß sehr wohl, dass Ihr ein Feigling seid, der den Hals seiner Mutter unters Henkersbeil schieben würde, um seinen eigenen Hintern zu retten. Wisst Ihr, was ich trotz allem nicht vergessen kann? Jene Nacht auf Eurem neuen Schiff. Im Orlopdeck. Als wir drei Männer wie kleine Jungen träumten, Ihr und ich und Euer Schiffbauer, der Euch so schmählich verraten hat.«

Das hat er nicht, hätte Robert gern gesagt. Auch er konnte die Nacht nicht vergessen. *Er ist gestorben, ohne dass ihm ein Wort des Verrats über die Lippen kam, und ich hatte nicht einmal Zeit, mich bei ihm zu bedanken.*

»Wie auch immer«, sagte der König müde. »Auf Euch vertrauen werde ich so schnell nicht wieder, aber eine Aufgabe zur Bewährung sollt Ihr trotzdem bekommen. Sobald der Kampf um meine große Sache ausgestanden ist, will ich meiner Flotte einen Aufwind verpassen, wie ihn diese Insel nie gesehen hat. Wer weiß, wenn Ihr Euch bis dahin anständig betragt, vielleicht habe ich dann wieder Verwendung unter meinem Schiffsvolk für Euch.«

Vielleicht, dachte Robert. *Die gnädige Lüge könnt Ihr Euch sparen. Ihr wisst doch längst, dass ich ohne meinen schwarzen Zauberer an keinem Schiffskiel etwas tauge.* »Habt Dank für Eure Güte, Majestät«, murmelte er.

»Ja, ja, schon gut«, murmelte der König zurück. »Jetzt geht es erst einmal in den Palast von Cawood, ein kurzes Stück südlich vor York. Dort sollt Ihr Euch samt Eurer Männer Harry Percy, dem Grafen von Northumberland, anschließen und einen Mann verhaften, der mich nicht weniger enttäuscht hat als Ihr. Ich brauche einen wie Euch, der aus eigener Erfahrung weiß, wie solche Leute betteln und buhlen, wie sie zu betören und zu bestechen suchen. Lasst Euch nicht erweichen. Denkt daran: Wenn Ihr mir den Kopf des Mannes nicht auf der Silberplatte serviert, muss ich stattdessen mit dem Euren vorliebnehmen.«

Dazu also würde er in Zukunft abgestellt sein: zum Häscher, der Männer aus ihren Häusern schleifte und sie dem Henker übergab. »Wer ist es?«, stammelte er.

»Kardinal Wolsey«, antwortete der König. »Einer von allzu vielen, die Unsere Freundschaft nicht zu schätzen wussten. Dabei scheint dieser abgefeimte Lügner nicht ganz ohne Treue zu sein. Bevor er seinen Hausstand auflösen musste, hat er mir einen vierschrötigen Burschen aus seinen Diensten übergeben. ›Thomas Cromwell hier ist ein gewitzter Bursche, der mir redlich gedient hat‹, hat er gesagt. ›Ich bitte Euch, nehmt Euch seiner an, Majestät, ich mag ihn nicht um meinetwillen vor die Hunde gehen sehen.‹ Das ist ein Funke von Anstand, richtig? Hättet Ihr dasselbe für Euren Mann aus Portsmouth getan, wenn der Euch nicht betrogen hätte?«

Robert blieb die Antwort schuldig.

Der König ließ ihn drei, vier Herzschläge lang in seinem Schweigen zappeln, ehe er fortfuhr: »Der ist übrigens keineswegs tot, Euer Schiffbauer mit dem Herzen, das nicht zur Mördergrube taugt. Ich habe ihn im letzten Frühling laufen lassen, weil ich fand, fünf Jahre an der Kette im Clink sind eine überreichliche Strafe für die Torheit, einem wie Euch in die Falle zu tappen.«

Sie ritten ein gutes Stück durch die Nacht, weite Strecken im Galopp, ehe sie im Morgengrauen ein Gasthaus fanden, in das sie durchnässt und entkräftet einkehrten. Als sie zwei Stunden später wieder aufbrachen, war der Himmel grau wie Blei. Es würde bald wieder regnen, heftiger als am Tag zuvor.

Robert hörte die Männer murren, aber er gab nichts darauf. Indem er sich selbst, seine Leute und ihre Pferde gnadenlos kasteite, versuchte er vergeblich, seine Niederlage auszubrennen.

Am Abend darauf erreichten sie im wüstesten Sturm die Ortschaft Cawood, wo sie wie geplant mit Harry Percys Trupp zusammentrafen. Der junge Graf hatte vorgehabt, das Unwetter abzuwarten, aber Robert bestand darauf, sofort weiterzureiten. Er hätte keinen weiteren Aufschub ertragen, und Percy, ein krank wirkendes Gestänge, war nicht Manns genug, um Widerstand zu leisten. Gemeinsam ritten sie dem grauen Gemäuer von Cawood Palace entgegen, wo Wolsey mit ein paar letzten Getreuen residierte.

Das Torhaus war nicht einmal mit einem einzigen Wachmann besetzt. Ungehindert drangen die Häscher in den Palast ein und trafen den Kardinal samt zwei jungen Männern beim Nachtessen an. Seine Tafel war in blendend weißem Leinen, mit Silbergeschirr und bronzenen Leuchtern gedeckt. Für seinen erlesenen Geschmack war Wolsey allzeit bekannt gewesen, doch von der Tafel abgesehen, war der Zustand der Umgebung bedauernswert. Das klägliche Feuer heizte den gewölbehaften Raum nicht auf, und weder Kerzen noch die Fackeln, die in Wandarmen rußten, hellten die Düsternis auf. Von den kahlen Wänden tropfte fortwährend Nässe.

Um den Kardinal selbst stand es nicht besser. Robert erschrak. Der Mann war noch immer fett wie ein Fass, hatte aber die Speisen vor sich kaum angerührt. Trotz der Kälte im Raum stand ihm in Perlen der Schweiß auf der Stirn, und sein Gesicht mit den Hängebacken hatte die gelbliche Verfärbung von Schwefel.

»Oh wie reizend, Besuch in unserer Einsiedelei, und das zu so später Stunde«, bemühte Wolsey sich, den Schein zu wahren. Beim Versuch, aufzustehen, um die tropfnassen Gäste zu begrüßen, geriet sein schwerer Leib ins Wanken. »Mein Graf von Northumberland, welche Freude, Euch zu sehen. Und Mylord Ripon, wenn ich nicht irre? Wir hatten leider bei Hof nicht allzu oft das Vergnügen.«

Er streckte erst Percy und gleich darauf Robert die Hand hin. Der verschränkte beide Hände im Rücken, ein Affront ohnegleichen, doch ein Händedruck mit Wolsey wäre ihm wie der Kuss des Judas vorgekommen. Wenn der Kardinal erschrak, ließ er es sich nicht anmerken. »Hätten wir gewusst, dass Ihr kommt, hätten wir mit dem Essen gewartet«, sagte er. »Alles, was wir Euch jetzt noch anbieten können, dürfte kalt sein. In dieser Gegend scheint alles im Handumdrehen auszukühlen.«

»Ich hätte gegen ein wenig kaltes Fleisch und einen Becher Wein nichts einzuwenden«, bemerkte einer von Percys Männern geradezu launig.

»Oh bitte, dann nehmt Platz, und lasst Euch auftragen.« Wolseys Lächeln wirkte schmerzverzerrt, die Geste, mit der er nach der gedeckten Tafel wies, krampfhaft. Robert warf einen Blick auf Percy. Dem unterstand schließlich diese heikle Mission, an ihm war es, den Kardinal vom Grund ihres Besuchs zu unterrichten und seinen Mann zu hindern, sich zuvor an dessen Töpfen den Wanst vollzuschlagen. Zudem nahm man allgemein an, Percy hasse den Kardinal, weil der ihm Anne Boleyn aus den Armen gerissen und sie dem König zugespielt hatte. Percy aber stand mit gesenktem Kopf vor der Wand und rührte kein Glied.

Kaum hatte der erste Mann sich gesetzt, um sich Braten in den Mund zu schaufeln, schlossen sich die übrigen an. Einer von Roberts Leuten machte sich über eine Platte mit Geflügelpastete her. Robert begriff, dass er handeln musste, wollte er diesen schamvollen Auftritt nicht noch schändlicher machen. »Einhalt!«, rief er. »Wir sind nicht als Gäste hier, sondern kommen im Auftrag des Königs. Eminenz, Mylord Percy und ich sind beauftragt, Euch zu verhaften und auf der Stelle nach London zu verbringen.«

Die Pergamenthaut des Kardinals erbleichte. Er taumelte rückwärts und bog einen Arm nach hinten, um sich abzufangen, aber dort war nichts, das ihm Halt gegeben hätte. Einer der jungen Männer sprang auf und packte Wolsey unter den Achseln, ehe er auf den Boden prallte. Jeglicher Würde beraubt, hing der Kardinal in den Armen seines Bediensteten. Wolsey kämpfte um seine Fassung. »Auf der Stelle?«, stammelte er. »In der Nacht?«

Da kein anderer reagierte, nickte Robert. Hatten die Jünger es so auch mit Judas gehalten? War der angebliche Verräter des Heilands schlicht der arme Tölpel gewesen, der die Drecksarbeit erledigen musste, weil alle anderen sich vornehm zurückhielten? Oder musste man mit einem Makel an der Seele geboren sein, um ein Judas zu werden?

Der junge Mann ächzte unter Wolseys Gewicht. Percy trat hinzu und bot ihm seinen Arm. »Lasst mich Euch helfen, Eminenz.«

»Ach nein, Mylord Northumberland.« Wolsey schaffte es, sich zum Tisch zu schleppen und sich auf dessen Kante zu stützen. »Dass Euch dies hier Vergnügen bereitet, kann ich Euch nicht verdenken. Die glutäugige Anne war mehr als eine Spielerei für Euch, und ich habe nie erwartet, dass Ihr mir für meine Rolle in der Sache vergebt. Aber Ihr, Mylord Ripon? Wie steht es um Euch?«

Er wandte den Kopf nach Robert. »Darf ich fragen, was ich

Euch getan habe? Wir sind ja kaum miteinander bekannt. Ich war einmal verärgert, weil Ihr mit Eurem Schiffspalaver meine Pfingsttafel störtet. Auf Schiffe habe ich mich nie verstanden und konnte meinem König darin nie der Kumpan sein, den er sich wünschte. Aber schleift man dafür einen kranken Mann bei Nacht und Nebel in den Tod?«

»Ich befolge einen Befehl«, stieß Robert so militärisch heraus, wie er es vermochte. »Mit persönlicher Zu- oder Abneigung hat mein Auftrag hier nichts zu tun.«

Etwas Ähnliches hatte er zu Fletcher gesagt, als er zugelassen hatte, dass bewaffnete Schergen sein Schiff stürmten: »Ich muss den Befehl befolgen, oder wir verlieren alles, was wir uns aufgebaut haben.« Die schreckgeweiteten Augen des Mannes, als die Schergen ihn zu Boden schlugen, verfolgten ihn in endlosen Nächten.

»Versteh mich! Halte durch! Mit meiner Zuneigung für dich hat dies nichts zu tun«, hatte Robert gesagt. Vermutlich hatte Flechter ihn nicht gehört. Ein Knüppelschlag hatte ihn seitlich am Kopf getroffen, und aus seinem Ohr war ein dunkler Strom Blut gesickert. Fünf Jahre hatte der Mann im Clink an der Kette gelegen, aber er war nicht daran gestorben, Robert hatte ihn nicht auf dem Gewissen. Jemand hatte dem Niederländer David eine falsche Auskunft gegeben, und Fletcher, zäh wie Satteleder, hatte die Knüppelhiebe wie die Jahre der Haft längst verwunden.

»Bin ich Euch nicht einmal eine Antwort wert?«, fragte Kardinal Wolsey. »Nun, dann will ich Euch nicht länger aufhalten, sondern meinen jungen Freund hier bitten, mir meinen Mantel zu holen. Meinen Mantel werdet Ihr mir in der Winterkälte zugestehen, nicht wahr, Mylord Ripon? Und diesem braven jungen Mann, George Cavendish mit Namen, werdet Ihr nicht ankreiden, dass er einem alten Dienstherrn bis zum bitteren Ende die Treue hält?«

»Glaubt mir, Eminenz«, mischte Percy sich ein, ehe Robert

auf ein Wort sinnen konnte. »Was immer der Mistress Boleyn wegen zwischen uns geschah, das eine müsst Ihr mir glauben: Vergnügen bereitet mir dies hier wahrlich nicht.«

Wolsey setzte einen Schritt und klopfte Percy den Arm. »Ihr seid ein feiner Herr, Mylord. An Eurer Seite hätte die Jungfer Anne in Ehren ergrauen können. Gott segne Euch. George, mein Junge, wollt Ihr mir jetzt diesen letzten Gefallen erweisen?«

Der junge Mann lief los, um den Mantel seines Dienstherrn zu holen.

Percy drehte sich um, und Robert bemerkte, dass der lang aufgeschossene Bursche schwankte, als würde er jeden Augenblick wie ein Mädchen in Ohnmacht sinken. »Ihr mögt an meiner statt des Amtes walten«, sagte er zu Robert. »Wie es aussieht, seid Ihr dafür weit besser geschaffen als ich.«

Sie stempelten ihn zum Judas. Cavendish kam mit dem Mantel, und es blieb Robert überlassen, den alten Mann die Treppe hinunter zu den Pferden zu führen. Als hoher kirchlicher Würdenträger war Wolsey es gewohnt, ein helles Maultier von edlem Blut zu reiten, doch als Gefangener des Königs stand ihm diese Ehre wohl kaum länger zu. Mit einem Maultier kämen sie zu langsam voran. Dass Percy zu Wolsey sagte, er solle sich alle Zeit nehmen, die er benötigte, durfte Robert, der Judas, nicht beachten. »Folgt mir«, befahl er.

Der Kardinal streckte ihm die fetten kleinen Hände entgegen, in deren Finger seine Ringe schnitten. Der auffälligste war ein Goldreif mit einem großen Rubin. »Solch einen Ring gibt König Henry Männern, die er einst seine Freunde nannte«, resümierte er traurig. »Vorzeigen sollte ich ihn, falls Häscher zu meiner Festnahme aufmarschierten, doch ich wage nicht zu hoffen, diese Liebesgabe könne Eure Entschlossenheit erweichen.«

Ich bin kein Judas!, wollte Robert schreien. *Ich bin ein Mann, der das Beste wollte – Fortschritt und Freiheit für sein Land, große*

Schiffe und große Geister. »Der König selbst hat mir Befehl zu Eurer Verhaftung erteilt«, rang er sich ab.

»Schon gut.« Wolsey streckte ihm unverwandt die Hände entgegen. »Wollt Ihr mir die Gelenke nicht binden?«

Robert schüttelte den Kopf, wandte sich ab und ging. Dass seine Männer aus seiner Haltung den Schluss zogen, sie dürften mit dem alten Mann Schindluder treiben, hatte er nicht voraussehen können. Sie stießen ihn vom Geländer zur Wand und zurück und riefen ihm Spottnamen zu, während Percys Männer ihrem Herrn in ordentlicher Reihe folgten. Von alledem vernahm Robert nur die Geräusche, Stöße, Rufe und Schläge, denn er drehte sich nicht um. Erst als er den Absatz der Treppe erreicht hatte und der wächsern bleiche Percy den Kardinal an ihm vorbeiführte, wagte er einen Blick zurück.

An einer Treppenstufe war einer von Wolseys Schuhen hängengeblieben, ein rotes, samtenes Pantöffelchen, wie ein reicher Mann sie in seinem sicheren Haus trug.

17

Fenella

Portsmouth, 1531–1532

Katherine, die kleine Königin, die Henry Tudor fünf tote Kinder und ein einziges lebendes Mädchen geboren hatte, durfte nicht mehr Königin genannt werden. Die Spanierin, die vor zwanzig Jahren beim Stapellauf der *Mary Rose* auf der Tribüne gestanden hatte, war aus London verbannt worden, wie man in Portsmouth einen Knecht vom Hof wies, wenn er an einer ekelerregenden Krankheit litt. Solch ein Knecht fand nirgendwo Arbeit, sondern musste im *Domus Dei* um Unterschlupf nachsuchen und sich von gespendeten Resten nähren.

Die verstoßene Königin fand Unterschlupf in einem entlegenen Winkel des Reiches, getrennt von Mary, ihrem einzigen lebenden Kind. Fenella hatte keine Kinder, sie hatte nur Lizzy und Luke, bei deren Aufzucht sie half, doch beim Gedanken, sie könne Anthonys Kind bekommen und von ihm getrennt werden, drehte sich ihr das Herz um.

An dem Abend, an dem sie vom Schicksal der Königin Katherine hörte, ging sie in die Kammer ihrer Mutter, um sie zu umarmen. Mit der Mutter verband sie wenig, sie tat selten etwas anderes, als Bohnen auszupulen und über den Zustand der Welt ins Greinen zu verfallen, aber sie hatte einst zu Fenellas Vater gesagt: »Gib auf die Kleine acht. Sie ist alles, was wir haben.«

Die Mutter ließ sich in ihrer Umarmung fallen und murmelte: »Mein Kindchen, ach mein Kindchen. Seit der Satan Luther umgeht, ist da draußen eine gar zu böse Welt.«

»Gar so böse nicht, Mutter«, sagte Fenella.

»Was weiß denn ein argloses Ding wie du? Am Ende hättest

du doch den Nachbarn vom Onkel zum Mann nehmen sollen. Selbst wenn der alt war und die Räude hatte – er hätte dir ein Zuhause geboten.«

»Haben wir etwa kein Zuhause?«, fragte Fenella. »Ist Sutton Hall nicht das schönste Zuhause, das ein Mensch sich wünschen kann?«

»Schön ist es wohl«, stimmte die Mutter zu. »Aber dein hübscher Rittersohn wird dir doch nie seinen Namen geben. Mag sein, dass er es dir an nichts fehlen lässt, aber sein Versprechen wird er nicht halten.«

»Sylvester ist gut zu mir!«, warf Fenella zurück. »Was schert mich ein Eintrag auf einem Papier, solange es mir besser ergeht als jeder anderen Frau?«

»Du bist keine Magd, für die es genügt, mit einem Mann Bett und Fleischtopf zu teilen«, verwies ihre Mutter sie streng. »Du bist die Tochter eines geachteten Mannes, der sich im Grabe herumwälzt, weil auf dem Bund seines einzigen Kindes kein Segen liegt. Wenn du deinem Sylvester einen Sohn schenkst, kommt er als Bastard zur Welt und hat kein Anrecht darauf, dieses Haus zu erben. Und wenn es deinem Sylvester einfällt, sich eine andere zu nehmen, wie er sich die Ketzerin genommen hat, hindert ihn niemand daran, dich samt deinem Balg und deiner alten Mutter auf die Straße zu setzen.«

Ich habe ja kein Balg, dachte Fenella traurig. *Der Mann, dessen Balg ich mir mit aller Sehnsucht wünsche, kann mir keines mehr machen.* Sie sah auf ihre nackten Hände. Den Ring mit dem Aquamarin hatte Anthony ihr in einer Nacht vom Finger gezogen und in ihre Truhe geworfen. »Ich kann dir kein Mann sein, Fenchel. Weshalb sollst du einen Ring von mir tragen?«

»Weil du der blödeste Kerl bist, der herumläuft!«, hatte sie ihn angefahren. »Du bist mein Mann. Ich liebe dich, und wenn ich deinen Ring nicht tragen darf, sollen mir sämtliche Ringe der Welt gestohlen bleiben.«

Er hatte ihren Finger und den Puls an ihrem Gelenk geküsst. »Mein armer Fenchel«, hatte er mit der traurigen Zärtlichkeit gesagt, die sie so sehr liebte. »Wenn ich nicht sicher wäre, dass der Himmel leer ist, würde ich ihn hassen, weil er seinem schönsten Geschöpf kein schöneres Leben schenkt.«

»Ach Anthony, wie kannst du denn so etwas sagen? Ich bringe es nicht einmal übers Herz, dir dafür böse zu sein.«

Er hatte sie lange angesehen, wie um jeden ihrer Züge in sich aufzunehmen, aber gesagt hatte er nichts mehr, sondern war wieder in sein Schweigen verfallen.

»Jetzt, wo das Gerüst der Welt in Trümmer fällt, muss das Leben der Familie seine Ordnung haben«, jammerte ihre Mutter weiter.

Fenella horchte auf. Es waren dieselben Worte, die Vater Benedict ständig von sich gab. Ein Mönch im fernen Deutschland forderte die Erneuerung der Kirche, ein inzwischen nach Belgien geflohener Theologe übersetzte die Bibel ins Englische, ein König in London widersetzte sich der Weisung des Papstes – und hier in Portsmouth klammerten sich zwei alte Leute an den Tischkanten fest, weil sie fürchteten, dass ihrer Welt die Balken brachen. Ihre Mutter hob einen Finger. »Wärst du unter diesem Dach die Herrin, dürftest du dir verbitten, dass in deinen Hausstand Ketzer, Mörder und Teufelsjünger aufgenommen werden, die dich und die deinen ins Verderben reißen.«

Ketzer, Mörder und Teufelsjünger, all das vereint auf einem einzigen Haupt. Mein armer Liebling, was trauen sie dir eigentlich noch zu, einem schmalen, stillen Mann, der den Menschen aus dem Weg geht, wo er kann? Anthony schlief in den meisten Nächten auf der Werft, und es wunderte Fenella, dass ihre Mutter ihn überhaupt bemerkt hatte. Er kam herauf, um Vater Benedict zu versorgen, und blieb nur, sooft Fenella ihn beschwor, sie zu lieben. Von früh bis spät vergrub er sich in seine Arbeit, baute Flusskähne und Holks für den Binnenhandel, besserte Schlepper und Patrouillenboote aus, flickte Lecks und rüstete Takelagen um.

»Ich könnte ihm die Werft allein überlassen«, hatte Sylvester gesagt. »Er braucht mich nicht, aber ich genieße es so, mit ihm zu arbeiten. Wenn ich diese flinken Hände an der Dechsel oder der Behauaxt sehe, erkenne ich den alten Anthony in ihm.«

»Ist er glücklich bei der Arbeit, Syl? Ist er wenigstens dort unten bei seinen Schiffen glücklich?«

»Er ist froh, tun zu können, worauf er sich versteht, und uns nicht auf der Tasche zu liegen«, sagte Sylvester. »Die Leute in den Docks gehen kein bisschen milder mit ihm um als früher, doch selbst das verbohrte Pack begreift allmählich, dass ihm am Kiel eines Schiffes niemand das Wasser reichen kann. Sie lassen ihn unbehelligt seine Arbeit machen, und das erleichtert ihn. Aber Glück, Fen? Diesen Glanz in den Augen, das stille Lachen, die Lust am eigenen Können habe ich nie wieder gesehen. Ich hatte gehofft, er fände in deinen Armen manchmal dahin zurück, aber wenn er sogar das nicht mehr kann …« Er ließ den Rest des Satzes in der Luft hängen.

»Es ist mir, als sei er aus diesem Kerker nie freigekommen«, sagte Fenella. »Er ist noch immer darin gefangen, mit der bleiernen Kugel am Gelenk.«

»Ich gäbe alles darum, die verfluchte Kette zu zerschlagen«, presste Sylvester heraus. »Und dann wünschte ich, ich könnte die Wunde darunter gesundpflegen, wie du es mit der in seinem Fleisch getan hast – von mir aus mit verschimmeltem Schafskot. Mir wäre jedes Mittel recht, das sein Herz von diesem Eiter reinigt.«

Mir auch, dachte Fenella, obgleich sie flüchtig ahnte, dass so etwas allzu leicht gedacht war. Zu ihrer Mutter sagte sie: »Sir James lässt keine Menschen in sein Haus, die sein Vertrauen nicht verdienen, und einen Teufelsjünger gewiss nicht.«

»Ach, Sir James.« Ihre Mutter winkte ab. »Der hat ein Gemüt wie der heilige Francis und glaubt, mit Güte könne man die ganze Welt retten. Wenn du begreifen willst, wie es um den satanischen Mörder steht, bist du besser dran, die schwarzbraune Lettice zu fragen.«

»Die schwarzbraune Lettice, wie du sie nennst, gibt auf Fragen keine Antwort.«

»Ist dir das nicht beredt genug?«, trumpfte die Mutter auf. »Wenn eine die Saat des Bösen in sich getragen und zur Welt gebracht hat, wie soll die dann noch den Mund aufbekommen? Erst recht, wo der Sohn des Teufels ihr ihren Jungen, ihren hübschen Ralph, erschlagen hat.«

»Jetzt ist es genug«, sagte Fenella mit Tränen der Wut in den Augen. »Ihr plappert alle wie Mühlenräder, schwatzt jeden Unsinn dahin – ist euch eigentlich klar, dass ihr unter euren Rädern einen Menschen zermalmt?«

Dann stand sie auf und küsste die Mutter auf die Stirn, obwohl sie zornig auf sie war. Immerhin war es ihr gestattet, ihre Mutter zu küssen, während Mary Tudor, einst gehätschelte Prinzessin von England, womöglich nicht einmal wusste, wo die ihre sich befand.

Im Vergleich zu Mary und Katherine haben wir keinen Grund zur Klage, sagte sie sich. Vielmehr hatten sie Grund zu Dankbarkeit: Während der alte Kardinal Wolsey elend und einsam in seinem Gefängnis gestorben war, lebte ihr Anthony und war gesund geworden. Soweit ein Mensch gesund werden konnte, der aus der Hölle kam. Sein Rücken blieb von einem Gewirr weißer Striemen gezeichnet, auf Hüften und Schenkeln prangten kreisrunde Brandzeichen, und die Narbe um sein Fußgelenk glich einem Krater im Fleisch. Er stöhnte im Schlaf und spuckte Blut, sooft er seinem Magen zu viel abverlangte. Er sprach nur, wenn man ihn drängte, er verkroch sich in sich, und in ihm war der Zauber gestorben, mit dem sein Körper den ihren geliebt hatte. Dieses Letzte war das bitterste. Sie hatten ihren Himmel, der nicht leer war, verloren, ihre lächelnden Nächte, ihren zärtlichsten, verschwiegensten Berggipfel.

Er tat, was er immer getan hatte, verausgabte seinen Körper

gnadenlos, um ihm Kraft und Zähigkeit zurückzugeben. Wie einst das Schießen mit der Arkebuse, so lehrte er sich jetzt in der Dämmerung das Schwimmen.

»Warum tust du das? Kein Mensch kann schwimmen, nicht einmal die, die ihr Leben lang zur See fahren.«

Er hatte mit der Schulter gezuckt. »Vielleicht hätte ich mich von Bord geworfen, als die Leute des Königs kamen«, sagte er. »Aber ich konnte nicht schwimmen.«

»Hättest du das gewollt?«, fragte sie verwundert.

Sylvester hatte erzählt: »Er ist den Häschern entgegengegangen, weil er sicher war, er habe sich nichts vorzuwerfen. Sie hatten keinen Grund, ihn niederzuschlagen, er hat sich doch überhaupt nicht gewehrt.«

In den Jahren danach hatte Sir James gelegentlich über Flucht nachgedacht. Unter gewissen Bedingungen gab man Adligen die Möglichkeit, ihre Angehörigen auf diese Weise dem Zugriff des Gesetzes zu entziehen, doch für Anthony war das nie infrage gekommen. »Ich bin kein Ketzer«, hatte er zu Sylvester gesagt. »Wovor habe ich zu fliehen?«

»Hättest du das gewollt?«, fragte sie noch einmal und strich ihm über den Arm, auf dem sich der Muskel vom Schwimmen wölbte.

Seine Schulter zuckte unter ihrer Hand, und er wandte sich ab. »Ich hätte gern die Wahl gehabt«, sagte er.

Er hatte schießen gelernt, weil ein Mann, der auf seinen Beinen nicht sicher stand, sich verwundbarer fühlte als andere Menschen. Er lernte aus demselben Grund schwimmen. Sein Leben lang versuchte er, einem Fluch zu entkommen, der stets einen Schritt schneller zu sein schien als er.

Und dennoch können wir von Glück sagen, dachte Fenella. *Wir haben ein Haus, in das es nie hineinregnet, wir werden mit köstlichen Speisen vollgestopft, und unser Feuer hält uns warm. Wir haben Menschen, mit denen wir nach getaner Arbeit schwatzen und zur Laute singen. Unsere Alten, so zänkisch und griesgrämig sie sich aufführen, sind sauber gewaschen und gut versorgt, und wir haben wohlgeratene Kinder, die nicht besser gedeihen könnten.*

Der kleine Luke, knapp neun Jahre alt, ging schon mit den Männern in die Werft, um sich abzuschauen, was ein Schiffbauer tat, und seine Schwester Liz lernte von Tantchen Micaela, wie man den großen Haushalt eines Friedensrichters führte.

»Ihr verwöhnt die beiden zu sehr«, hatte Hannah zu Fenella gesagt. »Ihr setzt ihnen Flausen in die Köpfe. Du weißt, dass Sylvester mich nicht heiratet, und meine Kinder sind nicht seine Erben. Sie können nichts anderes werden als Bedienstete, und das wird ihnen wehtun, wenn sie zu Herren erzogen worden sind.«

»Warum soll Sylvester dich nicht heiraten? Wenn er heimkommt, rücke ich ihm den Kopf zurecht und sage ihm, in welch verzwickte Lage er dich und die Kinder bringt.«

»Lass ihn«, verwies Hannah sie. »Die Zeit, in der ich darauf hoffte, ist vorbei. Ich bin acht Jahre älter als er, und inzwischen steht mir jedes einzelne dieser Jahre ins Gesicht geprägt.«

»Das ist Unsinn!«, rief Fenella, sah jedoch plötzlich, wie grau das Haar geworden war, das Hannah aus der Haube hing. »Sylvester ist kein Mann, der eine Frau zur Seite stößt, weil ihre Jugend vorbei ist, so wie …«

Gallig lachte Hannah auf. »So wie der König, meinst du? Nein, gewiss nicht. Sylvester ist kein umherflatternder Kuckuck, sondern ein Schwan, der sein Herz nur einmal verschenkt.«

»Da hast du's«, sagte Fenella. »Warum also sollte er die Frau, der sein Herz gehört, nicht heiraten, für ihre Kinder Vorsorge treffen und, so Gott will, noch weitere bekommen?«

Hannahs Augen wurden schmal. »Spielst du mir etwas vor, oder weißt du das wirklich nicht?«

»Was soll ich dir denn vorspielen? Sylvester wollte nie heiraten, weil er Anthony versprochen hat, mich durch die Verlobung zu schützen. Aber diesen Freundschaftsdienst haben wir schon viel zu lange in Anspruch genommen. Wenn Anthony mich nicht heiratet, tragen daran schließlich nicht du und Sylvester Schuld.«

»Und du meinst, das will Sylvester? Dass Anthony dich heiratet?« Noch immer sah Hannah ihr aus schmalen Augen ins Gesicht.

»Was denn sonst?«, fragte Fenella verständnislos. »Anthony und ich sind die zwei Menschen, die er auf der Welt am meisten liebt, und er hat alles getan, um uns die Steine aus dem Weg zu räumen.« Wie so oft, bemerkte sie erst, als die Worte ausgesprochen waren, was sie gesagt hatte.

Hannah hörte sich ihre Entschuldigung nicht an, sondern brach in Gelächter aus. »In der Tat, Fenella. Ihr seid die zwei Menschen, die er auf der Welt am meisten liebt!«

Am nächsten Tag hatte Hannah wieder mit ihr und dem Tantchen Brot gebacken, als wäre nichts geschehen, doch als Fenella den Karren belud, nahm das Tantchen sie beiseite. »Ich habe gedacht, der Sohn meiner Schwester handle an dir wie ein Schuft«, sagte sie. »In Wahrheit hat er an dir wie ein Ehrenmann ohnegleichen gehandelt, und als Schuft beträgt er sich mit dem armen Ding, das dadrinnen ins Salzfass weint.«

Vor Verblüffung bekam Fenella kein Wort heraus.

Das Tantchen lachte. »Nun schau mich nicht an, als würde ich dir den verzottelten Kopf abreißen, Jakobsmuschel. Du Glückskind hattest die Wahl zwischen den zwei feinsten Burschen auf dieser ganzen Nebelinsel, und dass du nicht den goldenen Kabeljau, sondern den schwarzen Seestern gewählt hast, werde ich dir nicht verdenken.«

»Nicht?«

Micaelas Lachen verlor sich. »Nein«, sagte sie. »Der schwarze Seestern mag einen Batzen Gepäck mitbringen, aber wenn du mich fragst – mir wäre ein Mann, der ein solches Meer in sich hat, die Schlepperei wert. Auch wenn ich ihm böse bin, diesem Geheimniskrämer. Und dir und dem Kabeljau nicht minder.«

Fenella ließ die Brote auf den Karren fallen und schloss Micaela in die Arme. »Recht habt Ihr«, sagte sie. »Aber böse sein dürft Ihr höchstens Anthony und mir, nicht Sylvester, der dieses Spiel nur mitgespielt hat, weil er uns helfen wollte. Ich bin ein Glückskind, das ist richtig, doch die Wahl zwischen den beiden hatte ich nie. Anthony und ich waren ein Paar, seit wir uns in der Werft das erste Mal über den Weg gelaufen sind, und genauso lange ist Sylvester uns der beste Freund, den ein Mensch sich wünschen kann.«

Tantchen Micaela befreite ihren Arm und zupfte sich am Unterlid, wobei sie Fenella durchdringend ansah. »Und das glaubst du wirklich, was du mir da erzählst? Benutzt du deine hellen Äuglein eigentlich auch gelegentlich zum Sehen oder nur, um im Sternengefunkel von deinem Liebsten tiefe Blicke zu versenken, he?«

Fenella sah auf die andere hinunter und verstand von ihrem Geschnatter kein Wort. Stattdessen wurde ihr jäh bewusst, was für eine schöne Frau Micaela noch immer war, obwohl sie nichts unternahm, um die Falten in ihrem Gesicht zu glätten oder die Haarbüschel in ihren Ohren zu bedecken. »Ich weiß nicht«, sagte sie. »Manchmal fürchte ich, ich sehe nur Anthony wirklich scharf und alles andere ein wenig verschwommen.«

»Das scheint mir auch so«, brummte das Tantchen. »Der schwarze Seestern ist blind, solange er nicht auf ein Schiff schaut, und dich hat er mit seiner Blindheit angesteckt. Gott segne euch Blindschleichen und lasse eure Blindheit weder euch noch dem blinden Dritten im Bunde zum Verhängnis werden. Wenn Er unbedingt jemandem eine Strafe erteilen muss, dann soll Er sie der kalten Qualle in London verpassen, der tut nichts weh.«

»Die kalte Qualle in London – das ist Geraldine?«

»Wer sonst?«, trumpfte das Tantchen auf. »Kennst du noch ein Geschöpf, das da, wo beim Rest von uns das Herz an die Rippen klopft, nichts als kalten Glibber hat?«

»Nein, keines, dem Himmel sei Dank!«, rief Fenella. Einst hatte sie Ralph Fletcher gekannt, aber der war fort.

»Verrate ihrem Vater nicht, dass ich sein vergöttertes Töchterlein so nenne«, sagte Micaela. »Er kann sich nicht helfen, der arme Tor, er muss sie weiter lieben, auch wenn er darüber schweigt, um keinen von uns aufzubringen. Trotz allem, was sie getan hat, bleibt sie sein hellster Stern am Himmel.«

»Nicht sie, sondern ihr Mann hat es getan«, verteidigte Fenella Geraldine lahm.

»Sie ist mit diesem Jungen aufgewachsen«, erwiderte Micaela ungerührt. »Hätte sie einen Funken Gefühl im Leib, hätte sie dagegen aufbegehrt, dass er um ihres Mannes willen derart bestialisch gequält wird. Der Fremden, dieser Anne Boleyn, hat es das Herz umgedreht, aber Geraldine Sutton bleibt kalt wie Sorbet und zupft sich Haare aus den Nasenlöchern.«

In Micaelas Augen glänzten Tränen. Gern wäre Fenella bei ihr geblieben und hätte sich von ihrer Wärme einlullen lassen, doch wenn sie ihre Abendrunde mit dem Karren nicht antrat, blieb unter etlichen Dächern der Tisch ungedeckt. »Ich muss fahren«, sagte sie sanft. »Im *Domus Dei* wartet Bruder Francis darauf, dass ich die Brotsäcke hole.«

»Recht so!« Unbemerkt war Sir James in den Hof geritten und zügelte sein Pferd. Er trug die pelzbesetzte Schaube des Friedensrichters, die verriet, dass er von einer Sitzung des Rates kam. Seit Anthony frei war, hatte er einen Teil seiner unverwüstlichen Jugend zurückgewonnen. Er stieg ab, übergab das Pferd dem Knecht und legte die Arme von hinten um Micaela. »Lass dich nicht aufhalten, Fenella. Meine Schwägerin ist ein Engel mit haarigen Ohren, aber ihr Schnabel brächte den Teufel um den Verstand.«

Er bettete sein Kinn auf Micaelas Kopf und wiegte sich mit ihr in der Abendsonne.

Dieses Haus ist voll von Frauen, die nicht geheiratet werden, durchfuhr es Fenella. *Das mit Hannah und mir ist verrückt genug, aber warum hat Sir James mit diesem spanischen Goldstück, das er so sichtlich liebt, nie einen Priester aufgesucht?*

Sie schwang sich auf den Karren, und Sir James führte Micaela zum Haus, als diese sich noch einmal umdrehte. »Sei gut zu meinem schwarzen Seestern!«, rief sie Fenella hinterher. »Auch wenn er es dir schwer macht. Er ist viel besser, als du weißt.«

Ihre Brotrunde erledigte Fenella an diesem Abend fahrig und in Gedanken versunken. Als sie bei Einbruch der Dunkelheit den leeren Karren zurück in ihre Straße lenkte, sah sie Sylvester auf seiner Stute vom Hafen heraufkommen. Für gewöhnlich hatte er den Jungen vor sich im Sattel, doch heute ritt er allein.

»Wo ist Luke?«

»Bleibt auf der Werft«, antwortete Sylvester. »Anthony hat am Nachmittag angefangen, ihm zu zeigen, wie man aus einem Knieholz eine ordentliche Spante schält, und da Luke mit Tränen in den Augen erklärt hat, er könne um keinen Preis jetzt nach Hause gehen, hat Anthony angeboten, ihn über Nacht zu behalten.«

»Anthony?«, fragte Fenella entgeistert. »Sprichst du von dem Mann, der mit niemandem ein Wort wechselt und sich zurückzieht, sobald ein Mensch ihm nahekommt? Der behält freiwillig ein Kind bei sich, das mit jedem Atemzug eine Frage stellt?«

Sylvester stieg vom Pferd und half ihr vom Bock. Nebeneinander lehnten sie sich an den Karren, wie sie es oft taten, um sich von einem langen Tag zu erholen. »Mit Luke spricht er«, sagte Sylvester. »Hast du das noch nie erlebt? Vor Luke geht er in die Hocke, bis er mit ihm auf Augenhöhe ist, und beantwortet jede seiner Fragen. Mein Freund Anthony, der nie warten konnte, hat mit diesem Jungen eine Engelsgeduld. Und das Erstaunlichste ist: Er stellt ihm selbst Fragen. Heute hat Luke von Gott und vom Beten angefangen, und Anthony hat ihn gefragt:

›Hast du das schon einmal erlebt, Lucas? Dass du zu Gott um etwas, das du dir wünschst, gebetet hast, und er hat dir deinen Wunsch erfüllt?‹«

»Und was hat Luke gesagt?«, fragte Fenella.

»Der ist ein aufgeweckter Bursche«, antwortete Sylvester. »›Das darf man ja nicht‹, hat er gesagt. ›Beten um das, was man sich wünscht, statt um das, was uns die Priester vorsprechen. Aber Mutter sagt, wir sollen es im Stillen tun. Gott hört alles. Also habe ich ihn gebeten, mir einen Ball zum Fußballspielen zu schenken, obwohl der König das verboten hat wie die Priester das Beten. Zwei Tage später hat Tantchen Micaela mir aus Lumpen einen Ball genäht, und Sir James hat gesagt, ich darf im Hof damit spielen, denn des Königs Beamte sind ja nicht Gott und hören nicht alles.‹«

Wir können von Glück sagen, dachte Fenella. *Was immer anders ist, als wir es wollten, wir sind gesegnet, unser Leben ist schön.*

»Ich bin hinübergelaufen und habe Anthony beiseitegenommen«, erzählte Sylvester weiter. »Ich weiß, dass er an Gottes Beistand zweifelt, also habe ich rasch zu ihm gesagt: ›Lass dem Jungen seinen Glauben, ich bitte dich.‹«

Fenella verriet Sylvester nicht, dass Anthony nicht an Gottes Beistand zweifelte, sondern sicher war, dass es dergleichen in der Leere des Himmels nicht gab. Es war Anthonys Geheimnis, das sie bewahren würde. »Er hat sich daran gehalten, nicht wahr?«, fragte sie ein wenig bang.

Sylvester lächelte. »Weißt du, was er zu mir gesagt hat? ›Mach keinen Wind, Sylvester. Auf einen Gott, der sich um die Fußbälle von kleinen Jungen schert, vertraut selbst ein Teufel wie ich.‹ Für den Teufel habe ich ihm einen Boxhieb verpasst, butterweich vor die Brust, aber statt den einzustecken, hat er mich zurückgeboxt, und im Nu stand Luke bei uns und feuerte uns an wie zwei Preisringer auf dem Markt.«

»Oh, Syl, das ist wundervoll – ich wollte, ich wäre dabei gewesen.«

Sylvester streichelte ihren Arm. »Weißt du, dass ich noch immer davon träume, das Zerschlagene könnte heilen und ihr beide könntet euren eigenen kleinen Jungen haben? Ich würde ihn ans Taufbecken tragen, und du kannst mir glauben, ich würde ihn verwöhnen, wie kein kleiner Junge von seinem Paten je verwöhnt worden ist.«

»Daran zweifle ich nicht«, sagte Fenella leise. Kein Kind, nicht einmal der Prinz, den Anne Boleyn ihrem König schenken könnte, wäre behüteter und würde inniger geliebt. Dass es dieses Kind nicht geben würde, tat zu sehr weh, um es in Worte zu fassen. Sie riss sich zusammen. »Sylvester, der kleine Luke und seine Schwester verdienen nicht weniger eine Zukunft als ein Kind von mir und Anthony. Es ist nicht recht, dass du ihre Mutter nicht heiratest. Hannah sorgt sich, weil ihre Kinder ohne Versorgung sind.«

»Dazu hat sie keinen Grund!«, fuhr Sylvester auf.

»Heirate sie«, setzte Fenella nach. »Die Farce von unserer Verlobung brauchen wir nicht länger aufrechtzuerhalten – selbst dein Tantchen weiß, wo wir in Wahrheit stehen.«

Sylvester stockte. »Aber Anthony will es doch so.«

»Lass uns für den Augenblick vergessen, was Anthony will«, erwiderte Fenella. »Er meint, ich verdiene das Beste, was er zu bieten hat, und das Beste bist du. Natürlich hat er damit recht, aber wie du weißt, macht es mir nichts aus, als die Metze eines geächteten, Brüder mordenden Satans zu gelten. Im *Domus Dei* wird man deshalb meine Hilfe nicht zurückweisen, und im Haus deiner Familie wird man mich dafür nicht weniger achten. Weshalb also sollte mich scheren, was sonst ein Mensch von mir denkt?«

Sylvester starrte zu Boden und zeichnete mit der Schuhspitze die verschwindenden Abendschatten nach. »Darüber rede ich nicht mit dir«, sagte er. »Es ist eine Sache unter Männern, und solange mein Freund Anthony mich bittet, dich zu schützen, werde ich davon nicht abweichen. Für Luke und Liz kann ich trotzdem sorgen. Ich werde meinen Vater fragen, wie sich die beiden in mein Testament aufnehmen lassen, ohne dass ich damit Ansprüche verletze, die ein Kind von Anthony eines Tages hätte.«

»Was meinst du damit?«

Abrupt blickte er auf. »Wenn Anthony einen Sohn bekommt, erbt der die Werft und dieses Haus.«

»Aber Syl, das geht doch nicht!«, rief Fenella. »Du bist noch keine dreißig Jahre alt, du wirst selbst einen Sohn haben, und auch dein Vater wird wollen, dass sein Besitz in der Familie bleibt.«

»Anthony ist meine Familie«, erwiderte Sylvester. »Und meinem Vater ist recht, was immer ich entscheide. Nein, Fen, ich glaube nicht, dass ich einen Sohn haben werde, aber wenn ihr einen habt, wird es für mich sein, als wäre er das Kind von uns dreien. Glaubst du nicht, ein Kind kann die Liebe von drei Elternteilen brauchen?«

»Doch, das glaube ich«, erwiderte Fenella matt. Das Ausmaß seiner Liebe raubte ihr die Fassung.

»Weißt du, was ich heute gedacht habe, als ich Anthony mit Luke sah?«, fuhr Sylvester fort. »Wenn er ein Kind hätte, würde diese Wunde an seiner Seele heilen. Er hat erlebt, wie er zum Mörder und Ketzer wurde, ohne es zu wollen, und jetzt ist er starr vor Angst vor sich selbst. Deshalb hält er sich von uns fern, aber mit dem kleinen Luke, der Schiffe bauen will, vergisst er alle Vorsicht. Würde er erleben, dass er seinem eigenen Kind ein Vater sein kann, würde er lernen, sich wieder zu vertrauen.«

Es drehte Fenella das Herz um, aber sie musste es ihm jetzt sagen. »Dieses Kind wird es nicht geben, Sylvester. Beiß dich nicht an einer vergeblichen Hoffnung fest.«

»Ich weiß, die Dinge stehen nicht gut«, murmelte er. »Aber meinst du nicht, sie können sich wenden, wenn mehr Zeit verstrichen ist?«

»Das haben wir gesagt, als wir im Garten von Swan House

standen und Doktor Cranmer davonreiten sahen«, erwiderte Fenella hart. »Inzwischen sind fast anderthalb Jahre verstrichen, und es wird Zeit, dass wir die Dinge betrachten, wie sie sind. Anthony hat alle Kraft aufgewendet, um sich zu heilen, soweit es möglich war. Wir tun ihm unrecht, wenn wir wie gierige Tiere darauf warten, dass er den zersprungenen Rest auch noch zusammenleimt. Wenn wir ihn lieben, müssen wir ihn nehmen, wie er ist – als einen Mann, der kaum noch spricht und keine bösen Witze mehr reißt, der am liebsten allein ist und mit seinem Körper nicht mehr lieben kann.«

»Ich habe dir doch erzählt, er war vorhin beinahe wie früher«, begann Sylvester, dann aber kam bei ihm an, was sie gesagt hatte. »Das ist nicht wahr, Fen. Sag, dass es nicht wahr ist.«

»Es ist wahr«, erwiderte sie. »Ich hatte nicht das Recht, es dir zu erzählen, aber ich fand, ich hatte genauso wenig das Recht, dich in einer Hoffnung zu wiegen, die sich nie erfüllen wird.«

»Ich wünschte, ich hätte die Macht, Robert Mallach dafür bezahlen zu lassen«, stieß Sylvester heraus. Dann wandte er sich Fenella zu und zog sie in die Arme. »Oh, Fen, wie kannst du dieses Leben ertragen? Du wirst nie seine Frau sein, wie du es wolltest, du wirst nie sein Kind haben …«

»Ich bin seine Frau«, verwies ihn Fenella. »Nicht so, wie ich es wollte, sondern so, wie es möglich ist, und wenn ich kein Kind von ihm haben darf, so haben wir doch Luke und Liz. Mein Leben ist gut, Sylvester. Denkst du manchmal an das, was Hannah angetan worden ist? An meinem Karren sehe ich täglich Frauen, die nicht nur ihre Männer, sondern jede Versorgung verloren haben und die den kommenden Winter mehr als die Hölle fürchten. Ich habe meinen Liebsten bei mir, wo andere nicht einmal ein Grab haben. Mach dir um mich keine Sorgen, sondern kümmere dich um dein eigenes Leben. Heirate deine Hannah. Wer weiß – vielleicht bekommst ja du den kleinen Jungen, der dann die Liebe von vier Elternteilen über sich ergehen lassen muss.«

Sylvester presste die Lippen aufeinander. Dann gab er den Kampf auf und schüttelte den Kopf. »Das wäre niemals dasselbe, und kein Kind sollte darunter leiden müssen, dass es ein anderes nicht ersetzen kann. Ich werde für Luke und Liz sorgen, und ich werde auch für Hannah sorgen, aber ich werde keine Ehe eingehen, nur weil ich etwas anderes, das ich mir mit aller Kraft wünsche, nicht haben kann.«

Dabei beließen sie es. Fenella wusste, dass Sylvester auf seine Weise recht hatte, auch wenn der Rest der Welt es nicht verstehen würde. »Gehen wir ins Haus? Es riecht nach Carlos' Lamm im Speckmantel.« Sie hakte sich bei ihm ein. »Sei nicht zu traurig, Syl. Was du mir von Anthony und Luke erzählt hast, ist ein gutes Zeichen. Ein ebenso gutes Zeichen ist, dass Anthony an der Sache mit der *Mary Rose* nicht zerbrochen ist.«

Sylvester, der versunken vor sich hin gebrütet hatte, hob den Kopf. »Weißt du, dass er mich nie danach gefragt hat? Ich glaube, er ist von dieser Besessenheit endgültig frei.«

Das hast du schon einmal gedacht, durchfuhr es Fenella, und ein beklommenes Gefühl beschlich sie. Aber sie sagte nichts, denn für den einen Abend hatte sie Sylvester genug abverlangt.

Das letzte Aufbäumen des Sommers ging vorüber, der Herbst kam mit harten Stürmen, und nicht lange nach Allerheiligen fiel der erste Schnee. Es wurde der kälteste Winter, an den ein Lebender sich erinnerte. Zuerst überfror der Creek, und dann, am Tag des heiligen Nikolaus, des Schutzherrn von Portsmouth, überfror der Solent.

»Wozu braucht unsereiner euch Schiffbauer noch?«, witzelte Greg Bischofswirt, der sein Holzkohle-Bier bei den Docks verkaufte. »Nach Frankreich gehen wir künftig zu Fuß, und die Weinfässer aus der Gascogne rollen wir übers Eis.«

Über Mangel an Aufträgen konnten die Suttons jedoch nicht klagen. Die Werft hatte das beste Jahr seit ihrem Bestehen hinter sich. Reiche Handelsherren begannen, sich wendige Karacken mit Geschützpforten bauen zu lassen, wie Anthony sie vor Jahren entworfen hatte. Diese bewaffneten Handelsschiffe waren imstande, eine kostbare Ladung gegen Piraten zu verteidigen, und im Kriegsfall ließen sie sich an den König vermieten. Dass auf der Werft der Suttons wehrtüchtige Segler gebaut wurden wie nirgendwo sonst, sprach sich im Süden der Insel rasch herum.

Erst im Dezember kam die emsige Arbeit zur Ruhe, weil den Männern am Werkzeug die Finger steif froren. Sylvester und Sir James kamen früher heim, und die Familie igelte sich in warmen Räumen ein, die nach Wachs von Kerzen, getrocknetem Lavendel im Feuer und mit Zimt und Kardamom gewürztem Weltversüßer dufteten.

Anthony blieb allein auf der Werft und vergrub sich in seine Arbeit wie die Übrigen in warme Decken.

Weihnachten nahte, und Fenella wünschte sich, das Fest zu feiern. Im Jahr zuvor hatte sie Anthony, der gerade erst lernte, sein zerschundenes Bein zu benutzen, auf der Werft seinen Frieden gelassen, doch in diesem lief sie hinunter und beschwor ihn: »Komm für die zwölf Weihnachtstage nach oben ins Haus. Tu es mir zuliebe, es ist alles, worum ich dich bitte.«

»Liegt dir so viel daran?«

Fenella nickte. Sie konnte kein Kind gebären, sie konnte nicht Hochzeit halten, sie konnte kein Liebeslager genießen wie eine gewöhnliche Frau, aber dieses eine wollte sie: Weihnachten mit ihrer zusammengewürfelten Familie, in der Wärme und Fülle ihres Hauses. Luke und Lizzy hatte sie versprochen, Kostüme zur Zwölften Nacht zu entwerfen, mit Carlos und dem Tantchen klügelte sie Speisefolgen aus, und zu Neujahr sann sie für jedes Mitglied des Haushalts auf ein Geschenk. Anthony sollte ihr dieses Weihnachtsfest gewähren, einen Lichtblick, damit sie in den dunklen Monaten wieder Kraft zum Verzichten hatte.

Er fuhr fort, auf dem Hobel eine Spiere, die als Bugspriet

dienen sollte, rund zu schleifen, wobei Späne in alle Richtungen spritzten. Unter dem zu dünnen Hemdstoff spannte sich jede Sehne seiner Schultern. »Ich werde den anderen ihre Heiligkeit verderben«, sagte er.

»Welchen anderen?« Die Angst, er werde ihr den Wunsch abschlagen, ließ sie keifen. »Sir James und dem Tantchen, die nichts wollen, als dich in ihre Arme zu schließen, dem kleinen Luke, der in dir seinen Helden sieht, oder mir und Sylvester, die sich nach dir kranksehnen? Am Ende gar Vater Benedict, für den neben dir kein anderer Mensch existiert?«

»Deiner Mutter«, sagte Anthony ruhig. »Und meiner. Den Leuten, die aus der Messe flüchten werden.«

»Und die zählen mehr als Sylvester und ich?«, fuhr sie ihn an.

Ohne mit dem Hobeln aufzuhören, wandte er den Kopf. »Nein«, sagte er. »Wenn ihr wollt, dass ich komme, habt ihr ein Recht darauf.«

Sie ging zu ihm und löste ihm die Hände vom Hobel. »Es geht mir doch um kein Recht. Ich will ein paar Tage lang wissen, dass du es warm hast, dass du geborgen bist, dass du gehätschelt und gestreichelt wirst wie wir.«

»Ich bin nicht gut darin, Fenchel.«

»Tust du es trotzdem? Um meinetwillen? Deine Mutter kommt nie nach unten, meine legt sich, sobald sie gegessen hat, schlafen, und wenn die Leute in der heiligen Messe wagen, über dich ihren Dreck auszuschütten, halte ich dir die Ohren zu.«

»Tu das nicht, Fenchel.« Er griff sich ins Ohr, zog eine hauchdünn gehämmerte Münze heraus und legte sie ihr in die Handfläche. »Meine Ohren sind das Einzige von mir, das noch taugt.« Er küsste sie auf den Mund, was er sonst nie von sich aus tat. »Gebratene Gans essen muss ich aber nicht, oder doch?«

»Natürlich nicht!« Sie warf ihm die Arme um den Hals. »Danke, mein Liebling. Hab tausend Dank.«

Der Blick seiner Augen traf sie. Stilles, dunkles Feuer. »Das sage ich nie zu dir. Sag du es auch nie zu mir, oder du beschämst uns beide.«

Danach lieh er sich Sylvesters Pferd und verschwand – vorgeblich, um in Southampton Werkzeug zu kaufen, doch dazu hätte er nicht einmal bei dem üblen Wetter länger als zwei Tage gebraucht. Die Münze, die er aus seiner Ohrmuschel gezaubert hatte, war aus dünnem Gold, und in den Rand hatte er ein Loch gebohrt. Fenella zog ein ledernes Band hindurch und trug sie um den Hals. Sie begann, sich Sorgen zu machen. Das Wetter wurde noch schlechter, kein Mensch hätte jetzt freiwillig eine Reise angetreten. War Anthony ihren Weihnachtsplänen entflohen? Wie konnte er ihr das antun? Hatte sie ihm nicht gesagt, wie viel das Fest ihr bedeutete?

Sie stellte Sylvester zur Rede: »Du weißt, wohin er geritten ist, nicht wahr?«

»Ich fürchte.« Wie ein unglücklicher Schweißhund legte Sylvester das Gesicht in Falten.

»Sag es mir.«

»Nach London.«

»Das darf er nicht!«

»Was hätte ich tun sollen?«, fragte Sylvester. »Ihm mein Pferd verweigern, ihn niederschlagen und in Fesseln legen? Wir wissen nicht, was in ihm vorgeht, Fen, er spricht ja nicht mit uns, und wenn er meint, er müsse diesen Ort des Grauens noch einmal aufsuchen, dann können wir ihn nicht halten.«

»Aber er hat mir versprochen, Weihnachten bei mir zu bleiben. Er darf mir nicht einfach ein Versprechen geben, zusehen, wie mir vor Freude darüber die Tränen kommen, und es drei Tage später brechen!«

»Er hat all die Quälereien durchgestanden, ohne den Mund aufzutun«, erwiderte Sylvester traurig. »Selbst de Vere, dieser Unmensch, hat zu mir gesagt, er habe nie zuvor in einem Mann solche Tapferkeit gesehen. Aber was die Dinge des Herzens betrifft, war er schon immer ein Feigling. Er bringt es nicht über sich, dir und mir wehzutun.«

»Oh doch, das bringt er mit einem eiskalten Lächeln über sich!«, rief Fenella, übermannt von einem Zorn, der sie erschreckte. »Zu feige ist er nur, um es uns zu sagen und dem Leid, das er angerichtet hat, ins Gesicht zu sehen.«

»Bei allen Heiligen.« Sylvester rieb sich die Stirn. »So wütend habe ich dich noch nie erlebt, Fen. Lass ihn leben, wenn er wiederkommt, ja?«

»Das kann ich dir nicht versprechen.« Sie riss sich das Band mit der Münze vom Hals, dass es in ihrem Nacken brannte. »Am liebsten würde ich ihn in seinem Saft schmoren lassen, bis er schwarz wird, nicht mehr auf ihn achten, ihm nur ein Mal zu spüren geben, wie weh das tut. Aber weißt du, was das Schlimmste ist? Vermutlich wäre ihm das völlig gleichgültig. Er würde es nicht als Strafe empfinden, sondern als Erleichterung, weil er an seinen Spieren herumhobeln kann, ohne dass ich ihm zur Last falle.«

»Wie kannst du so etwas denken?« Sylvester hob die Münze auf, die Fenella zu Boden geschleudert hatte, und betrachtete sie. Mit der Fingerspitze rieb er den schlammigen Schnee davon ab und verknotete das zerrissene Band. »Das ist ein Florin«, sagte er und legte die Münze wieder um Fenellas Hals. »Eine florentinische Goldmünze. Der Mann, der sie dir gegeben hat, liebt dich, auch wenn er sich gerade ziemlich schändlich benimmt. Lass ihn nicht fallen, Fen, und bestrafe ihn nie, indem du ihm deine Liebe entziehst. Ich entstamme einer Familie von Wortemachern und finde es unerträglich, dass er von seinem Gefühl für uns nicht spricht. Heutzutage tut es jeder – ein König nicht weniger als ein Dichter, ein Kaiser genauso wie ein Straßensänger. Aber Anthony nicht. Und dennoch liebt er uns. Mehr als König Henry, an dessen Liebesgeschichte die halbe Welt Anteil hat.«

»Außerdem hat er den liebevollsten Fürsprecher der Welt«,

sagte Fenella und strich ihm über die Wange. »Du brauchst Anthony vor mir nicht in Schutz zu nehmen. Ja, ich bin zornig und verletzt, und in diesem Augenblick macht es mir Angst, mich zu fragen, was ich mir noch von ihm werde gefallen lassen. Aber ihm meine Liebe entziehen … ich glaube, das kann ich nie. Ohne ihn wäre ich nur das belanglose Ding, das mein Vater nicht wollte. Dass ich Anthony hatte, der mit mir sprach, hat mir beigebracht, wer Fenella Clapham war und sein konnte. Verstehst du das?«

Sylvester nickte. »Mir ist es nicht anders ergangen. Ich war der zweitgeborene Zwilling, der nicht sprechen, nur stottern konnte, der mickrige Bruder der schillernden Geraldine. Ich habe euch beide gebraucht, um zu lernen, dass ich Sylvester bin.«

»Dafür, dass du Sylvester bist, danke ich dem Himmel«, erwiderte Fenella. »Ohne dich wäre dein Freund nämlich nicht zu ertragen, und ich müsste ihm den Hals umdrehen, wenn er wiederkommt.«

Am Vorabend des Weihnachtstages wurde das Schneegestöber so heftig, dass die kleine Schar aus Sutton Hall sich die Köpfe mit Wolltüchern umwickelte, um in Sankt Thomas in die Messe zu gehen. An Sylvesters Arm stolperte Fenella gegen den Wind an, doch dann ließ er sie auf dem letzten Stück Weges plötzlich los und half stattdessen Hannah, die samt der Kinder mit Carlos gegangen war. Verstört blieb Fenella stehen. Im Wirbel der Schneeflocken sah und hörte sie so gut wie nichts. Der Mann, der an ihre Seite trat, berührte sie nicht. Er hielt sein Barett in den Händen, weil der Wind es ihm vom Kopf gerissen hätte.

»Um Gottes willen, Anthony, du musst dir das Gesicht bedecken!«

Er sah sie nur an und bot ihr den Arm. Sie klammerte sich an ihm fest und presste sich an seine Flanke. Er führte sie die letzten Schritte bis zum Seiteneingang, durch den die Menschen in die Kirche strömten. Als sie das hohe Kirchenschiff betraten, verstummte das Gemurmel der Menge. Fenella warf einen Blick zur Seite, auf sein vom Sturm gerötetes Gesicht, und begriff, was er um ihretwillen aushielt. Das ätzende Schweigen und das Gegaffe der Leute, die ihm die Kleider vom Leib glotzen wollten, um festzustellen, ob er darunter eine Schuppenhaut, einen buschigen Schwanz und einen Bocksfuß verbarg. »Verzeih mir«, sagte sie laut, dann wandte sie sich dem glotzenden Volk zu, das sich vor dem Altarraum drängte, und schleuderte ihm ihren wildesten Blick entgegen.

Es war hart. Aber es war auch wundervoll. Er ging und stand und kümmerte sich nicht, als glitte die Bosheit der Menge von ihm ab. *Dir hat nie irgendwer das Wasser reichen können*, dachte Fenella. *Wenn ich einen Weg fände, dich spüren zu lassen, wie stolz ich auf dein schönes, gerades Rückgrat bin, vielleicht gäbe dir das die Kraft zurück, mich zu lieben.*

Anthony war reizend in diesen Tagen, wenn auch scheu und so gut wie stumm. Er schenkte dem Tantchen sein Lächeln, das sie wie ein Mädchen erröten ließ, trug Vater Benedict in die Messe, wechselte Blicke mit Sir James und lehrte Luke das Schachspiel. Wo immer er gewesen war, hatte er sich das Haar zu Stoppeln scheren lassen, sodass sich die schöne Form seines Schädels zeigte, und seine Kleider waren, wie Fenella sie an ihm gekannt hatte: schlicht, nie anders als schwarz und weiß und mit unnachahmlicher Eleganz getragen. *Wer sagt, er sei nicht schön, hat längst keinen Blick mehr*, dachte Fenella. *Der ist wie einer, der seinen vergoldeten Badezuber schöner findet als das Meer.*

Zu Sylvester war Anthony besonders reizend. Er setzte sich zum Essen an seine Seite und verschränkte, wenn die Krüge gehoben und Trinksprüche ausgebracht wurden, den Arm mit dem des Freundes. Fenella gönnte es ihm. Dieser Sylvester, der geschworen hatte, seinen Freund zu töten, um ihm härtere Foltern zu ersparen, der dessen zum Skelett abgemagerten Leib aus dem Gefängnis getragen und seither um sein Leben gefürchtet hatte, blühte in jenen Weihnachtstagen auf. Der Strom der Besucher, der sich an Sutton Halls Tafeln durchfüttern ließ, bedachte Anthony mit scheelen Blicken, doch neben ihm saß Sylvester, legte den Arm um ihn und wies sie in die Schranken.

In Fenellas Nähe kam Anthony tagsüber nie, und deshalb konnte niemand wissen, dass er zu ihr reizender als zu ihnen allen war. Er erlaubte nicht, dass sie sich bei ihm bedankte oder sie ihn um Verzeihung bat, sondern verschloss ihr den Mund. In ihrer Kammer unter dem Dach liebte er sie mit einer Glut, die sie um ein Haar vergessen ließ, dass die Liebe nicht vollständig war.

Hinterher stand er auf und schürte splitternackt ihr Feuer, sodass sie sich im warmen Schein der Flammen ansehen konnte, wie schön Gott ihn gemacht hatte. Nicht so, wie es für einen Mann in Mode war, fleischig und raumgreifend, sondern langknochig, wendig und schlank. Die Muskeln der Schenkel spielten bei jeder Regung, und um die straffen, ranken Hinterbacken hätte sie gern ihre Hände geschlossen. Sie liebte die Selbstverständlichkeit, mit der er sich bewegte, die völlig natürliche Grazie. In der Haut auf seinen Schulterblättern, die viel dunkler war als ihre, schimmerte das Netz der Narben wie ein Zeichen für seine Überlebenskraft.

»Du machst mir ein Kribbeln im Bauch«, sagte Fenella. »Wo immer du in diesen Tagen gewesen bist, jedes Mädchen, das dich gesehen hat, muss gedacht haben: Warum nur ist der eine Mann, der eine Sünde wert ist, vergeben?«

Er kniete vor dem Feuer und drehte ihr sein Gesicht zu, auf dessen scharfer Zeichnung Licht und Schatten wechselten. »Und wo immer du bist, Fenchel Tausendschön – jeder Mann, der Augen im Kopf hat, muss denken: Warum nur ist das einzige Mädchen, für das es sich lohnte, ohne Sünde zu sein, so bescheiden?«

Sie lief zu ihm, warf ihn hintüber, lachte zum ersten Mal seit

Jahren unbeschwert und bedeckte seinen Leib bis zu den Lenden mit Küssen. »Ich bin nicht bescheiden. Ich will dich ganz. Lass es mich noch einmal versuchen, Herzliebster.«

Er zog sie in die erstaunlich starken Arme, hielt sie so fest, dass sie sich nicht mehr rühren konnte, und gebot ihr Einhalt: »Nein, Fenchel Clapham. Ich habe mir das Ding, das ich dir geschenkt habe, zu Brei zerquetschen lassen, und das Ding zwischen meinen Beinen obendrein. Mir fällt nicht viel ein, das mir noch einen Pfifferling wert wäre, aber dir erlaube ich nicht, deine erstaunliche Wärme so sinnlos zu vergeuden.«

»Anthony, sprich nicht so.« Sie strich ihre Finger durch sein raspelkurzes Haar. »Erzähl mir, was dir das Herz zerquetscht hat. Bleib nicht allein damit.«

»Nein.«

»Glaubst du, ich könnte dich dafür verachten? Für etwas, das andere dir angetan haben?«

»Ich glaube gar nichts, Fenchel. Ich behalte nur für mich, was mir allein gehört. Jetzt leg dich schlafen, törichtes Mädchen.« Ohne Vorwarnung hob er sie auf die Arme, trug sie zum Bett und legte sie nieder. Dann wickelte er sie in sämtliche Decken und bettete ihren Kopf in seinen Schoß. »So kann ich nicht schlafen«, sagte sie heiser vor Lust und küsste die Innenseite seines Schenkels.

»Und ob du kannst«, sagte er. »Das ist, als schliefest du unter einem kastrierten Esel. Die Krippe mit eurem Heiland könnte nicht keuscher sein.«

In der Neujahrsnacht schenkte Anthony Luke eine spanische Dechsel in Kindergröße und Sylvester Petrarcas *Canzoniere*. Er hatte die Gedichtsammlung vollständig übersetzt, Seite um Seite in seinen steilen, gleichmäßigen Buchstaben niedergeschrieben und in helles Leinen binden lassen. Sylvester brach darüber in Tränen aus und vermochte kaum, sich zu beruhigen. »Bei allen Heiligen, wann hast du das denn fertiggebracht?«

»Dazu ist kein Heiliger nötig. Ich hätte es längst tun sollen. Es ist Jahre her, dass du mich darum gebeten hast.«

»Aber du warst doch in diesen Jahren gar nicht hier!«

»Da, wo ich war, hatte ich ja Zeit.«

»Du hattest kein Buch! Und wie willst du in all dem Elend und Dreck dieses feine Papier bewahrt haben?«

»Überhaupt nicht«, erwiderte Anthony gleichmütig. »Du weißt doch, ich mache mir alles erst in meinem Kopf zurecht.«

»Ich kann nicht fassen, dass du das für mich getan hast.«

»Mach nicht solchen Wind, Sylvester«, sagte Anthony. »Es ist nur Gekritzel und wiegt nichts auf.« Dann wandte er sich um und verließ das Haus.

Sylvester wollte ihm folgen, doch sein Vater hielt ihn zurück. »Lass ihm ein bisschen Raum. Vor uns allen weinen, so wie du, das kann er ja nicht.«

»Er kommt zu uns zurück, nicht wahr?«, fragte Sylvester, dem noch immer Tränen über das Gesicht strömten. »Ganz und gar, meine ich – so wie früher.«

»Früher ist immer die Zeit, die vorüber ist«, sagte Sir James und trocknete seinem Sohn die Wange. »Er hat dir gerade seine Liebe erklärt, wie es inniger wohl kaum denkbar ist. Warum ist dir das nicht genug – was soll er dir noch geben?«

»Nichts«, sagte Sylvester. »Er soll mir erlauben, ihn ebenso zu lieben. Damals, nach Ralphs Tod, habe ich es gedurft. Jetzt nicht. Er sitzt bei uns, weil wir ihn darum bitten, aber er ist mutterseelenallein.«

»Das geht uns allen so«, mischte sich Tantchen Micaela ein. »Am schlimmsten der armen Jakobsmuschel. Selbst ein wilder Kater schnurrt, wenn man ihn hinter den Ohren krault, aber dieser Mann, den Gott zur Liebe geschaffen hat, spürt nicht einmal mehr, wenn man ihn in der Taille kitzelt.«

Fenella zuckte zusammen.

»Vielleicht braucht er einfach Zeit«, mutmaßte Sir James halbherzig. »Zeit und Wärme. Wenn wir imstande wären, uns vorzustellen, was er durchgemacht hat, hätten wir gewiss mehr Geduld.«

»Zeit und Wärme.« Micaela trat zu ihm und boxte ihm gegen den Arm. »Das sind die Allheilmittel dieses Hauses, he? Aber eine Wunde heilt damit nur, wenn sie sauber und frei von Entzündungen ist. Die, die der schwarze Seestern im Innern hat, frisst sich in all deiner Wärme und deiner Geduld unaufhaltsam weiter in sein Herz.«

»Und was soll deiner Meinung nach mit der Wunde geschehen?«, fragte Sir James.

Das Tantchen zuckte mit keiner Wimper. »Sie muss verödet werden.«

»Ausgezeichnet!«, blaffte Sylvester. »Sagst du uns auch noch, wer von uns das tun soll – ein Eisen zum Glühen bringen, es ihm aufs Herz pressen und abwarten, ob er den Irrsinn von Schmerz überlebt oder daran verreckt?«

»Keiner von uns«, erwiderte das Tantchen. »Wenn er es will, dann muss er es selbst tun, und wir können nur dafür beten, dass dabei niemand verreckt.«

Eine Zeitlang schwiegen sie. Die Scheite im Feuer prasselten, und gegen die Scheiben des Erkerfensters stürmte Schnee in Wogen. Schließlich stand Fenella auf. »Ich bringe ihm einen Mantel«, sagte sie. Sylvester holte ihr seinen und eine Laterne dazu.

Anthony stand hinter dem schneebedeckten Laubengang. Als Fenella aus dem Haus trat, drehte er sich um. Eisig schlug der Wind ihr ins Gesicht, doch sie rannte dagegen an, und er kam ihr entgegen. So durchnässt war er manchmal am Creek gewesen, wenn sie im Sommerregen aufeinander gewartet hatten. Jetzt aber war sein Körper kalt. »Komm wenigstens unter den Laubengang!«, rief sie ins Geheul des Windes. »Wem ist denn geholfen, wenn du dich so quälst?«

»Ich quäle mich nicht«, sagte er. »Ich mag es ganz gern.«

Vermutlich spürte er die schneidende Kälte so wenig wie

Kitzeln. Dass sie schauderte, schien er jedoch zu merken. Er hüllte sie in Sylvesters Mantel und zog sie unter das Gestänge, das im Sommer von Sir James' Rosenranken überwuchert war. Unter dem Schneedach war es trocken und überraschend still. »Geh doch ins Haus, du dummes Ding«, sagte er zärtlich und wickelte Sylvesters Mantel so fest wie nur möglich um sie.

»Du bist noch viel dümmer.«

»Nein. Ich bin herzlos, heimtückisch, ein Mörder und ein Ketzer. Aber dumm bist du.«

»Ach, Anthony. Ich habe dich herzlosen, heimtückischen, mörderischen Ketzer so furchtbar lieb.«

»Das ist das Dümmste an dir.«

»Nein. Das Klügste. Nicht einmal in deinen besten Zeiten, als du das Blaue vom Himmel herunterschwatzen konntest, habe ich mir das von dir ausreden lassen.«

Er grub sein Gesicht in ihr Haar, und auf ihrem Scheitel spürte sie, wie kalt seine Nasenspitze war. Eine Weile lang schwiegen sie. Dann zog er etwas unter seinem Wams hervor und legte es ihr in die Hände. Es war ein Buch, eine wunderschöne, in Leder gebundene Ausgabe, die in der Nässe Flecken davongetragen hatte. *»La Divina Commedia«*, las Fenella im Licht der Laterne, *»Die göttliche Komödie«*. Der Mann, der es geschrieben hatte, hieß Dante Alighieri. Sylvester hatte erzählt, dieser sei unter den florentinischen Dichterkönigen der Kaiser und ohne ihn hätte es weder Petrarcas Bergbesteigung noch die Bewegung, die *Rinascimento* hieß, geben können.

»Woher hast du das?«

»Vom Buchmarkt in London, woher sonst?«

»Bist du deshalb nach London geritten? Um uns Geschenke zu kaufen?«

»Ich habe dir einmal versprochen, dir noch einen italienischen Dichter zu bringen. Und du hast gesagt, dir fehlt unser Reden. Ich dachte, vielleicht ist es besser als nichts, zusammen in dem Buch zu lesen.«

Mit einem Finger streichelte Fenella jede Linie seines nassen Gesichtes, seine Brauen, seine glänzenden Wimpern, seine Wangenknochen und seine Lippen. Dann lehnte sie den Kopf an seine Brust, legte sich ihm ans Herz und hörte dem Schlagen seines Herzens zu. Zu sagen wusste sie für den Augenblick nichts. Zumindest nicht zu ihm. Nur zu Gott. *Bitte weich uns nicht von der Seite, wie Doktor Cranmer dich gebeten hat*, sagte sie stimmlos zu Gott. *Schenk uns ein gutes Jahr, und wenn die verfluchte Wunde ein Eisen braucht, um sie auszubrennen, lass mich Anthonys Schmerz teilen. Gib uns deinen Schutz, damit niemand daran verreckt.*

Anthony befreite eine Hand und rieb sich unsanft über die Schläfe.

»Tut dir der Kopf weh?«

»Ein bisschen.«

»Komm ins Haus, und leg dich hin. Du hast für den einen Tag mehr als genug getan.« Sie nahm seine Hand, um ihn durch den schneebedeckten Laubengang zurück zum Haus zu führen.

Zwei Schritte weit ging er mit ihr, dann blieb er stehen. »Fenchel?«

»Ja?«

»Du und Sylvester – wie lange wolltet ihr das eigentlich noch vor mir geheim halten?«

»Was, Liebling?« Fenellas Herz begann zu trommeln.

»Das, was mit meiner *Mary Rose* geschehen ist.«

18

Sylvester

Portsmouth, 1532

Die Verbindung zwischen ihnen war nie ganz abgerissen. Sie schrieb ihm gelegentlich, bestellte Grüße von Doktor Cranmer und sprach der Form halber Einladungen aus, die er natürlich nie annahm. Er schrieb ihr seltener, kürzer, aber stets mit Respekt. Nie zuvor hatte er eine Frau so sehr für ihren Mut bewundert. Sie war weder ein gelehrter Theologe wie William Tyndale noch eine rebellische Nonne wie die Gattin Luthers, sondern nur eine kokette Ritterstochter, die höher fliegen wollte als eine Horde Spatzen. Trotzdem war sie es, die die Insel aus den Angeln riss. Sie war es, die mit beiden Händen das Glockenseil packte und für das Land hinter den Nebeln die neue Zeit einläutete.

Sylvester verfolgte ihren Werdegang, die unzähligen Versuche, sie aus dem Weg zu räumen, und ihr stures Beharren auf ihrem Platz. Wenn er zuweilen hörte, wie die Leute sich über ihre neuste Schandtat die Mäuler zerrissen und sie die »große Hure« nannten, musste er trotz seiner Sorgen lachen, weil er sich ihr Gesicht mit dem hohen Haaransatz und dem herausfordernd verzogenen Mund vorstellte.

Was immer sie für ein Spiel trieb, die Folgen, die es hatte, waren ernst. Die Annaten, die ersten Einkünfte aus jeder Pfründe, die England seit Menschengedenken nach Rom abgeführt hatte, wurden dem Papst fortan vorenthalten. Gesetze, die seit Jahrhunderten in Stein gemeißelt waren, wurden mit sofortiger Wirkung ausgelöscht. Künftig durfte kein Engländer mehr durch ein kirchliches Gericht als Ketzer verurteilt werden, sondern allein durch Bevollmächtigte des Königs. Dieser und nicht länger der Papst galt seit März als Oberhaupt der englischen Kirche. Die Konvokationen hatten nach einigem Zögern die Regelung anerkannt, doch Thomas More, der gelehrte Freund des Königs, der dem alten Glauben verhaftet blieb, war vom Amt des Lordkanzlers zurückgetreten. Wie so viele andere sah More in Anne Boleyn die verführerische Kraft des Bösen, die den frommen König Henry zu Fall gebracht hatte.

Auch darüber musste Sylvester lachen. Anne Boleyn war sinnlich, schön und klug und dazu noch eine Frau. Das genügte, damit die Schar der Biedermänner es mit der Angst zu tun bekam. Eine Hexe sei sie, ereiferten sich die Männer auf der Werft, ehe sie sich in den Bischof der See oder in Pete Barrelmakers Brauhaus trollten. Mit ihren schwarzen Zaubersprüchen habe sie dem König den Verstand verhext.

Sylvester verbot seinen Arbeitern, auf seinem Grund und Boden so zu schwatzen. Anthony, der sonst nie von seiner Werkbank aufblickte, hob den Kopf, als er das hörte. »Genauso gut kannst du dem Berg von Neapel verbieten, Feuer zu spucken«, sagte er.

Im August starb der alte William Warham, Erzbischof von Canterbury und geistliches Oberhaupt des Landes. Für seine Nachfolge galt Stephen Gardiner als aussichtsreichster Kandidat. Er hatte sich in der Ehesache anders als andere Kleriker im Sinne des Königs geäußert, doch die Reformen der Kirche lehnte er ab. »Vermutlich ist er der Beste, den wir bekommen können«, sagte Sylvester zu seinem Vater. »Alle anderen, die gehandelt werden, gehören zur Schar der Ketzerjäger, die England mit ihren Scheiterhaufen zu erhellen wünschen.«

Den Sommer über hatte er des Öfteren an Anne Boleyn gedacht, es aber immer wieder aufgeschoben, ihr zu schreiben. Als es Herbst wurde, schrieb sie ihm.

Behandelt man so seine Freunde, Mylord?, begann sie in dem spielerisch-spöttischen Ton, in dem er ihre Stimme zu vernehmen glaubte.

Sendet man ihnen nicht einmal einen Glückwunsch, wenn sie zum Primas der englischen Kirche erhoben werden? Der wackere Cranmer ist ein viel zu bescheidener Mann, um sich über Euren Affront zu beklagen. Im Grunde kann er noch immer nicht glauben, dass tatsächlich sein Name für das höchste Kirchenamt des Landes benannt worden ist. Ich aber nehme es Euch von Herzen übel, dass Ihr meinen Kaplan und Beichtvater derart schmählich übergeht.

Wie vom Donner gerührt ließ Sylvester den Brief sinken. Thomas Cranmer wurde Erzbischof von Canterbury! Es tat sich etwas in England – es war wahrhaftig ein Stein ins Rollen gekommen, aus dem eine Lawine werden würde. Hätte er derlei Humbug nicht abgelehnt, hätte er Anne womöglich selbst für eine Zauberin gehalten, jedoch für eine Herrin der Weißen Magie, die mit ihren Kräften ein Wunder bewirkte.

Dabei sollte ich ja inzwischen daran gewöhnt sein, dass Ihr Eure Freunde vergesst, schrieb sie weiter.

Wie oft habe ich Euch eingeladen, ohne dass Ihr Euch auch nur ein Mal zu einem Besuch entschließen konntet? Nun, mein Herr, damit hat es ein Ende. Ihr habt mir einmal beteuert, ich könne auf Euch zählen, wann immer ich Euch brauche, und eben das tue ich jetzt. Wie Ihr wisst, hat der König in seiner großen Sache den Kaiser und so gut wie alle katholischen Staaten Europas gegen sich und muss daher jedem möglichen Verbündeten Honig um den Bart streichen. Da sich unser Frieden mit Frankreich als stabil erweist, ist König Francis ein solcher Verbündeter. Wir segeln also im Oktober hinüber, und die beiden Könige werden einen Vertrag der Freundschaft aushandeln und die zwei Höfe Artigkeiten austauschen.

Mir ist zu dieser Gelegenheit der Schmuck der Königin von England zugegangen, obgleich Katherine von Aragon ihn

nicht aus ihren kleinen Klauen geben wollte. In feinstem Goldbrokat bin ich rundum neu ausstaffiert worden, damit Francis sich überzeugen kann, dass ich den jahrelangen Aufwand wert bin. Nun aber sieht es aus, als solle Francis mich überhaupt nicht zu Gesicht bekommen, denn Claude, seine Königin, weigert sich, eine gottlose Hure zu empfangen. Wie bei Hof darüber frohlockt wird, mögt Ihr Euch vorstellen. Allem Anschein nach soll ich also samt einem Tross von Lästerzungen in Calais zurückgelassen werden, während die ehrbaren Damen und Herren ihrer Zusammenkunft nachgehen.
Im ersten Zorn habe ich mich geweigert, die Reise überhaupt anzutreten. Letzten Endes hat mich der König jedoch überzeugt, dass es um unser beider Zukunft geht und wir uns allzu viel Stolz nicht leisten können. Und damit sind wir bei meiner Frage: Wollt Ihr Eurer Freundin Anne das zumuten – dieses Heer der Hofschranzen, die ohne Sünde sind und Steine werfen? Ich brauche Verbündete unter den Giftmischern, ein freundliches Gesicht, einen Scherz, der mir den Rücken stärkt. Was sagt Ihr, Sylvester? Werdet Ihr Euer Versprechen einlösen und mir ein solcher Freund sein?

Sylvester überlegte nicht lange. Wenn er einem Menschen etwas schuldig war, dann war es Anne Boleyn. Und vielleicht war es keine üble Idee, nach Frankreich zu reisen. Es mochte Bewegung in eine Lage bringen, die ihm festgefahren und hoffnungslos erschien.

Von seinem Pult in der Schreibstube der Werft konnte er durch die offene Tür das Gelände überblicken. Er sah seinen Freund, der sich den Rücken krumm schuftete, ohne je eine Pause einzulegen oder mit jemandem ein Wort zu wechseln.

»Anthony!«

Der Freund schien ihn nicht zu hören. Sylvester rief ihn ein zweites Mal, und als Anthony noch immer nicht von der Azuela abließ, mit der er ein zähes Stück Knieholz Span um Span in

Form brachte, holte er tief Luft und brüllte: »Verflucht nochmal, Fletcher, wirst du wohl herhören, wenn ich mit dir rede?«

Mit einer fließenden, ruhigen Bewegung zog Anthony die Dechsel bis zum Ende durch und prüfte die entstandene Fläche mit dem Daumen, ehe er den Kopf hob. In alten Zeiten hätte er gegrinst und Sylvester eine Unverfrorenheit entgegengeworfen, doch jetzt sah er ihn lediglich an wie einer, der in Gleichmut auf Befehle wartete. »Komm her«, sagte Sylvester weicher als gewollt.

Anthony zog die Brauen in die Stirn. »Kein guter Zeitpunkt, Sylvester. Dieser Heckspant ist der letzte von zwanzig. Lass mich den fertig machen, ehe die Sicht zu schlecht wird, sonst können wir morgen früh nicht einpassen.«

»Lass deinen Heckspant Heckspant sein, und beweg deinen Hintern hierher!«, schnauzte Sylvester ihn an. »Weißt du, was ich mir gewünscht habe, seit wir mit Fen auf der Dockmauer gesessen haben und unsere Storchenbeine nicht einmal bis ins Wasser baumelten? Mit dir auf ein Schiff zu gehen. Aufs Meer.« Er konnte sich das Lächeln nicht länger verkneifen, als er sah, wie Anthony die Dechsel aus der Hand gleiten ließ.

»Weit geht es allerdings nicht. Nur über das enge Meer.«

»Auf welchem Schiff?« Anthonys Stimme bebte.

Sylvester tat, als blättere er in den Bögen des Briefs. »Wäre die *Henri Grâce à Dieu* genehm, Sir? Oder geben sich Euer Gnaden mit derlei bescheidenem Gefährt nicht ab?«

Anthony warf die Azuela, die er noch einmal aufgenommen hatte, auf die Bank und verzog den Mund. »Weiß eigentlich außer mir irgendwer, was für ein Idiot du sein kannst, Sylvester Sutton?«

Am Abend schrieb Sylvester an Anne Boleyn, es sei ihm eine Ehre, sie in ihrem Gefolge nach Frankreich zu begleiten. Mit ihrer Erlaubnis werde er seinen Freund mitbringen, der über jahrelange Segelerfahrung verfüge und unter den Offizieren des Schiffes fraglos willkommen sei. *Doktor Cranmer gratu-*

liere ich nicht, schrieb er zum Schluss, *denn ich fürchte, er wird über seine Ernennung nicht glücklich sein. Stattdessen gratuliere ich uns, weil wir einen solchen Mann zum Primas unserer Kirche bekommen. Gott segne Euch, bis wir uns wiedersehen, Anne. Wenn Königin Claude von Frankreich sich weigert, Euch zu empfangen, so, weil sie sich fürchtet, in Eurem Schatten nicht mehr sichtbar zu sein.*

Keine Woche später reisten sie nach Dover, um sich einzuschiffen. Es war ein herrlicher Morgen, der Himmel wolkenlos und die Luft von jener kühlen Klarheit, die jede Farbe leuchten ließ. Die *Henri Grâce à Dieu* war trotz ihrer Mängel ein grandioser Anblick. Ihre schiere Größe und Wucht ließen das Herz eines Schiffbauers höherschlagen, und die langen Banner, die das Flaggschiff des Königs kennzeichneten, flatterten verheißungsvoll im Wind. Sylvester warf Anthony, der sich nicht hatte abhalten lassen, eine gewaltige Kiste aus Walnussholz hinter sich herzuzerren, einen Seitenblick zu. »Was für ein Prachtstück von einer Karacke! Da bleibt selbst dir kaltem Fisch die Spucke weg, habe ich recht?«

Einen Herzschlag lang sah er das alte Grinsen aufblitzen. »Mach nicht solchen Wind. Aber ich gebe zu, allzu übel haben wir sie bei der Überholung nicht hinbekommen.«

»Wir?«

»Der Graf von Ripon und ich.«

»Ich habe dir gesagt, ich will diesen Namen aus deinem Mund nicht hören!«

»Dann halt dir die Ohren zu, Sylvester.«

»Der Mann ist der Teufel!«

»Nein«, sagte Anthony. »Und selbst von dem reden die meisten Leute unentwegt, auch wenn sie ihn den ›Unaussprechlichen‹ nennen.« Er drehte sich um, zerrte seine Kiste vom Handkarren und hob sie sich mit Schwung auf die Schulter.

Sylvester wollte zupacken, doch er war nicht schnell genug,

und es war auch nicht nötig. Wie so oft hatte er sich getäuscht: Anthonys Körperbau wirkte zu zart, um solche Gewichte zu stemmen, doch er war alles andere als das.

Anthony drehte sich um. »Gehen wir an Bord?«

»Was hast du eigentlich in dieser Kiste?«, fragte Sylvester. »Dass du ein eitler Fatzke bist, weiß ich, aber nicht einmal der König kann so viele Hemden brauchen.«

»Ich brauche zwei«, sagte Anthony.

»Das erzähl einem Dümmeren als mir! An deinem Kragen ist nie auch nur der kleinste Schatten.«

Jetzt grinste Anthony endgültig wie in alten Zeiten. »Ich weiß, wie man wäscht, Sylvester.«

Sylvester funkelte ihn an. »Runter mit der Kiste! Ich will auf der Stelle sehen, was darin ist.«

Anthony brachte es fertig, mit der Schulter zu zucken, auf der die Kiste ruhte, ehe er diese wie verlangt herunterhob. Dann ging er in die Hocke, ohne sich im Schlamm des Bodens die Hosen zu beschmutzen, öffnete das Schloss und schlug den Deckel zurück.

Sylvester entfuhr ein Laut. Tatsächlich enthielt die Truhe nur zwei oder drei Kleidungsstücke, die Schachtel, in der Anthony seine Zeichenkohle aufbewahrte, und ansonsten Werkzeug. Seinen Satz Feilen, seine Behauaxt, seine geliebte Azuela, ein paar Hämmer und Schaber und seine Sammlung sorgfältig sortierter Nägel, Nieten und Metallteile. »Bei allen Heiligen! Wozu brauchst du denn das? Die Überfahrt dauert doch nicht länger als fünf Stunden.«

»Wer weiß«, sagte Anthony. »Ist die Inspektion beendet, darf ich meine Kiste jetzt wieder verschließen?«

»Du darfst aufpassen, dass ich dich nicht ins Wasser werfe!«, rief Sylvester selig und versetzte Anthonys Schulter einen Stoß.

»Tu, was du nicht lassen kannst«, sagte Anthony und lud sich die Kiste wieder auf. »Ich kann schwimmen. Du nicht.«

Sylvester hatte kaum einen Fuß an Bord gesetzt, als ihn ein Diener abfing und auf Geheiß der Lady Boleyn in ein Gemach im Achterkastell bat, als wäre er ein Höfling von höchstem Rang. »Ich gehe nicht ohne dich«, sagte er zu Anthony, aber der winkte ab.

»Lass mich sein, wo ich hingehöre.« Er wies auf die Stiege, die unter Deck führte. Sylvester sah, dass er darauf brannte, das Schiff zu inspizieren, und ließ ihn ziehen.

Das Zimmer, in das der Diener ihn führte, war in Messing und rotem Samt eingerichtet wie der Tagesraum eines Palastes. Neben einer Liege, die zum Ausruhen einlud, standen auf einem vergoldeten Tischchen Erfrischungen bereit: Karaffen mit Wein und Wasser, in dem in Locken geschnittene Scheiben von Zitrusfrüchten schwammen, eine Platte mit kandiertem Obst und eine mit hauchzartem Gebäck, das nach exotischen Gewürzen duftete. Durch eine Reihe kleiner Fenster konnte Sylvester die Gebäude des Hafens von Dover erkennen, die sich mit jeder tanzenden Bewegung der Karacke weiter entfernten.

Er war der Sohn eines Schiffbauers und baute selbst Schiffe, aber er war nie zuvor auf einem Schiff gesegelt. *Jetzt verstehe ich dich wieder ein wenig besser*, sagte er in Gedanken zu Anthony. Einen Mann, der dies im Blut hatte – das Auf und Ab der Wellen und den Wind, der den Segeln seine Kraft lieh –, fünf Jahre lang in einem Kerker am Fluss einzusperren, sprach von tückischer Grausamkeit. Anthony musste die Nähe der Themse gespürt haben, das Kommen und Gehen der Gezeiten, ohne Hoffnung, an alledem noch einmal teilzuhaben. Vermutlich hatte ihm das schlimmer zugesetzt als die Schläge in den vollgepumpten Magen. Wäre es möglich gewesen, hätte Sylvester Robert Mallach dafür noch ein wenig mehr gehasst. Was würde er tun, wenn der verhasste Schwager ihm auf dieser Reise über den Weg lief?

Nach einer Stunde Fahrt kam Anne Boleyn. Sie riss die Tür der Kammer auf und rief: »Sylvester! Wie tief wollt Ihr mich eigentlich noch beleidigen? Ich habe Euch eigens diese französischen Winzigkeiten auftragen lassen, und Ihr habt nicht ein Stück davon angerührt!«

Er musste lachen. »Mylady, dem Mann, der Euch beleidigt, gebührt Hölle ohne Wiederkehr. Wenn Schönheit töten könnte, wäre ich soeben ohne letzte Riten verschieden.« Sie trug ein Kleid aus weinrotem, golddurchwirktem Brokat, das den Pflaumenton ihres Haars zum Schimmern brachte. Ihre Jugend hatte sie im Warten auf des Königs Scheidung ausgegeben, doch die gereifte Frau, die aus dem Kampf hervorgegangen war, hätte eine Venus abgegeben.

Ihr gurrendes Lachen passte dazu. »Jetzt, wo ich Euch sehe, fällt mir auf, wie sehr ich Euch vermisst habe, Mylord.«

»Offenbar nicht so sehr, dass ich Euch als einfacher Mann des Volkes genügte. Mein Vater mag ein Ritter sein, aber ich bin kein Lord.«

»Dann wird es höchste Zeit, das zu ändern.« Sie warf die Tür ins Schloss, trat heran und fischte eins der in Zucker gewandeten Obststücke von der Platte. »Nein, ziert Euch nicht. Ich brauche Euch. Bei Hof, da wo das Herz der Zeit schlägt, nicht irgendwo in einem ländlichen Idyll.« Sie hielt ihm das Stück, das aussah wie ein Viertelmond aus roten Tränen, vors Gesicht. »Wisst Ihr, was das ist? Eine Scheibe vom Granatapfel. Sperrt den Schnabel auf. Ich bin sicher, Ihr habt seit dem ersten Kuss, den eine ländliche Schöne Euch verpasst hat, nichts Süßeres mehr geschmeckt.«

Ehe er überlegen konnte, hatte Sylvester den Mund geöffnet, und sie schob ihm das blutrote Viertel des Mondes hinein. An den ersten Kuss, den er bekommen hatte, konnte er sich auf Gedeih und Verderb nicht erinnern, und als sein Gaumen die Süße der Frucht schmeckte, tat es ihm darum leid. Zum Trost bekam er gleich darauf einen von Anne Boleyn. Pflaumenlippen. Herbe Köstlichkeit, die ihre Würze erst entfaltete, als sie sich wieder entzog.

»In allen Ehren, Sylvester.« Ihr Blick suchte den seinen. »Weder will ich der ländlichen Verlobten etwas stehlen, noch meinen Herrn und Gebieter gegen Euch aufbringen. Aber Ihr seid ein äußerst bezaubernder Mann, und meiner Ansicht nach schadet es Euch nichts, das zu wissen.«

Sylvester schluckte am Rest des Granatapfels, an ihrem Kuss und an dem Kompliment, während sie sich auf einen gepolsterten Hocker setzte.

»Kommt, trinkt einen Becher Wein mit mir. Diese Reise zehrt an mir, ich habe das Gefühl, endlos aufgewärmt zu werden wie ein unappetitlicher Eintopf. Umso mehr habe ich mich darauf gefreut, mit dem herzerfrischenden Sylvester Sutton ein paar Worte zu wechseln.«

»Die Freude beruht auf Gegenseitigkeit.« Sylvester nahm den angebotenen Becher entgegen. »Auch wenn mir nichts einfällt, das ich Euch aus meiner ländlichen Idylle zu berichten hätte.«

Sie ließ ihren Becher gegen seinen klingen. »Auf die Ländlichkeit, Sylvester. Ist die tatsächlich ein Idyll?«

Er schüttelte den Kopf. »Vermutlich so wenig, wie der Traum, Königin von England zu werden, ein Traum bleibt, wenn man ihn verwirklicht.«

Ihr Lachen klang silbern. Nicht glücklich, aber schön. »Erzählt mir, was das Teuerste in Eurem Leben ist.«

»Das wisst Ihr doch. Mein Freund, der im Rumpf Eures Schiffes verschwunden ist wie ein Kater im Bottich des Milchmädchens.«

Anne Boleyn sandte ihm ein Nicken, bei dem ihr Pflaumenhaar über ihr Gesicht fiel. »Ich habe ihn mir angeschaut, Euren Freund im Milchbottich. Er hämmert in der Kabine des Schiffszimmerers an die Wände. Ich kann Euch verstehen. Was immer er an sich hat, es ist eine seltene Kostbarkeit.«

Erstaunt blickte Sylvester auf. »Dass Ihr das sagt, überrascht mich. Bisher dachte ich, bis auf Fenella und mich könnte niemand es sehen. Leute, denen ich sonst begegne, verwenden die abscheulichsten Worte auf ihn.«

»Das ist nicht Euer Ernst.«

»Doch. Im besten Fall finden sie ihn hässlich.«

»Dann sollten diese Leute sich Augengläser schleifen lassen«, erwiderte Anne Boleyn. »Ich finde ihn ganz und gar nicht hässlich. Oder doch. Vielleicht so, wie ein Gewittersturm auf dem Meer etwas Hässliches hat, weil er töten kann – aber er hat auch etwas Herrliches, oder? In jedem Fall hätte ich Angst, Euren hübsch-hässlichen Freund auf die gackernde Schar meiner Hofdamen loszulassen – und gerade deshalb juckt es mir in den Fingern, es zu tun.«

»Ihr wäret enttäuscht.«

»Warum?«

»Anthony konnte man schon als Jungspund mit feuchten Ohren, in dem Alter, in dem uns alle der Hafer sticht, in eine Schar entzückender Mädchen stoßen, und er hat nichts davon bemerkt.«

»Ist das wahr?«, rief sie. »Was für eine Verschwendung – das mag ich nicht glauben!«

Sylvester schüttelte den Kopf. »Es ist nicht, was Ihr denkt – er ist ein Mann wie jeder andere, oder zumindest war er das, bevor Robert Mallach ihn in die Finger bekam. Nur liebt er, solange unser aller Erinnerung reicht, nur ein einziges Mädchen, das er Fenchel nennt und das für ihn geschaffen ist.«

Einige Augenblicke lang blieb die zungenfertige Anne Boleyn stumm. »Das klingt allerdings nach einem Idyll«, sagte sie dann. »Und ich verhehle nicht, dass ich vor Neid grün anlaufe.«

»Das kann ich verstehen«, sagte Sylvester. »Sooft ich an Liebe zwischen Mann und Frau denke, sehe ich Anthony und Fenella vor mir, mehr noch als Petrarca und Laura, Dante und Beatrice oder Lancelot und Guinevere. Vielleicht bin ich selbst unfähig, mich auf Dauer zu verlieben, weil an dieses Ideal nichts herankommt. Trotzdem gibt es keinen Grund, auf Fenella und

Anthony neidisch zu sein. Das Leben war hart zu ihnen. Etwas, das ihm im Clink-Gefängnis angetan worden ist, hat Anthony zerbrochen, auch wenn sein Körper gesund geworden ist. Das Talent, das er hat, die Gabe, ein vollkommenes Schiff zu bauen, wird vermutlich nie zur Blüte gelangen, und Fenella muss damit leben.«

»Und darum soll sie nicht zu beneiden sein?«, fragte Anne Boleyn. »Um einen Mann, der ein einzigartiges Talent besitzt, der die Weite der Welt in den Augen hat und der niemandem traut als ihr? Sylvester, das ist dermaßen beneidenswert, dass ich heute Abend einen Schleier tragen muss, damit mein grünes Gesicht keinen Argwohn erregt. Und obendrein bekommt diese Fenella noch den hinreißenden Blondschopf zum Ritter und Beschützer, für den ich auf der Stelle schwach werden könnte.«

Sylvester musste lachen. »Spricht da die Dame, die den König von England dazu treibt, das Gefüge der Kirche aus den Angeln zu heben? Und diese Dame, die ganz Europa in Brand setzt, beneidet ein Mädchen aus Portsmouth um zwei Schiffbauerburschen, die ihr wie Schatten hinterhertrotten?«

Anne Boleyn lachte mit, füllte die Becher neu und stieß mit Sylvester an. »Auf die Liebe, mein Schiffbauerbursche! Auf die, die Europa in Brand setzt, und auf die, die in der Verborgenheit von Portsmouth schwelt. Warum nennt Euer Anthony seine Liebste Fenchel?«

»Sie heißt Fenella, was dasselbe bedeutet«, sagte Sylvester. »Ich habe ihm einmal gesagt, er soll sie nicht Fenchel nennen, weil das abwertend klingt und ihr Vater ihr diesen Namen gewiss gegeben hat, weil für ihn eine Tochter nicht mehr war als eine im Überfluss wuchernde Gemüseknolle. Als wir uns das nächste Mal trafen, hat Anthony mir einen Strauß wilden Fenchel auf die Knie gelegt: filigranes, duftendes Kraut mit zarten gelben Blüten. Ich glaube, er nennt sie Fenchel, weil er in ihr wie in der unauffälligen Pflanze die Schönheit sieht, für die es mehr braucht als flüchtige Blicke. Und die Stärke, die sie ihm gibt. Er isst kein Fleisch, nur Grünzeug, aber er hat die Kraft eines Preisringers im Leib.«

Sie stellte ihren Becher ab und legte ihm die Hand auf den Arm. »Danke, dass Ihr mir das erzählt habt. Ich wünsche Eurem Anthony und seiner Wildpflanze ein langes, glückliches Leben und ein Haus voller Kinder.«

In stummer Traurigkeit schüttelte Sylvester den Kopf.

»Meint Ihr nicht, alles, was ein Häufchen Elend wie Robert Mallach einem so starken, von Liebe umgebenen Mann antun könnte, muss eines Tages verheilen?«

Noch einmal schüttelte Sylvester den Kopf, und ehe er sich's versah, hatte er ihr den Rest erzählt: die Geschichte der Werftkinder, die er noch nie jemandem erzählt hatte, von dem Glück der Lieder und Geschichten, der geheimen Welt der Docks, den Träumen von der *Mary Rose* und von Ralphs Tod, der alles zerschlug.

»Anthony hat an einem Pfahl gestanden und ein Schiff angehimmelt«, brachte er die Erzählung zu Ende. »Und ein paar Herzschläge später war er ein Mörder, ohne zu wissen, wie ihm geschah. Jetzt hat er dasselbe ein zweites Mal erlebt: Er hat seiner Verlobten einen Ring geschickt und ist selig nach Hause gesegelt, seiner Hochzeit und seinem Lieblingsschiff entgegen. Als er aber am Kai die Ankerketten auswarf, war er ein Ketzer, ohne zu wissen, wie ihm geschah.«

»Deshalb heilt es nicht, meint Ihr?«, fragte sie leise. »Weil es die alte Wunde wieder aufgerissen hat?«

Sylvester nickte. »Die Gefängnisaufseher, die ihn ausgepeitscht haben, haben sich einen Spaß daraus gemacht, noch einmal in die Striemen vom Vortag zu schlagen, damit die Verletzungen tiefer gingen und sein Rücken für immer gezeichnet bliebe. Robert Mallach hat durch seinen Verrat dasselbe getan, und seine Peitsche war härter als ein Ochsenziemer.«

Anne Boleyn stand auf und legte die Arme um ihn. »Robert Mallach hat das alles doch gar nicht gewusst, Sylvester. Zerreißt

Euch nicht in Hass auf einen armseligen Zwerg, der nicht mehr ist als ein Bauer auf dem Schachbrett. Wenn wir nach Calais kommen, stelle ich Euch und Euren Anthony dem König vor, was meint Ihr? Vielleicht könnt Ihr beide Euren Frieden machen, wenn Euer Stern aufsteigt, während der des Grafen von Ripon sinkt.«

»Der hat seinen Stern doch allein auf Anthonys Kosten hochgebracht!«, fuhr Sylvester auf. »Dieses Handbuch für Schiffbauer, glaubt Ihr etwa, so etwas könnte ein Robert Mallach ersinnen? Und der schlanke Zweihunderttonner, der mehr Feuerkraft hat als das Riesenschiff, auf dem wir uns befinden …«

»Die *Mary Willoughby?*«, unterbrach ihn Anne Boleyn. »Dieser Karacke wegen ist der König mehr als ungehalten. Die Schotten, die ihm an der Ostküste ständig Ärger machen, haben sie gekapert und setzen ihre Feuerkraft und Wendigkeit jetzt gegen unsere Patrouillenschiffe ein. Der König ist kein Dummkopf. Wäre er der Ansicht, Robert Mallach könnte ihm ein solches Schiff noch einmal bauen, hätte er längst ein halbes Geschwader in Auftrag gegeben.«

Noch immer saß sie neben Sylvester und streichelte seinen Arm. »Verzeiht mir, Anne«, sagte er. »Ich weiß nicht, wo ich meine Manieren habe. Ihr habt mich eingeladen, damit ich Euch zur Seite stehe, und stattdessen lasse ich mich von Euch trösten wie ein kleines Kind.«

»Ihr steht mir zur Seite«, sagte sie und strich ihm das Haar hinters Ohr. »Es tut verblüffend gut, einen Mann, der so viel Herz hat, wie ein kleines Kind zu trösten.«

»Aber müsst Ihr nicht gehen? Verlangt der König nicht nach Euch?«

»Der König segelt nicht auf diesem Schiff«, antwortete sie. »Er ist mit einem Tross gewichtiger Herren auf der *Swallow* vorausgereist, damit es kein Gerede gibt. Lachhaft, nicht wahr? Als ließe sich ein Lauffeuer an der Ausbreitung hindern, indem man eine Kerze ausbläst. Das Pack, das mich die ›große Hure‹ schimpft, schert sich nicht darum, dass ich mit meinen dreißig Jahren noch Jungfrau bin. So wie sich die, die Euren Freund einen Ketzer und Mörder schimpfen, nicht darum scheren, dass er dem alten Glauben anhängt und kein Fleisch isst. Trinken wir einen letzten Becher auf alle Huren und Mörder – findet Ihr nicht, Ihr befindet Euch bei denen in der angenehmeren Gesellschaft?«

»Und ob ich das finde«, stimmte Sylvester im Brustton der Überzeugung zu. »Auf alle Huren, Mörder und Ketzer! Auf alle Menschen, die nicht so tun, als bräuchte man nichts als guten Willen, um ohne Schuld zu bleiben.«

Sie verweilten zehn Tage in Calais, in Wohngebäuden rund um das Fort Risbain, die eigens für diesen Besuch hergerichtet worden waren. Sylvester erhielt reichlich Gelegenheit, sich bei Anne Boleyn erkenntlich zu zeigen. Der König traf sich samt seinem mitgereisten Hofstaat hinter der Grenze des englischen Territoriums mit Francis und ritt mit ihm nach Boulogne, wo die Herren sich in Verhandlungen ergingen. Offiziell diente die Zusammenkunft einer Verständigung über die drängende Türkenfrage. Mithin wurde ein Abkommen über einen Feldzug gegen die Feinde der Christenheit unterzeichnet, unter der Hand sicherte Francis Henry seine Unterstützung in seiner großen Sache zu, und zwischendurch erholten sich die Herren beim Tennis.

Währenddessen musste Anne Boleyn in Calais der Dinge harren, die da kommen würden, was sie launisch und unleidlich machte. »Welcher von Euch Männern ist es eigentlich wert, dass ein Mädchen seine besten Jahre damit zubringt, auf ihn zu warten?«, knurrte sie Sylvester an.

»Fenella ist überzeugt, Anthony sei es wert«, erwiderte Sylvester lachend.

»Wo steckt der überhaupt?«

»Falls er Eurem Flaggschiff Flügel gebaut hat, dürft Ihr mir nicht die Schuld geben.«

»Und das eben scheint mir die Crux der Welt«, sagte Anne. »Männer dürfen während der Warterei an Schiffen, Verträgen, Tennisschlägern und schlüpfrigen Mädchen spielen, während Frauen stillzusitzen haben, bis sie alt und verkniffen sind.«

»Spielt an mir«, sagte Sylvester und gab ihr den Kuss, den sie verdiente. »Dass Englands reizendste Blüte alt und verkniffen endet, darf ich schon aus patriotischen Gründen nicht riskieren.«

»Hütet Eure Zunge, schönster Mann von Portsmouth. Ist Euch eigentlich klar, dass die angebliche Blüte den König von England sausen lassen und mit Euch ans Ende der Welt fliehen würde, wenn Eure Liebe ihr gälte und nicht Eurem schnäbelnden Paar von Werfttauben?«

»Das würdet Ihr nicht. Ihr werdet Königin von England.«

»Glaubt Ihr daran? Mit jedem Tag, der verstreicht, tue ich es weniger.«

»Habt Ihr geglaubt, Euer schüchterner Kaplan, Doktor Cranmer, könne Erzbischof von Canterbury werden?«

Sie krauste die Stirn. »Noch ist er es nicht.«

»Aber seine Ernennung steht doch fest?«

»Der König hat den Papst um die Ernennungsbulle gebeten«, antwortete Anne. »Auf die warten wir jetzt, wie wir seit Jahr und Tag auf die Auflösung der vielzitierten Ehe warten. Sobald Cranmer kraft der päpstlichen Bulle in Amt und Würden ist, soll er als Primas von England jene Ehe für ungültig erklären und der zwischen Henry und der großen Hure Anne den Segen geben. Was danach geschieht, weiß der Himmel. Womöglich hat der Papst sogar von dieser Absicht Wind bekommen und verweigert deshalb die Bulle. Bei Hof treiben sich alle erdenklichen Spione herum.«

Zwei weitere Tage vergingen, in denen Annes Laune sich weiter verschlechterte, doch dann stürmte sie eines Abends in

Sylvesters Gemach und warf den Kopf in den Nacken. »Die hohen Herren geben sich die Ehre. Übermorgen um die Mittagszeit sollen sie in Calais sein, wo wir sie mit dreitausend Salutschüssen willkommen heißen. Zum Abend steht uns ein Bankett samt Tanz ins Haus, bei dem Frankreichs König die Augen übergehen sollen.« Sie hatte getrunken. Ihr schönes Haar hing wirr um ihren Kopf, und in Sylvester erwachte der Wunsch, sie vor sich selbst zu schützen.

Anthony stand vom Tisch auf und ging in die Knie.

»Ich bedaure, Eure Mahlzeit gestört zu haben!«, rief Anne und stieß ein trunkenes Lachen aus. »Aber ich bitte Euch, lasst Euch den Appetit nicht verderben. Vor einer wie mir braucht Ihr nicht zu knien – die große Hure ist zum Bankett mit der Krone Frankreichs nicht einmal geladen.«

»Und Ihr braucht einen wie mich nicht förmlich anzusprechen«, erwiderte Anthony ruhig und wandte sich seinem Freund zu. »Soll ich gehen, Sylvester? Wollt Ihr allein sein?«

»Oh bitte!«, rief Anne: »Schaut mich noch einmal so wie eben an.«

Anthony wandte ihr das Gesicht wieder zu. »Warum?«

»Ohne Grund«, sagte Anne. »Nur, weil es schön ist. Bitte sagt mir, Master Fletcher – ist Euer Freund Sylvester ein mutiger Mann?«

»Oh nein!«, rief Sylvester, aber Anthony sagte: »Wenn nicht er, dann weiß ich keinen.«

»Erzählt!«

»Einmal hat er einen Priester angeschrien, er solle ihm statt meiner eine Strafe von fünfundzwanzig Stockschlägen erteilen.«

»Tatsächlich?«, fragte Anne hingerissen. »Und nun Hand aufs Herz, mein Herr – wer von Euch beiden hatte diese Schläge verdient?«

»Was für eine Frage«, entgegnete Anthony. »Ich.«

Anne lachte. »Sylvester war also vollkommen schuldlos und

hat sich dennoch erboten, eine derart schmerzliche Strafe für Euch auf sich zu nehmen?«

Anthony nickte. »Wir anderen waren nicht mehr als ein paar grüne Bengel, aber Sylvester war ein Held der Tafelrunde.«

»Und der Priester – sagt bloß, er hat sich darauf eingelassen?«

»Wie soll denn ein Priester das übers Herz bringen?«, fragte Anthony zurück.

»Ich gehe wohl kaum als Priester durch«, sagte Anne, »und mein Herz gilt als veritabler Eisblock – aber das hätte selbst ich nicht über mich gebracht. Um ehrlich zu sein, wäre es mir schwer genug gefallen, diese Prügelstrafe an Euch zu vollstrecken.«

»Sie hat sich gelohnt«, sagte Anthony und zog flüchtig die Lippen von den Zähnen wie in alten Zeiten. »Einer, der solch einen Freund hat, ist reicher als der König von England, oder nicht? Das war mit der einen Tracht Prügel allzu billig bezahlt.«

Im Nu war Anne Boleyn bei ihm. »Ich bin sicher, Ihr bezahlt dafür den angemessenen Preis«, sagte sie und berührte sein kurzgeschorenes Haar. »Wer solch einen Freund für sich gewinnt, muss ein ungewöhnlicher Mann sein, Master Fletcher. Meint Ihr, Euer Freund Sylvester würde auch mir helfen, mich reich wie die Königin von England zu fühlen?«

»Er ist zum Ritter geboren«, sagte Anthony.

Anne berührte noch einmal sein Haar, ehe sie den Kopf hob und Sylvester ansah. »Also sagt mir, mein Ritter – hat wahrhaftig der König von Frankreich zu entscheiden, wer auf englischem Boden an einem Fest teilnimmt?«

»Nie und nimmer!«, rief Sylvester kämpferisch. Was Anthony über jenen Tag mit Vater Benedict gesagt hatte, verlieh ihm ungeahnte Kräfte. »Als Engländer kann ich nicht dulden, dass meine künftige Königin noch länger derart schmählich missachtet wird. Ihr werdet auf jenem Fest den Platz einnehmen, der Euch gebührt, Mylady.« Seine Tollkühnheit erschreckte ihn, doch als er erst Anne und dann Anthony in die Augen sah, wusste er, dass er diese zwei, die an ihn glaubten, nicht enttäuschen würde.

Anne senkte eine Hand auf Anthonys Schulter und streckte Sylvester die andere entgegen. »Mein Ritter und sein Knappe sind eine Wohltat. Ihr sollt beide wissen, dass Euer Mut nicht ohne Belohnung bleiben wird.«

»Wir tun es um keiner Belohnung willen!«

»Das weiß ich«, sagte Anne und schwankte ein wenig, als sie sich vorbeugte, um Sylvester auf die Wange zu küssen.

Innerhalb des Forts gab es keinen Saal, der sich für größere Festlichkeiten eignete. Stattdessen sollte das Fest zu Ehren des Franzosenkönigs im Haus der Kaufleute stattfinden, das als Unterkunft für den hohen Gast umgestaltet worden war. Viel Zeit zur Vorbereitung blieb ihnen nicht, doch Sylvester sprühte vor Ideen, und an Material fand sich in Anne Boleyns Truhen alles, was das Herz begehrte. Es gab Augenblicke, in denen sie über ihren Plan wie Kinder kicherten. Die Mischung aus Furcht, Erregung und Übermut war belebender als Wein.

Zwei Tage später ritten Henry und Francis Hand in Hand durch das mit Girlanden geschmückte Tor nach Calais. Der Franzose trug ein mit Diamanten besetztes Wams, der Engländer eines aus violettem Goldbrokat und darüber eine Kette aus Rubinen, von denen keiner kleiner war als ein Hühnerei. Stoisch wie ein Doppelstandbild ließen sie Huldigungen und Salutschüsse über sich ergehen, ehe sie sich zurückzogen, um sich vor den Festlichkeiten des Abends auszuruhen. Die Aufsicht über den Ablauf übernahm in der Zwischenzeit Thomas Cromwell, ein windschlüpfriger, undurchschaubarer Bursche, der auf irgendeine Weise in die Fußstapfen Kardinal Wolseys getreten war.

»Pass auf dich auf, Sylvester«, sagte Anthony, der neben ihm stand, und wandte sich zum Gehen.

»He, warte – wohin willst du?«

»Zurück aufs Schiff.«

»Aber du musst heute Abend bei mir bleiben!«

»Dazu eigne ich mich nicht«, sagte Anthony gepresst. »Ich besitze nicht einmal einen Fetzen Stoff, den ich mir zu derartigen Gelegenheiten überhängen könnte.«

»Anthony, ich brauche dich!«, rief Sylvester geradezu entsetzt.

Er sah, wie die Züge des Freundes sich spannten. »Das bezweifle ich«, sagte er. »Aber wenn ich es dir nicht ausreden kann, bleibe ich hier.«

Sylvester plagte sein Gewissen, weil er seinen Freund wie einen Bediensteten in der Pagenkammer warten ließ. Anthony aber versicherte ihm, er fühle sich dort weniger fehl am Platz als in dem von etlichen Kerzen erleuchteten Saal. Als Sylvester einen letzten Blick durch den Türspalt warf, sah er ihn in der Ecke kauern und sich die Schläfen halten, während das versammelte Gesindel die Köpfe zusammensteckte, um über ihn zu tuscheln.

Das Bankett, mit dem Henry Francis zu beeindrucken suchte, verlief ereignislos, wenn man von einer riesenhaften Pastete absah, aus deren Kruste ein lebender Schwan brach und in Todesangst mit den Flügeln schlug. Hinterher aber, als die Tafeln aufgehoben wurden und die Musikanten auf der Galerie in Stellung gingen, geschah das Unvorhergesehene. In der Pavane sah man Herrschaften verstohlen gähnen, doch ohne Übergang folgte ein schwungvoller Saltarello. Mit dem ersten Trommelschlag stürmte ein als Lancelot du Lac kostümierter Herr in Begleitung von fünf maskierten Damen in den Saal und mischte sich unter die Tanzenden. Gejohle wie auf einem Dorffest brach aus.

Die Maske des Lancelot und der Wein, den Anne ihm aufgenötigt hatte, nahmen Sylvester die Scheu. Er war stets gern zu Tänzen gegangen, und die höfischen Figuren hatte Anne ihn gelehrt. Wie geplant schob er sich nun mit einer von Annes

Hofdamen in die Reihe der Paare, während die vier einzelnen Damen sich ihre Tanzpartner wählten.

Anne selbst – gewandet als Königin Guinevere – packte ihren Auserwählten bei den Ärmeln und drängte die Dame, die soeben den Tanz mit ihm beginnen wollte, rücksichtslos beiseite. Der derart gekaperte Herr hob eher amüsiert als verärgert die Brauen. Es war Francis von Frankreich. Wie lange würde er brauchen, um zu erkennen, dass er ebenjene Dame zum Sprung um die Taille fasste, die von seiner Königin beleidigt und brüskiert worden war?

Ein anderer hatte die Maskierung der Schönen ohne Zweifel längst durchschaut: König Henry. Er wandte keinen Blick von dem Paar, und über sein Gesicht breitete sich ein beifälliges Grinsen. Es war nicht zu übersehen, dass Anne in Frankreich tanzen gelernt hatte. Sie setzte ein, was sie besaß: Eleganz, Virtuosität und verführerische Sinnlichkeit. Dass sie eine halbe Stunde zuvor in Sylvesters Armen geweint hatte, sah niemand ihr an.

Sie hat alles Kapital ihres Lebens auf diese eine Karte gesetzt, dachte Sylvester, *und sie ist kurz davor, unter der Anspannung des Spiels zu zerbrechen. Aber aufgeben wird sie nicht. Eher tanzt sie, bis sie tot zu Boden sinkt.* Er betete, dass sie ihr Ziel erreichte, ehe ihr die Kraft ausging. Eine wie sie hatte einen Mann verdient, für den sie das Zentrum der Welt war, aber da sie sich entschlossen hatte, darauf zu verzichten, um Königin von England zu werden, sollte sie wenigstens das bekommen.

»Ihr tanzt ausgezeichnet«, lobte ihn seine Dame, als die Musik verstummte. »Ich bedaure aufrichtig, Euch abtreten zu müssen.« Damit wies sie auf die Dame zur Linken, die sich samt ihrem Tänzer herangeschoben hatte. Sie trug die Haube einer verheirateten Frau, doch unter dem Samt rann ihr helles Haar wie ein Wasserfall über ihre Schultern. Zierlich hob sie ihm die Hand entgegen. Hätte er sich geweigert, sie zu ergreifen, hätte er einen Skandal verursacht.

»Guten Abend, Sylvester«, sagte Geraldine und bog ihren tannenschlanken Leib in die erste Drehung der Gaillarde. Sie tanzte nicht weniger gewandt als Anne, sondern womöglich noch vollkommener, aber was bei Anne einer Kette wortloser Versprechen glich, war bei Geraldine die Erfüllung einer Aufgabe. Sie wirkte nicht im Mindesten erhitzt, und jede Falte ihres Kleides saß an ihrem Platz.

»Willst du mir nicht wenigstens einen guten Abend wünschen?«, fragte sie. »Oder hätte ich dir gestatten sollen, mich weiterhin vor aller Augen zu schneiden, wie du es seit Jahren tust?«

»Du weißt, warum«, murmelte Sylvester und sehnte sich danach, sie an sich zu drücken wie als Kind, im Winter, wenn sie die Schultern hochgezogen und an allen Gliedern gezittert hatte. Von ihnen beiden war immer sie die Stärkere gewesen, und über seine zahllosen Schwächen hatte sie die Augen verdreht. Sooft sie aber gefroren hatte, hatte er sie wärmen dürfen.

Im Saal brannte ein mächtiges Feuer, die Kerzen auf den Tischen schmolzen, aber Geraldine sah aus, als friere sie.

Ich möchte dich hassen. Du hast mich kleingemacht, wo immer du konntest. Ich durfte mich in deiner Nähe sonnen, solange ich dein schwächlicher Bruder blieb, ich durfte für dich singen, wenn du den Applaus für den Tanz bekamst. Sobald ich jedoch versuchte, meine Flügel zu spreizen, hast du sie mir gestutzt. Dann kam Anthony, der mich stark gemacht hat, weil er etwas in mir wahrnahm, das sonst niemand sah. Weil er ausgerechnet mich, den Schwächling Sylvester, zum Freund wollte, habe ich gelernt, mich von dir freizuschwimmen. Das war dir nicht recht, nicht wahr, Geraldine? Wäre es nach dir gegangen, wäre er an der Feigheit deines Mannes gestorben und ich wäre wieder allein. Jede Faser in mir will dich hassen. Weshalb nur fühlt sich der Hass auf dich an, als hasste ich einen Teil von mir selbst?

»Ja, ich weiß, warum du mich schneidest«, sagte Geraldine. »Weil das Schicksal deiner Schwester dir gleichgültig ist. Sooft Vater mich in aller Eile besucht, bestellt er mir deine Grüße, doch ich sehe ihm an, dass er lügt. Ein Mann wie Vater, der wandelnde Anstand, taugt nicht zum Lügner.«

»Dein Schicksal ist mir nicht gleichgültig.«

Spitz lachte sie auf. »Du taugst zum Lügner so wenig wie Vater. Hast du in den letzten zwei Jahren ein einziges Mal nach mir gefragt?«

»Nein«, gab er zu.

»Zu mir gekommen bist du auch damals nur, weil du Angst hattest, es ginge deinem Unaussprechlichen an den Kragen.«

»Er ist nicht mein Unaussprechlicher!«, platzte Sylvester so laut heraus, dass sich Köpfe drehten. »Er ist mein Freund, und es ist ihm nicht an den Kragen, sondern ans Leben gegangen. Ich habe dich angebettelt, mir zu helfen, aber du hast nicht einmal mit der Wimper gezuckt.«

»Deine Art, den Unaussprechlichen zu lieben, ist wider die Natur, Sylvester.«

»Ach, ist sie das? Und was verstehst du davon?« Nie zuvor hatte er so mit ihr gesprochen. »Ist in deinen Augen nicht jede Liebe wider die Natur? Glaubst du nicht, Menschen, die einander lieben und dafür Opfer und Entbehrungen auf sich nehmen, müssten krank oder zumindest nicht bei Verstand sein?«

Über ihr schönes Gesicht glitt ein Zucken. »Ja, vielleicht glaube ich das. Es ist kaum von der Hand zu weisen, oder?«

»Das darfst du mich nicht fragen. Ich bin einer von deinen Kranken, Verstandeslosen. Mir fällt nichts ein, das ich für meine Freunde nicht täte, und ich weiß nicht, wie ich ohne ihre Liebe leben sollte.«

»Aber mich verurteilst du dazu«, bemerkte Geraldine.

Die Musik verstummte, um gleich darauf mit Trommelschlägen und dem herben Lauf einer Flöte wieder anzuheben. Viele Paare formierten sich neu, doch ein Seitenblick verriet Sylvester, dass Anne auch diesen Tanz mit König Francis begann. Sie schien seinen Blick zu spüren und sandte ihm ein Lächeln, das ihn wärmte. Mit einer Verbeugung wollte er sich Geraldine entziehen, doch seine Schwester schloss die Finger wie eine Handschelle um sein Gelenk. »Nur nicht so eilig.« In ihrer Stimme schwang etwas Drohendes. »Ein, zwei Tänze mit deiner verstoßenen Schwester wirst du wohl durchhalten.«

»Geraldine, warum mutest du uns beiden das zu?«, fragte er. »Dir liegt nichts an mir – weshalb gehen wir nicht beide unserer Wege und wünschen uns nichts Übles?«

»Weil das nicht meine Art ist«, antwortete sie, ohne zu zögern. »Und wer sagt dir, dass mir an dir nichts liegt? Du bist der, der mich schneidet, nicht umgekehrt. Ich habe allen Grund, dir zu zürnen, aber für mich bleibt Blut dicker als Tinte. Ich habe mich um diesen Tanz gedrängt, weil ich dich warnen wollte, statt blinden Auges zuzusehen, wie mein Bruder in sein Unglück rennt.«

»In was für ein Unglück?«

»Spiel nicht den Einfaltspinsel! Glaubst du, mir entgehen die Blicke, die du meiner Freundin Anne zuwirfst? Oder sollte ich sagen ›meiner einstigen Freundin‹? Seit sie dich hat, lässt sie ja mich wie eine hohle Nussschale fallen.«

»Rede keinen Unsinn!«

»Dazu neige ich nicht«, konterte sie. »Du wirst nicht leugnen, dass die Gräfin von Ripon unter den Damen, die Anne für ihren Coup mit dem Franzosenkönig ausgewählt hat, keinen Platz hatte. Ehe sie dich kannte, wäre das undenkbar gewesen. ›Meine Freundin‹, hat sie mich genannt, ›meine Süße, die einzige Seele, an der mir etwas liegt‹. Sag's mir, Sylvester – was hast du Anne von mir erzählt, um sie gegen mich aufzubringen? Dass ich deinen Unaussprechlichen habe foltern lassen?«

»Das hast du ja nicht!«, rief Sylvester.

»Habe ich nicht? Bist du dir dessen sicher?«

»Du hast es geduldet. Aber der Schuldige war dein Mann, und ich habe Anne Boleyn nie etwas Übles von dir erzählt. Wenn du aber ihre Freundin warst – warum warst du dann in diesen Tagen nicht bei ihr und hast ihr zur Seite gestanden?«

»Sie hat doch mich nicht gebraucht!«, rief Geraldine. »Sie hatte ja dich. Ihren Ritter Sylvester. Mir könnte gleichgültig sein, was ihr zwei Tröpfe treibt, aber du bleibst mein Fleisch und Blut, und deshalb warne ich dich. Die Blicke, die ihr euch zuwerft, fallen nicht nur mir auf, und selbst wenn der König die arme Anne niemals heiratet, wird er nicht dulden, dass sich ein anderer bedient. Für den, der sich an seinem Ännchen gütlich tut, setzt's keinen Klaps auf die Finger, sondern einen Hieb durch den Hals – mit dem Beil.«

Eine Woge von Zorn schoss Sylvester in die Kehle. »Halt den Mund!«, herrschte er sie an. »Zieh nicht Dinge in den Dreck, von denen du nichts verstehst. Was die Lady Boleyn und mich verbindet, begreifst du so wenig wie die Liebe zwischen Anthony, Fenella und mir. Immer hast du dabeigestanden, mit gerümpfter Nase und verdrehten Augen, als ob wir fremde, ekelhafte Tiere wären. Und das eine Mal vor Vater Benedicts Schulhaus, als Fenella Anthonys Gesicht gestreichelt hat, hast du sie angestarrt, als bebe unter ihr die Erde. Du weißt nicht, warum man das tun sollte, nicht wahr? Einen anderen streicheln?«

»Nein«, sagte Geraldine. Ihr Gesicht war bleich. »Warum sollte man es denn tun?«

»Weil es ein Rest vom Paradies ist«, antwortete Sylvester. »Weil es uns größer macht und die Angst viel kleiner. Weil ein Mensch, der einen Freund hat, sich reich wie der König von England fühlt.« Er ließ ihre Hand los und wandte sich ab. Kurz wurde ihm schwindlig. Die Anspannung, die Nächte ohne Schlaf und der Wein forderten ihren Tribut. »Ich ertrage das hier nicht länger«, sagte er. »Gute Nacht, Geraldine.« Blindlings lief er ans andere Ende des Saales und riss die Tür der Pagenkammer auf.

Die Bediensteten, denen reichlich Starkbier serviert worden war, waren am Tisch in Schlaf gefallen oder hatten sich niedergelegt. Anthony aber saß noch immer in seinem Winkel und hielt sich die Schläfen. Sylvester ging zu ihm, zog ihm sacht die Hände herunter und legte seine eigenen auf die geschwollenen, pochenden Adern. »Verzeih mir. Dir tut der Kopf weh, und ich lasse dich stundenlang warten.«

»Mach keinen Wind«, sagte Anthony, hatte jedoch sichtlich Mühe, den Blick gerade zu halten. Auf seinen Lippen sah Sylvester die Abdrücke seiner Zähne. »Hattet ihr Erfolg?«

»Es sieht ganz danach aus. Lady Anne tanzt seit bald einer Stunde mit dem Franzosen, und der scheint ganz in ihrem Bann.«

»Gut gemacht, Sylvester.«

»Ach was.« Sylvester zog Anthonys Kopf an seine Schulter und begann, ihm in behutsamen Kreisbewegungen den verspannten Nacken zu massieren. »Geh, leg dich schlafen, hörst du? In meiner Kammer, nicht auf dem Schiff.«

»Ich kann doch …«

»Du kannst deinen Mund halten«, sagte Sylvester liebevoll, massierte ihn weiter und hoffte, dass es dem Freund wenigstens halb so gut tat wie ihm. Da Anthony sich nicht rührte, blieben sie beide auf dem Boden sitzen, hörten einander atmen und ließen die Zeit verstreichen, bis Anne Boleyn kam.

Sylvester bemerkte sie nicht, aber Anthony blickte auf und stieß Sylvester an. Der fuhr herum. Vermutlich wirkten sie wie zwei Schuljungen, die der Lehrer beim Dösen erwischt hat.

Anne lächelte. »Sehr müde, meine Freunde? Ihr habt es gleich überstanden, und dann sorge ich dafür, dass Euch bis morgen Mittag niemand stört. Die Franzosen haben sich zurückgezogen, und unseren Hofstaat hat der König soeben zu Bett geschickt. Nur Euch beide möchte er noch kurz sprechen.«

Die Art, in der Anthony aufstand, ließ Sylvester an ein Klappmesser denken. »Mich braucht es dabei nicht«, sagte er, strich sich mit einer Hand Hemd und Wams zurecht und half mit der anderen Sylvester auf. »Es war Sylvesters Idee.«

»Es war die wundervollste Idee der Welt«, sagte Anne. »Ob

Ihr es glaubt oder nicht – Francis hat mich im Namen seiner Königin um Verzeihung gebeten. Und er hat noch einmal zugesagt, sich in Rom für unsere Sache zu verwenden. Der König ist höchst angetan, aber das will er Euch persönlich sagen. Und, Master Fletcher, dabei braucht es auch Euch.«

Sylvester sah Anthonys vom Schmerz zerfurchte Stirn und das Erschrecken in seinen Augen. Er wollte Anne bitten, seinem Freund den Gang zu erlassen, aber im nächsten Augenblick traten sie schon zu dritt in den Saal, in dem die letzten Stummel der Kerzen Schatten an die Wände warfen.

Sylvester und Anthony sanken auf die Knie, während Anne mit tänzelnden Schritten auf den König zuging. »Mein König, es ist mir eine Ehre, Euch meine Freunde vorstellen zu dürfen. Von Master Sutton, dem Bruder der Gräfin Ripon, habe ich Euch erzählt. Sein Vater ist Sir James, der bei Thérouanne für euch gekämpft hat.«

»Soso.« Der König saß jetzt wieder auf seinem Platz an der erhöhten Tafel, die er mit Francis und dem gnomenhaften Cromwell geteilt hatte. Er hatte das prächtige Wams geöffnet, streckte ein Bein von sich und wirkte völlig entspannt. »Ihr also seid der Mann, der sich in diesen Tagen als Ritter Unserer Dame geschlagen hat?«

Sylvester spürte, wie ihm das Blut ins Gesicht schoss. Anne stand in ihrem roten Kleid zwischen ihm und dem König, und Geraldines scharfe Stimme schien durch den Saal zu gellen: *Für den, der sich an seinem Ännchen gütlich tut, setzt's keinen Klaps auf die Finger, sondern einen Hieb durch den Hals – und zwar mit dem Beil.* Sein Mut sank, doch dann schob sich Anthonys Hand über seine, und die Wärme kehrte in seine Glieder zurück. »Ich fand, Lady Anne habe es verdient, heute Abend gefeiert zu werden«, hörte er sich sagen. »Und wir Engländer haben schließlich ein Recht, stolz auf unsere künftige Königin zu sein.«

Des Königs Lachen war überraschend hell. »Wohl gesprochen«, lobte er. »Wisst Ihr, dass Wir eine Schwäche für Kerle haben, die sich nicht ducken, wenn ihnen ein bisschen Wind ins Gesicht schlägt? Man sollte meinen, zwanzig Jahre mit Unserer Bürde auf den Schultern hätten all das totgedrückt, aber auch in Uns steckt noch ein Rest von einem solchen Kerl.«

»Nicht nur ein Rest, Majestät«, sagte Sylvester mit Anthonys Hand auf der seinen. »Um das Herz der Lady Anne zu erobern, braucht es einen Mann mit Schneid.«

Jetzt lachte der König laut und frei heraus. Er griff sich das Tafeltuch, das sich die Herren zum Essen über die Schultern breiteten, knüllte es zu einem Ball und warf es Sylvester an den Kopf. »Ihr macht Uns Spaß, Master Sutton. Ja, wahrhaftig, Ihr macht Uns Spaß. So ein hübscher Kerl hebt sich unter all den verkniffenen Fratzen angenehm heraus, und wie es scheint, versteht Ihr Euch auf die Liebe. Lady Anne ließ Uns wissen, sie hätte Euch gern bei Hof, und Wir denken, Wir schließen Uns dem an. Was meint Ihr, Master?«

»Ich bin nicht von Adel, Majestät.«

»Hört, hört!« Der König zwinkerte ihm zu. »Und meint Ihr nicht, dem ließe sich abhelfen? Unser Erster Minister, der verblichene Kardinal, war der Bastard eines Schlachters, und das Schlitzohr Cromwell, das er Uns aufs Auge gedrückt hat, entstammt den Lenden eines Schankwirts. Der Sohn eines Ritters braucht vor solchem Volk nicht zurückzustehen. Ihr scheint Uns ein wenig überrumpelt, und Wir haben vorerst ja auch noch Unsere Schlacht mit Rom auszufechten. Aber was meint Ihr – wollen Wir beide der Lady Anne versprechen, über ihren Wunsch nachzudenken?«

Sylvester dachte an Sutton Hall, an das Lachen seines Vaters, das Schimpfen des Tantchens, das Rauschen des Meeres und an Fenella. »Sehr wohl, Majestät«, sagte er, wobei er stumm betete: *Herr, lass diesen Kelch an mir vorübergehen. Wenn es aber sein muss, lass mich diesen Kerl, der auf seinen anderthalb Beinen weder weicht noch wankt, bei mir behalten.*

»Und nun auf mit Euch, macht es Euch bequem.«

Sylvester stand auf, wobei seine Hand der von Anthony entglitt. Der König erhob sich ebenfalls und vollführte eine fast grazile Drehung zur Seite. »Und wen haben Wir hier? Solch ein Gesicht vergisst sich nicht so schnell – wir kennen uns, nicht wahr?«

»Ich nehme es an, mein König«, sagte Anthony.

»Du bist aus Portsmouth?«

»Wenn es genehm ist.«

»Und wenn nicht?«

»Dann erst recht.«

Der König lachte. »Ein Mundwerk wie ein Langbogen – so war es mir im Gedächtnis. Ich dachte, man hätte dir inzwischen tüchtig eins draufgegeben, aber wie es aussieht, ficht das deinen Schnabel nicht an. Mit deinem Namen musst du mir allerdings aufhelfen. Du heißt wie?«

»Fletcher«, sagte Anthony. »Aber das könnt Ihr getrost vergessen. Portsmouth genügt.«

»Soso.« Der König rieb sich das Kinn. »Und darf ich auch erfahren, was an deinem Portsmouth so besonders ist? Was erhebt es denn gegen Dover, gegen Hastings oder Hythe?«

»Sein Trockendock«, antwortete Anthony. »Euer wertvollstes Schiff ist dort gebaut worden.«

»Die *Henri Grâce à Dieu?*«, fragte der König mit spitzer Zunge.

»Die *Mary Rose*«, erwiderte Anthony.

Eine Zeitlang musterten sie einander schweigend. Dann fragte der König: »Sag an, Fletcher aus Portsmouth, bist du mir nicht eigentlich noch etwas schuldig?«

»Das mag gut sein. Ich bin einer von denen, die der halben Welt etwas schuldig bleiben.«

»Ist dein König etwa die halbe Welt, Kerl?«

»Das ist vermutlich eine Frage des Blickwinkels«, sagte Anthony.

Mit der Wucht eines Bullen stampfte der König um den

Tisch herum, vom Podium herunter und auf Anthony zu. Vor ihm ballte er die Faust und holte aus. Sylvester entfuhr ein Laut. Die Faust des Königs sauste nieder, hielt in der Luft und öffnete sich. Weich versetzte er Anthonys Wange einen Streich. »Du bist kein Hasenfuß. Mit ein bisschen Zucht wäre aus dir kein übler Bursche geworden. Was ist – leistest du deine Schuld ab, damit wir alle noch einen Becher, der den Schlaf erleichtert, trinken können?«

»Ich versuche es gern«, sagte Anthony. »Wenn Majestät mir sagen könnten, worin die Schuld besteht.«

»Soso, du versuchst es!«, blaffte Henry. »Du schuldest mir dein Leben, Kerl – statt dich großmütig aus dem Clink entwischen zu lassen, hätte ich unter deinem Hintern ein Feuerchen entzünden können. Und dass du mir dafür Dank schuldest, vergisst du einfach?«

Sylvester wurde kalt.

»Ich bedanke mich nie«, sagte Anthony.

»Oho. Und warum wohl nicht?«

Anthony hielt ihm das Gesicht entgegen. »Weil sich ein Geschenk, das Dank wert ist, mit Wortgeklingel nicht aufwiegen lässt.«

Henry Tudor stemmte die Hände in die Hüften und türmte sich über ihm auf. »Und wenn ich dir befehle, dich zu bedanken?«

»Dann täte ich es wahrscheinlich«, sagte Anthony. »Zumindest wenn Eure Backpfeifen härter werden. Aber widert Euch solcher Dank nicht an?«

In der Stille hörte Sylvester den König schnaufen. »Steh auf«, sagte dieser.

Anthony blieb auf den Knien liegen.

»Steh auf!«, schrie der König ihn an.

Anthony spreizte das verkrüppelte Bein zur Seite und stemmte sich in die Höhe, ohne die Hände zu benutzen.

Das Gesicht des Königs ballte sich zur Grimasse. »An diesem Hof war sich noch niemand zu fein, mir mit schäbigen Worthülsen Dank abzustatten«, zischte er Anthony ins Gesicht. »Willst du mir erzählen, du hättest Besseres zu bieten?«

»Ja, mein König.«

»Mit Backpfeifen ist deiner Frechheit nicht beizukommen«, sagte Henry. »Aber weißt du, was mir an dir gefällt? Du stinkst nicht nach Angstschweiß. Also sprich – was bietest du mir?«

»Euer Schiff«, sagte Anthony. »Die kleine Karacke, die die Schotten gekapert haben.«

»Die *Mary Willoughby*? Ja, schade drum. Das Dinglein war das Beste, was dieser Rossfälscher Ripon zustande gebracht hat.«

»Ihr könntet es zurückholen lassen.«

»Soso, ich könnte also. Und welcher der schlaffen Erbsenzähler, die sich da oben in Schottland mit Ruhm bekleckern, soll das für mich machen?«

»Ich«, sagte Anthony.

19
Geraldine

Whitehall, 1533

Im Februar traf aus Rom die Ernennungsbulle ein, die Annes einstigen Kaplan Thomas Cranmer zum Primas der englischen Kirche erhob. Geraldine erfuhr davon wie üblich, lange bevor die offizielle Bekanntmachung erfolgte. Sie hielt ihre Quellen ohne viel Aufwand am Sprudeln. David, der blondgelockte Niederländer, lechzte danach, um ihretwillen die Lotterbetten des gesamten Landes auszuspionieren, denn er machte sich noch immer Hoffnungen, dafür in ihrem eigenen Bett zu landen. Mehr als ein paar Krumen, um seinen Appetit zu schüren, warf sie ihm jedoch nie hin.

Ein einziges Mal hatte er Geraldine einen Augenblick höchster Lust verschafft, süßer, als die vielgerühmte Liebe hätte sein können, und dafür hatte er das Ziel seiner feuchten Träume eine Stunde lang in den Armen halten dürfen. Aber das lag Jahre zurück, und bis zum Letzten war es nicht gegangen. »Gib mir mehr, und du bekommst mehr«, hatte sie ihn beschieden, doch mehr als in jener einen Nacht im Clink war ihr nie vergönnt gewesen.

Inzwischen machte sie sich kaum noch die Mühe, die gesammelten Informationen zu nutzen. Die Preise, die ihr dafür geboten wurden, besaßen keinen Reiz mehr. Nichts besaß Reiz. Manchmal kam es Geraldine vor, als sei sie den ganzen Tag lang damit beschäftigt zu gähnen. In den Nächten hatte sie allerdings begonnen, sich vor den Schatten an der Wand zu fürchten.

Außerdem zitterte sie. Bei Tag wie bei Nacht. Wenn erst der endlose Winter ein Ende fände, würde ihr Blut sich aufwärmen, sagte sie sich. Robert hatte einen Arzt kommen lassen, auf den die Damen bei Hof schworen. Sie leide an Blutmangel, hatte der teure Arzt festgestellt, an einem Ungleichgewicht der Körpersäfte, das häufig bei Frauen vorkomme, die keine Kinder empfingen. Er verschrieb eine Kur mit vier verschiedenen Tränken. »Wenn die Mittel bei meiner Frau anschlagen«, hatte Robert gefragt, »dürfen wir uns dann womöglich noch Hoffnung auf ein Kind machen?«

Er habe eine Patientin gehabt, die nach Heilung von jenem Mangel mit fünfundvierzig Jahren von einem gesunden Knaben entbunden worden sei, berichtete der Arzt. »Daran gemessen ist Eure Gemahlin im besten Alter. Nichts spricht dagegen, dass sie ein Kind empfängt, wenn erst einmal dem Mangel abgeholfen ist.«

Über Roberts Gesicht, das seit dem Verlust seines Postens geschrumpft war, hatte sich ein Leuchten gebreitet. Geraldine füllte jeden Morgen einen Becher mit einer Mischung der vier Flüssigkeiten ab und schüttete sie aus dem Fenster, wo die Hündin des Torwächters sie aufleckte. Vermutlich würde das Vieh im Frühjahr ein Dutzend Welpen werfen.

Whitehall war ihr von allen Palästen der verhassteste. Die Kälte strömte förmlich aus den Ritzen des Gemäuers, und auf den Gängen hallte die endlose Stille. Zwar hatte sie nach langem Drängen ein Zimmer auf der Südseite erhalten, bei dem sich das Mauerwerk angeblich tagsüber in der fahlen Sonne erwärmte, doch in Wahrheit war der Raum so unterkühlt wie der Rest des Gebäudes. Geraldine war trotzdem froh, ihn für sich allein zu haben. »Mir klappern die Zähne«, hatte sie zu Robert gesagt. »Solange dieses Ungleichgewicht in meinen Körpersäften nicht behoben ist, scheint es mir besser, wenn ich dein Lager meide.«

»Ich liebe dich«, hatte Robert in seiner gehemmten Art widersprochen, die sich verschlimmert hatte, seit er nicht länger Aufseher der Flotte war. »Es wäre mir eine Freude, dich zu wärmen.«

»Warten wir lieber ab, bis die Kur des Arztes Wirkung zeigt«, beschied sie ihn und zog sich in ihre Kammer zurück. Dort ließ sie die Diener das Feuer schüren, bis das Zimmer sich mit Rauch füllte, und verkroch sich unter Bergen von Decken.

Die Fastenzeit war fast vorüber, als der Diener eines Abends so lange an ihre Tür klopfte, dass sie ihm Einlass gewähren musste. »Die Marquise von Pembroke«, verkündete er und trat zur Seite, um Anne, die diesen Titel kürzlich erhalten hatte, einzulassen.

Anne trug Grün, die Farbe, die ihr von jeher am besten stand. Auf ihrem Kopf saß ein keckes Hütchen, als sei sie auf der Jagd gewesen. »Du liegst schon zu Bett?«, fragte sie. »Bist du krank?«

»Irgendein Mangel an Blut. Der Arzt sagt, die Kur, die ich bekomme, wird es richten.«

»Das hoffe ich«, erwiderte Anne. »Wir reisen an Ostern zu Cranmers Inauguration nach Canterbury. Es gibt ein prachtvolles Fest, bei dem wir nur ungern auf dich verzichten würden.«

»Du hast schon besser geheuchelt. In Wahrheit kratzt es dich nicht, ob ich auf diesem Fest erscheine. Lass mich raten – du hast den König dazu gebracht, meinen Bruder einzuladen?«

»Das brauchte ich nicht«, erwiderte Anne. »Der neue Erzbischof selbst hat deinen Bruder auf die Liste der Gäste gesetzt, und sonst hätte Henry es getan. Sobald wir wieder in London sind, wird er für seine Verdienste um die große Sache in den Stand eines Barons erhoben.«

Geraldine zog sich die Decke mit der ungesponnenen Wolle fester um den Leib und betrachtete Anne, deren Brust sich mit erregten Atemzügen hob und senkte. *Du bist eine Gescheiterte wie ich*, dachte sie. *Bei allem, was wir uns mit unserer Schönheit erkauft haben, hat keine von uns herausgefunden, worum es in diesem Spiel geht. Wie ist es möglich, dass du trotzdem so viel erhitzter, von Blut durchströmter und lebendiger aussiehst als ich?*

»Dein Mann wird nach Canterbury reisen wollen«, sagte Anne. »Er schätzt Cranmer.«

»Ihr Reformer schätzt ihn alle«, erwiderte Geraldine mit

einem Gähnen. »Obwohl er ein recht kleiner Mann ist, findest du nicht?«

»Was meinst du mit ›klein‹? Er ist kein Riese, aber Kleinwuchs kann ihm auch niemand nachsagen.«

»Sein Mut ist klein«, entgegnete Geraldine. »Glaubt ihr wirklich, dieser Schreibstubengelehrte mit seiner balsamigen Stimme taugt dazu, die Wände der alten Kirche einzureißen, die falschen Mönche aus den Klöstern zu jagen und die Scheinheiligkeit mit Stumpf und Stiel auszurotten, wie ihr euch das vorstellt?«

»Nein«, erwiderte Anne. »Dafür ist Cromwell zuständig, den das Leben gelehrt hat, über Leichen zu gehen. Cranmer hingegen taugt dazu, das heilige Lamm Gottes auf Englands Hügeln zu weiden.«

»Du klingst wie eine Wanderpredigerin, wie diese Prophetin aus Kent, die gegen deine Heirat mit dem König wettert. Vielleicht willst du ja in ihre Fußstapfen treten, nun wo aus dieser Heirat endgültig nichts wird?«, fragte Geraldine.

Anne lehnte sich gegen den Türstock, als fiele das Stehen ihr schwer. »Warum soll aus meiner Heirat nichts werden, Geraldine?«

»Weil dein Schäfer Cranmer den Papst so wenig zu einer Heiratserlaubnis bewegt, wie er Mönche aus Klosterbetten scheucht«, blaffte Geraldine. »Du bist wahrlich klug genug, um das selbst zu wissen.«

»Was ist eigentlich mit dir los?«, fragte Anne und legte sich die Hände auf den Bauch.

Vielleicht hatte sie Blähungen, überlegte Geraldine. Sie stopfte sich in letzter Zeit den Wanst voll wie ein Kutscherknecht. »Was soll mit mir los sein?«

»Was weiß ich. Ich habe mich nur gefragt, ob ich noch das Mädchen vor mir habe, das in sämtlichen Winkeln des Hofes das Gras wachsen hörte. Sind deine ewig sprudelnden Quellen etwa versiegt?«

»Ich habe keine Ahnung, was du mir sagen willst«, behauptete Geraldine.

»Dass keine Heiratserlaubnis mehr nötig ist«, erwiderte Anne. »König Henry und ich sind schon verheiratet, und zwar seit Ende Januar. Cranmer muss nur die erste Ehe für ungültig, die zweite hingegen für gültig erklären. Ist das erledigt, werde ich in der Abtei von Westminster zur Königin von England gesalbt, während in meinem Leib der Erbe der Krone wächst.«

Sie lächelte wie eine der fetten Katzen, die die Milchmägde päppelten. Geraldines Magen wurde zu einer harten, schmerzenden Kugel. »Wem willst du das erzählen?«, presste sie heraus. »Will Somers, dem Narren deines Königs, damit er eine seiner Possen daraus macht?«

»Dir«, erwiderte Anne ungerührt. »Offenbar bin ich doch nicht klug genug. Ich hatte erwartet, dass du mir zumindest gratulierst, wie dein Bruder es in einem seiner hinreißenden Briefe getan hat.«

»Hör auf, mit meinem Bruder dein Spiel zu spielen!«, schrie Geraldine los. In ihrem Kopf wiederholten sich die Worte wie Hammerschläge: *Anne Boleyn wird Königin von England. Anne hat ihr Ziel erreicht, und ich bin auf der Strecke geblieben.*

»Ich spiele mit deinem Bruder kein Spiel«, sagte Anne.

So fest sie konnte, zog Geraldine sich die Decke um die Schultern. »Ach, ernst ist es dir!«, rief sie gellend vor Hohn.

»Ja, das ist es. Mir so wie ihm.«

Geraldine atmete auf. Anne hatte ihr Ziel nicht erreicht, und wenn man ihr in der Abtei von Westminster hundertmal eine Krone auf den Scheitel setzte. Sie war wie Geraldine nur eine hübsche Hure, die sich an einen ungeliebten Mann verkauft hatte, doch anders als sie war Anne dumm genug gewesen, sich zu verlieben. Dafür würde sie in Blut und Tränen bezahlen wie die anderen Gänse, über die sie einst gemeinsam gelästert hatten.

»Du kannst ihn nicht haben«, sagte Geraldine und kostete

jede Silbe aus. »Du bist die Frau des Königs von England – und was mit einem Mann geschieht, der mit den Fingern an deinem königlichen Busen erwischt wird, kannst du dir selbst ausmalen. Wenn dein Henry ihm den Kopf abschlagen lässt, hat er Glück. Eher noch wird er bei lebendigem Leibe geschleift, kastriert und ausgeweidet, anschließend in vier Teile gestückelt und zur Abschreckung auf der London Bridge aufgespießt. Mein Bruder hat einen so hübschen Lockenkopf und diese prächtigen breiten Schultern. Es wäre schade um ihn, meinst du nicht auch?«

Annes Kehlkopf zuckte. »Wenn du in den Spiegel siehst, bekommst du dann manchmal Angst, Geraldine?«

»Warum sollte ich? Bin ich es, die einen Mann aus ehrbarer Familie in Gefahr bringt, oder du?«

»Die Frage hat ihre Berechtigung«, bemerkte Anne. »In dieser Sache mit Sylvesters Freund hattest du deine Finger, habe ich recht? Dein Mann ist eine feige Ratte, aber etwas an der Geschichte schmeckt nach dir, nicht nach ihm.«

Geraldine setzte sich auf. »Ich habe von meinem Bruder gesprochen!«, fauchte sie. »Von einem Sohn ehrbarer Eltern, der in seinem Leben keinen Frevel begangen hat, als sich in die falschen Frauen zu verlieben. Von dem Unaussprechlichen spreche ich nicht, und ich verbiete dir, es in meiner Gegenwart zu tun. Was immer ihm geschehen ist, war tausendmal zu wenig. Glaubst du wahrhaftig, der Rücken des Bösen bricht, wenn man mit der Peitsche drüberschnalzt?«

Anne verzog den Mund zu einem halben Lächeln. »Hast nicht du mir einmal erklärt, wer den Teufel prügelt, den pfählt sein Stock?«

Geraldine entfuhr ein Laut. »Ich habe ihn nicht geprügelt!«

»Nein? Und was hast du stattdessen getan?«

Sie rang nach Luft. In dem rauchgefüllten Zimmer fiel ihr das Atmen schwer. »Hüte dich, Anne. Du glaubst, du bist unantastbar, weil der König von England über dich die Hand hält. Aber der Unaussprechliche macht vor niemandem Halt.«

»Keine Sorge«, gab Anne zurück. »Dein Unaussprechlicher ist menschenscheu und mit seiner Patrouille vor der schottischen Küste beschäftigt. Ich bekomme ihn kaum zu Gesicht, was ich bedaure, denn ich finde ihn äußerst anziehend. In einer Weise, die über das Gewöhnliche hinausgeht.«

»Anne!«, schrie Geraldine. »Du hast dich nicht dem Unaussprechlichen verschrieben! Sag, dass du das nicht getan hast!«

»Bemerkenswert«, sagte Anne. »Tatsächlich gibt es etwas, das die kühle Geraldine aus ihrer Ruhe bringt. Und wenn ich mich ihm nun verschrieben hätte? Immerhin müsstest du dann nicht mehr um deinen Bruder fürchten, und dass der Mann, den du den Unaussprechlichen nennst, um meinetwillen ausgeweidet, kastriert und gevierteilt wird, kann dir ja nur recht sein. Er hat schöne Hände und eine seltsame Zärtlichkeit in den Augen. Seinem Mädchen zu Ehren pflückt er Sträuße vom wilden Fenchel, aber ich glaube nicht, dass du es darum schade finden wirst.«

»Du bist nicht bei Trost!«, stieß Geraldine heraus. »Und ich habe geglaubt, du bist in meinen Bruder verliebt.«

»Dein Bruder ist etwas, auf das ich die Hoffnung aufgegeben hatte, als Geraldine Sutton mir die Tür wies«, sagte Anne. »Ein Freund.«

»Ich habe dir nicht die Tür gewiesen.«

»Nein, vielleicht nicht. Aber du hast mir gezeigt, dass ich nur deine Freundin sein kann, solange ich die große Kokotte bleibe, die auf die Welt herabblickt. Für das heulende Elend, das dumme Ding aus Kent, das Harry Percy nachschluchzte, hattest du nur Verachtung übrig. Sylvester stört sich nicht daran. Ihm sind Menschen nicht zuwider, die sich das Herz brechen können, und wenn ich mich vor lauter Herzweh unmöglich benehme, streichelt er mir das Gesicht.«

Geraldine wollte kein Wort mehr hören, ein jedes ließ sie frösteln, schürte ihre Angst. »Rede dich nicht heraus!«, rief sie. »In Wahrheit hast du dich wie jedes dumme Ding aus Kent in ihn verliebt.«

»Ja, ich habe mich verliebt«, gab Anne zu und strich sich noch einmal über den Leib. »Wie jedes dumme Ding, das sieben Jahre lang um einen Mann dient wie Jakob um Rahel.« Sie trat in den Gang und rief über ihre Schulter in den Raum zurück: »Ich habe mich verliebt wie alle dummen Dinger der Weltgeschichte, die sich mit Haut und Haar einem Mann ausliefern. Aber nicht in deinen Bruder, sondern in meinen Gemahl. Henry Tudor.«

Geraldine schützte ihre Krankheit vor, um nicht zur Inauguration von Cranmer reisen zu müssen, doch der Krönungsfeier am 1. Juni entkam sie nicht. In einer pompösen Prozession, die alles Dagewesene in den Schatten stellen sollte, sollte die neue Königin in einer Sänfte vom Tower bis zur Abtei von Westminster getragen werden, angeführt von geistlichen und weltlichen Würdenträgern des Landes sowie zwölf französischen Reitern, die König Francis Anne zu Ehren geschickt hatte. Ihr Gefolge bildete ihr Hofstaat, zu dem auch Geraldine zählte. Hätte sie sich geweigert, sich dem Zug anzuschließen, hätte sie ihre Stellung gefährdet.

»Vielleicht wäre es deiner Gesundheit ja zuträglich, wenn ich dich nach Yorkshire brächte«, hatte Robert seit seiner Amtsenthebung mehr als einmal gesagt. »Ich wollte nie dort leben, aber inzwischen frage ich mich, ob uns nicht sogar ein Kind vergönnt wäre, hätten wir dem Leben bei Hof nicht unsere besten Kräfte geopfert.«

Das war die Drohung, die über ihr schwebte: ein Leben in der eisigen Leere von Yorkshire, gegen das ihr selbst Portsmouth wie ein Schmelztiegel von Kultur und Fortschritt erschien. Wenn sie ihren Platz in Annes Haushalt verlor, würde Robert seinen grausamen Plan in die Tat umsetzen. Ehe sie das zuließ, nahm sie die Erniedrigung auf sich, als Annes Dienerin ihrer Sänfte zu folgen.

Der Tag war wolkenlos, und auf dem frischen Kies der Straßen tanzten Sonnenflecken. Die Höflinge trugen leichte Stoffe in leuchtenden Farben, aber Geraldine in ihrem Kleid in Eisblau fror. Wochen zuvor hatte Londons Bürgermeister Volk angeworben, das die Gassen säumen und seiner Königin zujubeln sollte, doch die versammelte Menschenmenge blieb geradezu unheimlich still. Erst als die Prozession in das quirlige Händlerviertel von Cheapside einbog, kam Leben in die Leute an den Straßenrändern.

»Nieder mit der großen Hure!«, brüllte ein Mann im Wams der Zimmerleute. Er wurde augenblicklich von Wachen ergriffen.

»Gott schütze unsere gute Königin Katherine!«, erfolgte als Echo der Ruf einer Frau, die an die achtzig Jahre alt sein mochte.

Wachen brachen in die Reihen ein, schlugen Schmähredner nieder und schleiften andere mit sich, aber es waren zu viele, sie konnten unmöglich die halbe Stadt verhaften. Geraldine hätte frohlocken sollen, aber alles, was sie sah, war Anne, die in strahlendem Weiß und mit erhobenem Haupt in ihrer Sänfte saß. Einerlei, ob die Massen ihr zujubelten oder sie als Hure beschimpften – sie standen in ihrem Bann und hatten nur Augen für sie.

Anne hatte erreicht, was sie beide gewollt hatten. Sie stand an der Spitze der Macht, und ihr Leben würde nie wieder banal und leer sein. Zu alledem bekam sie noch das, was Geraldine sich nicht vorstellen konnte: Liebe, das Gefühl, um das die Welt zu kreisen schien. Geraldine schlug die Arme um den Leib, doch sie wurde des Zitterns nicht Herr. Wenn sie die Augen schloss, sah sie eine Hand, die über eine schmale dunkle Wange strich, und musste sie wieder öffnen, um nicht aufzuschreien.

»Ist Euch nicht wohl?«, fragte die schnippische Mary Howard, die den Bastard des Königs geheiratet hatte und sich einbildete, Gottes Antwort auf die Stoßgebete der Männer zu sein.

Geraldine starrte sie an, doch die gebührende Antwort blieb ihr in der Kehle stecken.

Nach der Krönung gab es einen Empfang im Palast von Westminster. Geraldines Hoffnung, sie könne sich mit einer Ausrede zurückziehen, zerschlug sich. Ihr Mann erwartete sie auf dem Gang und nahm ihren Arm. »Wie immer bist du die Schönste von allen, mein Engel«, sagte er. Geraldine fand, er höre sich an wie ein winselnder Hund.

»Es geht mir nicht gut«, begann sie, doch dieses Mal schnitt er ihr das Wort ab.

»Ich werde morgen noch einmal nach einem anderen Arzt schicken«, sagte er. »Heute Abend aber brauche ich deine Hilfe. Im Zuge der Krönung sind ein paar Männer in den Adelsstand erhoben worden. Einer von ihnen ist dein Bruder. Du weißt, er weigert sich, mit mir ein Wort zu wechseln, doch ich halte es für unsere Pflicht, ihm unseren Glückwunsch auszusprechen.«

»Wenn er sich weigert, mit dir zu sprechen, ist der fehlende Glückwunsch ja wohl nicht dir anzukreiden«, entgegnete Geraldine.

»Mein Engel.« Ihr Mann schmiegte sich an sie wie das Kind, das sie zu ihrer Erleichterung nie bekommen hatte. »Ich würde diese unglückselige Fehde gern beenden und deinen Bruder um Vergebung bitten, wenn ich wüsste, dass meine Bitte nicht auf taube Ohren stößt.«

»Du um Vergebung?«, fuhr sie auf. »Aber es ist doch Sylvester, der sich unsäglich benimmt!«

»Geraldine.« Robert starrte zu Boden. »Ich werde die Bilder nicht los, sie verfolgen mich in jeder Nacht, und seit Wolseys Verhaftung ist es schlimmer geworden. Ich sehne mich danach, meinen Frieden zu machen. Der Freund deines Bruders, der um meinetwillen im Gefängnis war, ist ebenfalls in diesem Saal …«

»Warum das?«, schrie Geraldine auf.

»Was ist dir denn, mein Engel? Der König hat ihn in den Ritterstand erhoben – das ist nicht verwunderlich, sondern mehr als verdient, nachdem er die *Mary Willoughby* aus den

Händen der Schotten zurückerobert hat und die Einsätze an jener turbulenten Küste leitet.«

»Hör auf!«, fuhr sie ihn an. »Sag, was du von mir willst, und dann lass mich gehen. Ich bin eine kranke Frau, ich vertrage keine Aufregung.«

»Es tut mir leid, mein Engel, aber ich bitte dich ja nur um eine Winzigkeit, die im Nu erledigt ist: Könntest du wohl in den Saal gehen, ehe zu Tisch gerufen wird, und den beiden in meinem Namen Glück wünschen? Und Geraldine – könntest du ihnen ausrichten, dass dein Gemahl viel dafür gäbe, Vergebung und Frieden zu erlangen?«

»Du bist ja verrückt!«, spie sie heraus. »Du bist ein Graf von normannischer Herkunft und kriechst zu Kreuz vor einem dreckigen Hafenbengel, der nicht einmal weiß, wer sein Vater ist? Also schön, von der verbotenen Schrift, für die er im Clink ein bisschen unsanft angefasst worden ist, hat er nichts gewusst – aber für wie viele Verbrechen, von denen er sehr wohl weiß, hat er nie eine Strafe erhalten? Und überhaupt: Was haben ihm die Jahre im Clink denn geschadet? Steht er nicht dadrinnen zwischen Männern, die ihm himmelsfern überlegen sind, und brüstet sich, als sei er ihresgleichen? Über den hält einer die Hand, der stärker ist als jede Waffe, mit der wir ihn verwunden könnten.«

»Bei Gott, Geraldine – du sprichst von einem Menschen!«

»Nein«, sagte sie, »das tue ich nicht. Dem Gerede nach hat er unter harter Folter kein Wort preisgegeben. Aber warst du dabei? Hast du gesehen, dass er unter dieser Folter auch nur einen Tropfen Blut vergossen hat? Wenn du ihn für seinen Ungehorsam gezüchtigt hast – hat er je mehr getan als mit der Schulter gezuckt? Welchen Beweis hast du also dafür, dass er Schmerz und Kälte und Angst empfinden kann wie ein gewöhnlicher Mensch?«

Ehe sie weitersprechen konnte, hatte er sie gepackt und ihr die Hand auf den Mund gelegt. »Komm doch zu dir!«, sagte er. »Es tut dir nicht gut, dass du dich in solche Gedanken hineinsteigerst. Wir beide, du wie ich, haben einem Menschen unrecht getan, und das lässt uns nicht los, daher stammt diese Phantasie von bösen Mächten, und wer weiß, vielleicht stammt daher auch deine Krankheit. Ich jedenfalls fühle mich krank, seit all das geschehen ist. Lass uns unseren Frieden machen. Dir werden die beiden ein Gespräch nicht abschlagen, du bist mit ihnen seit der Kindheit vertraut …«

»Lass mich los!« Geraldine wand sich und trat nach ihm, doch das kleine Männchen hielt sie mit erstaunlicher Kraft. Zwei, drei Herren blieben stehen, warfen belustigte Blicke auf das ringende Paar und schlenderten weiter. Daran, dass ein Mann seine Frau mit Gewalt Gehorsam lehrte, fand niemand etwas Anstößiges.

»Nimm doch Vernunft an«, bettelte Robert, aber Geraldine trat nur noch heftiger nach seinen Schienbeinen, senkte den Kopf und versuchte, ihn in die Hand zu beißen. Er ließ ihren Arm los und ohrfeigte sie.

In ihrem ganzen Leben war Geraldine nie geschlagen worden. Es war kein fester Schlag gewesen, eher ein Klaps, mit dem man einen Tobenden zur Besinnung brachte, doch etwas in ihr erstarrte. »Beim Herrgott, mein Engel!«, kreischte Robert. »Du musst mir verzeihen!« Er warf die Arme um sie.

Geraldine schrie schrill auf und versuchte, ihn von sich zu stoßen. Er aber klammerte sich umso heftiger an ihr fest.

»Lasst die Dame los.«

Robert fuhr zusammen. »Wie bitte?«

»Ihr habt mich gehört«, sagte der Mann in Geraldines Rücken mit einer Stimme wie geschliffenes Metall. »Die Dame zeigt wohl deutlich genug, dass sie nicht länger hier mit Euch stehen möchte. Lasst sie los.«

»Die Dame ist meine Frau!«, protestierte Robert heiser.

»Sie ist Baron Suttons Schwester, und niemand nimmt sich heraus, sie zu schlagen. Ihr lasst sie jetzt los. Was später geschieht, wird ihr Bruder entscheiden, nicht Ihr oder ich.«

Roberts Arme plumpsten an seinem Körper herunter wie Brassen in Windstille. »Vergib mir doch«, murmelte er noch einmal in Geraldines Richtung. Statt eines Schluchzens entfuhr seiner Kehle ein Hickser.

Zitternd drehte Geraldine sich um. Als sie ihn sah, begriff sie, in wie vielen Nächten er ihre Träume heimgesucht hatte – schwarz, schmal und kerzengerade, das Gesicht wie ein Holzschnitt des Höllenfürsten, viel eher tödlich als hässlich. Er trug keine der modischen geschlitzten Schecken, sondern ein schwarzes Wams über einem Hemd aus schneeweißem Leinen.

Als sie ihn das letzte Mal gesehen hatte, hatte er auf dem nackten Boden gelegen, mit Blut und Unrat besudelt, durchnässt von stinkendem Wasser, zugerichtet wie ein zertretener Wurm. Die Laute, die sich seiner Kehle entrungen hatten, waren kaum mehr menschlich gewesen und hatten keine Spur Würde an sich gehabt. In jenem Augenblick hatte sie sich auf dem Gipfel ihres Triumphs gewähnt, aber nicht einmal damals war er schwach und machtlos gewesen. *Nicht so schwach wie die anderen, die sich besiegen lassen. Nicht wie die, die Tod und Teufel fürchten.*

Mit einer Kopfbewegung wies er auf die Saaltüren, wandte sich um und setzte einen Schritt. Sie streckte die Hand nach seinem Arm, doch er wich ihr aus. »Du kannst allein gehen, Geraldine.«

Stumm schüttelte sie den Kopf.

Er sagte nichts mehr. Nahm sie beim Ellbogen und führte sie in den Saal, ohne auf sie niederzusehen.

Drinnen waren die Tafeln in festlichem Weiß gedeckt, doch die Menschen standen noch in Gruppen beisammen und genossen all das, was Geraldine nicht verstand: Gemeinschaft, geteilte Freude, alberne, belanglose Scherze. Kerzenlicht und Wärme durchfluteten den Raum und mischten sich mit den wie hingetupften Takten der Musik. Diener mit Krügen eilten zwischen den Feiernden umher und füllten die Becher mit schäumenden Getränken.

Ich bin ausgeschlossen. Von keinem Menschen geladen und von keinem vermisst. Hatte sie je zuvor so deutlich verspürt, dass sie zu niemandem gehörte, und hatte es ihr je zuvor so wehgetan?

Der Unaussprechliche führte sie der Länge nach durch den Saal bis zum Podium, auf dem die Tafel für das königliche Paar und seine Ehrengäste errichtet war. Der lange Tisch war mit Girlanden aus weißen Rosen geschmückt. Annes Lieblingsblumen. Aus der Gruppe, die sich dort oben versammelt hatte, hallte unbeschwertes Lachen in den Saal.

Geraldine erkannte Anne, die ihr dunkles Haar in den Nacken warf, und jetzt erkannte sie auch die kaum wahrnehmbare Rundung, die sich zwischen ihren Flanken wölbte. *Der Erbe des Throns. Ein Kind von dem Mann, den sie liebt.* Neben Anne standen der kleine, ewig grinsende Cromwell, der neue Erzbischof Cranmer, Annes Bruder George und Geraldines Bruder Sylvester.

Der Unaussprechliche ging lautlos. Er hatte ein lahmes Bein, ein Zeichen, mit dem der Teufel ihn gebrandmarkt hatte, und doch erschien sein Schritt aus der Hüfte harmonisch und mühelos. Vor dem Podium blieb er mit Geraldine stehen. Sylvester wandte sich um, noch ehe der andere ihn angesprochen hatte.

»Deine Schwester braucht dich«, sagte der Unaussprechliche, ließ Geraldines Ellbogen los und wandte sich ab.

»Geh nicht!«, entfuhr es Geraldine. Sie war sicher, ihr bliebe das Herz stehen.

Er wandte den Kopf und zog die geschwungenen Brauen schräg in die Stirn. War er je ein Kind gewesen, oder war er mit diesem Gesicht schon geboren worden? Bis Sylvester kam und Geraldines Arm nahm, blieb er unbewegt stehen. Dann drehte er sich um und ging durch den Saal davon.

»Bleib hier!«, rief Geraldine erneut, dann brach ihr die Stimme.

»Was ist denn?«, fragte Sylvester ungehalten. »Lass doch Anthony seinen Frieden. Sei froh, dass er dir geholfen hat.«

»Wo will er denn hin? Der erste Gang wird gleich aufgetragen.« Das war Anne, die sich zu ihnen gesellte.

»Lasst ihn«, bat Sylvester. »Er hat seine Sache so gut gemacht, wie er konnte, aber jetzt wird ihm das alles hier zu viel.«

Anne lachte. »Wer kann's ihm verdenken? Für meine Gänschen tut es mir allerdings leid – unter ihnen ist keine, die mich nicht angebettelt hat, ich solle ihr verraten, wer der malerische Pirat sei.« Abrupt hielt sie inne und warf einen prüfenden Blick auf Geraldines Gesicht. »Und was ist dir geschehen? Ich dachte, du hättest vor Sir Anthony mehr Angst als der Teufel vor dem Weihwasser.«

Als das Weihwasser vor dem Teufel, dachte Geraldine. War sie dabei, den Verstand zu verlieren? *Ich bin kein Weihwasser. Ich bin auch kein Engel. Das alles ist weich und schwach und strebt nicht nach Macht. Kein anderer Engel, außer vielleicht der gefallene Luzifer, verspürt den Wunsch zu töten.*

»Geraldine«, drang Sylvesters Stimme wie durch Nebel zu ihr. »Bei allen Heiligen – was ist dir zugestoßen?«

»Mein Mann …«, stammelte Geraldine.

»Robert Mallach? Hat er dir wehgetan?« Die Gruppe vom Podium umringte sie, und mehr und mehr Gäste gesellten sich dazu.

Geraldine entschloss sich zu nicken.

»Wo ist er?«, stieß Sylvester heraus. Sein Ton war grimmig, als wollte er Robert mit den bloßen Fäusten verprügeln.

»Auf dem Gang«, murmelte Geraldine.

Ihr Bruder setzte an, sich durch die Menschen zu drängen, doch Geraldine hob die zitternde Hand. »Sylvester …«

»Was ist? Kann es nicht warten? Lass mich erst mit diesem Kerl fertig werden, den du deinen Mann nennst.«

»Wohin ist er gegangen?«

»Wer?«

»Dein Freund.«

»Das geht dich nichts an«, sagte Sylvester, doch sein Ton veränderte sich. »Was willst du von ihm?«

»Mich bei ihm bedanken«, sagte Geraldine.

»Wirklich? Das freut mich, Geraldine, aber schieb es auf. Er verträgt den Trubel nicht gut und braucht ein bisschen Stille.«

Sie schüttelte den Kopf, und er zuckte mit den Schultern, erklärte: »Er geht immer nach draußen, irgendwohin, wo er allein sein kann.«

Geraldine lief los und schüttelte die Hände ab, die nach ihr griffen. Sie eilte hinter dem Podium aus dem Saal, lief durch die Doppeltür, die dem König vorbehalten war, und die Treppe hinunter, ohne sich um die Bediensteten zu scheren, die sie aufhalten wollten. Auf der letzten Stufe stolperte sie über den Saum ihres Kleides und schlug hin. Im Aufrappeln sah sie, dass ein Rinnsal Blut ihr den weißen Strumpf hinunterlief. Das Knie tat ihr weh, doch sie lief unbeirrt weiter, stürmte an der Wache am Portal vorbei und stob ins Freie.

Der Sommerabend war sternenklar. Geraldine zitterte so heftig, dass die Welt um sie auf und ab zu blitzen schien. Eine Zeitlang lief sie kreuz und quer über Höfe, durch Gänge und Seitengebäude, bis ihr die Lungen schmerzten. Der Duft der Kräuter, der die Nachtluft erfüllte, verriet ihr, dass sie den Küchengarten erreicht hatte, und ein leises Plätschern gab die Nähe von Wasser preis. Auf einem schmalen Kiesweg lief sie weiter bis an einen Zaun, der ihr an die Hüften reichte. Erschöpft wie sie war, wäre sie bei dem Versuch, ihn zu übersteigen, um ein Haar erneut hingeschlagen. Ihr Kleid zerriss, doch sie beachtete es nicht. Hinter dem Zaun erstreckte sich ein Stück Wiese, und an deren Ende lag ein Teich, in dem Fische für den Bedarf der königlichen Tafel gezüchtet wurden.

Auf einem Stein am Ufer sah sie ihn sitzen, ein Bein über das andere geschlagen. Seine Haltung war unverwechselbar – elegant nicht um der Wirkung willen, sondern sich selbst genug. In seinem Schoß ringelte sich etwas, dem er mit seiner schönen

Hand den Rücken streichelte. Geraldine erschrak bis ins Mark und blieb stehen. Die schwarze Katze erschrak ebenfalls, sprang von seinem Schoß und lief in die Nacht davon. Er sah ihr nach oder sah ziellos ins Dunkel.

Geraldine wartete zitternd ab, doch er drehte sich nicht nach ihr um. »Ich bin es«, rang sie sich schließlich ab. »Geraldine.«

»Das weiß ich«, sagte er.

Das Zittern wurde stärker, und ihre Zähne begannen zu klappern. Drei Versuche, noch etwas zu sagen, scheiterten. Dann hielt sie es nicht mehr aus und trat vor ihn hin. Er saß still, als wäre er allein. Ungläubig hob sie die Hand und berührte seine Wange. Seine Haut war warm, glatt rasiert und wie gespannte Seide. Mit zitternden Fingern strich sie daran herunter. Sogleich wollte sie es wieder tun und wieder und wieder. Über seinen Kiefer glitten ihre Finger an seinen Hals, ehe sie wieder hinauffuhren und seine Lippen ertasteten. Auf den Seerosenblättern des Teichs quakten Frösche, und ein Käuzchen stieß seinen Schrei in die Nacht.

»Woher hast du das gewusst?«, fragte sie.

»Was?«

»Dass ich dort auf dem Gang stand und Hilfe brauchte?«

Er hob den Kopf, und sein Blick traf den ihren. »Ich bin der Teufel, Geraldine«, sagte er und verzog einen Mundwinkel. »Ich weiß alles. Auch dass du gar keine Hilfe gebraucht hast.«

Vierter Teil

Untiefe

1536–1541

Galeotto fu il libro e chi lo scrisse:
Quel giorno piu non vi leggemmo avante.

Der Kuppler war das Buch und der, der's schrieb:
An diesem Tage lasen wir nicht weiter.

Dante Alighieri, *La Divina Commedia*, Inferno, Canto Quinto

20

Fenella

Portsmouth, März 1536

Der Winter war gnadenlos. In der gesamten Regierungszeit des Königs hatte es keinen kälteren gegeben. Er hatte Anfang November begonnen, und Ende März war noch immer keine Hoffnung auf Milderung in Sicht. Wenn Fenella in der Morgenfrühe ihren Karren über den hartgefrorenen Schnee lenkte, konnte sie sich nicht vorstellen, dass die glitzernde Weiße, unter der die Landschaft erstarrt war, jemals schmelzen würde.

Sie fuhr morgens, sobald ein Streifen graues Licht sich zeigte, zum *Domus Dei,* um das Brot abzuholen, das die frommen Brüder und Schwestern buken, und dann sogleich zurück in die Stadt, wo die Ausgehungerten hinter ihren Türen warteten. Erfrorene Vögel und Feldmäuse säumten ihren Weg, und jeden Morgen hatte sie Angst, sie könnte unter den Tieren ein erfrorenes Kind finden.

Neben ihr saß Elizabeth, die darauf bestand, sie auf allen Fahrten zu begleiten. Das Mädchen war fünfzehn Jahre alt, zart gebaut und oft krank, aber niemals zimperlich. Auf ihren Wunsch hin hatte sie begonnen, Fenella bei ihrer Arbeit für das *Domus Dei* zu helfen, und häufig fuhr sie allein aus, um Spenden zu sammeln oder Zutaten einzukaufen.

Fenella hatte sie bedrängt, bei der Eiseskälte am warmen Feuer zu bleiben, doch Lizzy hatte sich nicht abweisen lassen. »Du kannst meine Hilfe doch gebrauchen – zu zweit sind wir schneller und kommen rascher zurück, um neu zu backen. Ist es nicht so?«

»Natürlich ist es so. Aber es scheint mir nicht recht, dir das zuzumuten. Diese furchtbare Kälte, das erbärmliche Elend, die

Not, die wir mit unserem bisschen Brot kaum lindern können. Du bist so jung, Liz. Du solltest zum Tanz gehen, Freude haben, hübsche Burschen, die dir Komplimente ins Ohr säuseln …«

»Was wir tun, macht mir Freude«, sagte Liz. »Kann man, wenn man zum Tanz geht, wirklich so viel Glück erleben, wie wenn man Brot in ein Haus trägt, in dem Hunger herrscht?«

Fenella zog ihr Wolltuch vor den Mund, ehe ihr in der Kälte die Lippen platzten. Dann legte sie den Arm um das Mädchen. »Du bist eine Wohltat, Liz, und ich bin froh, dass wir zusammen fahren. Tu mir nur einen Gefallen – nimm das Leben manchmal auch leicht.«

»Hast du das getan, als du in meinem Alter warst?«, fragte Liz. »Bist du oft zum Tanz gegangen?«

Ertappt lachte Fenella auf. »Nein. Wohl nicht.«

»Und hattest du viele hübsche Burschen, die dir Komplimente ins Ohr gesäuselt haben?«

»Ich hatte Anthony«, sagte Fenella und zog Liz dichter an sich. »Hübsch ist der nicht.«

»Und ich wette, gesäuselt hat er auch nicht.«

»Oh doch.« Fenella wandte ihr das Gesicht zu. »Auf seine eigene Art, in unserer eigenen Sprache hat er mir mehr Liebeslieder gesungen als ein Troubadour. Ich jedenfalls fand sein Gesäusel entzückend und war überzeugt, ich müsse die verführerischste Circe der ganzen Insel sein, weil ich diesen wilden, stolzen Vagabunden dazu bringe, zu meinen Füßen Süßholz zu raspeln.«

»Ach Fenella!« Liz warf die Arme um sie und drückte ihr einen Kuss auf die von Wolle bedeckte Wange. »Weißt du, wie schön das klingt?«

»Klingt es nicht ein bisschen albern für eine gesetzte Frau mit erstem grauen Haar?«

»Du hast kein graues Haar, du bist nicht gesetzt, und dein Anthony hätte mit dem Säuseln niemals aufhören dürfen.«

»Das hätte er gewiss auch nie getan«, entgegnete Fenella. »Aber manches im Leben verschlägt uns die Sprache und gebietet Schweigen. Für mich ist es in Ordnung. Wenn er mich lange anschaut, wenn er sich mein Haar um den Finger wickelt und meinen Namen ausspricht, fühle ich mich noch immer wie die geliebteste Frau des Kontinents.«

»Aber er ist doch so selten bei dir!«, rief Liz.

Fenella zwang sich zu lächeln. »Er befehligt eine Flotte vor der Küste Schottlands. Wenn du einem Mann verfällst, der dem Meer verfallen ist, wie es uns Frauen von Portsmouth eben geschieht, musst du dich damit einrichten.«

In Wahrheit fiel es ihr an den meisten Tagen schwer, sich damit einzurichten. Es war hart genug, dass er ihr fehlte, aber die Angst um ihn machte ihr die Nächte zur Hölle. Sylvester, der häufig nach London an den Hof reiste, berichtete von der knisternden Luft, die dort herrschte, von den Launen des Königs, der den einen Höfling für ein falsches Wort ohrfeigte und den nächsten in den Tower werfen ließ. »Nicht ein schlechter König scheint die größte Bürde für sein Volk zu sein, sondern einer, der unglücklich ist«, hatte er nach einem dieser Besuche in London festgestellt. »Wenn er endlich hätte, was er sich so sehr wünscht, könnte das vielen den Seelenfrieden oder sogar das Leben retten.«

Aber König Henry bekam nicht, was er sich am meisten wünschte. Manchmal erschien es Fenella, als habe sich der lähmende Winter über das Land gelegt, als der heiß ersehnte Sohn, für den Henry die Welt auf den Kopf gestellt hatte, als Tochter geboren worden war. Elizabeth. Ein Geschöpf, das von seinem Vater vermutlich mit denselben Worten begrüßt worden war wie Fenella von ihrem: *Dich zu haben ist nutzlos. Als hätte ich nichts.*

In seinem Zorn, keinen Sohn zu haben, schickte der König Männer aufs Schafott, die der alten Königin anhingen. Einer von ihnen war Thomas More, der Gelehrte, den er seinen

Freund genannt hatte. Vermutlich hatte Sylvester recht: Die Geburt eines männlichen Kindes hätte Leben retten können.

Das nächste Kind, das die vom Volk gehasste Königin zur Welt gebracht hatte, war männlich gewesen, aber mausetot. »Er fühlt sich von ihr um seinen Lebenstraum betrogen«, erzählte Sylvester, der auch jetzt wieder bei Hof weilte, weil Anne Boleyn nach seiner Gegenwart verlangte. »Ich habe Angst, dass er beginnt, sie zu hassen.« Fenellas Vater hatte sich von ihrer Mutter betrogen gefühlt, und Fenella verspürte Mitleid mit der unbekannten Königin, die Anthonys Leben gerettet hatte. Ja, auch ihr Vater hatte begonnen, ihre Mutter zu hassen, und ihre Mutter hatte sich nie davon erholt.

Nach Weihnachten war das Gerücht umgegangen, die Königin sei von Neuem schwanger, doch in der Winterstarre drangen kaum Nachrichten bis nach Portsmouth durch. Fenella wünschte ihr den erhofften Sohn und zog ihre eigene Elizabeth an sich. »Ich habe dich lieb, Liz«, sagte sie. »Ich bin unendlich froh, euch beide zu haben – deinen Bruder und dich.«

»Du solltest selbst ein Kind haben«, sagte Elizabeth. »Eines mit deinem netten Lachen, bei dem du Grübchen bekommst, mit deinen hellen Locken und mit Anthonys Augen.«

Die Vorstellung tat weh, und zugleich musste sie lachen. War es nicht ein Segen, neben einem jungen Mädchen zu sitzen, das so etwas zu ihr sagte? Ihr ganzes Leben war ein Segen, sie hätte es gegen das Leben keiner Frau getauscht. Ja, sie hatte Angst um Anthony, nicht nur des Königs wegen, sondern vor allem, weil seine Sehnsucht nach Schiffen ihn immer wieder in die Nähe Robert Mallachs trieb und weil er eines Tages versuchen mochte, sich an Mallach zu rächen. Aber wurde die Angst nicht blass, gemessen am Stolz? Mit einer Kraft, die ihm keiner nachmachte, hatte Anthony sich auf die Füße gekämpft und war weitergegangen, ohne zu klagen, ohne um Mitleid zu heischen und ohne den Schmerz, der in ihm wühlte, an einem anderen auszulassen.

Nein, sie hatte kein Kind, sie trug nicht seinen Namen, und sie lebte in einem zusammengewürfelten Haushalt, bei dem kein Außenstehender wusste, wer zu wem gehörte. Aber war dieser zusammengewürfelte Haushalt nicht die wundervollste Familie der Welt? Passte sie nicht in eine Zeit, die alle Deiche und Dämme sprengte und Menschen auf Wellenkämmen an neue Gestade verschlug? »Ich habe euch«, sagte sie gegen den Wind zu Liz. »Wer weiß, ob ein eigenes Kind so gut geraten wäre – mit Anthonys Unverschämtheit und meiner eselhaften Beharrlichkeit.«

Sie lachten beide, auch wenn der Wind auf den Wangen schmerzte. »Fenella«, sagte Liz. »Sylvester hat gesagt, er stellt mir ein Heiratsgut. Wenn ich doch aber keinen habe, mit dem ich noch säuseln kann, wenn es uns beiden die Sprache verschlägt – darf ich dann ledig bleiben? Würdet ihr mir erlauben, ins *Domus Dei* zu gehen und dort wie die frommen Brüder und Schwestern zu leben?«

»Bei der Pflege von Kranken und Armen?«, fragte Fenella gelinde erschrocken. »Wenn es das ist, was du willst – natürlich würden wir es dir erlauben. Aber ich will nicht, dass du glaubst, du wärst irgendwem ein Opfer schuldig. Nicht einmal Gott. Die Zeiten, in denen wir überzeugt waren, wir wären für das Jenseits geschaffen, sind vorüber. Noch herrscht Winter, aber selbst der nimmt dir mit seiner Schönheit den Atem, wenn du die Eiszapfen unter dem Vordach anschaust oder deine halb erfrorenen Hände ans Feuer hältst, während Carlos Kastanien darin bäckt. Gott hätte das Diesseits nicht so schön gemacht, wenn wir uns nicht daran freuen dürften, Liz.«

»Ich freue mich daran«, sagte das Mädchen. »Es macht mir Freude, mich um Menschen zu kümmern, die geschwächt und zerbrechlich sind. Nicht nur auf unseren Fahrten für das *Domus Dei*, sondern auch daheim, bei den drei Alten.«

Fenella hatte bereits von ihrer Mutter gehört, wie hingebungsvoll sich Liz ihrer Pflege widmete, aber Vater Benedict war zänkisch, wenn ein anderer als Anthony ihn versorgte, und um Anthonys Mutter kümmerte sich meist Sir James, weil allen anderen vor ihr graute. »Bei allen dreien?«, fragte Fenella vorsichtig. »Auch bei Lettice Fletcher?«

»Aber ja«, sagte Liz. »Ich mag Lettice gern.«

»Du magst sie gern?« Das Wolltuch rutschte Fenella vom Gesicht, und sie vergaß, es wieder hochzuziehen. »Aber sie spricht doch nie ein einziges Wort!«

»Mit mir spricht sie«, sagte Liz, als sei daran nichts Besonderes. »Oft kratzt ihr der Hals, dann gebe ich ihr Milch und Honig, bis sie wieder einen Ton herausbekommt, und wenn es gar nicht geht, sprechen wir eben das nächste Mal weiter.«

Ungläubig wollte Fenella fragen, was die Frau, die sie seit Jahren nur schweigend kannte, zu ihr sagte, doch etwas zwang sie, aufzublicken und nach dem *Domus Dei* zu sehen. Im diesigen Zwielicht reihten sich die Gebäude aneinander, beherrscht von dem Haupthaus aus gelbem Sandstein, in dem Kranke, Heimatlose und Pilger ein Obdach fanden. Daran angebaut war die Kapelle, in der die Bewohner die Messe feierten, und um beides herum standen Wohnhäuser, Wirtschaftsgebäude und Scheunen, teils in Stein, vorwiegend aber aus Holz errichtet. Umgeben war der ganze Komplex von einer niedrigen Mauer.

Am Torhaus würden sie wie üblich Bruder Zachary, der junge Wächter, und Bruder Francis erwarten. Der alte Chorherr ließ es sich nie nehmen, die Körbe mit den Broten für sie bereitzustellen, auch wenn die Kälte ihm böse zusetzte.

Etwas war heute anders als sonst. Die Nebel, die vom Meer her über den Uferwall trieben, schienen dichter, und die Wintersonne fand kaum einen Weg durch die Wand aus Wolken. Dennoch kam es Fenella vor, als tanzte Licht auf dem gelben Stein der Mauer. Noch während sie darüber nachdachte, durchdrang Hufschlag den Morgen, der nicht von ihrem dahinzockelnden Pony stammte.

»Reiter«, stammelte Liz und wies geradeaus. Ihr Gesicht war

bleich, und Fenella wurde bewusst, wie zart und verletzlich sie war.

Die Reiter in ihren dunklen Uniformen hoben sich scharf gegen die Weiße der Morgennebel ab und setzten in Zweierreihen auf das Torhaus des Hospizes zu. Fünfzehn Paare zählte Fenella, mindestens die Hälfte in Halbrüstung und ein jeder mit Schwert oder Lanze bewaffnet. Sie lenkten ihre Pferde mit einer Hand und hielten in der anderen Kienfackeln, die zuckende Lichter auf das Mauerwerk warfen. Liz, die noch eben so reif und beherzt gesprochen hatte, wurde wieder das Kind, das sie war, und klammerte sich an Fenellas Arm. »Was wollen die? Es ist doch Frieden, und die Befestigungen werden nicht bemannt.«

Dieselbe Frage hatte Fenella sich gestellt. Wieder einmal wurde in Portsmouth ständig gebaut, doch die Türme, die entlang der Küste in die Höhe schossen, blieben unvollendet. Es fehle an Geld, hieß es, und in Friedenszeiten sei anderes wichtiger als Befestigungsanlagen. Entsandte der König jetzt auf einmal Männer, weil der befürchtete Angriff bevorstand, die Allianz des katholischen Europa? Immerhin hatte der Papst Henry VIII. exkommuniziert und bekundet, jeder wahre Christ müsse England den Kampf ansagen. Aber die Reiter steuerten nicht die halbfertigen Türme an, die die Küste von Portsmouth schützen sollten, sondern das Hospiz der Augustiner, in dem die Schwächsten der Stadt um ein Lager und ein paar Kellen Suppe nachsuchten. Und sie trugen Fackeln. Fackeln, die trotz der feuchten Luft lodernd brannten, weil sie von ölgetränkten Lappen gespeist wurden. Die dreißig trabenden Pferde fielen in Galopp.

Liz schrie leise auf.

»Bleib mit dem Karren hier«, sagte Fenella. »Ich sehe nach, was da los ist.«

»Nein!«, rief Liz, »das sind Cromwells Beamte – ich kann dich nicht allein gehen lassen.«

»Was für Beamte?«

»Die, die überall im Land die Gotteshäuser stürmen. Vater Benedict sagt, die sind schuld, wenn die gesamte Christenheit in den Schlund der Hölle fällt.«

»Du gibst doch wohl nichts auf den Unsinn, den Vater Benedict redet!«, rief Fenella gegen den Lärm der Hufschläge an.

»Ich weiß nicht.« Liz duckte sich in ihren Arm. »Haben Cromwells Männer denn recht, Fenella? Die sagen, das Verkrustete, Alte muss ausgelöscht werden, weil sonst nichts Neues errichtet werden kann. Die Klöster predigen die Armut, sagen sie, dabei bereichern sie sich am Geld der Gläubigen und führen ein Leben in Saus und Braus, deshalb muss man sie zerschlagen.«

»Aber das *Domus Dei* ist doch kein Kloster! Kein Mensch lebt dort in Saus und Braus – die alten Leute sparen sich das Nötigste vom Mund ab!«

Liz wimmerte. Die Reiter mit den Fackeln stürmten das Torhaus.

»Bitte bleib hier«, sagte Fenella, befreite sich aus Liz' Armen und sprang vom Karren. »Eine von uns muss achtgeben, dass uns niemand das Pferd stiehlt.«

Unter ihren Sohlen knirschte der gefrorene Schnee. Als sie dem offenen Tor entgegenlief, warfen die ersten Reiter ihre Fackeln. Eine traf den Turm des Torhauses, prallte ab und fiel zu Boden, doch die zweite stürzte in das Reetdach eines Vorratsgebäudes, aus dem augenblicklich eine Flamme aufschoss.

»Nein!«, brüllte Fenella und rannte aus Leibeskräften. Vor dem Tor sah sie die beiden Brüder stehen, Francis und Zachary, die ihr seit Jahren halfen, unter den Bedürftigen Brot zu verteilen. Der eine war alt und hager, der andere noch jung und dicklich gebaut. Einer der Reiter brüllte ein Kommando, und mehrere sprangen von den Pferden.

»Nein!«, brüllte Fenella noch einmal, als der vorderste seine Lanze in Bruder Francis' Bauch bohrte, als hefte er eine Bekanntmachung an eine Wand. Ein Teil von ihr wollte davonlaufen, wie sie davongelaufen war, wenn Mortimer Fletcher Anthony mit dem Riemen verprügelt hatte. Aber der andere Teil zwang sie weiterzulaufen, dem Grauen geradewegs entgegen.

Der alte Mann brach zusammen. Zwei, drei weitere Gebäude gingen in Flammen auf, und der beißende Gestank nach Verkohltem erfüllte die Luft. Bruder Zachary erhielt einen Schlag mit dem Schwertknauf über den Schädel und stürzte zu Boden. Mit Gebrüll und Gejohle jagten die Männer, teils zu Fuß, teils auf galoppierenden Pferden, durchs Tor.

Atemlos fiel Fenella vor Bruder Francis nieder. Aus der klaffenden Wunde in seinem Unterleib sickerten Blut und eine gallertartige Flüssigkeit, die sie an Ralph Fletchers Schädel denken ließ. Übelkeit füllte ihr die Kehle. *Reiß dich zusammen*, befahl sie sich. Sie zog sich das Wolltuch von den Schultern, faltete es und presste es auf die klaffende Wunde. Es half nicht. Das Blut schien zwar langsamer und wie verdickt aus dem Schnitt zu sickern, aber es durchnässte den Stoff im Nu. Der alte Mann stöhnte vor Schmerzen. Unter ihren Händen, die das Tuch pressten, spürte Fenella sein Gedärm.

Fenella versuchte, alle Kraft darauf zu konzentrieren, die Blutung zu stillen und weder zur Seite noch nach oben einen Blick zu wagen, aber beides war vergeblich. Das Blut sickerte nicht länger nur, sondern sprudelte. Rauch hüllte sie ein, zwang sie, zu husten und nach Luft zu schnappen. Als sie gegen ihren Willen aufblickte, sah sie, dass die Reihe der Stallungen und einige Wohnhäuser lichterloh brannten. Die Reiter waren auch in die Kapelle eingedrungen und jagten zwei kreischende Brüder ins Freie. Sie hatten dort gebetet und trugen nichts als Kutten am Leib. Einer fiel im Schnee auf die Knie und flehte um sein Leben. Ein gerüsteter Soldat warf ihm die Kutte über den Rücken und trat ihm in den Hintern, dass er vornüberfiel. Sein schallendes Gelächter klang nicht echt.

In langer Reihe schleppten die Beamten die Requisiten, die zur Messfeier in der Kapelle aufbewahrt wurden, aus dem Gebäude: das Kruzifix, das Weihrauchfass, das Aspergill und das Kommunionsbesteck, auf dem der Priester Leib und Blut des Herrn bereitete.

Von Sylvester hatte Fenella gelernt, dass nicht die Gegenstände der Messe Heiligkeit verliehen, sondern Gottes Gnade und die Kraft des Glaubens. Dennoch schauderte es sie, als die Männer das Kreuz Jesu und den Kelch, der sein Blut aufgefangen hatte, in den verdreckten Schnee warfen und unter Grölen darauf herumsprangen. Menschen wie sie waren jahrein, jahraus in Kirchen gepilgert, hatten auf die Macht dieser Dinge vertraut und daraus Kraft und Hoffnung geschöpft. Verlieh das den Dingen keine Heiligkeit? Flößte es den Männern keine Ehrfurcht ein?

Sie durfte nicht daran denken. Sie durfte nicht nach Bruder Zachary sehen, der aus einer Kopfwunde blutete, aber offenbar gleichmäßig atmete, durfte nicht auf das Klatschen der Schläge und die gellenden Schreie hören, die ihr verrieten, dass hinter den Mauern ein Schlachten stattfand. Nur auf Bruder Francis und seine Wunde durfte sie achten, mit aller Kraft das Tuch darauf pressen, auch wenn das Blut ihr inzwischen die Kleiderärmel bis zu den Ellbogen durchnässte. Das Stöhnen des alten Mannes verriet Qualen, die über alles Erträgliche hinausgingen.

»Bruder Francis«, rief Fenella. »Ich bin bei euch, Fenella Clapham. Ich hole Hilfe, sobald es möglich ist.«

Der Bruder wollte ihr antworten, verstummte aber, denn eine Fontäne Blut sprudelte ihm aus dem Mund. Kaum wahrnehmbar schüttelte er den Kopf. Sie wusste es selbst. Der alte Mann würde sterben, und es gab nur einen Weg, ihm die Qualen zu ersparen. Der Gedanke schnürte ihr die Kehle zu. Völlig sinnlos presste sie weiter das durchweichte Tuch auf seinen Leib und umfasste mit der freien Hand sein Gelenk. »Der Herr ist mein Hirte«, begann sie zu murmeln, auf Englisch, wie Sylvester es sie gelehrt hatte. »Mir wird nichts mangeln. Der Herr ist mein Hirte. Mir wird nichts mangeln.«

Jegliches Zeitgefühl ging ihr verloren. Vielleicht kniete sie schon eine volle Stunde im Schnee bei Bruder Francis, ohne die Kälte zu spüren. Dann kamen die Männer zurück. Der erste, der durch das Tor schritt, torkelte von einer Seite zur anderen und schwenkte einen der Schläuche für den Messwein, der leer wie eine zerstochene Schweinsblase baumelte. Die Kumpane, die ihm folgten, grölten einen verballhornten Choral. Einer schleuderte eine kleine Statuette, eine Maria mit dem Knaben Jesus, gegen einen Pfeiler, wo sie in tausend Scherben zerschellte. Gleich darauf entdeckten sie Fenella.

»Sieh da!«, quietschte der vorderste mit künstlicher Fistelstimme. »Eins von den Hürchen, mit denen sich das Pfaffenvolk vergnügt.«

»Können die's denn wirklich mit dem Schwanz?«, grölte ein anderer. »Ich dachte, die lassen sich's in den Hintern servieren!«

»He, Mädchen, bist du so ungenießbar, dass kein richtiger Mann es dir besorgt?«

»Runter mit den Fetzen! Lass uns sehen, was die Brüder aufgetischt bekommen!«

Fenella wollte aufspringen und fliehen, aber das hätte bedeutet, den Sterbenden mit den Kerlen in ihrem Blutrausch allein zu lassen. Der eine Augenblick, in dem sie zögerte, genügte dem Mann mit dem Weinschlauch, um sich auf sie zu stürzen. Sie fiel hintüber, fort von Bruder Francis, und der Angreifer zerrte ihr den Mantel von den Schultern. Seine Hand erstickte ihren Schrei, während die zweite ihr die Schenkel auseinanderzwang.

Sie hatte nicht einmal die Kraft, die Augen zuzukneifen. Hellwach sah sie, wie der Kerl sich den Hosenlatz aufnestelte und wie sich hinter ihm Kumpane drängten, um an die Reihe zu kommen, sobald der erste sich bedient hätte. Fenella versuchte, nach dem Angreifer zu treten, doch der mochte selbst ohne Brustpanzer doppelt so schwer sein wie sie. Er rammte ihr die Knie auf die Schenkel, sodass sie vor Schmerzen aufheulte. Sich zu rühren war unmöglich.

Sieh nicht hin, brüllte sie sich innerlich an, als sie merkte, dass sich aus dem zur Seite geknüllten Stoff sein Glied erhob, doch sie bekam den Kopf nicht gedreht. Der Mann lachte. Dann nahm er das Glied in die Hand und warf ihr mit der anderen die Röcke über die Hüften.

Als sie Anthonys Stimme hörte, war sie sicher zu träumen. Zwar ritt er, wann immer er zwischen den Einsätzen nach Hause kam und sie nicht auf Sutton Hall antraf, hierher, um sie zu suchen, doch dass er gerade heute kam, war kaum zu glauben. »Lass deine Finger von ihr, oder ich mache dich kalt.«

Ihr Peiniger fuhr zusammen. Scharf krallten sich seine Finger ins Fleisch ihrer Arme, dann ließ er von ihr ab. Es schien eine Ewigkeit zu dauern, ehe Fenella begriff, dass sie frei war, und eine noch längere Ewigkeit, ehe es ihr gelang, den schmerzenden Kopf zu drehen.

Unter Stöhnen hob sie den Blick und starrte in die Mündung von Anthonys Arkebuse. Sein Pferd, ein Rappe ohne die kleinste weiße Markierung, stand wartend hinter ihm. Etliche Male hatte sie ihn gescholten, weil er statt eines ordentlichen Schwertes die schwere Schusswaffe mit sich herumschleppte, mit der sich nicht zielen ließ, doch die Wirkung war erstaunlich. Die Männer, die sich vor ihr gedrängt hatten, flüchteten, und der, der über ihr kniete, bewegte sich wie ein Kriechtier rückwärts. »Nicht … nicht schießen«, stammelte er. »Bitte mit dem Ding nicht schießen.«

Durch das Tor ritt ein Mann in einer grünen Schaube, seiner Aufmachung nach der Kommandant. »Was soll der Aufstand, Mann? Wir befolgen einen Befehl des ersten Ministers. In diesem Kloster ist es zu unlauteren Machenschaften gekommen, es werden Steuergelder verschwendet, die der Krone von England zustehen …«

»Das ist kein Kloster, Idiot.« Anthonys Stimme wurde nicht einmal laut. »Es ist ein Hospiz, und wenn Ihr die alle plattgemacht habt, könnt Ihr als Greise in der Sickergrube verrotten.«

»Setzt Euch darüber mit dem ersten Minister auseinander, und jetzt nehmt das Ding da herunter. Wir befolgen Befehle, sonst nichts.«

»Ich setze mich mit niemandem auseinander. Und wenn ihr Befehl habt, Euch an meiner Frau zu vergreifen, dann nehme ich das Ding nicht herunter, solange noch einer von Euch seinen stinkenden Atem auspustet.«

»Die Dame ist Eure Gemahlin?« Dem Kommandanten kickste die Stimme. »Ich bitte um Vergebung, Sir. Meine Leute sind ein wenig außer Rand und Band, sie ziehen seit Wochen ohne ihre Frauen durch die Lande …«

»Das geht den Männern auf meinem Schiff nicht anders. Wenn einer von ihnen sich an einer Frau verginge, bräuchte ich keine Kugel, um ihm das Licht auszublasen.«

»Nichts für ungut, Sir. Ein Irrtum, nichts weiter.«

»Macht, dass Ihr wegkommt.« Anthony spuckte in den Schnee, ohne die Arkebuse zu bewegen. Der Kriechende rappelte sich auf und flüchtete hinter seinen Kommandanten. Der rief den verstreuten Männern einen Befehl zu, und sie machten sich daran, die Pferde einzufangen und den Rückzug anzutreten.

Grelle Lichtbündel blendeten Fenella. Die Gebäude um die Halle des *Domus Dei* standen in Flammen, schwarzer Qualm hüllte das Gelände ein. Fenella konnte nur beten, dass die Bewohner entflohen waren, auch die Kranken, die zu schwach zum Laufen waren. Und wenn nicht, dass ihr Tod schnell gekommen war, dass sie nichts gespürt und nichts begriffen hatten. Jäh übermannte sie der Drang zu würgen, gefolgt von einer Flut von Tränen.

»Fenchel. Fenchel.« Sie hatte seine Stimme noch nie so gehört. Er warf das Gewehr in den Schnee, kniete sich zu ihr und zog sie in seine Arme. Sacht und hastig zugleich strichen seine Hände ihr das Haar aus dem Gesicht. »Mein Fenchel. Meine Liebste. Mein Leben.«

Sie weinte hemmungslos. Seine Arme schlossen sich so fest um sie, dass nichts eindringen konnte und sie für eine kleine Weile vor aller Welt behütet war. In diesem Schutzraum konnte sie Kraft sammeln, bis die Tränenflut versiegte und ihr der Rest wieder einfiel. »Liz?«, murmelte sie und blickte auf.

»Wartet mit dem Karren am Weg. Ihr ist nichts geschehen, mein Herz.«

»Bruder Francis«, brachte sie heraus. »Bruder Zachary.«

»Ja«, sagte er mühsam. Dann küsste er ihre Augen. »Glaubst du, du kannst hier sitzen bleiben, Liebstes? Nur ein paar Augenblicke, dann bringe ich dich zum Karren und wir fahren nach Hause.«

Fenella nickte. Ihr Kopf drohte ihr zu zerplatzen.

Er löste den Mantel von seinen Schultern, breitete einen Streifen über den Schnee und setzte sie unendlich zart darauf nieder. Dann hüllte er sie in den Rest des Stoffes und streichelte ihr Gesicht. »Sieh nicht hin, hörst du?« Flehend beschworen seine Augen die ihren. Aber Fenella sah hin. Sah, wie er sich von ihr löste, zu Bruder Francis ging und das Wolltuch von der Wunde hob. Er warf nur einen Blick darauf, dann deckte er den aufgetriebenen Leib wieder zu und kniete nieder. Auf die Stirn des Augustiners zeichnete er ein Kreuz, faltete kurz die Hände und murmelte ein paar Worte. Dann schloss er seine schönen, schlanken Hände um den Hals des Sterbenden und drückte zu, bis sein Leben erlosch.

Noch ein, zwei Herzschläge lang blieb er auf den Knien liegen, als ob er betete. Anschließend schloss er dem Toten die Augen, stand auf und hob Bruder Zachary, der keine drei Schritte entfernt lag, auf seine Arme. Der junge Mönch war schwer. Fenella sah, wie Anthony das versehrte Bein einknickte, wie er stolperte und um ein Haar das Gleichgewicht verlor. Unter der Anstrengung, sich abzufangen, traten die Sehnen und Adern an seinem Hals wie Stricke heraus, und sein Gesicht lief blutrot an. Endlich fand er die Balance wieder und trug den

Mann zu seinem Pferd, das im zerstoßenen Eis vergeblich nach einem Halm suchte.

Noch einmal musste Anthony jede Unze Kraft aufwenden, um den Bewusstlosen in den Sattel zu stemmen. Der schwere Körper sackte vornüber, blieb aber sitzen, sodass Anthony ihn mit einem Gurt am Sattel festschnallen konnte. Flüchtig lehnte er sich an die Flanke des Pferdes, um Atem zu schöpfen, dann fasste er die Zügel kurz, stützte Bruder Zachary an den Hüften und führte das Pferd zu Fenella.

»Ich schaffe es nicht, euch beide zugleich zum Karren zu bringen«, sagte er mit einer Traurigkeit, die sich ihr einbrannte. »Wenn ich ihn loslasse, könnte er fallen, und das würde er nicht überleben. Kannst du hier auf mich warten, Fenchel?«

»Ich kann gehen«, sagte Fenella.

»Nein«, sagte er und sah zur Seite. »Du kannst nicht. Willst du nicht, dass ich dich anfasse? Dann fahre ich den Karren her und bitte Liz, dir hinaufzuhelfen.«

»Komm zu mir, Anthony«, sagte Fenella. »Komm so nahe du kannst.« Sie nahm all ihre Kraft zusammen, langte nach seinem Arm und zog sich an ihm hoch. An ihn gelehnt, mit zitternden Beinen, gelang es ihr zu stehen. »Ich liebe dich.« Sie streichelte seine Wange und küsste ihn auf die rot geränderten, vor Trockenheit gewiss brennenden Augen. »Ich werde immer wollen, dass du mich anfasst, und ich wünschte, ich hätte deinen Mut gehabt.«

»Ich bin froh, dass du ihn nicht hast.« Er senkte den Kopf. »Bei mir kommt es nicht mehr darauf an.«

»Hör damit auf!« Dass er sich für seinen Akt der Menschlichkeit inmitten von Mordlust und Raserei geißelte, hielt sie nicht aus. »Ich möchte das Herz, das du mir geschenkt hast, in meine Hände nehmen und beschützen. Auch vor dir. Wenn es bei einem Mann mit solchem Herzen nicht mehr darauf ankommt, dann gebe ich die ganze Menschheit verloren.«

Er brachte kein Wort heraus, drückte sie nur so heftig an

sich, dass über seinen Rücken ein Zittern lief und das Pferd den Kopf aufwarf. Ehe Bruder Zachary stürzte, ließ er Fenella los und fing ihn ab. »Danke«, flüsterte er.

Mit etwas Mühe gelang es ihr zu lächeln. »Ich dachte, das sagst du nie.«

»Warum gibst du so viel auf mein dummes Geschwätz?«

»Weil es mir gefällt, du Dummschwätzer.«

»Fenchel?«

»Ist schon gut«, sagte sie. Sie hatten beide kaum noch Kraft.

Er schüttelte den Kopf. »Ich liebe dich.«

Sie reckte sich auf zitternde Beine und küsste ihn auf die Lippen. Er nahm ihr Gesicht in die Hände und schenkte ihr seinen Blick, der in ihr noch immer sämtliches Eis zum Schmelzen brachte. »Du musst nach Hause, du armer Fenchel. Du brauchst einen Arzt.«

»Ich brauche dich«, sagte Fenella. »Ich mag dich nicht loslassen, deshalb wollte ich nicht auf dich warten. Wenn du mir hilfst, kann ich das kleine Stück mit dir gehen.«

Sie brauchten eine Ewigkeit, um bis zum Karren zu stolpern, wo die weinende Liz ihnen half, Bruder Zachary auf den Wagen zu betten. Das Mädchen blieb hinten bei dem Verwundeten sitzen, während Fenella vorn neben Anthony kauerte, sich gegen ihn lehnte und sich von jeder Bewegung seines Körpers schütteln ließ. An der freien Hand führte er sein Pferd.

In Sutton Hall überließ Anthony es Liz, den Übrigen zu erzählen, was geschehen war, und Sir James, den Arzt für den Verletzten zu holen und Hilfe zum Hospiz zu schicken. Er selbst kümmerte sich nur um Fenella, bettete sie, schälte ihren schmerzenden Leib aus den klatschnassen Kleidern und schürte das Feuer, dessen Hitze sie nicht spürte. Dann wusch er mit gewärmtem, nach Rosen duftendem Wasser jeden Zoll ihrer Haut so behutsam, wie es ihre Mutter nie getan hatte.

Nie im Leben hatte sich Fenella so entkräftet gefühlt. »An dir ist ja eine Krankenpflegerin verloren gegangen«, lobte sie ihn mit schmerzverzerrtem Lachen. »Wer hätte das gedacht?«

Verlegen senkte er den Blick in die Waschschüssel. »Ich habe das früher gern gemacht.«

»Wann früher?«

»Als ich noch ein Rotzbalg war. Wenn Ralph krank war, habe ich nach ihm gesehen, weil sein Vater besessen von der Angst war, sich mit etwas anzustecken.«

»Und deine Mutter?«, fragte Fenella verblüfft.

»Die kennst du doch. Die sitzt im Stuhl und tut nichts.«

»Aber du und Ralph, ihr habt doch …«

»Nicht, wenn er krank war«, schnitt er ihr das Wort ab. »Wenn er krank war, war er froh, nicht allein zu sein. Er wollte immer, dass ich ihm Geschichten erzähle, aber mir sind nie welche eingefallen.«

»Und was hast du gemacht?«

»Ich habe ihm welche von Sylvester erzählt.«

Ihre Blicke streichelten sich.

»Erzähl weiter«, bat Fenella.

»Da ist ja nichts mehr zu erzählen. Er hatte oft Fieber. Davon bekam er Angst, dass der Tod ihn holt. Ich musste mich immer zu ihm legen und ihm ins Ohr flüstern, dass ich den Tod mit dem Schürhaken vertreibe, wenn er kommt.« Abrupt stellte er die Schüssel zu Boden, dass das Wasser überschwappte.

Fenella hätte ihn gern berührt, aber sie wusste, dass er jetzt nicht gemocht hätte. Es war das erste Mal, dass sie den Namen Ralph aus seinem Mund gehört hatte, seit sein Bruder gestorben war.

Das Thema war bald verflogen, weil die Geschehnisse des Tages sich ihnen wieder aufdrängten. Mit zärtlichen Händen strich er ihr Salbe auf die Blessuren, und dabei fluchte und schimpfte er auf Cromwells Beamte wie der Schankwirt einer Hafenkneipe.

»Du hattest recht«, sagte Fenella.

»Womit?«

»Mit dem, was du von Vater Benedict erzählt hast – dass wir ins Bodenlose stürzen, wenn die Mauern um uns eingerissen sind. Vielleicht sind wir nicht stark genug, um frei zu sein.«

»Nein, Fenchel«, sagte er. »Hör nicht auf das, was ich dazu schwatze. Sprich mit Sylvester. Ich bin nur ein Kerl aus den Docks, für den nichts als Wasser Balken hat. Wenn etwas sich ändert, finde ich mich nicht zurecht, und was nicht schwimmt, macht mir Angst.«

»Mir jetzt auch.«

»Armer Fenchel. Ich wünschte, ich hätte diese Dreckskerle …«

»Scht«, machte sie. »Das wünschst du dir nicht. Und ich auch nicht. Kannst du etwas anderes für mich tun, mein Herzliebster? Kannst du mich so zart, wie du mich verarztet hast, lieben? Mir die Angst und den Ekel und die Traurigkeit weglieben, während ich wie eine Auster auf dem Rücken liege und kein Glied bewege?«

Er schenkte ihr sein unverschämtes Grinsen, das er wiederhatte, seit er vor drei Jahren nach Anne Boleyns Krönung nach Hause gekommen war und sie mit seinem Körper geliebt hatte, als wäre die Wunde in seinem Herzen geheilt. Fenella wusste, dass sie noch immer schwärte, aber dieses Stück Seligkeit hatten sie zurückgewonnen. »Und wenn du zuschnappst, Fenchel?«

»Und ob ich zuschnappe«, erwiderte sie. »Ich klemme dich ein, damit unsere Sturmzeit, die mich überrollt, dich mir nicht wegreißen kann.«

Er gab einen gespielten Schmerzlaut von sich, dann blies er die Kerze aus und zog sich die nassen Kleider vom Leib. Im Bestreben, vorsichtig zu sein und ihren aufgeschürften Schenkeln nicht wehzutun, stellte er sich ungeschickt an, wie sie es von ihm nicht kannte. Es entzückte sie so sehr, dass sie ihr Austerdasein aufgeben und ihn in die Schulter beißen musste. Sein schöner, sauberer Körper liebte ihr den Ekel weg, und seine Leidenschaft, in der Wildheit, Zartheit und Ehrfurcht waren, gab ihr die Achtung vor sich selbst zurück. Angst und Traurigkeit blieben, aber sie mischten sich mit Liebe und wurden weich. Als er sich aus ihr herausziehen wollte, packte sie ihn bei den Hinterbacken, krallte beide Hände in die harten Muskeln und stieß ihn tiefer in sich hinein.

»Nicht, Fenchel!«

»Oh doch. Ich bin zugeschnappt. Füge dich in dein Schicksal, mein gefangener Held der Meere.«

»Du bist ja nicht bei Verstand.« Dann war es um ihn geschehen, mit der Kraft einer Welle bäumte sich sein Körper, und er verströmte sich in ihrem Leib. Dunkel stöhnte er auf, dann blieb er zwischen ihren Beinen liegen, sein Kopf auf ihren Brüsten. Sie streichelte ihm das geschorene Haar und wünschte, er würde es wachsen lassen. Aber das tat er nicht, weil man sich in den Stoppeln auf See kein Ungeziefer fing.

»Und wenn du jetzt ein Kind bekommst, du kreuzdummes Mädchen?«

»Ja, was dann, du siebengescheiter Kerl? Dann bekomme ich eines. Es wird ellenlange, pechschwarze Wimpern über unverschämt funkelnden Augen haben, und ich werde es so verrückt lieben, dass es zum verzogensten Gör von ganz Portsmouth heranwächst. Was ist daran schlimm? Mein verzogenes Gör wird Carlos in die Teigschüssel langen, und das Tantchen wird schimpfen, es müsste mit dem Rührstab ein paar hintendrauf bekommen, aber bekommen wird es nichts als Zärtlichkeit. Und später geht es trotzdem nicht hin und sticht alte Männer tot, sondern wird ein so feiner, beherzter Starrkopf wie sein Vater.«

Dass er nach innen errötete, hätte sie auch ohne den Schein des Feuers bemerkt. Eine Zeitlang konnte er nicht sprechen. Schließlich setzte er sich auf. »Ich will das nicht, Fenchel. Nicht von mir.«

»Was soll das heißen, nicht von dir?«

»Wenn du mir ein Kind brächtest«, sagte er, »eines wie Lucas und Elizabeth, dann zöge ich es auf. Um Geld brauchen wir uns nicht länger zu sorgen, und Sir James hat mir angeboten, an dieses Haus eines anzubauen. Wenn du es von einem anderen Mann hättest, nähme ich es als meines, aber ich will kein Kind, das mein Blut hat.«

Als Fenella die Hand bewegte, hob er instinktiv die Arme vor sein Gesicht, ließ sie jedoch gleich wieder sinken und forderte sie mit blitzenden Augen heraus. Sie seufzte und setzte sich ebenfalls auf. »Ja«, sagte sie traurig, »für das, was du gesagt hast, hättest du in der Tat eine Ohrfeige verdient. Aber von mir bekommst du keine.« Weich, mit den Lippen, strich sie über seine Wange. »Du wirst sie dir selbst geben müssen, wenn du dir mit diesen irrwitzigen Gedanken noch nicht genug wehgetan hast. Wie kann in deinem klugen Kopf nur ein Winkel sein, in dem solch ein Unsinn entsteht? Das Kind, das ich mir wünsche, hat dein Blut oder keines. Und warum darf es das nicht? Jeder andere Mann, vom König bis zum Bettler, wünscht sich nichts sehnlicher.«

Seine Augen wurden schmal. »Jeder Mörder auch? Jeder Ketzer? Jeder Betrüger?«

»Bei allen Himmeln, Anthony! Hört das niemals auf?«

Sein Trotz fiel in sich zusammen. »Ich weiß nicht«, murmelte er und zuckte mit der Schulter. »Einmal dachte ich, es könnte aufhören.«

»Ja, das dachte ich auch. Damals hast du mir deinen Ring geschickt, und ich war der glücklichste Mensch auf der Welt.«

Er sah an ihr vorbei ins Dunkel. »Aber es hat nicht aufgehört.«

»Warum nicht, Liebling? Was ist dir danach geschehen, was hat diese Hoffnung zunichtegemacht?«

»Nichts«, sagte er.

»Du lügst.«

»Vielleicht.«

»Ich will, dass du mich heiratest«, hörte sie sich sagen. »Ich habe mich heute zu Tode erschrocken, meine Welt ist ins Wanken geraten, und ich will, dass du mir Halt gibst.«

»Ich weiß, mein Leben. Aber das geht nicht.«

»Erzählst du mir immer noch, ich solle Sylvester nehmen, denn du wärst meiner nicht würdig?«, fuhr sie ihn an. »Weißt du, dass die meisten Menschen in England das inzwischen genau andersherum sehen würden? Der König hat dir einen Titel auf Lebenszeit verliehen, du bist Master über sein Schiff und stehst in seiner Gunst. Nicht einmal in Portsmouth wagt noch einer, sich über dich das Maul zu zerreißen, ganz abgesehen davon, dass ich mich nie auch nur einen Käse darum geschert habe.«

Sie sahen einander in die Augen, unendlich ratlos und unendlich verliebt. »Ach, Fenchel Tausendschön«, sagte er schließlich, »ich habe dir immer gesagt, ich bin eine Plage.«

»Die Plage, die ich liebe, Sir. Ansonsten hätte ich das Problem nicht.«

»Meinst du, du kannst mir noch Zeit geben?«

»Wie viel?«

»Ich weiß nicht. Der König hat gesagt, er hat Ripon und mir die *Mary Rose* ein Mal in gutem Glauben anvertraut, und er wird es kein zweites Mal ohne Bedingungen tun. Aber wenn ich mir weiterhin nichts zuschulden kommen lasse, erlaubt er mir im Frühjahr zumindest, sie seetüchtig zu machen, was bei ihrem jetzigen Zustand gut und gern anderthalb Jahre dauern kann. Es muss bald geschehen, Fenchel, sie verfällt mit jedem Tag, den sie länger in der Themse liegt. Und wenn sie offiziell wieder seetüchtig ist, ist sie noch immer verbaut und verschandelt und würde kein Gefecht in Luvstellung durchhalten, sondern nach der Leeseite überkippen. Ich muss sie hierherbekommen, in unser Dock. Um dieses Problem mit dem Schwerpunkt zu lösen, braucht sie ein völlig neues System von verstärkenden Spanten –«

»Anthony Fletcher«, schnitt sie ihm ins Wort.

Er blickte auf.

»Würdest du gefälligst den Mund halten, bevor es mir in den Fingern kribbelt? Ist dir klar, dass du mit keinem von uns so lange gesprochen hast, seit wir dich aus dem Clink zurückbekommen haben? Wir überschütten dich mit Verständnis, weil dir Gewalt die Sprache verschlagen hat, aber sobald es um deine *Mary Rose* geht, ist deine Sprache der reinste Phoenix aus der Asche. Und jetzt soll ich also wieder auf sie warten, ja? Als hätte ich bis in alle Ewigkeit Zeit.«

Er sah von ihr weg und schwieg.

»Zum Teufel, sprich mit mir!«, schrie sie ihn an.

»Ich bin es ihr schuldig«, presste er heraus, ohne Fenella anzusehen.

»Ihr, ihr, ihr! Und was bist du mir schuldig, verdammt nochmal?«

Er schwieg. Als sie bemerkte, wie er die Nägel ins Fleisch seiner Hände bohrte, verpuffte ihre Wut. »Erklär es mir«, sagte sie. »Hilf mir, es zu verstehen.«

»Die *Mary Rose* ist nicht mein Schiff«, sagte er und sah noch immer von ihr fort. »Sie ist Ralphs Schiff. Ralph ist in der Leere, er ist für sie gestorben, und ich kann nichts mehr für ihn tun. Nur sein Schiff nicht zuschanden gehen lassen.«

21

Sylvester

Portsmouth, April 1536

Sylvester war nie so froh gewesen, nach Hause zu kommen, wie an diesem Morgen. Das Leben bei Hof zerrte ihm an Leib und Seele, sodass er zuweilen in Versuchung war, wie Anne schon am Morgen schweren Wein zu trinken. Das, woran er geglaubt hatte, schien ihm vor den Augen zu zersplittern, und was falsch oder richtig war, ließ sich nicht mehr unterscheiden.

War es richtig gewesen, für eine Reform der Kirche, für einen freien Weg zu Gott einzutreten, wenn jetzt die Reformer die, die anders dachten, auf die Scheiterhaufen schickten? War es richtig, für die Erbberechtigung von Annes Tochter zu kämpfen, wenn dafür Menschen sterben mussten, die ihrem Gewissen folgten? Musste die Renaissance-Bewegung, die das Licht der Gelehrsamkeit bringen wollte, dafür erst alles Bestehende in Finsternis tauchen? Musste man zerschlagen, um Neues zu bauen, töten, um dem Leben Platz zu schaffen? Konnte ein Zweck, der mörderische Mittel geheiligt hatte, je wieder heilig sein?

Immer häufiger war er es leid, darüber nachzudenken, und sehnte sich nach dem Frieden seines Hauses und der Wärme seiner Freunde. Die Menschen bei Hof blieben ihm fremd, auch wenn sie ihm schmeichelten und seine Gesellschaft suchten. Die Luft schien vor Spannung zu flimmern, und als Anne inmitten der Winterkälte einen zweiten Sohn tot zur Welt gebracht hatte, hatte sich über den Palast von Whitehall ein brütendes, lauerndes Dunkel gesenkt. Während der Schwangerschaft, als Anne durch die Hoffnung aufgelebt war, hatte Sylvester den König um seine Entlassung bitten wollen, doch danach hatte er es nicht übers Herz gebracht. Anne war in einen Abgrund von Verzweiflung gestürzt, und Sylvester sorgte sich um sie.

»Er hat mich nie geliebt, Sylvester. Nie, nie, nie.«

»Natürlich hat er Euch geliebt. Er liebt Euch noch. Er rennt sich nur den Schädel an diesem Wunsch ein, einen Sohn zu haben.«

»Als das hat er mich geliebt«, murmelte Anne. »Als das Bild der Frau, die seinen Sohn im Arm hält. So wie mein Vater mich als das Bild der Tochter geliebt hat, die ihm den Weg nach oben ebnet. Wisst Ihr, dass sie sich alle von mir abgewandt haben? Mein Vater, mein Onkel Norfolk, selbst mein Bruder, der mir alles verdankt. ›Versteh uns, Anne‹, flöten sie mir in die Ohren. ›Wir haben Verantwortung zu tragen und müssen für den Augenblick Abstand nehmen.‹ Das Rattenschnäuzchen Cromwell, das in meinem Schatten die Leiter emporgekrochen ist, blickt grußlos zur Seite, wenn ich ihm entgegenkomme. Sagt mir, Sylvester: Verließe Euer Freund Anthony jemals ein sinkendes Schiff?«

»Ihr seid kein sinkendes Schiff, Anne.«

»Und Ihr seid ein kläglicher Lügner und der netteste Mann von ganz England. Los, trollt Euch wie die anderen. Ich weiß, Ihr seid zum Ritter geboren, aber dass Ihr für mich die Prügel kassiert, nehme ich so wenig an wie Euer Freund.«

Er war dennoch geblieben, bis es Frühling wurde und Anne sich ein wenig zu erholen schien. Sie begann wieder, mit der Schar der Höflinge zu flirten und von dem Prinzen zu zwitschern, den sie bald empfangen und lebend zur Welt bringen würde. Sie trank zu viel, aber es ging ihr besser. Sylvester dagegen fühlte sich gänzlich ausgebrannt. Ohne viel Hoffnung bat er den König um Erlaubnis, nach Hause zu reisen.

»Und dabei dachten Wir, Ihr hättet am Hofleben Geschmack gefunden, junger Mann aus Portsmouth«, bemerkte Henry VIII. Er saß wie so oft beim Essen. Zu seiner Rechten hatte ein Brüderpaar aus Wiltshire Platz genommen, das als das kommende Gespann in seinem Windschatten galt – Edward und Thomas Seymour, die als Reformer galten, jedoch für Sylvester unmöglich einzuschätzen waren. Zu Henrys Linken saß eine blasse Dame, die dem älteren der beiden Seymours ähnlich sah.

»Oh ja, das Leben bei Hof ist sehr angenehm«, rang Sylvester sich ab. »Ich bitte dennoch, nach Portsmouth zurückkehren zu dürfen, um nach den Belangen meiner elterlichen Werft zu sehen.«

»Haben wir nicht einmal anders miteinander gesprochen?«, fragte Henry VIII. »Wie Männer statt wie bibbernde Klosterschüler? Euer Freund, der Höllenhund mit dem Salzwasser im Blut, bat ja auch schon, nach den Belangen dieser Werft schauen zu dürfen, und allmählich fragen Wir uns, was für eine Goldgrube das sein muss, dass man dafür seine Stellung bei Hof riskiert.«

»Ich bitte Euch, nicht meinem Freund anzulasten, dass er meiner Familie auf der Werft aushilft.«

»Um den macht Euch mal keine Sorgen«, brummte der König. »Der kann für sich selbst einstehen, und er schlottert dabei auch nicht mit dem Schwanz.«

Der jüngere der Brüder, Thomas, der brandrotes Haar hatte, klatschte sich auf den Schenkel und brach in Gelächter aus. Beifall heischend zwinkerte der König ihm zu.

Wir sind ersetzt worden, durchfuhr es Sylvester. *Anne Boleyn und ihr Gefolge haben die geforderte Leistung nicht erbracht und können abtreten.* Er konnte nur beten, dass Anthony von dieser Welle nicht mitgerissen wurde. Seine Hoffnung, er habe den Verlust der *Mary Rose* verschmerzt, hatte sich zerschlagen. Was immer ihn trieb, Anthony würde keinen Frieden finden, ehe der König ihm gestattete, das von Robert Mallach ruinierte Schiff zu überholen.

»Lasst Mylord doch reisen, Majestät«, ließ sich auf einmal die blasse Dame vernehmen. »Er hat vielleicht Heimweh. Als ich hierherkam, hatte ich ständig Heimweh nach Wiltshire, ich dachte, ich müsste daran krank werden.«

Mit seinem liebenswürdigsten Lächeln wandte sich der König ihr zu und ergriff ihre Hand. »Und jetzt, meine Teuerste?«

»Jetzt nicht mehr«, flötete die Dame zart errötend.

König Henry sah wieder hinunter auf den knienden Sylvester. »Liegt Mistress Seymour richtig, habt Ihr Heimweh, Mylord?«

»Ja«, bekannte Sylvester erleichtert.

Der rothaarige Thomas Seymour lachte erneut. »Wenn mich nicht alles täuscht, gehört Lord Sutton zu den Busenfreunden des verehrten Erzbischofs von Canterbury«, bemerkte er. »Und genau wie der ist er ein bisschen zu gut für unseren ruppigen Wind.«

»Also trollt Euch, Landei.« Der König vollführte eine Geste des Abwinkens. »Euren nachtdunklen Spießgesellen bekommen Wir als Ersatz aber zurück, verstanden? Der hat jetzt lange genug die Schotten das Fürchten gelehrt, den schicken Wir auf den Kanal, Piraten jagen. Wer taugte dazu besser als ein Pirat?«

»Ist das der Bocksfuß, der Karacken in Gebetbücher zeichnet?«, fragte Thomas Seymour hellhörig.

Henry Tudor grinste und scheuchte Sylvester aus dem Saal.

Auf der Heimreise begann Sylvester zu singen. Seit Wochen hatte er die Laute nicht angerührt, doch jetzt sah er Märzenbecher und Hasenglöckchen blühen und befreite das Instrument aus seinem Sack. Er ritt mit losem Zügel und stimmte ein Lied nach dem anderen an, das ihm vom Himmel zuzufallen schien. Langsame, fallende Figuren machten einem jähen Crescendo Platz, einer üppigen, stürmischen Tonfolge, zweistimmig und harmonisch zugleich wie ein Liebespaar. Woher kam ihm auf einmal solche Musik?

Als er über den Creek nach Portsmouth hineinritt, ging die Frühlingssonne unter, und er fand seine Stadt berückend schön.

Den Duft nach Seetang, die Reihen der niedrigen, vom Seewind blass gewaschenen Häuser, die Kette der Salzwiesen, auf denen Frühblüher vielfarbig schillerten, und der Solent, der sich wie ein Spiegel streckte. Sein Herz begann seltsam dumpf zu schlagen, und die Freude wich einer Wehmut, die er nicht erklären konnte.

Jetzt nur rasch nach Hause! Wenn er erst sah, dass dort alles beim Alten war, würde der Druck in der Brust sich lösen.

Das weiße Haus lag am Ende der Gasse. Vor dem Tor stand der Karren, den sie Fenella für ihre Brotfahrten gekauft hatten, neben dem der Werft. Auf dem Brachland neben dem Gartenzaun graste Anthonys Rappe, der Sylvester zum Grinsen brachte, weil er seinem Besitzer immer ähnlicher wurde. Fenella und Anthony mussten also daheim sein. Endlich waren sie wieder zu dritt. Die Werftkinder. Drei in ihrer eigenen Welt, in der sie gesunden und Kraft schöpfen konnten.

Er versorgte sein Pferd und stürmte in die Küche, wo das Tantchen sich mit Carlos über die Verteilung zerlassener Butter auf einer Fasanenbrust zankte. Als sie ihn erblickte, ließ sie den Butterpinsel fallen und breitete die Arme aus. »Mein Kabeljau! Kommst du endlich aus der Löwenhöhle und besinnst dich, dass du ein Zuhause hast?«

Das Haar in ihren Ohren war grau geworden und wucherte borstiger denn je. Er küsste sie auf einen der Büschel. »Wenn du noch lange Kabeljau zu mir sagst, sage ich Wildschwein zu dir.«

»Und wenn du noch lange versuchst, deine alte Tante um den Finger zu wickeln, bekommst du's hintendrauf, so lang, wie du bist.«

Die Haut unter ihren Augen glänzte nass. Eine Spur der Beklommenheit kehrte zurück. »Wo sind die anderen, Mica? Vater, die Kinder, Anthony und Fenella?«

»In Wahrheit willst du nur das Letzte wissen, he? Und die arme Hannah hast du ganz vergessen.«

»Sag's ihr nicht, abgemacht? Und ich will wissen, wo jeder Einzelne ist!«

»Die kleine Liz hat schon wieder den Husten. Das Kräbbchen arbeitet zu hart, es sollte sich schonen, aber wer von den jungen Dingern hört schon auf sein altes Tantchen? Hannah und der Junge sind bei ihr. Und dein Vater hat sich niedergelegt, als er aus der Ratssitzung kam.«

»Vater? Um diese Uhrzeit? Er ist doch nicht auch krank?«

»Er ist müde, Sylvester.« In ihrem Ton schwang ein Tadel mit. »Wir beide lachen gelegentlich darüber, dass ihr die drei da oben – Mistress Clapham, den Zankteufel und die Schweigerin – ›die Alten‹ nennt. James und ich sind nämlich nicht einen Tag jünger.«

»Doch, Tantchen! Ihr seid für immer jung.« Er wollte sie um die Taille packen und herumwirbeln, doch sie hielt ihm die Hände fest. »Deine Muschel und dein Seestern sind im Garten. Üben Italienisch. Wenn du mich fragst, gäbe es etwas anderes, das die zwei zu üben hätten, aber wer fragt mich? Nun geh schon. Du brennst doch darauf, seit du hier hereingeplatzt bist, und ich muss diesem überbezahlten *Cocinero* beibringen, wie man ein Stück Geflügel brät, ohne es zu Binsen austrocknen zu lassen.«

Sylvester drückte ihr noch einen Kuss aufs Ohr und ging. *Alles ist in Ordnung*, beruhigte er sich. Lizzy hatte den Husten, aber den hatte sie häufig, und die neue Brustsalbe, die er dem königlichen Leibarzt abgekauft hatte, mochte Abhilfe schaffen. Dass sein nimmermüder Vater sich vor dem Essen niederlegte, war ungewöhnlich, aber Tantchen Mica hatte recht: Die beiden wurden nicht jünger, sie hatten Ruhe verdient. *Ich bleibe hier*, beschloss er. *Ich gehe nicht mehr nach London zurück. Anthony muss seine Schlachten schlagen, bis die Wunde in seinem Herzen gereinigt ist, und so lange hüte ich die Familie, die Werft und das Haus. Der Vater hat es lange genug getan.*

Als er durch die Vordertür hinaus in den Frühlingsabend trat, sah er sie. Die Rosen seines Vaters knospten noch nicht, weil der Winter endlos gewesen war, aber sie füllten den Laubengang mit einem Dach aus Grün. Die beiden saßen auf einer steinernen Bank, die bei Sylvesters Abreise noch nicht dort gestanden hatte. Zu ihren Füßen ersetzte eine Laterne das schwindende Tageslicht. Sie beugten die Köpfe über das Buch, von dem Fenella an Weihnachten zu Anthony gesagt hatte: »Drei Jahre habe ich es schon, und wir sind nicht dazu gekommen, mehr als ein paar Seiten zu lesen. Mein Italienisch verkümmert mir. Schenk mir kein neues Buch, sondern schenk mir Zeit.«

Offenbar hatte Anthony sich ihren Wunsch zu Herzen genommen. Vielleicht hatte er die Zeit bei seiner Haarschur eingespart, denn sein schwarzer Schopf war lang genug, um vornüberzufallen und Fenellas Aschblond zu berühren. Gab es etwas, das mehr Liebe und Ausschließlichkeit ausdrückte als dieses sich mischende Haar? Unvermutet vollführte Sylvesters Herz den kleinen Sprung. Nur war der Sprung nicht klein. Und sein Herz hörte mit den Sprüngen nicht auf. Er musste sich beide Hände auf die Brust pressen, weil ihn unsinnige Angst packte, das Herz könnte ihm die Rippen sprengen.

Anthony beugte sich noch tiefer über die Seite und las mit seiner klaren, geschliffenen, für das Italienische wie gemachten Stimme:

Noi leggevamo un giorno per diletto
Di Lancilotto come amor lo strinse:
Soli eravamo e senza alcun sospetto.

Sylvesters Italienisch war längst eines traurigen Todes gestorben, aber die Stelle aus der *Divina Commedia* kannte er nur zu gut: Dante begegnet unter den Sündern der Hölle der jungen Adligen Francesca da Rimini, und das Schicksal der Ehebrecherin ist das Einzige, das ihn zu Tränen rührt. Jene Francesca war mit Guido Malatesta verheiratet, doch es war sein Bruder

Paolo, der ihr Gesellschaft leistete, während ihr Gatte seinen Geschäften nachging. Paolo war es auch, der mit Francesca im Garten saß und las.

Fenella beugte sich ebenfalls über die Seite, rieb ihr weiches Haar an dem ihres Liebsten und gab sich Mühe mit ihrer Übersetzung:

Eines Tages lasen wir zum Vergnügen
Von Lancelot, wie ihn die Liebe fesselte,
Wir waren allein und ohne jeden Argwohn.

Anthony hob den Kopf und tupfte ihr eine Reihe von Küssen auf den Scheitel, ehe er weiterlas:

Per piu fiate gli occhi ci sospinse
Quella lettura e solorocci'l viso
Ma solo un punto fu quel che ci vinse.

Fenella gab ihm einen Kuss in den Mundwinkel, und Sylvesters Herz zog sich zusammen.

Unsere Augen fanden sich oft bei
Diesem Lesen, und oft erbleichten wir dabei,
Doch nur ein einziger Punkt war es, der uns überwand.

Anthony nahm Fenellas Hände und küsste sie in die Handflächen. Unzählige Male hatte Sylvester sich gewünscht, sie derart innig verbunden vor sich zu sehen. Unzählige Male hatte der Gedanke, sie so vorzufinden und beide gleichzeitig zu umarmen, ihn getröstet. Jetzt aber stand er erstarrt. Anthony, der sonst das Gras wachsen hörte, bemerkte ihn nicht, und Fenella versank in den Augen ihres Liebsten, der noch eine Handvoll Terzinen las. Fenella kam mit der Übersetzung nicht zurecht und raufte sich das Haar, und Anthony lachte, hielt ihre Hand fest und strich ihr die Strähnen zurück. Während er sie weiter streichelte, erklärte er ihr, was Francesca und Paolo in jenem Garten lasen und was dann geschah: Lancelot küsste Guinevere, und statt weiterzulesen, küsste Paolo mit zitternden Lippen Francesca.

Galeotto fu il libro e chi lo scrisse:
Quel giorno piu non vi leggemmo avante.

»Ich habe um diese zwei einmal geweint«, sagte Fenella leise. »Um Lancelot und Guinevere, aber genauso um den armen König Arthur und um Camelot, das fallen muss.«

»Sylvester auch«, antwortete Anthony, und Sylvesters Herz vollführte einen hohen, schmerzhaften Sprung.

»Ich weiß. Er sagt, wir Renaissance-Menschen nehmen uns das Recht, um einander zu weinen, auch um die, die gefehlt haben.«

»Aber es muss doch auch Renaissance-Menschen geben, die zum Weinen zu feige sind.«

Sie streichelte seine Schulter. »Um Francesca zu mögen, bist du nicht zu feige.«

»Die muss selbst der Teufel mögen, nicht? Dante weint um sie. Was ist, willst du diese zwei Zeilen noch übersetzen?«

»Was heißt ›*Galeotto*‹?«, fragte Fenella.

»Frag Sylvester«, erwiderte Anthony. »Ich weiß nur, dass das Wort ›*Galeotto*‹ für einen Kuppler steht – es ist einer der Ritter aus Sylvesters Lieblingsroman, Lancelots Freund, der ihm hilft, mit Guinevere allein zu sein.«

»Galehaut«, sagte Fenella.

Anthony neigte den Kopf. »Wie kommt ein schlichter Kerl wie ich nur zu zwei so gebildeten Freunden?«

Ihr Lachen war zärtlich. Keine Dame bei Hof hatte ein so wundervolles Lachen. »Wir brauchen dich, weil du besser Italienisch sprichst.«

Er zog die Brauen in die Stirn. »Genügt dir das, Fenchel?«

Wie ein junges, verliebtes Mädchen gab sie ihm einen Klaps auf die Lippen. »Genug nach Komplimenten gefischt! Davon bekommst du ohnehin schon viel zu viel.« Sie beugte sich über das Buch. Sylvester hatte sich darauf gefreut, Anthony zu sehen, aber er sah Fenella. Graue Augen wie Nebel am Solent. Kleine Falten mit Grübchen in den Wangen.

Unser Galehaut war das Buch und der, der es schrieb.
An diesem Tage lasen wir nicht weiter.

Sylvesters Herz setzte einen Schlag lang aus. Der Schrecken, den Paolo und Francesca empfunden haben mussten, erfüllte die Luft des Frühlingsabends. *An diesem Tage lasen wir nicht weiter.* Paolo und Francesca hatten nie mehr weitergelesen, sie waren von Francescas Gemahl überrascht und ermordet worden und bezahlten für ihren Augenblick des Liebesglücks mit den ewigen Qualen der Hölle.

Fenella schloss die Hand um Anthonys Hinterkopf, und Anthony zog sie an sich und küsste sie. Wie hätte ein Gemahl, der die beiden auf diese Weise überraschte, ihnen Leid zufügen können? Was hätte er damit erreicht? Diese zwei waren so sehr aneinander verloren, dass niemand zwischen sie dringen konnte, weder mit Worten noch mit einem Dolch. *An diesem Tage lasen wir nicht weiter.*

Ich lese auch nicht weiter, dachte Sylvester. *Ich lese nie mehr weiter. Ich liebe Fenella Clapham, und ich habe es mehr als zwanzig Jahre lang nicht gewusst. Ich wünschte, ich hätte es nicht wissen müssen.*

Das letzte Licht verlosch, und Sylvester stand noch immer an der Tür, unfähig, sich zu bewegen. Die Nacht duftete nach den sich öffnenden Blütenständen des Ligusters. Fenella und Anthony küssten sich. Wenn sie zwischen Küssen Atem holten, flüsterten sie einander Worte in die Ohren, die Sylvester nicht verstand. Das Buch ließen sie zu Boden gleiten, weil sie die Hände zum Streicheln brauchten.

Nicht nur zum Streicheln.

Was Fenellas Hand auf Anthonys Hüfte tat, hatte mit Streicheln nichts zu tun, und was Sylvester hinter der Ligusterhecke tat, hatte nichts mit dem zu tun, was sich ein Freund herausnehmen durfte.

Aber ich gehöre doch zu ihnen!

An diesem Tage lasen wir nicht weiter. Er liebte diese Frau. Er liebte diesen Mann. Und er war dumm genug gewesen, zu glauben, zwischen beidem bestünde kein Unterschied.

Die Tür des Hauses flog auf, und Feuerschein fiel hinaus ins Dunkel. Die helle Gestalt, die auf der Schwelle stehen blieb, war Hannah. *Ihr Haar ist ja grau*, stellte Sylvester fest.

»Anthony!«, rief sie atemlos und kämpfte um ihre Stimme. »Bitte reitet und holt den Arzt. Meine Liz bekommt keine Luft mehr.«

Im Nu löste sich die Szene auf. Die Liebenden sprangen von der Bank, und Anthony lief, um sein Pferd zu holen. Fenella stürzte zu Hannah und legte die Arme um sie. Das Tantchen kam aus dem Haus gepoltert, und Sylvester brach durch die Hecke und riss Hannah aus Fenellas Armen in seine. »Sylvester«, hörte er Fenella murmeln, aber er gab keine Antwort und sah sie nicht an.

Er beugte sich zu Hannah und küsste sie auf das graue Haar. »Lizzy wird gesund, Hannah, das verspreche ich dir. Sie muss gesund werden! Ich habe aus London eine Salbe mitgebracht, der Arzt wird gleich hier sein, und wenn unsere Lizzy gesund ist, heiraten wir. Es ist fast Mai. Das ist die schönste Zeit zum Heiraten, auch wenn die Brautleute grau sind und die Kinder schon so gut wie erwachsen.«

Lizzy lag drei Tage lang auf Leben und Tod. Am Morgen des vierten Tages holte Anthony Vater Benedict aus seiner Kammer und brachte ihm das Versehbesteck, das Sylvesters Vater aufbewahrte. »Ich will ihn nicht hier haben!«, schrie Sylvester ihn an. »Lizzy wird gesund, wir brauchen ihn nicht!« Er hatte mit Gott einen Pakt geschlossen. *Mach die Kleine gesund, und ich heirate Hannah. Bestraf nicht das Kind für mich, und ich gelobe, ich werde unser Leben in Ordnung bringen.*

Hannah, die vor Lizzys Bett kniete, hob ihr tränenverschmiertes Gesicht. »Ich will ihn auch nicht hier haben«, sagte sie. »Ich habe meinen Kindern versucht beizubringen, dass es das nicht braucht, dass uns Gott allein in sein Reich geleitet. Aber Liz will ihn haben. Meine Liz ist im Herzen eine Katholikin. Danke, dass Ihr ihn geholt habt.«

Anthony hob abwehrend die Hände und zog sich zurück. Vater Benedict versah Lizzy mit der heiligen Kommunion, ölte ihr Stirn und Hände, und der entsetzlich pfeifende Atem des Mädchens beruhigte sich. Gegen Abend begann das Fieber zu sinken. Während der Nacht schliefen Sylvester und Hannah, die bei Lizzy wachten, vor der Bettstatt ein, und als sie im Licht des Morgens zu sich kamen, lag die Kranke in ruhigem Schlaf. Ihr Atem rasselte noch, aber er pfiff nicht länger, sondern kräftigte sich.

Am Nachmittag kam der Arzt zurück, untersuchte Lizzy und bestätigte, dass sie die Krise überstanden hatte. Das Tantchen kam mit einer Brühe aus Wachteln, und während sie Lizzy fütterte, schimpfte sie auf sie ein: »Fortan wirst du dich schonen, Kräbbchen, oder …«

»Oder ich bekomme mit dem Rührstab all meine Missetaten hintendrauf.« Lizzy lächelte schwach. »Aber ich kann mich doch nicht schonen, Tantchen. Für die Bedürftigen wird bald niemand mehr sorgen. Im ganzen Land werden Klöster und Hospize zerschlagen, und demnächst soll ein Gesetz ergehen, sie gänzlich aufzulösen. Es heißt, sie haben Schindluder mit dem Geld der Gläubigen getrieben, statt ihre Pflicht vor Gott und den Menschen zu erfüllen.«

»Und ist das nicht richtig?«, wandte Sylvester vorsichtig ein. »Nehmen nicht die Klöster das Geld von Verzweifelten, die vor den Reliquien für Gesundheit und Seelenheil ihrer Liebsten beten wollen? Und was sind das für Reliquien? Das Blut Jesu stammt in Wahrheit von einem Ziegenbock, und die Augäpfel des heiligen Rochus, die rollen, wenn eine Spende zu klein ausfällt, sind zwei Kugeln am Draht. Das ist Betrug, Lizzy. Schändlicher Missbrauch von Menschen, die um das Leben eines Angehörigen fürchten – so wie wir um das deine.«

»Ja, gewiss kommt all dies vor«, erwiderte Lizzy. »Aber wenn es keine großen Gotteshäuser mehr gibt, haben Notleidende keinen Menschen mehr, an den sie sich wenden können, keinen Ort, der ihnen Zuflucht gewährt.« Abrupt brach sie ab. Falls sie noch mehr hatte sagen wollen, erstickte es in einem Hustenanfall.

»*Ay Dios mio!*«, rief das Tantchen. »Gerade erst von den Toten auferstanden, und schon plappert diese Krabbe wieder wie ein Priel in der Sandbank und wird uns ein zweites Mal sterben!«

Alle lachten.

»Aber Liz hat recht«, sagte Fenella.

Sie ließen die Kranke schlafen und gingen hinunter, wo Sylvesters Vater seinen Weltversüßer zubereitet und Carlos ein Festessen aufgetischt hatte. Der Vater wirkte bleich und abgespannt, fand Sylvester, aber vielleicht bildete er sich das nur ein, weil er derzeit überall gemalte Teufel an der Wand sah.

Als sie nach dem Essen miteinander beim Feuer saßen, griff der Vater das Thema wieder auf: »Die kleine Liz hat in der Tat recht«, sagte er. »Wenn es keine Menschen mehr gibt, die aus Christenpflicht für die Bedürftigen sorgen, wird es welche geben müssen, die es aus Menschenliebe tun – oder um auf eine Weise Sühne zu leisten, die dem Leben zugutekommt.«

Sylvester horchte auf. »Was willst du damit sagen?«

»Nichts Besonderes. Nur, dass es mir sinnvoller scheint, für meine Sünden zu büßen, indem ich ein Hospiz baue, statt härene Hemden zu tragen und mich zu geißeln«, erwiderte sein Vater.

Sylvester nickte. »Ich habe mich lediglich gewundert, dass ausgerechnet du zu Sühne und Sünde etwas zu sagen hast.«

»Gibt es überhaupt Menschen, die dazu nichts zu sagen haben?«, fragte sein Vater. »Wie dem auch sei – wir haben zu jenen gehört, die die neue Zeit wollten. Gehören wir jetzt auch zu denen, die verhindern, dass die neue Zeit ihre Menschen zurücklässt?«

»Es bleiben schon Menschen zurück«, sagte Fenella. »Liz und ich haben nach der Zerstörung des Hospizes weiter Brot ausgefahren, aber wir können nicht einmal einen Bruchteil von dem tun, was die Leute vom *Domus Dei* getan haben. Wir brauchen mehr Hilfe, mehr Geld, mehr Platz, einen Raum, in dem Kranke gepflegt werden können …«

Sylvesters Vater wandte sich an Anthony. »Du musst bald wieder fort, nicht wahr?«

»Ich hätte längst aufbrechen müssen«, antwortete Anthony. »Und von Menschenliebe verstehe ich ohnehin nichts. Aber ich baue Fenchel einen größeren Karren und schicke ihr Geld.«

»Und du?« Der Blick des Vaters traf Sylvester. »Musst du auch zurück?«

»Ich bleibe hier«, sagte Sylvester. »Ich gehe nicht wieder an den Hof und kann anpacken, wo ihr mich braucht. Das Einkommen, das mir aus meiner Baronie bleibt, ist nicht hoch, aber ein wenig helfen mag es trotzdem.«

»Dann lasst uns an dieses Haus ein zweites anbauen«, sagte sein Vater. »Ein Obdach für Alte und Kranke, selbst wenn wir niemals ersetzen können, was das *Domus Dei* für diese Stadt war.«

»*Dios mio*, wann begreift dieser Mann je, dass er selbst alt und krank ist, he? Wird er je lernen, dass er sterblich ist und dass seine Kräfte nicht endlos nachsprudeln?«

Flüchtig streifte Anthony dem Tantchen den Arm. »Sylvester und Lucas sind doch da. Und ich komme her, sooft ich kann.«

»Gelobe, dass du das wirklich tust«, beschwor sie ihn und verdrehte die Augen. »Sylvester und der Seehund Luke sind zwei Kinder.«

Anthonys Lächeln versprühte Charme. »Euch gelobe ich alles. Zum Hausbauen tauge ich besser als zur Menschenliebe, und Sylvester ist der erwachsenste Mann, den ich kenne.« Zu Fenella sagte er weich: »Ich reite morgen, ja?«

»Das tust du nicht!«, platzte Sylvester dazwischen. »Ich werde wohl erwarten dürfen, dass mein Freund bei meiner Hochzeit anwesend ist.«

Anthony stockte nur einen Herzschlag lang. »Selbstverständlich«, sagte er dann so glatt wie ein Höfling. Nur seine Bronzeaugen hielten die von Sylvester fest und stellten eine Frage. Zum ersten Mal in seinem Leben wandte Sylvester sich von ihm fort.

In der Nacht fragte Hannah ihn dasselbe: »Bist du dir sicher, dass du das willst?«

»Was soll das, Hannah? Hätte ich dich gebeten, meine Frau zu werden, wenn ich es nicht wollte?«

»Du warst mir nie etwas schuldig«, sagte sie. »Und du bist es auch jetzt nicht. Hast du bedacht, dass Anthony in einen Krieg geht? Er könnte fallen, Sylvester. Er könnte sterben.«

In der Stille raste Sylvesters Herz. »Sag so etwas nie wieder«, stieß er heraus. »Damit du es weißt: Was immer Anthony geschieht, geschieht auch mir. Anthony und ich sind eins.«

»Das seid ihr keineswegs«, widersprach Hannah unbeeindruckt. »Selbst wenn ihr euch auf seltsame Art sogar ähnlich seht – der eine breit, der andere schmal, der eine hell, der andere dunkel, der eine bildhübsch, der andere das Gegenteil. Zwei Seiten derselben Münze. Eins seid ihr dennoch nicht, denn sonst könntet ihr euch eine Frau teilen. Was mich betrifft, so wünsche ich Anthony ein langes Leben, und es wäre mein größtes Glück, dich zu heiraten. Ich habe nur Angst, dass die Frau, die du liebst, eines Tages frei sein könnte und dass du dann bereust, gebunden zu sein.«

Da Anthonys Rückkehr auf sein Schiff drängte, wurden Sylvester und Hannah getraut, sobald der Mai begonnen hatte. Dem scheu geäußerten Wunsch seines Vaters, Geraldine einzuladen, hatten sie ob der Eile nicht nachkommen können, und Sylvester war darüber froh. Es gab ohnehin weder Geschenke noch eine große Feier, denn das Geld wurde anderswo gebraucht. Tags zuvor hatte sein Vater das Brachland gekauft, das an seinen Grund grenzte, um mit dem Bau des neuen Hauses so rasch als möglich zu beginnen.

Nur die Familie geleitete die Brautleute von Sankt Thomas nach Hause und warf ihre Schuhe nach ihnen, was für Glück sorgen sollte. Carlos trug seinen Spießbraten auf, und später spielten ein Fiedler und ein Flötist zum Tanz. Dass die Frau im ockergelben Hochzeitskleid die seine sein sollte, kam Sylvester unwirklich vor wie eine ihrer Kindergeschichten, die eine Zeitlang Gültigkeit besaß, bis die Illusion zerstob und etwas Neues begann.

Dann brach die Wirklichkeit ein. Wie damals kam sie in Gestalt eines Boten, der ins Haus stürzte, als sei der Teufel hinter ihm her. Seine Livree wies ihn als Bediensteten des erzbischöflichen Palastes in Lambeth aus. Außer Atem schob er Sylvester ein versiegeltes Schreiben in die Hände. Sylvester brach es auf und las in kaum drei Atemzügen, was Cranmer ihm geschrieben hatte.

»Ich muss nach London«, stammelte er und ließ den Briefbogen sinken. »Heute Nacht noch.«

Mit einem Satz war Anthony bei ihm. »Was ist?«

»Anne ist in Greenwich verhaftet und in den Tower verbracht worden.«

»Wegen Ehebruchs?«

»Woher weißt du das?«

»Der König will einen Sohn«, sagte Anthony. »Königin Anne hat ihm keinen geboren. Da er schlecht noch eine Ehe für ungültig erklären lassen kann, muss er sich ihrer auf andere Weise entledigen.«

»Aber das weiß sie doch!«, entfuhr es Sylvester. »Wie kann sie in dieser Lage so leichtsinnig sein, die Ehe zu brechen?«

Anthony hob die Brauen in die Stirn. »Hat sie das?«

Sylvester begriff auf der Stelle. »Er kann ihr anhängen, was er will, nicht wahr?«

»Nicht nur ihr«, sagte Anthony und umfasste seinen Arm mit eisernem Griff.

Benommen starrte Sylvester auf den Briefbogen. »Cranmer schreibt, es sind bereits fünf Männer als ihre Liebhaber angeklagt und verhaftet worden.«

Anthonys Hand schloss sich noch fester um Sylvesters Arm. »Eine brillante Gelegenheit, unliebsame Stimmen zum Schweigen zu bringen.«

»Was steht auf Ehebruch?«, fragte Sylvester.

»Wenn ein Gericht es will, der Tod«, erwiderte Anthony, ohne seinen Griff zu lockern. »Und wo es um die Frau des Königs geht, ist Ehebruch Verrat.«

»Du meinst … sie wird sterben?«

»Ja«, sagte Anthony. »Und die Männer mit ihr.«

»Ich muss zu ihr.«

Er nickte. »Wir brechen sofort auf.«

»Bleibst du in London, bis …«

»So lange, wie du mich brauchst«, sagte Anthony. »Versprich mir, dass du auf dich achtgibst, Sylvester.« Damit ließ er ihn los und ging zu Fenella, die er innig küsste. Sylvester sah ihm zu, und erst dann kam er auf die Idee, Abschied von Hannah zu nehmen.

Als sie aufbrachen, stand die Familie in der Tür, um ihnen

nachzuwinken. Es tat gut, mit Anthony hinaus in die Nacht zu reiten, Seite an Seite mit einem Mann, der keine unliebsame Frage aussprach, der mit fehlenden Antworten leben konnte und der ihm eben deshalb bis ins Innerste sah.

Nur das eine sieh nicht!, beschwor Sylvester ihn stumm. Einst hatten Anthony und Fenella vor ihm ein Geheimnis gehabt, was ihn zutiefst erzürnt hatte. Jetzt hatte er eines vor ihnen und war entschlossen, es zu bewahren.

Die ganze Hauptstadt schien in Aufruhr zu sein. Hauswände hallten vom Getuschel wider, und in manch einer Straße wurde der Sturz der verhassten Königin in aller Offenheit gefeiert. Anthony verbot Sylvester, sofort bei Hof vorzusprechen, weil er es für zu gefährlich hielt. Stattdessen kamen sie wiederum in Swan House unter. Sie standen miteinander im Garten, bei dem grünen Zaun, von dem Fenella die Nesseln gepflückt hatte.

»Warte hier«, sagte Anthony. »Ich gehe und bitte deinen Freund, den Erzbischof, dafür zu sorgen, dass du zur Königin vorgelassen wirst.«

»Ist es denn wirklich so gefährlich, wenn ich selbst gehe?«

»Ja«, sagte Anthony. »Ich habe nicht mehr allzu oft Angst, Sylvester. Aber jetzt.«

»Dann bist du auch in Gefahr.«

Anthony zog die Lippen von den Zähnen. »Ich bin vermutlich der einzige Mann im Dunstkreis des Hofes, der nicht in Gefahr ist. Ein lahmes, unmanierliches Scheusal können sie nicht einmal der armen Königin andichten.«

Sylvester musterte ihn. »Ganz ehrlich. Wäre ich eine Frau, würde ich für dieses Grinsen mein Leben aufs Spiel setzen.«

»Du bist aber keine. Zu meinem Glück.«

»Warum?«

»Weil ich dich sonst mit meinem Grinsen bezirzen und meinen Fenchel betrügen müsste. Jetzt mach, dass du ins Haus kommst, und bleib drinnen, bis ich zurück bin.«

»Anthony?«

Der Freund hob die Brauen.

»Wenn Cranmer keine Erlaubnis für mich erwirken kann, muss ich trotzdem zu ihr gehen. Ich habe ihr von der Zeit erzählt, als ich bei dir im Gefängnis war, und sie hat gesagt: ›Müsste ich selbst wie Vieh in einem Kerker liegen, wünschte ich, Ihr würdet zu mir kommen und mir versichern, dass ich noch immer ein Mensch bin.‹ Ich habe es ihr versprochen.«

»Ja«, sagte Anthony ruhig, »dann musst du gehen, und ich halte dich nicht auf. Aber erst lass es uns anders versuchen.«

Sylvester bekam die Erlaubnis. Zwei Tage später sandte der Konstabler des Tower eine Barke, die ihn auf dem Fluss zu dem Tor schaffte, durch das Gefangene in die Festung verbracht wurden. Auf dem Boden der Barke lag eine Hellebarde mit kurzem Schaft.

Einer der Ruderer bemerkte, dass Sylvester auf die Waffe starrte. »Die wird vorn am Bug aufgestellt, wenn wir Beklagte zum Prozess bringen«, erklärte er grinsend. »Mit der Klinge nach vorn, vom Hals des Tunichtguts weg. Wird der Kerl freigesprochen, kann er seiner Wege ziehen. Wird er verurteilt, bringen wir ihn zurück und drehen die Hellebarde um, sodass die Klinge auf seinen Hals zeigt. So weiß das Volk am Ufer, dass da einer hockt, dem es an den Kragen geht.«

Um eine Erwiderung kam Sylvester herum, weil sie in diesem Moment den Tower erreichten. Das Fallgitter wurde hochgezogen, und er musste den Kopf ducken, als das Boot unter dem Stein hindurchfuhr. Dann senkte sich das Gitter, und Sylvester war von der Welt und jedem menschlichen Beistand abgeschnitten. Durch das dunkle Mauerwerk würde kein Schrei dringen, kein Hilferuf und kein Abschiedswort.

Willam Kingston, der Konstabler, der für die Gefangenen des Tower verantwortlich war, hatte mit dem hämischen Master de Vere vom Clink nichts gemein. Er war mindestens so alt wie

Sylvesters Vater und hatte ebenso weißes Haar. Mit Sylvester ging er behutsam und mitfühlend um, als sei er ein naher Verwandter. »Der Königin wird der gebührende Respekt erwiesen«, versicherte er ihm. »Sie ist in keinem Kerker untergebracht, sondern in denselben Gemächern, in denen sie vor drei Jahren auf den Tag ihrer Krönung wartete.«

»Kann ich gleich zu ihr?«

Bedauernd schüttelte der Konstabler den Kopf. »Ihr könnt hinüber in ihre Räume und dort auf sie warten, aber sehen könnt Ihr sie erst, wenn die Wachleute sie zurückbringen. Sie und ihr Bruder stehen in diesem Augenblick vor Gericht.«

Sylvester glaubte, die Hellebarde mit der sich wendenden Klinge vor sich zu sehen. »Ihr Bruder auch?«, fragte er. Hatte der geleckte George Boleyn sich nicht rechtzeitig abgesetzt und war mit seiner Schwester in die Falle geraten?

Der Konstabler nickte betrübt und blickte nicht mehr auf. Sylvester fragte nicht weiter.

Der Raum im White Tower, in den Kingston ihn führte, lag am Ende der königlichen Galerie. Er war dunkel und besaß nichts von dem erregenden Chic, den Anne jedem Zimmer zu verleihen wusste, doch es fehlte ihm nicht an Komfort. Eine von Annes Kammerfrauen fragte ihn, ob er eine Erfrischung wünsche. Sylvester lehnte ab, obwohl seine Kehle staubtrocken war.

Als sie Anne brachten, zog vor dem Fenster der Abend herauf, einer der leuchtenden, von Sternen übersäten Abende des Mai. Sie blieb in der Tür stehen, viel kleiner, als er sie in Erinnerung hatte, und brauchte eine Weile, um zu begreifen. Dann hellte ihr müdes Gesicht sich auf. »Sylvester Sutton. Das ist so schön, dass ich nicht einmal gewagt hätte, darum zu beten.«

»Ich habe es Euch versprochen.«

»Ihr seid nicht zu fassen, Mylord. Nun habt Ihr bald drei Jahre bei Hof verbracht und noch immer nicht gelernt, dass Versprechen dazu da sind, sie zu brechen?«

Er ertrug es nicht länger, stand auf und zog sie in die Arme.

»Ihr braucht um meinetwillen keine Witze zu reißen. Ihr seid noch immer ein Mensch, Anne. Ihr seid meine Königin und die mutigste Frau, die ich je gekannt habe.«

Sie ließ sich gegen ihn fallen. »Ihr hättet die mutigste Frau, die Ihr je gekannt habt, sehen sollen, als sie hier ankam. Sie hätte sich gern an Eurem Freund Anthony ein Beispiel genommen und stolz und tapfer geschwiegen, doch stattdessen lag sie in ihrem Staatskleid auf Knien und war ein Bündel aus Heulen und Zähneklappern.«

»Das hätte ich auch getan«, sagte Sylvester. »Ich täte es noch, und es macht mir nichts aus, wenn Ihr es jetzt tut.«

Sie blickte auf. »Könnt Ihr bleiben, Sylvester? Nur eine kleine Weile?«

»Ich bleibe so lange, wie Ihr mich wollt. Von mir aus die ganze Nacht.«

Anne schüttelte den Kopf. »Zu gefährlich, mein Goldstück. Um meinetwillen sind fünf blühende Männer – darunter mein eigener Bruder – dazu verurteilt worden, geschleift, entmannt, lebendig aufgehängt und gevierteilt zu werden. Eure Schwester warnte mich einst, ich solle kein Spiel treiben, bei dem Euch dasselbe droht.«

»Meine Schwester ist mir gleichgültig.«

»Das glaube ich Euch nicht«, sagte sie. »Aber selbst wenn es so wäre – mein Gewissen wiegt schwer genug. Ich gestatte nicht noch, dass der reizendste Mann, den dieses Land hervorgebracht hat, für mich sein Leben verliert.«

Sie löste sich von ihm und wandte sich an die Bediensteten. »Lord Sutton bleibt eine Weile hier, um mir in meiner schweren Stunde Trost zu spenden. Bringt uns Wein, und dann lasst uns allein. Seid Ihr hungrig, Sylvester?«

Er schüttelte den Kopf.

»Das trifft sich gut. Also belassen wir es beim Trinken.«

Als der Wein gebracht war und die Diener sich zurückgezogen hatten, setzte sie sich mit ihm an den Tisch und schenkte ihm ein wie vor Jahren auf der *Henri Grâce à Dieu.* »Damals haben wir auf die Liebe getrunken, erinnert Ihr Euch?«

Sylvester nickte.

Anne hob ihren Becher. »Auf die Freundschaft. Danke, dass Ihr mir beigebracht habt, was das Wort bedeutet.«

»Ich bin stolz darauf, dass Ihr mich als Euren Freund betrachtet«, sagte Sylvester und gab den Kampf gegen die Tränen auf. »Die Hellebarde, Anne … am Bug der Barke …«

Sie sandte ihm ein halbes Lächeln. »Zumindest die Barke mit der Hellebarde hat mein Gemahl mir erspart«, sagte sie. »Mein Prozess fand in der Halle des Tower statt. Aber ja, meine Richter haben mich für schuldig befunden, unter ihnen mein süßer Jugendgeliebter Harry Percy, der anschließend prompt in Ohnmacht fiel.«

»Anne …«

Sie nahm seine Hand. »Wisst Ihr, dass ich sicher war, es nicht auszuhalten? Ich zähle fünfunddreißig Jahre, habe einen Mann geliebt und ein Kind geboren, ich esse gern gezuckerte Pflaumen, trinke meinen Wein ohne Wasser und tanze den schmutzigsten Saltarello von ganz England. Wie soll ich es aushalten, dass mich ein gleichmütiger Scherge im Morgenlicht aus dieser Kammer zerrt und mir mein Leben raubt? Mitten im Mai, wenn alle Welt umeinander balzt. Ich habe gedacht, ich renne mit dem Kopf gegen die Wände, bis er mir platzt. Jetzt denke ich: Gar so schlimm ist nicht einmal das Sterben, wenn ein so netter Mann um mich weint.«

»Es ist schlimm, Anne! Und es darf nicht geschehen.«

»Es geschieht aber.« Sie streichelte seine Hand. »Ich bin die Teufelin, die Englands König behext und seine jungen Männer verdorben hat. Eine wie mich muss man ins Feuer schicken, damit all das sündige Fleisch verkohlt.«

Er sprang auf, stieß seinen Weinbecher um. »Niemals! Ich lasse es nicht zu.«

»Setzt Euch wieder hin.« Sie wischte die blutrote Lache

nicht weg, hob nur den Becher auf und schenkte sich neu ein. »Man hat mir versichert, gegen eine üppige Handsalbe fände sich ein Henkersknecht, der mich erwürgt, sodass ich keinen Schmerz spüre.«

»Anne, es ist doch nicht möglich, dass man nichts mehr tun kann. Habt Ihr denn wirklich …«

Sie lachte ihr altes Lachen, herausfordernd und viel zu laut. »Und wenn, Mylord? Hätte ich es dann verdient, verbrannt zu werden?«

»Natürlich nicht.«

»Also lassen wir es dabei. Die Frage, ob die große Hure schuldig war, mag die Nachwelt beschäftigen. Die Antwort wird nur einer hören. Mein Beichtvater. Cranmer. Und der ist verpflichtet zu schweigen.«

Fieberhaft suchte er nach einem Ausweg, doch es gab keinen. Wenn der König beschlossen hatte, dass diese schöne, sinnliche Frau samt all ihrer Klugheit und Lebenskraft sterben musste, dann würde sie sterben, und er konnte nicht mehr hoffen, als dass sie dabei tatsächlich keine Schmerzen litt. »Wenn der Henkersknecht es nicht tut, tue ich es«, presste er heraus.

»Was?«

»Euch töten, ehe sie Euch Schmerz zufügen. Ich hätte es für Anthony getan. Ich tue es auch für Euch.«

»Ihr seid wahrhaftig zum Ritter geboren. Dabei habt Ihr das Herz eines Hirtenknaben, der im Morgentau Flöte spielt, und wärt nicht einmal imstande, ein schädliches Tier zu töten.«

»Wenn ich wirklich nicht imstande bin, bitte ich Anthony, es zu tun«, entfuhr es Sylvester, ehe er nachdenken konnte.

Zart legte sie ihm einen Finger auf den Mund. »Das lasst Ihr hübsch bleiben, verstanden? Sobald der Deckel über Anne Boleyn zuklappt, nehmt Ihr beide Eure Hammelbeine in die Hand und verschwindet von hier, bis über die Sache Gras gewachsen ist. Ich will, dass jedes Eurer edlen Teile bleibt, wo es hingehört, ist das klar?«

Sylvester zögerte. Erst als er ihren Blick sah, nickte er.

Anne seufzte. »Ganz ungeschoren kommt Ihr ohnehin nicht davon. Eine Abreibung wird wohl jeder beziehen, der der großen Hure nicht rechtzeitig den Rücken zugedreht hat, und das tut mir von Herzen leid. Ihr zwei seid aber Manns genug, auch das noch wegzustecken. Tröstet Euren Freund, der um seine *Mary Rose* so unermüdlich gedient hat wie kein Mann um ein Mädchen und dem der König nun wieder in dem Moment, in dem er danach greift, eine Nase dreht. Dabei mag Henry ihn aufrichtig gern. Das tut er wirklich, doch umso mehr Vergnügen bereitet es ihm, mit ihm sein Spiel zu treiben.«

»Wie kann ein Mensch nur so sein?«, fuhr Sylvester auf.

»Wenn Ihr mich fragt, sind die meisten Menschen so«, erwiderte Anne. »Nur ist den meisten Menschen nicht die Macht verliehen, diese Triebe nach Gutdünken auszuleben. Henry Tudor ist überzeugt, Gott spiele dasselbe üble Spiel mit ihm: Er hält ihm das, was er sich am meisten wünscht, verheißungsvoll vor die Nase, und sobald er danach greift, wird es ihm grausam entrissen. Dass er Euren Freund hat, der sich sein Schiff mit ebensolcher Kraft wünscht wie er seinen Sohn, ist ein gefundenes Fressen für ihn. Aber wer weiß – vielleicht ist der Schoß der tugendhaften Jane Seymour ja gesegneter als meiner, und wenn Henry endlich seinen Erben hat, bekommt Euer Freund seine *Mary Rose*.«

»Wer ist Jane Seymour?«, fragte Sylvester traurig.

»Die kennt Ihr noch nicht?«, fragte Anne zurück. »Das süße Täubchen, das die Hexe im Bett des Königs ersetzt? Ihr werdet sie kennenlernen.«

Sylvester fiel die blasse Dame ein, die mit den Seymour-Brüdern am Tisch des Königs gesessen hatte. »Oh, Anne.«

Sie lachte. »Das könnt Ihr laut sagen.«

Er beugte sich über den Tisch, und sie tat dasselbe, bis Ihre Stirnen einander berührten. So saßen sie eine Zeitlang und hielten sich an den Händen. »Erzählt mir von Portsmouth«, bat Anne dann. »Vom ländlichen Idyll.«

»Was soll ich Euch da erzählen?«

»Will Euer Anthony seine Fenchelblüte nicht endlich heiraten?«

»Ich wünschte, er täte es. Aber er hat wohl immer noch eine Rechnung offen, die er begleichen muss.«

»Er begleicht seine Rechnungen mit gefährlichen Leuten«, sagte Anne.

»Ich weiß. Mit Robert Mallach …«

»Robert Mallach ist nicht gefährlich«, beschied sie ihm. »Überhaupt bin ich der Ansicht, dass Gefahren viel öfter von Frauen als von Männern ausgehen.«

»Aber nicht für Anthony. Ich habe Euch gesagt, Frauen finden ihn hässlich.«

»Höchstens auf den ersten Blick«, entgegnete Anne. »Sie finden ihn spröde, gefährlich und undurchschaubar, und das ist genau die Mischung, die einen Hof, der nach ständig neuer Unterhaltung giert, zum Brodeln bringt. Nehmt ihn ein bisschen an die Kandare, ja? Ich will nicht, dass dieser eigentümliche Edelstein, für den Ihr das Licht Eurer Augen geben würdet, so endet wie ich.«

»Ich wünschte, ich hätte Euch an die Kandare genommen«, sagte Sylvester. »Aber ich fürchte, Ihr hättet genauso wild dagegen aufbegehrt wie er.«

»Ja, vermutlich. Und somit müssen wir am Ende beide schlucken, was uns aufgetischt wird. Wir sind uns ein wenig ähnlich, nicht wahr? Wir haben beide die härteste Strafe verdient, weil wir zu sehr an uns selbst und zu wenig an Gott glauben.«

»Das ist Unsinn.« Sylvester packte sie bei den Armen und rüttelte sie. »Ihr seid wundervoll, der eine wie der andere, und Ihr habt keine Strafe verdient, sondern einen Klaps auf die Schulter und einen Pfiff durch die Zähne. Die Menschen der Antike glaubten an sich selbst. Sie erfanden die Welt neu, eroberten sie und bauten ihre prachtvollen Städte darauf, weil sie stolz auf sich waren, auf das, was sie konnten, was sie wagten, was ihre hellen Köpfe sich erdachten. Die Menschen des Mittelalters erlernten statt des Stolzes die Demut und den Glauben an Gott. Sie fanden ihren Platz in der Weltordnung, entdeckten die Zärtlichkeit des Bittens und traten das Erbe der Ewigkeit an. Wir sind die neuen Menschen, Anne. Die Menschen der Renaissance, die Bergbesteiger, die sich vor Stolz bis zum Bersten plustern und vor Demut auf den Knien weinen. Wir glauben an Gott. Aber nicht weniger an uns selbst.«

Ein paar Herzschläge lang herrschte Schweigen. Dann befreite Anne sich aus seinem Griff, stand auf und küsste ihn aufs Haar. »Gute Nacht, Sylvester Sutton«, sagte sie. »Mögen alle Himmel Euch behüten. Vorhin war ich sicher, sinnlos gelebt zu haben und sinnlos zu sterben. Jetzt denke ich: Falls Gott den Mut hat, sich mit mir zum Kartenspiel zu setzen, habe ich kein übles Blatt auf der Hand.«

Steif, mit bleischweren Gliedern, erhob sich Sylvester. »Seid Ihr sicher, dass ich jetzt gehen soll?«

»Todsicher, mein hübscher Philosoph. Ihr sollt auch nicht noch einmal wiederkommen, und den todesmutigen Herrn Fletcher legt Ihr mir zur Not in Ketten. Falls sich aber der Aufruhr jetzt nach der Verurteilung legt und es möglich ist – würdet Ihr dann zu meiner Hinrichtung kommen? Es wäre schön, unter dem frohlockenden Volk ein freundliches Gesicht zu wissen, das ein wenig traurig ist.«

»Ich werde da sein. Und Anthony auch.«

Sie lächelte und führte ihn zur Tür. Als sie ansetzte, nach Master Kingston zu rufen, fiel ihm ein, dass er vergessen hatte, ihr von seiner Heirat zu erzählen. Er beschloss, es auch jetzt nicht zu tun.

Sie wandte sich noch einmal von der Tür ab und legte ihm die Arme um den Hals. »Sylvester«, sagte sie, »darf ich dies als Letztes fragen? Das Verbrechen, das man mir vorwirft – hat es je einen Augenblick gegeben, in dem Ihr es gern mit mir begangen hättet?«

Er zog sie an sich und küsste sie auf den Mund. »Ja«, sagte er, ohne sich darum zu scheren, ob es Wahrheit oder Lüge war. »Und ich würde es nicht bereuen, sondern vor Stolz darauf platzen.«

Zwei Tage später erging die Bekanntmachung, der König ließe Gnade walten und gestehe den Verurteilten statt der qualvollen Hinrichtung einen schnellen Tod auf dem Schafott zu. Das Urteil gegen Anne Boleyn werde innerhalb der Mauern des Tower durch einen französischen Henker vollstreckt, der mit dem Schwert statt mit dem Beil arbeite und die einstige Königin mit einem schmerzfreien Hieb von dieser Welt in die nächste befördern würde.

Sylvester und Anthony blieben in Swan House. Bei Tag musste Anthony zu allen möglichen Sitzungen bei Hof, im Haus des Großadmirals, bei der Schiffbauergilde und im neu begründeten Trinity House, das für Navigationshilfen in der Seefahrt sorgte. In den Nächten saß er mit Sylvester wach, hörte ihm zu und schüttete ihm Wasser in den Wein, bis Sylvester vor Erschöpfung einschlief. Nach einigen Tagen schloss sich Cranmer ihnen an. Die drei Männer fanden wenig Worte und bewegten sich im Haus, als liege in einem der Zimmer ein Kranker, der nicht gestört werden dürfe.

In der Nacht vor der Hinrichtung wurde Cranmer in seiner eigenen prunkvollen Barke in den Tower gebracht, um Anne Boleyn die Beichte abzunehmen. Ohne Absprache blieben Sylvester und Anthony wach, bis das Boot ihn zurückbrachte. Sie taten gut daran, denn der Erzbischof kauerte benommen auf der Bank und schien nicht in der Lage, ein Glied zu rühren. Aus dem leichten Regen verfrachteten sie ihn in die Wärme des Hauses und wickelten ihn in Decken. Sylvester, der seinem Vater oft genug dabei zugesehen hatte, würzte und wärmte ihm einen Krug Wein.

»Habt Dank.« Cranmers Stimme war ein Flüstern.

Anthony und Sylvester hoben gleichzeitig die Hände.

Cranmer wandte ihnen das Gesicht zu, auf dem sich keine Spur seines Lächelns mehr fand. Er durfte nicht mit ihnen teilen, was in ihm brannte, was Anne Boleyn ihm anvertraut hatte, sondern musste es bis an sein Lebensende allein tragen.

»In Eurer Haut möchte ich nicht stecken, Hochwürden«, sagte Anthony. »Wäre ich Gott, ich würde Euch das Paradies zu Füßen legen.«

Der nächste Tag war der neunzehnte Tag des Mai, ein völlig wolkenloser Morgen, warm für die Jahreszeit und erfüllt von Süße und Schwere des gerade erblühten Jasmin. Cranmer wurde bei Hof erwartet, wo er der Aufsetzung des Ehevertrags zwischen Henry, König von England, und Lady Jane Seymour beizuwohnen hatte. Mistress Seymour wartete derweil bewacht von ihren Brüdern in einem Haus an der Themse auf die Kanonenschüsse, die verkünden würden, dass ihr Bräutigam wieder ein lediger Mann war. »Wir reisen unverzüglich nach Wiltshire, ins Elternhaus der Lady Jane, wo ich die Trauung vorzunehmen habe«, berichtete Cranmer, ehe er wieder in sein Boot stieg. Seine Augen waren so verschwollen, dass er Mühe hatte, auf seinen Weg zu achten.

Eine zweite vom erzbischöflichen Palast bereitgestellte Barke brachte Anthony und Sylvester ohne Aufsehen hinter die Mauern des Tower. Die fünf Männer, die des Ehebruchs mit der Frau des Königs angeklagt waren – darunter der des Inzests beschuldigte George Boleyn –, waren bereits zwei Tage zuvor auf dem Hügel vor dem Tower geköpft worden. Das Rasenviereck, auf dem Zimmerer das Schafott für Anne errichtet hatten, lag stiller und geschützter. Nur das Volk, das innerhalb der Mauern lebte, und ein paar geladene Gäste hatten Zugang zur Richtstätte. Es gab keine Honigäpfel, keinen Holunderwein, keine Jongleure und Stelzenläufer und hinterher weder Gefiedel noch Tanz. Lediglich ein bisschen Getuschel und Gezische und zwei Reihen von Trommlern.

Anthony trug die Uniform eines Masters zur See, vor der die Gaffer zur Seite wichen. Er legte den Arm um Sylvester und führte ihn bis vor das hölzerne Gerüst. Sylvester war es Anne schuldig, hier zu stehen, statt sich in den Schutz der Menge zu ducken. *Ein freundliches Gesicht, das ein wenig traurig ist.*

Die Trommeln begannen zu schlagen. Anthony schloss den Arm noch fester um Sylvesters Taille, wie um ihm zu versichern, dass er nicht stürzen würde, was immer auch geschah. Sie wechselten keinen Blick und sprachen kein Wort.

Sylvester hatte Anne bisher stets in spektakulären Farben erlebt, in fließender Seide, Goldbrokat, Spitzen und Samt. Ihr Geschmack war einzigartig, gewagt und treffsicher. Sie jetzt im schlichten weißen Kittel zu sehen, kam ihm vor, als wäre sie nackt. Nur zwei Kammerfrauen geleiteten sie. Ihr dunkles Haar, das ohne Zweifel gestutzt worden war, lag unter einer Haube.

Als sie in die Gasse trat, sank Anthony auf die Knie. Geradezu erleichtert tat Sylvester es ihm nach. Auf diese Weise erwiesen sie ihrer Königin noch einmal Achtung und stellten zugleich sicher, dass diese sie zu sehen bekam – die einzigen Knienden in einer Horde von Stehenden, die gierig die Köpfe reckten. Anne ging, ohne anzuhalten. Erst auf den Sprossen der Leiter drehte sie sich für den Bruchteil eines Herzschlags um und sandte ihnen einen Blick.

Kurz erwog Sylvester, nicht hinzusehen, wie er es auf den Docks von Portsmouth und im Clink-Gefängnis erwogen hatte. Aber er sah hin. Was Anne sagte, hätte er später nicht wiederholen können, doch er fand ihre Stimme schön. Es ging unglaublich schnell. Sie kniete nieder, musste den Rücken jedoch nicht krümmen und den Kopf nicht auf den Block legen. Einer der Knechte band ihr ein Tuch um die Augen, und der französische Schwertmeister holte aus. Sein Streich schwirrte nur leise, und damit war es vorbei. Annes Kopf fiel ins Stroh, im Stürzen löste sich die Haube, und die Kanonen entlang der Themse verkündeten, dass die große Hure nicht mehr war.

Sylvester kam erst zu Sinnen, als er in Anthonys Armen in der Barke saß und sie die Anlegestelle von Swan House erreichten. Er flennte wie ein kleines Kind, bekam vor Schniefen und Schluchzen keine Luft. Anthony wischte ihm mit dem Ärmel seiner schönen Schecke die Nase sauber, ehe er ihm auf den Steg half und ihn zum Haus führte, in den Küchengarten hinter den grün gestrichenen Zaun. Laut wie ein Tier heulte Sylvester auf.

Anthony schloss die Arme um seinen Rücken und hielt ihn, während Sylvester sich die Seele aus dem Leib weinte. Endlich ließ das Schluchzen zumindest so lange nach, dass er nach Luft ringen konnte. Anthony wischte ihm Nase und Augen mit dem zweiten Ärmel.

»Ich werde nie begreifen, wie du so tapfer sein kannst«, krächzte Sylvester. »Und ich dagegen bin eine solche Memme.«

»Und ich werde nie begreifen, weshalb man einen Mann tapfer nennt, der sich das Leben am Hintern abgleiten lässt«, erwiderte Anthony, »aber einem, der ihm Stirn und Herz darbietet, den Mut abspricht.«

Dann tat er etwas, das zwar viele Männer untereinander taten, das er aber nie zuvor getan hatte: Er küsste Sylvester auf beide Wangen. »Ich muss heute abreisen.«

»Wohin?«

»Auf den Kanal. Aber dich kann ich hier nicht alleinlassen.«

»Du musst!«, rief Sylvester, obwohl ihm bei dem Gedanken übel wurde, von Anthony getrennt zu werden. »Anne hat gesagt, wir dürfen den König auf keinen Fall reizen. Du kannst deine Abreise nicht noch länger aufschieben, ich will nicht, dass er an dir seinen Zorn auslässt.«

»Das hat er schon getan«, erwiderte Anthony gleichmütig.

»Er hat dir verboten, die *Mary Rose* seetüchtig zu machen?«

»Vergiss es, Sylvester.« Anthony hob sein Schwert auf, gürtete sich und wirkte auf einmal erwachsener, als Sylvester sich je gefühlt hatte. »Ich nehme dich mit. Du bleibst ein paar Tage lang an Bord meines Schiffes, und bei der nächsten Gelegenheit bringe ich dich nach Portsmouth.«

»Aber der König …«

»Mach keinen Wind«, sagte Anthony und zuckte mit der Schulter. »Soll mir der König mehr sein als du? Ich lasse dich nicht hier.«

Ich liebe diesen Mann, dachte Sylvester und verspürte eine Welle der Erleichterung. *Was immer ich für sein süßes aschblondes Mädchen empfinde, ich werde diesem Mann kein Leid antun.*

22

Robert

Oktober 1537

Te Deum laudamus.
Te Dominum confitemur.
Te aeternum patrem
Omnis terra veneratur.

Mit den Flammen und Rauchschwaden hallten die Stimmen in den Himmel. Seit Robert keine Einkünfte mehr aus seinem Posten als Aufseher der Flotte bezog, waren ihm die Kosten für sein Stadthaus über den Kopf gestiegen. Früher oder später würde er das Anwesen verkaufen müssen, und zu seiner Verwunderung ließ ihn die Vorstellung kalt. Selbst die Vorstellung, nach Yorkshire zurückkehren zu müssen, ließ ihn nahezu kalt. Was hielt ihn noch? Einst war er hergekommen, um nach den Sternen zu greifen, doch was immer er berührt hatte, war ihm zu Staub zerfallen.

Vorerst hatte er den Haushalt erheblich verkleinert und nur die nötigsten Bediensteten behalten. Das Häuflein trauriger Gestalten stand jetzt bei dem Freudenfeuer in seinem Hof und sang geführt von seinem Kaplan das *Te Deum:*

Dich, Gott, loben wir.
Dich, Herr, preisen wir.
Dir, ewiger Vater,
Huldigt das Erdenrund.

Von höchster Stelle war der Befehl ergangen, landauf, landab habe jeder Adelshaushalt ein solches Feuer zu entzünden und ein *Te Deum* anzustimmen, um das Glück zu feiern, das England zuteilgeworden war. Die Gnade Gottes, auf die niemand mehr zu hoffen gewagt hatte. Die mickrigen Stimmen von Roberts Untergebenen vereinten sich zu den triumphalen Zeilen des Lobgesangs:

Tu Rex gloriae, Christe.
Tu Patris sempiternus es Filius.

Du König der Herrlichkeit, Christus.
Du bist des Vaters allewiger Sohn.

Ein Sohn. Nach bald dreißig Jahren Hoffen und Verzweifeln, nach dem Bruch mit Rom, nach der Scheidung von einer Königin und der Enthauptung einer zweiten hatte Englands König den innig ersehnten Sohn. Seine dritte Frau Jane, die farblose Schwester der Seymour-Brüder, die zur einflussreichen Clique um Cromwell gehörten, hatte Henry Tudor den größten Wunsch seines Lebens erfüllt.

Ich sollte mich freuen, dachte Robert. Das ganze Land hallte ja vor Freude wider. Mit der Geburt des Prinzen mochte endlich Ruhe einkehren, sodass die mit Blut und Tränen erkämpften Reformen sich festigen ließen. Tyndale war von Spionen in seinem Versteck in Antwerpen aufgespürt und verbrannt worden, doch seine Übersetzung des Neuen Testaments war in eine Ausgabe der englischen Bibel eingeflossen, die der König bewilligt hatte. Unter Erzbischof Cranmer waren zudem kirchenrechtliche Artikel ergangen, die den Weg zur Freiheit des Glaubens und Denkens ebneten. Jane Seymour mochte eine frömmelnde Katholikin sein, doch sie ordnete sich dem Willen ihrer Brüder unter, und die waren eifernde Reformer. Es ging voran. Zur Freude gab es jede Menge Gründe.

Die Stimme, mit der Robert versuchte, sich dies einzureden, klang jedoch so schwächlich wie das *Te Deum* seines Haushalts.

Falls er je die Fähigkeit besessen hatte, sich für einen anderen Mann zu freuen, so hatte er sie verloren. Weshalb hätte er auch einem Mann sein Glück gönnen sollen? Hatte je ein Mann ihm das seine gegönnt? Ein anderer als der spröde, scharfzüngige Kerl aus Portsmouth, der behauptet hatte, er könne nicht Roberts Freund sein, und ihm im nächsten Atemzug zum größten Glück seines Lebens verholfen hatte? *Um seinetwillen durfte ich meinen Engel heiraten. Um seinetwillen galt mir einen Atemzug lang die Bewunderung des Königs, und der Traum von der Seemacht England lag zum Greifen nah.*

Er hatte dem jungen Mann seine Freundschaft übel gelohnt, und wie zur Strafe war sein Glück zerplatzt. Geraldine machte keinen Hehl aus ihrer Verachtung. Nach jener Ohrfeige hatte Robert alles getan, damit sie ihm vergab. Er hatte sie mit Geschenken überhäuft, hatte Schulden gemacht, um sie wie eine Königin auszustatten, doch sie hatte deutlich gemacht, dass sie lediglich bei ihm blieb, um ihrer Familie den Skandal zu ersparen. Sie hatte seither nie wieder sein Bett geteilt, mied ihn, wo immer sie konnte, und schützte Pflichten bei Hof vor, während er selbst kaum noch dorthin berufen wurde. Wenn sie doch einmal gezwungen war, die Nacht unter seinem Dach zu verbringen, zog sie sich in ihr eigenes Gemach zurück.

Der lachhafte Trost, der ihm blieb, war ihre Treue. Bei Hof, wo von der Küchenmagd bis zur Herzogin jede die Beine spreizte, war sie über sämtliche Zweifel erhaben. Geraldine war zu kühl für den Sündenfall. Höhnisch lachte Robert auf. Zumindest verschmähte die Frau, die er mit aller Leidenschaft begehrte, nicht allein ihn, sondern das ganze männliche Geschlecht.

Die Liebe seiner Frau hatte er nie besessen, seine Stellung und sein Lebensziel hatte er verloren, und sein bisschen Selbstachtung war ihm zersprungen. Wie also sollte er sich freuen und Gott loben, weil einem anderen Mann – Henry Tudor – auch noch der letzte Wunsch erfüllt worden war? Hätte Gott stattdessen ihm diese Gnade gewährt, hätte er vielleicht auf das Übrige verzichten können. *Hätte ich von Geraldine ein Kind, wäre mein Leben nicht umsonst gewesen. Hätte ich einen Sohn oder zumindest eine Tochter, wäre ich nicht allein auf der Welt.*

Das *Te Deum* verklang. Robert richtete den Blick zum Himmel, an dessen blanker Schwärze eben noch Sterne geglänzt hatten. Jetzt aber ballten sich Wolken, und der erste Tropfen Regen zerplatzte auf seiner Wange. »Gießt Wasser aufs Feuer«, befahl er den Bediensteten, die vermutlich auf eine weitere Runde Starkbier gehofft hatten. »Dann legt euch schlafen. Das Fest ist zu Ende.« Er warf noch einen letzten Blick in die erstickenden Flammen, die sich bläulich über der Asche kringelten. Dann wandte er sich um und trottete seinem stillen Haus entgegen.

In der Halle brannte kein Licht, und das Feuer war so gut wie erloschen, der Raum ausgekühlt und leer wie sein Herz. Wenn sein Diener kam, um ihm beim Entkleiden zu helfen, würde er ihn wegschicken. Einsamkeit war leichter zu ertragen, wenn ihm niemand dabei zusah.

Schritte von der Treppe ließen ihn zusammenfahren. Über den Boden breitete sich der Kegel einer Kerzenflamme aus. Robert blickte hoch. Auf der untersten Stufe stand seine Frau. Sie trug keines der zartblauen Kleider, die er ihr fertigen ließ, weil er sie darin auf einen Sockel stellen und anbeten wollte. Sie trug ein tiefes, gewaltsames Rot und sah nicht mehr aus wie Maria, die Unbefleckte, sondern wie Magdalena, die Verführerin. Ihr silbrig blondes Haar fiel zerrauft und aufgelöst über ihre Schultern.

»Mein En…« Er brach ab. Sie hatte ihm oft genug zu verstehen gegeben, wie sehr sie den Kosenamen hasste. »Geraldine«, verbesserte er sich. »Ich dachte, du bliebest die Tage bei Hof.«

»Die Königin braucht mich nicht. Wie du weißt, gehöre ich nicht zum innersten Kreis der Damen, die sie schätzt. Ich war Annes Freundin. Das vergisst sie nicht.«

Annes Freundin warst du wohl kaum, denn am Tag vor ih-

rer Hinrichtung hast du im Palast von Greenwich getanzt, dachte Robert und erfasste ihre Schönheit, als sähe er sie zum ersten Mal. *Du bist niemandes Freundin. Niemandes Schwester, niemandes Tochter und niemandes Frau. Vielleicht konntest du deshalb niemandes Mutter werden. Du gehörst keinem als dir.*

»Robert.«

Ihre Stimme klang gequält. Dass sie ihn beim Vornamen nannte, hatte er kaum je erlebt. Unwillkürlich trat er einen Schritt auf sie zu, und jetzt sah er im Licht der Kerze, dass ihr Gesicht verändert war. Es schien verschwollen, die schönen Augen waren blutunterlaufen, als hätte sie nächtelang geweint. »Bist du krank?«, fragte er lahm.

Sie schüttelte den Kopf, presste die Lippen aufeinander.

»Wenn du aus Hampton Court gekommen bist, wirst du müde sein.«

Noch einmal schüttelte sie den Kopf. »Robert.«

»Gibt es etwas, womit ich dir behilflich sein kann?«, fragte er. »Wünschst du, noch zu Abend zu essen? Oder wenigstens Wein?«

»Ich habe Wein in mein Gemach bringen lassen«, erwiderte sie mit belegter Stimme. »Robert, ich dachte – wo das ganze Land ein Freudenfest feiert, sollten wir es nicht auch tun? Vergessen, was hinter uns liegt, so wie England vergangene Leiden vergisst?«

Die Worte klangen fremd aus ihrem Mund – ein wenig wie das Spottgedicht, das Cromwells blauer Papagei hersagen konnte. »Was meinst du damit?«, fragte Robert. In der Kehle verspürte er den altvertrauten Druck, den er versiegt geglaubt hatte. »Wie sollen wir denn feiern?«

»Wie Mann und Frau«, antwortete Geraldine, stellte den Leuchter ab und trat einen Schritt auf ihn zu. »Der König hat einen Sohn bekommen, als niemand mehr Hoffnung hegte. Warum sollten nicht auch wir noch einmal hoffen?«

Sie hatte ihm nie gesagt, dass sie auf ein Kind hoffte, dass es ihr etwas bedeutet hätte, von ihm ein Kind zu empfangen. Was sie sagte, war zu überwältigend, um ihn zu erreichen. Geraldine trat auf ihn zu und legte ihm ihre schlanken, kühlen Hände auf die Schultern. Ihr Duft benebelte ihn, und das Rot des Kleides schien ihn zu blenden. Ehe er begriff, was geschah, spürte er ihre Lippen auf dem Mund.

Anderntags wurde Robert zum König befohlen, der mit Frau und Kind in Hampton Court weilte. Er war kein Langschläfer, doch an diesem Morgen wäre er gern zwischen den seidigen Laken liegen geblieben, um den Taumel auszukosten. *Gott, nimm mir nicht auch dieses Mal mit der Linken, was du mir mit der Rechten gegeben hast*, betete er auf dem Weg. *Lass es mir nur ein wenig länger, lass mir noch ein paar Tage lang das Gefühl, ein Mann zu sein.* Schon kamen ihm Zweifel. Hatte die himmlische Nacht wirklich stattgefunden? Hatte wirklich Geraldine, die Unerreichbare, ihn in ihre Arme und auf ihr Lager gezogen? Wenn er die Lider schloss, sah er sie vor sich – auf dem Rücken, die Fülle der Silberlocken um sie ausgebreitet, die Beine gespreizt, der rote Samt über die Hüften hochgeschlagen.

Hatte er sie glücklich gemacht?

Robert hatte darauf achten wollen, doch sein eigenes Glück hatte ihn mit solch einer Wucht überwältigt, dass ihm ihre Reaktion entgangen war. Wie stets, wenn er sie geliebt hatte, hatte sie sich abgewandt, sobald er aus ihr herausgeglitten war. Sie hatte sich ihre mit ungesponnener Wolle gefütterte Decke bis an die Ohren gezogen, doch während sie früher kein Wort mehr gesprochen und keine Berührung von ihm mehr geduldet hatte, sagte sie diesmal geradezu sanft: »Gute Nacht, Robert.«

Berauscht hatte er in die Nacht gelauscht und kurz darauf winzige schniefende Laute vernommen. War das möglich? Seine Geraldine, seine kühle Eisprinzessin weinte? So zart, wie er konnte, legte er den Arm um ihre Schultern. »Ist dir nicht wohl, Geliebte?«

Sie schluchzte auf wie ein kleines Mädchen. »Doch«, erwiderte sie mit vom Weinen kleiner Stimme. »Ich bin nur erschöpft.«

»Aber du weinst doch! Lass mich dir helfen, mein Engel, ich flehe dich an.«

»Es ist nichts.«

»Wirklich nicht? Geraldine, weinst du … weil du glücklich bist?«

In ihren Kissen nickte sie. »Jetzt lass mich schlafen, ja?«

»Natürlich, Geliebte. Schlaf süß, meine Königin, schlaf, so lange du willst.« Er hatte sie auf die bläulich schimmernde Schläfe geküsst und mehr Decken über sie gebreitet, weil ihre Schultern zitterten. Als er erwachte, war sie fort, doch ihr Duft hing noch in den Laken, und ihre Dienerin richtete ihm aus, seine Frau sei zu Besorgungen aufgebrochen und lasse ihn grüßen.

Nimm es mir nicht sofort wieder weg, betete Robert erneut, ehe er am Torhaus von Hampton Court um Einlass bat. Dieser Palast war so licht, so einladend, und er war der Ort, an dem er der Liebe seines Lebens zum ersten Mal begegnet war. *Ich flehe dich an, Gott. Lass es nicht ausgerechnet dieser Ort sein, an dem mir auch dieses Mal mein Funke Glück zu Sternenstaub zerfällt.*

Als er im Haupthof vom Pferd stieg und das Tier den Knechten übergab, sah er in einigem Abstand einen anderen Mann aus dem Sattel eines hochbeinigen Rappen gleiten. Selbst von hinten und unter hundert anderen hätte er diesen Mann erkannt. Er hatte sich nicht verändert, war nur noch mehr er selbst als zuvor. Nach Jahren, in denen sie einander ausgewichen waren, hatten sie jetzt offenbar denselben Weg. Nebeneinander traten sie durch das Portal in den Teil des Palastes, der über eine Treppe Zugang zum Wohntrakt für Höflinge verschaffte und über eine zweite zu den Privaträumen des Königs führte. Ohne die Gesetze der Höflichkeit aufs Gröbste zu verletzen, konnten sie einander nicht ignorieren.

Dem anderen schien es nichts auszumachen. Genau wie damals gelang es ihm, formvollendet zu grüßen und dabei nicht im Mindesten unterwürfig, sondern seltsam überheblich zu wirken. Robert senkte den Blick. Dann schämte er sich, blickte auf und zwang sich ein Lächeln ab. Der andere verzog keine Miene. Er sah gut aus. Seine Züge waren scharf wie in dunkles Glas geschnitten, und von der Schläfe bis zum Wangenknochen zog sich eine Narbe, die ihm stand. Eine Hälfte von Robert wünschte, er möge weitergehen und die andere Treppe benutzen, die andere wünschte, ihm wäre etwas eingefallen, um ihn aufzuhalten.

Der Mann war sein Untergebener gewesen, er hatte nur seine Pflicht getan und hatte sichtlich keinen Schaden davongetragen. Hundertmal hatte Robert sich beschworen, dass der andere ihm nichts zu verzeihen hatte, und tausendmal hatte er sich gewünscht, ihn zu bitten: *Verzeih mir.* Der andere blieb stehen. Wollte er Robert den Weg versperren, würde er gezwungen sein, ihn in die Schranken zu weisen?

Die Wachen öffneten das Portal erneut, um einen dritten Mann in die Vorhalle einzulassen. Robert unterdrückte ein Stöhnen. Der ein wenig unappetitliche Vollbart, der ein schwammiges Gesicht umrahmte, gehörte George Carew, einem der ranghohen Offiziere zur See. Der Mann war sein Feind. Einst, als Roberts Stern noch zu den glänzendsten des Hofes gehört hatte, war Carew um ihn herumscharwenzelt wie ein Köter und hatte sich als Stellvertreter in der Flottenverwaltung regelrecht aufgedrängt. Sogar Geraldine hatte er mit billigen Schmeicheleien überhäuft, damit sie ihm den Weg zu ihrem Mann ebnete. Robert aber hatte damals Anthony Fletcher gehabt, fest und sicher im Clink, und einen anderen brauchte er nicht, schon gar nicht den talentlosen Carew.

Dessen kleiner Geist hatte ihm das übel genommen. So sehr, wie er Robert einst mit seiner Vergötterung verfolgt hatte, so sehr verfolgte er ihn jetzt mit seinem Hass, und während Roberts Stern gesunken war, war der des Kriechers aufgegangen. Natürlich wusste Robert, dass Carew in Kürze nach dem Posten des Flottenaufsehers greifen würde, und ohne Zweifel würde er ihn erhalten. *Er sei dir gegönnt*, hätte Robert ihm gern ins Gesicht geworfen. *Du wirst daran genauso kläglich scheitern wie ich, denn die Träume des Königs fliegen so hoch wie meine, und solche Ansprüche können weder du noch ich erfüllen. Dazu sind wir zu mittelmäßig, unsere Talente zu klein für unsere Zeit.*

Der Mann, der es gekonnt hätte, stand zwischen ihnen und rieb sich gedankenlos die Schläfe, als glitte das Getöse der Welt an ihm ab.

Mein Schiffszauberer. Mein Genie, das ich entdeckt habe. Hätte ich dich nicht verloren, hätten wir beide die Welt aus den Angeln gehoben, und kein Tropf wie Carew dürfte mir meinen Posten rauben. Robert öffnete den Mund und spürte den Namen des anderen auf der Zunge. Da zog Carew seinen Hut. »Ich hoffe, ich habe Euch nicht zu lange warten lassen, Captain. Ich steckte buchstäblich fest. Der Londoner Verkehr ist eine Zumutung, und es wird stetig schlimmer.«

»Daran sind wir doch gewöhnt. Das enge Meer platzt schließlich auch bald aus den Nähten.«

Fletcher hatte keine Miene verzogen, doch Carew brach in wieherndes Gelächter aus. »Ich bin froh, dass Ihr mir nicht böse, sondern weiterhin zu Scherzen aufgelegt seid.« Sein breiiges Grinsen blieb in der Luft hängen.

Fletcher verzog noch immer keine Miene. »Wollen wir gehen? Wenn Ihr zu Mittag beim König vorsprechen sollt, bleibt uns nicht allzu viel Zeit.«

»Aber natürlich! Ich brenne darauf, zu erfahren, was Ihr von meinem Entwurf haltet.«

Robert stand wie erstarrt. Carew stahl nicht nur seinen Posten. Er stahl sein Genie, den Kopf, in dem seine Gedanken steckten! Im Vorbeigehen warf er Robert einen vor Häme triefenden Blick zu. Fletcher folgte ihm in zwei Schritten Abstand.

Der Blick seiner schönen, schillernden Augen war von Häme frei. Robert streckte den Arm aus und hätte ihn um ein Haar festgehalten. *Geh nicht mit diesem Versager. Du gehörst zu mir!* Fletcher stand still und wartete, aber Robert ließ den Arm wieder sinken.

»Kommt Ihr, Captain?«

»Ich denke schon«, erwiderte Fletcher. »Ich stecke nur im Verkehr fest.« Noch einmal trafen sich ihre Blicke. Dann trat Robert zur Seite, und Fletcher folgte Carew die Treppe hinauf. Mit einem Anflug von Bedauern stellte Robert fest, dass man sein Hinken stärker bemerkte als früher. Erst als die beiden auf der Galerie verschwanden, riss er sich los und benutzte die andere Treppe, die zum Empfangszimmer des Königs führte.

Henry VIII. saß in einem üppig gepolsterten Lehnstuhl und hatte ein Bein auf einen ebenfalls gepolsterten Hocker gelagert. »Robert!«, rief er, sobald dieser über die Schwelle trat und auf die Knie sank. »Was sagt Ihr, mein Guter? Was sagt Ihr denn zu Unserem Glück? Endlich, endlich ist Gott auf Unserer Seite!«

»Es ist mir ein Bedürfnis, Majestät meine Segenswünsche auszusprechen«, brachte Robert heraus. »Meine Gemahlin und ich wünschen dem Prinzen ein langes, ruhmreiches Leben …«

»Edward«, ergänzte der König eifrig. »Bitte nennt ihn Edward. Für einen Mann gibt es keine süßere Musik als den Namen seines Sohnes. Nun setzt Euch schon her und trinkt einen Becher von diesem aquitanischen Tropfen mit Uns. Wisst Ihr, dass es einem Mann die Jugend zurückgibt, wenn ihm ein Sohn geboren wird? Wir werden ihn alles lehren. Die Jagd, den Umgang mit Schwert und Bogen, die Kunst, einen Falken zu zähmen, und natürlich die erhabenste der Künste: die Bezwingung des Meeres. Versteht Ihr, dass Wir es nicht erwarten können, Jung-Edward das erste Mal auf eine Karacke in vollen Segeln zu führen?«

»Ja, Majestät«, erwiderte Robert. Schwerfällig kam er der Einladung nach und setzte sich in einen Lehnstuhl.

»Robert, es tut Uns leid«, sagte der König.

»Was, Majestät?«

»Dass Euch dieses höchste Glück, das meine Jane mir bereitet hat, versagt geblieben ist. Unsere Wonne stimmt Uns milde. Heute Morgen, beim Erwachen, haben Wir uns gefragt: Hat nicht der gute alte Robert Mallach für seine Missetaten genug gebüßt?«

»Majestät.« Jäh fürchtete Robert, das alte Übel könnte zurückkehren, und leerte den Becher, um es aufzuhalten. »Majestät sind zu gnädig.«

»Sprecht wie ein Mann mit mir, Robert!«, fuhr der König ihn an und ließ den Pluralis Majestatis fallen. »Ja, ich bin Euer König, aber heute bin ich nicht anders als Tausende anderer Väter, die sich vor Stolz auf ihre Söhne nicht halten können. Ich bin glücklich, und Ihr sollt auch glücklich sein. Ihr kehrt in die Flottenverwaltung zurück und erhaltet Gelegenheit, Eure Sache diesmal besser zu machen.«

»Ihr gebt mir die Aufsicht über Eure Schiffe zurück?«, stotterte Robert, ließ sich vom Schemel gleiten und kniete von Neuem vor dem König nieder. Einst hätte er sich für solche Unterwürfigkeit verachtet. Jetzt war er nur noch froh. »Ich werde Euch nicht enttäuschen, Majestät. Dieses Mal werdet Ihr Euer Vertrauen und Eure Großmut nicht bereuen.«

Er würde Fletcher abfangen und ihm sagen, dass er Carew nicht nötig hatte, dass er von ihm bekommen konnte, was immer er sich wünschte. Sie würden noch einmal von vorn anfangen, und diesmal würde er nicht den Herrn herauskehren, sondern den Jüngeren behandeln, als wären sie gleichgestellt. Er musste sich auf die Lippen beißen, um nicht zu jauchzen. In einem einzigen Tag bekam er sie beide zurück: seinen Engel Geraldine und den Teufelskerl Fletcher. Nur musste er diesmal darauf achten, sie voneinander fernzuhalten, denn mit Geraldines sonderbarem Hass auf den Mann hatte der ganze Schlamassel damals begonnen. Vermutlich steckte nichts weiter dahinter – der schwarze Krüppel war einfach ein Mann, der Frauen abstieß, weil eine Frau seinen Wert nicht zu schätzen wusste.

König Henry lächelte. »Na, na, Robert! Wir wollen nicht gleich übertreiben, was?«

»Ich bitte um Vergebung, mein König?«

»Wenn ich Euch sogleich die Aufsicht über meine Flotte zurückgäbe, wäre das ein bisschen hoch gegriffen, meint Ihr nicht? Ich habe mir gedacht, ich spanne Euch mit dem anderen Bewerber eine Zeitlang nebeneinander und lasse einen jeden von Euch beweisen, was in ihm steckt.«

Carew. Der König wollte ihn gegen Carew antreten lassen. Vermutlich hoffte er, dass Robert unterliegen und sich einmal mehr zum Narren machen würde, doch das würde nicht geschehen. Was immer es ihn kostete, er würde das schwarze Zünglein an der Waage zurückgewinnen. Womit er Fletcher ködern konnte, wusste er. Käuflich war jeder, selbst der stolze Schwarze. Was für den einen Geld und für den anderen eine schöne Frau war, war für ihn ein Schiff, das halb verendet in den Wassern der Themse trieb.

»Der Wind in Europa wird rauer«, fuhr Henry VIII. fort. »Unser Vertrag mit Frankreich zerfällt, und der Kaiser wartet nur darauf, Verbündete für den Krieg gegen uns wie Fallobst aufzusammeln. Höchste Zeit, uns in allem Ernst um unsere Flotte zu kümmern. Was habe ich einst von meinem Vater geerbt? Eine kümmerliche Ansammlung von fünf veralteten Kästen. Das Geschwader, das mein Edward von seinem Vater erbt, soll dagegen Spaniens Armada das Fürchten lehren, ein Großreich jenseits der Meere erobern und unsere Insel zur Königin der Meere erheben.«

Mein alter Traum. Roberts Herz pumpte in kräftigen Schlägen. »Sehr wohl, mein König. Wie ich Euch sagte – diesmal werde ich weder Euch noch Englands Prinzen enttäuschen.« Seine Kehle war frei, sein Übel fort. Henry Tudor war sicher, dass Gott endlich auf seiner Seite stand, und Robert Mallach war es nicht minder.

Auf Roberts Bitte gestattete ihm der König, für ein paar Tage den Raum in Anspruch zu nehmen, den er früher in Hampton Court bewohnt hatte. »Ohnehin wünschen Wir, Euch und Eure Gemahlin auf dem Bankett, das Wir zur Taufe des Prinzen geben, als Gäste zu sehen«, hatte der König zum Abschluss gesagt und damit endgültig bewiesen, dass Robert in Gnaden wieder aufgenommen war. Nun galt es nur noch, eine einzige Festung von Neuem zu erobern.

Robert schrieb Geraldine eine Nachricht, die er ihr mit zwölf blutdunklen Kelchen einer seltenen Herbstrose übersandte.

Meine über alles Geliebte,
in zwei Tagen wird Prinz Edward getauft, und der König erbittet sich unsere Anwesenheit. Dass ich hierbleibe, ist leider vonnöten, du aber ruh dich aus, pflege dich, und reise erst übermorgen an. Sollte für die Festlichkeiten etwas zu Deiner Ausstattung fehlen, so scheue Dich nicht, es anzuschaffen, denn die Zeit, in der Geld deinem Manne auch nur die geringste Sorge bereitete, ist vorüber. Wisse, dass du mich in der vergangenen Nacht so glücklich gemacht hast, wie nie ein Mann auf dieser nebligen Insel glücklich war.
Dein Dich anbetender Gemahl Robert

Nachdem dies erledigt war, ging er zu den Stallungen, ließ sich Fletchers dünnbeinigen Rappen zeigen und wartete vor dessen Box darauf, dass der Besitzer des Pferdes auftauchte. Gegen die hölzerne Tür gelehnt musste er ausharren, bis die Dunkelheit sich senkte, doch dann wurde seine Geduld belohnt.

Er ging noch immer lautlos und elegant, auch wenn sein Bein ihm zu schaffen machte. »Oh!«, entfuhr es ihm, als er Robert im Licht der Kutscherlaterne entdeckte. »Ich muss Euch leider bitten, Eure Rückenstütze vorübergehend gegen eine andere zu tauschen.«

Fletsch die Zähne zum Grinsen wie früher, beschwor ihn Robert, aber Fletcher grinste nicht. Er griff nach der Tür der Box und verzog keine Miene.

»Du musst gar nichts«, sagte Robert. Dann verbesserte er sich. »Ihr müsst gar nichts. Ich habe mit Euch zu sprechen und würde Euch gern auf einen Becher in meine Räumlichkeiten bitten, Sir.«

Für die zahllosen Emporkömmlinge, die zu Rittern erhobenen Metzger, Krämer und Schankwirte, die den Hof mit ihren geschmacklosen Pfauenfarben und dem Englisch der Gosse überschwemmten, hatte Robert nur Verachtung übrig. Es widerstrebte ihm, derlei Subjekte mit förmlichem Respekt anzusprechen, doch bei diesem Mann war er dazu entschlossen. Und wenn der Kerl hundertmal der Bastard eines neapolitanischen Matrosen sein mochte – etwas an ihm war von natürlichem Adel. Er wusste Kleider zu tragen wie ein Herzog, und das bisschen, was er sagte, klang auch dann noch geschliffen, wenn es dreist und dreckig war.

»Ihr habt mich früher nicht Sir genannt und braucht es auch jetzt nicht zu tun«, sagte er.

»Seit früher ist viel geschehen«, erwiderte Robert.

Für den Bruchteil eines Augenblicks glaubte Robert zu sehen, wie der andere die Lippen von den Zähnen zog. »Wie Ihr wollt«, sagte er und zog die Tür der Box auf, um seinen Rappen wie ein Pferdeknecht eigenhändig zu zäumen.

»Ich habe gesagt, ich habe mit Euch zu sprechen!«, rief Robert barscher als gewollt.

Fletcher drehte sich um. »Ist das wirklich nötig, Euer Gnaden?«

»Mit Carew sprichst du!«, platzte Robert heraus. »Und mit mir nicht? Was habe ich dir getan? Ja, du hast unter meinem Befehl eine Strafe erlitten, die dir nicht gebührte, aber habe ich nicht alles getan, um sie dir zu erleichtern? Obendrein bin ich bereit, dich für jedes gekrümmte Haar zu entschädigen. Ich habe geglaubt, wir hätten einen Traum geteilt, und nur weil du womöglich unverdient ein paar aufs Fell bekommen hast, verkaufst du diesen Traum einem Idioten wie Carew?«

»Ich verkaufe niemandem Träume«, erwiderte er. »Flussbarken kann ich Euch verkaufen, denn wenn Ihr welche braucht, seid Ihr auf Suttons Werft gut bedient. Wenn nicht, würde ich jetzt gern gehen.«

Ehe Robert sich besinnen konnte, wurde der Wunsch, den anderen zu berühren, übermächtig. Er schloss die Hand um dessen Schulter. »Gebt mir eine halbe Stunde. Seid Ihr mir das nicht schuldig?«

Fletcher entzog sich seinem Griff. »Auf Schuld verstehe ich mich schlecht. Aber wenn Euch daran liegt, mich zu sprechen, breche ich eben eine halbe Stunde später auf.«

Dem Ansinnen, im Stall zu reden, widersetzte sich Robert. Stattdessen schleifte er den störrischen Burschen förmlich in seinen Wohnraum, wo er Wein und Erfrischungen hatte auftragen lassen. Im Kerzenlicht sprang ihm ins Auge, wie mager der andere war. So verhungert hatte kein geadelter Kapitän der Flotte auszusehen. *Manche Menschen muss man zu ihrem Glück zwingen*, dachte er geradezu liebevoll und schob ihm eine Platte mit zwischen Feigen arrangierten Schinkenscheiben hin. »Esst.« Er lächelte. »Das ist ein Befehl, und Gott sei mit Euch, wenn Ihr ihn missachtet.«

Sein Gast zuckte mit keiner Wimper und rührte den Schinken nicht an. »Ich unterstehe nicht Eurem Befehl.«

»Herrgott, Kerl, was willst du eigentlich von mir?«

»Nichts«, erwiderte der andere und wandte sich zum Gehen.

Robert stürzte sich auf ihn, packte seine Schultern und versuchte, ihn herumzureißen. Die eiserne Härte, auf die seine Finger stießen, überrumpelte ihn. »Loslassen«, sagte der Mann sensenscharf, drehte den Kopf und sandte ihm einen Blick, der ihn zurücktaumeln ließ.

»Bist du verrückt?«

»Gut möglich«, erwiderte Fletcher kalt. »Ich habe nur ein gesundes Bein. Wenn ich versuche, Euch zu entfliehen, bin ich hoffnungslos unterlegen. Das macht mich gefährlich, oder nicht?«

»Herrgott, ich habe dir doch nichts tun wollen!«

Der andere zuckte mit der Schulter. »Das ist nicht immer so einfach zu entscheiden. Beim Wolf ist es ähnlich. Am besten, man fasst ihn nicht an, dann bringt man sich nicht in Gefahr.«

»Nun gut.« Mit einiger Mühe sammelte sich Robert und kehrte auf seinen Platz zurück. »Ich werde meinen Posten als königlicher Flottenaufseher zurückerhalten«, sagte er und schenkte sich Wein ein. »Ich will, dass wir wieder zusammenarbeiten, und da ich weiß, was die Entwicklung des Schiffbaus dir bedeutet, bin ich sicher, dass du es auch willst. Du bist kein Dummkopf. Dass du mit Carew nicht erreichen kannst, wonach du strebst, begreifst du selbst.«

Aufrecht, mit im Rücken verschränkten Händen, stand Fletcher bei der Tür und schwieg.

Robert redete wie ein besessener Wanderprediger auf ihn ein, schilderte ihm, wie sie die Lage ausnutzen und den König für sich gewinnen könnten, wie ihre Träume von Englands Flotte Gestalt annehmen würden. Er verausgabte sich, lief im Raum auf und ab und sprudelte über vor Worten. Fletcher gab keine Antwort. Was immer er ihm zuwarf, womit immer er ihn lockte, Fletcher verschränkte die Hände im Rücken und schwieg.

Irgendwann trat Robert vor ihn hin: »Sprecht mit mir!«

»Ich habe nichts zu sagen«, erwiderte Fletcher.

Robert schlug ihn über den Mund. Der andere rührte sich nicht, und nur er erschrak. Er hatte alles andere gewollt als das, aber er glaubte jäh, zu begreifen, warum er es getan hatte. »Warum lässt du niemanden an dich heran, verdammt? Wenn du dich fragst, warum du dein Leben lang Prügel beziehst, kann ich es dir sagen. Weil du die, die dich berühren wollen, zurückweist, bis ihnen nichts mehr einfällt. Ich habe dir nichts Böses gewollt. Im Gegenteil. Ich biete dir an, mein Partner zu werden, meine Arbeit zu teilen, auch wenn sie die *Mary Rose* betreffen wird. Heute Abend wollte ich mit dir sitzen und trinken, wie zwei Männer vom selben Stand es tun.«

»Wir sind nicht vom selben Stand, Mylord.«

»Du bist ein Ritter, und ich bin ein Graf. Solange du nicht meine Tochter heiraten willst, spielt das heutzutage keine Rolle mehr. Ich habe keine Tochter, und du willst nicht heiraten, wo also liegt das Problem?«

»Wo Eures liegt, weiß ich nicht, Mylord. Ich habe keines und würde jetzt gern gehen.«

»Du bleibst hier!« Wieder sprang Robert auf ihn los, wieder holte er aus, hielt dann aber inne und umfasste noch einmal mit beiden Händen seine Schultern. »Also schön«, sagte er, »du bist mir böse, und aus deinem Blickwinkel sieht es vermutlich aus, als hättest du dazu Grund.«

»Nicht anfassen«, zischte der andere.

Robert fielen die Hände herunter. Erschöpft wie nach körperlicher Anstrengung trat er zurück und schenkte sich den Becher wieder voll. »Es ist nicht so, dass ich deinen Zorn nicht begreife«, sagte er. »Das Clink ist nicht gerade ein Palast, und die Aufseher tragen keine Samthandschuhe. Dass ich dir während der Verhöre nicht helfen konnte, wenn ich unsere Pläne nicht verloren geben wollte, wirst du allerdings zugestehen. Hinterher habe ich keinen Aufwand gescheut, um dir Unannehmlichkeiten zu ersparen. Solltest du trotzdem eine Kleinigkeit abbekommen haben, so bin ich bereit, dich dafür zu entschädigen. Und dann lass uns das Vergangene vergessen und uns an die Arbeit begeben.«

Sehr langsam wandte sich der andere ihm zu. »Ich bin nicht sicher, Euch richtig verstanden zu haben, Mylord.«

»Herrgott, nenn mich nicht ›Mylord‹.«

»Wie beliebt, mein Graf.«

»Treib es nicht zu weit! Was zum Teufel hast du nicht richtig verstanden?«

»Ihr wünscht, dass ich nicht länger für George Carew, sondern in Zukunft wieder für Euch arbeite?«

»Allerdings, das wünsche ich. Ich wünsche, dass es zwischen uns ist, wie es war, als wir die *Lady Geraldine* gebaut haben – zwei Männer, ein Schiff und ein Traum. Was soll dem denn im Weg stehen? Was uns gemeinsam ist, kann dir doch ein Schwächling wie Carew nicht geben.«

»Sehr wohl«, erwiderte Fletcher. »Und für meine kleinen Unannehmlichkeiten entschädigt Ihr mich, oder nicht?«

»Das habe ich dir in die Hand versprochen. Du sagst mir, wo sie dich gezwackt haben, und ich sorge dafür, dass du nicht umsonst den Buckel hingehalten hast.«

Er ging, um dem anderen auf die Schulter zu klopfen, aber der wich zur Seite aus. Wieder glaubte Robert einen Augenblick lang, seine Zähne blitzen zu sehen, dann war das Gesicht wieder starr. »Ich danke für Eure Großherzigkeit«, sagte er und deutete eine Verbeugung an.

»Schon gut.«

Mit ruhigen Händen begann der andere, die Bänder und Schnallen seiner Schecke zu lösen. Er zog sich das Kleidungsstück vom Leib, glättete es über einem Arm und breitete es sorgsam über seinen Schemel. Robert stockte der Atem, als er sich daranmachte, sein Hemd an Brust und Kragen zu öffnen. Ehe ein Protest auch nur denkbar war, hatte er es sich über den Kopf gezogen und über die Schecke gelegt. Er richtete sich wieder auf, stand im Licht der Kerzen mit entblößtem Oberkörper da und rührte sich nicht.

Robert schlug sich die Hände vor den Mund. So wie der

Mann stand – mit der linken Seite zu ihm –, sah er die Hälfte von Brust und Bauch und die Hälfte des Rückens. Gurt und Hosen waren von den überschlanken Hüften gerutscht und gaben einen Teil davon frei. Die Haut schimmerte in einem Ton, den man in England kaum sah, beinahe wie Goldbronze, glatt und seidig, als hätte Gott bei der Erschaffung besondere Liebe aufgewandt. Auf der Flanke, dort, wo die Hüfte in die Taille überging, prangte eine handtellergroße blutrote Narbe wie eine Markierung mit dem Brandeisen. Drum herum klafften kleinere, ähnliche Narben, und der Ansatz der Gesäßbacke war überzogen von weiß verheilten Striemen.

Robert wollte ihm befehlen, seine Kleider wieder anzuziehen, aber aus seiner Kehle drang kein Wort, nicht einmal ein Hicksen. Sein Blick wanderte den sehnigen Rücken hinauf, der von einem Gewirr von Narben durchpflügt war. Er hatte oft genug gesehen, was Bestrafungen mit der Peitsche auf dem Rücken eines Menschen anrichteten, aber niemals solche Zerstörung. Die Erniedrigung, die damit einhergehen musste, war unvorstellbar. Auf der Brust, den Rippen und dem flachen Bauch war die Haut von Schnitten und Brandmalen zerrissen, und unter dem Hals klafften tiefe Kerben, wie die Dornen der Ketzergabel sie verursachten.

Den Körper des Mannes anzusehen tat so weh, dass Robert sich vornüberkrümmte. Wie konnte ein Mensch einem anderen etwas derart Barbarisches zufügen – und warum diesem, trotz all des Geldes, das er zu dessen Schutz bezahlt hatte? Weil er anders war? Weil seine Andersartigkeit Menschen Angst machte?

Schlagartig wurde Robert klar, dass sein eigener Körper dieser Brutalität ausgeliefert gewesen wäre, hätte der andere den seinen nicht dazwischengehalten. Übelkeit befiel ihn. Er musste würgen, als stülpe sich ihm die Kehle um.

Fletcher trat zu ihm, griff im Vorbeigehen nach seinem Hemd und streifte es sich über. Er hielt Robert den Kopf und schob ihm die Platte mit dem Schinken vor den Mund. Robert erbrach sich im Schwall auf das rosa glänzende Fleisch. Als die Wellen der Übelkeit verebbten, half Fletcher ihm, sich niederzusetzen, und gab ihm einen neuen Becher Wein, ehe er ging und seine Schecke anzog.

»Ich habe das nicht gewusst«, flüsterte Robert. »Und ich habe es nie und nimmer gewollt. Habt Ihr mir deshalb kein Material mehr gesandt und meine Nachrichten nicht beantwortet? Weil diese Barbaren Euch um meinetwillen halb totgequält haben?«

Der andere sagte nichts.

»Ich habe diesen Leuten Geld geschickt«, beteuerte Robert mehr sich selbst als ihm. »Mir hat die halbe Welt erzählt, wenn die Zeit der Verhöre vorbei ist, brauche man ihnen nur Geld zu schicken, damit sie einem Gefangenen seinen Frieden lassen. Ich hätte es nicht glauben dürfen, sondern hätte mich mit eigenen Augen überzeugen müssen. Verzeiht mir, Sir. Bitte verzeiht mir.«

»Das ist sinnlos, oder nicht?«, fragte der andere ruhig.

»Um Verzeihung zu bitten? Warum?«

»Ich denke, es gibt nur zwei Möglichkeiten. Entweder man hat ohnehin verziehen, dann ist die Bitte überflüssig. Oder man kann nicht verzeihen. Dann ist sie es erst recht.«

»Sagt Ihr mir, welches von beiden für mich zutrifft?«, fragte Robert flehentlich.

Jetzt fletschte er endgültig die Zähne. »Nein, Mylord.«

»Ihr werdet nicht für mich arbeiten, richtig? Ihr bleibt bei Carew, um Euch an mir zu rächen, und ich kann es Euch nicht einmal zum Vorwurf machen.«

»Ich arbeite nicht für Master Carew«, erwiderte der andere gleichmütig.

»Nicht? Aber Ihr habt Euch doch mit ihm getroffen …«

»Wir befehligen beide Schiffe in Lord Dudleys Flotte«, sagte Fletcher. »Master Carew bat mich, ihm bei der Erstellung eines Verlaufsplans zu helfen, den der König von ihm gefordert hat.«

»Mir würdet ihr nicht noch einmal helfen, nicht wahr?«

Der andere schwieg. Erst nach einiger Zeit zog er die Brauen in die Stirn und sah Robert an. »Ist Euch so viel daran gelegen?«

Ja, ja, ja!, wollte Robert rufen, doch dann stockte er. »Meine Zukunft hängt davon ab«, bekannte er. »Aber ich schäme mich, Euch nach dem, was geschehen ist, darum zu bitten. Mehr als an allem ist mir daran gelegen, an Euch gutzumachen, was man Euch angetan hat.«

»Ihr findet es abscheulich, oder nicht? Der Anblick meines Körpers dreht Euch den Magen um.«

Robert nickte.

»Wisst Ihr, was ich abscheulich finde? Was mir den Magen umdreht?«

Robert schüttelte den Kopf.

»Der Anblick meiner *Mary Rose*«, sagte Fletcher. »Was Ihr aus ihr gemacht habt. Mir haben sie ein bisschen Feuer unterm Hintern gezündet, und davon bin ich nicht gestorben. Meinem Schiff aber habt Ihr ein Deck eingezogen, wo keines hingehört, und damit habt Ihr ihm das Rückgrat gebrochen.«

»Ihr habt doch gesagt, sie hätte das Zeug zu einem Zweidecker«, murmelte Robert gegen das Rauschen in seinem Kopf an.

»Das hat sie allerdings. Aber sie hätte einen Chirurgen gebraucht, keinen Schlachter. Ihr wart mir im Wort, Mylord. Ihr habt gesagt, ich soll schweigen, damit Ihr auf mein Schiff achten könnt.«

»Master Fletcher!«, rief Robert und sprang auf. »Anthony. Ich verspreche, ich hole sie Euch zurück. Ich kann es nicht ohne Eure Hilfe tun, und es wird lange dauern, weil ich das Vertrauen des Königs von Grund auf verscherzt habe. Aber mit Euch an der Seite kann ich es zurückgewinnen, und ich schwöre Euch beim Leben meiner Frau: Wenn der König mir ein zweites Mal gestattet, die *Mary Rose* zu überholen, übertrage ich

Euch die Verantwortung. Ich werde Euch nicht dreinreden, sondern Euch mit ihr allein lassen, wie man Mann und Frau im Brautbett allein lässt. Ist es das, was Ihr Euch auf der Welt am meisten wünscht?«

»Ja.«

»Dann sollt Ihr es bekommen. Ich werde mit allen Mitteln dafür kämpfen, und bis dahin erlaubt mir, für Euch zu tun, was mir möglich ist. Wenn Ihr nicht länger zur See fahren wollt, sage ich dem König, dass ich Euch als Schiffbaumeister auf meiner Werft brauche.«

»Ich fahre gern zur See«, erwiderte Fletcher. »Ich treibe mich die meiste Zeit über in der Werkstatt des Zimmerers herum, und wenn ich nach Hause komme, arbeite ich auf der Werft meines Freundes. Für mich braucht niemand etwas zu tun. Aber das Schiff muss aus dem Wasser, oder es zerfällt.«

Mühsam nickte Robert. »Gleich morgen werde ich mich dafür einsetzen. Und Ihr betrachtet mein Werftgelände im Pool bitte als das Eure. Ich habe einen gewissen Engpass hinter mir, aber sobald Geld fließt, stelle ich Euch zur Verfügung, was immer Ihr braucht, um Euch ganz Euren Plänen zu widmen.«

»Ihr seid ein netter Mann, Mylord«, sagte der andere nach einer Weile des Schweigens. »Seid Ihr sicher, dass Ihr das wollt? Womöglich holt Ihr Euch den Teufel ins Haus.«

»Dann soll er mir willkommen sein«, erwiderte Robert. »Nur um eines bitte ich Euch: Meiner Frau geht so weit als möglich aus dem Weg. Ich weiß nicht, warum, aber sie mag Euch nicht.«

»Das fällt mir nicht schwer. Ich mag sie auch nicht. Gute Nacht, Mylord.«

»Gute Nacht«, sagte Robert. Als der andere schon die Tür geöffnet hatte, rief er ihm hinterher: »Ich will, dass Ihr wisst: Ich würde Euch gern umarmen, ich sehe nur davon ab, weil es Euch nicht behagt.«

Einen Herzschlag lang wirkte der andere überrumpelt, und

sein Gesicht erschien offen und jung. »Ich denke, ich stehle mir einen Satz von meinem Freund«, sagte er dann. »Fühlt Euch umarmt, Mylord.«

Damit ging er.

Am Tag darauf reiste Geraldine an. Sie schlief nicht noch einmal mit ihm, kam Robert krank vor und weinte im Schlaf. Während er neben ihr wach lag und sie schüchtern streichelte, hörte er, wie sie verzweifelt einen Namen murmelte.

»Francesca. Francesca.«

Seines Wissens kannte sie niemanden, der so hieß, und doch rief sie diesen Namen, als flehe sie jemanden an. Wenn es ihr nicht bald besser ging, würde er einen Arzt bemühen müssen. Vielleicht hatte das Ungleichgewicht ihrer Körpersäfte sie von Neuem heimgesucht, denn sie fror auch wieder wie in der Zeit der Krankheit.

Roberts Glückseligkeit tat das keinen Abbruch. Im Gegenteil. Ein einziges Mal suchte Geraldine in der Not seine Nähe und erlaubte ihm, für sie da zu sein. Anders als sonst legte sie keinen Wert auf Bankette und Tänze, sondern verbrachte die meiste Zeit in ihren Räumen. Die einzigen Menschen, mit denen sie sprach, waren er selbst und David, der Niederländer, den er ihrem Dienst überlassen hatte. Ihn schickte sie mit Aufträgen durch den Palast, doch ansonsten tat sie so gut wie nichts.

Jane Seymour, die neue Königin, die Henry VIII. als Liebe seines Lebens preisen und feiern ließ, war der Taufe ihres Sohnes ferngeblieben, wie es der Sitte entsprach. Auch danach ließ sie sich nicht blicken, sondern dehnte den Zustand des Wochenbetts länger als erwartet aus. »Nur eine vorübergehende Schwäche«, hörte Robert die Damen auf dem Gang einander versichern. »Die Geburt soll fünf Tage gedauert haben, kein Wunder, dass die Ärmste der Ruhe bedarf.«

Robert wartete wieder einmal auf jenem Gang, um seinem König eine Bitte vorzutragen. Heute aber blieb der König bereitwillig stehen und ließ sein Gefolge warten, um sich anzuhören, was sein Untertan ihm zu sagen hatte. Der bat darum, die *Mary Rose* auf das Trockendock von Portsmouth überführen und sie neu kalfatern zu lassen, damit sie im Wasser keinen weiteren Schaden nahm.

Der König lachte. »Trockendock in Portsmouth – dahinter steckt Euer schwarzer Feuerkopf, richtig? Wir sind dem Kerl ja selbst zugetan, aber es gab Gemunkel, er habe zu den Jüngern der großen Hure gehört.«

»Er gehört nur zum Schiffbau«, sagte Robert. »Ich lege für den Mann beide Hände ins Feuer, Majestät.«

»Und die *Mary Rose* solltet Ihr doch erst wieder in die Finger bekommen, wenn Ihr Euch bewährt habt.«

»Selbstverständlich, Majestät. Wir werden die Überholung nicht zur Sprache bringen, ehe Majestät Grund haben, mit uns zufrieden zu sein. Vorerst geht es lediglich darum, das Schiff in seetüchtigen Zustand zu versetzen und vor weiteren Schäden zu bewahren.«

»Schön, schön«, brummte der König, aber er lächelte dabei und patschte Robert auf die Schulter. »Ich habe schon gehört, der kaiserliche Botschafter behaupte, wir ließen unsere Schiffe in unbrauchbarem Zustand herumliegen. Um Unseres Edward willen, tut also, was Ihr nicht lassen könnt. Aber hübsch brav bleiben, hört Ihr? Und heute Abend fleißig das Tanzbein schwingen!«

Robert überbrachte die Nachricht wie ein Geschenk und sorgte dafür, dass Fletcher sämtliche Papiere ausgestellt wurden, um die Überführung vorzunehmen. Danach nötigte er ihn, mit ihm in den Pool zu reiten, um das Schiff in Augenschein zu nehmen. Der stolze Viermaster sah aus wie eine siechende Greisin, aber er würde gesund werden und zu nie gekannter Blüte gelangen.

»Was schwebt Euch für sie vor?«, fragte Robert.

»Das behalte ich für mich. Wie ein Mann im Brautbett.«

Behutsam stieß Robert ihm den Ellbogen in die Seite. »Na kommt. Seid nicht so ein Pfau. Ich frage ja nicht nach Einzelheiten, ich möchte nur den Traum teilen, den Ihr für sie hegt.«

Fletcher sah nicht ihn an, sondern die *Mary Rose.* »Ich will, dass es in England keinen Mann gibt, der ihren Namen nicht kennt«, sagte er. »Heute nicht und nicht in fünfhundert Jahren.«

Als Robert in den Palast zurückkehrte, lagen die sonst vor Leben summenden Gänge in tiefem Schweigen. Hinter einer Tür glaubte er, ersticktes Schluchzen zu vernehmen, und sein Diener, der ihm helfen sollte, sich zum Essen umzukleiden, schüttelte betrübt den Kopf. »Das Bankett ist abgesagt, Mylord. Unsere gute Königin Jane ist vor einer Stunde verstorben.«

Geraldine erwartete ihn in ihrem Schlafgemach. Sie lag unter einem Berg von Decken im Bett, doch sie schlief nicht. »Robert«, grüßte sie ihn beim Eintreten, »ich habe dir etwas zu sagen.«

Er setzte sich auf den Bettrand und beugte sich nieder, um sie zu küssen. »Ich weiß es schon, mein Engel. Es ist entsetzlich traurig, nicht wahr?«

»Nicht das mit der Königin«, sagte sie und drehte sich weg. »Was ich dir zu sagen habe, wirst du kaum entsetzlich traurig finden, denn du hast es dir wie ein Besessener gewünscht. Ich nehme an, du wirst mir jauchzend um den Hals fallen und mir Süßwein und gezuckerte Pflaumen kaufen.«

23

Fenella

Spätsommer 1539

Casa Francesca hatten sie das an ihr Grundstück angebaute Haus genannt, das der Pflege von Alten und Kranken diente. Zu Ehren von Francesca da Rimini und Francesco Petrarca. Die Leute in Portsmouth weigerten sich jedoch, den fremdländischen Namen zu benutzen, und nannten es das *Haus der Unsterblichen.*

»Wer immer zum Sterben in dieses Haus hineingeht«, witzelten sie, »er wird nicht mit den Füßen vorneweg herausgetragen, sondern bleibt für immer am Leben.«

Der freundliche Spott entbehrte nicht der Wahrheit. Die *Casa Francesca* bot Platz für zehn Notleidende, die bis zu ihrem Tod dort versorgt werden sollten, doch sie waren ständig überbelegt, weil niemand starb. »Es muss an deiner Pflege liegen«, hatte Fenella zu Liz gesagt, die mit Hilfe der Familie und weniger Freiwilliger unermüdlich für die Kranken sorgte.

»Ach was«, wehrte Liz ab. »Es liegt an Sutton Hall. Es ist gotteslästerlich, so zu sprechen, aber drüben ist es doch auch so, als hätte jeder, der eintritt, das ewige irdische Leben.«

»Das ist nicht gotteslästerlich«, erwiderte Fenella. »Wie sollte denn Gott mit uns fertigwerden, wenn er keinen Humor hätte?«

Obendrein traf Liz den Nagel auf den Kopf: Jeder hatte erwartet, dass Vater Benedict und Lettice Fletcher innerhalb von Monaten sterben würden, doch sie lebten immer weiter, aßen, tranken, schimpften oder schwiegen. Fenellas Mutter, die zeitlebens eine kränkliche Frau gewesen war, erfreute sich seit Jahren bester Gesundheit. Um Sir James hatten sie sich in den letzten Jahren gesorgt, weil der sonst so vitale Mann zu verfallen schien, doch vor einer Woche war er mit Tantchen Micaela zu einer Reise nach London aufgebrochen, um Geraldine und ihre Familie zu besuchen. Die Aussicht, sein Enkelkind zu sehen, auf das er nicht mehr zu hoffen gewagt hatte, ließ ihn aufleben.

Das Tantchen hatte nicht mitreisen wollen, aber Sir James hatte ihr keine Ruhe gelassen: »Du wirst deine Enkelin ja wohl ein einziges Mal in die Arme schließen wollen, jetzt, wo sie bereits ein Jahr auf der Welt ist«, sagte er.

»*Meine* Enkelin ist sie nicht!«, rief Micaela geradezu entsetzt.

Sir James lachte. »So streng würde ich das nicht sehen, Mica. Wer weiß in diesem Haus schon, wer zu wem gehört?«

»Ich«, hatte sie mit blitzenden Augen gekontert, sich aber schließlich bereiterklärt, ihn zu begleiten.

Es war das erste Mal, dass Sir James einen Besuch bei seiner Tochter nicht verheimlichte. Sylvester war zornig gewesen, doch Fenella hatte ihm die Leviten gelesen: »Soll dein Vater verleugnen, dass er eine Tochter und jetzt auch eine Enkeltochter hat? Die Kleine wäre bei ihrer Geburt fast gestorben, er ist unendlich froh, dass sie lebt, geht das nicht in deinen Kopf?«

»Wer behauptet, sie sei bei der Geburt fast gestorben?«, horchte Sylvester auf.

»Dein Vater hat erzählt, sie sei zwei Monate zu früh zur Welt gekommen und winzig klein gewesen.«

»Der Schinder, der sie gezeugt hat, ist auch winzig klein«, blaffte Sylvester. »Und Geraldine war winzig klein, als sie geboren wurde, aber fast gestorben ist sie nicht. Fast gestorben bin ich.«

Fenella musste lachen, obwohl jeder Gedanke an Geraldine Sutton sie im Innersten beunruhigte. »Jetzt hör auf zu schimpfen, das steht Vater Benedict besser als dir. Vor mir brauchst du nicht zu verbergen, dass du dich nach deiner Schwester sehnst und deine Nichte gern kennenlernen würdest. Weißt du was, Sylvester? Du solltest den beiden hinterherfahren.«

Seine Züge verhärteten sich. »Auf keinen Fall.«

»Dein Vater würde sich freuen.«

»Mein Vater weiß, dass das nicht möglich ist«, beschied er sie. »Ja, du hast recht, ich kann nicht aufhören, Geraldine zu vermissen. Nachdem Mallach sie geschlagen hat, habe ich gehofft, sie käme hierher zurück. Ich war bereit, es mit Mallach und dem Rest der Welt aufzunehmen. Aber sie hat sich entschieden, bei dem Tier zu bleiben, das sie erniedrigt hat, und das kleine Wesen, das sie ausgerechnet Francesca getauft haben, ist Mallachs Kind. Ja, ich würde meine Nichte gern kennenlernen, doch ich werde Anthony nicht antun, dass ich den Fuß über Mallachs Schwelle setze und seine Tochter herze. Gäbe es Robert Mallach nicht, hätte er vermutlich selbst eine Tochter.«

»Dein Freund Anthony hat eine Tochter«, erwiderte Fenella. »Sie heißt *Mary Rose,* und wie du weißt, ist er derzeit unterwegs, um sie auf das Trockendock von Portsmouth zu holen. Dass er darüber hinaus von irgendwelchen Töchtern träumt, bezweifle ich.«

Dass dieser Tag kommen würde, hatte Fenella kaum noch zu glauben vermocht. Nach dem Tod von Königin Jane hatte der vor Schmerz rasende König blindlings um sich geschlagen und die bereits erteilte Erlaubnis, die *Mary Rose* aus der Themse zu holen, wieder zurückgezogen. Anthony und Robert Mallach hatten unbeirrt weiter darum gerungen.

Ein Waffenstillstand zwischen Frankreich und dem Kaiser war ihnen letztlich zu Hilfe gekommen. England bereitete sich auf einen Krieg vor, und den Plänen, die sie dem König zum Ausbau der Flotte vorlegten, konnte dieser nicht widerstehen. Vor drei Tagen hatte er Anthony überraschend gestattet, die *Mary Rose* nach Portsmouth zu schaffen. Vorerst nur, um die

Wasserschäden zu beseitigen, doch damit war Anthony zufrieden. Für die nächsten Monate wusste er sein Schiff in Sicherheit, und das verschaffte ihm Zeit, um weiterzukämpfen.

»Dein Freund Anthony ist ein glücklicher Mann«, sagte Fenella zu Sylvester. »Du hättest ihn heute Morgen sehen sollen, als er aufbrach. Hast du ihn je ein Lied pfeifen hören?«

»Nein.«

»Aber ich.«

»Er ist unmusikalisch.«

Fenella lachte. »Das kannst du laut sagen.«

»Und du, Fen?« Zweifelnd sah er sie an. »Bist du eine glückliche Frau, obgleich dir die Krone des Glücks verwehrt bleibt, die meine Schwester von ihrem Menschenschinder bekommen hat?«

»Ich möchte weder mit deiner Schwester noch mit einer anderen tauschen«, erwiderte Fenella. Sie schloss die Lider, sah das Funkeln in Anthonys Augen und spürte auf Zunge und Gaumen die Glut, mit der er sie vor der Abreise geküsst hatte, als wäre er keinen Tag älter als siebzehn. Sein Haar wuchs. Sein Kopf tat ihm seltener weh, sein Magen ließ ihm an vielen Tagen Ruhe, und in manchen Nächten schlief er, ohne zu stöhnen und aufzuschrecken. Wenn er mit seiner *Mary Rose* nach Hause kam, würde das Pult in der Schreibstube mit seinen Zeichnungen und Notizen übersät sein. Er würde alle Zeit, die der König ihm ließ, in Portsmouth verbringen, und sie konnte, wann immer der Hunger sich regte, in die Stube oder in die Docks eilen, um sich einen Kuss zu stehlen. Ja, sie war eine glückliche Frau. Das Leben war nicht einfach. Aber es war reich.

»Fenella«, sagte Sylvester. »Mein Freund Anthony ist kein glücklicher Mann, selbst wenn er falsch pfeift und loszieht, um mit seinem Schiff zu flirten. Mein Freund Anthony ist ein tapferer Mann, der gelernt hat, lange stillzuhalten. Aber ich fürchte mich vor dem Tag, an dem er nicht mehr stillhält.«

Sie konnte nicht verhindern, dass die Bilder von Ralphs

Tod vor ihrem geistigen Auge aufblitzten. »Deine Ausdrucksweise stinkt zum Himmel!«, fuhr sie Sylvester an. »Was willst du damit sagen? Dass in Anthony ein unberechenbares Tier steckt?«

»Du weißt, dass ich nichts dergleichen sagen würde«, erwiderte er. »Ich wollte dir erklären, warum ich nicht mit Robert Mallach verkehre, einerlei wie viel Wasser die Themse herunterfließt.«

»Anthony verkehrt mit ihm.«

»Wenn ich es ihm verbieten könnte, täte ich es. Weißt du, wie oft in mir der Wunsch erwacht, diesen Mann einzusperren und vor sich selbst zu schützen?«

Fenella lachte und drückte ihn an sich. »Er ist erwachsen, Syl. Nicht er, sondern du bist derjenige, der unbedingt ein Kind hätte haben sollen, und dass deine Nichte auf diesen wundervollen Onkel verzichten muss, tut mir von Herzen leid.«

Sylvester, der sanft wie der Solent an einem Junimorgen wirkte, konnte sturer als ein Hammel sein. Fenella wusste, dass mit ihm in der Sache kein Reden mehr sein würde, und ging hinüber in ihr *Haus der Unsterblichen*, um Liz beim Füttern der Kranken zu helfen.

Aber die Zeit der Unsterblichkeit war vorüber. Am Nachmittag klopfte es an der Pforte. Liz und Fenella hatten ein Schild aufgehängt, um bekannt zu geben, dass keine weiteren Pfleglinge aufgenommen wurden, aber die meisten Hilfesuchenden konnten nicht lesen oder wussten nicht, wohin sie sich sonst wenden sollten. Die Auflösung der Klöster und Hospize war fast abgeschlossen, und Sieche, Alte und Bettler schleppten sich in verzweifelten Horden durch das Land.

Liz ging an die Tür, um nachzusehen. Fenella hörte eine erregte, atemlose Stimme und folgte ihr zur Tür. Die Frau, die davorstand, war vor Angst außer sich. In den Armen hielt sie ein junges Mädchen, ohne Zweifel ihre Tochter, die wie ein nasser Sack herunterhing. Das einzig Lebendige an ihr waren ihr keuchender Atem und der Schweiß, der ihr in Strömen über das Gesicht rann. Sie stank zum Gotterbarmen.

»Bitte nehmt euch meiner Annie an«, bettelte sie. »Nur bis sie gesund ist, was ja nicht lange dauern wird. Greg Bischofswirt sagt, er will sie in diesem Zustand nicht unter seinem Dach, aber wir haben doch keinen Verwandten hier. Sie braucht nur ein Bett für ein paar Tage, ist ein robustes Ding, und pflegen kann ich sie selbst.«

Jetzt erkannte Fenella die Frau. Sie arbeitete als Schankmädchen im Bischof der See und brachte ihre Tochter allein durch. Sie sah, wie Lizzy ihr Lächeln aufsetzte und die Tür weiter aufzog, um Mutter und Tochter ins Haus zu lassen. Mit einem Satz sprang sie dazwischen und warf die Tür bis auf einen Spalt zu. »Ihr könnt nicht bleiben«, sagte sie mit einer Härte, die ihr das Herz umdrehte. »Das wisst ihr selbst.«

»Aber wo soll ich denn mit ihr hin?«

»Geh zurück zu Greg, und sag ihm, er soll euch wieder aufnehmen. Da deine Tochter in seinem Haus krank gelegen hat, ist es dort ohnehin zu spät. In unser Haus können wir euch nicht lassen. Dein Mädchen hat das Schweißfieber. Wenn wir euch aufnehmen, sterben uns hier die Menschen wie die Fliegen.« Noch während sie sprach, packte sie Liz beim Arm und riss sie grob von der Frau und ihrer Tochter weg. Vermutlich war es ohnehin zu spät.

Schweißfieberseuchen gab es alle paar Jahre, sie schlugen ihre Furchen durch Städte und Dörfer wie eine Pflugschar durch ein frisches Feld. Wenn die Krankheit in Portsmouth war, würde es bis zum Abend in jedem dritten Haus einen Toten zu beklagen geben. Wer die erste Nacht überlebte, durfte hoffen, gesund zu werden, doch die meisten starben, kaum dass das Übel ausgebrochen war.

Großer Gott, betete Fenella stumm. Nur diese zwei Worte. *Großer Gott.* Sylvesters Mutter war an der Krankheit gestorben, und das einzige Glück war, dass Sir James, Tantchen Micaela und Anthony nicht hier waren. Luke war auf der Werft. Sie würde ihm Nachricht schicken, er solle dort bleiben und auch die Arbeiter über Nacht nicht hinauf in die Stadt lassen.

Es kam ihr unmenschlich vor, die Frau abzuweisen, aber sie hatte keine Wahl. »Wir tragen Verantwortung für die Menschen im Haus, Lizzy. Wenn wir uns das Fieber einschleppen, überlebt uns bei der Enge kein Einziger.« Von ihrer Angst um die eigene Familie sagte sie ihr nichts, sondern schickte das Mädchen unter einem Vorwand nach Sutton Hall.

Kaum war Liz gegangen, kam Sylvester. Fenella sah sein verstörtes Gesicht und rief: »Was ist?«

»Hannah«, antwortete er.

Die Tage der Unsterblichkeit waren vorüber. Sie hatten die Krankheit, den Todbringer, im Haus, und alles, was Fenella denken konnte, war: *Nicht Sylvester. Sei uns gnädig Gott, und nimm uns nicht Sylvester.*

Wen das Schweißfieber befiel, der quälte sich zuerst mit unerklärlichen Ängsten, kroch frierend unter die Decke und fühlte sich zu schwach, um je wieder aufzustehen. In diesem Zustand verharrte der Kranke etwa eine Stunde, dann brach ihm am ganzen Körper übelriechender Schweiß aus. Der Kopf schmerzte ihm zum Platzen, das Herz raste, und ein unstillbarer Durst befiel ihn, ohne dass er einen Tropfen bei sich halten konnte. Nach ein paar qualvollen Stunden kam der Tod als Erlösung – unfassbar für die Angehörigen, deren Welt noch am Morgen heil gewesen war.

Liz hatte wie jeden Abend ihre Runde bei den drei Alten begonnen und kam tränenüberströmt aus Lettice Fletchers Zimmer. »Sie ist krank! Die arme Lettice ist krank.«

Es hatte keinen Sinn mehr, Liz schützen zu wollen. »Versuch, ihr Dünnbier einzuflößen, selbst wenn sie es ausspucken muss«, sagte Fenella. »Jeder Tropfen verschafft ihr Erleichterung. Reib ihr Gesicht und Gliedmaßen mit kaltem Wasser ab, und steh ihr bei. Mehr kannst du nicht tun.«

Fenella öffnete die Tür zum Zimmer ihrer Mutter und sah sie am Fenster sitzen, wo sie das letzte Tageslicht für ihre Näharbeit nutzte. »Geht es dir gut?«, fragte Fenella.

»Wie soll es mir gutgehen?«, hob die Mutter mit ihrem üblichen Gejammer an. »Mein einziges Kind lebt mit einem Mann, der schändlich eine andere geheiratet hat, und der Teufelsbastard der schwarzbraunen Lettice will sie mit sich in die Hölle reißen. Das Wetter wird immer scheußlicher, die Feuchtigkeit kriecht einem in die Knochen, und da fragst du, ob es mir gutgeht?«

»Ich liebe dich«, sagte Fenella, der vor Erleichterung die Tränen kamen. »Wir lassen heute unten nicht servieren. Ich bringe dir nachher dein Abendessen herauf. Im Übrigen war das Wetter schon schlechter, Sylvester tut im Leben nichts Schändliches, und mein Anthony ist nicht der Bastard des Teufels, sondern der eines Priesters, was die Schuld des Priesters ist, nicht seine. Aber nur keine Sorge – ich weiß, dass du das in diesem Leben nicht mehr lernst.«

Ich rede wie ein Wasserfall, stellte sie fest. Die eigene Stimme zu hören half gegen Angst. Sacht schloss sie die Tür und dankte Gott, weil er ihr die Mutter verschonte. Aber was war mit Anthonys Mutter? Sie würde sterben, und Anthony war nicht hier, um ihren Segen zu empfangen. Aber sie würde ihn ja ohnehin nicht segnen. Wenn er daheim war, versorgte er sie, weil er es als seine Pflicht betrachtete, doch sie gab ihm nie auch nur mit der kleinsten Geste zu verstehen, dass sie einen Funken Wärme für ihn empfand.

Was er ihr einmal von Ralph erzählt hatte, fiel ihr ein: Selbst das geliebte erstgeborene Kind hatte diese Mutter nicht gepflegt, wenn es krank war, sondern hatte es dem ungeliebten Bastard überlassen. Den Gedanken an die zwei Jungen, die einander über die Todesangst hinwegtrösteten, um gleich darauf gegeneinander aufgehetzt zu werden, ertrug Fenella nicht.

Warum hat Lettice Fletcher ihren Mann mit einem Zankteufel von Priester betrogen, wenn sie den nicht geliebt hat? Und wenn sie ihn geliebt hat, warum hasst sie dann das Kind, das die Frucht dieser Liebe war? Ein Gedanke durchzuckte Fenella: Was, wenn der Priester Lettice Gewalt angetan hatte, wie die Beamten Cromwells es vor dem *Domus Dei* bei ihr versucht hatten? Hatte Anthony den Hass beider Eltern zu spüren bekommen, weil er das Kind einer Vergewaltigung war?

Warum müssen wir dafür bezahlen, dass wir anders in die Welt geschleudert werden, als unsere Eltern es sich wünschen?, hämmerte es in ihrem Kopf. Hatte einer von ihnen allen sich aussuchen dürfen, welchem Elternpaar, mit welchem Geschlecht und unter welchen Umständen er geboren werden wollte? Zornig straffte sie den Rücken. *Aber wir sind da,* bestärkte sie sich. *Salve, Berg. Wir sind Fenella Clapham und Anthony Fletcher. Und wenn wir hundertmal in der Welt nicht willkommen waren, wir lassen uns nicht mehr davon herunterstoßen. Von unseren Eltern nicht und nicht von den Launen des Königs und von dem verfluchten Schweißfieber schon gar nicht.*

Fenella öffnete die nächste Tür und sah den Priester, der sonst vor seinem Pult saß, gekrümmt auf dem Boden liegen. Schweiß ließ die Haut auf seinem Totenschädel glänzen, aus seiner Nase troff Blut, und seine Hände waren zu Fäusten geballt. Ihr Mund wurde trocken. Sie würde diesen Mann pflegen müssen, trotz allem, was sie über ihn wusste. Anthony würde nicht wollen, dass sein Vater, von dem er sich aus absonderlichsten Gründen geliebt fühlte, einsam und unversorgt starb. Der Gedanke verlieh ihr Kraft. »Ich komme, um Euch zu helfen, Ehrwürdiger Vater«, sagte sie. »Ihr seid krank, aber es gibt Wege, Euch Erleichterung zu verschaffen.«

Ich lasse deinen Vater nicht im Stich, mein Liebling. Ihm wird es an nichts fehlen, als wärst du selbst an seiner Seite, und den Segen, den er dir geben will, bewahre ich für dich auf.

Der Priester starb einen harten, qualvollen Tod. Nicht wegen der körperlichen Leiden, die er klaglos hinnahm, sondern weil seine Seele sich quälte. Fenella schickte nach einem Geistlichen von Sankt Thomas, der ihn mit den Riten der Kirche versah, doch das schien es ihm nicht leichter zu machen. »Mein Junge«, weinte er in das durchtränkte Kissen. »Oh grundgütiger Herrgott, mein Junge.«

»Es geht ihm gut«, sagte Fenella. »Er ist auf dem Weg nach Hause. Zu Euch. Auch wenn er wohl nicht mehr rechtzeitig kommt.«

Vater Benedict krümmte sich und weinte auf. »Es ist eine Zeit des Teufels. Die zerbricht ihn mir.«

»Er ist zäh und geschmeidig. Das ist eine gute Mischung. Er kommt zurecht, Ehrwürdiger Vater.«

Das Gesicht des Priesters verzerrte sich zur Grimasse. »Dass einer in Sünde geboren ist, heißt nicht, dass er dem Teufel anheimfallen muss«, stammelte er. »Früher nahm ich das an, aber mein Junge hat es mich anders gelehrt.«

Fenella hatte bezweifelt, dass irgendwer diesen verbohrten Eiferer etwas lehren konnte. Sie nahm seine vogelknochigen Hände und streichelte sie.

»Ich will ihn noch einmal sehen.« Der Priester begann erneut zu weinen. »Ich will ihm sagen: Bleib stark, halte der Zeit des Teufels stand. Die Sünden der Väter lasten auf deinen Schultern, aber über den Weg, den du einschlägst, entscheidest du. Lass dich vom geraden Weg nicht abbringen. Sei so standhaft wie damals in meinem Schulzimmer, sosehr der Teufel dich versucht.«

Er schluchzte bitterlich. Fenella zog seinen Kopf in ihren Schoß. »Ich sage es ihm«, versprach sie. »Jedes Wort.«

»Deine Eltern sind Sünder«, stieß Vater Benedict zwischen Schluchzern heraus. »Aber du bist ein feiner, aufrechter Engländer, auf den jeder Vater hätte stolz sein können.«

Seine krallenhafte Hand versuchte, sich nach dem Nachtkasten zu strecken, aber er war bereits zu schwach dafür. Fenella nahm den Gegenstand, den abgegriffenen Rosenkranz aus

Holzperlen, und schob ihm den Sterbenden zwischen die Finger. Derlei Symbole des Papismus waren neuerdings verboten, doch Vater Benedict fürchtete die ewige Verdammnis weit mehr als die irdische Gerichtsbarkeit. Der Blick seiner wässrigen Augen bettelte sie an, während er den Rosenkranz zurück in ihre Hand gleiten ließ.

»Ist gut«, versprach sie. »Ich gebe ihm den. Ruht Euch aus.«

Fenella hielt ihn, während das Schluchzen trockener wurde und seinen dürren Körper schüttelte. Was seine Seele durchmachte, erschien ihr grausam. Er hatte seinen Sohn geschlagen, um ihn vor den Versuchungen der Welt zu schützen, er sandte einem Mann, der an keinen Gott glauben konnte, Rosenkränze, aber er hatte ihn nie in die Arme genommen und ihm nie seine Liebe erklärt. Jetzt war es zu spät. »Ich sage ihm alles«, versprach sie noch einmal. »Er tut sich mit den großen Worten kaum leichter als Ihr, aber er liebt Euch sehr.«

Die Züge des Sterbenden entspannten sich. Gleich darauf drang ein keuchender Schrei durch die Wand. Lettice Fletcher. Rang auch sie mit dem Tod, sollte Fenella es dem Priester ermöglichen, die Frau um Vergebung zu bitten? Nach einem Blick auf ihn verwarf sie den Gedanken. Es war keine Zeit mehr. Die kurzen Krämpfe, in denen der Alte sich wand, waren Zuckungen des Todes. Sie strich ihm noch einmal Wasser auf die Stirn, dann hielt sie ihn in den Armen, bis er starb.

Wie viel Zeit verstrichen war, wusste sie nicht, doch die Kerzen waren völlig heruntergebrannt. Sie sah zum Fenster und fand ihre Vermutung bestätigt: Der Morgen war nah. Sorgfältig wusch sie Vater Benedicts Leichnam, zog ihm ein frisches Nachthemd über und bettete ihn in saubere Laken. Jeder Arzt hätte ihr geraten, sämtliche Betttücher zu verbrennen und den Raum auszuräuchern, aber das war sinnlos. Die Krankheit saß längst an den Wurzeln ihres Hauses. Sie würde sich holen, was ihr gefiel, und erst dann ihres Weges ziehen.

Nicht Sylvester. Großer Gott, nimm uns nicht Sylvester.

Sie wollte nach ihm und Hannah sehen. Als sie die Tür aufschob, tat Liz nebenan dasselbe. Fenella hatte eine frische Kerze angesteckt, in deren Licht sie Lizzys nasses Gesicht sah. »Das ist so traurig, Fenella. So traurig.«

»Die alte Lettice ist gestorben?« Sie würde Liz sagen müssen, dass ihre Mutter ebenfalls erkrankt war.

Das Mädchen schüttelte den Kopf. »Noch nicht. Aber sie hat nicht mehr viel Zeit. Ich wollte dich holen, Fenella.«

»Mich? Aber sie spricht doch nur mit dir.«

»Ich dachte, du könntest ihr sagen, dass Anthony ihr vergibt«, stieß Liz heraus und schluchzte bitterlich.

Fenella begriff. Es wäre eine Lüge aus Barmherzigkeit, für eine Sterbende, die seit mehr als dreißig Jahren ein vergeudetes Leben führte. Aber wie konnte sie das? Anthony hatte das Recht, dieser Mutter nicht zu vergeben. Sie hatte nicht aufbegehrt, als ihr Mann ihre kleinen Söhne aufeinanderhetzte. Sie hatte nicht aufbegehrt, als der eine den anderen schikanierte und demütigte, bis die überspannte Sehne riss. Sie hatte nicht aufbegehrt, als man ihren siebenjährigen Sohn als Mörder in einen Kerker schleppte, als die Wärter ihm über den Kopf schlugen, als die Leute in den Gassen brüllten: »Hängt ihn auf!« Wenn ihr Sohn aus Angst vor dem Tod geweint hatte, war Sylvester bei ihm gewesen, nicht sie.

Großer Gott, nimm uns nicht Sylvester. Solange Sylvester uns in seine Liebe wickelt wie in Wintermäntel, können wir alles überstehen.

»Es tut mir leid, Liz«, sagte sie. »Ich kann mit dir kommen und dir helfen, aber ich kann nicht lügen.«

Liz nickte mühsam. »Ich habe mir das schon gedacht.« Sie nahm Fenellas Hand. »Sie tut mir so leid – sie hat ein so entsetzliches Leben gehabt.«

»Und ihre Söhne, Liz?«

Unter Tränen nickte Liz. »Sie hat mir erzählt, wie es war. Wie ihr Mann ihn die Treppe hinuntergeworfen hat, damit sie ihn nicht länger lieb hatte.«

»Wen?«

»Anthony. Den sie … in Sünde geboren hat. Ihr Mann hätte sie verstoßen oder vor Gericht zerren können, doch er behielt sie bei sich, um seinem eigenen Sohn den Skandal zu ersparen. Als er dann aber sah, wie sie ihrem Jungen übers Haar strich, war's zu viel für ihn. Er hat ihn von ihr weggerissen und geschrien: ›Dass du dir das Balg hast machen lassen, habe ich hingenommen. Dass du's in die Welt gebracht hast, habe ich hingenommen, aber dass du's lieb hast, nehme ich nicht hin.‹ Er hat ihn die Treppe hinuntergeworfen. Den Hals hätte er sich brechen sollen, aber er brach sich nur ein Bein und etwas im Kopf, das wieder heilte. Danach hat Lettice sich nie mehr getraut, ihn anzurühren. Sie hat sich in ihren Stuhl gesetzt und kein Glied bewegt, damit sie ihn nicht lieb haben muss und ihr Mann ihn ihr am Leben lässt. Sie tut mir so leid, Fenella! Sie tut mir so furchtbar leid!«

»Komm«, sagte Fenella, legte den Arm um sie und ging mit ihr in das Zimmer. Die Kranke lag im Bett und krümmte sich vor Schmerzen. Aus ihrem Mund drangen unbestimmte Laute. Fenella ging zu ihr und kniete sich vor das Bett. »Hier ist Fenella, die Braut Eures Sohnes«, sagte sie. »Er kann nicht hier sein, weil er nach London gefahren ist, um ein Schiff nach Portsmouth zu bringen. Die *Mary Rose.* Das Schiff, für das Ralph gestorben ist und das er für Ralph beschützen wird. Was immer Ihr mir für ihn sagen wollt, richte ich ihm aus.«

Als die Frau sich mit unendlicher Mühe drehte, sah Fenella ihr ins Gesicht. Zum ersten Mal fiel ihr auf, dass ihre Brauen und Wimpern nicht völlig schwarz waren. Das, was sie an Anthony so berückend fand, hatte er weder von Vater Benedict noch von seiner Mutter. Dennoch erkannte Fenella etwas von ihm in den zerklüfteten Zügen.

Die Frau nahm ihre Hände und presste sie mit letzter Kraft. Ihr Mund schnappte auf und zu wie ein Fischmaul, aber ihrer Kehle ließ sich kein Laut abringen.

»Es ist gut«, sagte Fenella. »Ich werde es Anthony sagen. Jedes Wort, Mutter Lettice. Jedes Wort.«

Während sie und Liz die Tote wuschen, verblich vor dem Fenster das Schwarz zu einem erst bläulichen und dann roten Grau. Leichter Regen fiel gegen die Scheibe. Fenella zog Lizzy an sich. »Du gehst jetzt schlafen, hörst du?« In ihrer Stimme mischten sich Lachen und Weinen. »Ansonsten spiele ich Tantchen Micaela und gebe es dir mit dem Rührstab hintendrauf. Du bist ein Segen, Lizzy. So wie Sylvester. Wir brauchen dich, und du darfst mit deiner Kraft nicht Schindluder treiben.«

Lizzys Lächeln geriet ein wenig schief. »Um ehrlich zu sein, habe ich vor deinem Rührstab genauso viel Angst wie vor dem von Mica«, krächzte sie. »Aber ich gebe zu, ich bin todmüde.«

»Leg dich schlafen. Versuch, zu müde für Angst zu sein.«

Sie küssten sich. Erst als Fenella hörte, wie Liz ihre Zimmertür schloss, ging sie auf Zehenspitzen durch die Galerie in den anderen Flügel des Hauses, wo Sylvester bei Hannah saß. Es wäre ihre Pflicht gewesen, Luke von der Werft heraufzuholen und der erschöpften Liz zu sagen, dass ihre Mutter vielleicht starb. Hannah aber hätte gewollt, dass ihre Kinder geschont würden.

Die Tür zu ihrem Zimmer war angelehnt. Fenella blieb stehen und hörte Sylvester singen. Gab es ein tröstlicheres Geräusch auf der Welt?

Einmal hatte er ihnen beiden erzählt: »Ich habe zu singen angefangen, weil ich in der Nacht aus dem Schlaf geschreckt bin und Angst hatte, ich müsste sterben. Ich dachte, wenn ich nur kräftig genug singe, schlage ich den Tod in die Flucht.«

Fenella hatte gelacht und gesagt: »Gar so grausig ist doch dein Gesang nicht, Syl.«

Anthony hatte gesagt: »Wenn ich der Tod wäre, würde ich mich vor deinem Singen verbeugen und fragen, ob ich, wenn ich den Mund halte, noch ein bisschen zuhören darf.«

»Und wenn du das Leben wärst, Anthony?«

»Vom Leben verstehe ich nichts. Nur von Schiffen. Wenn ich das Leben oder sonst wer wäre, würde ich sagen: ›Sing weiter, Sylvester. Es hört sich an, als wäre in der Welt nichts zum Fürchten.‹«

Er hatte recht. So hörte es sich an. Sylvesters Stimme war noch immer süß und hoch wie die eines Jünglings, und seine Lieder mit ihren zärtlichen Kadenzen sangen alle von Liebe. *Großer Gott, du darfst uns nicht Sylvester nehmen.* Fenella schämte sich, weil sie sich so entsetzlich um Sylvester und so wenig um die kranke Hannah sorgte, aber sie konnte sich nicht helfen.

Mit einer leisen, fallenden Folge von Tönen klang Sylvesters Lied aus. Er sagte nichts, doch Fenella glaubte zu hören, wie er Hannahs Betttücher richtete.

»Sylvester«, sagte Hannah. Ihre Stimme war schwach, und zwischen den Silben schnappte sie nach Luft.

»Nein, Hannah, hör auf, dich zu bedanken«, rief Sylvester. »Ich wünschte, ihr alle wärt wie mein Freund Anthony, der weiß, dass wir uns bei denen, die uns lieben, nicht bedanken müssen.«

Der krächzende Laut, den Hannah von sich gab, mochte ein Lachen sein. »Dein Freund Anthony soll tun, was er will. Ich bin deine Frau. Danke dafür, Sylvester. Danke, dass du für meine Kinder gesorgt hast.«

»Hör mit dem Unsinn auf, Liebchen. Spar deine Kräfte. Deine Kinder sind auch meine und die schönsten Geschenke, die ein Mann bekommen kann.«

»Wofür soll ich meine Kräfte denn noch sparen? Ich habe fast nichts mehr zu sagen. Nur danke, dass du bist, wie du bist. Der Herr behüte dich. Und wenn ich gestorben bin, geh nach unten und heirate Fenella Clapham.«

»Hannah!«, fuhr Sylvester auf. »Das wirre Geschwätz mag ja vom Fieber kommen, aber jetzt ist es genug. Du stirbst nicht. Morgen früh geht es dir besser. Und Fenella ist Anthonys Braut.«

»Der heiratet sie aber nicht. In seinem Leben ist für eine Frau kein Platz. In deinem ja. In deinem Leben war immer Platz für Fenella.«

»Wenn du mir etwas vorzuwerfen hast, lass es uns bereden, wenn du gesund bist«, sagte Sylvester.

»Ich habe dir gar nichts vorzuwerfen«, erwiderte Hannah. »Ich liebe dich. Und du liebst Fenella. Das habe ich immer gewusst, und ich war dennoch froh, mit dir zu leben. Jetzt bist du wieder frei. Lass dir dein Glück nicht entgehen.«

»Hannah, Hannah, Hannah! Ich will dich bei mir behalten, ich will, dass du gesund wirst, dass wir zusammen erleben, wie die Kinder ihren Platz in der Welt finden. Ja, ich liebe Fenella, und ja, du hast es gewusst, noch ehe ich selbst es wusste. Aber ich weiß mein ganzes Leben lang, dass ich Fenella nicht haben kann. Sie gehört einem anderen, und der ist wie Blut von meinem Blut. Ich gäbe ihn niemals her, um mit seiner Liebsten zu leben.«

»Und wenn er ihr das Herz bricht?«

Hilflos lachte Sylvester auf. »Das tut er ja nicht. Er ist nicht so, wie ihr denkt. Fenella und ich, wir kennen ihn wie sonst keiner.«

Röchelnd lachte Hannah mit. »Fenella und du.« Dann erlitt sie einen Hustenanfall, der erstickte, was immer sie noch sagen wollte.

Fenella hörte, wie Sylvester verzweifelt Hannahs Namen rief, wie er vor ihrem Bett auf die Knie fiel und auf sie einsprach, bis die Worte ihren Sinn verloren. Eine Weile lang waren noch Hannahs Husten, ihr Keuchen und ihr schmerzhaft rasselnder Atem zu vernehmen, dann verstummte sie. Sylvester schrie auf, rief flehend noch einmal ihren Namen und warf sich über sie, um so hemmungslos zu weinen, wie nur er es konnte.

Fenella stand wie erstarrt an der Tür. Im Raum dahinter weinte ihr Freund sich die Seele aus dem Leib, weil seine Frau gestorben war. Sie musste zu ihm gehen, ihn trösten – warum stand sie noch immer still und tat nichts? Sylvesters Schluchzen schien in weite Ferne zu rücken, während seine Stimme ihr glasklar im Ohr klang: *Ja, ich liebe Fenella.* Gleich darauf glaubte sie eine andere Stimme zu hören, die einen Vers aus dem Buch von Dante Alighieri vorlas: *Quel giorno piu non vi leggemmo avante. An diesem Tage lasen wir nicht weiter.*

Das alles ist jetzt nicht wichtig, versuchte sie sich zur Ordnung zu rufen. *Wir haben die Seuche im Haus, uns sind drei Menschen gestorben, und wir müssen die, die noch leben, schützen.* Sie mussten alle gut essen, um ihre Körper zu wappnen, sie würde Carlos sagen, er solle Fleischbrühe kochen und dicke Scheiben von der Blutwurst schneiden. Liz hatte sich schlafen gelegt, Fenella sah besser nach, ob sie richtig zugedeckt war. Vor allem musste sich jemand um Sylvester kümmern, und an der Tür war das Zeichen anzubringen, das Besucher vor der Seuche warnte.

Es gab etliches zu tun, doch Fenella fühlte sich entsetzlich schwach. *Sind wir denn alle noch Kinder?*, fragte sie sich. *Zerrinnt uns unser Leben, sobald Sir James einmal nicht da ist, um über uns seine Hände zu halten?*

Unten in der Halle schlug die Tür. Erschrocken fuhr Fenella zusammen. Der Besucher lief Gefahr, sich in ihrem Haus den Tod zu holen, weil sie kein warnendes Zeichen aufgehängt hatte! Sie lief die Galerie entlang bis zur Treppe und blieb stehen. Unten an der Tür stand das Liebste, das sie auf der Welt besaß, schüttelte sich wie ein Hund die Regentropfen aus dem Haar und sah fragend und großäugig zu ihr auf.

Fenella rannte die Treppe hinunter und warf sich ihm in die Arme. »Oh Anthony, Liebster, dem Himmel sei Dank, dass es dich gibt!«

»Ich bin nicht sicher, wem das zu danken ist, Fenchel. Aber dem Himmel auf keinen Fall.«

Sie lehnte den Kopf an seine Schulter, sah den zärtlichen Spott in seinen Augen und war überzeugt, sie habe sich nie im Leben geborgener gefühlt. Er neigte den Kopf, und sie küsste ihn so fest, dass es schnalzte. »Wie kann es denn sein, dass du hier bist? Du kannst doch unmöglich an einem einzigen Tag das Schiff transportfertig gemacht, die Schlepper eingewiesen und den ganzen Weg mit deiner *Mary Rose* bewältigt haben.«

»Nein, vermutlich könnte ich das nicht. Zumindest nicht bei den Schlafmützen von Schleppern. Ich bin ohne *Mary Rose* gekommen. Nimmst du mich trotzdem?«

»Ohne *Mary Rose?* Aber warum denn, Liebling, der König macht doch nicht wieder Schwierigkeiten?«

Anthony schüttelte den Kopf, dann ließ er Fenella los und rieb sich die Schläfen, ehe er die Arme wieder um sie schloss. »Ich werde alt, fürchte ich. Ich hatte auf einmal ein Gefühl, als hätte ich ein Schlammloch im Magen – wie ein altes Weib in Cheapside, das unkt, der Himmel stürze uns auf den Kopf. Jedenfalls fand ich, ich müsse auf jeden Fall sofort nachsehen, ob dieses Haus und alle, die darin herumtoben, unversehrt sind.«

»Und dein Schiff?«

»Das habe ich in einem Anfall von Wahnsinn den Schleppern anvertraut. Ich wünschte, ich könnte wenigstens beten, dass sie es mir in einem Stück hierherbringen.«

»Augenblick. Du hast einem Haufen von Schleppern deine *Mary Rose* übergeben, damit sie sie ohne deine Aufsicht nach Portsmouth bringen – weil du das Gefühl hattest, es ginge uns nicht gut?«

Er duckte den Kopf. »Ich sage dir doch, ich werde alt.«

»Ich liebe dich«, sagte Fenella. »Und ich schwöre dir, sobald die Welt wieder gerade steht, küsse ich dir jeden Zoll deiner alten Haut, bis du um Gnade winselst.«

»Ich winsele nie um Gnade.«

»Deshalb ja«, sagte Fenella und küsste ihn. »Wird der König denn nicht davon erfahren, schöner Mann? Wird er dich nicht dafür bestrafen?«

»Ach was. Er hat gerade beschlossen, wieder zu heiraten,

und hat eine Laune wie ein Springbock. Er verpasst mir höchstens ein paar Katzenköpfe.«

»Er soll sich unterstehen!«

Anthony lächelte, strich ihr das Haar aus dem Gesicht und küsste sie mit offenen Augen, sodass sie mit ihm davonlaufen wollte, unter ihre Weide am Creek, in den Brotkarren, hinter das nächste Gebüsch, nur irgendwohin, wo sie die Beine breit machen und ihn in sich hineinziehen konnte. Dann wurde er auf einen Schlag ernst und hielt sie von sich weg. »Und jetzt sag mir, warum die Welt nicht gerade steht, Fenchel.«

»Oh mein Gott! Anthony, wir haben das Schweißfieber im Haus. Deine Eltern sind tot. Sie sind einer nach dem anderen gestorben, und es tut mir so furchtbar leid, dass du nicht hier sein konntest.«

Er zog die Brauen in die Stirn. »Meine Eltern?«

Sie zog ihn an sich, strich ihm die letzten Regentropfen von der Wange. »Liebster, ich weiß seit Langem, dass Vater Benedict dein Vater ist. Es macht mir nichts aus. Nicht das Geringste. Ich wollte nur, du wärst bei ihm gewesen.«

»Hat er dir das gesagt?«, fragte Anthony verstört, doch ehe sie ihm erzählen konnte, was Vater Benedict gesagt hatte, erreichte ein anderer Teil ihrer Nachricht sein Hirn. Er stockte und wurde knochenbleich. »Vater Benedict und meine Mutter sind am Schweißfieber gestorben? Zur Hölle, was ist mit meinem Sylvester?«

»Hannah ist auch tot.« Mit Wucht stürzten die Ereignisse der Nacht von Neuem über sie her. Sie brachte kein Wort mehr heraus, sondern konnte nur die Treppe hinaufweisen. Anthony küsste ihr Haar und lief los. Nie zuvor hatte sie gesehen, wie er mit seinem fast steifen Bein drei Stufen auf einmal nahm. Ein Zischlaut entfuhr ihm, als der Fuß des versehrten Beins aufsetzte. Das Knie war der Wucht nicht gewachsen, es gab nach, und er fiel vornüber.

Wie demütigend, durchfuhr es Fenella. Er hatte mit dieser

Verletzung sein ganzes Leben verbracht, und sie alle bewunderten ihn, weil er damit umging, als wäre nichts dabei. In diesem Augenblick aber wurde ihr klar, was es bedeutete: Er konnte nicht fliehen. Er konnte seinem Freund nicht zu Hilfe eilen. Fenella hatte nie gestattet, dass jemand ihn einen Krüppel nannte, aber als ein solcher musste er sich fühlen – entmachtet und hilflos. Ausgeliefert wie als Kind in den Händen seines Stiefvaters. Kein ganzer Mann.

Du bist mein Held, Anthony. Das warst du immer. Was kann die alberne Treppe dir anhaben, wo du täglich einen Berg erstürmst?

Er fing sich mit den Händen ab und stemmte sich wieder in die Höhe. Dann zwang er das schmerzende Bein weiter. Eine Stufe nach der anderen. Oben stieß er die angelehnte Tür zu Hannahs Zimmer auf und sagte: »Sylvester.«

Fenella hörte Sylvester vor Erleichterung aufweinen. Dann ging sie, um das Zeichen an der Tür zu befestigen und nach Liz zu sehen.

Die Krankheit hatte zugepackt. Liz lag steif wie eine Tote im Bett, dessen Laken vor Schweiß bereits trieften. Als Fenella Wasser holen ging, sah sie Anthony aus Hannahs Zimmer kommen und wusste, dass Sylvester ebenfalls erkrankt war. Noch zweimal trafen sie einander, während sie nach frischen Tüchern, Dünnbier und Wasser gingen, und hielten sich kurz aneinander fest, sie mit tränennassen Wangen und er mit vor Angst geweiteten Augen. Dann kehrten sie an ihre Plätze zurück, er ans Lager seines Freundes und sie ans Lager des Mädchens. Er war die Nacht durch geritten, und sie hatte bei Sterbenden gesessen, aber sie wussten, sie würden auch diese zweite Nacht hindurch wach bleiben.

Am Morgen taumelten sie aus den Zimmertüren, blieben stehen und sahen sich an. Gleichzeitig lasen sie, was in den Zügen des anderen stand, und liefen, lahmten, stolperten einander entgegen. An allen Gliedern zitternd umarmten sie sich.

»Sie werden gesund, nicht wahr? Sie werden beide gesund.«

»Aber ja doch. Aber ja.«

Sylvester und Liz hatten die Krankheit überlebt.

Fenella und Anthony brauchten mehrere Tage, um die Kranken zu pflegen, die Toten zu begraben und den großen Haushalt wieder ins Gleichgewicht zu bringen. Als sie sich endlich für die Nacht in ihrem Dachzimmer einriegeln durften, waren sie beide todmüde und liebten sich vor Entkräftung langsam wie zwei alte Leute. Es war wundervoll, fand Fenella. Kein bisschen weniger erregend als das wilde Stürmen.

»Ist das noch mein Fenchel?«, neckte er sie. »Eine Frau, die mit mir Liebe macht, ohne dass ich eine einzige Bissspur, eine Schramme oder einen blauen Fleck davontrage?«

Sie küsste den Schatten, den sein Haar auf seine Stirn warf. »Ich bin grausam, ich weiß. Aber nur, weil ich mir so sehr wünsche, dass du mich spürst. Früher konnte ich dich kitzeln, doch wenn ich es heute versuche, bemerkst du es nicht mehr.«

Er drehte sich auf den Rücken, zog sie auf sich und barg sie in den Armen. »Ich spüre dich, Fenchel. Sogar wenn du nicht da bist. Würde ich dich nicht spüren, würde ich umherziehen und Morde begehen, Häuser in Brand stecken und Hetztiraden gegen den Himmel halten.«

»Würdest du nicht«, sagte sie. »Aber ich liebe es, dass du mit mir sprichst, als wäre ich die Welt.«

»Wer will schon die Welt sein? Du bist die wilde, tausendschöne Fenchel Clapham.«

»Ach, Anthony. Mein Herzliebster. Wenn ich mir dich bei Hof vorstelle, sehe ich einen Schwarm eleganter Damen, die dich gefährlich und unwiderstehlich finden, aber keine von denen ahnt, wie süß du sein kannst.«

»Schön für dich«, brummte er. »Wenn ich mir mich bei Hof vorstelle, sehe ich einen stolpernden Kerl, der sich unter dem

Tisch verkriechen möchte und bei der ersten Gelegenheit einschläft.«

Fenella lachte hell auf. »Gut so! Wenn dieses Weibsvolk nicht weiß, wie es einen Kerl aus Portsmouth wach halten muss, ist es selbst schuld.«

»Fenchel«, sagte er. »Halt mich wach.« Er schob sie in die Höhe, dass sie auf seinen Hüften zu sitzen kam, drang in sie und verschaffte ihr auf seinen kraftvollen Hüften einen Ritt zurück ins Leben. Hinterher wiegte er sie in den Armen, ehe er sie fragte: »Bevor Liz und Sylvester krank wurden – was hast du da von Vater Benedict gesagt?«

»Bei allen Himmeln!«, rief Fenella. »Das hätte ich dir längst erzählen müssen. Ich habe deinem Vater versprochen, es dir weiterzusagen. Was er deiner Mutter angetan hat, ist unverzeihlich, und dir ist er jede Vaterliebe schuldig geblieben, aber er ist vor Stolz auf dich fast geplatzt. Du bist ein feiner, aufrechter Engländer, hat er gesagt, jeder Vater wäre stolz auf dich.«

Anthonys Augen waren weit und hellwach. Er rollte sich eine Strähne ihres Haars um den Finger und sah ihr unverwandt ins Gesicht. »Danke, dass du ihn nicht alleingelassen hast.«

»Verwöhn' mich nicht«, gab sie schroffer, als sie sich fühlte, zurück. »Du hast mir beigebracht, dass du dich nicht bedankst, und brauchst dir jetzt nicht auf einmal Manieren zuzulegen, selbst wenn sie dir verblüffend gut stehen. Es war mir eine Ehre, Sir. Kein Dank nötig, und das meine ich so, wie ich es sage.«

Sein Blick streichelte ihr Gesicht. »Ich muss ziemlich fest schlucken«, sagte er. »Sonst bedanke ich mich noch einmal.«

Sie küsste seinen Kehlkopf.

»Fenchel?«

»Ja?«

»Hat Vater Benedict zu dir gesagt, dass er mein Vater ist?«

Verwirrt wollte sie die Frage bejahen, dann fiel ihr ein, dass der Priester dergleichen nie ausdrücklich gesagt hatte. »Nicht geradeheraus«, erwiderte sie. »Aber begriffen habe ich es schon vor Jahren.«

»Er ist nicht mein Vater«, sagte Anthony. »Er ist ein Mann der Kirche.«

»Beim Himmel, Anthony! Männer der Kirche haben allenthalben Kinder. Wolsey soll fünf gehabt haben, und die Päpste erkennen die ihren sogar an. Das ist doch einer der Punkte, die Cromwell für die Auflösung der Klöster ins Feld führt: All das Gerede von keuschem Leben ist verlogene Scheinheiligkeit. Sosehr ich die blindwütige Zerstörung hasse, was das betrifft, gebe ich ihm recht.«

»Vater Benedict war anders«, sagte er. »Er hat erklärt, er würde mir lieber jede Regung zwischen den Beinen taub prügeln, als mir zu erlauben, mich über einer Frau zu versündigen.«

»Aber darin besteht doch die Scheinheiligkeit!«, begehrte Fenella auf. »Kinder prügeln und selbst ins nächste Gebüsch kriechen.«

»Ich war ja kein Kind mehr, mein Schatz«, säuselte er ihr mit seinem dreckigsten Unterton ins Ohr. »Und wie du wissen dürftest, haben mich seine Drohungen in etwa so sehr abgeschreckt wie Dona Micaelas Rührstab.«

»Dir droht sie den nie an«, stellte Fenella verwundert fest.

»Sie findet, ich bin erwachsen.« Sein Grinsen war so dreckig wie sein Ton. »Ich nenne sie ja auch nicht Tantchen.«

»Anthony!« Fenella spürte, wie ihr das Blut in die Wangen schoss. »Du willst doch nicht etwa sagen, das Tantchen war diejenige, die dir …«

Er senkte die Lider mit den langen Wimpern und blickte schläfrig und unschuldig darunter hervor.

Fenella stöhnte. »Der arme Vater Benedict.«

»Er hat ja nichts davon gewusst«, raunte er und blies ihr einen Kuss ins Ohr. »Wer an keine Hölle glaubt, darf süße Mädchen verderben und das Blaue vom Himmel lügen. Er aber hat das krude Zeug von gehörnten Teufeln und ewigen Feuern wirklich geglaubt. All die Briefe, die er dem Bischof von London geschrieben hat, ohne sie je auf den Weg zu bringen, sollten die Seelen von Ketzern vor diesem Grauen bewahren.«

»Hast du nie versucht, ihn umzustimmen?«

»Was hätte ich ihm denn erzählen sollen? Dass er sich das ganze Höllenspektakel zurechtgebastelt hat wie jeder von euch Reformern seinen eigenen Gott? Ich weiß nicht, Fenchel. Ich fand seine bunte Hölle angenehmer als das Nichts.«

Dagegen war nichts zu sagen. Traurig nickte sie. »Die Hölle ist wenigstens vorstellbar.«

»Außerdem war er überzeugt, er könne ihr entrinnen«, erwiderte Anthony. »Er hätte niemals riskiert, dort zu landen, und er war nicht mein Vater. Eher hätte Sylvesters Cembalo einer Frau ein Kind gemacht als dieser gestandene Gottesstreiter.«

»Aber er hat doch von den Sünden der Väter gesprochen! Er hat gesagt, er habe von dir gelernt, dass ein Mensch trotz der Sünden seiner Väter den geraden Weg gehen kann.«

»Er war der Beichtvater meiner Mutter«, erwiderte Anthony, und sein Gesicht verschloss sich. »Er wusste alles von ihr, und ihr Bastard war gewiss das Letzte, was er unter den braven Söhnen seiner Kirchgänger sehen wollte. Hingenommen hat er mich nur, weil Sylvesters Vater es verlangt hat und weil in dieser Stadt niemand gegen James Sutton ankommt.«

»Und warum hast du ihn wie einen Vater umsorgt?«

»Wirf mir nichts an den Kopf«, sagte Anthony. »Ich mochte ihn.«

Sie packte eines der Kissen und warf. »Ich würde es so gern verstehen. Und Sylvester nicht minder.«

Er klopfte sich das Kissen zurecht, verschränkte die Arme darauf und barg seinen Kopf in deren Schutz. »Ich glaube, das kann ich nicht erklären«, sagte er, ohne aus seinem Schutzwall aufzublicken.

»Bitte versuch's.«

»Er hat mich angefasst«, sprach er vor sich hin. »Dieser

Pförtner des Himmels, der überall Teufel und Höllenschlünde witterte, hatte vor mir überhaupt keine Angst. Verdroschen hat er mich nicht zu knapp, aber zuvor hat er mir den unteren Rücken mit Leder umwickelt, damit er nur meinen Hintern erwischte, nichts, was kaputtgehen könnte. Zwischen den Hieben hat er auf mich niedergebrüllt: ›Auch wenn es dir bitter schmeckt, ich mache einen braven Mann aus dir!‹ Aus einem satanischen Brudermörder macht niemand einen braven Mann, Fenchel. Schon gar nicht mit einem Stöckchen, mit dem man wohlgeborenen Knäblein den Staub aus dem Hosenboden klopft.«

Fenella legte sich zu ihm, schmiegte sich an seinen Rücken und schloss die Arme um ihn. »Ich bin froh, dass ich bei ihm war, als er gestorben ist«, sagte sie. »Ich bin froh, dass er so lange ein Teil unserer Familie war. Er hat sich solche Mühe gegeben, es zu verbergen, aber er hätte das Zeug zum Menschenfreund gehabt.«

Tief in der Kehle lachte er auf und drehte sich zu ihr um. »Wenn er mein Vater wäre, würde ich dir jetzt erzählen, wie abgrundtief verdorben ich bin, und dich bitten, das verdorbene Stück Mensch, das du im Arm hältst, zu heiraten, Fenchel.«

»Ach, du verdorbenes, feiges, anbetungswürdiges Stück Mensch. Kannst du's nicht trotzdem tun? Es ist doch kein Zufall, dass liebenswerte Käuze wie Vater Benedict ihr Herz an dich verlieren, und welchen Käse geht uns überhaupt dein Vater an?«

»Ich kann dir schlecht meinen Namen anbieten, wenn ich nicht einmal weiß, ob ich einen habe, oder?«

»Du hast einen. Der, den du trägst, steht dir zu, wie Luke und Liz der Name Sutton zusteht, auch wenn Sylvester sie nicht gezeugt hat. Es ist ein guter Name. Generationen von Schiffbauern in Portsmouth haben ihn getragen, und er passt zu dir.«

»Und wenn du erfahren würdest, dass ich von Rechts wegen den Namen von einem tragen müsste, der Menschen getötet hat, so wie ich?«, fragte er.

Die Frage wog schwerer, als sie erwartet hatte. »Ja, vielleicht hat es sein Gutes, dass wir den Namen deines Vaters nicht kennen«, gestand sie zu. »Aber selbst dieser Schrecken würde nicht länger währen als einen Augenblick. Wenn ich dir jetzt erklären würde, dass mein Vater ein gerichteter Mörder war – würdest du mich dann aus deinen Armen stoßen, obwohl nichts anderes so genau hineinpasst wie ich?«

»Was für ein hanebüchener Blödsinn!« Er umarmte sie noch fester und bedeckte ihr Gesicht mit Küssen.

»Ihr nehmt mir die Worte aus dem Mund, Sir.«

Mit einem Finger fuhr er dem Ansatz ihres Haars nach, wie um sich die Linie einzuprägen. »Ich, Anthony, nehme dich, Fenchel, zu meinem vertrauten Weibe«, murmelte er versonnen. »Dich zu halten, von diesem Tag an, im Guten wie im Bösen, in Reichtum wie in Armut, in Krankheit wie im Wohlergehen«, murmelte er.

»Hast du das geübt?«, fragte sie verblüfft.

»Seit zwanzig Jahren«, sagte er. »Glaubst du etwa, ich hätte es mir auch nur einen Tag lang weniger gewünscht als du?«

Er heiratete sie nicht. Jetzt, wo seine Mutter tot war, hätte nur noch sein Vater sich ihm zu erkennen geben können, und die Aussicht darauf war verschwindend gering. Fenella war beinahe sicher, dass er sich nie in der Lage sehen würde, eine Ehe einzugehen, selbst wenn der König ihm irgendwann die Erlaubnis erteilen würde, der *Mary Rose* das zweite Spantensystem einzuziehen, das er entwickelt hatte, um die Schäden des Überbaus auszugleichen.

Sie fand sich damit ab. Er teilte sein Leben mit ihr und schenkte ihr noch immer das Gefühl, die Königin seines Meeres zu sein, über das sie beide eines Tages über das Ende der Welt hinausgehen konnten. Er verbrachte seine Tage bei seinem Schiff und kam abends verdreckt und selig nach Hause, die Wangen glühend, die Augen funkelnd und der Leib zappelig vor Hunger nach ihr. Er liebte sie ungestüm wie ein Junge, einfallsreich wie ein Mann und mit einem zärtlichen Lachen, das ohne Alter war.

Sie hatte Angst gehabt, sie würde Sylvester künftig befangen begegnen, aber die Angst verflog. Kein Mensch konnte Sylvester befangen begegnen. Seine Trauer um Hannah war tiefer, als Fenella erwartet hatte, und seine Worte von jenem Morgen – *Ja, ich liebe Fenella* – erschienen bald nur noch wie ein verblassender Spuk.

Statt Fenella und Anthony heiratete König Henry. Seine vierte Frau war eine niederländische Prinzessin aus einem der Fürstentümer der schmalkaldischen Liga. Thomas Cromwell hatte jene Anna von Kleve für ihn ausgewählt, um England protestantische Verbündete zu verschaffen und die Reform der Kirche unwiderruflich voranzutreiben. Alle Welt hielt Cromwell für einen Emporkömmling, der allein aus Ehrgeiz agierte, doch für die neue Kirche brannte offenbar sein Herz. König Henry fieberte der neuen Frau an seiner Seite entgegen und schloss den Ehevertrag, obgleich er von seiner Braut lediglich schwärmerische Beschreibungen und ein Porträt seines Hofmalers Holbein kannte.

Das Ergebnis war eine Katastrophe. Anthony gehörte zu den Offizieren, die entsandt wurden, um die Braut zu Schiff nach Dover und von dort nach Rochester zu geleiten, wo der König sie in Empfang nehmen sollte. »Ich habe nie zuvor einen Mann in solchen Worten von Gesäß und Brüsten einer Frau sprechen hören«, erzählte er Fenella nach seiner Rückkehr. »Nicht unter portugiesischen Pulveraffen, nicht im Kerker und auch nicht in den Hafenkneipen von Neapel. Er hat gar nicht gesprochen. Er hat Dreck und Galle ausgespuckt, und ich habe mir nur gewünscht, dass das arme Geschöpf kein Wort Englisch versteht.«

Wie üblich ließ der König seinen Zorn an all jenen aus, die er mit der Frau, die ihm nicht schmeckte, in Verbindung brachte. Die Männer, die Anna von Kleve nach England begleitet hatten, wurden vor dem versammelten Rat zusammengestaucht, weil sie ihn nicht gewarnt hatten, der Maler Holbein musste um seine Stellung fürchten, und die Aussicht, mit dem Umbau der *Mary Rose* beginnen zu dürfen, solange sie noch auf dem Dock in Portsmouth lag, zerschlug sich ein weiteres Mal.

»Es tut mir so leid«, sagte Fenella. »Wie hältst du es nur aus, schon wieder zu warten?«

»So wie du«, sagte er und küsste sie auf die Nase. »Um ehrlich zu sein: Es presst mir gehörig die Rippen zusammen, zumal mir allmählich auffällt, dass ich sterblich bin. Aber solange du mich samt meinem Ballast aushältst, muss ich mir ja wohl Mühe geben, dasselbe zu tun. Nur vor dem Tag, an dem es dir über den Kopf wächst, mein Herz, vor dem habe ich Angst.«

»Hab keine, Seestern. Dich auszuhalten ist im Augenblick die leichteste Übung der Welt.«

Er schloss die Arme um sie und wiegte sich mit ihr. »Dann hätte es uns übler erwischen können, oder nicht?«

Übler erwischte es Thomas Cromwell. Der einst übermächtige Minister, der mit eiserner Faust die Klöster zerschlagen hatte, wurde im Juli des Jahres 1540 auf dem Hügel vor dem Tower enthauptet. Tage zuvor hatte die Konvokation die Ehe zwischen Anna von Kleve und Henry VIII. annulliert.

König Henrys Missmut verflog danach rasch, denn er hatte sich verliebt, allem Anschein nach blinder und heftiger als je zuvor. Mit seinen knapp fünfzig Jahren schickte er sich an, zum fünften Mal ein Brautbett zu besteigen, und in seinem Überschwang zog er die Männer, die er gerade noch von sich gestoßen hatte, wieder an seine Brust. In Europa brodelte es, und die Liebe machte ihm Lust auf Krieg, weshalb er mit neuem Schwung an den Ausbau seiner Flotte ging. Auch in Portsmouth wurde wieder einmal gebaut. Vor den Toren, unweit der Ruinen des *Domus Dei*, sollte eine neue Festung entstehen, deren Front sich am Ufer des Solent erheben würde. Anthony wurde mit der

Planung der Hafenanlage betraut. Sollte alles nach Wunsch verlaufen, so versprach der König ihm einmal mehr zum Lohn, was er sich am meisten wünschte.

Die Braut, der die frühlingshaften Gefühle des Königs galten, hieß Catherine, entstammte der mächtigen Familie der Howards und galt wie ihr Onkel, der Herzog von Norfolk, als strikte Katholikin. Bei ihrer Eheschließung mit Henry von England, der sie seine Rose ohne Dornen nannte, war sie siebzehn Jahre alt.

24

Geraldine

November 1541

Die Fahrt schien nicht enden zu wollen. In der Kutsche war es kalt, und Geraldine kam es vor, als dringe der Hagel durch die Ritzen. Die Erschöpfung saß ihr wie Blei in den Gliedern, doch an Schlaf war nicht zu denken.

Nur das Kind an ihrer Seite war eingeschlafen. Es war ein merkwürdiges Kind, das fiel selbst Geraldine auf, die nichts von Kindern verstand. Andere Kinder seines Alters hätten sich im Schlaf an ihre Mütter geschmiegt, aber das ihre berührte sie nicht und schlief geradezu aufrecht. Es hatte nichts Zutrauliches, was daran liegen mochte, dass Geraldine ihm nie hatte nahekommen können. Ganz anders als Robert. Vom ersten Tag an war er mit äffischer Liebe in die Kleine vernarrt gewesen, und bei jedem Kompliment, das jemand der außerordentlichen Schönheit des Kindes zollte, hatte er wie ein Kronleuchter gestrahlt. So wie man verhätschelte Knaben Muttersöhnchen nannte, hatte er über Francesca gesagt: »Sie ist ein Vatertöchterchen. Ihr Vater ist der Größte für sie.«

Das war lächerlich, in mehr als einer Hinsicht. Geraldine stöhnte. Sie hatte die Kinderfrau mitnehmen wollen, doch die hatte sich geweigert. »Ich arbeite für Lord Robert, nicht für Euch«, hatte das Weib ihr schnippisch ins Gesicht geworfen, und als Geraldine ihr die gebührende Antwort verpassen wollte, hatte sie sich umgedreht und war zurück ins Haus gestampft. Geraldine konnte froh sein, dass das Kind mehr oder weniger für sich selbst sorgte, denn sie war nicht imstande, sich um es zu kümmern. Schon ihm ins Gesicht zu sehen steigerte ihren Schmerz ins Unermessliche.

Der Schmerz war das Schlimmste. Alles andere, selbst die Kälte, hielt sie aus, doch der Schmerz war unerträglich. Jeder Gedanke, jeder Fetzen Erinnerung machte ihn schärfer und wilder. *Das Zucken der Kerzenflammen. Das Spiel des Lichts, das sich auf dem Gesicht des Geliebten zeichnete.* Geraldine krümmte sich. Der Wunsch, die Hände zu heben und sein Gesicht zu berühren, war ständig da, was immer sie tat und wie weit sie auch von ihm fort war. *Unerreichbar weit.*

Sie würde nichts vergessen. Keinen einzigen Augenblick. Ein jeder war kostbar, selbst die, die ihr das Herz im Leib umdrehten und sie demütigten – sie, Geraldine Sutton, die überzeugt gewesen war, nie eine Demütigung hinzunehmen.

Vor dem Fenster flog grau in grau die Landschaft vorbei. *So ist mein Leben ohne dich. Tu mir weh, mach mich schwach, erniedrige mich. Nur lass mich nicht ohne dich sein.* Sie hob die Hand an die Wange und zerrieb die Nässe, legte die Finger auf die Lippen und schmeckte Salz. *Ist es das, was mir von dir bleibt? Nichts als Tränen. Oh mein Geliebter, mein Einziger, ich halte dieses grauenhafte Nichts nicht aus.*

Wenn sie die Augen schloss und sich die Hände auf die Ohren presste, glaubte sie für einen Augenblick, die Wärme zu spüren, die von seinem Körper ausgegangen war, die raue Wolle der Decke, unter der sie beieinander gelegen hatten. Er hatte den Ellbogen aufgestützt, und die Decke war ihm von der Schulter geglitten. Sie hatte sich nie gewünscht, einen anderen Menschen zu berühren, höchstens ihren Bruder, dem sie manchmal, wenn sie gefroren hatte, in den Armen gelegen hatte. Diesen hingegen hatte sie nicht ansehen können, ohne die Hände nach ihm auszustrecken.

Tastend fuhr sie der Linie seiner Schulter nach, strich über die von Narben zerrissene Haut. »Es hat dir nicht wehgetan, nicht wahr?«, entfuhr es ihr. »Du hast nichts davon gespürt?«

»Natürlich nicht.« Seine Stimme war kalt und schön wie geschliffenes Metall.

»Sie haben geglaubt, sie könnten dir Schmerz zufügen, und du hast über sie gelacht. Wenn du gewollt hättest, hättest du sie mit einem Handstreich töten können. So wie Ralph auf der Werft.«

»Ja. So wie Ralph.«

»Erzähl mir, wie es sich anfühlt – das Töten.«

Er hatte den Blick seiner Nachtaugen in eine Weite gerichtet, die nur er sehen konnte, doch jetzt wandte er sich ihr zu. Sein Lächeln war böse. Teuflisch. »Weißt du das nicht selbst, Geraldine?«

Sie fühlte sich klein, zog sich in sich zusammen. »Ich wollte es immer wissen«, gestand die Stimme der kleinen Geraldine.

»Ja, das wolltest du.« Sein böses Lächeln blieb unbewegt.

Er hatte sie damals gesehen. Er sah alles. Sie hatte niemandem erzählen können, was sie an jenem Tag auf der Salzwiese getan und dass sie einen Herzschlag lang Angst vor sich selbst bekommen hatte. Gleich darauf war die Angst vor dem Tod gekommen, der sie aus glasigen Katzenaugen anglotzte. Sie hatte das leblose Vieh von sich weggeschleudert und war davongerannt, aber der Tod jagte hinter ihr her. Selbst wenn sie mit Leibeskräften rannte, sein eisiger Atem blies ihr beständig in den Nacken. Er war noch immer dort. Sie war ihn nie mehr losgeworden.

Ihrem Geliebten brauchte sie nichts zu erzählen. Ihr Geliebter kannte jede Einzelheit, und der Tod machte ihm keine Angst.

Sie wollte wieder mit ihm schlafen, wieder und wieder und wieder. Außer ihrem Bruder hatte sie nie einen Mann schön gefunden, und dieser war hässlich wie Nacht und Sünde, aber sie brauchte ihn nur anzusehen, damit sie sich kranksehnte.

Das Reden vom Tod machte sie kirre. Sie klammerte sich an seine Schultern. »Bitte sag mir, wie es ist, einen Menschen zu töten«, flüsterte sie. »Und dann nimm mich. Nimm mich hundertmal.«

Wann hatte sie begriffen, dass es nicht Hass war, der sie ihr Leben lang von ihm besessen machte, auch nicht Angst, sondern unzähmbares Verlangen? An jenem Abend hatten sie draußen am Fischteich unter dem schwarzen Himmel gesessen, und sie hatte sein Gesicht gestreichelt.

»Lass das sein«, hatte er gesagt.

Erschrocken hatte sie innegehalten. »Aber ich will es!«

»Das mach mit dir aus. Nicht mit mir.« Er strich ihre Hand wie Staub von sich herunter.

Verstört hatte sie erneut die Hand nach ihm gehoben. War sie nicht die schöne Geraldine, der Engel von Portsmouth? Lechzten nicht sämtliche Männer im Saal danach, von ihr berührt zu werden? Sein Blick ließ sie erstarren. »Bitte lass mich dich anfassen«, hörte sie sich winseln.

»Wenn du mit mir schlafen willst, sag es«, beschied er sie kalt. »Das Geziere können wir uns sparen.«

Kein Mann sprach so mit einer Dame. Geraldine schreckte zurück, doch gleich darauf lag ihre Hand wieder an seiner Wange und strich über seine Haut. Blitzschnell warf er den Kopf herum. Einen Augenblick lang glaubte sie, er werde sie beißen, doch er entwand sich und stand auf.

»Was tust du?«, schrie sie.

Er drehte sich um. »Was soll ich schon tun? Ich gehe mit Sylvester essen.«

»Bleib hier, bitte bleib bei mir!« Sie konnte sich nicht erinnern, je einen Menschen um etwas gebeten, geschweige denn angebettelt zu haben.

»Warum sollte ich?«

»Ich will mit dir schlafen«, antwortete sie mit der winzigen Stimme, die sie nicht an sich kannte.

Er hatte gar nichts gesagt, hatte sie nur mit einer Kopfbewegung angewiesen, ihm zu folgen. Hinunter zum Fluss. Der Teufel mochte über die Feuer der Hölle gebieten, aber ihr schwarzer Geliebter gebot dem Wasser und schöpfte daraus Kraft. Statt einen Wagen zu nehmen, dessen Kutscher ein Mitwisser gewesen wäre, stieg er mit ihr in ein Boot und ruderte im Schutz des Schilfs über die gläserne Schwärze, in der sich das Sternenlicht spiegelte. Unter dem weißen Hemdstoff spielten seine schlanken Muskeln. Geraldine wurde schwindlig, weil sie ihn so sehr wollte.

Er brachte sie auf das Kastell seines Schiffes, in eine Kabine, in der kein Feuer brannte, und nahm sie auf einem Bett, auf dem nur eine Decke aus rauer Wolle lag. Sie hatte nie zuvor einen Menschen begehrt, sie wollte, dass es nie aufhörte, aber es war im Nu vorbei. Er streifte ihr die Kleider herunter, wie er eine Nuss knackte, legte sie auf den Rücken und öffnete seinen Hosenlatz. Dann machte er es ihr, ohne sie zu küssen, ohne sie zu streicheln oder ein Wort zu sagen. Es war, als ergriffe eine Raserei von ihr Besitz und triebe sie in die Höhe, über sich selbst und die banale Welt hinaus. Es war Wahnwitz, Kraft, die schiere Gewissheit, am Leben zu sein. War Töten genauso? Ein Herzschlag, in dem man sich nicht länger menschlich, sondern göttlich fühlte?

Töten ist nicht zärtlich, erkannte sie. Sie war süchtig danach, mit ihm zu schlafen, aber es war ihr nicht genug. Sie wollte ihn streicheln. Sie wollte, dass er ihr erzählte, wie es war, einen Menschen zu töten, und ihm dann jedes Wort von den dunklen Lippen küssen. Sie wollte seine Narben berühren. Sie fand, die Narben gehörten ihr, wären Zeichen, die er von ihr an seinem Körper trug. Dass er diese Narben hatte, weil sie ihm hatte Schmerz zufügen wollen, vermochte sie sich nicht mehr vorzustellen.

»Es hat dir nicht wehgetan, nicht wahr?«

»Was?«

»Das Brandeisen. Du spürst es nicht, wenn sie es dir aufsetzen, du spürst nicht, wenn dich jemand mit der Peitsche schlägt …«

»Du fragst mich ständig dasselbe. Nein, ich spüre es nicht, und jetzt hör damit auf. Du langweilst mich.«

»Du hasst mich nicht dafür, nicht wahr? Es war nicht um meinet-, sondern um Roberts willen. Du musst das wissen.«

»Nein«, sagte er und gähnte. »Ich hasse dich nicht dafür, und es war nicht um deines Mannes willen. Und jetzt lass mich schlafen.«

»Das kann ich nicht!«

»Was?«

»Neben dir liegen und dich schlafen lassen.«

Er hatte sich aus dem Bett geschwungen, wendig und gleichmütig, wie Tiere es tun. »Dann bringe ich dich zurück in den Palast.«

Es nützte nichts, sich zu sträuben. Auch kein Betteln und Weinen. Er war kein Männchen, das sie am Gängelband führte, sondern ein Mann, stark und herrlich und grausam. Sie wollte ihn nicht gehen lassen. Unter dem Torbogen zwischen den Höfen von Hampton Court hielt sie ihn mit aller Kraft am Wams fest. »Wann sehe ich dich wieder?«

Er zuckte mit der Schulter. »Irgendwann.«

»Davon kann ich nicht leben. Wenn du mir keinen Tag nennst, halte ich dich hier fest.«

»Davon rate ich ab«, sagte er. »Ich habe keine Hemmungen, dich zu schlagen, Geraldine, dich zu Boden zu stoßen oder etwas anderes zu tun, das kein Mann von Anstand täte.«

»Mach mit mir, was du willst!« Sie klammerte sich fest.

Mit ein, zwei Griffen öffnete er sein Wams, streifte es ab und ging, ehe Geraldine begriff, wie ihr geschah. Jeder Fassung beraubt, hielt sie das schwarze Kleidungsstück in den Händen.

In den Tagen und Nächten danach lernte sie, was es hieß, sich nach einem Mann zu verzehren. Geraldine war krank, sie war süchtig, sie wollte ihn mit ganzer Seele und jeder Faser ihres Körpers. Er war, was ihrem Leben gefehlt hatte: die Lösung zu der Wand aus Rätseln, die sich wie eine Nebelschwade vor ihr aufgetürmt hatte. Sie hatte sich immer mehr Licht gewünscht, um die Nebel zu durchdringen, hatte ihre Räume mit Kerzen gefüllt und wäre nie auf den Gedanken gekommen, dass es in Wahrheit die Dunkelheit war, nach der es sie mit allen Sinnen verlangte.

Sie konnte an nichts mehr denken, nur daran, dass sie ihn wiederhaben musste. Zwei Mal sah sie ihn bei Hof. Er behandelte sie, als wäre sie nicht vorhanden, ging mit den Höflingen unverschämt kalt um, war liebenswürdig zu Anne und ihrer Nachtmütze Cranmer und regelrecht bezaubernd zu Sylvester. Geraldine ertappte sich dabei, eifersüchtig auf ihren eigenen Bruder zu sein, den er mit einer Wärme bedachte, als wäre er fähig zu lieben.

Bestand darin sein Zauber? War er unwiderstehlich, weil er sowohl töten als lieben konnte, weil sein Inneres eine Wüste aus Eis war und doch Zärtlichkeit für einen Menschen aufbrachte?

Seine Zärtlichkeit sollte nicht Sylvester gehören, sondern ihr.

Sie schrieb ihm Briefe, erklärte, sie werde nicht zu ihrem Mann zurückkehren, sondern sich von ihrem Bruder nach Portsmouth bringen lassen. Er schickte die Schreiben ungeöffnet mit demselben Boten zurück, wie sie Roberts Briefe zurückschickte. Als Geraldine ihn das dritte Mal bei Hof sah, lauerte sie ihm auf. Sie wusste, dass es ihn früher oder später ans Wasser ziehen würde, und wartete an der Anlegestelle, wo im Schilf sein Boot lag.

Er sprach sie nicht an, sondern ging den Steg hinunter, als wäre er allein. Geraldine starrte ihm nach. Sie kannte ihn nur in den gerade geschnittenen Hosen der Seeleute, die er sogar auf offiziellen Banketten trug. In den modischen Pluderhosen, die sich heute um sein Gesäß bauschten, und in eng um Waden und Schenkel geschmiegten Beinkleidern sah sie ihn zum ersten Mal. Die wenigsten Männer konnten so etwas tragen, ohne an gestopfte Truthähne, mickrige Hühnchen oder geplusterte Pfauen zu gemahnen. *Er ist mein schwarzer Schwan*, dachte Geraldine. Seine natürliche Grazie, die nie lächerlich wirkte, berührte etwas in ihr, einen Fetzen Erinnerung, den sie nicht greifen konnte.

Am Ende des Stegs setzte er sich nieder. Ohne sich um Konventionen zu scheren, zog er Schuhe und Beinkleider aus und ließ die Beine ins eiskalte Wasser baumeln. Geraldine schlug die Hände vor den Mund. Sein rechtes Bein war schön gewachsen, lang und schlank und gerade, doch das linke war grausam verwüstet. Das Knie war von Narben überwuchert, die Fessel ein blutrot unterlaufener Krater. Entstellungen des Körpers erfüllten sie von jeher mit Abscheu, doch als sie sein zerstörtes Bein sah, übermannte sie ein Gefühl, das sie an sich nicht kannte. Mitleid. Sie wusste, er spürte keinen Schmerz, und dennoch war der Wunsch übermächtig, zu ihm zu laufen und ihn zu trösten.

Natürlich brauchte er keinen Trost. Er brauchte nichts. Geraldine ging den Steg entlang und wünschte sich mit wütender Kraft, er würde sie brauchen. »Dein Betragen ist ungehörig!«, rief sie. »Hat man dich nicht gelehrt, einer Dame, mit der du bekannt bist, einen Gruß zu entbieten?«

»Was man mich gelehrt hat, weißt du selbst«, erwiderte er träge. »Was willst du, Geraldine?«

Sie hielt inne. Ihre Stimme wurde klein. »Dich lieben.«

»Das ist wohl kaum das richtige Wort.« Er gähnte und zog die Beine aus dem Wasser.

»Mit dir schlafen.«

»Nicht heute.«

»Wann dann?«

»Wer weiß.« Er zuckte mit der Schulter. »Müssen wir es denn um jeden Preis noch einmal tun?«

Sie trug ihr neues Kleid aus hellblauem, silberdurchwirktem Brokat und wusste, dass sie hinreißend aussah. »Willst du mich nicht?«, fragte sie hilflos.

Er wandte langsam den Kopf. »Trägst du immer dieses Blau, Geraldine? Vermutlich hat jemand dir erzählt, nichts stünde dir besser.«

»Gefällt es dir nicht?«

»Was mir gefällt, tut nichts zur Sache. Zweifellos siehst du entzückend aus.«

»Sag mir, in welcher Farbe du mich sehen willst!«, rief sie und bemerkte, wie sehr das brave Blau ihr zum Hals heraushing.

»Ich will gar nichts.« Unbekümmert erhob er sich und zog die schwarzen Beinkleider über, ohne sich die Beine abzutrocknen. »Wenn du die Sünderin geben möchtest, die als Unschuld vom Lande herumläuft, was soll mich daran kratzen?«

Warte nur ab, dachte Geraldine. *Das nächste Mal siehst du mich als Sünderin, als die eine, die dir ebenbürtig ist.* Sie blickte an ihm hinunter. Noch in einer Soutane hätte er wie ein Sünder ausgesehen. Wie ein Grund zur Sünde.

Als er an ihr vorbeigehen wollte, umschloss sie sein Handgelenk. »Mein Bruder wird mich in den nächsten Tagen nach Portsmouth bringen.«

»Was du nicht sagst.« Er befreite sich.

»Ich kehre in mein Elternhaus zurück«, erklärte sie. »Wir werden uns oft sehen, wenn wir erst im selben Haus leben.«

»Wir werden uns gar nicht mehr sehen«, beschied er sie. »Wenn du zurück nach Sutton Hall gehst, gehen Fenella Clapham und ich von dort weg.«

Fenella Clapham.

Schrill lachte Geraldine auf. »Das ist nicht dein Ernst. Du kannst doch nicht noch immer deine Finger an der Schiffsplanke haben.«

Sein Blick wurde dunkel. Die schwarzen Brauen zogen sich zusammen. »An wem ich meine Finger habe, geht dich nichts an. Du und ich, wir sind Dreck. Aber Fenella ist keiner. Ich erlaube nicht, dass du noch einmal von ihr sprichst.«

Geraldines Herz jagte in hohen, harten Schlägen. Einen Augenblick lang hatte er sie den Sprung in seinem eisernen Panzer sehen lassen, die Flanke, an der er verwundbar war. *Fenella Clapham.* Der Schmerz nahm ihr den Atem.

Er hatte sich losgemacht und war schlendernden Schrittes weitergegangen, einen Schilfhalm zwischen den Lippen, seine Schaube über die Schulter geworfen.

»Ich muss dich wiedersehen!«, rief sie und fügte leise hinzu: »Bitte.«

»Nicht, wenn du nach Portsmouth gehst.«

»Und wenn ich hierbleibe?«

»Dann wird es sich kaum vermeiden lassen, dass wir uns über den Weg laufen.«

Am Abend teilte Geraldine Sylvester mit, sie habe sich entschlossen, zu ihrem Mann zurückzukehren. Dass sie ihm damit wehtat, dass er vor Zorn rot anlief und sie anschrie, verschaffte ihr eine Art von Genugtuung. Auch dass Robert vor ihr auf die Knie plumpste und in ihrem Schoß wie ein Kleinkind heulte und dass David, der rahmblonde Niederländer, schwor, er werde für sie tun, was immer sie verlangte. *Andere Männer würden noch um einen Fußtritt von mir betteln. Dir hingegen gäbe ich alles, ohne dass du auch nur mit einem Finger schnalzt.*

Geraldine hatte bald ein Jahr warten müssen, ehe sie den Rausch mit ihm noch einmal erlebte. Dann ein weiteres Jahr. Und noch eines. »Ich verhungere, wenn du mir so wenig gibst«, hatte sie gesagt.

»Ach was. Du gewöhnst es dir ab«, hatte er erwidert.

Darauf aber hatte sie nie auch nur einen Tag lang gehofft. Wie konnte sie sich das Leben abgewöhnen, jetzt, wo sie es endlich kannte? Starr vor Kälte, mit dem Tod im Nacken, war sie durch die Welt geirrt und hatte nach etwas gesucht, dessen Namen sie nicht gekannt hatte. Jetzt kannte sie ihn, und sie war entschlossen, sich das einzige Glück, das ihr möglich war, von nichts und niemandem nehmen zu lassen.

Als Anne starb, fragte er sie: »Macht dir das keine Angst? Die Königin verliert ihr Leben für einen Ehebruch, den sie nicht einmal begangen hat.«

»Woher willst du das wissen?« Geraldine hätte es selbst allzu gern gewusst. Sie hatte geglaubt, Anne zu durchschauen, hatte aber lernen müssen, dass sie nicht einmal sich selbst durchschaut hatte.

Er zuckte mit der Schulter. »Wenn dein Mann uns erwischt, kann er dafür sorgen, dass wir hingerichtet werden. Oder er kann es selbst tun. Wie der Mann von Francesca da Rimini.«

»Wer ist das?«

»Niemand.«

Jäh wurde ihr kalt. Ihre Finger krallten sich in seine Schultern. »Aber dich kann doch niemand hinrichten!« Sie, die sich um andere niemals geschert hatte, wurde verrückt vor Angst, jemand könnte ihm ein Leid antun. »Wenn jemand Hand an dich legen wollte – es würde ihm übel bekommen, und dir hätte es nichts an, nicht wahr?«

Er setzte sich auf und rieb sich die Schläfen, wie er es oft tat. Einst hatte sie diese Geste gefürchtet, weil er auf diese Weise den Dämon in sich weckte, doch inzwischen fand sie jede seiner Gesten erregend und schön. Er entblößte seine makellos weißen Zähne zu einem wahrhaft teuflischen Grinsen. »Sag mal, glaubst du den hanebüchenen Unsinn, den du von dir gibst, eigentlich selbst?«

Halb angezogen schwang er sich vom Bett und ging zur Tür. »Komm mir nicht nach. Ich brauche Luft.«

Wie geohrfeigt blieb sie zwischen den zerwühlten Laken liegen. Was hatte er damit gemeint? Warum hatte er ihre Frage nicht wie sonst bejaht? Hieß das, dass er nicht unverwundbar war, dass Robert ihn verhaften und in den Tod schicken lassen konnte? Aber er war doch mächtiger als sie alle. Sie liebte ihn, weil er unzerstörbar wie Eisen und lachhaften Männchen überlegen war! Geraldines Herz schlug so heftig, dass ihr übel wurde. Sie liebte ihn. Was das bedeutete, wusste sie nicht, nur dass daran nichts zu rütteln war.

Als er wiederkam, fand sie ihn bleich und fremd. War er dort draußen, über den Wellen des Flusses, dem Dämon begegnet? Er warf ihr ihre Kleider zu. »Zieh dich an. Der Spaß ist vorbei.«

»Lass mich nicht wieder ein Jahr warten«, bettelte sie. »Mein Leben ist die Hölle, wenn ich dich nicht habe.«

Wieder grinste er mit gebleckten Zähnen. »Da gehören wir beide hin, oder nicht?«

Die Aussicht, zur Hölle zu fahren, machte ihr längst keine Angst mehr. An den Ort, an den er gehörte, gehört auch sie.

Diesmal ließ er sie nicht ein Jahr, sondern noch um Monate länger warten. Der Sommer war fast vorüber, und die saftlose Königin Jane trug ihren schwangeren Bauch wie eine Jagdtrophäe umher, als sie endlich wieder in seinem Boot saß, während er den Fluss hinunter zu seinem Schiff ruderte. Sie liebte alles. Den Geruch, der der nächtlichen Themse entstieg, die schmale, schwankende Holzbank, das Plätschern, mit dem die Ruderblätter durchs Wasser schnitten. Sie hatte sich ein Kleid aus Samt schneidern lassen – rot wie Sünde, Hölle und Blut. Das trug sie bei sich, um sich ihm darin zu zeigen.

Sie konnte es kaum abwarten. Inzwischen hatte sie herausgefunden, wer Francesca da Rimini war. Einer dieser Italiener, für die Sylvester schwärmte, hatte ein Buch über sie geschrieben – über die hinreißend schöne Ehebrecherin, die ein Brüderpaar ins Unglück gestürzt hatte und als Verführerin in der Hölle geendet war. Wenn er so eine Francesca, solch fleischgewordene Sünde begehrte, dann sollte er sie bekommen. Sie wollte ihn einmal um sie seufzen hören, ihm eine süße Strafe erteilen und ihn zappeln zu lassen, um sie beide gleich darauf zu erlösen.

Die Erinnerung an jene törichte Hoffnung tat so weh, dass Geraldine sich krümmte. Noch immer stürmte Hagel gegen die Kutsche. Das Kind seufzte im Schlaf. Sie hatte ihn bestrafen wollen, leicht nur, in einem Spiel zwischen Liebenden, doch stattdessen hatte er sie bestraft. Vier Jahre lang währte ihre Strafe schon, und sie hatte keine Kraft mehr, sie länger zu ertragen.

Er hatte nie viel gesprochen. An jenem Abend sprach er gar

nicht. In seiner Kabine streckte sie sich nicht wie sonst auf dem Bett aus, sondern trat hinter die spanische Wand, um das rote Kleid anzulegen. Als sie fertig war und wieder hervortrat, stand er vor der Luke und sah hinaus in die Nacht.

»Dreh dich um«, lockte sie ihn wie einen kleinen Jungen, der ein Geschenk zu erwarten hat.

Er drehte sich nicht um. Mit beiden Händen rieb er sich wieder einmal die Schläfen, war mit seinem Dämon beschäftigt, nicht mit ihr. Maßlos enttäuscht lief sie zu ihm und riss ihm die Arme herunter. Er schwang herum, und sie sprang erschrocken zurück. Seine Züge waren verzerrt, die Lippen zusammengebissen, die Augen verengt. Instinktiv duckte sie sich vor dem Dämon, der sie anspringen würde, noch ehe sie sah, wie er zum Schlag ausholte. Ein Schrei entfuhr ihr. Er ließ die Hand wieder sinken und wandte sich ab. »Lass uns dieses Possenspiel beenden, Geraldine.«

»Was soll das heißen?«

»Dass ich es leid bin. Und du auch. Eine Zeitlang habe ich geglaubt, es würde mir helfen, mich aufzuplustern und zurückzuschlagen, und wer weiß, vielleicht hat es geholfen. Aber im Grunde betragen wir beide uns noch immer wie als Kinder, wenn wir uns in eurem Hof geprügelt haben. Du hast versucht, mir die Augen auszukratzen, und ich habe versucht, dich zu stoßen, und am Ende lagen wir beide im Dreck. Meinst du nicht, die Erwachsenen, die sich mit uns abgeben, haben allmählich Besseres verdient?«

Sie hatte kein Wort verstanden, sondern nur Schmerz gefühlt. Warum hatte er sie nicht geschlagen? Lieber hätte sie seine Faust gespürt als seine Worte. »Siehst du mein Kleid nicht an?«, stammelte sie.

»Dein Kleid? Ach ja.« Unter seinem Auge zuckte das Lid. Es musste der Dämon sein, der aus ihm sprach. Sie würde den Dämon vertreiben und sich Raum verschaffen. »Noch ein Mal«, bettelte sie ihn an. »Nimm mich noch ein Mal.«

»Zum Abschied? Ist das nicht selbst für uns zu albern?«

»Tu es mir zuliebe.« Sie hängte sich an seinen Hals. »Nur noch ein Mal.«

»So viel liegt dir daran?« Seine Miene war voll Frieden. »Also schön. Dann beeil dich. Wischen wir ein bisschen böses Blut auf, ja?«

Dass sie auch dieses Gerede nicht verstand, war ihr gleichgültig. Sie umarmte ihn, und er stieß sie nicht weg. So wie er sie in dieser Nacht nahm, hatte er sie nie zuvor genommen. Er nahm sie nicht nur. Er machte Liebe mit ihr. Auf dem Höhepunkt sah sie ihn kurz lächeln, ohne Zähnefletschen und hochgezogene Brauen, ohne Sarkasmus und Arroganz. Sie war sicher, nie etwas Schöneres gesehen zu haben, nichts, das sie tiefer berührte. Überwältigt küsste sie ihn.

Er drehte den Kopf zur Seite. »Jetzt ist es genug, Geraldine«, sagte er, aber er lachte dabei, nicht im Mindesten kalt.

»Woran hast du gedacht?«

»Wann? Eben? An deinen Bruder Sylvester. Und an Dona Micaela.«

»An meine Tante?«, fuhr Geraldine entgeistert auf. »Mit den Haaren in den Ohren?«

»Mit dem Zwinkern im Augenwinkel und dem prachtvollen Mund«, sagte er und setzte sich auf. »Ich dachte, du hättest mit den beiden nichts gemein, aber ganz wahr ist das nicht.«

Er wandte ihr den Rücken zu. In all der Zeit war ihr nie aufgefallen, wie schmal seine Taille war und wie grazil die vernarbten Schulterblätter. »Was machst du da?«

»Was soll ich denn machen? Ich ziehe mich an.« Im Aufstehen zerrte er sich die Hosen über den Hintern und legte den Gürtel um. »Beeil dich. Ich warte draußen.«

Kaum war er gegangen, sprang Geraldine so nackt, wie sie war, aus dem Bett. Wie oft war sie in diesem Raum gewesen und hatte nichts wahrgenommen, nur ihn. Jetzt sah sie sich um. Das Pult bei der Luke war mit Seekarten, Zeichnungen und verstreutem Reißzeug bedeckt. Obenauf lag ein in Leder gebundenes Buch.

Geraldine schlug es auf. Wo es sich öffnete, lag zwischen den Seiten ein Zweig mit winzigen Blättern und bläulichen Blüten. Die gedruckten Zeilen waren in einer fremden Sprache verfasst. Italienisch, nahm sie an. Sie konnte nur ein einziges Wort lesen. Einen Namen. *Francesca.*

An den Rand hatte jemand in schräger Tintenschrift ein paar Zeilen notiert:

Ohne dich lese ich nicht weiter, also nimm es mit, und hab es in den Nächten bei dir, aber leg nicht den Kopf darauf, damit es dich nicht drückt. Als du eingeschlafen warst, habe ich dir die Schläfen geküsst, und schon da hast du mir gefehlt.
Dein Fenchel. Deine Francesca.

Darunter war mit ein paar Strichen ein Schiff gezeichnet und darauf mit noch weniger Strichen ein Mann. *Behalte unser Buch bei dir, mein Leben*, stand in enger, steiler Schrift dabei, *und das Ding, das ich nicht habe, auch, wenn es nicht stört. Meinem Kopf geht es blendend, er nimmt deine Küsse mit wie ein Schild, auf dem steht: »Dieser Holzkopf gehört Francesca da Finocchio, die ihn wiederhaben will, wer weiß, warum.«*

In den letzten verfügbaren Winkel hatte die Frau mit der schrägen Schrift gequetscht:

Diesmal nimmst du es mit. Keine Widerrede. Ich lege dir Sandthymian und eine Unzahl Küsse zwischen die Seiten, und ich will euch alle drei wiederhaben, unser Buch, deinen Holzkopf und dich. Wenn du zurückkommst, lies mir vom Paradies.
F. da F.

Jedes Wort war ein Hieb, der Geraldine ein Stück Bewusstsein raubte. Sie wollte die Seite aus dem Buch reißen und zu Fetzen zerpflücken. Sie wollte das Buch zu Boden schleudern und darauf herumspringen, bis das Leder brach. Warum sie es nicht über sich brachte, verstand sie nicht. Sie schwang herum, packte blind vor Schmerz und Zorn ihr Kleid und warf es sich über. Ohne Schuhe, mit nur halb bedeckten Brüsten, stürmte sie aus dem Kastell.

In der entsetzlich klaren Nacht sah sie ihn auf den Planken sitzen, die Beine angewinkelt, der Kopf in den Händen. Der Anblick ließ sie stocken. Für gewöhnlich stand er, ordnete über der Reling Brassen oder drehte irgendetwas an den Spieren des Schiffes. Heute tat er nichts dergleichen, sondern rieb sich nur mit ungekannter Heftigkeit die Schläfen. *Lies mir vom Paradies*, hallte es Geraldine durch den Schädel, *Francesca, Francesca.* »Musst du deinen Dämon beschwören?«, schrie sie ihn an. »Kannst du ohne den nicht einmal aufrecht stehen?«

»Ich konnte noch nie aufrecht stehen«, antwortete er. »Ich habe ein verkrüppeltes Bein.«

»Das Zeichen, mit dem der Teufel dich gekennzeichnet hat. Und warum beschwörst du ihn jetzt? Brauchst du seine Stärke, damit du mir nicht verfallen musst, sondern weiter deine Schiffsplanke ansäuseln kannst?« Sie sprang vor ihn hin und riss ihm einen Arm vom Kopf. »Weiß die eigentlich, dass du dir die Schläfen, die sie dir so gern küsst, reiben musst, damit der Dämon dich erhört?«

Er schüttelte sie ab und blickte zu ihr auf. »Kannst du mit diesem kindischen Humbug nicht aufhören, Geraldine? Wenn es so einen Dämon gäbe – glaubst du im Ernst, der würde sich an meinem Herumgereibe kratzen? Mir tut der Kopf weh. Das ist alles.«

Nur einen Herzschlag lang starrte Geraldine ihn ungläubig an. Dann sah sie es selbst: die pochenden Adern an den Schläfen, das zuckende Lid, den vor Schmerz verschleierten Blick.

Jäh glaubte sie, die Stimme ihres Bruders zu hören: *Anthony ist kein Teufel! Er ist ein Mensch, der blutet und sich vor Schmerzen krümmt, wenn man ihn foltert, einer, der nie begriffen hat, wofür man ihn anklagt, und der für den Verrat deines Gatten durch die Hölle geht.*

Es war, als bräche etwas in ihr entzwei, ein Mieder aus eisernen Streben, das ihr die Brust beengt hatte. Sie hatte ihn geliebt, weil er unverwundbar war, weil er Dämonen gebot und mit dem Teufel im Bund stand, und mit einem Schlag fiel dieser ganze Zauber von ihm ab. Er war ein Mensch. Ein mittelgroßer, grazil gebauter Mann mit dunklem Haar und braunen Augen, die überhaupt nichts Dämonisches hatten. Ein Mann, der nicht richtig laufen konnte und sich die Schläfen rieb, weil ihm der Kopf wehtat.

In einer raschen Folge von Bildern zog ihr Leben mit ihm an ihr vorbei. Als sie Kinder waren, hatte sie ihn gehasst, weil er über den schwachen, träumerischen Sylvester mehr Macht zu haben schien als sie. Dabei hatten sie beide immer zusammengehört, die zwei schwarzen Seelen unter lauter blütenweißen, die zwei Geschöpfe des Bösen in der Schar der Gutmenschen. Ihr Vater, Sylvester, die haarige Tante und die Schiffsplanke – keiner von ihnen konnte sie und ihn verstehen, weil sie von Sünde nichts wussten und nie erlebt hatten, wie stark und zwingend der Lockruf der Abgründe war.

Er hatte ihr auf der Salzwiese zugesehen, er war der Einzige, der sie durch und durch kannte, und es schreckte ihn nicht. Kurz darauf hatte er seinen Bruder getötet, eine Sünde wider die Natur begangen, vor der Menschen zurückscheuten. Sie selbst hatte mit Müh und Not einer räudigen Katze den Garaus gemacht, er hingegen hatte mit einem lässigen Stoß sein Fleisch und Blut aus der Welt befördert.

Die Leute hatten gemunkelt, der vierschrötige Mortimer Fletcher sei nicht sein Vater, die schwarzbraune Lettice habe sich von einem begatten lassen, der dem Balg seinen Bocksfuß vererbt hatte. Er war eingekerkert worden, und die Geschworenen der Stadt hatten über ihn zu Gericht gesessen, aber sein Erzeuger, der Herr der Finsternis, hatte die Hand über ihn gehalten, und sie mussten ihn laufen lassen. Wenn ihn fünf Männer mit Knüppeln niederschlugen, wenn ihn der Priester mit einem Holzstock prügelte, spürte er nichts, sondern zuckte mit der Schulter und ging mit eisiger Miene davon.

Nur eines hatte ihn je berührt. Die Hände der Schiffsplanke, die sein Gesicht streichelten.

Er war der Unaussprechliche. Der einzige Mensch, der Geraldine Angst einjagte wie sonst nur der Tod, der Sturz in einen leeren Schlund. Sylvester hatte unentwegt beteuert, der Mord an seinem Bruder sei ein Unfall gewesen, für den er sich das Herz zerfleische. Letzten Endes hatte sie es ausprobieren müssen. Robert, die Witzfigur, hatte ihr dabei in die Hände gespielt und ihr noch den Niederländer zur Hilfe gesandt. Sie hatte in ihm den Tod seines Bruders noch einmal heraufbeschwören wollen, und wenn Sylvester recht hatte, wenn er empfinden konnte wie ein Mensch, hätte er daran zerbrechen müssen. Er aber hatte die Tortur der Seele ebenso an sich abgleiten lassen wie die des Leibes. Er war des Teufels, hatte sie gedacht, er musste des Teufels sein!

Jetzt saß er vor ihr, von Schmerzen gepeinigt und jeglicher Macht beraubt. »Kindischer Humbug«, hatte er gesagt, und damit hatte er recht. Er war ein Mensch, kein Dämon. Mühsam stemmte er sich in die Höhe, ging zur Reling und erbrach sich in den Fluss. Vor den schleimigen Flüssigkeiten, die Menschen absonderten, Speichel, Rotz, Erbrochenes, ekelte Geraldine sich krank, aber jetzt empfand sie keine Spur von Ekel. Nur den Wunsch, seine Qual zu beenden. Er würgte zum Gotterbarmen, spuckte erst Blut, dann Galle und klammerte sich an der Reling fest. Schwer atmend, mit schweißbedecktem Gesicht, blieb er endlich stehen, während seine Bauchdecke sich noch immer in Krämpfen zusammenzog.

Geraldine trat zu ihm und berührte seinen Rücken. Er schien sie nicht zu bemerken. »Anthony!«, rief sie ihn. »Lass mich dir helfen. Du musst dich hinlegen.«

Benommen drehte er ihr das Gesicht zu. Die Augen flackerten, und das Haar hing ihm wirr in die Stirn. Er war schwach, er war vollkommen hilflos und zu Tode erschöpft. Sie liebte ihn.

»Es geht schon«, sagte er, trat zurück und versuchte, den Rücken zu straffen.

»Hast du das oft?«

»Hin und wieder.«

»Du musst dir einen Arzt kommen lassen. Einen guten. Ich sorge dafür, dass ein Arzt des Hofes dich behandelt.«

»Vergeude dein Geld nicht«, sagte er.

»Aber man muss doch etwas tun können!«

»Nein«, sagte er. »Die Ärzte haben ihr Bestes gegeben, um dieses Wrack zusammenzuflicken, aber wo das Holz morsch ist, lässt sich mit aller Mühe nichts ausrichten. Bei einem Schiff setze ich in die Verschalung neue Planken ein, aber was will man bei derart schütterem Material tun, für das es nicht einmal Ersatz gibt?«

Sie wünschte, sie hätte ihn wie so oft nicht verstanden, aber sie verstand jedes Wort. Er erbrach Blut. Sein Magen war zerstört, würde nicht mehr heilen, und sie war daran schuld. Er war sterblich und würde nicht alt werden. Ohne sich um irgendetwas zu scheren, schlang sie die Arme um ihn und drückte ihn an sich. Tränen schossen ihr in die Augen. »Das darf nicht sein. Wir suchen andere Ärzte. Ich lasse dich nicht daran zugrunde gehen.«

»He.« Er hob ihr Kinn, lächelte und wirkte trotz der Furchen um die Augen jung. »Wir wollten ein bisschen böses Blut aufwischen, aber du kannst mir doch nicht die Feindschaft kündigen.«

»Ich werde nie wieder dein Feind sein. Ich liebe dich.«

Er wand sich los und lachte. »Schluss jetzt. Das ist ja schlimmer als dein Geschwätz von Dämonen. Geh rein, mach eine gesittete Frau aus dir, dann bringe ich dich zurück in den Palast.«

»Ich will in keinen Palast. Ich will bei dir bleiben.«

»Lass uns mit diesem Zeug jetzt aufhören, ja? Wir haben uns beide nicht mit Ruhm begossen, aber solange allein wir zwei Feiglinge davon wissen, können wir ungeschoren davonkommen und es einfach vergessen.«

»Vergessen?«

Hatte er wirklich geglaubt, sie könne auch nur ein Wort, eine Geste, einen Atemzug vergessen? »Wir gehören zusammen, Anthony«, hatte sie zu ihm gesagt, als sie ihn das nächste Mal sah. »Du und ich. Die beiden schwarzen Schafe unter der hellen Schar aus Portsmouth.« Er hatte den Hof gemieden, und sie hatte ihn auf dem Werftgelände im Pool aufsuchen müssen. Es war gefährlich, weil Robert sich dort blicken ließ, aber darauf konnte sie keine Rücksicht nehmen. Geraldine hatte etwas, das seine Francesca ihm nicht geben konnte. Die Schiffsplanke war vermutlich zu trocken, um fruchtbar zu sein, doch in Geraldines Bauch wuchs sein Kind.

Sie wollte es ihm nicht sofort sagen, sondern wünschte sich, dass er um ihretwillen mit ihr ging. »Ich verlasse meinen Mann. Es kümmert mich nicht, was aus mir wird.«

Er lachte. »Aus dir wird ein Häufchen Asche, und aus mir werden vier Teile ohne Schwanz, die auf Pfählen auf der London Bridge stecken. Ehebruch ist ein Verbrechen, Geraldine.«

»Schreckt dich das?«

»Ja«, sagte er. »Aber das heißt nicht, es würde uns nicht recht geschehen. Wenn es das ist, was du willst, dann stellen wir uns und löffeln die Suppe aus. Nur um eins bitte ich dich: Gib mir drei Tage Zeit, damit ich nach Portsmouth fahren und es Fenella und Sylvester selbst sagen kann.«

»Ich will nichts davon!«, schrie sie ihn an. »Ich will, dass wir von hier fliehen, irgendwohin, wo uns kein Mensch kennt. Ich habe meinen Schmuck und meine Kleider, die wir verkaufen können. Wir kommen schon durch. Ich brauche nichts. Nur dich.«

Eine Weile lang musterte er sie, ehe er fragte: »Lebst du manchmal, Geraldine? Oder setzt du unentwegt ein Epos in Szene, in dem du die Hauptrolle spielst?«

»Ich weiß nicht, wovon du redest.«

»Ich will mit dir nirgendwo hingehen«, sagte er. »Wenn du meinst, wir müssten für unseren Verrat bestraft werden, rede ich mit deinem Mann. Wenn du aber zu dem Schluss kommst, wir dürften uns drücken, würde ich gern versuchen, mir ein Herz zu fassen, meiner Verlobten ein Geständnis machen und sie fragen, ob sie mich trotzdem heiratet.«

Fenella Clapham. Francesca da Finocchio.

Sie schlug ihn so hart auf den Mund, dass seine Lippe aufplatzte. »Wie kannst du es wagen! Du redest davon, eine andere zu heiraten, und ich habe dein Kind im Bauch.«

Es war das erste Mal, dass sie ihn erschrocken sah. Er wischte sich nicht einmal das Blut ab, sondern ließ es auf sein weißes Hemd tropfen. »Das tut mir leid«, stammelte er. Dann fasste er sich. »Das klingt hohl und nützt nichts. Muss es von mir sein, Geraldine?«

»Für diese Frage wünschte ich, ich hätte dich nicht mit der Hand, sondern mit der Peitsche geschlagen.«

Ohne zu zögern, löste er einen Tragriemen von seinem Gurt und gab ihn ihr. »Eine Peitsche habe ich nicht. Und nach einer Lösung müssen wir hinterher trotzdem suchen.«

»Hast du den Verstand verloren?« Sie warf den Riemen von sich und umarmte ihn. »Ich liebe dich. Ich bekomme dein Kind. Geh mit mir von hier fort.«

»Ich kann dir erlauben, mich zu schlagen«, sagte er, und in ihrer Umschlingung wurden seine Schultern steif. »Aber deine Arme um mich ertragen kann ich nicht. Ich kann mit dir zu deinem Mann gehen. Da du schwanger bist, wirst du vermutlich verschont, und vielleicht lässt sich dein Mann darauf ein, dich zu deinem Vater zurückzuschicken. Wenn du willst, dass ich am Leben bleibe und für das Kind aufkomme, könntest du ihn verlassen, ehe die Schwangerschaft sichtbar wird, und versuchen, es im Verborgenen zu gebären. Willst du es loswerden, kann ich es zu mir nehmen. Aber mit dir leben, Geraldine, das ist unmöglich für mich.«

Als sie ihn nicht losließ, befreite er sich. Sie schrie und bettelte, fluchte und weinte. »Nenn mir einen Grund!«, brüllte sie ihn an. »Ich bin Geraldine Sutton, der Engel von Portsmouth, die Frau, nach der der Hof sich verschmachtet! Nenn mir einen Grund, warum der einzige Mann, den ich lieben kann, mich nicht will!«

»Du liebst mich doch nicht«, sagte er. »Du willst mich haben, weil dir das gerade wilder und gefährlicher vorkommt als dein gewöhnliches Leben. Aber was du dir damit an den Hals holst, weißt du nicht.«

»Mir ist egal, was ich mir an den Hals hole!«, schrie sie. »Deine Schiffsplanke, deine gottverfluchte Francesca – warum soll die aushalten können, was ich nicht kann?«

»Mit Verlaub«, sagte er, »das geht dich nichts an.«

»Sag's mir!« Sie packte sein Wams und schüttelte ihn.

»Ich habe kein Herz«, sagte er, ohne sich an ihrem Geschüttel zu stören. »Ich kann nur mit dem Kopf lieben, und mein Kopf ist ganz eng. Darin ist Platz für Fenella und Sylvester, sonst für keinen. Ich würde gern Fenella erzählen, was ich getan habe, Geraldine.«

»Das darfst du nicht!« Dass er seiner grauen Maus, die er Francesca nannte, ihre Liebe wie eine lässliche Sünde gestand und zerknirscht um Vergebung bat, war tausendmal zu viel.

»Nein«, sagte er. »Wenn du es nicht willst, dann darf ich nicht.«

Geraldine wollte ihm wehtun, ihm seine eigene Arznei zu kosten geben und ihm entreißen, was unersetzlich war. Männer wünschten sich Kinder – einerlei, was er behauptete. König Henry und ihr eigener Mann stellten die Welt auf den Kopf, weil sie Kinder wollten. »Das Kind ist von meinem Mann«, warf sie ihm ins Gesicht. »So oft, wie er es mir in einer Nacht macht, bekommst du verkrüppelter Schlappschwanz es in einem Jahr nicht hin.« Sie reckte das Kinn und sah ihm aus schmalen Augen entgegen.

Er wartete ab. »Ob du lügst, soll mir gleichgültig sein«, sagte er endlich. »Hab Dank, dass du mich davonkommen lasst.«

Geraldine war nichts übriggeblieben, als das Kind Robert anzuhängen. Während Englands Königin einen Sohn bekam und daran verreckte, gebar Geraldine eine Tochter und war gezwungen, am Leben zu bleiben. *Wenn du ein Sohn gewesen wärst, hättest du ihn mir zurückgebracht?* Geraldine warf einen Blick auf ihre Tochter, die nicht mehr schlief, sondern hinaus in den Sturm sah. Dicht und schwarz glänzend fiel das Haar ihr über den Rücken. Sie hatte wenig Kindliches an sich, doch in den streng geschnittenen Zügen lag eine mildernde Spur von Lieblichkeit, und die Augen unter endlosen Wimpern waren blau. Wo immer Geraldine gezwungen war, sich mit dem Kind zu zeigen, sprachen die Leute sie auf dessen Schönheit an.

Vor allem Robert war nicht müde geworden, seine vermeintliche Tochter zu rühmen. Er war von Anfang an in das Kind vernarrt gewesen wie ein liebestoller Gockel, und während Geraldine verfiel, blühte ihr Gatte auf. Am Leben hielten sie einzig das Verlangen, einen Blick auf den Geliebten zu erhaschen, und die Hoffnung, ihn zurückzugewinnen. Roberts Tage hingegen waren erfüllt von Glück. In seiner Arbeit schwebte er von Erfolg zu Erfolg, und die Gunst des Königs blieb ihm erhalten, als die kleine Katie Howard die Bühne betrat. Die Affenliebe, die der König für sie hegte, stärkte die Katholiken und brachte Reformer zu Fall, obgleich Katie, das Hohlköpfchen, nicht einmal den Unterschied kannte. Robert aber segelte weiter im Aufwind. Einer Karacke, die er für den König bauen ließ, gab er den

Namen *Francesca*, und kurz darauf erhielt er sein Amt als Flottenaufseher zurück.

Als wüsste er, wem er das Glück seines Lebens in Wahrheit verdankte, ließ er Anthony kaum noch von seiner Seite. *Welchen Grund hast du überhaupt, dich zu beklagen?*, schrie es in Geraldine. *Hast du mir nicht unentwegt in den Ohren gelegen, dies seien die seligsten Jahre deines Lebens? Was hättest du allein denn zustande gebracht, hätte ich dir nicht meinen herrlichen Geliebten zugespielt? Mich mied er, während er zu dir ausgesucht liebenswürdig war, aber ich habe immer gewusst, dass er allein um meinetwillen in deinen Diensten blieb. Weil er sich vor meinem Vater und meinem Bruder schämte, hat er mich von sich gewiesen, doch in Wahrheit kam er von mir so wenig los wie ich von ihm, und jetzt müssen wir beide dafür sterben.*

Ihn nimmst du mir und bringst ihn ums Leben, um mich zu strafen, Robert Mallach, Marionettchen des Königs. Mich dagegen willst du schonen, weil ein Teil von dir nicht aufhören kann, mich zu lieben. Weißt du wirklich nicht, dass ich seinen Tod keinen Tag lang überleben werde?

Vielleicht war es leichter, zusammen zu sterben, statt die verzehrende Sehnsucht länger zu ertragen. Gewiss war es besser, mit ihm begraben zu sein, als der Schiffsplanke zu erlauben, mit ihm zu leben. Dennoch tat der Gedanke, dass er getötet werden würde, Geraldine weh, als sei ihr Inneres wund.

Getötet wegen Ehebruchs. Dafür, dass er in ein paar lange verstrichenen Nächten eine Frau glücklich gemacht hatte. Hatte ihr Mann sie je glücklich gemacht? David, der Niederländer, oder einer der anderen, denen sie für ihre Dienste Freiheiten gewährte? Hatte ein anderer Mann ihr je ein Lächeln gesandt, das eine Fessel um ihr Herz sprengte?

Du musst für dein Lächeln sterben, Geliebter. Nicht für Wollust in zerwühlten Betten, der schließlich alle frönen – der gesamte Hof, die gesamte Epoche. Die kleine Katie Howard betrügt den alten fetten König mit dem Kerl, der ihm den Hintern wischt wie wei-

land William Compton, der in seiner Schamkapsel eine Fischreuse brauchte. Du musst für dein Lächeln sterben, dafür dass du unter dem Panzer der blauen Eiskönigin das Mädchen Geraldine berührt hast. Dafür, dass ich dich nicht gegen einen anderen tauschen konnte wie Katie Howard auf ihrer Liebesschaukel. Dafür, dass mein Herz todkrank geworden ist, als du mich verlassen hast.

Sie hatte es nicht länger ausgehalten. Den Sommer über war sie gezwungen gewesen, mit dem Hof durch die Grafschaften des Nordens zu ziehen, wo der König mit dem Stolz eines alten Pfaus sein Flittchen Katie vorführen wollte. Mit Robert und Francesca, die ihr Mann überall herumschleppte, hatte Geraldine die mustergültige Familie spielen müssen. Sie schlief kaum, das Elend grub sich in ihr Gesicht, und sie fand graue Fäden im silberblonden Haar.

Allein der Gedanke an den Herbst, wenn sie ihn wiedersehen würde, hielt sie aufrecht. Im Kopf machte sie sich ein Bild zurecht. Ihre Abwesenheit würde ihm die fällige Lektion erteilen. Wenn sie zurückkam, würde er die Arme ausbreiten, sie darin einschließen und ihr gestehen, dass er ohne sie nicht leben konnte. Sie konnten noch immer fortgehen. Ihrem Mann würden sie zum Trost die Tochter lassen, die sein Ein und Alles war.

Noch am Abend ihrer Ankunft ritt sie voll Ungeduld in die Werft. Sie fand ihn an Seilen, die er um Schultern und Taille gewunden hatte, am Rumpf eines riesigen Viermasters schwebend. Mit einem Hämmerchen beklopfte er Planke um Planke, während er sich an einer Winde abseilte. Sie rief ihn beim Namen, und er schwang an den Seilen herum.

Mit Männern, die körperliche Arbeit verrichteten, hatte Geraldine keinerlei Umgang. Sein Gesicht war tiefbraun verbrannt, und sie fand etwas Leuchtendes, Gesundes an ihm. Er trug die Hemdsärmel bis über die Ellbogen hochgestreift, und an den Unterarmen traten die Sehnen wie Kardeelen hervor. »Komm da herunter!«, rief sie.

Er grinste, als hätte es zwischen ihnen keinen Streit und keine Jahre des Meidens gegeben, und ließ sich an der Winde bis zum Boden gleiten. »Gefällt sie dir?«

»Wer?«

Mit der Schulter wies er auf das Schiff. »Sie heißt *Peter Pomegranate.* Sie ist bei uns gebaut worden.«

»Bei uns?«

»In Portsmouth.«

»Ich hasse Schiffe.« Sie wollte in seinen Armen liegen, an seiner Brust, die sich hob und senkte. Sie wollte das Blut spüren, das in der Ader an seinem Hals pulsierte.

»Ach ja«, sagte er in Gedanken. »Das hatte ich vergessen. Geht es dir und deiner Familie gut?«

»Höflichkeitsfloskeln stehen dir nicht«, bellte sie ihn an und starrte auf das braune Stück Haut, dort, wo sein Hemd am Kragen offen stand. »Was machst du mit diesem Schiff?«

»Ich habe den Sommer über ein paar Dinge daran ausgebessert«, sagte er. Seine Augen funkelten. »Jetzt fahre ich nach Portsmouth und überhole ihr Schwesternschiff. *Mary Rose.*«

Geraldine hörte Portsmouth und verstand Fenella Clapham. *Francesca da Finocchio.* »Willst du sie heiraten?«, fauchte sie.

Er lachte. »Die *Mary Rose?* Ich fürchte, ich bin mein Leben lang mit ihr verheiratet. Aber wenn ich sie überholt habe, bin ich vielleicht endlich in der Lage, unsere Ehe annullieren zu lassen.«

»Du schwatzt sinnloses Gewäsch, merkst du das nicht selbst?«

»Doch.« Er lachte noch immer. »Lass mich jetzt weitermachen, ja? Der König will dieses Schiff sehen, ehe er mich an das andere lässt.«

»Hör endlich auf!«, schrie sie ihn an. »Ich verliere den Verstand, weil ich an nichts denken kann als an dich, und du faselst von gottverfluchten Schiffen!« Sie war außer sich. Er würde nach Portsmouth reiten und mit seiner grauen Maus am

Herbstfeuer turteln, während sie langsam, aber sicher zugrunde ging.

Die nächsten Augenblicke fehlten in ihrer Erinnerung. Vermutlich hatte sie ihn gepackt, auf ihn eingeschrien, mit den Fäusten auf seine Brust getrommelt. Dass nie ein Mann allein an einem Schiff solcher Größe arbeitete, sondern dass die Werft voller Menschen war, bemerkte sie nicht. Erst als in ihrem Rücken jemand aufheulte, kam sie zu sich und drehte sich um. Hinter ihr stand Robert. Sein Gesicht war grau und wirkte auf einmal so alt, wie es war.

Er hörte sich nicht an, was Anthony ihm zu sagen versuchte, sondern winkte seinen Wachen, die ihn an den Armen packten und von dannen schleiften. Geraldine ließ sich willenlos zum Wagen zerren. Als sie zu sich kam und begriff, was vor sich ging, war es zu spät. »Lass ihn gehen«, winselte sie Robert an. »Ich flehe dich an, tu ihm kein Leid.«

»Dem Ehebrecher?«, fragte Robert und gebot dem Kutscher anzufahren. »Ich habe diesen Mann geliebt, weißt du das? Ich habe ihn so sehr geliebt, dass ich ihm ohne Federlesens die Hand meiner Tochter gegeben hätte. Aber ich hatte ja gar keine Tochter, nicht wahr? Eher könnte er mir die Hand *seiner* Tochter geben, sobald meine Ehe für nichtig erklärt ist.«

Sosehr Geraldine auch bettelte, Robert blieb ungerührt. Er schaffte sie nicht nach Hampton Court, sondern in sein Haus am Fluss, wo Francesca in ihrem Bett lag und schlief. »Das ist die letzte Nacht, die du unter meinem Dach verbringst«, sagte er. »Ich habe dich geliebt, und ich habe den Kuckucksbastard geliebt, den du mir ins Nest gesetzt hast. Um dieser Liebe willen bin ich zu schwach, euch in die Nacht hinauszujagen oder dich vor Gericht zu stellen. Geh mit deinem Balg zu deinem Vater zurück, oder tu, was du willst, nur sorge dafür, dass du mir nicht mehr unter die Augen kommst.«

»Was ist mit Anthony?«, stammelte sie.

»Er bezahlt die Rechnung für euch beide«, erwiderte Robert

kalt. »Wenn erst herauskommt, was die Spatzen von den Dächern pfeifen, dass nämlich die Hure Howard den König mit dem halben Hofstaat betrügt, wird er mit Ehebrechern kaum gnädig verfahren.«

»Du lässt ihn nicht köpfen!«, schrie Geraldine auf.

»Vierteilen«, sagte Robert. »Ich lasse ihm den verfluchten Schwanz abhacken und das Gedärm herausreißen, dass das Gebrüll durch ganz London hallt.«

Ich erleide es mit dir, Geliebter. Jeden Schmerz, den sie dir zufügen, werde ich dreifach spüren, und wenn du es überstanden hast, sterbe ich dir nach. Ob wir in der Hölle enden, schert mich nicht, solange ich bin, wo du bist. Vielleicht gibt es auch gar keine Hölle. Vielleicht ist die Hölle das, was wir auf Erden durchleben.

Vor dem Fenster begann es zu dämmern, und das Unwetter beruhigte sich. Geraldine erkannte die Silhouette des Waldes und bemerkte, wie die Wagenräder tiefer einsanken, weil der Boden sumpfig wurde. *Hier bin ich geboren worden. Hier komme ich zum Ende.* Vor dem Tor der befestigten Stadt hielt der Wagen an. Robert hatte ihnen seinen Kutscher und den Zweispänner mit seinem Wappen gegeben, sodass sie keine Schwierigkeiten haben würden. Das zumindest hatte er ihr um des Kindes willen nicht verweigern können. Was danach aus Francesca wurde, sei ihm gleichgültig, hatte er jedoch bekundet. »Frag das den, der sie dir gemacht hat. War ich blinder, verliebter Narr der Einzige, der nicht bemerkt hat, dass ihm das Balg wie aus dem Gesicht geschnitten ist? Der Mann ist hässlich wie die Hölle und das Kind süß wie das Himmelsgewölbe, und dennoch sind sie gleich.«

Als der Wagen die Gasse hinunterrumpelte, fiel kein Regen mehr. Durch das Zwielicht leuchteten die weißen Mauern des Hauses, und in Geraldines Nase stieg der salzige, fischige Duft, der ihr als Kind verhasst gewesen war. *Sutton Hall. Hier bin ich geboren worden. Hier komme ich zum Ende.* »Halt an!«, rief sie dem Kutscher zu. »Ich gehe den Rest des Weges zu Fuß.«

Ihr Kind drehte sich um. Es sah sie an und hob die geschwungenen, unkindlichen Brauen in die Stirn. »Dort wirst du in Zukunft wohnen«, sagte Geraldine, öffnete den Schlag und wies auf das weiße Haus. »Von deinen Eltern kann sich keiner mehr um dich kümmern, aber dein Großvater und dein Onkel Sylvester werden für dich sorgen.«

Fünfter Teil

Renaissancemenschen

1542–1545

Ma gia volgeva il mio disiro e il velle,
Si come ruota ch'egualmente e mossa,
L'amor che muove il sol e l'altre stelle.

Doch schon wurden meine Sehnsucht und mein Wille
Geführt wie das Rad, das sich auf ewig dreht,
Von der Liebe, die die Sonne und die anderen Sterne bewegt.

Dante Alighieri, *La Divina Commedia*, Paradiso,
Canto Trentesimoterzo

25

Fenella

PORTSMOUTH, OKTOBER 1542

Das Haus stand auf einer Bodenwelle, so dicht vor dem Deich, dass das Singen des Meeres bei Tag und Nacht durch die Fenster drang. Es war auf sumpfigem Grund gebaut, die Wände waren nicht trocken zu halten, und der Garten verwilderte, weil niemand Zeit hatte, ihn zu pflegen. Das Gemäuer war aus dunklem Stein erbaut, die Räume waren eng und die Fenster klein, aber ihr war es recht. Es war das Haus ihrer Familie.

»Willst du vorauslaufen?« Sie gab die Hand des Kindes frei, und die Vierjährige stürmte davon.

Die Tür zum vorderen Garten stand offen. Das Mädchen lief den sumpfigen Hang hinauf, rief den Mann, der hinaustrat, jauchzend beim Namen und stürzte sich in seine Arme. Er warf ihren federleichten Körper in die Höhe und fing ihn wieder auf.

Fenella ging den Weg zu Ende, schleppte sich erschöpft die letzten Schritte und bemühte sich um ein Lächeln. »War der Tag gut?«

»Sehr gut. Die Galeere wird prächtig, auch wenn die Leute spötteln, der König müsse einen spanischen Kapitän und einen venezianischen Steuermann anheuern, weil kein Engländer in der Lage sein wird, sie zu manövrieren.« Seine Wangen waren gerötet, und seine Augen glänzten. »Es ist großartig, dabei zu sein, wenn so ein Wunderwerk in die Höhe wächst. So etwas Gewagtes, Neues.«

Fenella lachte. »Neu ist ein bisschen übertrieben, oder? Galeeren bestimmen den Seekrieg im Mittelmeerraum womöglich seit zweitausend Jahren.«

»Aber nicht in England!«, protestierte er glühend. »Und so, wie wir unsere Galeere bauen, ist sie in ganz Europa neu. Wir geben ihr mehr Segel, um sie im Windfall schneller zu machen, wir bauen sie so hoch, dass kein Mensch wagen wird, sie zu entern, und so stabil, dass sie mehr schwere Waffen tragen kann als jedes andere Schiff. Wenn man solch ein schwimmendes Bollwerk zwischen wendige Segler setzt, ist eine ganz andere Schlachtordnung möglich. Es ist, als würden wir Schach spielen und hätten plötzlich eine neue Figur, die uns nie gekannte Züge gestattet.«

Fenella wollte etwas sagen, aber er sprach schon weiter, sprudelte über vor Begeisterung: »Wir haben noch mehr im Sinn, weißt du? Wenn der König uns den Auftrag dazu erteilt, könnten wir ihm ein Geschwader neuer Schiffe bauen: lange, schlanke Schiffe, wie die Türken sie haben, mit sechzehn Rudern zu jeder Seite und voller Takelage. Weder Ruder- noch Segelschiff, weder Galeere noch Karacke, sondern eine Galeasse und bestens geeignet, um die ewigen französischen Galeeren abzuwehren!«

»Wie es aussieht, habt ihr den halben Nachmittag über Reißzeug und Verlaufsplan verbracht.« Fenella seufzte und zwinkerte ihm zu.

»Ich will auch! Ich will jetzt gleich!« Das Kind befreite sich und begann zu hüpfen und die Arme in die Luft zu schleudern.

Er wollte den Mund öffnen, um dem kleinen Mädchen wie so oft seinen Willen zu gewähren, aber Fenella war schneller: »Jetzt gleich bekommst du ein Bad, und dann wird zu Abend gegessen, Mylady.«

»Aber ich will Seekarten anschauen! Ich will ein Weltumsegler sein!«

Die Kleine stampfte mit dem Fuß auf, Fenella schnappte sie sich und klemmte sich das zappelnde Körperchen unter den Arm.

»Ich könnte wirklich noch einmal mit ihr nach unten …«, begann Luke. »Es wäre mir keine Mühe, Fenella.«

»Ich weiß.« An ihm vorbei schleppte Fenella das kleine

Mädchen ins Haus und stellte es auf die Füße. »Aber unsere Lady Gewitterdonner gehört ins Bett und hätte fürs Stampfen und Trotzen eher eine Strafe als eine Belohnung verdient.«

»Ach, nicht doch.« Luke verzog das Gesicht. »Sie ist so süß.«

Den Augenblick, den Fenella abgelenkt war, nutzte das Kind, um ihren Armen zu entschlüpfen und auf seinen flinken Beinchen davonzulaufen, aus dem Haus und den Dünenweg entlang, der in Richtung Stadt führte. Fenella seufzte. Das eben war das Problem: Francesca war viel zu süß, um ihr mit Strenge zu begegnen, viel zu bezaubernd, viel zu geliebt. So erschöpft Fenella sich nach dem harten Tag im *Haus der Unsterblichen* fühlte, sie würde ihr hinterherlaufen müssen, damit die Wachen, die den Hafen der für den Krieg gerüsteten Stadt abschirmten, sie nicht aufgriffen und ihr keinen Schrecken einjagten.

Zuweilen bekam Fenella Angst, sie könnten einen Menschen wie ihre Mutter heranziehen, weil sie ihr zu viel durchgehen ließen. Dann aber sah sie in das selige, vor Leben übersprudelnde Gesicht des Kindes und dachte: *Du bist ein feines Stück Mensch. Du bist das, was dein Vater hätte sein können, hätte man ihm erlaubt, seine Flügel zu spreizen, ohne bei der kleinsten Bewegung auf die ausgebreiteten Schwingen, auf das Rückgrat und auf den Kopf loszuschlagen. Du sollst Luft zum Atmen haben und Raum, um über dich hinauszuwachsen. Alles andere findet sich. Und deine Mutter bin ich.*

Sie stellte ihr Bündel ab und schickte sich an, dem Kind hinterherzulaufen, doch Luke, der in Francescas Herzen den Platz eines großen Bruders einnahm, vertrat ihr den Weg. »Lass mich gehen, Fenella. Ich täte es wirklich gern. Und du ruhst dich aus.«

»Wenn du dich darum reißt.«

»Und wie!« Luke lachte hell und rannte Francesca hinterher.

Erleichtert ließ Fenella sich auf einen Schemel sinken. Bis die zwei zurückkamen und Francesca nach ihrem Abendessen krakeelte, blieb ihr Zeit, um die müden Beine hochzulegen.

Kurzerhand öffnete sie einen der Spinde, nahm einen Krug mit Wacholderbrand heraus und schenkte sich einen Becher halb voll. Sie hatte ihn selbst gebrannt und gewürzt. Er war kein Weltversüßer wie der köstliche Wein, den Sir James ihnen an den Abenden beim Feuer kredenzt hatte, aber bei sich nannte sie ihn ihren Schlafleichtmacher. Sie brach sich ein Stück vom Haferbrot ab, strich Butter auf die Kruste und setzte sich mit beidem ans Fenster. Über dem Meer färbten sich die grauen Wolken rot.

An dem Tag, an dem sie in dieses Haus gezogen war, hatte sie gefürchtet, sie müsse bereits am nächsten Tag daraus flüchten. Seither jedoch war mehr als ein Jahr vergangen, und das Leben hier war ihr Alltag geworden. Es tat oft weh und würde ihr nie wieder reich und leuchtend erscheinen wie in den Jahren auf Sutton Hall. Aber es war ihr Leben, sie meisterte es und wusste an den meisten Tagen noch immer, dass sie es gegen kein anderes getauscht hätte.

Damals, an jenem Novemberabend, als sie auf Sutton Hall die Tür geöffnet und gehofft hatte, davor ihren Liebsten zu finden, war sie sicher gewesen, sie werde stürzen und nicht mehr aufstehen. Auf der Schwelle hatte Geraldine Sutton gestanden und ein übermüdetes, schwarzlockiges Bündel Mensch auf der Hüfte getragen, dem der Name seines Vaters ins Gesicht geschrieben stand.

»Hol meine Verwandten.«

»Ich bin keine Dienerin«, hatte Fenella in einem Ton herausgepresst, dessen Würde sie noch immer überraschte. Sie war trotzdem gegangen, um Sir James zu holen, denn die Frau und das todmüde Kind konnten in dem üblen Wetter nicht vor der Tür stehen bleiben. Dann war Sylvester gekommen und hatte aufgeschrien, als er die beiden erblickte.

»Ja«, sagte Geraldine, die Weltzerstörerin ihrer Kindheit. »Mein Gemahl hat mich verstoßen, weil ich einem anderen Mann ein Kind geboren habe. Francesca ist Anthonys Tochter.

Wir haben kein Dach mehr über dem Kopf, keinen Ort auf der Welt.«

Hätte Sylvester in jener Nacht Anthony für seinen Verrat zur Rechenschaft ziehen können, hätte er ihm vielleicht die Seele aus dem Leib geprügelt, und womöglich hätte eine Art von archaischer Erlösung darin gelegen. Anthony aber war nicht da, um mit Prügeln davonzukommen. Er würde teurer bezahlen müssen.

Sie hatten ihn für den nächsten Tag erwartet. Die *Mary Rose* war zwei Tage zuvor in Portsmouth eingetroffen und wartete auf dem Trockendock. Anthony hatte Knieholz aus ganz Südengland anliefern lassen, jedes Stück handverlesen, um dem Schiff das zweite Spantensystem einzuziehen, das ihm seine Stabilität zurückgeben sollte. »Als bekäme ein Mensch mit gebrochenem Rückgrat ein neues Skelett«, hatte er ihr mit funkelnden Augen erklärt. Er war glücklich. Und wann immer er glücklich war, war er der bezauberndste Mann auf der Welt.

Fenella war auch glücklich gewesen, und Sylvester erschien ihr zum ersten Mal seit Hannahs Tod so glücklich wie als Kind auf der Werft. Er hatte die Laute genommen und begonnen, ein neues Lied für Anthonys Heimkehr zu singen, als der Diener meldete, es sei ein Besucher an der Tür. *Er hat diese Gefühle für mich überwunden*, hatte Fenella voll Erleichterung gedacht. Als sie kurz darauf sah, wie ihm das Blut aus dem Gesicht wich, während er das Kind seiner Schwester anstarrte, begriff sie, dass Sylvester Anthony geliebt hatte, wie ein Mensch einen anderen nur lieben konnte. Seine Liebe zu ihm war über alles hinausgegangen, sie war sein Rückgrat gewesen, das man bei einem Menschen nicht neu einziehen konnte, und sie zersprang in diesem Augenblick.

Wer wann was gesagt hatte, wer hinzugekommen und wer gegangen war und wie sie schließlich erfahren hatten, was geschehen war, wusste Fenella nicht mehr. Anders als damals bei den Docks hätte sie eine schlechte Zeugin abgegeben, obwohl sie diesmal nicht zu jung war. In ihrer Erinnerung liefen die Bilder ineinander, vermengten sich zu einer Woge aus Nebel und Geschrei. Gefühlt hatte sie in jener ersten Nacht gar nichts. Weder Not noch Kälte. Es war zu viel. Auch jetzt, nach zwei Jahren, war es noch manchmal zu viel.

Sie hatte Anthony vertraut. Rückhaltlos. Weil er sie liebte, war sie kein ungewolltes Kind mehr gewesen, sondern Fenchel Tausendschön, der das Meer zu Füßen lag. Was immer er ihr zugemutet hatte, hatte sie tragen können, weil sie sicher gewesen war, er würde sie nie verraten. Er würde sie nie dazu zwingen, das glänzende Haar und die üppigen Brüste einer anderen Frau anzustarren und sich schäbig und unwürdig zu fühlen. Sie sah ihn vor sich, wie er am Creek bei ihr gesessen hatte, splitternackt und bis ins Mark gekränkt, weil sie behauptet hatte, alle Männer bräuchten andere Frauen.

»Ich nicht«, hatte er stolz und verletzt bekundet, und sie hatte ihm geglaubt. »Du nicht, denn du bist nicht andere Männer. Du bist mein Mann, und unsere Liebe ist unser Rückgrat. Weil wir einander nicht verraten, gibt es keinen Berg, zu dem wir nicht sagen könnten: ›Salve, Berg. Wir sind Fenchel und Anthony, die Hand in Hand über Meere gehen.‹«

Es dauerte Tage, bis sie begriff, dass genau das geschehen war, dass der Mann, dem sie ihr Leben anvertraut hatte, sie verraten hatte. Nicht wie andere Männer, die sich zu einer Käuflichen schlichen und diese sofort darauf vergaßen, sondern so, dass die eine Tat alles zerschlug. Er hatte die Frau in die Arme genommen, die von klein auf Fenellas Welt bedrohte, und er hatte dieser Frau geschenkt, was Fenella sich am sehnlichsten wünschte und worauf sie um seinetwillen verzichtet hatte: ein Kind.

Es dauerte noch einmal Tage, bis sie begriff, dass derselbe Mann in einer Gefängniszelle saß und auf ein Todesurteil wartete. An diesem Punkt setzte ihre Erinnerung ein. Sie lag wie eine Siechkranke in ihrem Zimmer, und Sylvester lag am Ende der Galerie in seinem. Sie hatten nicht einmal Kraft genug, der Gewalt ihres Schmerzes gemeinsam zu begegnen. Es war Tantchen Micaela, die zu ihr kam und sie aus ihrer Trance riss, aber sie war kein Tantchen mehr. Ihr Gesicht war nicht länger zart und süß, sondern zerfurcht und alt, das Haar straff zurückgebunden wie bei einer Magd.

»Du musst nach London«, sagte sie. »Du und Sylvester. Ihr müsst mit einem Gnadengesuch vor den König treten.«

Fenella wusste nichts zu sagen. Sie schüttelte nur den Kopf.

»Ay dios mio!«, schrie Micaela sie an. »Du kennst diesen Mann dein Leben lang. Du weißt, was er wert ist, und du weißt, was ihm angetan worden ist. Und weil er hingegangen ist und versucht hat, sich den Eiter aus dem Herzen zu brennen, in einer so kreuzdummen Weise, wie nur Männer es fertigbringen, deshalb willst du, dass er an einem Holzgerüst hochgezogen und vor den Augen einer johlenden Masse kastriert wird? Weil er geglaubt hat, er könne sich befreien, indem er diesem Weib seine Teufelei heimzahlt – willst du, dass ihm Schergen die Gedärme aus dem Leib reißen und zusehen, wie er rasend vor Schmerzen über Stunden stirbt? Warum gehst du dann nicht hin und siehst selbst zu, he? Wenn du wahrhaftig glaubst, er ist ein Betrüger, der deine Liebe für ein bisschen Spaß mit einer Glaspuppe riskiert, dann misch dich unter die Gaffer und feuere die Henkersknechte an.«

Fenella setzte sich auf. »Nein«, sagte sie. Niemand hatte das Recht, Anthony zu bestrafen, niemand als Sylvester und sie. Anthony würde ihre Liebe verlieren, die schützende Insel der Werftkinder. Wenn das nicht die härteste Strafe war, die ihm erteilt werden konnte, dann sollte er straffrei ausgehen. Sie empfand keinen Hass. Nur Leere.

»Nein sagen nützt nichts«, sagte Micaela. »Das alberne Gänschen, dem der König um jeden Preis eine Krone aufsetzen musste, hat ihn mit seinem halben Gefolge zum Hahnrei gemacht, und es heißt, daran habe er seinen letzten Rest Verstand verloren. Derzeit führt kein Verbrechen sicherer in einen qualvollen Tod als Ehebruch. Es gibt nur zwei Möglichkeiten, Anthonys Leben zu retten: Robert Mallach muss die Klage zurückziehen, oder der König muss ihn begnadigen.«

»Was Robert Mallach betrifft, besteht keine Aussicht«, sagte Fenella.

»Damit hast du wohl recht«, stimmte Micaela bedrückt zu. »Obwohl ich nicht fand, dass der hicksende Zwerg ein übler Kerl ist. Aber wem Geraldine Sutton ihr Gift ins Blut träufelt, der weiß nicht mehr, was er ist und was nicht.«

»So wie Ihr sprecht, klingt es, als trüge allein Geraldine die Schuld«, wunderte sich Fenella. »Seid Ihr Euch dessen so sicher?«

Micaela zuckte die Achseln. »Sie ist die Tochter meiner Schwester«, antwortete sie und verschloss die Lippen, wie um deutlich zu machen, dass sie nichts mehr dazu sagen würde.

Fenella betrachte sie. In ihren Augen glitzerten Tränen. Sie war die schönste und warmherzigste Frau, die sie kannte; sie hatte einen Sechzehnjährigen die Liebe gelehrt, weil sie ihn von Herzen lieb hatte, und vielleicht verstand sie ihn besser als sie alle. Fenella nahm ihre Hand. »Ich gehe zum König«, sagte sie.

»Aber du musst Sylvester mitnehmen!« Micaelas Stimme brach. »Er hat als Einziger die nötigen Verbindungen. Mit etwas Glück öffnen sich ihm die Türen, aber er sitzt da wie vernagelt und sagt, sein einstiger Freund solle bekommen, was er verdient, als würden wir von einem Dutzend mit dem Rührstab sprechen.«

»Ich rede mit Sylvester.« Fenella stand auf und nahm Micaela in die Arme. »Ich lasse Anthony nicht zu Tode quälen, das verspreche ich Euch.«

Micaela drückte sie an sich. »Tu noch mehr«, flüsterte sie. »Klopf ihm die Ohren heiß und die Finger blau, weil er ein so unglaublicher Narr ist und sein Rachespiel mit der giftigsten Natter von England treibt, aber um Himmels willen verzeih ihm. Was er getan hat, hat doch seiner Liebe zu dir nichts an. Im Gegenteil. Vermutlich hat dieser Idiot geglaubt, er könne sich damit gesundmachen, um dir endlich zu geben, was er sich so sehr für dich wünscht.«

»Ich weiß nicht, ob ich das kann«, hörte Fenella sich sagen. »Aber dass Ihr recht habt, weiß ich.«

»Er wollte, dass du Sylvester heiratest«, murmelte Micaela vor sich hin. »›Fenella hat das Beste verdient, was es gibt‹, hat er gesagt. ›Meinen Sylvester – sie darf doch nicht weniger bekommen.‹ Dieser stumme, stolze Kerl liebt euch beide so sehr, dass es mir das Innerste nach außen kehrt. Wie kannst du denn glauben, er ist euch untreu? Wenn er euch nicht mehr hat, ist er allein auf der Welt und wird es bis an sein Ende bleiben.«

»Vielleicht muss er das«, presste Fenella heraus. »Vielleicht kann er wirklich nicht anders.« Allein hieß für Anthony allein ohne Gott. Einsam wie das letzte Geschöpf der Erde unter einem leeren Himmel. Fenella musste würgen, aber ihr Magen war leer. Sie, die immer hungrig gewesen war, hatte seit Tagen nichts heruntergebracht.

Mit Sylvester brauchte sie nicht mehr zu reden. Als sie hinaus auf die Galerie trat, sah sie Sir James aus seinem Zimmer kommen. »Es ist in Ordnung«, sagte er mit schleppender Stimme. »Sylvester fährt nach London und versucht, den Erzbischof um Vermittlung zu bitten.«

Als sie sich umarmten, erschrak Fenella. Sir James, ihr Felsen im wildesten Seegang, schien in sich zusammenzusacken, als hätte er in seinen Knochen kein Mark mehr. »Er ist kein Betrüger, Fenella. Wir haben mehr von ihm verlangt, als Menschen aushalten können. Der Krug ist zum Brunnen gegangen, bis er brach.«

»Ich weiß.« Fenella strich ihm über den Rücken, der sich erschreckend knochig anfühlte.

»Lass ihn nicht zuschanden gehen!«

»Nein«, sagte sie. »Wie geht es Sylvester?«

Sir James zuckte mit den Schultern. Sein Blick war verloren. »Ich wünschte, du könntest ihnen beiden helfen«, sagte er. »Und ich wünschte, es wäre jemand da, der dir hilft.«

In der kalten Stille des Morgens brachen sie auf. Sylvester sollte vorausreiten, weil sie keine Zeit zu verlieren hatten, und Fenella, die jahrelang ihren Brotkarren gelenkt hatte, wollte allein im Wagen folgen. Der Rest des Haushalts protestierte, sie müsse zumindest einen Mann zum Schutz mitnehmen, doch Fenella ertrug keinen Fremden um sich. Da erbot sich Luke, sie zu begleiten. Er war neunzehn und hatte bald zehn Jahre lang an Anthonys Fersen geklebt wie ein kleiner Hund. »Wenn ich etwas tun dürfte, das ihm hilft, wäre ich sehr froh«, sagte er.

Im strömenden Regen trafen sie Sylvester vor dem Cripplegate. Er schien nicht einmal zu bemerken, dass Wasser in Bächen an seinen Gliedern herunterrann. »Cranmer beherbergt uns in Swan House«, informierte er sie tonlos. »Er sorgt dafür, dass der König uns empfängt, und er begleitet uns, um sein Wort einzulegen.«

Die Nacht in Swan House war eine Tortur. Fenella sah Anthony, wo immer sie ging und stand, den verletzten, seiner Sprache beraubten Mann, der mit verzweifeltem Mut um seine Würde gekämpft und den sie unendlich geliebt hatte. Mit Sylvester tauschte sie Blicke und flüchtige Berührungen, doch sie fanden keine Worte.

Am Morgen kam die Barke des Erzbischofs. Der Cranmer, der auf den Steg trat, schien Fenella nicht um zehn, sondern um hundert Jahre gealtert. Das hohe Amt, für das er nicht geboren war, krümmte ihm die Schultern, doch er brachte einen Rest seines Lächelns auf. »Gott schütze Euch«, sagte er. »Alle drei.«

Der Tag war beinahe lichtlos. Schweigend kauerten sie in der Barke, die den tosenden Fluss hinunter nach Whitehall schlingerte. »Was ist mit der Königin?«, entfuhr es Fenella, während sie die Menschen beobachtete, die an den Ufern ihren Geschäften nachgingen wie an jedem gewöhnlichen Tag.

»Sie steht unter Arrest«, antwortete Cranmer. »In Syon House, wo zumindest für Bequemlichkeit gesorgt ist. Über ihr Schicksal wird erst nach Weihnachten befunden, doch es besteht wenig Hoffnung. Das arme Kind ist toll vor Angst.«

»Und die Männer, die mit ihr die Ehe gebrochen haben?«, fragte Sylvester. Er sah erschreckend aus. Der elegante Erbe des Hauses Sutton hatte sich seit Tagen weder gekämmt noch gewaschen, und dem Anschein nach schlief er in seinen Kleidern.

Cranmer senkte den Kopf. »Sie werden hingerichtet.«

»Wann?«, fragte Sylvester.

»Heute«, murmelte Cranmer. »In Tyburn.«

»Geköpft?«

»Thomas Culpepper ja.« Der Erzbischof stützte seine Stirn in die Hand. »Francis Derehams Gnadengesuch wurde abgewiesen.«

»Er wird gevierteilt?«

Cranmer nickte.

Eine Weile lang verfielen sie wieder in Schweigen, ehe der Erzbischof sich räusperte. »Wir müssen Mut bewahren«, sagte er. »Wenn wir es klug anfangen, wird der König Milde walten lassen. Er will Sir Anthony im Grunde nicht das Leben nehmen. Er mochte ihn immer aufrichtig gern.«

»Mag er überhaupt einen Menschen außer sich selbst?«, fragte Sylvester. »Und ließe er diesem wirklich Milde angedeihen? Haben wir das bei Kardinal Wolsey nicht auch geglaubt, bevor der die ganze Härte der königlichen Macht zu spüren bekam?«

Sylvesters ausdruckslose Stimme jagte Fenella Schauder über den Rücken. Cranmer aber zeigte für den Bruchteil eines Herzschlags sein Lächeln. »König Henry mag mich«, sagte er. »Fragt mich nicht, warum, aber wenn er es nicht täte, wäre ich nicht mehr am Leben. Ich bin verheiratet. Meine Frau ist eine deutsche Lutheranerin, und bei uns ist die Priesterehe nach wie vor verboten. Tod durch Erhängen steht darauf, für den Priester wie für seine Frau. Der König weiß von meiner Ehe. Er zürnt mir, doch weil er will, dass ich lebe, hat er sich entschlossen, sich blind zu stellen. Er ist ein sehr einsamer Mann, Mylord Sutton – er sehnt sich nach Freundschaft nicht anders als jeder von uns.«

»Ich sehne mich nicht mehr nach Freundschaft«, sagte Sylvester. »Wisst Ihr, wie es ihm geht?«

»Sir Anthony?«

Sylvester nickte.

»Ich habe ihn gestern gesehen«, sagte Cranmer und nahm Sylvesters Hand. »Er ist sehr gefasst, klaglos wie gewohnt, und ich fürchte, sein Gewissen foltert ihn mehr als alles andere.«

»Er ist nicht im Clink, nicht wahr?« Fenellas Stimme krächzte.

»Nein«, erwiderte Cranmer beruhigend. »Im Tower.«

»Und er wird nicht misshandelt?«

»Darauf gebe ich Euch mein Wort«, sagte Cranmer. »Auch wenn er selbst sich sicher gern dazu verurteilen würde. Ich habe ihm angeboten, ihm die Beichte abzunehmen, aber das wollte er nicht. Vielleicht würde es ihm helfen, mit Euch zu sprechen. Ich bin sicher, ich könnte eine Erlaubnis erwirken.«

»Nein«, antworteten Sylvester und Fenella gleichzeitig.

»Ich verstehe«, sagte Cranmer. Dann schwiegen sie, bis sie nach Whitehall kamen.

Der Palast war ein Gewirr von Galerien und Gängen. Cranmer führte sie in einen schmalen Warteraum, in dem es lediglich zwei hölzerne Schemel gab. Sie blieben alle drei stehen, bis Cranmers Diener mit einem rot uniformierten Wachmann zurückkam und bekannt gab, der König sei bereit, sie zu empfangen. Fenella und Sylvester drängten sich aneinander wie Kinder.

»Versucht, keine Angst zu haben«, raunte Cranmer ihnen zu. »Seht in Henry Tudor nicht nur den König, sondern auch den Mann, der sich gerade das Herz gebrochen hat. Er mag wüten und toben, aber er bedarf wie jeder Mensch des Mitgefühls.«

Als sie das Empfangszimmer betraten und vor Henry VIII. in die Knie sanken, musste Fenella an den jungen, stattlichen König denken, der auf der geschmückten Tribüne dem Stapellauf der *Mary Rose* zugesehen hatte. Von der hochfliegenden Hoffnung jenes Tages schien so wenig übrig zu sein wie von dem prächtigen Herrscher. Der Mann, der im Prunksessel vor ihnen saß und ein Bein auf einem Hocker hochgelagert hatte, sah aus wie ein riesiger, in Brokat geschnürter Schwamm. Cranmers Appell an ihr Mitleid war nicht nötig; es schien Fenella unmöglich, mit dieser Ruine eines Menschen, die aus triefenden Augen auf sie niederstierte, kein Mitleid zu empfinden.

»Sieh an, sieh an.« Die Stimme des fetten Königs war mädchenhaft zart. »›Der Tag und die Nacht‹, so haben wir Euch und Euren Spießgesellen hier bei Hof genannt, die große Hure, vor der Ihr niedergekniet seid, hatte das erfunden. Wir hatten Unser Vergnügen an Euch, weil Ihr so gerade gewachsen schient wie ein Paar englischer Eiben. Und weil Eure Freundschaft etwas Herzwärmendes hatte, etwas lange Verlorenes, das nur in alten Sagen noch lebt. Brüderschaft. Einer für den anderen. Niemals hätten Wir für möglich gehalten, Euer dunkler Bruder könnte ein schamloser Betrüger sein, der sich an der Schwester seines Freundes vergreift und seinem Gönner die Gattin entehrt.«

»Ich hätte es auch nie für möglich gehalten«, sagte Sylvester. »Ich bitte Majestät um Gnade für ihn.«

»Warum?«, fragte der König. »Seid Ihr nicht genauso ein Betrogener wie der arme Graf von Ripon und Wir?«

»Doch, Majestät. Aber er war mehr als dreißig Jahre lang mein Freund. Das kann ich nicht unter den Tisch kehren. Ich will nicht, dass er stirbt.«

»Und weil Ihr das nicht wollt, sollen Wir einen Ehebrecher davonkommen lassen?«, bellte der König los. »Weil dieser notgeile Straßenköter Euer Freund war, sollen Wir einem betrogenen Gatten die Genugtuung rauben, den Frevler bestraft zu sehen? Wir selbst kennen in Unserem Schmerz keinen anderen Trost als den Gedanken, dass der Sauhund Dereham bei lebendigem Leibe ausgeweidet wird, bis er nicht mehr winseln kann. Diesen Trost werden Wir einem Leidensgefährten nicht vorenthalten. Euer schwarzer Seelenbruder hat gewusst, mit was für einem Blatt er spielt. Jetzt bekommt er den Lohn, den er verdient.«

»Nicht«, stieß Sylvester heiser und kaum hörbar heraus. »Was immer er verdient, ich halte es nicht aus.«

Erst jetzt, als jener sich räusperte, bemerkte Fenella, dass sich ein weiterer Mann im Raum befand. Er lehnte in einem der Erker, war mit verschwenderischem Aufwand gekleidet und hatte brandrotes Haar. Mit einem Grinsen wandte er sich ihnen zu. »Wie könntet Ihr solch eine rührende Bitte abschlagen, Majestät?«, fragte er. »Und mit Verlaub – der Kopf, über den wir hier verhandeln, ist einer der wenigen in diesem Land, die eine Großkaracke von einem schwimmenden Kochtopf unterscheiden können. Ist es das wert? Für ein bisschen Weibergeplänkel?«

»Haben Wir Euch gestattet, Euch einzumischen, Tom?« Der König drehte den Kopf. »Zieht Euch zurück, ehe Wir Uns vergessen. Dass Euch die Treue nicht als heiliger Wert erscheint, nimmt Uns nicht wunder.«

Grinsend verneigte sich der Mann und verließ mit schwingender Schaube den Raum. Der König wandte sich wieder an Sylvester. »Unser Schwager Seymour mag etwas von Fleischeslust verstehen, aber nichts von der Liebe. Der Graf von Ripon hingegen hat Eure Schwester geliebt. So sehr, dass er sie selbst jetzt noch verschont sehen will – ist das nicht Gnade genug?«

»Meine Schwester kann nicht lieben«, murmelte Sylvester. »Warum, weiß ich nicht. Vielleicht ist es eine Art Geburtsfehler, so wie es Menschen gibt, die ohne Beine geboren werden.

Aber Anthony hat ihn nicht. Anthony konnte mit mehr Wärme und Achtung lieben als irgendein Mensch, bevor Robert Mallach …« Mit einem heiseren Laut brach er ab, weil ihm die Stimme versagte.

Der König hatte keinem von ihnen erlaubt, sich zu erheben, doch der Erzbischof war offenbar dazu berechtigt. »Sir Anthony hat ohne Zweifel einen schweren Frevel begangen«, übernahm er das Wort. »Aber Ihr kennt ihn seit Jahren, Majestät. Ihr hattet Grund, ihm Eure Schiffe anzuvertrauen, und von seiner ungewöhnlichen Begabung habt Ihr Euch Großes versprochen. Nicht zuletzt habt Ihr seine Aufrichtigkeit als eine Wohltat empfunden.«

»Aufrichtigkeit!«, brüllte der König ihn an. »Einen Mann, der sich mit dem Weib seines Gönners im Bett wälzt, nennt Ihr aufrichtig?«

»Majestät«, sagte Cranmer. »Wenn ich je einen Mann gesehen habe, der seine Tat bereut, dann diesen. Er hat keinen Herzschlag lang versucht, zu leugnen oder einen mildernden Umstand ins Feld zu führen. Ich habe gestern Stunden damit verbracht, ihm auf den Zahn zu fühlen, und habe von ihm kein übles Wort gegen die Dame oder gar gegen Sir Robert gehört. Nur auf sich selbst lässt er alles sitzen, zu seiner Verteidigung bringt er keine Silbe vor.«

»Tatsächlich nicht? Dereham und Culpepper haben ihr eigenes Loblied gesungen, dass man meinen könnte, sie wären zwei Chorknäblein«, zischte der König. »Was ist widerlicher, Thomas? Ein Mann, der seinen Hosenbeutel nicht geschnürt halten kann, oder einer, der wie ein Wickelkind plärrt, wenn er den Preis zahlen soll?«

»Als Seelsorger darf mir kein Mensch widerlich sein, der beteuert, seine Sünden zu bereuen«, wich Cranmer aus.

»Und als Mann?«, platzte der König los. »Bei meiner Seele, Thomas, sprecht gefälligst als Mann!«

»Als Mann kann ich an Anthony Fletcher nichts Widerliches finden«, antwortete der Erzbischof, und Fenella hörte, dass ihm vor Furcht der Gaumen trocken war. »Er hat einen Fehler begangen, der nicht zu ihm passt, und die Gründe dafür behält er für sich. Ebenso wie die Umstände. Ich bin dennoch zu dem Schluss gekommen, dass die fragliche Tat vier Jahre zurückliegt und gewiss nicht begangen wurde, weil hier ein Mann seinen Hosenbeutel nicht im Griff hatte.«

»Und warum wohl dann?«

»Wie gesagt, Sir Anthony beherrscht die Kunst des Schweigens und verteidigt sich nicht«, antwortete Cranmer. »Ich aber bitte, daran erinnern zu dürfen, dass der Mann fünf Jahre lang ohne erwiesene Schuld im Gefängnis saß und dabei peinlichen Verhören unterzogen worden ist.«

»Ohne erwiesene Schuld?« Der König umklammerte die Armlehnen und stemmte sich halb aus dem Stuhl. »Wo Rauch ist, wird wohl auch Feuer sein, oder wollt Ihr anderes behaupten?«

»Wenn Majestät meinem Urteil als Primas Eurer Kirche trauen wollen – der Mann hat einen Rosenkranz bei sich und kennt kein einziges englisches Gebet. Zum Ausgleich weiß er derart umfangreiche Passagen der Schrift auf Lateinisch herzusagen, dass ich mich beschämt fühle. Ich fürchte, eher könnte man mich einen Ketzer nennen als ihn.«

Was nun geschah, hatte Fenella am wenigsten erwartet: Der König brach in Gelächter aus. »Das rettet Euren Schützling nicht, sondern bricht ihm den Hals!«, rief er. »Dass Ihr ein Ketzer seid, weiß die halbe Stadt, Mylord Canterbury.« Dann wurde er mit einem Schlag wieder ernst. »Ihr meint also, der Kerl hat ein paar Jahre schuldlos hinter Gittern verbracht. Gibt ihm das vielleicht das Recht, einem anderen Mann solche Schmach anzutun?«

»Gewiss nicht, Majestät. Aber der andere Mann ist der Graf von Ripon.«

»Und was bitte schön wollt Ihr Uns damit sagen?«

»Der Graf von Ripon war Eigentümer des Schiffes, auf dem das verbotene Schriftgut gefunden wurde. Ich halte es für möglich, dass Sir Anthony irrtümlich Sir Robert für den Schuldigen hielt und dem Wunsch nachgab, an ihm Rache zu üben. Das wäscht ihn nicht rein, und vor dem höchsten Richter hat er sich für seine Rachsucht zu verantworten. Dürfen wir als Menschen uns aber kein milderes Urteil zugestehen? Dem Mann ist übel mitgespielt worden. Was er getan hat, ist nicht lässlich, doch in Anbetracht der Umstände erscheint mir die Todesstrafe unziemlich hart.«

»Hört, hört«, bemerkte der König. »Und jetzt brennen Wir darauf, zu vernehmen, was Mylord Canterbury stattdessen vorschlägt.«

Fenella hörte Sylvester stöhnen. »Bitte sperrt ihn nicht ein«, murmelte er. »Ihn zu töten wäre gnädiger.«

»Und was dann?« Der König legte den Kopf schräg. »Soll ich den Kerl verschneiden lassen wie Pierre Abélard, damit er die Finger von Englands Adelsdamen lässt?«

Mit einem Satz stand Fenella auf den Füßen. »Er rührt Englands Adelsdamen nicht an!«, rief sie. »Es war so, wie Hochwürden gesagt haben: Etwas, das ihm im Gefängnis getan worden ist, hat er nicht verwunden. Er hat geglaubt, er könne sich heilen, indem er einmal zurückschlägt. Bitte bestraft ihn dafür nicht. Lasst ihn gehen.«

»Aha, aha.« Ächzend wuchtete der König sein Bein aus dem Polster, erhob sich vom Stuhl und wandte sich Fenella zu. »Wir haben Uns schon gefragt, wann das Menschenkind sich zu Wort melden würde, von dem man doch annehmen sollte, es würde sich für den treulosen Bräutigam die härteste Bestrafung wünschen. Dass ausgerechnet du Uns um Milde bittest, wundert Uns – so gnädig kennen Wir die Weiber sonst nicht.«

»Ich bitte nicht um Milde«, sagte Fenella. »Wie Majestät gesagt haben, ich wünsche für meinen Verlobten die härteste Strafe. Ich bitte nur um das Recht, dass wir sie ihm selbst erteilen dürfen. Wenn Majestät ihn gehen lassen, wird er in ein Leben zurückkehren, in dem er alles verloren hat, was ihm teuer war: Eure Gunst und die des Grafen von Ripon, seine Arbeit und das Dach über dem Kopf. Die Liebe seines Freundes. Und meine.«

Sylvester stöhnte.

»Das ist härter als der Tod«, sagte Fenella und verstummte.

Der König beriet sich kurz mit Cranmer, dann schickte er sie ihrer Wege. Er brauche Zeit, um die Sache zu erwägen, bekundete er. »Dieser Teufelskerl hat behauptet, er könne Uns eine Galeere bauen, die den alten Francis vor Neid erbleichen lässt«, sinnierte er zum Schluss vor sich hin. »Wenn ihr ihm seine Hiebe selbst verpassen wollt, warum sollen Wir eigentlich nicht Graf Robert auch einen Knüppel in die Hand geben und Uns aus dem Gezänk heraushalten? Wir hätten ganz gern eine schwimmende Wunderwaffe, die den französischen Galeeren Paroli bietet, und welches Weib ist schon ein Schiff wert, Thomas, welches?«

Auf dem Bootssteg legte Cranmer flüchtig die Arme um Fenella. »Meine Hochachtung, Mistress Clapham. Ich dachte, nach Anne Boleyn würde ich keine Heldin mehr zu Gesicht bekommen, aber heute habe ich eine erlebt.«

»Wird es genügen?«

Er sandte ihr sein Lächeln. »Ja, ich bin sicher, das wird es. Und ich wünsche Euch Frieden. Gott habe mehr als nur ein Auge auf Euch drei.«

»Uns drei gibt es nicht mehr«, sagte Sylvester.

»Ich denke, da irrt Ihr Euch, mein tapferer Freund«, sagte Cranmer und legte ihm zum Segen die Hand auf den Scheitel.

Die Sonne war bereits untergegangen, als Sylvester und Fenella nach Swan House zurückkehrten. Eine Mahlzeit war für sie bereitet, doch keiner von ihnen mochte essen. »Komm«, sagte Sylvester, griff nach einem Krug Wein und ging ihr voran. Fenella wollte ihn aufhalten, wusste, dass sie nichts Falscheres tun konnte, als mit ihm zu gehen, aber sie folgte ihm in den Küchengarten, in die sternenlose Kälte.

Er blieb an dem grünen Zaun, im Gewirr der Nesseln, stehen und drehte sich nach ihr um. Im schwachen Licht, das durch das Küchenfenster fiel, schimmerte sein Haar. »Ich liebe dich«, sagte er. Dann lief er ihr entgegen, zog sie in die Arme und küsste sie.

Es tat überraschend gut. So als vollzögen sie, was sie dem König gelobt hatten: Anthony seine Hiebe selbst zu verpassen, ihm eine Strafe zu erteilen, die härter war als der Tod. Dann kam Fenella zu sich und löste sich aus seinen Armen.

»Wir bleiben hier, bis er frei ist«, sagte Sylvester. »Dann komm mit mir nach Hause, und werde meine Frau.«

»Das habe ich Anthony einmal versprochen«, sagte sie.

»Was?«

»Dass ich dich heirate, wenn ich ihn nicht mehr aushalte. Verzeih mir, Sylvester. Du hast so viel Besseres verdient.«

»Das ist mir egal«, sagte er. »Ich will dich. Etwas Besseres weiß ich nicht.«

»Verzeih mir«, sagte sie noch einmal. »Ich kann so eine Entscheidung jetzt nicht treffen. Erst muss ich etwas anderes tun.«

»Natürlich«, sagte er. »Glaub mir, es geht mir genauso. Ich sollte Anthony hassen und ihm das Schlimmste wünschen, aber das kann ich nicht. Ich will ihn nicht mehr sehen, doch ich will, dass er lebt. Wenn ihn der König nicht begnadigt, weiß ich nicht, was ich tue.«

»Ich fahre morgen ins Clink«, sagte Fenella und blickte über den grünen Zaun hinaus in die Nebel. »Ich hätte es seit Jahren tun sollen, aber ich hatte nie den Mut. Wirst du mir Geld geben? Du hast gesagt, ohne Geld verrät einem dort niemand ein Wort.«

»Erspar dir das – tu dir nicht noch mehr an.«

Sie fuhr herum. »Soll ich ihn verurteilen, ohne den Tatbestand zu kennen? Soll ich ihn für das, was er getan hat, zum Satan stempeln, ohne zu wissen, was ihn dazu getrieben hat?«

Sylvester senkte den Kopf. Nach einer Weile sagte er ins nasse Gras: »Ich komme mit.«

Master de Vere, so hatte Sylvester ihr erzählt, war eine Ratte, die jede Sickergrube durchschwimmen würde, solange am Ende ein Batzen Speck wartete. »Ich habe ihm ein Vermögen zugesteckt, damit er Anthony schützt«, sagte er auf dem Weg. »Damals hat er behauptet, er täte sein Bestes, doch es stünde nicht in seiner Macht, gewisse Dinge zu verhindern. Heute denke ich, dass Robert Mallach ihm schlichtweg das Doppelte zahlte, damit er Anthony weiter quälen ließ.«

»Und das genügt dir nicht, um ihm zu verzeihen?«, fragte Fenella. Sie holte Atem und stieß die Sätze in einem Schwall heraus: »Er erbricht Blut, Sylvester. Sein Rücken sieht aus wie vom Krieg verwüstete Erde, und in den meisten Nächten stöhnt er vor Schmerz. Genügt uns das nicht? Wer sind wir eigentlich, dass wir uns zu Richtern aufschwingen, obwohl uns im Leben kein Haar gekrümmt wurde? Haben wir das Recht, Steine zu werfen, weil wir ohne Sünde sind?«

Sylvester gab keine Antwort, bis er in Bankside den Wagen anhielt. »Ich wünschte, es würde mir genügen«, sagte er dann.

»Ich mir auch«, sagte sie.

Das Clink verfügte über eine Zellenwand zu ebener Erde, hinter deren Gittern Gefangene um Pennys bettelten. Davor saß ein mit Haut bespanntes Skelett, das ebenfalls die Hand nach Spenden ausstreckte. Mit jeder Bewegung klirrte seine Kette. Nicht nur der Mann, die ganze Straße stank zum Gotterbarmen.

Der Mann, der herbeigeholt wurde, nachdem sie am Tor nach dem Master verlangt hatten, war jung und hatte ein rundes Gesicht mit roten Backen. »Wo ist Master de Vere?«, fragte Sylvester.

»Ich bedaure«, erwiderte der junge Mann, der die Uniform des Bischofs von Winchester trug. »Der Master hier bin jetzt ich. Ihr erinnert Euch wohl nicht? Ich bin Rich Forster. Ihr habt mich damals, als ich Master de Veres Aufseher war, gebeten, Eurem Freund das Haar zu schneiden, weil er das Ungeziefer hasste. Ihr wolltet mir Geld geben, aber ich habe es nicht nehmen können.«

»Warum nicht?«, fragte Fenella.

Rich Forster wandte sich ihr zu. »Ein Mann, der ein Verbrechen begangen hat, muss seine Strafe erhalten«, sagte er. »Aber was immer ein Mann getan haben mag – man muss ihn wie einen Menschen behandeln, sonst macht man einen Unmenschen aus sich selbst. Der Freund des Herrn ist nicht wie ein Mensch behandelt worden. Mir fehlte der Mut, dagegen anzugehen, und für meine Feigheit wollte ich nicht noch Geld nehmen.«

»Dass Ihr zu uns davon sprecht, ist nicht feige«, sagte Fenella.

»Aber das nützt dem Freund des Herrn nichts mehr«, erwiderte der junge Mann. »Ich habe mir damals geschworen: Sollte dieses Gefängnis je meiner Leitung unterstehen, werde ich nicht erlauben, dass jemand für das Leid eines Menschen bezahlt. Die Kerle, die bei uns einsitzen, sind üble Burschen, aber sie dürfen nicht mehr bekommen, als ein englisches Gericht ihnen zugesprochen hat.«

»Ist das damals geschehen?«, fragte Fenella. »Ist jemand gekommen und hat dafür bezahlt, dass Master de Vere dem Freund dieses Herrn mehr Leid zufügen lässt?«

Rich Forster zögerte. Dann zwang er sich zu nicken. »Wenn Ihr mich als Zeugen vor ein Gericht beruft, kann ich nichts sagen«, erklärte er. »Ich bin verheiratet. Meine Frau erwartet ein Kind.«

»Das einzige Gericht bin ich«, erwiderte Fenella. »Ich war mit ihm verlobt, ich muss wissen, was ihm geschehen ist. Das Schlimmste, Master Forster. Das, was auch Master Sutton nicht weiß. Es soll Euer Schaden nicht sein.«

Sie griff nach der Geldbörse, aber Rich Forster hob abwehrend die Hand. »Ich will noch immer kein Geld dafür, dass ich Unrecht nicht verhindert habe. Wenn der Herr, der ja wohl Euer Verwandter ist, nichts dagegen hat, dann zeige ich es Euch. Wir benutzen es heute nur noch in Fällen, denen anders nicht beizukommen ist.«

»Das Loch?«, fragte Sylvester matt. »Die Oubliette?«

Master Forster nickte.

»Was ist das?«, fragte Fenella.

»Eine Grube im untersten Boden«, antwortete Sylvester. »›Oubliette‹ heißt ›Ort der Vergessenen‹. Gefangene werden zur Bestrafung dorthin verbracht. Während die Flut die Themse schwellen lässt, steigt das Wasser in der Grube ihnen bis zum Hals.«

»Manche hat man dort unten vergessen«, fügte Master Forster hinzu. »Denen ist das Fleisch von den Knochen gefault.«

»Nicht meinem Mann!«, schrie Fenella auf.

Sylvester nahm ihren Arm. »Nein, Liebes, nein.« Seine Lippen zitterten.

»Ich sollte Euch wirklich nicht hinführen«, sagte Forster.

»Doch«, beharrte Fenella. »Ich werde nicht gehen, ehe ich Bescheid weiß.«

Fragend sah Master Forster Sylvester an. Der nickte, und der kleine Zug setzte sich in Bewegung.

Die steinernen Decken, unter die sie sich ducken mussten, das Stöhnen aus den Zellen und der Gestank, der ihr den Atem raubte, weckten den Drang zu flüchten. Dennoch folgte Fenella Sylvester und dem Master Stufe um Stufe in die Tiefe. Ganz unten war ein Gitter in den nackten Boden eingelassen. Auf Fenellas Brust lag ein Druck, der ihr das Sprechen unmöglich machte.

»Hier«, sagte Forster, öffnete die Riegel und winkte einen der Aufseher heran, weil er das Gitter allein nicht heben konnte. Mit einer Kerze leuchtete er hinunter in die Schwärze.

Der Ort der Vergessenen war bis zur Hälfte mit stinkendem Wasser gefüllt. Zwei Männer hätten aneinandergedrängt dort stehen können, für mehr war kein Platz. Ein Stück über der Wasseroberfläche war eine schmiedeeiserne Schelle in die Wand eingelassen. Fenella wies darauf und sah Sylvester an. »Am Hals«, flüsterte er. »Sie ketten sie am Hals dort an.«

Plötzlich fand sie die Kraft zu schreien. Sie packte Sylvester und schüttelte ihn wie einen leblosen Gegenstand. »Und du hast davon gewusst? Du hast gewusst, dass sie meinen Liebsten hier einsperren, und du hast es mir nicht gesagt?«

»Was hättest du denn tun wollen?«, schrie er zurück. »Ich konnte doch selbst nichts tun! Ich habe den verdammten de Vere angefleht, ihn zu verschonen, ich habe ihm versprochen, was immer er wollte, aber es hat nichts genützt.«

»Wofür?« Fenella ließ Sylvester los und schwang zu Forster herum. »Was hat er getan, dass Euer Master befand, er müsse ihn derart bestrafen?«

»Nichts«, antwortete der junge Mann mühsam. »Er war der stillste Mann, den wir hier hatten. Jemand hat dafür bezahlt, Mistress. Niemanden von Euch trifft Schuld.«

»Wofür hat jemand bezahlt?«

Stumm schüttelte der junge Mann den Kopf.

»Sprecht!«, schrie Fenella und ohrfeigte ihn. »Seid Ihr ein Mensch oder ein nasser Sack?«

»Sie haben einen, der am Verrecken war, mit ihm dort unten eingeschlossen«, begann Forster. »Keinen Mann. Einen Jungen von zehn, das Balg von einer der Huren, die wir ständig aufgreifen. War so gut wie verhungert, konnte sich nicht mehr auf den Beinen halten. Eurem Verlobten haben sie den Hals ins Eisen gelegt, aber die Hände freigelassen. ›Kannst ihn hochhalten, wenn das Wasser kommt‹, haben sie zu ihm gesagt. ›Oder du stößt ihn runter, damit er krepiert, wie du's mit deinem Bruder gemacht hast.‹«

»Wie lange?«, fragte Fenella.

»Die ganze Nacht. Oben haben die Wachen gesessen und Wetten abgeschlossen, wie lange er's macht. Das Wasser ist ihm an die Kehle gestiegen, er hat diesen Jungen in die Höhe gestemmt, und die Kerle haben gebrüllt: ›Willst du ihn nicht endlich stoßen? Na los, stoß ihn runter, so wie deinen Bruder, Kain!‹ Irgendwann ist ihm die Kraft ausgegangen, und er musste loslassen.«

»Der Junge ist ertrunken?«

Rich Forster nickte. »Den Leichnam haben sie bei ihm gelassen, als das Wasser abzog. Erst am nächsten Abend hat der Master befohlen: ›Bringt den Kadaver rüber zum Friedhof der Gekreuzten Knochen. Und den Schwarzen holt auch raus, ehe der Goldschopf aus Portsmouth kommt.‹ Still war er immer, doch von dem Tag an hat er kein Wort mehr gesagt. Ich habe gedacht, sie hätten ihn besser verrecken lassen wie den Jungen.«

Eine Zeitlang blieben sie in der Finsternis stehen. Dann begann Fenella, die Treppen wieder hinaufzusteigen, ohne ein Wort zu sprechen, ohne ein Wort zu denken, und die zwei Männer folgten.

Anderntags kam Cranmer mit der Nachricht, der König habe Robert Mallachs Klage abgewiesen und Anthony auf freien Fuß gesetzt. Am folgenden Morgen reisten Fenella, Luke und Sylvester ab.

Sie verbrachten Wochen, in denen sie ihrer Arbeit in der *Casa Francesca* nachgingen und beim Essen beisammensaßen, ohne mehr als das Nötigste zu sprechen. Fenella hatte sich davor gefürchtet, Geraldine zu begegnen, doch die hatte sich in der Nacht vor ihrer Rückkehr davongemacht. Einer ihrer Bekannten war in den Dienst von John Dudley, dem Großadmiral, getreten und hatte ihr dort ebenfalls eine Stellung beschafft. Auf ihr Kind erhebe sie keinen Anspruch, schrieb sie. Als könne man seine Mutterschaft niederlegen wie der müde Sir James das Amt des Friedensrichters.

Von Sir James erfuhr Fenella, dass Anthony nach Portsmouth zurückgekehrt war und vor den Toren, zwischen den Ruinen des *Domus Dei* und der neuen Festung Southsea, ein Haus gekauft hatte. »Ich verstehe, dass Ihr ihn in Eurem Haus und auf Eurer Werft nicht mehr dulden könnt«, sagte sie.

»Hältst du mich für einen so harten Mann?«, erwiderte Sir James. »Für einen, der einen anderen aburteilt, weil er sich einmal versündigt hat?«

»Bitte verzeiht«, rief Fenella. »Ihr seid der letzte Mann, den ich für hart halte – aber die Folgen für Eure Familie wiegen so schwer. Und außerdem …«

»Außerdem was?«

»Außerdem halte ich Euch für einen Mann, der nichts vom Sündigen weiß.«

Sir James lachte traurig. »Und du meinst, solche Männer gibt es, Fenella? In vergangenen Jahrhunderten haben wir gelernt, Grenzen einzuhalten. Aber wenn wir sie nie übertreten – wie können wir herausfinden, ob sie nicht weiter sind, als wir bisher glaubten? Wie können wir Berge besteigen und die Welt umsegeln? Wer sich nie selbst verliert, kann der sich wiederfinden?«

Ihre Blicke trafen sich. Sir James berührte ihre Wange. »Es ist dein Recht, auf ihn zornig zu sein«, sagte er. »Er hat dein Vertrauen missbraucht, und dafür darfst du ihm grollen, selbst wenn du hundertmal seine Gründe begreifst. Aber es ist auch dein Recht, ihn weiter zu lieben. Wie schwer die Folgen unserer Sünden wiegen, liegt nur selten an der Schwere der Sünden, sondern ist in den meisten Fällen einfach Pech. Dieses Haus wird euch beiden immer offen stehen. Du willst mir sagen, dass du es verlassen wirst, nicht wahr?«

»Ja«, sagte sie und zog den alten Mann an sich. »Ich kann nicht bleiben, und ich fürchte, ich muss es so machen wie Anthony: mich nicht bedanken, weil es zum Bedanken zu viel ist. Und um Verzeihung bitten kann ich Euch auch nicht.«

»Zu beidem hast du keinen Grund«, sagte er. »Ich liebe dich.«

»Ich liebe Euch auch, Sir James«, sagte Fenella. »Und Anthony liebt Euch sehr, obgleich Ihr das wohl nicht mehr glauben könnt.«

Noch einmal sandte Sir James ihr sein trauriges Lächeln. »Oh doch. Das glaube ich. Und damit er mir eines Tages auch glaubt, bitte ich dich, ihm von hier mitzunehmen, was ihm gehört.«

»Was?«

»Sein Kind, Fenella.«

»Das geht nicht!«, fuhr sie erschrocken auf. »Er wollte nie Vater sein. Er wollte kein Kind von seinem Blut, und allmählich begreife ich, warum.«

»Dann wird er es lernen müssen«, erwiderte Sir James sanft. »Es mag die einzige Chance sein, die er dazu bekommt. Wollen wir ihm die nehmen?«

»Und wenn er es nicht lernt?«

»Kannst du mir vertrauen?«, fragte er zurück. »Glaubst du, ich würde mein Enkelkind und meine Ziehtochter seiner Obhut übergeben, wenn ich den leisesten Zweifel daran hegte, dass er gut zu ihnen ist?«

So verließ sie Sutton Hall, das seit zwanzig Jahren ihr Heim gewesen war, mit Geraldine Suttons Tochter auf der Hüfte und Luke im Schlepptau, der darauf bestanden hatte, sie zu begleiten. Fenella hatte versucht, ihn zum Bleiben zu bewegen. Er war vor dem Gesetz Sylvesters Sohn, und es erschien ihr unsäglich hart, dass Sylvester ihn verlieren sollte. Luke aber war nicht umzustimmen. »Anthony sagt, er taugt nicht zum Lehrer«, erklärte er. »Aber mir taugt er. Ich will bei ihm bleiben und Schiffe bauen.«

»Und wenn er dich wegschickt?«

»Das hat er schon öfter versucht.« Luke lachte unbekümmert. »Aber ich habe von ihm gelernt, wie man sich stur stellt und so tut, als höre man nichts.«

Zum Ausgleich blieb Fenellas Mutter auf Sutton Hall. Sie

wäre lieber gestorben, als in das Haus des Satans umzusiedeln. *Unsere Familie wird in der Mitte zerrissen*, dachte Fenella, und es zerriss ihr das Herz.

Sylvester rannte ihr auf bloßen Füßen hinterher. »Wie kannst du mir das antun?«, brüllte er die Gasse hinunter. »Erst soll ich ihn verlieren und jetzt dich? Wie soll ich ohne dich denn leben, Fen?«

»Ich weiß auch nicht, wie ich ohne dich leben soll«, sagte Fenella. »Wenn du es mir erlaubst, komme ich weiter in die *Casa Francesca*, um Liz mit der Arbeit zu helfen.«

»Wenn ich es dir erlaube? Wie kannst du so mit mir sprechen? Dieses Haus ist mehr deines als meines. Es ist kein Haus mehr ohne dich, und ich bin kein Mensch mehr. Was immer ich war, war ich, weil ihr zu mir gehört habt. Wenn ich euch beide nicht mehr habe – wie soll ich denn wissen, wer und was ich bin?«

»Das wissen wir alle nicht«, sagte Fenella. »Wir müssen versuchen, es herauszufinden.«

Sylvesters Augen wurden schmal. »Jetzt hasse ich ihn«, sagte er. »Jetzt wünsche ich ihm das Schlimmste an den Hals. Wenn er dir wehtut, bringe ich ihn um, Fenella.«

»Nein«, sagte Fenella, küsste ihn und lief davon, so schnell sie mit dem Kind auf der Hüfte laufen konnte. Am Ende der Gasse wartete Luke mit dem Karren. »Fahr los!«, schrie sie ihm entgegen. »Gib dem Pferd die Peitsche und fahr los.«

In der Dämmerung hielten sie am Fuß der Anhöhe. Es war schneidend kalt, aber es fiel kein Schnee. »Warte hier mit dem Gepäck«, sagte sie zu Luke. »Ich bringe zuerst die arme Kleine ins Haus. Sie friert.«

»Ich bin keine arme Kleine«, sagte Francesca und verschränkte die Arme vor der Brust. »Und ich friere nicht.«

Fenella hatte sich davor gefürchtet, dem Kind auch nur ins Gesicht zu sehen. Jetzt sah sie die steile Falte zwischen den gewölbten Brauen und musste um ein Haar lachen. »Natürlich nicht«, sagte sie und lud sich das Kind wieder auf. »Aber du lügst.«

Die Tür des Hauses stand offen, um das letzte Licht einzulassen. In der Halle brannte kein Feuer, und es gab kaum Möbel, nur einen Tisch beim Fenster, an dem Anthony über seinen Zeichnungen saß. Mit der Kohle strich er auf dem Blatt herum, verschmierte eine Linie, dann eine zweite und warf die Kohle schließlich wütend auf den Tisch.

»So wird das nichts«, sagte Fenella. »Das hast du schon besser gekonnt.«

Er hob den Kopf und erstarrte. Nur seine Lippen zitterten, brachten aber kein Wort heraus.

Fenella setzte Francesca ab, die stehen blieb und sich im Raum umsah. »Ich trage dir hinterher, was du vergessen hast«, sagte sie. »Deine Familie. Unten wartet Luke mit dem Gepäck, und er wird deine Hilfe brauchen, denn mit dem Karren wird man auf deine Festung im Sumpf ja wohl kaum auffahren können.«

Er stand auf, stützte sich am Tisch ab und versuchte mehrmals vergeblich, etwas zu sagen.

»Lass es«, verwies ihn Fenella. »Du bedankst dich bei niemandem, du bittest niemanden um Verzeihung, und du sagst niemandem, dass du ihn liebst. Also halt den Mund, und geh Luke helfen.«

Unschlüssig, ohne den Blick von ihr zu wenden, setzte er ein paar Schritte auf sie zu. Dann blieb er vor Francesca stehen und ging in die Hocke, wobei er sein Bein zur Seite spreizen musste.

»Dass du mich nicht willst, macht mir gar nichts«, sagte Francesca. »Ich will dich auch nicht.«

Anthony zog sein Wams aus und legte es der kleinen Gestalt um die Schultern. »Setz dich dort drüben hin«, sagte er heiser. »Ich hole euer Gepäck, dann mache ich Feuer.«

»Ich bin auch gut beim Feuermachen«, brüstete sich das Kind.

»Das trifft sich günstig«, sagte Anthony. »Ich nämlich nicht.«

Francesca setzte sich vor den Kamin und stocherte mit dem Schürhaken in der völlig erkalteten Asche. Anthony ging, um Luke mit dem Gepäck zu holen. In der Tür, vor Fenella, blieb er stehen. Seine Lippen zitterten noch immer. Sein Blick lieferte sich ihr aus.

»Fenchel.«

Sie schlug ihm über die Wange. »So. Und jetzt geh.«

»Heirate mich«, sagte er.

Sie starrten einander an. Die Barriere, die sie zu ihrem Schutz errichtet hatte, brach. Er stöhnte, als er die Arme um sie schlang, und hielt sie fest, wie um zum ersten Mal deutlich zu machen, dass sie ihm gehörte, dass kein anderer sie haben konnte, einerlei, ob der andere sie verdiente und das Beste war, das sich ihr bot. Ihre Lippen trafen sich. Sie umarmte ihn, packte sein Haar im Nacken und zerrte daran, während sie ihn küsste.

»Ich mach das Feuer allein«, sagte Francesca und stocherte in der kalten Asche. »Euch beide brauch ich nicht dazu.«

Schwer atmend lösten sie sich voneinander. »Ich sage alles, was ich nicht kann«, sagte er. »Ich gehe auf die Knie oder werfe mich vor dir auf den Boden – es ist mir egal. Werde meine Frau.«

»Lass mir Zeit«, sagte sie.

In seiner Wange zuckte ein Muskel. Er brauchte einige Augenblicke, um sich zu fangen, und sie hätte gern zur Seite gesehen, weil es ihr nicht die mindeste Genugtuung bereitete, seinen Stolz zu verletzen.

»Ist das eine Prüfung?«, fragte er endlich. »Oder eine Strafe?«

»Ich weiß es nicht«, erwiderte sie ehrlich. »Kannst du es aushalten, wenn es beides ist? Kannst du einmal versuchen, um mich zu kämpfen, als wäre ich ein Schiff?«

Er überlegte, und dafür hätte sie ihn gern geküsst. »Ja«, sagte er dann und wandte sich zum Gehen. »Ich hole jetzt Lucas mit dem Gepäck, und hinterher schlage ich Holz.«

»Du hast kein Holz im Haus? Hast du hier seit Wochen gehaust, ohne Feuer zu machen?«

»Ich habe keines gebraucht«, sagte er, senkte den Kopf und ging.

Ihr Leben war nicht einfach. Vielleicht war ihr Wunsch, ihn zu bestrafen, viel stärker, als sie sich eingestehen mochte. Der Schmerz, Sylvester verloren zu haben, brachte sie nahezu um den Verstand, und wenn er am unbarmherzigsten wütete, musste sie Anthony dafür zur Rechenschaft ziehen. Sie tat Dinge, bei denen sie sich nicht wiedererkannte. Zum Schlafen verlangte sie eine eigene Kammer, sosehr sie sich nach ihm sehnte. Sie stieß ihn zurück. Einmal, als er des Nachts mit zerzaustem Haar in ihrer Tür stand und kleinlaut bekannte, er könne ohne sie nicht schlafen, sagte sie: »Warum fährst du nicht nach London und fragst Geraldine Sutton, ob sie dich in den Schlaf singt?«

»Weil sie das Lied nicht kennt«, sagte er und ging.

Es war nicht einfach. Aber es wurde mit jedem Tag besser. Er tat, was er ihr versprochen hatte: Er hielt es aus, steckte ihre Schläge ein, ohne Aufhebens darum zu machen, und bewies ihr, dass er etwas sein konnte, das sie ihm nicht zugetraut hätte, ein vernünftiger Mann, der für seine Familie sorgte. Er kaufte Möbel, um das Haus einzurichten, stellte eine Magd ein und gab Fenella das Geld, das er einnahm, um den Haushalt zu führen. In Sudewede, an einem der Zuläufe des Creek, pachtete er ein Stück Land, um Flusskähne zu bauen, doch bald rief ihn der König zurück – erst auf die Festung Southsea, dann in die königlichen Docks. Henry VIII. war unbeweibt, fett und vor der Zeit gealtert, er wollte endlich die Flotte, von der er geträumt hatte, und er wollte noch einmal einen großen Krieg. Anthony bekam Arbeit in Fülle und blieb von früh bis spät in den Docks. Er sorgte dafür, dass Lukes Ausbildung vervollständigt wurde, und wenn Francesca ihn zu fassen bekam und becircte, lud er sie sich auf die Hüfte und nahm sie mit. Fenella hatte sich davor gefürchtet, die beiden miteinander zu erleben, doch mit Erstaunen stellte sie fest, dass Anthony für Francesca der perfekte Vater war. Das mochte daran liegen, dass er so wenig versuchte, ein Vater zu sein, und sich nicht die geringste Mühe gab, sie zu erziehen. Sie schenkte ihm, was er von Menschen vielleicht am meisten ersehnt und am seltensten bekommen hatte: Sie hatte überhaupt keine Angst vor ihm.

Eine Zeitlang verspürte Fenella den Drang, ihn auch dafür zu bestrafen – dafür, dass das Kind, das er so offensichtlich liebte, Geraldines Kind war, doch ehe sie dazu kam, war Francesca ihr Kind geworden. Das eben war das Problem mit Francesca: Sie war unwiderstehlich. Nicht weil sie, wie Luke es ausdrückte, »viel zu süß« war, sondern weil sie durch und durch Francesca war. Ein feines, stolzes, kluges Stück Mensch, das Raum brauchte, um zu atmen und seine Flügel zu spreizen. Wenn sie helfen konnte, es dabei zu behüten, dann war es gut, wie es war. Sie hätte ihr Leben gegen kein anderes getauscht.

Selbst die Handvoll Nachbarn, die die Familie des Satans mit argwöhnischen Blicken und Getuschel bedacht hatten, begannen einer nach dem anderen zu schmelzen. Ein Satan mit einem Kind auf der Hüfte, das falsch und lauthals Lieder schmetterte, verlor offenbar seinen Schrecken. Irgendwann klopfte eine der Witwen aus der Nachbarschaft an ihre Tür und fragte, ob Fenellas Gatte wohl ein wenig Feuerholz für ihren Haushalt mitschlagen könnte, da er mit der Axt doch so gewandt sei. *Habt Ihr keine Angst, Euch das Höllenfeuer ins Haus zu holen?*, hätte Fenella um ein Haar gefragt, aber sie verkniff es sich und schickte Anthony am Abend ins Holz.

Allmorgendlich ging sie ins *Haus der Unsterblichen*, wo jede Hand gebraucht wurde. Wenn Francesca nicht auf der Werft war, nahm sie sie mit. Mit der Zeit ließ die Angst, Sylvester zu begegnen, nach. Sie hatten gelernt, einander auszuweichen, und wenn sie sich über den Weg liefen, grüßten sie sich wie flüchtige Bekannte. Einmal hatte sie Luke gefragt, ob die Gefahr bestand, dass Anthony und Sylvester im Hafen aufeinandertrafen, aber der Junge hatte den Kopf geschüttelt. »Du kennst ihn doch. Er hat sich dort, wo sein Schiff auf Kiel liegt, hinter Sägebock und Hobel verschanzt, und solange Sylvester nicht an sein Tor kommt, begegnen sich eher der Papst und unser König als die beiden.«

Fenella seufzte noch einmal und warf einen letzten Blick hinaus. Der Becher duftete nach Wacholderschnaps, aber es war kein Tropfen mehr darin. Im schwindenden Licht sah sie zwei Gestalten Hand in Hand den Weg hinaufkommen, den aufgeschossenen Jungen, den sie großgezogen hatte, und das kleine Mädchen, das sich unter ihren Fittichen selbst großzog. Hastig sprang sie auf, um ihnen Milch und Pottage zu wärmen. Alles war gut, so wie es war.

Anthony kam wie gewöhnlich, als Francesca schlief. Luke war ausgegangen, und Fenella hatte die Magd zu Bett geschickt. »Mach dir keine Mühe«, sagte er und setzte sich an sein Pult beim Fenster, wo er sich bei Kerzenlicht über seine Arbeit beugte. »Ich habe auf der Werft gegessen.«

Sie sah seinen Rücken an. »Das ist gelogen, oder?«

Er zuckte mit der Schulter. »Wirklich, Fenchel – leg dich schlafen. War dein Tag erträglich?«

»Es war ein guter Tag.«

Er stützte den Kopf in die Hände. »Schön.«

»Tut dir der Kopf weh?«

Erstaunt drehte er sich um. Sie war selbst erstaunt. Seit einer Ewigkeit hatte sie ihn nicht mehr danach gefragt. »Ich glaube nicht«, sagte er.

»Was soll das heißen, du glaubst nicht?«

»Mir tut das Ding weh, das ich nicht habe«, sagte er.

Damit war es vorbei – der ganze quälende Spuk. Sie ging zu ihm, zog seinen Kopf an ihren Leib und streichelte sein Haar. »Willst du wirklich nichts essen?«

»Nein.«

»Dann komm nach oben. Zumindest, falls du meinst, dem Ding, das du nicht hast, könnte eine lange Umarmung guttun – und alles, was darauf folgt.«

In ihren Armen blickte er auf. *Es ist genug*, dachte sie, und Erleichterung durchströmte ihren Körper. *Sir James hat recht. Wie schwer die Folgen unserer Sünden sind, liegt selten an der Schwere der Sünden, sondern ist in den meisten Fällen einfach Pech. Du hast reichlich bezahlt, und so viel Scham und Verlorenheit will ich in deinen Augen nicht mehr sehen.* Sie beugte sich nieder, um ihn zu küssen.

»Tu das nicht«, sagte er und drehte den Kopf zur Seite.

»Warum nicht?«

»Ich muss nach London, Fenchel.«

»Mit der Galeere?«, fragte sie, obwohl sie wusste, dass die Frage Unsinn war. Die Galeere würde vor dem Frühjahr nicht fertig werden, und dann würden andere kommen, um sie abzuholen. Der König brauchte Anthony, weil er Schiffe brauchte, aber das bedeutete nicht, dass er ihn in Gnaden wieder aufgenommen hatte.

»Auf ein Schiff«, sagte er. »In den Krieg.«

Sie ließ ihn los und sprang zurück. »Nein!«

»Doch«, sagte er. »Ich habe Geld dafür genommen, und wenn ich jetzt nicht gehen will, bleibt mir noch, mich als Deserteur an einen Galgen knüpfen zu lassen. Vielleicht sollte ich das tun. Mörder, Ketzer und Ehebrecher war ich schon. Deserteur ist neu.«

»Hör auf!«, schrie sie.

Er presste sich die Hände an die Schläfen. Dann stand er auf. Sein Gesicht war bleich vor Müdigkeit. »Was willst du, Fenchel? Soll ich heute Nacht noch aufbrechen, damit du mich los bist? Soll ich euch alle jetzt sofort nach Sutton Hall bringen, oder soll ich Sylvester bitten, euch abzuholen?«

»Du sollst mir erklären, warum du das getan hast!«

»Weil ich das Geld brauchte«, sagte er. »Als ihr kamt, hatte ich überhaupt keins mehr, und der König hat reihenweise Leute dafür bezahlt, dass sie sich für den Kriegsfall verpflichten.«

»Aber du bist doch ein …«

»Krüppel«, beendete er ihren Satz. »Das brauchst du dir nicht zu verkneifen. Zu meinem Glück bin ich ein Krüppel mit Segelerfahrung und ein paar Tropfen Kriegsruhm, und der König hat zu wenig Männer, um wählerisch zu sein.«

»Warum hast du mir nichts davon gesagt?«

»Das weißt du doch. Ich bin nicht nur ein Krüppel, Mörder, Ketzer und Ehebrecher, sondern auch noch feige. Was hätte ich dir denn sagen sollen? Du hättest den feinsten Kerl haben können, der auf dieser Insel herumläuft, einen Mann, dessen kleiner Finger mehr wert ist als mein ganzer Leib und der nichts anderes zu geben weiß als Liebe. Aber du hast das verkrüppelte Scheusal genommen, das dich betrügt und obendrein keinen Penny mehr besitzt, nur ein versumpftes Haus ohne Feuer.«

»Bei allen Himmeln.« Als sie ihn umarmte, konnte sie weinen. »Komm zu mir, mein Scheusal, komm endlich wieder zu mir. Das Ding, das du nicht hast, das musst du mir heute noch einmal schenken, und dann pass wieder wie vor zwanzig Jahren darauf auf. Dir darf nichts passieren, hörst du? Verdammt, Anthony, ich war dir so furchtbar böse, mir hat alles wehgetan, und ich wollte, dass es dir genauso wehtut. Das ist dir auch recht geschehen.« Sie küsste ihn in die Grube zwischen Ohr und Kiefer und rieb ihre Tränen an seine Wange. »Aber ich hätte doch aufpassen müssen, keinen Teil zu erwischen, der kaputtgehen könnte! Und zwischen den Hieben hätte ich dir sagen müssen, dass du ein braver Mann bist und dass ich dreißig Jahre lang mit dir glücklich war. Das wäre dir nicht minder recht geschehen.«

Sie ließ sich von ihm halten, bis ihr Körper nicht länger zitterte. Dann bedeckte sie sein Gesicht mit Küssen, damit es so nass war wie ihres. »Du hast recht«, sagte sie. »Sylvester ist der feinste Kerl, der herumläuft, er hat mir nie etwas anderes als Liebe gegeben, und ich vermisse ihn unbeschreiblich. Aber dich zu vermissen hätte mich umgebracht. Ich möchte mein Leben gegen kein anderes tauschen, ich möchte meine zusammengewürfelten Kinder gegen keine anderen tauschen, und dich, mein liebstes Scheusal, gebe ich für nichts und niemanden her. Versprich mir, dass du aus diesem Krieg zurückkommst. Und dann heirate mich.«

Er konnte nur nach innen weinen, aber sein Körper zitterte dabei nicht weniger als ihrer. Es war zu viel. Sie hielten es beide nicht aus. Gleichzeitig brachen sie in die Knie. Ohne sich loszulassen, zerrten sie sich den Stoff weg, wo er im Weg war, und liebten sich auf den Dielen.

Hinterher öffnete sie sein Hemd, weil sie auf seiner nackten Brust liegen und die selige Erschöpfung genießen wollte, und dann richtete sie sich noch einmal auf und gab ihm einen zärtlichen Streich auf den Mund. »Nur damit du es weißt, mein Lieber: Ein Scheusal dürfte weder deine Augen haben noch verschiedene andere Teile von dir, über die der Anstand schweigt. Ich kann Geraldine Sutton nicht verdenken, dass sie verrückt nach dir war, solltest du aber noch einmal etwas, das mir gehört, an sie verschenken, dann drehe ich dir deinen schönen Hals um. Darauf kannst du Gift nehmen.«

»Ich habe nichts an sie verschenkt, das dir gehört«, sagte er. »Ich wollte ihr eins versetzen, weil sie mir eins versetzt hat. Francesca wäre für solchen Kinderkram schon zu groß, aber wie beschämend ich mich benehme, habe ich erst bemerkt, als es zu spät war.«

Fenella begriff nur die Hälfte, aber die genügte ihr. Grob zog sie ihn an sich. »Was immer du wolltest oder nicht wolltest, du Narr, halte dich in Zukunft von ihr fern, hast du gehört?«

»Du wirst mir nie wieder vertrauen, oder?«

»Darum geht es nicht. Mit meiner Eifersucht werde ich fertig. Ich lasse sie an dir aus, und wie teuer dich das zu stehen kommt, hast du in diesem Jahr gespürt. Mit meiner Angst um dich werde ich nicht fertig. Sir James hat erzählt, Geraldine lebt im Haushalt des Großadmirals, und damit ist sie mir viel zu dicht an Dingen, für die du jegliche Vernunft vergisst.«

»An was für Dingen, Fenchel?«

»Sei dieses Mal kein Feigling. Sag mir: Was hat der König dir versprochen, wenn du dich in diesem Krieg bewährst?«

Er umschlang sie und setzte sich mit ihr auf. »Willst du, dass ich sie aufgebe? Soll ich ihm sagen, er muss sich einen anderen suchen, der dieses Problem mit ihrer Stabilität in Ordnung bringt?«

»Könnte ein anderer es in Ordnung bringen?«

»Das braucht deine Sorge nicht zu sein.«

Sie küsste ihn aufs Ohr. »Das war ziemlich tapfer, mein Liebling. Ich soll dich also zwingen, zwischen mir und deiner *Mary Rose* zu wählen? Wenn ich das täte, wäre ich nicht mehr dein Fenchel. Hast du vergessen, dass ich damals dabei war? Die *Mary Rose* ist Ralphs Schiff so sehr wie deines und meines.«

»Und das von Sylvester«, sagte er traurig.

Dafür gab sie ihm noch einen Kuss. »Bring unser Schiff nach Hause, um es herzurichten«, sagte sie. »Aber sieh dich vor Geraldine vor, das versprich mir. Sie wird nicht kampflos mir überlassen, was sie am meisten will. Eher reißt sie es in Fetzen, und ich hätte den schönen Mann, den ich heiraten will, gern in einem Stück.«

Er barg seinen Kopf an ihrer Schulter, sah sie nicht an. »Fenchel?«

»Ich höre.«

»Magst du mich noch?«

Sie musste lachen. »Aber ja, du Narr. Aber ja.«

Sein Lächeln mochte er verloren haben, doch in seinen

Augen war noch ein Rest von einem Blitzen. »Wovor soll ich mich dann fürchten? Doch wohl nicht vor der armen Katzentöterin.«

Er ging auf einer umgerüsteten Handelskaracke namens *Mistress* nach Solway Moss, wo ein Geschwader die Landtruppen Edward Seymours gegen den König der Schotten unterstützen sollte. Henry VIII. hoffte, im nächsten Jahr im Verbund mit dem Kaiser gegen Frankreich zu ziehen, da er die französische Krone noch immer als sein rechtmäßiges Erbe betrachtete. Zuvor wollte er in Schottland für Ordnung sorgen, damit ihm der Nachbar aus dem Norden nicht in den Rücken fiel.

Die Schlacht endete mit einem englischen Sieg. James von Schottland verlor dabei sein Leben und hinterließ eine sechs Tage alte Tochter als einzige Thronfolgerin. Anthony durfte dennoch nicht nach Hause, sondern verblieb unter dem Befehl von Großadmiral Dudley vor der schottischen Grenze. Im Februar des Folgejahres schloss Henry VIII. sein Abkommen mit dem Kaiser. Acht Wochen später beorderte er Anthony zurück in den heimatlichen Hafen und ernannte ihn zum königlichen Schiffbaumeister.

Es war Zeit zur Vorbereitung auf den Krieg mit Frankreich. Zeit für Englands Flotte. Zeit für die *Mary Rose.*

26
Sylvester

Portsmouth, Juni 1544

Während des Winters hatte ein Hagelsturm einen Ast des Rosengesträuchs heruntergerissen, das Sylvesters Vater über den Laubengang hatte wuchern lassen. Seit Sylvester und Geraldine Kinder waren, hatten die Rosen dort Juni für Juni in Weiß, Rot und unzähligen Rosatönen geblüht. »Damit hat es jetzt wohl ein Ende«, hatte Tantchen Micaela nach dem Sturm vermutet. »Die Rosen sind alt und morsch, das überleben die nicht.«

Als es in diesem Jahr Juni wurde, zeigten sich jedoch zu beiden Seiten des Laubenganges Knospen, wenn auch vereinzelt und in schwachen Farben. Nur in der Mitte, wo der Sturm den Ast herausgeschlagen hatte, blieb eine Stelle kahl. So kam Sylvester sein Herz vor: Das Leben ging weiter, es war – so seltsam und falsch das erschien – nicht auf einen Schlag zu Ende, doch in der Mitte klaffte eine Stelle, an der nichts mehr blühte.

Auf die Werft ging er nur noch, wenn es sich nicht vermeiden ließ. Die *Mary Rose* lag dort auf dem Trockendock. Sie zu sehen schmerzte mehr, als Fenella in der *Casa Francesca* zu wissen. Ging das dem Rosenstock ähnlich? Erinnerte etwas ihn an den blühenden Ast, den er einmal besessen hatte, und sorgte für scharfen, frischen Schmerz?

Ganz Portsmouth sprach von der Arbeit an der *Mary Rose*. Anthony Fletcher war noch immer der Mann, der einst wie Kain seinen Bruder erschlagen hatte, aber er war auch der Mann, der die *Mary Rose* nach Hause brachte und ihr mit dem Segen des Königs zu neuem Glanz verhalf. Darüber hinaus baute er ein Geschwader von vierzehn nie gesehenen Schiffen, die sowohl gerudert als gesegelt werden konnten, und verschaffte Scharen von Männern Lohn und Brot. Er war der Herr des Werftgeländes, wie er es seinem Talent nach von Anbeginn hätte sein sollen.

Hätte er es gewollt, so hätte er jetzt im Gedächtnis der Stadt den Flecken tilgen können, aber er scherte sich nicht mehr darum. Er biederte sich auch jetzt nicht an, sondern kehrte der Stadt allabendlich den Rücken und ritt auf seinem alten Gaul in seine Klause vor den Toren.

Sylvester hätte sich gern die Ohren zugehalten. Das Pack, das einst »Hängt ihn auf« gegrölt hatte, murmelte jetzt den Namen des verlorenen Freundes fast mit Ehrfurcht, und das tat noch mehr weh als der Anblick der *Mary Rose.*

Die lag unberührt in ihrem Dock, sooft ihr Hüter bei seinen Galeassen gebraucht wurde oder für den König in dessen Schlacht kämpfte. Nach allem, was dem Schiff geschehen war, ließ Anthony niemanden ohne seine Aufsicht einen Handschlag an ihr verrichten, und so wurde die Arbeit immer wieder unterbrochen. Sylvester hatte genug Nächte mit ihm über Zeichnungen gesessen, um zu wissen, was Anthony mit ihr vorhatte: Zunächst würde er ihr sein stützendes Spantenwerk einziehen, um anschließend den Boden von Robert Mallachs Batteriedeck nach oben zu versetzen und die Geschützpforten zu erneuern, weil die von Mallach zu dicht über dem Meeresspiegel lagen. Zuletzt waren bauliche Veränderungen an Steven und Kastellen nötig, die den Schwerpunkt verlagern und dem Schiff seine Stabilität zurückgeben würden.

Es würde lange dauern. Bei den ständigen Unterbrechungen konnte er vor dem Frühjahr unmöglich fertig werden. Wann immer Sylvester sah, dass alle Tätigkeit um den großen Viermaster stillstand, weil dessen Herr im Krieg war, durchzuckte ihn der gleiche Gedanke: Würde das Schiff überhaupt fertig werden? Bliebe Anthony genug Zeit? Meist ging er dann in den Bischof der See, wo er sich betrank, bis er an nichts mehr dachte.

Der König führte in Schottland und Frankreich Krieg. Im

Mai hatten seine Truppen Edinburgh niedergebrannt, und gleich darauf war er mit seinen kaiserlichen Verbündeten im Osten Frankreichs einmarschiert. Henry VIII. war alt und krank, und es hieß, er könne kaum noch gehen und nähme in diesem letzten Krieg seines Lebens auf nichts mehr Rücksicht. Im vergangenen Jahr hatte er ein sechstes Mal geheiratet, eine Witwe namens Catherine Parr, von der Cranmer Sylvester schrieb, sie sei ihm mehr Pflegerin als Weib.

Wie der König, so war auch Sylvesters Vater über Nacht gealtert. Er hatte seine Ämter niedergelegt und Sylvester die Leitung der Werft übergeben. Tagsüber saß er am Fenster und sah seinen Rosen zu. Das Tantchen lief auf und ab, breitete ihm Decken über die Beine, braute ihm Aufgüsse gegen den Husten und drängte ihm nahrhafte Suppen auf. »Du darfst ihn nicht wie einen Greis behandeln«, sagte Sylvester. »Wenn du ihm erlaubst, sich derart gehen zu lassen, kommt er nicht wieder auf die Beine.«

»*Ay dios mio*, dein Vater *ist* ein Greis!«, fauchte sie. »Und wer ist denn schuld daran, dass er sich gehen lässt, he? An wem liegt es, dass er sich das Herz zerfleischt? Holst du ihm den schwarzen Seestern und die Jakobsmuschel zurück, damit er Abschied nehmen kann? Nie im Leben tust du das, also beklag dich nicht, dass dein Vater keine Kraft mehr hat, eine Hand zu rühren.«

»Was soll das Gerede von Abschied?«, blaffte Sylvester zurück. »Mein Vater überlebt uns alle. Und wenn du meinst, er brauche Beistand, dann kann ich Geraldine schreiben, die immerhin seine leibliche Tochter ist.«

»Geraldine!«, höhnte das Tantchen. »Natürlich, schreib dem Engel Geraldine, der an diesem ganzen Trauerspiel wie immer unschuldig ist. Womit hat diese Kreatur eigentlich bewiesen, dass sie dich nicht auf dem nächsten Fischmarkt verhökern würde, sobald ihr jemand den passenden Preis bietet?«

»Ich bin kein Kabeljau«, versuchte er einen schwächelnden Witz.

»Nein, du bist ein Mann.« Tantchen Micaela stöhnte. »Einer, der lieber seinen Herzensfreund in Acht und Bann tut, als einmal über den Rand seiner Grützschüssel hinauszudenken.«

»Ich habe Anthony nie in Acht und Bann getan!« Wann immer der Schmerz zustach, musste er schreien. »Ich habe zu ihm gestanden, als die Stadt ihn verdammt hat, und ich hätte bis an sein Lebensende zu ihm gestanden, wenn er nicht …«

»Wenn er nicht aus Fleisch gewesen wäre, statt aus Stahl. Wenn er dir erlaubt hätte, lebenslang seinen Glorienschein zu polieren, statt als Mensch herumzukrauchen und Fehler zu machen. Sag, hast du mir nicht erklärt, ihr Renaissancemenschen hättet die Liebe erfunden, he? Hat nicht euer Tyndale, der uns so viel Ärger gemacht hat, das Wort *caritas* mit ›Liebe‹ übersetzt statt mit ›Barmherzigkeit‹ und sich dafür verbrennen lassen? Wer weiß, vielleicht waren wir mit unserer Barmherzigkeit ja besser bedient. Eure Liebe mag heiß sein und himmelhoch lodern, aber für meinen Geschmack ist sie zu gnadenlos.«

»Hat er mich denn um Gnade gebeten?«, schrie Sylvester. »Hat er an meine Tür geklopft und mich gebeten, ihm zu verzeihen? War ich ihm je auch nur eine Erklärung wert?«

»Lassen wir das Gerede, Sylvester«, erwiderte das Tantchen müde. »Es bringt ja nicht mehr, als einen Maulesel im Kreis zu führen. Nur mit deinem Vater lass mich umgehen, wie es mir passt. Ich habe es länger getan, als du auf der Welt bist, ich habe es noch getan, als der schöne *Señor Ingles* auf dem rechten Pfad ins Stolpern geriet, und im Gegensatz zu dir werde ich es tatsächlich bis an sein Lebensende tun.«

Damit wollte sie wie als junge Frau herumschwingen, doch in diesem Augenblick schlug die Seitentür, die hinüber in den Streifen Garten zwischen Sutton Hall und der *Casa Francesca* führte.

»Sylvester!«, ertönte Liz' erregte Stimme. »Tantchen Mica, ist Sylvester nicht hier?«

Anthony, durchfuhr es ihn. *Anthony ist tot, und ich werde ihm nichts mehr sagen können. Nicht ein einziges Wort.* Er rannte los und wäre um ein Haar mit Liz zusammengeprallt.

»Sylvester, dem Himmel sei Dank!«, rief sie. »Bitte komm schnell – es geht um Fenella. Ich habe solche Angst, dass sie das Fieber hat.«

Im Nu war er drüben in der weiten Halle, die nach Tod und Krankheit stank. »Wir haben heute Morgen eine alte Frau aufgenommen«, hatte Liz ihm im Laufen erklärt. »Eine Sterbende, die wirr redet und die Nacht nicht überleben wird. Fenella wollte sich um sie kümmern, doch auf einmal sind ihr die Beine weggeknickt, und sie lag ohnmächtig da.«

Zwei der Helfer aus der Stadt hatten Fenella in einen der Erker gebettet. Sie war bereits wieder zu sich gekommen und versuchte, sich aufzusetzen. Als Sylvester sie sah, machte sein Herz den kleinen Sprung. »Sylvester«, krächzte sie und lächelte schief. Er fiel neben ihr auf die Knie und presste sie an sich, als könnte er sie im Leben halten, wenn er nur fest genug drückte.

»Du erstickst mich.«

»Fen, Fen, Fen.« Widerstrebend ließ er ihr ein wenig Raum. »Ist alles in Ordnung mit dir? Hast du kein Schweißfieber?« Sie wirkte bleich und erschrocken, aber nicht kränklich. Um ihren Hals entdeckte er eine dünne goldene Kette, an der der Florin hing, den Anthony ihr vor Jahren geschenkt hatte.

»Mir geht es gut«, sagte sie. »Mir ist nur plötzlich schwindlig geworden, weil …«

»Weil was?«

Jäh packte sie seinen Arm und hielt sich fest. »Diese Frau, die heute bei uns vor der Tür lag – oh Sylvester, es ist Thomasin!«

»Wer zum Teufel ist Thomasin?«

»Erinnerst du dich nicht? Die Wahrsagerin von jenem Tag in Cattecleffe, als sie Hannah auf den Tauchstuhl gebunden haben. Die, die uns gesagt hat, manchem müsse ein Freund erst dreimal das Leben retten, ehe er wisse, was er an ihm besitzt. Ich hatte sie zuvor schon einmal getroffen, als die *Mary Rose* vom Stapel lief. Damals hat sie gesagt, die *Mary Rose* werde in Menschenleben bezahlt, und jetzt ist sie wieder da. Sie macht mir solche Angst, Sylvester! Wir haben dich verloren, wir haben niemanden mehr, der uns das Leben rettet, und Anthony steht vor Frankreich im Krieg!«

»Ach, Fenella.« Sylvester streichelte ihren Rücken und versuchte, seinen Körper ruhig zu halten, während ihm Schauder über den Rücken jagten. »Diese Thomasin ist doch nur ein altes Weib, das dumm schwatzt, um ein paar Pennys zu ergattern. Wenn sie dir solche Angst macht, muss sie anderswo unterkommen, und verlieren wirst du mich nie.«

»Sylvester?«

»Was ist, mein Liebes?«

Mit ihren Nebelaugen sah sie zu ihm auf. »Ich werde nie begreifen, dass du Anthony nicht mehr liebst.«

»Er hat mich zuerst nicht mehr geliebt, vergiss das nicht. Und jetzt hör damit auf.«

»Das ist nicht wahr!«, rief sie. »Früher hat er dich nie anders genannt als ›mein Sylvester‹, und in den zwei Worten lag sein ganzer Stolz. Jetzt sagt er nur noch deinen Namen, er senkt den Kopf, und all der Stolz ist Traurigkeit.«

»Ich will das nicht hören, Fenella.«

»Und wenn es nach dem dritten Mal nun zu spät ist, Sylvester? Mir rast das Herz so sehr, und ich habe solche Angst.«

Er hielt sie ein Stück von sich weg und betrachtete ihr Gesicht. »Seit wann hast du das?«, fragte er sie. »Diese Angst, den Schwindel und das Herzrasen – erst, seit die Alte dich verrückt gemacht hat, oder länger?«

»Ach Gott, ein paar Wochen schon.« Das Lachen, mit dem sie es abtun wollte, misslang. »Seit Anthony wieder in Frankreich ist, glaube ich. Seither kann ich auch nicht mehr richtig essen und bin ständig müde wie ein Stein.«

»Du machst mir Sorgen«, sagte Sylvester. »Ich würde lieber einen Arzt holen.«

»Das ist nicht nötig«, bemerkte eine Stimme hinter ihnen. Vor dem Erker stand Tantchen Micaela. »Aber nach Hause bringen solltest du sie«, wandte sie sich an Sylvester. »Manche Frauen kommt es hart an, meine Schwester hat unter euch zweien auch so schwer gelitten, und ich kann nur für die arme Jakobsmuschel hoffen, dass sie keine Zwillinge bekommt.«

Aller Fassung beraubt, starrte Fenella sie an. »Aber …«, begann sie zu stammeln, »aber wir sind doch zu alt!«

»Wer behauptet das?«, fragte das Tantchen trocken. »Dein schwarzer Seestern? Dann sag ihm, er soll bei seinen Schiffen bleiben, denn von anderem versteht er nichts. Hat der Kerl dich wenigstens inzwischen geheiratet?«

Fenella schüttelte den Kopf. Tränen strömten ihr über das Gesicht, und zugleich lächelte sie auf unendlich süße Weise. »Es ist doch nie Zeit, da geht es immer wieder unter. Wir wollten es im Frühling tun, wenn die *Mary Rose* fertig ist.«

»*Mary Rose, Mary Rose*«, brummte das Tantchen, dem ebenfalls die Tränen liefen. »Gib diesem Menschen einen Nasenstüber, und richte ihm aus, wenn er seine Tochter Mary Rose taufen lässt, komme ich ihm mit dem Besenstiel.«

»Nicht!«, rief Fenella mit ihrem süßen Lächeln. »Er kann nichts dafür. Er hat mir einen Hochzeitsring gebracht, aber ich habe gesagt: ›Jetzt haben wir so lange gewartet, da soll es auf die kleine Weile nicht ankommen.‹«

»Soso.« Das Tantchen legte zweifelnd den Kopf schräg. Dann beugte sie sich zu Fenella hinunter und zeichnete ihr ein Kreuz auf die Stirn. »*Vaya con Dios*, meine Jakobsmuschel. Der Kabeljau fährt dich nach Hause. Gib auf dich und den kleinen Seestern acht, und bleib daheim, bis es dir besser geht.«

Sylvester fühlte sich, als hätte man ihm die Steinplatte aus dem Clink auf die Brust gelegt, und das Tantchen und Fenella stiegen darauf herum, bis ihm die Rippen krachten. Er musste die Zähne zusammenbeißen, um nicht aufzuschreien. Fenella, die ihn kannte wie sonst nur ein Mensch auf der Welt, bemerkte es. »Du musst mich nicht fahren«, sagte sie. »Es wird mir guttun, ein Stück zu Fuß zu gehen, und mir ist es lieber, wenn Liz dich hier zur Hilfe hat.«

»Bist du dir sicher?«

Sie nickte. »Kannst du nach Thomasin sehen?«

»Natürlich.«

Sie stand auf, doch sowenig er ihre Nähe ertrug, so wenig wollte er sie gehen lassen. »Ich bringe dich noch ans Tor.«

Draußen, wo sie allein waren, brach es aus ihm heraus. »Mir ist gleichgültig, ob du sein Kind im Bauch hast, und auch, ob du mit ihm verheiratet bist. Ich liebe dich. Wenn er dich schlecht behandelt, wenn er dir je wieder wehtut, komm zu mir.«

»Er behandelt mich nicht schlecht«, sagte Fenella traurig. »Und er hat nicht mit Geraldine geschlafen, um mir und dir wehzutun, sondern weil er rasend vor Schmerz war und glaubte, es würde erträglicher, wenn er sich an Robert Mallach rächt. Dafür hat er seinen Freund verloren. Ich sehe ihn nie mehr lächeln, Sylvester, er geht mit eingezogenem Kopf durch die Welt. Aber er ist gut zu mir, er schenkt mir alle Liebe, die ihm bleibt. Und das Kind, das wir bekommen, hast du dir einmal so sehr gewünscht wie ich.«

Als sie ihn streichelte, spürte er etwas Kaltes und sah, dass sie Anthonys Ring wieder trug, den schmalen Reifen mit dem Aquamarin. Sie bemerkte seinen Blick. Flugs löste sie sich die Kette mit der Münze vom Hals und legte sie ihm um. »Unser Haus ist so eng wie unsere Herzen«, sagte sie. »Aber der Platz für dich bleibt immer frei.«

Als er zurück in die *Casa* kam, kniete Liz am Lager der in bunte Lumpen gehüllten Thomasin und benetzte ihr mit einem Schwamm die Lippen. Sylvester setzte sich neben sie. Die Frau musste älter als ein Jahrhundert sein – er war sicher, noch nie ein so altes Gesicht gesehen zu haben.

Ihre Augen wirkten trüb und blind, doch sie erkannte ihn sofort. »Ich weiß, wer du bist«, röchelte sie. »Du bist der Bräutigam.«

»Nein«, sagte Sylvester, was ihm einen vorwurfsvollen Blick von Liz eintrug. Die Alte aber hörte ihn nicht einmal.

»Der Bräutigam!« Obwohl sie kaum noch Luft bekam, schraubte sich ihre Stimme in die Höhe. »Der Hübsche, den Gott an seinem Lieblingstag geschaffen hat. Deine Braut habe ich vorhin hier gesehen. Habe ihr gesagt, sie soll sich von dem Hafen mit den großen Schiffen fernhalten. Da unten liegt es ja jetzt wieder: das Blendwerk mit den vier Masten, der schwimmende Turm zu Babel, der in Menschenleben bezahlt werden muss. Ein Kind ist gestorben, und ein Mann wird auch sterben. Und wer, glaubst du, stirbt, wenn es das dritte Mal ans Bezahlen geht?«

»Hör auf mit diesem Gewäsch!«, fuhr Sylvester sie an. »Himmelschreiender Unsinn ist das, Aberglaube, der in unserer Zeit nichts mehr zu suchen hat.«

»Sie ist krank«, mahnte Liz ihn in strengem Ton. »Ihr bleibt kaum noch Zeit. Lass sie doch sprechen.«

»Mit ihrem Gerede hat sie schon Fenella verrückt gemacht«, wetterte er, obgleich er es war, der das Unken der Alten nicht ertrug.

Thomasins Vogelkralle schloss sich um sein Handgelenk. »Geh nicht dorthin, mein hübsches Herrchen. Manch einem muss ein Freund das Leben dreimal retten, und beim dritten Mal ist es zu spät.«

»Ich habe ihm das Leben gerettet, nicht er mir!«, platzte Sylvester heraus, doch im nächsten Atemzug war er sich nicht mehr sicher, ob das zutraf. Ließ sich so, wie sie gelebt hatten, wirklich unterscheiden, wer wem das Leben verdankte? In seinem Schädel hallten die Worte, die schwerer wogen: *Wer, glaubst du, stirbt, wenn es das dritte Mal ans Bezahlen geht?*, und gleich darauf: *Beim dritten Mal ist es zu spät.*

Er wollte Thomasin noch etwas fragen, doch als er auf sie hinuntersah, war die alte Frau gestorben, und ihre Hand fiel wie eine trockene Frucht von seinem Arm.

In den Monaten, die folgten, ging es Sylvester elend wie einem Schwerkranken. Aber er war nicht krank, nur mutterseelenallein. Die meisten Tage ertrug er, indem er sie im Bischof der See beschloss. Er hätte in der Geborgenheit seines Hauses trinken können, wo er die Auswahl zwischen edlen Weinen hatte. Stattdessen hockte er in dem düsteren Schankraum, vergiftete sich mit gepanschtem Fusel und hörte sich das Geschwätz von Greg Bischofswirt an, als hätte er nichts Besseres verdient.

Im Juli belagerten englische Truppen Boulogne, das sich im September ergab. Henry hatte seine Truppen noch einmal selbst in die Schlacht geführt. Die Freude über den Sieg verpfuschte ihm der Separatfrieden, den der Kaiser mit König Francis schloss. Damit stand England allein einem Frankreich gegenüber, das über mehr als zweihundert Kriegsschiffe verfügte. Gerüchte gingen, es stünde eine Invasion bevor, wie das Inselreich sie seit einem halben Jahrtausend nicht erlebt hatte. Die Befestigungsanlagen entlang der Küste von Portsmouth wurden in Windeseile verstärkt. Alle übrigen Kräfte galten dem Ausbau der Flotte.

»Fette Zeiten für euch Schiffbauer«, bemerkte Greg Bischofswirt. »Die Kübel von meinem Wein, die Ihr Euch die Kehle herunterlaufen lasst, könnt Ihr Euch hundertmal leisten.«

Sylvester gab keine Antwort, und Greg erwartete auch keine. »Fette Zeiten für die ganze Stadt«, schwatzte er weiter. »Einmal wird man sagen: Wenn je eine Flotte einen Geburtsort hatte, dann war's die englische in Portsmouth am Solent, und das Geburtsjahr war 1544. Die Stammmutter ist *her ladyship Mary Rose*, und falls ein Kerl als Hebamme durchgeht, gebührt der Part Eurem schwarzen Lieblingsteufel.« Er klatschte sich auf den morschen Schenkel, als hätte er einen grandiosen Witz gerissen. »Hatte doch sein Gutes, dass sie den damals nicht aufgehängt haben.«

Ohne es zu wollen, drehte Sylvester sich um. »Ist er denn zurück?« Seit Thomasins Tod war er nicht bei den Docks gewesen. Die Führung der Werft überließ er einem Verwalter, und Fenella, die er hätte fragen können, kam nicht mehr in die *Casa.*

»Aber sicher doch«, antwortete Greg. »Wenn am Trockendock Winden summen und Sägen kreischen, ist der Satan zurück. Hat die Franzen da drüben das Fürchten gelehrt, unser Einbein mit seinem Schießprügel. Wer weiß, vielleicht wird er eines Tages Admiral – einer, der mit der Hölle im Bund steht, braucht dazu keine zwei Beine.«

Kurz vor Weihnachten stürmte das Tantchen in den Bischof und packte ihn beim Arm. Sylvester saß bei seinem zweiten Krug Wein und schwankte, als der Griff der viel kleineren Frau ihn in die Höhe zwang. »Am Ohr sollte ich dich aus dieser Kaschemme schleifen!«, schimpfte sie. »Hast du sonst keinen Ort, an den du dein Elend tragen kannst, he?«

»Es sieht nicht so aus.«

»Wie beliebt. Wenn es dir schmeckt, wälz dich in deinem Selbstmitleid zu Tode. Mich siehst du hier jedenfalls nicht wieder – ich bin nur gekommen, weil ich dachte, es schert dich, dass unsere Jakobsmuschel in der Frühe ihr Kind geboren hat. Es gab eine Zeit, da hättest du nach dieser Nachricht einen Freudentanz vollführt.«

Es gab eine Zeit, dachte Sylvester. *Es gab eine Zeit.* »Ist Fenella gesund?«, fragte er und fühlte sich jäh wieder nüchtern. Nur die Zunge war ihm schwer.

»Fenella und dem Kleinen geht es gut«, antwortete Micaela.

»Hast du sie gesehen?«

Sie schüttelte den Kopf. »Der Mann, dessen Namen nicht

mehr über deine Lippen kommt, hat uns einen Boten geschickt.«

»Hat er?« Sylvester hasste das Zittern, das ihm durch den Leib rann.

»Du siehst aus, als würde Weinen dir besser bekommen als Trinken«, sagte Micaela. »Und im Übrigen verbietet dir niemand, über deinen langen Schatten zu springen, sein Haus aufzusuchen und den beiden deinen Glückwunsch auszusprechen.«

»Ist er vielleicht in mein Haus gekommen? Oder hat er uns mit einem Boten abgespeist?«

»Wohl weil er kaum annehmen darf, in deinem Haus willkommen zu sein. Was tätest du denn, wenn er käme? Schlügest du ihm die Tür ins Gesicht, oder wäre es damit nicht getan?«

»Meinst du nicht, er müsste den Mut aufbringen, es darauf ankommen zu lassen?«

»Ach, Sylvester«, murmelte das Tantchen, »mein armer Kabeljau. Hast du jemals erlebt, dass dieser Mann sich von etwas abhalten ließ, weil er Angst vor Schlägen hatte? Er hat Angst um sein Herz, und die hast du auch, und die arme Fenella steht dazwischen. Im Übrigen hast du mich nicht einmal gefragt, ob der Herrgott ihr einen Sohn oder ein Töchterchen beschert hat.«

»Einen ... einen Sohn?«

Micaela nickte. »Die beiden dürfen wohl kaum hoffen, dass du ihn zur Taufe trägst. Aber das hindert sie nicht, ihrem Jungen deinen Namen zu geben, als hieltest du als Pate deine Hand über ihn.«

Weihnachten war vorüber, und unter trüben Himmeln brach das neue Jahr an, als ihn zum zweiten Mal jemand aus der Schänke holte. Diesmal war es nicht das Tantchen, sondern Timothy, ihr Hausknecht. »Ihr müsst nach Hause kommen, Herr. Euer Vater liegt krank und wünscht, Euch zu sprechen.«

Der Vater hatte seit Einbruch des Winters ständig krank gelegen, doch für gewöhnlich war er darauf bedacht, mit seinem Befinden niemandem lästig zu fallen. Was der Wunsch, ihn zu sprechen, bedeutete, grub sich durch Alkoholnebel in Sylvesters Bewusstsein. Er rannte unter dem Laubengang hindurch und quer durch das Haus. »Du darfst dich nicht davonstehlen!«, rief er seinem Vater entgegen. »Ich brauche dich. Lass mich nicht allein!«

Am Bett des Vaters saß das Tantchen. »Allein lasse ich euch«, sagte sie, küsste den Vater auf die Stirn und stand auf. »Habe Mut, mein Jaime. Gott ist mit dir.« Dass sie ihn bei der spanischen Form seines Vornamens nannte, hörte Sylvester zum ersten Mal.

Als Micaela gegangen war, streckte sein Vater eine Hand nach ihm aus. Sylvester erschrak. Wo war er nur gewesen? Wie hatte ihm entgehen können, dass dieser stattliche, vor Lebenskraft strotzende Mann regelrecht verfallen war?

»Du wirst gesund«, sagte er. »Mir scheint, ich war in diesen letzten Monaten allzu sehr mit mir selbst beschäftigt, aber das ist vorbei. Von jetzt an kümmere ich mich darum, dass du wieder zu Kräften kommst.«

Der Vater lachte leise. »Du wirst genug zu tun haben, dich um Mica, Liz und die alte Mistress Clapham zu kümmern. Zuerst aber musst du Anthony holen. Es ist wichtig, Sylvester, und es lässt sich nicht aufschieben. Die Sonne geht gerade erst unter, er ist ohne Zweifel noch im Dock. Bitte geh, und hol ihn für mich.«

»Anthony«, stammelte Sylvester. Dann begriff er. »Du lässt mich rufen und versetzt mich in Angst, nicht weil du mich bei dir haben willst, sondern weil ich dir Anthony holen soll? Wieso schickst du nicht den Hausknecht? Der war für mich schließlich auch gut genug!«

»Ich will dich doch bei mir haben«, versuchte sein Vater zu ihm durchzudringen. »Ich brauche euch beide zusammen – ich will, dass du ihm verzeihst.«

»So spielen wir also!«, höhnte Sylvester. »Nachdem es Mica misslungen ist, mich zu beschwatzen, fährst du die schweren Geschütze auf. Der kranke Vater appelliert an den verstockten Sohn. Aber ich muss dich enttäuschen. Deine Vorführung ist genauso verlorene Liebesmüh wie Micas Gerede.«

»Du bist nicht verstockt«, sagte sein Vater. »Du bist verletzt. Ich will, dass du die Wunde heilen lässt, Sylvester. Bei Gott, er fehlt dir doch!«

»Woher wisst ihr eigentlich alle so genau, was mir fehlt?«

»Fenella und Anthony«, murmelte sein Vater. »Deine Freunde. Ich habe immer befürchtet, die Tatsache, dass ihr zweierlei Geschlechts seid, würde sich irgendwann gegen euch kehren, aber eure Freundschaft war so stark. Ich dachte, ihr würdet Wege finden, damit zu leben. In eurer neuen Zeit, dachte ich, müsste Camelot nicht untergehen.«

»Sei still!«, schrie Sylvester. »Wenn du nicht aufhörst und wenn du mich noch einmal drängst, ich solle Anthony verzeihen, gehe ich. An dieser Verzeihung ist offenbar der halben Welt gelegen, nur nicht ihm.«

»Das stimmt nicht, Sylvester. Ich bin sicher, er wird dich um Verzeihung bitten, aber du musst es ihm erlauben. Nicht weil er Angst vor dir hat, sondern weil er glaubt, was er getan hat, sei unverzeihlich. In seinen Augen steht die Bitte ihm nicht zu und würde dich nur noch tiefer kränken.«

Sylvester schnappte nach Luft. Fieberhaft suchte er nach einer Erwiderung, doch ihm fiel keine ein. Erschöpfung übermannte ihn, und er ließ sich auf den Schemel vor dem Bett sinken.

»Mir läuft die Zeit davon«, sagte sein Vater. »Dies ist keines meiner üblichen Wehwehchen. Ich hatte vorhin den Priester hier, damit die arme Mica nicht um meine Seele bangt.«

»Was soll das heißen?«

»Dass für mich dieses bezaubernde Gastspiel zu Ende geht«, erwiderte der Vater mit derselben lächelnden Wehmut, mit der er zu Neujahr vom alten Jahr Abschied nahm. »Deshalb bitte ich dich: Wenn du Anthony nicht um deinetwillen holen willst, dann tu es für mich. Ich muss um jeden Preis noch einmal mit ihm sprechen.«

Mit einem Ruck stand Sylvester wieder auf den Füßen. Sein Herz raste. »In einem Atemzug wirfst du mir ins Gesicht, dass du stirbst, und im nächsten kommst du mir wieder mit Anthony!«, schrie er auf seinen Vater hinunter. »Ist das dein Ernst? Noch in deiner letzten Stunde musst du mit ihm sprechen, nicht mit mir? Ich bin dein Sohn, verdammt! Dein leiblicher Sohn!«

Sein Vater schloss die Augen, deren lange Wimpern völlig weiß geworden waren, und holte Atem. »Ja, Sylvester, das bist du«, sagte er. »Aber Anthony auch.«

27

Robert

Portsmouth, Januar 1545

Er hatte einen Sohn. Der Mann, der ohne Wimpernzucken sein Leben zerstört hatte, hatte einen Sohn bekommen und erfreute sich mit Frau und Kind seines Daseins. *Mit Frau und Kindern.* Er hatte Francesca bei sich.

Als Robert im Herbst hergekommen war, hatte er ihn mit ihr gesehen, die zwei schwarzen Schöpfe über einen Werktisch gebeugt, an dem er mit Klopfholz und Kantenbeitel den Rand einer Planke verjüngte. Geduldig hatte er ihr gezeigt, wie man es anfing, und hatte ihr dann die Werkzeuge in die kleinen Hände gegeben. Mit einem Jauchzen schlug sie den Beitel in das glatte Holz und lachte voller Stolz Roberts Feind in die Augen.

Tausend und abertausend Mal hatte er sich gesagt, dass der Bastard nicht seine Tochter war. Es nützte nichts. Das kleine Mädchen, das drei Jahre lang sein höchstes Glück gewesen war, das in ihm keinen hicksenden Zwerg, sondern einen mächtigen Helden gesehen hatte, fehlte ihm mehr als je zuvor ein Mensch.

In Wahrheit hatte es zwei Francescas gegeben: das Balg des Verräters, das die Verderbtheit seiner Eltern in sich vereinen und zu Abschaum heranwachsen würde, und seine Tochter, das süße Geschöpf, das ihn schon aus der Wiege angehimmelt hatte, als sei es ihm gegeben, ihre Welt zum Leuchten oder zum Erlöschen zu bringen. Seine Tochter mit den blauen Augen, für die ein jeder ihn mit Komplimenten überschüttet hatte.

»Euer Mädchen besitzt einen höchst eigenen Zauber, Mylord Ripon.«

»Für gewöhnlich stört es mich, wenn man uns Kinder auf

Gesellschaften einschleppt, aber die kleine Lady Francesca hat mit den üblichen Plärrgeistern nichts gemein.«

»Sie scheint beherzt über ihre Jahre hinaus – was soll aus ihr werden, mein Graf? Eine Seefahrerin?«

Ihr wünscht alle, ihr könntet sie haben, hatte er gedacht. *Aber sie ist mein, ihr Vater bin ich.* Nicht einmal einen Bräutigam würde seine Francesca eines Tages so verehren wie ihn. In der Nacht vor ihrer Hochzeit würden sie die Köpfe zusammenstecken und über Geheimnisse aus ihrer Kindheit lachen, und er wäre bis zu seinem Tod nie wieder allein. Erst als Francesca in sein Leben getreten war, hatte er bemerkt, wie einsam er gewesen war. Ein Getriebener, der endlich das Ziel gefunden hatte, dem er hinterhergejagt war. Seine Tochter. Die dieser Mann an einem glasklaren Herbsttag im Pool von London ermordet hatte.

Einen Augenblick lang wünschte er sich, hinzuzuspringen und die Tochter des Mannes, die selig im Arm ihres Vaters den Beitel schwang, ebenso zu ermorden. Als er durch den Widerling Carew, der sich einen Spaß daraus machte, erfuhr, dass der Mann obendrein einen Sohn bekommen hatte, stellte er sich vor, er würde wieder in das verfluchte Portsmouth reisen und das Neugeborene des Mannes mit bloßen Händen erwürgen. Gleiches mit Gleichem vergelten, ihm einen Schmerz zu fühlen geben, der die paar Striemen auf seinem Rücken lächerlich machte. Aber Robert war kein Mörder. Nur der andere war einer, und so bizarr es schien, genau davor hatte Geraldine ihn gewarnt.

»Er weiß nicht einmal, wer sein Vater ist«, hatte sie gesagt. »Er steht mit dem Unaussprechlichen im Bund, ganz Portsmouth weiß davon. Er hat seinem eigenen Bruder den Schädel zertrümmert – einem Kind von zehn Jahren!«

Robert hatte ihr keinen Glauben geschenkt. Bis sein eigenes Kind dem Mörder zum Opfer fiel.

Das Schlimmste war, dass er ihn geliebt hatte. Zwischen ihnen lagen nur fünfzehn Jahre, und seine Herkunft war mehr als bedenklich, doch Robert hatte ihn geliebt wie einen Sohn. Um Verzeihung hatte er ihn gebeten – er, ein Graf, einen vaterlosen Hafenbengel! –, und er hatte es von Herzen ehrlich gemeint. Jeden Tropfen Blut, jede Erniedrigung hatte er an ihm gutmachen wollen. Und mehr als das.

Sie hatten zusammengearbeitet. Noch einmal hatten sie einen herrlichen Traum geteilt und waren Schritt um Schritt vorangekommen. Die Flotte, die bereitlag, um die Regeninsel gegen jede Feindesmacht zu verteidigen, die erste stehende Flotte Englands, war ihrer beider Werk. Der störrische Kerl behielt etwas Unnahbares, wie wilde Tiere es haben, und doch war ihr Umgang einer Freundschaft so nahe gekommen wie nichts, das Robert gekannt hatte. Er hatte ihm als einem Freund vertraut, und dieses Vertrauen hatte der andere ausgenutzt, um sich mit grausamster Härte an ihm zu rächen.

War er ehrlich, so musste er eingestehen, dass der Mann ihn gewarnt hatte. »Entweder man hat ohnehin verziehen, dann ist die Bitte überflüssig«, hatte er gesagt. »Oder man kann nicht verzeihen. Dann ist sie es erst recht.« Welches von beidem auf Robert zutraf, hatte er für sich behalten.

Erst als Carew ihm von der Geburt des Sohnes erzählte, erfasste Robert die Wahrheit, die in jenen Worten lag: Manche Dinge waren unverzeihlich, und er würde keine Spur von Frieden finden, ehe er sich an dem Mann nicht gerächt hatte. Gleiches mit Gleichem zu vergelten, war verführerisch. Aber Robert war kein Mörder. Außerdem war sein Feind nicht wie er. Menschen bedeuteten ihm nichts – weder Robert noch sein gemordeter Bruder, weder Geraldine noch Francesca, weder die Frau, die mit ihm hauste, noch sein kleiner Sohn. Er hatte kein Herz. Das Einzige, was in ihm Gefühle weckte, war das Schiff, von dem er sprach wie gesunde Männer von einer Liebsten.

Die *Mary Rose*.

Die Karacke lag hier in seinem Trockendock. Er hatte sie

sich ersehnt, wie gesunde Männer sich eine Frau in ihrem Bett ersehnten. Hatte er nicht um dieses Schiffes willen seine perfide Rache geübt und Roberts Leben zerstört? Hatte er es ihm nicht sogar gesagt? Um seinen wundgepeitschten Hintern scherte er sich nicht. Allein dass Robert an diesem gottverfluchten Schiff einen lässlichen Fehler begangen hatte, gab ihm in seinen Augen das Recht, seinem Wohltäter den Sinn seines Lebens zu rauben.

Sei's drum, mein Freund. Aber zu diesem Spiel gehören zwei. Du warst immer unschlagbar im Schach, doch auf dem Brett wird Zug um Zug gespielt, und der nächste Zug gehört mir. Du hast mir das Liebste genommen, und ich nehme es dir. Schachmatt, mein Freund.

Robert war zurück nach London gereist und hatte darauf bestanden, den König zu sprechen. Dieses Mal nicht flüchtig auf dem Gang, sondern in einer Audienz, um die er ausdrücklich noch vor Weihnachten gebeten hatte. Es gab ein wenig Geplänkel mit dem königlichen Privatsekretär, doch letzten Endes ließ der König wissen, dass er ihn empfangen würde.

Er brachte sein Anliegen ohne Umschweife vor. Sein Übel gehörte der Vergangenheit an. Er hatte nichts mehr zu fürchten und nichts mehr zu verlieren. »Majestät haben mir einmal zugesagt, mir den Knüppel an die Hand zu geben, damit ich den Mann bestrafen kann, der mich zum Gespött des Hofes gemacht hat. Majestät, ich bitte Euch: Gebt mir den Knüppel jetzt.«

»Herr des Himmels, Robert!«, sprudelte der König heraus. »Ihr seid Aufseher über Unsere Flotte, Ihr wisst, dass es nächstes Jahr in den größten Krieg Unseres Lebens geht, und Ihr versteht von Schiffen immerhin genug, um zu erkennen, dass Euer Leib- und Magenfeind ein veritables Genie ist.«

»Ja, Majestät.«

»Unsere gesamte Heeresleitung, Dudley, Carew, die Seymour-Schwager, sind begeistert von dem, was er auf die Beine stellt. Außerdem hat er vor Boulogne unter Unserem Befehl gekämpft. Man wirft einen Kriegskameraden nicht so einfach den Wölfen vor, Robert. Und einen tapferen Mann schon gar nicht.«

»Ich will ihn nicht den Wölfen vorwerfen. Ich will ihm nur eine Strafe erteilen, wie Ihr selbst es mir angeraten habt.«

»Ja, ja, schon gut, aber das ist doch ewig und drei Jahre her. Habt Ihr die Schlappe denn noch immer nicht verwunden? Dann heuert in Gottes Namen ein paar Burschen an, die ihm in dunkler Nacht eine Tracht Prügel verpassen. Ein paar auf sein unverfrorenes Mundwerk werden ihm nicht schaden, aber wenn Ihr verlangt, dass Wir ihm als königlichem Schiffbaumeister den Ast absägen, habt Ihr Pech. Der Mann ist brillant. Er hat keine Manieren, aber er reißt sich auch nicht darum, jedwedem Herrchen in den Hintern zu kriechen. Wir brauchen seine Arbeit, und Wir machen keinen Hehl aus Unserer Schwäche für den Kerl. Er bleibt, wo er ist.«

»Ich hatte nicht vor, ihn Euch auszureden«, sagte Robert, dem von dem Loblied übel wurde. »Ich wünsche nur, ihm um meiner Ehre willen einen Schlag zu versetzen, den er schmerzlich spürt.«

»Soso. Dann dürfen Wir jetzt wohl raten, wie die Schlagwaffe heißt.«

»Gewiss, Majestät.«

»Wir warnen Euch, Robert. Vor Jahren, als Ihr einen nutzlosen Haufen Holz aus Ihr gemacht habt, haben wir es Euch schon einmal gesagt: Die *Mary Rose* ist Unser Liebling. Das Schiff seiner leuchtenden Jugend vergisst ein Mann so wenig wie sein erstes Mädchen. Fletcher bringt Uns in Ordnung, was Ihr vermasselt habt. Unsere Leute in Portsmouth sagen, er macht aus der *Mary Rose* die Perle Unserer Flotte. Meint Ihr wirklich, Wir sollten uns das von Euch verpatzen lassen?«

»Das sollt Ihr selbstredend nicht, Majestät. Die *Mary Rose* ist das Kleinod Eurer Flotte, aber sie hat ihren neuen Rahmen jetzt bekommen und ist fertig. Dass er noch länger an Ihr herumpfuscht, rührt daher, dass er von ihr besessen ist. Fragt die Leute von Portsmouth. Er hat als Kind seinen Bruder erschlagen, weil er von der *Mary Rose* besessen war. Sie ihm jetzt aus den Händen zu nehmen und ihn an seine Arbeit zurückzuschicken, liegt im Interesse Eurer Majestät. Ich bitte lediglich darum, den Knüppel zu führen und ihm den Schlag versetzen zu dürfen. Lasst mich die Schlepper nach Portsmouth geleiten, die Euer Lieblingsschiff in den Themsehafen holen und für den Kriegseinsatz bereitstellen.«

Der Form halber zierte sich der König, dann tat er, was Robert erwartet hatte: Er gewährte ihm den Wunsch. Dass Henry Tudor ihn nicht mochte, während ihm die Ungezogenheiten seines Feindes ein Vergnügen waren, wusste Robert. Aber er wusste auch, dass Henry die Schmach, die Katie Howard ihm zugefügt hatte, im Blut saß und dass ihm der Franzosen wegen die Zeit unter den Nägeln brannte. Die Aussicht, die *Mary Rose* sofort zur Verfügung zu haben, gefiel Henry, und der Gelegenheit, zwei Untertanen wie zum Hahnenkampf aufeinanderzuhetzen, konnte er nicht widerstehen.

In dem Wissen, dass die Stunde der Rache nahte, überstand Robert die Weihnachtstage, ohne allzu viel an Francesca zu denken, die mit ihren scharfen Milchzähnen Weihnachtsnüsse knackte und selig und falsch Choräle sang. Sobald seine Pflichten es ihm erlaubten, kümmerte er sich um die nötigen Papiere, stellte die Gruppe von Schleppern und Geleitoffizieren zusammen und machte sich in leichtem Schneefall auf die Reise nach Portsmouth.

Portsmouth. Schicksalsstadt. Verschlafener Winkel in Hampshire, der Schiffe wie Meeresgöttinnen und Menschen wie Seeschlangen hervorbrachte. Geraldine und Anthony. Als wären sie Geschwister, geboren, um Verderben in die Welt zu schicken. Sein lichter, angenehmer Schwager fiel Robert ein, den sein Feind seinen Freund genannt hatte. Sylvester Sutton. Er hätte sich die Zeit nehmen sollen, ihn aufzusuchen und mit ihm zu sprechen. Vermutlich war der Schwager ein gebrochener Mann wie er, ein Gefährte im Leid. Robert aber würde nie wieder nach einem Gefährten suchen.

Er erreichte die Stadt vor dem Abend, mietete sich in einem Gasthof ein und stand vor dem Morgengrauen auf. Noch immer fiel leichter Schnee, und von den Dächern der Stadt hingen glitzernde Zapfen. Der Weg zum Haus seines Feindes war nicht schwer zu finden, es lag dicht beim Meer. Robert wartete in der Deckung zweier Ulmen, deren Kronen der Meerwind beutelte. Als das Schwarz des Himmels zu Grau verblich, wurde seine Geduld belohnt.

Sein Feind trat aus der Tür. Auf dem Fuß folgte ihm eine Frau, die ihren Säugling in einem Tuch vor der Brust trug und an der Hand die Tochter hielt. Das Haar des Mädchens war vom Schlaf zerwühlt, und mit den kleinen Fäusten rieb es sich die Augen. Der Mann ging in die Hocke, hielt seine Fäuste fest und tupfte ihm mit der Fingerspitze den Schlaf aus den Augen. Dann erhob er sich und blieb stehen, als könne er sich nicht durchringen aufzubrechen. Die Frau legte ihm die Hände an die Wangen und küsste ihn auf den Mund. Hinterher küsste er erst sie, dann beide Kinder auf die Schöpfe.

An der Gruppe vorbei schob sich ein schlaksiger Junge, ging um das Haus herum und kam kurz darauf mit zwei gesattelten Kleppern wieder. Der Mann kämpfte auf verlorenem Posten. Das kleine Mädchen krallte sich an sein Bein, bis die Frau ihm zu Hilfe kam. Sie nahm das Kind beiseite und sagte ihrem Mann ein paar Worte, offenbar eine Ermahnung. Da zog er sie noch einmal an sich und vergrub sein Gesicht in ihrem Haar.

Es war zu viel. Robert wandte sich ab. Gleich darauf ertönte gedämpfter Hufschlag auf dem verschneiten Weg.

Robert wies seine Männer an, sich im Gasthof bereitzuhalten. Er selbst begab sich mit den Dokumenten auf das Werftgelände, wartete aber ab und sah aus sicherer Entfernung seinem Feind bei der Arbeit zu. Die Bilder des Morgens verblassten, und die Gewissheit kehrte zurück: Dieser Mann liebte ein Schiff mehr als Menschen. Handgriffe, die jeder Tagelöhner hätte verrichten können, übernahm er selbst, um keine Gelegenheit zu versäumen, die hölzerne Schönheit zu berühren. Hatte er mit Frau und Kindern scheu gewirkt, so nahm er die *Mary Rose* im Sturm. Als es zu dämmern begann und die Arbeiter den Heimweg antraten, blieb er am Sägebock stehen. Im Licht zweier Laternen rieb er ein Rundholz, das er mit dem Breitbeil bearbeitet hatte, mit Leinöl ein wie die Haut einer Frau. Trotz der Winterkälte war er von der Gier auf das Schiff so erhitzt, dass er nichts als Hemd und Hosen am Leib trug.

Roberts Augenblick war gekommen.

»Guten Abend, Master Fletcher.«

Ohne die hingebungsvolle Arbeit mit dem Öl zu unterbrechen, gab ihm der andere Antwort. »Guten Abend, Mylord.«

Robert hatte den Moment hinauszögern wollen, doch er konnte nicht länger an sich halten. »Ich muss Euch auffordern, dieses Gelände unverzüglich zu räumen und das Schiff des Königs mir zu übergeben. Eure Arbeit daran ist beendet. Die königliche Karacke *Mary Rose* gilt hiermit als seetüchtig und wird zum Kriegseinsatz nach London beordert.«

Sein Triumph war größer, als er ihn sich erträumt hatte. Auf dem Gesicht seines Feindes, das Geraldine geliebt hatte, malten sich Entsetzen, Unglaube und pure Furcht. »Nein«, brachte er endlich heraus. »Das Schiff ist nicht seetüchtig. Bei der geringsten Überladung oder ungenauer Handhabung der Segel kann ein Windstoß es zum Kentern bringen. Außerdem müssen die Pforten versiegelt und neu ausgehoben werden. So wie sie liegen, fassen sie bei der ersten Neigung Wasser. Ihr wisst das so gut wie ich. Ich bitte Euch, Mylord, lasst das Schiff aus dem Spiel.«

Hatte er sich nicht einmal gebrüstet, er würde nie um etwas bitten?

»Das ist amüsant«, bemerkte Robert. »Wie weit würdest du denn in deinem Bitten gehen?«

»So weit, wie Ihr wollt.«

»Fangen wir mit einem Kniefall an?«

»Mylord, es ist ohne Frage Euer Recht, Euch an mir schadlos zu halten.« Wind bauschte ihm das Hemd wie ein Segel und zerrte an seinem schwarzen Haar. Auf einmal konnte Robert verstehen, dass Geraldine ihn begehrt hatte. »Tragen wir das unter uns aus und verschonen mit unseren Händeln das Schiff.«

»Interessant. Und was bietest du mir an, wenn wir es unter uns austragen?«

»Alles.«

»Deine Kinder?«

»Natürlich nicht.« Er warf den Kopf zurück.

»Natürlich nicht? Und ich war sicher, Euch ginge dieses Schiff über Menschen.«

»Verdammt, auf diesem Schiff werden Menschen segeln.« In einem Mundwinkel verbiss er sich den Schmerz. »Macht mit mir, was Ihr wollt. Aber lasst das Schiff.«

»Und wenn ich es gar nicht lassen kann? Wenn ich lediglich den Befehl des Königs ausführe?«

»Das ist Unsinn. Der König mag meine Arbeit. Wenn Ihr diesen Befehl, den Ihr Euch selbst ausgestellt habt, vernichtet, schert er sich darum einen Dreck.«

»Allerhand.« Robert lächelte. »Dann tu etwas dafür, dass ich ihn vernichte. Komm her. Auf die Knie. Ich kann mit dir machen, was ich will, hast du gesagt?«

Der andere stöhnte. »Ist das nicht albern?«

»Das bleibt dir überlassen. Ich fand es nicht albern, als du dich mit deinem dreckigen Schwanz an meiner Frau vergangen hast. Ich denke, du wirst es nicht albern finden, wenn ich mich mit meinen sauberen Händen an deinem Schiff vergehe. Der Rest bleibt dir überlassen.«

Er kam zu ihm. Senkte den Kopf, schluckte seinen Stolz wie

einen Knorpel und sank auf die Knie. Das verkrüppelte Bein spreizte er kaum merklich ab. In einer Woge von Zorn trat Robert es ihm weg, dass er zur Seite kippte wie ein Schiff mit falsch gesetztem Schwerpunkt.

Lauthals lachte Robert auf. »Kannst du auf deinen zwei Beinen nicht mal knien, Krüppel? Na los, steh auf, du Schluck Wasser! Lass es mich noch einmal machen – ich darf doch mit dir machen, was ich will.«

Der andere rappelte sich auf die Knie. Robert machte es noch zwei-, dreimal, trat ihm in die Leiste und dann wieder gegen den Schenkel, oberhalb des Knies, bis er stürzte. Es hätte helfen sollen. Aber es ekelte ihn an. Er hob einen Stein auf und warf ihn dem anderen gegen die Schulter, wie man auf dem Jahrmarkt auf Spottbilder warf. Sein Feind erschrak, fuhr herum und hatte Mühe, sich zu fangen.

Als er wieder aufrecht vor ihm kniete, erwachte in Robert der Drang, die sensengleichen Wangenknochen zu berühren. Er gab ihm zwei Ohrfeigen, dann hob er ihm das Kinn. »Sehr brav«, sagte er. »Aber das nützt dir nichts. Du kannst aufstehen. Pack deine Sachen, klemm deinen Schwanz ein, und troll dich. Morgen früh verlässt dieses Schiff dein verdammtes Trockendock zum letzten Mal, und bis dahin rührst du es nicht an, oder ich lasse dich auf der Stelle niederknüppeln und ins Stadtgefängnis schaffen.«

Der Blick der dunklen Augen ließ ihn zurückweichen. »Darüber ist mit Euch kein Reden mehr?«

War mit dir denn ein Reden? Habe ich dich nicht um Verzeihung gebeten, habe ich nicht alles versucht?

»Du hast mich gehört. Jetzt lass das Winseln, und mach, dass du weiterkommst. Und damit wir uns richtig verstehen: Dein Kahn ist uralt. Der König erwägt, ihn als Brander einzusetzen, und ich werde ihm meine Empfehlung dazu aussprechen.«

Das Gesicht des Feindes verzerrte sich vor Schmerz.

»Hättest du daran keine Freude?«, fragte Robert. »Wer weiß, wo die Franzosen landen – vielleicht gerade hier, vor deinem Portsmouth, wo du zuschauen darfst, wie dein vergötterter Holzkasten in Rauch aufgeht.«

Sein Feind stand auf. Er sagte nichts mehr, sondern räumte in einem Tuch ein bisschen Werkzeug zusammen. Als er ging, ohne sich noch einmal umzudrehen, legte sich Robert ein eisiger Ring um den Nacken. Er zog seinen Mantel um sich. Nicht bis zum Morgen, sondern nur noch ein, zwei Stunden würde er hier Wache stehen, dann würde er die Männer im Gasthaus wecken und ihnen befehlen, das Schiff über Nacht bereit zum Aufbruch zu machen.

Er hätte für Licht sorgen können, für ein wärmendes Feuer, für Bewaffnete, die ihn und das Schiff beschützten. Warum er nichts davon tat, ließ sich schwerlich erklären. Aber er würde auch niemandem mehr etwas erklären müssen. Er stand einfach am Rand der Dockkammer, sah hinunter in die Schwärze, in die der kaum hellere Schiffsleib gebettet lag, und wartete. Als er die Schritte hörte, erschrak er kaum. Auch nicht, als er den Stoß in den Rücken spürte. Vor dem Schmerz hatte er Angst gehabt, doch es tat nicht weh.

Wir sind beide gescheitert, dachte er, *und es tut mir so leid um unseren Traum.* Dann stürzte er vornüber, aber schon im Fallen spürte er nichts mehr.

28

Fenella

Portsmouth, Februar 1545

Sir James war gestorben. Fenella erfuhr es erst Tage später, als ihre Welt in Trümmern lag. In ihrer Verzweiflung war sie nicht einmal in der Lage gewesen, Sylvester und Micaela ihr Beileid auszusprechen. Sie kam sich vor wie gelähmt. Dennoch versorgte sie die Kinder, kaufte ein, gab der Magd ihr Geld und machte Luke, der auf die Werft ging, Proviant zurecht.

»Wir müssen etwas tun«, bettelte Luke. »Zum König nach London reisen wie damals und um Gnade bitten.«

»Nein, Luke«, sagte Fenella. »Wir bleiben hier und erledigen unsere Arbeit. Diesmal bleibt uns nichts mehr zu tun.«

Nach außen weinte sie nicht, und wie es sich anfühlte, nach innen zu weinen, wusste sie nicht. Vielleicht gab es das gar nicht – nach innen weinen. Vielleicht war es etwas, das sie und Sylvester sich ausgedacht hatten, und in Wahrheit fühlte sich einer, der nach außen nicht weinen konnte, im Innern so kalt und leer wie sie.

Sie wollte noch immer nicht, dass Anthony starb. Vermutlich war es unmöglich, das von einem Mann zu wollen, mit dem man seine Nächte in zärtlichem Lachen durchliebt hatte und von dem man zwei Kinder in den Armen hielt. Aber sie würde nichts mehr tun, um ihn zu retten. Er hatte um seines Schiffes willen einen Mord begangen, hatte mutwillig einen Mann hinunter in sein Dock gestoßen. Was die Stadt von klein auf in ihm gesehen hatte, hatte er aus sich gemacht.

Sie war auf ihn hereingefallen wie Sylvester. Jetzt, wo sie überzeugt gewesen war, dass er das Schiff liebte, ohne auch nur auf den Gedanken zu kommen, es über die Liebe zu seiner Familie zu stellen, hatte er ihr auf brutalste Weise das Gegenteil bewiesen: Er konnte nicht anders. Er kam davon nicht los. Sie war bereit, ihn dafür sterben zu lassen, weil sie nicht wusste, wie ein Mensch damit leben sollte. Sie wünschte sich, dass ihm nicht wehgetan wurde, dass man ihm einen Rest seiner Würde ließ und dass jemand die Macht besaß, ihn glauben zu machen, dass ihn hinter der Grenze keine Leere erwartete, sondern Vergebung und Frieden. Aber dieser Wunsch war unerfüllbar.

Wenn ihre Kinder schliefen, betrachtete sie sie, und die Trauer fiel über sie her. *Hätte ich dir helfen müssen, Anthony? Habe ich dich zu sehr geliebt, um zu erkennen, wie krank dein Herz war?* Die Bilder von dem Morgen, als ihr Sohn geboren wurde, würde sie niemals auslöschen können. Er hatte sich vor ihr Bett gekniet, ihr den Kopf an die Schulter gelegt und die Arme so leicht um sie und ihr Kind gebreitet, dass sie keinerlei Druck spürte. Nur Schutz.

Seinen schweren Atem hatte sie gespürt, mit dem sein Rücken sich hob und senkte, sie hatte seiner stillen Ehrfurcht zugehört und war sicher gewesen: *Uns geschieht nichts. Der uns hält, ist stark, er ist mit uns auf den höchsten Berg gestiegen, den es gibt.* »Du brauchst wie üblich nichts zu sagen«, hatte sie ihn geneckt. »Ich weiß ja, dass du das alles nicht kannst.«

Sternenäugig hatte er zu ihr aufgeblickt. »Ich kann Italienisch, Fenchel. Du hast gesagt, das genügt dir.«

Sie hatte genickt, und er hatte an ihrer Schulter ihrem Kind die letzten Verse aus der *Divina Commedia*, aus der Beschreibung des Paradieses, in die winzige Ohrmuschel geflüstert – die von der Liebe, die die Sonne und die anderen Sterne bewegt.

Während der letzten Wochen der Schwangerschaft hatte sie sich zuweilen gefragt, ob ein Mann, zu dem nie ein Vater zärtlich gewesen war, lernen konnte, zärtlich zu seinem Sohn zu sein. Francesca war Francesca und forderte ein, was sie brauchte, aber ihr neugeborenes Kind würde nehmen müssen, was es bekam.

Sie hätte sich nicht sorgen müssen. Er zeigte ihr seine Handfläche, die ihr nicht mehr schmal, sondern auf einmal riesig vorkam, und sah voll Scheu zu ihr auf. Sie nahm sie und legte sie auf den Kopf ihres Sohnes. Behutsam schloss Anthony den winzigen Kopf in seine Hand. Sein kleiner Finger spielte mit einer aschblonden Strähne in der Kinderstirn. »Ich finde, sie müsste Fenchel heißen«, sagte er. »Aber sie ist ja ein Junge.«

»Und wie willst du ihn stattdessen nennen?« Sie hatte ihm Benedict vorschlagen wollen, hatte gehofft, es würde ihn freuen.

»Was für eine Frage«, sagte er. »Ich kenne nur zwei Namen, die schön genug sind, und Fenchel kann er ja nicht heißen.«

Wozu hob ihr Gedächtnis das auf? Wozu hob es all die leuchtenden Tage auf? Konnte sie es ihren Kindern eines Tages erzählen? Würde es ihnen eine Art von Trost schenken? In der Zwischenzeit musste sie überlegen, was aus ihnen werden sollte. Das Haus gehörte ihnen, sofern es nicht enteignet werden würde – aber war sie imstande hierzubleiben? Luke zufolge war reichlich Geld da, und er war entschlossen, an Anthonys Galeassen weiterzuarbeiten. »Er hat so viele Pläne gezeichnet, und ich habe jahrelang mit ihm arbeiten dürfen. Ich werde mein Bestes geben«, hatte er gesagt.

Daran zweifelte sie nicht. Nur an ihrer Kraft, die wie Sand in einem Stundenglas versickerte. Sie begann ihre Sachen zusammenzupacken. Vielleicht wäre es ihre Pflicht gewesen, sich allein durchzuschlagen, vielleicht hätte sie Stolz beweisen sollen, und vielleicht war es verwerflich, sich jetzt zu dem Mann zu flüchten, den sie verletzt und abgewiesen hatte. Aber zwischen Sylvester und ihr zählten solche Bedenken nicht. »Es ist mir gleichgültig«, hatte er gesagt, und ihr war es auch gleichgültig. Sie war ihren Kindern ein Leben schuldig, und wenn sie dieser Schuld gewachsen sein wollte, gab es nur einen Ort, an den sie gehen konnte.

Sie wollte nur das Nötigste mitnehmen, wollte nichts als so

schnell wie möglich fort. Jeder Handgriff, jeder Schritt in dem Haus tat ihr weh. Hatte sie nicht bemerkt, wie sehr es in diesen drei Jahren ihr Zuhause geworden war, wie jeder Winkel von Liebe und Fürsorge kündete? Neben dem Kamin lagen Scheite von Apfelholz, die Anthony mitgebracht hatte, weil sie beim Verbrennen dufteten. Unter dem Fenster stand das Stühlchen, das er gebaut hatte, damit Francesca darauf stehen und aufs Meer sehen konnte, wenn sie bei üblem Wetter nicht nach draußen durfte. In die Wand der Wiege hatte er das Bild eines Schiffes und den Namen ihres Sohnes geschnitzt. Sie hatte ungläubig darübergestreichelt, weil die Schnitzarbeit in ihren tausend Details so schön war. »Ich habe nicht gewusst, dass du so etwas kannst.«

»Ach was, mir kribbeln nur die Finger, wenn ich Holz in der Hand habe.« Sein Gesicht nahm jenen Ausdruck an, den sie und Sylvester »nach innen erröten« genannt hatten. »Ich hatte Angst, ich bekomme eins übergezogen, weil ich Möbel mit meinen Schiffen verhunze. Dabei kann ich nur nichts anderes zeichnen.«

»Hast du es schon mal versucht?«

Er duckte den Kopf in den Schutz seiner Arme. »Muss ich das beantworten, Fenchel?«

Damit das Haus mehr Licht bekam, hatte er zwei zusätzliche Fenster eingebaut, und dabei hatte er ihr erzählt, er baue in die Kabine des Schiffszimmermanns auf der *Mary Rose* ebenfalls ein Fenster, weil Zimmerleute für ihre Arbeit Licht brauchten.

»Ist das nicht gefährlich?«, hatte sie gefragt. »Ein Fenster in einen Schiffsleib schneiden?«

»Wenn ich dazu nicht den Mund halte, handle ich mir Ärger ein, weil ich so überheblich bin.«

»Keine Feigheit vor dem Feind. Dass du überheblich bist, weiß ich seit mehr als dreißig Jahren.«

»Man muss es nur richtig machen«, raunte er ihr ins Ohr und

küsste sie. »Wie mit eurer Kirche. Nicht einfach Löcher ins Alte bohren, sondern Fenster für Neues bauen.«

Warum, warum, warum?, brüllte es in ihr, und sie musste sich mitten im Raum auf den Boden setzen, weil der Schmerz sie so beutelte. Sie hatte ihn so klug gefunden, so gereift und besonnen, sie hatte geglaubt, er habe getan, was Sir James ihr erklärt hatte: eine Grenze übertreten, sich selbst verloren und wiedergefunden, für einen Fehler bezahlt und daraus gelernt. *Wir haben Sylvester verloren, der Preis war so unendlich hoch – warum hat am Ende dieser hohe Preis nichts genützt?*

Francesca, die am Tisch gesessen und Hafergrütze gegessen hatte, sprang vom Stuhl und kam zu ihr. Statt sie zu umarmen, setzte sie sich an ihre Seite. »Ist mein Vater der Teufel?«, fragte sie.

»Nein, Francesca, natürlich nicht. Wer hat so etwas gesagt?«

»Mistress Cath von der Bäckerei.«

Fenella stöhnte. Es fing alles von vorn an, und diesmal traf es ihre Kinder. »Mistress Cath ist eine dumme Gans«, sagte sie. »Und dein Vater ist kein Teufel, sondern krank.«

»Wird er bald gesund?«, fragte Francesca.

Fenella legte den Arm um sie. »Nein, Liebes, das glaube ich nicht. Ich glaube, er wird nicht mehr gesund.«

»Dann wäre es besser, wenn er der Teufel wäre«, sagte Francesca. »Er soll der Teufel sein und zu mir zurückkommen.«

Wir müssen hier weg, dachte Fenella. *Bevor ich zusammenbreche, müssen wir auf Sutton Hall sein.* Sylvester hatte seinen Vater verloren. Sie würden sich aneinanderklammern, damit keiner von ihnen ins Bodenlose stürzte.

An dem Abend, an dem sie ihren Karren belud, um am nächsten Morgen aufzubrechen, stürmte Luke den Weg hinauf, dass der schmelzende Schnee nach allen Seiten spritzte. »Er kommt nach Hause!«, jubelte er. »Sie haben ihm die Tat nicht nachweisen können und lassen ihn gehen.«

»Augenblick«, fiel Fenella ihm ins Wort. »Warte hier.« Sie

brachte Francesca und den kleinen Sylvester ins Haus und wies die Magd an, sie bei sich zu behalten, sosehr Francesca auch trotzte und tobte. Dann kehrte sie zu Luke zurück. »Wie ist das möglich? Er war allein mit Robert Mallach am Dock, Mallach wollte ihm sein Schiff nehmen und ist ins Dock gestoßen worden wie Ralph Fletcher. Sie haben Anthony auf der Straße verhaftet, auf der er mitten in der Nacht nach London fliehen wollte – was brauchen sie denn noch, um es ihm nachzuweisen?«

Luke zuckte die Achseln. »Es ist Krieg«, sagte er. »Der König will seine Galeassen haben. Und ist das nicht gleichgültig? Wichtig ist doch nur, dass er lebt und zu uns nach Hause kommt.«

»Luke, er hat einen Mann getötet!«, rief sie ihn zur Ordnung. »Und du bist auf Sutton Hall nicht erzogen worden, damit dir so etwas gleichgültig ist.«

»Mallach hat die *Mary Rose* wegholen lassen, obwohl die Verschiebung des Decks noch nicht gemacht ist – und die Verkleinerung der Kastelle auch nicht.«

»Das ist kein Grund, einen Menschen zu töten!«, wies sie ihn zurecht. *Ich muss mit ihnen allen dreien hier weg, bevor Anthony zurückkommt*, beschwor sie sich. *Er hat Luke und Francesca mit seinen kranken Gedanken schon angesteckt, er vergiftet sie!*

»Fenella …«

»Ich will darüber nichts mehr hören! Wir gehen morgen früh nach Sutton Hall, und ich wünsche, dass du mit uns kommst.«

»Aber du kannst doch Anthony nicht zum Mörder stempeln!«, rief er verzweifelt.

»Er ist ein Mörder«, sagte Fenella und bemühte sich, das Zittern ihrer Stimme zu beherrschen. »Ich will nicht, dass er gerichtet wird, das gestehe ich ein, aber noch weniger will ich, dass meine Kinder im Haus eines Mörders bleiben.«

»Fenella«, begann Luke noch einmal, »wenn ein Mann im

Krieg einen Befehlshaber tötet, ehe der ein Dorf in Brand stecken lässt – ist er dann ein Mörder?«

»Ich weiß nicht, was du mit dieser Frage bezweckst. Mir ist klar, dass Anthony das Gefühl hat, sich zur Wehr zu setzen, und etwas in mir versteht ihn. Aber er kann nicht umhergehen und in seinem Wehren die halbe Welt umbringen.«

»Das meine ich nicht«, sagte Luke.

»Was dann?«

»Die *Mary Rose* ist nicht sicher«, brach es aus ihm heraus. »Und in ein paar Wochen werden Hunderte von Menschen auf ihr in eine Schlacht segeln.«

Fenella überlegte. So wie Luke es erklärte, ergab es einen Sinn, aber es half ihr nicht. Anthony hatte Robert Mallach, seinen Peiniger, den Mann seiner Geliebten, in ein Dock gestoßen. *So wie Ralph*, hämmerte es in ihrem Kopf. *So wie seinen Bruder Ralph.* Und dann sah sie den Mann, der am Fuß der Erhebung stand und sein Pferd am Zügel hielt. Dass seinen feinen Ohren ein Wort entgangen war, brauchte Fenella nicht zu hoffen, und es war gut so. Es ersparte ihr die Qual, es noch einmal auszusprechen.

In seinem Gesicht las sie die Worte, die er ihr vor Jahren auf dem Weg vom Creek gesagt hatte: *Wenn du mich nicht mehr verstehen kannst, verstehe ich mich selbst nicht mehr.* Sie musste hier weg. Auf dem schnellsten Weg, ehe es zu spät war.

Luke hatte ihn ebenfalls entdeckt. »Ich lasse euch allein«, sagte er. »Und ich gebe acht, dass Francesca im Haus bleibt.«

»Das ist nicht nötig«, sagte Anthony rau. »Wenn Fenella es will, gehe ich.«

»Es ist dein Haus«, murmelte Fenella schwach, obgleich ihr der Gedanke, es die Nacht über mit ihm zu teilen, die Kehle zuschnürte.

»Nein«, sagte er. »Mein ist es nur, solange du mir deine Tür aufmachst.«

Der Ansturm der Gefühle drohte sie hintüberzuwerfen. »Anthony«, sagte sie und riss sich mit letzten Kräften zusammen. »Ich gehe mit den Kindern nach Sutton Hall. Wir wollten morgen früh aufbrechen. Gibt es einen Ort, an dem du diese eine Nacht verbringen könntest, bis wir das Haus geräumt haben?«

»Natürlich«, sagte er. »Ich bedaure, dass ich dir Unannehmlichkeiten mache. Laste es Carew, Dudley und Thomas Seymour an, die sich beim König für mich verwendet haben.«

»So ist es doch nicht!«, rief sie. »Ich …«

»Sag es.«

»Ich bin froh, dass du lebst.«

»Ich bin ein Mörder, und du bist froh, dass ich lebe?«

»Du musst es mit dir ausmachen«, stammelte sie. Ihre Stimme war fremd und kaum noch zu hören. »Wenn du mit deinen Gründen leben kannst, dann bin ich froh, dass man es dir erlaubt. Und jetzt will ich nicht mehr davon reden, ich muss gehen und nach den Kindern sehen, ich muss …«

Er hob die Hände. »Keine Sorge. Du brauchst vor mir nicht auch noch zu zittern. Tu, was du versprochen hast: Wenn du mich nicht mehr aushältst, geh zu Sylvester, und ich lasse euch euren Frieden.« Als er sich in den Sattel des Pferdes zog, sah sie, wie entkräftet er war. Etwas in ihr fand es unmenschlich, ihn hinaus in die Winternacht zu jagen. Er trieb den Rappen in Schritt, und sie war sicher, er würde sich wie üblich nicht umdrehen, aber er drehte sich um. Die flehende Bitte, die auf seinem Gesicht stand, konnte sie klar und zweifelsfrei lesen.

Ich hätte ihn fragen müssen, ob er zu seiner Verteidigung etwas vorzubringen hat. Jeder Mensch hatte dazu das Recht, aber sie ertrug es nicht. Sie wusste, dass es etliches gab: Robert Mallach war ein Unmensch, der ein abscheuliches Verbrechen an ihm begangen hatte, und Robert Mallach scheute sich nicht, um seiner Rache willen Hunderte von Männern in Gefahr zu bringen. Dennoch blieb unter dem Strich immer dasselbe übrig: die *Mary Rose*, die ihm wiederum ein Menschenleben wert gewesen war, die in Menschenleben bezahlt wurde. Womöglich waren seine Gründe gut genug, aber Fenella war nicht stark genug, damit zu leben. Sie hätte es gebraucht, dass er um ihretwillen seinen Berg bezwang, und er war daran gescheitert.

»Lass mich mitkommen!«, rief Luke, der mit Tränen kämpfte, den Hang hinunter.

»Nein«, sagte Anthony. »Du bringst Fenella und die Kinder nach Sutton Hall.« Er sah wieder nach vorn und trieb das Pferd in Galopp. Kurz darauf verschluckten ihn Nebel und Zwielicht.

Fenella wusste nicht, wie sie die Nacht überstand. An Schlaf war nicht zu denken. *Nur noch nach Sutton Hall*, beschwor sie sich. Dort wäre sie in Sicherheit und konnte zusammenbrechen.

Im ersten Licht luden sie die schlafenden Kinder auf den Wagen. Dichter Nebel herrschte, und als sie durch die Schwaden das weiße Haus sah, erschien es ihr wie ein Traumbild. Dass Sir James nicht mehr da war, um es zu führen, war nicht vorstellbar.

Aber Sylvester war da. Sie war nicht länger allein. Er stand am Ende des Torwegs, hinter dem Laubengang, als hätte er auf sie gewartet. Er hatte auf sie gewartet. Sie liefen einander entgegen und klammerten sich aneinander fest.

Es kam, wie sie es erhofft hatte: Gemeinsam waren sie in der Lage zu leben, auch wenn Fenella jeden Morgen von Neuem daran zweifelte. Sie hatten so viel zu tun, dass keine Zeit zum Denken blieb, mussten nicht nur die verstörten Kinder versorgen, sondern auch Fenellas Mutter und das Tantchen, das in stummer Trauer versank. Liz brauchte Hilfe in der *Casa*, und Sylvester hatte sich um seine Werft zu kümmern und das Erbe seines Vaters zu regeln. Unermüdlich beriet er sich mit Rechtsgelehrten und ließ Papiere aufsetzen, die Fenellas Kinder neben Luke und Liz als seine Erben einsetzten. Von Fenellas Einwand, solche Entscheidungen hätten doch Zeit, wollte er nichts hören. »Ich will, dass alles seine Richtigkeit hat. Schließlich sagt uns keiner, wie viel Zeit wir haben.«

Francesca, die zum zweiten Mal in ihrem kurzen Leben einen Vater verloren hatte, verschloss sich in sich selbst. Dass sie Anthony so entsetzlich ähnlich war, erfüllte Fenella mit Angst. Eines Tages würde sie ihrem geliebten Mädchen sagen müssen, dass einer ihrer Väter den anderen getötet hatte.

Der kleine Syl erkrankte kurz nach ihrer Ankunft an einem so heftigen Fieber, dass der Arzt ihn verloren gab. Sylvester und Fenella aber gaben ihn nicht verloren, weil sie wussten, dass sie ohne ihn keine Kraft zum Kämpfen haben würden. Sie blieben Tag und Nacht bei ihm, wachten abwechselnd und pflegten und beteten den kleinen Jungen ins Leben zurück. »Er hat dein Haar und deine Grübchen«, sagte Sylvester, als die Krise überstanden war und sie sich zu Tode erschöpft über ihn beugten. »Und Anthonys Augen.«

Fenella hatte es in diesen Tagen selbst bemerkt. Die Augen ihres Kindes hatten die Farbe gewechselt. »Ich finde, um Mund und Nase sieht er aus wie du«, sagte sie und versuchte zu lachen. »Ein bisschen, als wäre er ein Kind von uns dreien.«

»Das musst du nicht, Fen.«

»Was?«

»So tun, als hättest du irgendeinen Grund zu lachen.«

»Anthony und ich haben einmal festgestellt, dass wir das nicht können: im Leben keinen Grund zum Lachen finden. Wir mussten auch über einander immer lachen. Und über uns selbst. Es war leichter, den Ernst auszuhalten, wenn man lachen durfte.« Sie hielt inne. »Verzeih mir, Sylvester.« Sie nahm seine Hand. »Ich weiß, es tut dir weh, wenn ich von Anthony spreche …«

»Nein«, sagte er. »Oder doch. Es tut mir weh, aber ich will nicht, dass du aufhörst.«

Sie schwiegen, bis der kleine Junge eingeschlafen war. »Ich möchte nicht, dass du dich ausgenutzt fühlst«, sagte Fenella dann. »Dass du denkst, ich ließe mich samt meiner Kinder in deinem Haus gesundpflegen, um mich anschließend wieder von dannen zu stehlen. Ich will, dass wir heiraten, Syl. Wenn es das ist, was auch du willst.«

Mit trockenen Lippen küsste er ihre Stirn. »Lass uns Zeit.«

29
Geraldine

London, Juni 1545

Sie war eine Frau, die alles verloren hatte. Nicht nur Mann, Kind und Besitz und die Liebe ihres Lebens, sondern auch ihre Jugend und Schönheit, die ihr Einsatz auf dem Markt gewesen waren. Einzig David, der Niederländer, war ihr geblieben, als wollte ihr das Schicksal eine Nase drehen.

David war ihr noch immer verfallen. Wenn er sie anstierte, sah er keine alternde, vom Leben gezeichnete Frau, sondern die blonde Sirene, in die er sich verliebt hatte, als er in Roberts Dienst getreten war. Zuerst hatte sie ihn lediglich benutzt, um mit de Vere zu verhandeln, Roberts Aufträge abzufangen und durch ihre eigenen zu ersetzen. Dass David sich als geborener Spion entpuppte, war Zufall, und dass er sich unter ihrer Führung zum Meister der Spione entwickelte, hatte sie kaum forciert.

Sein unverhofftes Talent hatte ihnen auch die Stellung in Dudleys Haushalt verschafft. Inzwischen hatte David einen Stab von Leuten, die unter ihm arbeiteten, und es war ihm ein Leichtes gewesen, zu behaupten, Geraldine gehöre dazu. Der Großadmiral setzte den Niederländer, der fließend Französisch sprach, in Frankreich ein, und die Ergebnisse sprachen für sich. Wahrscheinlich kannte die englische Heeresführung die Pläne für die Invasion so detailliert wie die französische. Und David teilte sie nicht nur mit seinem Auftraggeber, sondern ebenso mit seiner Geliebten.

Geraldine.

Jahrelang hatte sie ihn am langen Arm hungern lassen. Jetzt schlief sie mit ihm. Nicht weil sie glaubte, es ihm schuldig zu sein, sondern weil sie es müde war, ihn abzuwehren, und weil es ihr kaum noch etwas ausmachte. Robert hatte sie bestiegen, und jetzt bestieg David sie – was machte das für einen Unterschied? Von David bekam sie immerhin eine Gegenleistung, die ihr das bisschen Gezappel in den Nächten wert war. Sooft er aus Frankreich zurückkam, schickte sie ihn auf das Werftgelände nach Portsmouth, weil sie von jedem Handschlag wissen wollte, den ihr Geliebter tat. Dass dieses Wissen ihr letztes Kapital sein sollte, erfuhr sie erst später.

Ein einziges Mal hatte sie bei der Liebe Glück empfunden, ein einziges Mal hatte sie die Welt, die sie nur noch anödete, umarmen wollen, weil sie ihr golden und voll Charme erschienen war. Aber das war vorbei. Sie war mit allen Kräften dagegen angerannt, noch als er mit der Schiffsplanke in eine Hütte am Strand gezogen war und sogar noch, als er der Schiffsplanke ein Kind gemacht hatte. Einen Sohn, der seine goldbraunen Augen haben mochte. Als Funke der Hoffnung blieb ihr, dass er ihre Tochter bei sich behielt, auch wenn die Hoffnung wie die Kraft allmählich schwand.

Dann aber war sie noch einmal heiß und bis zum Himmel aufgeflammt. Was immer er glaubte, der Schiffsplanke schuldig zu sein – in jener Winternacht hatte er bewiesen, wem in Wahrheit seine Liebe galt: Er hatte Robert getötet, hatte ihn dafür bestraft, dass er Geraldine verstoßen und geächtet hatte.

Liebe und Tod, mein Liebster – für uns beide haben sie immer zusammengehört. Dass du mir geben kannst, was alle anderen mir schuldig bleiben, rührt daher, dass du bereit bist, bis zum Letzten zu gehen. Beim Lieben. Beim Töten. Leben mit dir hat nichts Laues, nichts Halbgares, sondern alle Kraft und allen Mut. Ich, nicht die mausige Schiffsplanke, bin deine Francesca, die um deinetwillen weder den Tod noch die Hölle fürchtet.

Die Sehnsucht war übermächtig, doch in den ersten Monaten mussten sie Vorsicht walten lassen. Einige Offiziere der Admiralität hatten für ihn ihr Wort eingelegt, und solange England vor einem Seekrieg stand, hatten die Stimmen der Admiralität Gewicht. Dennoch stand sein Freispruch auf tönernen Füßen, und wenn man ihn allzu rasch wieder mit ihr in Verbindung brachte, mochte der König den Fall noch einmal aufrollen lassen. So blieb sie in Dudleys Stadthaus in London und er in Portsmouth bei seinen Docks, und beide verzehrten sie sich. Die Schiffsplanke hatte er verlassen. Geraldine verbrachte die Frühlingsmonate, in denen in Schottland weiter Krieg tobte und Frankreich seine Flotte zusammenzog, in fiebriger Erwartung, als wären ihre Kraft und Jugend doch noch nicht verbraucht.

Sie wollte zu ihm nach Portsmouth reisen, sobald es ihr sicher schien, aber das war nicht nötig. Er kam nach London.

»Dieses Schiff, um das es bei dem Mord an deinem Mann ging, wird bewaffnet und bemannt«, berichtete David. »Die *Mary Rose.*«

Dass es bei dem Mord an ihrem Mann nicht um ein Schiff gegangen war, brauchte David nicht zu wissen. Geraldine hatte erfahren, was sie wollte: Die Invasion stand unmittelbar bevor. Ein Teil der Flotte würde unter Dudleys Kommando vor Dover zusammengezogen werden, um von dort aus den Kanal zu überqueren und ein französisches Geschwader abzufangen. Zu den sechsunddreißig Schiffen, die Dudley befehligen würde, gehörten fünf Brander, die sich in der Schlacht opfern würden. Der Gedanke hatte etwas Erhabenes, Erregendes für Geraldine. Die zehn Mann Besatzung, die gebraucht wurden, um ein solches Feuerschiff auf den Gegner zuzusegeln, es mit einem seiner Schiffe zu vertäuen und in Brand zu setzen, erhielten für ihre Kühnheit den dreifachen Sold. Es wurden nur Seeleute eingesetzt, die des Schwimmens mächtig waren und versuchen konnten, sich durch einen Sprung ins Wasser zu retten, doch in den meisten Fällen ließen sie ihr Leben.

In ihrer Jugend hatte Geraldine Schiffe gehasst. Sie waren ihr wie ein Sinnbild ihrer verschlafenen, nach Fisch und Algen stinkenden Heimatstadt erschienen, doch diese Gefühle gehörten einer anderen Zeit an. Durch ihren Geliebten hatte sie gelernt, was Schiffe in Wahrheit sein konnten: Wunderwaffen, die den Tod aus der Entfernung brachten, ohne dass man mit leblosen Leibern, gebrochenen Augen und Körperflüssigkeiten in Berührung kam.

Sie wollte dennoch nicht, dass er auf ein Schiff ging, um in den Krieg zu ziehen. Schon gar nicht auf ein altes, von Robert verpfuschtes, das zurück in den Themsehafen hinter dem Tower verbracht worden war, ehe er es vollständig hatte überholen können. Ihr war nicht klar, warum er diesen Plane hegte, bis sie ihn wiedersah. Von David hatte sie sich den Zeitpunkt nennen lassen, zu dem Offiziere und Mannschaft an Bord der *Mary Rose* erwartet wurden, und sie hielt sich bereit. In alten Zeiten hätte sie auf ihre Ausstrahlung vertraut, um Einlass auf das abgesperrte Pier zu erhalten, jetzt hingegen waren Davids Verbindungen nötig.

Sie würde ihn wiedersehen. In etlichen Träumen hatte sie es sich ausgemalt, und dabei war die Begegnung immer atemberaubender und der Mann, nach dem sie sich sehnte, immer grandioser und herrlicher geworden. Als sie ihn sah, war alles anders. Er war älter als die meisten anderen, die sich am Tisch des Zahlmeisters registrieren ließen, er war schmaler, nicht sonderlich groß, und er zerrte eine riesige Kiste auf Rollen hinter sich her.

Es zog ihr das Herz zusammen, weil sie ihn so sehr liebte und dazu keinen der offensichtlichen Gründe brauchte. Grafen und Herzöge, umschwärmte Frauenhelden und Poeten hatten ihr zu Füßen gelegen, und sie liebte einen einfachen Mann in einem ledernen Wams, dem schwarzes Haar über das Gesicht fiel und der sich hinkend mit einer alten Kiste abschleppte. Es zog ihr das Herz auch zusammen, als sie begriff, warum er auf dieses Schiff wollte. Sie würde tun, was sie konnte, um ihn daran zu hindern, aber vielleicht hatte sie die Hoffnung in diesem Moment schon aufgegeben.

»Anthony!«

Mitsamt der Kiste steckte er in einem Knäuel aus Männern in Halbrüstungen, die lautstark miteinander alberten. Im Grunde hätte er ihren Ruf nicht hören können, aber er wandte den Kopf. Ihr stockte die Stimme. »Komm zu mir«, sagte sie ihm mit den Augen. Er brach seitwärts aus dem Knäuel aus und trottete ihr entgegen.

Sie standen sich gegenüber und konnten eine Zeitlang lang nicht sprechen, weil die Zulieferer riesige Fässer mit Butter und Bier zur Verproviantierung über die Pflastersteine rollten und man bei dem Gepolter sein Wort nicht verstanden hätte. Sein Gesicht war bleich, müde und viel magerer, als sie es in Erinnerung hatte. Sie wollte ihn an sich ziehen und ihn endlos in ihren Armen ausruhen lassen. Hatte die Sehnsucht nach ihm sie entkräftet, so hatte sie ihn völlig ausgezehrt.

Als sie die Arme nach ihm streckte, hob er die Hände und wich zurück. Offenbar hatte er noch immer Angst vor unliebsamen Blicken. Seine Hände waren schön. Am rechten Zeigefinger trug er einen ledernen Fingerhut.

»Wozu hast du das?«, fragte sie, als die Fässer endlich vorbeigerumpelt waren.

»Wozu soll ich das haben? Um Tauwerk zu flicken, wozu sonst?«

»Warum musst du so etwas machen? Gibt es dazu nicht irgendwelche Jungen?«

»Geraldine«, sagte er, »bevor ich dir die Feinheiten in den Rängen einer Schiffsbesatzung erkläre – bist du so gütig und lässt mich wissen, was du hier willst?«

»Dich sehen.«

»Als Beschäftigung ist das ein bisschen wenig.«

»Es ist alles!«

»Na schön«, sagte er in dem Ton, den sie anbetungswürdig fand. »Dann bist du aber jetzt damit fertig, und ich darf gehen, oder nicht?«

»Wie kannst du so etwas sagen? Weißt du, wie lange ich dich nicht gesehen habe?«

»Nicht genau. Muss ich das wissen?«

»Ich liebe dich«, sagte sie, weil ihr darauf keine Antwort einfiel und die Liebe wie eine Welle über ihr zusammenschwappte. »Ich wollte dich nicht in Gefahr bringen, sonst hätte ich dir geschrieben, wie viel mir bedeutet hat, was du für mich getan hast.«

»Was habe ich für dich getan, Geraldine?«

»Das weißt du selbst.«

»Ich stelle nie Fragen, wenn ich etwas selbst weiß«, sagte er. »Und ich habe es eilig. Wenn ich mich nicht bald beim Zahlmeister blicken lasse, bekomme ich keine Kerze, keine Laterne und kein Geld.«

»Davon brauchst du auch nichts!«, rief sie. »Anthony, ich will nicht, dass du auf dieses Schiff gehst. Das ist beinahe so, als würdest du auf einen Brander gehen.«

»Aha«, sagte er.

»Zur Hölle, spiel mit mir nicht den Eisblock!«, brach es aus ihr heraus. »Vor mir brauchst du nichts mehr zu verstecken. Ich weiß alles. Du hast Fenella Clapham verlassen. Und du hast um meinetwillen meinen Mann getötet!«

Sein Gesicht war die ganze Zeit unbewegt geblieben, jetzt aber hob er die Brauen in die Stirn. »Um deinetwillen habe ich den getötet?«

»Um Gottes willen, nicht so laut!«

»Und ich habe Fenella Clapham verlassen?«, fragte er, ohne sich um ihre Mahnung zu scheren. »Es ist schön für dich, dass du alles weißt, Geraldine. Ich fürchte, ich weiß nichts.«

»Bitte hör mit diesem Verwirrspiel auf«, beschwor sie ihn. »Du quälst mich.«

»Dann sollte ich besser jetzt gehen.«

Sie packte seinen Arm. »Bleib bei mir, Anthony. Ich habe keine Ansprüche mehr, keine Wünsche, nur noch den, bei dir zu sein. Mein Vater ist gestorben. Ich habe ein bisschen Geld aus seinem Erbe. Das genügt, damit wir irgendwo im Stillen leben können.«

Er befreite seinen Arm und senkte den Kopf. »Mein Beileid, Geraldine.«

»Mein Vater war alt. Aber du darfst nicht gehen! Du bist kein gesunder Mann, und was mit diesem Schiff los ist, weißt du selbst am besten.«

»Ja«, sagte er. »Ich fürchte, das weiß ich. Deshalb gehe ich.«

Deshalb.

Wenn sie es zuvor nicht begriffen hatte, begriff sie es bei diesem Wort. Nur weil sie es noch immer nicht wahrhaben wollte, klammerte sie sich an sein Wams und bettelte: »Bitte nicht, Anthony, wozu willst du denn auf dieses Schiff?«

»Wozu soll ich das denn wohl wollen?«, fragte er. »Lass mich los, Geraldine. Wir werden allmählich zur Volksbelustigung.«

In diesem Augenblick wusste sie, dass es keinen Sinn mehr hatte. Er ging auf dieses Schiff, um zu sterben, und sie konnte nur eines hoffen: dass die *Mary Rose* das vorbereitende Scharmützel überstand und noch einmal zurückkam. Dann würde sie zu ihm gehen und dafür sorgen, dass sie beide zusammen starben.

Die Liebe und der Tod. Der Gedanke war tröstlich. Wie die Decke mit der ungesponnenen Wolle in den Nächten, in denen sie bis ins Innerste fror. Sie waren zwei Kinder vom Meer, und sie würden auf dem Meer zusammen sterben.

»Küss mich«, sagte sie. »Zum Abschied.«

»Lieber nicht.«

»Bitte!«, schrie sie auf. »Es ist ganz ungefährlich, alle Welt küsst sich doch hier.«

»Also schön.« Er neigte den Kopf und küsste sie auf die Wange. »Der ist für deinen Bruder«, sagte er. »Wenn der ihn nicht will, kannst du ihn behalten. Auf Wiedersehen, Geraldine.«

Mit der riesigen Kiste drehte er um und ging davon. Hinter ihm her schleppten zwanzig Lieferjungen in einer Reihe Schweinshälften. Geraldine blieb stehen und sah ihm aus tränenblinden Augen nach, bis das Boot, das ihn davontrug, hinter dem Rumpf des Schiffes verschwand.

Es war ein gewaltiges Schiff. Man sah ihm nicht an, dass es alt und voller Schwachstellen war, dass man es nur leicht überladen und im richtigen Augenblick Gewicht auf eine Seite schaffen musste, die zu tiefen Pforten öffnen und an den Brassen zu spät gegensteuern, um es dem Untergang zu weihen.

Als sie sich all das von David hatte berichten lassen, hatte sie geglaubt, sie wolle es lediglich wissen, weil sie alles wissen wollte, was ihn betraf. Jetzt würde dieses Wissen ihr helfen, ein letztes, höchstes Glück zu erlangen. *Lass dieses Schiff nur noch einmal zurückkommen*, betete sie, einerlei ob zu Gott oder zum Teufel. *Und lass es Portsmouth sein, wo es zum letzten Mal in See sticht.*

Zum Abschluss würde David etwas mehr für sie tun müssen, als Leute auszuhorchen und sich in Zusammenkünfte zu schleichen. Er musste ein paar Männer einschleusen, ein paar Gerätschaften bereitstellen und bei Dudley, den Seymours und dem schwächlichen Carew, der das Schiff befehligte, an Einfluss geltend machen, was er aufbringen konnte. Er würde es gern tun, denn er schätzte ihren Lohn. Nach allem, was sie verloren hatte, blieb ihr immer noch David, der Niederländer, und mit seiner Hilfe würde sie dem Schicksal eine Nase drehen.

30

Sylvester

Portsmouth, Juli 1545

Lass dieses Schiff noch einmal zurückkommen.

Die *Mary Rose* war in einem Geschwader kleinerer Karacken und Brander aufgebrochen, um vor der Seinemündung eine Flotte französischer Holks und Galeeren abzufangen, die sich zum Angriff auf England sammelten. Als Luke Sylvester wissen ließ, dass Anthony die Werft verlassen hatte, um als Schiffszimmerer an Bord zu gehen, war es zu spät. »Bei allen verdammten Heiligen, warum hast du mir das nicht früher gesagt?«, herrschte er den Jungen an.

»Es hat in diesem Haus niemand den Eindruck erweckt, davon wissen zu wollen«, verwies ihn Luke.

Sylvester konnte ihm keinen Vorwurf machen und entschuldigte sich.

Fenella war gefasst, als er es ihr sagte, als hätte sie es gewusst. »Ja«, sagte sie, »das habe ich erwartet.«

»Verdammt, er braucht in keinen Krieg mehr zu gehen – der König will Schiffe von ihm, sonst nichts! Er geht auf dieses Schiff, um zu sterben, Fen!«

»Ja«, sagte sie wieder.

»Wir dürfen ihn doch nicht einfach gehen lassen!«

»Was sollen wir denn machen?«, fragte Fenella. »Haben wir ihm irgendetwas zu bieten, das ihn aufhalten würde? Wir müssen ihn gehen lassen, Sylvester.«

»Sterben lassen meinst du!«

»Ja«, sagte sie zum dritten Mal. »Sterben lassen. Er ist kein verdorbener, zum Mörder geborener Mensch. Er ist mein Diamant, das ist er immer gewesen. Er kann damit nicht leben.«

Sylvester verließ das Haus und ging hinunter in die Kapelle im Hafen, Sankt Nicolas, die den Seeleuten geweiht war. *Gott im Himmel, lass dieses Schiff noch einmal zurückkommen*, betete er.

Früher hatten sie oft darüber gelacht, wenn Anthony ihnen erklärt hatte, was er täte, wenn er König von England, der Tod, das Leben oder Gott wäre. *Wenn ich Gott wäre, würde ich mich um Gebete von diesem Nichtsnutz Sylvester Sutton einen Dreck scheren*, dachte er. Gleich darauf dachte er: *Wenn ich Gott wäre, würde ich meinen Anthony nicht zuschanden gehen lassen. Wenn ich Gott wäre, der Tod, das Leben, König von England oder Sylvester Sutton.*

Gott erhörte die Gebete von Sylvester Sutton.

Die englische Flotte unter Großadmiral Dudley verfeuerte fünf Brander, doch die französischen Holks und Galeeren entwischten ihr. Zur selben Zeit zog sich die französische Flotte unter dem Befehl des Admirals Annebault vor Le Havre und im Seinebecken zusammen. Laut Berichten der englischen Spione bestand sie aus mehr als zweihundert Schiffen, die mit dreißigtausend Soldaten bemannt waren. Dudley, der zweifellos wusste, was gespielt wurde, trat mit seiner Flottille unverzüglich den Rückweg an.

Keines der beteiligten Schiffe wurde in den Hafen zurückbeordert, von dem es aufgebrochen war. Sie blieben auf See und wurden mit dem Rest der Kriegsflotte an dem Ort zusammengeführt, den Spione als Ziel des Angriffs ermittelt hatten: in der Meerenge zwischen Portsmouth und der Isle of Wight. Die *Mary Rose* kam nach Hause.

Kinder, die das Spektakel verfolgten und keine Werftkinder waren, mochten annehmen, es handle sich um ein Volksfest wie der Stapellauf vor mehr als dreißig Jahren. Binnen weniger Tage sammelten sich an die achtzig Schiffe mit zwölftausend Soldaten unter dem wolkenlosen Sommerhimmel und in einer Windstille, die Seglern zum Problem werden würde. Die Festung Southsea, auf der der König samt seinen Beratern erwartet wurde, war mit Girlanden im Rot-Weiß der Tudor-Rose geschmückt wie seinerzeit die Tribüne in den Docks. Auf den Straßen scharten sich geschäftstüchtige Händler, um aus den großen Tagen der Stadt Kapital zu schlagen. Es gab Honigäpfel, gewürzten Holunderwein, Jongleure und Stelzenläufer und immer wieder Gefiedel und Tanz.

»Ich will auch«, sagte Francesca.

Wenn Francesca etwas wollte, sagte niemand Nein. Das lag nicht daran, dass ihr wie einst ihrer leiblichen Mutter niemand etwas abschlagen konnte, sondern daran, dass sie deutlich machte: Was sie wollte, war richtig für sie.

Wie ihr Vater.

Sylvester seufzte. Fenella war drüben in der *Casa*, und ihr konnte wahrhaftig niemand zumuten, mit Francesca an den Solent zu gehen, um die Schiffe zu sehen. *Das eine Schiff.*

»Dann komm.« Er nahm Francesca bei der Hand und ging mit ihr die Gasse hinunter.

»Warum starrst du mich an?«, fragte Francesca.

»Weil ich dich lieb habe«, erwiderte Sylvester. »Weil ich finde, dass du das wundervollste kleine Mädchen auf der Welt bist.« *Bis zu dem Tag, an dem du erfahren musst, dass deine Eltern Bruder und Schwester waren, werden wir dir das so oft sagen, dass es dir nichts mehr ausmacht. Vielleicht musst du es auch nie erfahren. Du bist unser aller Kind. Werftkind.*

»Ich bin kein kleines Mädchen«, sagte Francesca. »Und ich bin nicht wundervoll.«

»Was bist du dann?«

»Ein Vielfraß wie meine Fenchel-Mutter und ziemlich gut mit dem Kantenbeitel.«

Sylvester musste lachen. »Wer sagt das?«

»Mein Vater«, erwiderte Francesca, und im nächsten Augenblick entdeckten sie die *Mary Rose.* Sie war groß und schön und verheißungsvoll, wie sie damals gewesen war, eine Wegbereiterin für eine neue Epoche der Schifffahrt. Sie hatte zwei

Kastelle, die für einen voll bestückten Zweidecker zu schwer waren, Steven, die dem Gewicht zu wenig Stabilität gaben, und Geschützpforten, die zu dicht über der Wasseroberfläche lagen.

Mein Freund Anthony las Schiffe, wie andere Menschen Gedichte lesen. Aber Gedichte las er manchmal auch, selbst wenn es ihm peinlich war, und das war das Besondere an ihm. Mein Freund Anthony hätte aus diesem Schiff einen Canzoniere *gemacht, eine* Divina Commedia, *ein Liebeslied.*

Sylvester starrte auf die vier hohen Masten und wusste, was er zu tun hatte. »Francesca«, sagte er, »ich wette, du bist wundervoll mit dem Kantenbeitel und nach deiner Mutter der reizendste Vielfraß auf der Welt, und ich habe dich so sehr lieb, dass ich dir ein Lied schreiben möchte, ein Lied für die schöne Francesca, die bei der Ligusterhecke sitzt, still, als ob sie schliefe, doch in Wahrheit sieht sie ihrem Liebsten zu.«

»Sylvester«, sagte Francesca. »Du redest großen Unsinn, und das tust du meistens, aber ich habe dich auch lieb.«

»Und du kannst etwas für mich tun, was so schwierig ist, wie Kanten zu beiteln, nicht wahr?«

»Hm«, machte Francesca, der man nicht schmeicheln konnte. »Erst sagen, was es ist.«

»Du bleibst hier stehen, schaust dir die *Mary Rose* an und rührst dich nicht vom Fleck, bis ich wiederkomme. Versprichst du mir das?«

»Mach nicht solchen Wind. Wohin gehst du denn?«

»Auf die Festung«, sagte Sylvester, weil er sie genauso wenig belügen konnte wie ihren Vater. »Zur Rekrutierung.«

Sylvester hatte nicht erwartet, dass für die *Mary Rose,* auf der die volle Stärke von fünfhundert Mann segelte, noch Männer angeheuert wurden, aber er wusste, dass Geld Türen öffnete. Statt jedoch die Hand aufzuhalten, sobald er sein Anliegen dargelegt hatte, stieß ihn der Wachmann regelrecht vorwärts, hinüber zu den Tischen, hinter denen Beamte der Admiralität die Rekrutierung vornahmen. Sylvester nannte seinen Namen und den Namen des Schiffes und wurde an den nächsten Tisch gedrängt.

»Baron Sutton«, brummte der Beamte vor sich hin und machte auf seinem Papier einen Vermerk. »Segelerfahrung habt Ihr nicht?«

»Ich bin Schiffbauer«, erwiderte Sylvester.

»Und weshalb baut Ihr dann keine Schiffe, sondern reißt Euch darum, auf einem Euren Hals zu riskieren? Wer sagt mir, dass Ihr kein französischer Spion seid?«

»Ich bin von hier!«, protestierte Sylvester. »Aus Portsmouth. Die ganze Stadt kann für mich bürgen.«

Unschlüssig strich der Beamte mit der Feder über das Papier. »Es ist nicht so, dass wir Euch nicht brauchen könnten«, murmelte er und kaute auf seiner Unterlippe. »Männer von Adel, die sich breitschlagen lassen, sind dünn gesät, und auf der *Mary Rose* bekommen wir nie und nimmer alle Offiziersposten besetzt.«

»Ich bin kein Offizier«, entfuhr es Sylvester.

»Zum Kuckuck, was wollt Ihr denn sonst sein? Pulveraffe? Ihr scheint von der Kriegsschifffahrt nicht mehr zu verstehen als meine Großmutter vom Säbelfechten. Jeder halbwegs vertrauenswürdige Adlige, den wir zu fassen bekommen, wird Offizier, und zwar im Handumdrehen, weil wir hier nämlich im Krieg stehen und nicht *Nine Men's Morris* spielen.«

»He, he, macht halblang – lasst den armen Kerl leben!« Hinter den Tisch des Beamten war ein Mann getreten, der Kette und Schaube eines Kapitäns trug. Er zog sein Federbarett zu einem spöttischen Gruß und entblößte brandrotes Haar, an dem Sylvester ihn erkannte. Er war Tom Seymour, des Königs Schwager. »Wir haben uns lange nicht gesehen, Mylord – Ihr seid Cranmers Schützling, richtig? Der mit dem heldenhaften Kampf für seinen Tunichtgut von Freund.«

Sylvester stammelte eine Handvoll Silben, die jeglichen Sinns entbehrten. Tom Seymour hörte ihm jedoch ohnehin nicht zu, sondern wandte sich an den Beamten. »Ich bürge für den Mann«, sagte er. »Er ist der Freund von diesem Höllenhund, den wir mit Mord und Totschlag davonkommen lassen, weil er Schiffe baut, die so berauschend wie morgenländische Jungfern sind. Gebt ihn zu mir auf die *Peter Pomegranate.* Sir, wenn Ihr Euer Gepäck bei Euch habt, lasse ich Euch sofort an Bord bringen.«

»Aber ich muss auf die *Mary Rose!*« Sylvester sprang auf.

Seymour zuckte die roten Brauen. »Ihr *müsst?*«

»Ich bitte Euch! Es geht um Leben und Tod.«

»Das könnte man so sagen«, erwiderte Seymour grinsend, warf einen Blick auf das Papier des Beamten und sah wieder Sylvester an. »Gut denn. Da wir auf die *Mary Rose* noch an die fünfzig Mann zu schaffen haben, können wir Euch den Gefallen tun.«

»Habt tausend Dank, Mylord«, stieß Sylvester heraus. Gleich darauf entfuhr ihm noch eine Frage: »Ist denn die *Mary Rose* nicht vollständig besetzt? Ich dachte, sie hätte fünfhundert Männer an Bord.« Bereits mit dieser Zahl war sie Anthonys Berechnungen nach überlastet, solange man kein Gewicht von den Kastellen nahm und die Steven verstärkte. »Zudem müsste ein Befehlshaber solch einen Haufen vollkommen im Griff haben«, hatte er Sylvester vor Jahren erklärt. »Wenn sie unkontrolliert durcheinanderlaufen, schwankt das Gewicht und wirft ein instabiles Schiff zur Seite.«

»Sie segelt mit siebenhundert Mann«, sagte Seymour. »Falls Ihr Euch darüber ereifern wolltet, spart Euren Atem. Das hat Euer Freund auch schon versucht, und ich kann ihm nicht ganz unrecht geben, aber der Franzose hat doppelt so viele Männer wie wir. Wenn wir nicht aufstocken, lassen wir uns besser gleich einsargen.« Unwirsch tappte er dem Beamten auf die Schulter. »Ihr seht zu, dass Ihr Baron Sutton sein Papier ausstellt, und dann lasst ihn an Bord schaffen, damit Carew Zeit bleibt, ihn einzuweisen.«

Sylvester erklärte, er habe kein Gepäck bei sich und außerdem noch Geschäfte zu besorgen. Er werde sich morgen in der Frühe zur Überfahrt melden. Dann holte er Francesca, die auf ihrem Flecken strammstand wie ein Soldat, ging mit ihr nach Hause und zog sich in seine Kammer zurück. Zum Essen kam er an diesem Abend nicht hinunter, um Fenella nicht zu begegnen.

Die Nacht über wachte er, um auf seiner Laute aus Kirschholz zu spielen und ein neues Lied aufzuschreiben, das er *Francesca im Liguster* nannte. In der Morgenfrühe ging er hinüber in Fenellas Kammer. Für gewöhnlich stand er nach ihr auf, aber heute gönnte er sich den Anblick ihres schlafenden Gesichts und ihres Haars, das wie ein Kranz darum ausgebreitet war. Sein Herz vollführte den kleinen Sprung. Eine Weile lang sah er ihren Atemzügen zu, dann beugte er sich nieder und küsste sie.

Sie schlug die Augen auf. »Sylvester«, murmelte sie. In ihrer verschlafenen Stimme vernahm er eine Spur von Enttäuschung, als hätte er sie aus einem Traum geweckt.

»Ich muss gehen, Liebes«, sagte er. »Ich wollte mich von dir verabschieden.«

»Wohin musst du denn?«

Er legte ihr einen Finger auf die Lippen und schob ihr den versiegelten Umschlag hin. »Ich liebe dich«, sagte er.

Mit einem Ruck setzte Fenella sich auf. »Was ist mit dir los? Du hast nicht am frühen Morgen schon getrunken, oder?«

»Nein«, sagte Sylvester. »Ich trinke seit einer ganzen Weile zu viel. Das Tantchen hat gesagt, mir täte Weinen besser als Trinken, und jetzt gehe ich, weil ich weinen will und nicht mehr trinken.«

»Sylvester, du Schwatzhans, sag mir bei allen Himmeln, wohin du gehst!«

»In den Krieg«, sagte er.

»Nein!«

»Auf die *Mary Rose*«, fügte er hinzu und streichelte ihr Haar.

»Wenn du diesen Irrsinn begehst, verzeihe ich dir niemals!«, rief sie. »Wir brauchen dich – du darfst dich nicht einfach vom Acker stehlen.«

»Was der Herr Fletcher darf, darf ich schon lange«, sagte Sylvester. »Falls ich nicht zurückkomme, lies meinen Brief. Versprichst du mir das?«

»Ich verspreche dir gar nichts! Ich rede kein Wort mehr mit dir, wenn du gehst«

»Er enthält sämtliche Papiere für die Kinder. Auch die, die mein Vater aufgesetzt hat. Und eine Nachricht von mir, die es dir leichter machen wird, zu entscheiden, zu wem du gehörst.«

»Zum Teufel, Sylvester, ich habe dir gesagt, zu wem ich gehöre, ich habe dir gesagt, ich will dich heiraten. Ich …«

Er nahm ihr schönes Gesicht in die Hände. »Ja, das hast du, mein Liebes. Danke dafür.«

»Die *Mary Rose* ist unser Schicksal«, hatte Sylvester in einer Zeit gesagt, als die Geschichten und ihr Leben noch eins gewesen waren. Seither waren vierunddreißig Jahre verstrichen, und erst jetzt bekam das Schiff, das *Mary Rose* hieß, eine Wirklichkeit. Eine überfüllte, lärmende, stinkende Wirklichkeit, in der über den Öfen im Unterdeck Kupferkessel zu neunzig Gallonen hingen und für siebenhundert Menschen gekocht wurde. Eine Wirklichkeit, in der Sylvester froh sein konnte, sein Bett in einer winzigen Kabine im Achterkastell zu haben, während die Mannschaft zwischen den Geschützen auf dem blanken Boden schlief.

Unter Deck war es brütend heiß, es stank nach Schwarzpulver, Kalfatererpech und ungewaschenen Leibern. Oben, wo er die Freiheit der Meeresluft erwartet hatte, war ein Netz aus Draht gespannt, unter dem ein Mann mit knapper Not gehen und ein Schütze seinen Bogen abfeuern konnte. Die Vorrichtung diente dem Schutz vor Feinden, die versuchten, das Schiff zu entern. Durch die Drahtmaschen hätte kein Körper schlüpfen können.

Zur Wirklichkeit der *Mary Rose* gehörten Pfeifen, Fiedeln

und Schalmeien, die zu den Mahlzeiten aufspielten, damit den Männern vor Todesangst nicht der Bissen im Hals stecken blieb. Zu ihrer Wirklichkeit gehörten Karten- und Würfelspiele, zotige Witze und Prahlereien beim Pinkeln, ein Hund namens Hatch, dem jeder Bissen zusteckte, Gebete auf Englisch und Lateinisch, über Rosenkränzen und mit bloßen Händen. Die meisten Männer an Bord waren kaum älter als zwanzig, und die wenigsten hatten je einen Krieg erlebt.

Die Wirklichkeit der *Mary Rose* in den sieben Tagen, die sie vor der Festung Southsea vor Anker lagen, waren vier Liter Bier am Tag und Schiffszwieback zu allen Mahlzeiten, Kerzen in Käfigen, die vorm Umfallen schützten, und Männer, die beim Schwatzen Mottenlöcher in ihren Hosenbeinen stopften. In den Träumen von Schiffen, mit denen Sylvester aufgewachsen war, hatten sich die Segel gebläht, und ein Bugspriet hatte die Gischt der stiebenden Wellen geteilt. Jetzt erlebte er die Menschen, die Segel und Spriete in Bewegung hielten. In jedem Winkel, unter jeder Spiere wimmelte es von ihnen. Das Schiff war so hoffnungslos überfüllt wie eine Heringsreuse, in der Leiber durcheinanderzappelten. Undenkbar, dass ein Befehlshaber diese wogende Masse im Griff haben konnte.

Die Kabine des Schiffszimmerers lag neben der des Chirurgen auf dem oberen der beiden Batteriedecks. Auf dem Oberdeck ließ Anthony sich nicht blicken. Sylvester fragte George Carew, den frisch ernannten Vizeadmiral, der mit den Offizieren zu Abend aß, nach ihm.

»Er verbringt die Tage über seiner Werkbank«, sagte Carew. »Ich werde ihn nie anders behandeln als meinesgleichen, aber dort unten, wo das Gedärm des Schiffes brodelt, fühlt er sich heimisch. Also lassen wir ihn dort, und das heißt gewiss nicht, dass wir ihn weniger achten.«

Hier ist deine Welt, dachte Sylvester. *Hier hätten sie dich sein lassen, was du bist. Ein Seestern. Zurück an Land gekommen bist du nur um unsertwillen.* Er hätte hinuntergehen und mit ihm sprechen sollen, aber er schob es auf, weil er wusste, dass es ein für alle Mal zu Ende war, wenn das Gespräch stattgefunden hatte: das Leben, das sie geteilt hatten. Werftkinderleben. Er ließ sich diese paar Tage Zeit, um Abschied zu nehmen.

Zu tun hatte er wenig. Der Stab hielt tägliche Besprechungen ab, in denen die Strategie erörtert wurde, die Admiral Dudley ausgegeben hatte. Vorgesehen war, aus den großen Karacken unter der Führung der *Mary Rose* und der *Henri Grâce à Dieu* einen Keil zu formen, sobald die französischen Schiffe gesichtet wurden, und ihn zwischen ihre Reihen zu treiben. Die kleineren Schiffe sollten folgen, und die Galeere *Subtile* sowie die Galeassen, die auch bei Windstille beweglich blieben, würden ihnen an den Flanken Feuerdeckung geben. Die schlanken, gut bewaffneten Galeassen waren vielseitig einsetzbar und damit ein Trumpf im Ärmel, doch von den vierzehn, die vorgesehen waren, hatten erst acht fertiggestellt werden können.

Sorge bereitete Sylvester die Unerfahrenheit des Stabes. Zwar gab es eine Handvoll Männer wie Carew, die seit Jahren zur See kämpften, doch den größeren Teil machten in aller Eile rekrutierte Glücksritter aus, die zuvor kaum auf Schiffsplanken gestanden hatten. Bereits jetzt, wo das Schiff vor Anker lag, war nicht zu übersehen, dass das schlecht aufeinander eingespielte Offizierscorps der Menschenfülle nicht gewachsen war. Zudem hatte zwar der Beamte bei der Rekrutierung Sylvester auf die Gefahr durch französische Spione aufmerksam gemacht, doch auf dem Schiff schien niemand Vorsicht walten zu lassen. Die Männer, die zur Wachablösung an Deck kamen, mussten sich ebenso durch eine Parole ausweisen wie die Führer der Barken, die Proviant an Bord brachten.

»Gott schütze König Henry!«, grölte ein jeder lautstark in die morgendliche Stille, und ebenso laut kam die Antwort zurück: »Lang möge er über uns herrschen.« Ein Ruderer, der sich nahe genug heranwagte, würde keine Probleme haben, die leicht zu erratende Parole aufzuschnappen.

Ein Großereignis bewegte die Gemüter an Bord ohnehin weit mehr als gebotene Vorsicht: Sylvester befand sich drei Tage an Bord, als am 15. Juli König Henry samt Königin und Kronrat in Portsmouth eintraf und auf der Festung Southsea Quartier bezog. Salutschüsse aus den Bronzekanonen der Karacken begrüßten den Herrscher auf dem neuen Stützpunkt seiner Flotte. Auch hier erinnerte das Spektakel eher an einen Jahrmarkt als an den Vorabend einer Schlacht, in der Portsmouth eingenommen und niedergebrannt werden konnte, wie es vor Jahrhunderten geschehen war.

Drei Tage später, am Abend des 18. Juli, lud der König Carew und andere ranghohe Offiziere ein, mit ihm auf seinem Flaggschiff, der *Henri Grâce à Dieu*, zu speisen. Für die, die auf ihren Schiffen verbleiben mussten, ließ er ausgewählte Delikatessen und goldenen Rheinwein heranschaffen, die bei einem festlichen Dinner serviert werden sollten.

Kerzen und Laternen wurden unter das Drahtnetz an Deck getragen, wo in der sternklaren Nacht eine Tafel mit Zinngeschirr gedeckt war. Unter dem Tisch ringelte sich Hatch, die braune Hündin, und die Musiker trugen ihre Instrumente an Bord, um unter dem Sternenhimmel eine schmelzende Weise zu spielen. Nach dem Essen bat Sylvester einen von ihnen, ihm seine Laute zu überlassen, nahm sie in den Schoß und begann, eines ihrer alten Lieder zu singen, eines für ihr Camelot, für Arthur, Lancelot und Guinevere, die sich niemals trennen wollten.

»Weshalb seid Ihr nur in den Krieg gezogen, Mylord?«, fragte ihn der Befehlshaber der Bogenschützen, ein blutjunger Mann mit einem Milchgesicht und runden, seegrünen Augen.

Neben ihm saß ein älterer, hellblonder Mann, der Sylvester vage bekannt vorkam. »Oh ja, Ihr hättet Euch als Sänger verdingen sollen!«, rief er mit kaum merklichem Akzent. »Euer Gesang würde wilde Tiere bezähmen – wenn auch leider keine wilden Franzosen.«

»In der Tat.« Sylvester und die Übrigen fuhren herum. Anthony stand auf der obersten Stufe der Leiter, die unter Deck führte. »Kannst du mir sagen, welcher Teufel dich reitet, Sylvester? Oder zumindest, was du hier treibst?«

Sylvester stand auf und ging ein paar Schritte auf ihn zu. Die neugierigen Blicke, die sich in seinen Rücken bohrten, scherten ihn nicht. »Ich wollte dich sprechen, Anthony.«

»Hast du den Verstand verloren?« Jäh fiel Sylvester auf, wie selten er den Freund hatte schreien hören. »Du hättest mich sprechen können, wann und wo immer du wolltest, aber nicht auf dieser Todesfalle von einem Schiff!«

»Es dauert nicht lange«, versuchte Sylvester, ihn zu unterbrechen, aber Anthony schob ihn beiseite und trat an den Tisch. »Master Purser«, sprach er den Zahlmeister an. »Mein Freund ist kein Seemann, und er wird von seiner Familie in Portsmouth dringend gebraucht. Bitte sorgt dafür, dass seine Verpflichtung aufgehoben wird und der nächste Zulieferer ihn zurück an Land bringt. Für die Kosten kommen wir auf, für Eure Mühe auch, und mit Admiral Carew spreche ich.«

In Sylvesters Kopf sangen für Augenblicke nur zwei Worte: *mein Freund, mein Freund, mein Freund.*

»Auf See begegnen einem ja eine ganze Menge komische Käuze«, bemerkte der Zahlmeister belustigt. »Aber du bist der komischste. Hat dir das schon mal einer gesagt?«

»Das ist nicht auszuschließen. Ich höre meist nicht hin, und jetzt brauche ich erst einmal ein Boot.«

»Was glaubst du eigentlich, wo du hier bist? Und meinst du, wir werden von unseren Familien nicht dringend gebraucht?«

»Das weiß ich nicht«, sagte Anthony. »Können wir darüber weiterpalavern, wenn mein Freund an Land ist?«

Schwerfällig stand der Zahlmeister auf. »Was du da vorschlägst, ist Desertation«, sagte er.

»Nicht, wenn Ihr einen Vertrag verschwinden lasst.«

»Und das sagst du mir hier vor dem versammelten Stab?«

»Es tut mir außerordentlich leid«, warf Sylvester dazwischen, aber die Männer am Tisch erschienen eher amüsiert als verärgert.

Der dicke Zahlmeister klopfte Sylvester auf die Schulter. »Macht Euch nicht die Hosen nass. Unser Freund Zimmerer hat bei uns Narrenfreiheit, weil er acht Arme wie ein Krake hat und uns den Kahn unterm Hintern zusammenhält. Wir werden sehen, was sich tun lässt. Bekommen wir denn morgen noch Proviant?«

Die Frage war an den Quartiermeister und seinen Assistenten, den Blonden mit dem leichten Akzent, gerichtet. Letzterer nickte beflissen. »Zwölf Fässer Trockenfleisch vom Rind, morgen früh.«

»Igitt.« Der Zahlmeister stöhnte. »Ich dachte, von diesen Strohstrünken hätten wir bereits den Gesamtvorrat Englands an Bord. Sofern der Admiral die Sache absegnet, kann der Kerl mit dem Höllenfraß Euch morgen früh zurück an Land bringen. Wenn Ihr Euch aber das nächste Mal mit Eurem Kumpan auf einen Schwatz treffen wollt, verabredet Euch im Brauhaus, verstanden?«

»Anthony!«, rief Sylvester, dem das Herz bis in die Kehle raste. »Ich muss mit dir sprechen – sonst kann ich hier nicht weg.«

Anthony wies ihn mit einer Kopfbewegung an, ihm zu folgen, und begann, die Leiter hinunterzusteigen. Sylvester nahm nur die erste Sprosse, dann rief er: »Ich gehe nicht ohne dich.«

»Wenn es dich nicht stört, dass uns der halbe Ameisenhaufen hören kann, soll es mich auch nicht stören«, sagte Anthony und blieb auf der untersten Sprosse stehen. »Weshalb gehst du nicht ohne mich? Im Gegensatz zu dir gehöre ich auf dieses Schiff.«

»Du gehörst zu uns«, brachte Sylvester heraus. »Ins Leben. Auf die *Mary Rose* bist du gegangen, um zu sterben.«

Anthonys Brauen schnellten in die Höhe. »Wie kommst du denn darauf?«

»Dieses Schiff ist doch nicht sicher«, stammelte Sylvester. »Und nach allem, was geschehen ist, musst du ja glauben, dir bleibt nichts mehr, als mit ihm unterzugehen. Ich habe dich verurteilt, Fenella hat dich verurteilt, wir haben dich ausgestoßen und dir deine Kinder weggenommen …«

»Mach nicht solchen Wind.« Anthony stieg die Sprossen wieder hoch und legte Sylvester die Hand aufs Herz. »Du musst dich beruhigen, oder das Ding da schlägt dir die Rippen kaputt. Ich bin an Bord dieses Schiffes gegangen, weil ich es kenne wie meinen Nachttopf und dachte, ich könnte helfen, es über Wasser zu halten. Es ist in einem bösen Zustand, aber solange wir es vernünftig gehandhabt und nicht bis in die letzte Fuge mit Volk vollgestopft haben, sind wir ziemlich gut zurechtgekommen.«

»Bei allen Heiligen, du unmöglicher Mensch«, stöhnte Sylvester. »Du Idiot, du Sargnagel, warum hast du mir das denn nicht gesagt?«

»Mit wem sprichst du eigentlich? Mit mir oder mit dir?«

Sylvester musste lachen. »Du hast recht. Im Grunde kannst du gar nichts dafür, aber ich hatte so furchtbare Angst um dich.«

Ihre Blicke trafen sich. »Ich um dich auch«, sagte Anthony. »Und im Gegensatz zu dir hatte ich dazu Grund.«

Einen verrückten Herzschlag lang war Sylvester zumute, als könne ihre Welt wieder heil werden. Dann ertönte vom Oberdeck ein markerschütterndes Pfeifen, das sich in vielfachem Echo fortpflanzte. Im Handumdrehen verwandelte sich das schlafende Schiff in ein Tohuwabohu aus durcheinanderrennenden Männern. Bogenschützen, die sich im Laufen lederne Gamaschen überstreiften, strebten dem Oberdeck entgegen, Kanoniere und Pulveraffen stürmten an ihre Geschütze.

»Was war das?«

»Der Alarm«, antwortete Anthony tonlos.

»Die Franzosen?«

»Das ist anzunehmen.« Er zog unter seinem Wams einen Schlüssel hervor und hielt ihn Sylvester hin. »Geh in meine Kabine, und bleib dort, bis wir mehr wissen. In die mit dem Fenster. Rühr dich nicht vom Fleck.«

»Und du?«

»Ich muss nach oben.« Sacht schob er Sylvester zur Seite und schlängelte sich an ihm vorbei.

»Aber ich muss dir etwas sagen. Es ist wichtig, und ich habe viel zu lange damit gewartet!«

Das Pfeifen schrillte weiter, und am Fuß der Stiege begannen Männer nach oben zu drängen. Anthony blieb dennoch stehen und berührte einen Herzschlag lang seine Wange. »Du musst mir gar nichts sagen, Sylvester.«

»Warum nicht?«

»Weil ich es weiß.«

Sylvester verbrachte die Nacht in der Kabine, die mit Anthonys Werkzeug angefüllt war und in jeder Einzelheit die Spuren seines Wesens trug. Statt eines Bettes hing quer über dem Arbeitstisch eine Hängematte, in der sich so viele Zeichnungen häuften, dass man sich fragte, wie ein Mann noch darin Platz finden sollte. Unter dem Kissen lagen der Rosenkranz, den der verfluchte Priester ihm geschenkt hatte, und der abgegriffene Band der *Divina Commedia*, den er mit Fenella geteilt hatte. Sein ganzer persönlicher Besitz.

Der Duft nach Holz, Harz und Leinöl war vertraut und beruhigend, doch an Schlaf war nicht zu denken. Stundenlang herrschte markerschütternder Lärm: schrille Pfiffe, gebellte Befehle, das Donnern und Rumpeln, mit dem die Räder der schweren Kanonen über die Holzplanken rollten, und das Geprassel eiliger Schritte. Schließlich ertönte in der Ferne Kanonendonner, gefolgt von zwei an Bord abgefeuerten Schüssen, die das Schiff erbeben ließen.

Sylvester klebte vor Angst die Zunge am Gaumen, dabei wusste er nicht einmal, wovor er die größte Angst hatte. Seinem Freund dort draußen in der Nacht sandte er einen zärtlichen

Fluch – Anthony war vermutlich der einzige Mann an Bord, der in seiner Kabine keinen Alkohol versteckte.

Die Stille hielt an, und Sylvester döste im Sitzen ein, bis ihn das Läuten der Schiffsglocke weckte und das Geprassel der Schritte wieder einsetzte. Gleich darauf klopfte es an der Tür, und der blonde Assistent des Quartiermeisters trat ein. Seine Miene, die gestern so jovial gewirkt hatte, war in düsterem Grimm versunken. »Eigentlich bin ich kein Dienstbote«, sagte er und stellte ein Tablett mit einem Bierkrug und einer Schüssel Grütze auf den Arbeitstisch. »Aber Euer illustrer Freund bestand darauf, Ihr müsstet ein Frühstück bekommen. Ihr sollt hier drinnen bleiben, denn von Bord gehen könnt Ihr nicht. Es wird kein Zulieferer mehr zu uns durchgelassen, nicht ein einziges Boot.«

Diesen letzten Satz hatte er gebellt, als trüge Sylvester daran Schuld. »Es tut mir leid, Euch Unannehmlichkeiten zu bereiten«, sagte er. »Wo ist denn mein Freund? Ich muss ihn sprechen.«

»Ist das alles, was Euch kratzt?«, fauchte der andere. »Wir sind im Krieg, Mann! Wir kommen von diesem Totenschiff nicht mehr herunter, aber für Euch wie für Eure Schwester gibt es auf der Welt keine Frage, als wo der verfluchte hinkende Bastard ist.«

»Meine Schwester?«, fragte Sylvester verblüfft. »Was wisst denn Ihr von meiner Schwester?«

»Alles«, erwiderte der Mann, dessen Akzent heute viel stärker hervortrat als am vergangenen Abend. »Und nichts. Ich liebe sie.«

»Geraldine?«

Der Blonde nickte. »Es nützt ja nichts mehr, etwas für sich zu behalten. Wir werden hier zusammen krepieren und können uns genauso gut anvertrauen, wer von uns den längeren Schwanz in der Hose hat. Ich habe keinen mehr. Meinen Schwanz wie die besten Jahre meines Lebens habe ich Eurer

Schwester in den Rachen geworfen. Und jetzt sterb ich für sie. Jetzt, wo ich ein Ende machen und Mylady Geraldine wie gewünscht mit ihrem verdammten Hinkebein ersaufen lassen wollte. Was hat eigentlich der in der Hose? Die Rah von seiner *Mary Rose?*«

Sylvester musste lachen. »So etwas Ähnliches, fürchte ich. Aber wir ersaufen nicht. Solange die Leute unter Kontrolle bleiben, kommen wir heil zurück ans Ufer.«

»Da täuscht Ihr Euch, Freundchen«, erwiderte der andere dumpf. »Ganz gewaltig sogar. Die Fäden, die ich gezogen habe, bekomme ich jetzt nicht mehr aufgeknotet, es sei denn, ich gebe vor versammelter Mannschaft bekannt, dass ich ein Saboteur bin und an den Großmast geknüpft gehöre. Die Geschützpforten lassen sich nach dem ersten Schuss nicht mehr schließen, und mit der Takelage ist auch einiges im Argen. Dass die Leute unter Kontrolle bleiben, konnte man schon im Bestzustand kaum hoffen, aber um sicherzugehen, habe ich mit ein paar Fässern Branntwein nachgeholfen.«

Sylvester sprang auf. »Was wollt Ihr damit sagen?«

Im nächsten Augenblick ging ein Ruck durch den Schiffsleib, der ihn zu Boden schleuderte. Er stieß mit der Schläfe gegen die Kante der Hobelbank, und zugleich begann das Schiff, in sachtem Takt auf und ab zu schwanken.

Der Anker war gelichtet. Sie nahmen Fahrt auf. Die Schlacht hatte begonnen, doch vor Sylvesters Augen legte sich schützende Schwärze.

Er erwachte in einem Meer aus Schmerz und Getöse. Hatte er in der Nacht die einzelnen Geräusche noch zuordnen können, so verschwammen jetzt Donnern, Poltern, Hämmern und Trampeln zu einem ohrenbetäubenden Dröhnen, aus dem einzig menschliche Schreie und das Winseln des Hundes hervorstachen. Hinzu kam das Pochen in seiner Schläfe, das sich anfühlte, als platze ihm der Schädel. Benommen langte er nach der Quelle des Schmerzes und ertastete eine Schwellung und ein paar Strähnen verkrusteten Haars. Wie durch Nebelschwaden kehrten Bilder und Worte zurück und zwangen ihn, sich zu besinnen.

Er war an Bord der *Mary Rose.*

Gestern Abend waren die Franzosen gesichtet worden, und seit dem Morgen war die Schlacht im Gang.

Der blonde Assistent des Quartiermeisters war Geraldines Geliebter, er hatte Geraldine heimlich an Bord schaffen wollen, damit sie mit dem Schiff untergehen konnte. Weil sie Anthony im Leben nicht haben konnte, wollte sie mit ihm sterben – und er und Fenella hatten geglaubt, es sei Anthony, der sich zum Sterben aufgemacht hatte.

Hatte er seinen Freund so wenig gekannt?

Anthony mochte in einen Abgrund der Verzweiflung gestürzt sein, aber er hatte zu viel Kraft, um aufzugeben.

Sterben muss er trotzdem, hallte es durch Sylvesters schmerzenden Schädel, als die nächste Welle des Begreifens ihn überrollte. Geraldines Liebhaber hatte sichergehen wollen, dass das Schiff sank. Er hatte an einen Teil der Mannschaft Branntwein ausgegeben, und was er noch getan hatte, wollte Sylvester lieber nicht wissen. Er musste an Deck, musste die Leute warnen! Was immer auch geschah, er musste Anthony die Wahrheit sagen und dafür sorgen, dass er heil ans Ufer kam.

Die Wahrheit.

Weil ich es weiß, hatte Anthony gesagt. Aber war das möglich? Wie auch immer, er musste ihn sofort finden!

Der erste Versuch, sich aufzurappeln, sandte einen derart scharfen Schmerz durch Sylvesters Kopf, dass er benommen zurückfiel. Er brauchte einige Augenblicke, um zu Sinnen zu kommen, ehe er es erneut versuchen konnte. Mühsam rollte er sich auf den Bauch, um sich in die Höhe zu stemmen. Im selben Herzschlag bemerkte er, dass der Boden unter ihm sich neigte, und im nächsten prasselten der Bierkrug, die volle Grützeschüssel und eine Ansammlung von Anthonys Werkzeugen auf ihn nieder. Gerade noch rechtzeitig gelang es ihm, den verletzten Kopf in den Armen zu bergen.

Das Schiff stand schräg.

Männer brüllten auf wie verwundete Tiere.

Es war die Angst um seinen Freund, um Fenella und die Kinder, die ihm Kraft verlieh. *Die Liebe, die die Sonne und die anderen Sterne bewegt.* Schwankend kämpfte er sich in die Höhe und taumelte über die Planken, die sich so rapide neigten, dass man zusehen konnte. Schwere Gerätschaften krachten aus den Regalen. Sylvester stützte sich am Tisch ab, der offenbar am Boden festgeschraubt war, und schaffte es, die Tür zu erreichen. Was er sah, als er sie aufriss, hätte ihn beinahe zurückgeworfen.

Das Deck stand schräg wie eine Rampe. Trauben von Männern drängten sich um die Geschützpforten, um aus dem sinkenden Schiff zu entkommen, doch der erhoffte Ausweg erwies sich als tödliche Falle. Mehrere der Pforten waren durch die Rohre der Geschütze versperrt, die viel zu schwer waren, um sie die Schräge hinauf zurückzurollen. In anderen steckten Menschenkörper, die mit den Beinen zappelten. Wer erkannte, dass der Versuch, durch die Klappen in der Bordwand zu fliehen, vergebens war, kämpfte sich die Steigung wieder hinauf, um eine der Leitern zu erreichen und auf das rettende Oberdeck zu gelangen. Das Geschrei schrillte Sylvester in den Ohren, als zerrisse es ihm die Trommelfelle.

Es hatte keinen Sinn. Mit seinem schmerzenden Kopf konnte er sich unmöglich durch die Massen der Flüchtenden drängen. Entsetzen packte ihn. Dann gellte durch allen Lärm sein Name. »Sylvester! Nicht weiter!«

Auf der obersten Sprosse der Leiter, auf der sie gestern unter Deck gestiegen waren, erkannte er Anthony. Als hätte er wie so viele vor Angst den Verstand verloren, versuchte er gegen den drängenden Menschenstrom, der nach oben ins Freie strebte, nach unten zu gelangen. Natürlich hatte er keine Chance. Die

Männer, die verzweifelt um ihr Leben kämpften, waren schwerer als er und konnten ihn niedertrampeln oder von der Leiter stoßen. Er hatte die Sicherheit des Oberdecks verlassen, um Sylvester zu retten, aber bei dem Versuch würde er umkommen.

Als Sylvester begriff, was vor sich ging, legte sich seine Angst. Er würde sterben, und das hatte seine Richtigkeit. Aber er würde Anthony nicht sterben lassen. Er konnte nicht mehr mit ihm sprechen, ihn nicht mehr um Verzeihung bitten, doch Fenella hatte seinen Brief, und sein Freund hatte ihm längst verziehen. Zum Beweis stand er dort oben und mühte sich wie ein Besessener, die schweren Menschenleiber aus dem Weg zu drängen.

»Bleib, wo du bist!«, brüllte Sylvester aus Leibeskräften. »Du musst dich retten, hast du verstanden? Ich will, dass du lebst!«

Anthony sah für den Bruchteil eines Herzschlags nach ihm, dann flog sein Blick durch den Raum, schätzte die Lage ab.

»Geh zurück an Deck!«, schrie Sylvester. »Mach dir um mich keine Sorgen, ich bitte dich!«

Noch einen Augenblick lang stand Anthony unbewegt und wie eine Sehne gespannt. Dann rollte er blitzschnell seinen Körper zur Kugel, warf sich zur Seite und ließ sich in die Tiefe fallen. Mit einem entsetzlichen, dumpfen Laut prallte er auf die Planken. Männer sprangen zur Seite, stürzten zur Leiter, drängten durch die frei gewordene Öffnung nach oben.

»Anthony!«, schrie Sylvester und rannte los. Der Schmerz in seinem Kopf ließ ihn taumeln, und die Schräge riss ihn ins Gleiten. Wie gebannt starrte er auf den am Boden liegenden Freund. *Ich mache Kleinholz aus dir, wenn du tot bist!* Während er um den nächsten Schritt kämpfte, begann Anthony, sich die Planken entlangzuziehen und bäuchlings auf ihn zuzurobben.

»Geh doch zurück!«, flehte Sylvester, obgleich er wissen musste, dass es sinnlos war. In der Mitte des Decks waren kaum noch Menschen. Wer immer konnte, hatte sich auf das Oberdeck gerettet, und wer zu spät kam, war in den unteren Decks ertrunken, durch die das Wasser längst eingedrungen sein musste. Gerade begann es, durch die Geschützpforten auch zu ihnen hereinzuschwappen.

Unter ihm explodierte die Welt. Mit einem gewaltigen Knall wurde das Schiff noch weiter in die Schräge geschleudert, und Sylvester stürzte auf die Planken. Anthony erreichte ihn im selben Augenblick, und sie kugelten übereinander.

»Was war das?«

»Der große Kupferkessel«, erwiderte Anthony. »Er muss auf das Orlopdeck durchgebrochen sein und hat vermutlich ein Leck geschlagen.«

»Ich will nicht, dass du stirbst, Anthony. Ich liebe dich mehr als mein Leben.«

Anthony richtete ihn halb auf, zog sich an ihm hoch und ohrfeigte ihn. Weich. Ohne ihm im Mindesten wehzutun. »Ich dich nicht«, brummte er. »Höchstens so sehr wie mein Leben. Und da oben ist das verdammte Netz.«

Das Drahtnetz zum Schutz vor enternden Feinden! Die Scharen von Männern, die gehofft hatten, über das Oberdeck in die Freiheit zu entkommen, liefen in eine tödliche Falle. »Es ihnen zuzubrüllen war sinnlos«, sagte Anthony. »Sie sind alle genau solche Idioten wie mein Freund Sylvester Sutton.« Er schlug ihn noch einmal, nicht minder liebevoll. »Habe ich dir nicht gestern Abend gesagt, dass in meiner Kabine ein Fenster ist? Dass du diese zwei Glanzlichter in deinem Kopf zum Sehen benutzt, verlange ich ja nicht …«

»Anthony«, fiel Sylvester ihm ins Wort und hatte größte Mühe, nicht loszulachen. »Ich kann nicht schwimmen.«

Er stutzte und fuhr sich ins Haar. »Stimmt«, sagte er dann. »Also schlag mich zurück. Und dann gehen wir.«

Sylvester tappte ihm mit der flachen Hand auf den Kopf. »Ich muss dir jetzt endlich etwas sagen.«

»Du sagst gar nichts, sondern kommst mit mir. Auf dem Boden. Das ist sicherer als Gehen.« Entschlossen begann er, die

Schräge hinauf auf die Kabine zuzurobben. Sylvester blieb nichts übrig, als ihm zu folgen. Anthony hielt sich an der Tür fest, hievte erst sich in die Höhe und versuchte dann, Sylvester aufzuhelfen. Hätte sein Bein nicht nachgegeben, hätte er es womöglich geschafft. Sylvester fing ihn, ehe er stürzte. Sie hielten sich gegenseitig fest und richteten sich aneinander auf. An dem festgeschraubten Tisch entlang tastete Anthony sich zur Bordwand vor und zog den Fensterladen auf. Dahinter lag die Freiheit. Das Meer.

»Warum liebst du es so?«, hatte er Anthony einmal gefragt.

»Das Meer?« Anthony hatte gelächelt, als sei er so weit weg wie der Weltumsegler Magellan. »Weil wir an seinem Ende nicht ins Nichts fallen, sondern irgendwann wieder in Portsmouth landen.«

Sylvester hangelte sich an der Tischkante hinter ihm her. »Auf solche Ideen kommst auch nur du – Tische festschrauben und Fenster in Schiffswände schneiden.«

»Ich bin eben begabt.«

»Und nicht im Mindesten eingebildet.«

Anthony zog die Lippen von den Zähnen und sandte ihm ein göttliches Grinsen. »Los jetzt. Da rauf mit dir!«

»Ich habe dir gesagt, ich kann nicht schwimmen.«

»Aber ich.«

Sylvester drückte ihn an sich. »Du Hänfling«, sagte er zärtlich. »Wie weit willst du mich schweren Brocken denn schleppen?«

»So weit, wie wir kommen«, erwiderte Anthony. »Wir liegen ein Stück voraus, aber unsere Flotte schließt auf, und viele der Schiffe haben Beiboote. Außerdem kann man uns vom Ufer aus sehen. Sie werden Hilfe schicken. Irgendwer greift uns auf.«

»Und wenn nicht?«

»Sylvester, hör auf, mich zu reizen! Ich will jetzt mit dir aus diesem Fenster, ehe das Schiff zu schräg steht oder so tief sinkt, dass uns der Sog nach unten reißt.«

Sylvester hielt ihn fest und kümmerte sich nicht um sein Gezappel. »Du gibst mir jetzt den einen Augenblick lang Zeit, um den ich dich seit gestern Abend gebeten habe, verstanden, Fletcher? Ansonsten lehre ich dich, dass du zwar der stärkste Mann der Welt bist, ich aber die stärkeren Arme habe.«

Anthony seufzte. »Beeil dich. Ich habe dir gesagt, ich weiß es, und soweit es mich betrifft, gibt es darüber nichts zu reden.«

»Seit wann weißt du es?«

Er zuckte mit der Schulter. »Ich glaube, seit mich fünf Männer auf der Straße nach London vom Pferd gezerrt und mir in die Ohren gebrüllt haben, ich hätte den Grafen von Ripon in die Kammer des Trockendocks gestoßen.«

»Was wolltest du überhaupt in London?«

»Was soll ich denn da gewollt haben? Den König bitten, nicht auf Ripon, sondern auf mich zu hören und die *Mary Rose* nicht auf See zu schicken.«

»Und was hast du gedacht, als du wusstest, dass ich es war?«

Die Augen des Freundes blitzten. »Was willst du hören? Dass ich an den armen Grafen von Ripon gedacht habe oder an meinen Bruder Ralph oder daran, wie es dir jetzt ergehen mag? Tut mir leid, Sylvester. Ich bin keiner von euch edlen Menschen, und ich habe nur an mich gedacht.«

»Sag's mir.«

Er senkte den Kopf. »Ich habe gedacht, wenn du so weit für mich gehst, wenn du noch immer mein Ritter bist, kannst du mich nicht mehr gar so sehr hassen.«

Wieder schloss Sylvester die Arme um ihn. »Ich hab's nicht ausgehalten, Anthony. Ich hatte getrunken, ich wollte dich suchen, weil mein Vater im Sterben lag, und ich hatte gerade begriffen, dass ich selbstgerechter Hammel es satthatte, ohne dich durch die Welt zu stolpern. Und dann habe ich gesehen, wie er dich behandelt hat – so wie Ralph. So wie Mortimer Fletcher. Dass er stirbt, wollte ich nicht. Ich weiß nicht mehr, was ich wollte, und das Schlimmste ist, dass ich es Fenella nicht gesagt habe.«

Anthony zog ihn an sich. »Mach nicht solchen Wind«, flüsterte er. »Ich habe es ihr auch nicht gesagt, und es ist ja wohl unsere Sache, was wir zwei Holzköpfe den Frauen sagen. Jetzt komm. Wir müssen hier raus.«

»Du gehst«, sagte Sylvester. »Ich habe einen Menschen getötet.«

»Ich auch.«

»Nein«, sagte Sylvester. »Du nicht. Bilde dir nur nicht ein, dass ich dich nicht durchschaue, Fletcher. Du hast jahrelang zielen gelernt, damit du dich wehren kannst, ohne in ein Herz zu treffen, und du frisst Gras wie ein Ochse. Du kannst eine Menge Dinge tun – zum Beispiel Fenster in Schiffswände schneiden und wundervolle Kinder zeugen, die gut mit dem Beitel sind –, aber töten kannst du nicht.«

»Verdammt, Sylvester, wenn du unbedingt willst, dass ich vor dir anfange zu flennen, schieb's auf. Du musst jetzt springen.«

»Du springst«, sagte Sylvester. »Du bist doch völlig erschöpft, du kannst mich nicht schleppen. Und deine Familie braucht dich.«

»Ich brauche dich, verdammt nochmal. Und ich springe nicht ohne dich.«

»Ich stoße dich aus dem Fenster, wenn du nicht springst.«

»Tu, was du nicht lassen kannst. Bis du mich gestoßen kriegst, sind wir beide ersoffen.«

Anthony verschränkte die Arme vor der Brust wie Francesca, und Sylvester begriff, dass es ihm ernst war. Er würde ohne ihn nicht springen. »Nun gut«, sagte er. »Ich gebe mich geschlagen. Aber erst sage ich dir noch etwas.«

»Du bist still, und hörst mir zu: Wir zwängen dich durch das Fenster, und du springst ab. Behalt den Kopf oben. Was immer aufs Wasser prallt, wird dir wehtun, also zieh die Beine an den

Leib, damit es deinen Hintern trifft. Nicht den Bauch, Sylvester! Ich springe dir sofort hinterher, und zusammen strampeln wir uns schon irgendwie hoch.« Während er sprach, stieß er Sylvester zum Fenster, umfasste seine Schenkel und begann, ihn in die Höhe zu stemmen. »Würdest du fauler Sack mir gefälligst helfen?«

Sylvester ergriff den Rand des Fensters und zog sich hoch, obwohl der Schmerz in seinem Kopf heftig pochte. Wie durch die Wolle, die ihm das Tantchen im Winter in die Ohren gestopft hatte, hörte er den Kanonendonner, und nur schemenhaft sah er die Schiffe, die ein Stück südlich von ihnen weiterkämpften, während ihr Schiff unterging. *Mary Rose.* Sein Freund hatte nicht einen Augenblick gezögert, das Schiff seines Lebens zu verlassen, um sie beide zu retten.

Er hievte sich durch die Öffnung, schürfte sich den Arm auf und rief hinter sich zurück: »Du bist mein Bruder, Anthony.«

»Ich weiß«, sagte er.

»Nein, du Alleswisser. Das weißt du nicht. Du bist mein Bruder im Blut. In den Papieren, die mein Vater hinterlassen hat, ist alles niedergelegt. Er hat meine Mutter angebetet, aber meine Mutter war … Sie war so wie Geraldine. Ohne Makel. Ohne Barmherzigkeit. Sie wollte einen Mann aus Stahl, und bei deiner Mutter durfte er einmal der Mann aus Fleisch sein, der er war. Er hat einen Fehler begangen und ihn nachher nicht gutmachen können, weil Mortimer Fletcher dich behalten und seinen Zorn an dir austoben wollte. Er hat nie gewagt, seine geliebte Mica zu heiraten, weil er sich so sehr schämte. Aber er hat dich nicht weniger geliebt als mich. Und ich liebe dich viel mehr.«

Anthonys verstörtes Gesicht war Gold wert. Sylvester musste lachen, und das verlieh ihm die Kraft, sich zu drehen und die Beine an den Körper zu ziehen, wie der Freund es ihm geraten hatte. Dann stieß er sich ab. Er hörte keinen Donner und sah keine Schiffe mehr, sondern nur noch das Meer.

31
Fenella

Portsmouth, 19. Juli 1545

Fenella galt nicht als Zeugin. Wer in späteren Jahren nach jemandem suchte, der von der Tragödie jenes Tages zu berichten wusste, tat ihre Aussage ab, obwohl sie nicht mehr jung war. »Du warst nicht mehr du selbst«, behaupteten die Leute. »Du erinnerst dich nicht.«

Fenella aber erinnerte sich. Jede Einzelheit hatte sich ihr ins Gedächtnis gebrannt und würde dort bis an ihr Lebensende schwelen.

Der Tag hatte klar und wolkenlos begonnen, doch schon in der Frühe war Wind aufgekommen, leichter Wind, der das Segeln beschwerlich, aber möglich machte. Fenella hatte getan, was sie immer tat: ihre Kinder versorgt, den Kranken Frühstück gebracht und hier und dort angepackt, um nicht denken zu müssen. Der Tag hätte verstreichen können wie jeder andere in einer endlosen Kette, um sofort darauf vergessen zu werden. Fenellas Heimatstadt Portsmouth jedoch würde diesen Tag so wenig vergessen wie Fenella selbst. Für sie beide war es ein Tag ohnegleichen.

Es war Mittag, als Timothy meldete, es sei jemand am Tor.

»Schick ihn nach oben«, sagte Fenella müde. »Und wenn er in die *Casa* will, hilf ihm, obwohl wir wie immer keinen Platz haben.«

»Es ist die junge Lady«, entgegnete Timothy schüchtern. »Sie sagt, sie will nicht heraufkommen, sondern Euch um jeden Preis am Tor sprechen. Es sei eilig, sagt sie. Und lebenswichtig.«

Wer die junge Lady sein sollte, fiel Fenella beim besten Willen nicht ein, doch statt dem armen Timothy zuzusetzen, ging sie, um selbst nachzusehen. Warum sie Sylvesters Brief einsteckte, würde sie sich später fragen. In den Tagen zuvor war sie auf Sylvester so wütend gewesen, dass sie den Brief hatte wegwerfen wollen.

Die junge Lady, die am Tor stand, war nicht jünger als sie. Sie trug ein verschmutztes, zerrissenes Kleid aus rotem Samt und keine Haube auf dem wirren Haar. Fenella brauchte mehrere Augenblicke, um sie zu erkennen.

Es war Geraldine.

»Du musst kommen«, sagte sie. Ihre Augen waren blutunterlaufen. »Du musst kommen, oder er stirbt.«

»Wer stirbt?«

»Zum Teufel, du musst kommen!«, schrie sie, und Fenella begriff, dass sie eben das tun musste.

»Du erklärst es mir unterwegs«, sagte sie und lief zurück zum Haus. »Timothy, hol Micaela, und sag ihr, sie soll sich um die Kinder kümmern.« Dann rannte sie zurück zu Geraldine.

»Hast du einen Wagen? Ich kann nicht mehr laufen, und wir dürfen keine Zeit verlieren.«

Fenella spannte ihren Karren an und half Geraldine hinauf. Sie war übel zugerichtet. Arme und Beine waren aufgeschürft, und sie hatte ihre Schuhe verloren. »Wohin?«

»Zur Festung Southsea! Ich habe mein Boot dort, aber sie lassen mich nicht zu ihm.«

Fenella fuhr an. Vermutlich war sie die einzige Bewohnerin von Portsmouth, die in diesen Tagen, da König Henry seiner Stadt die Ehre gab und Englands Flotte vor der Küste lag, nicht die Festung umlagerte. Ihre Tochter würde ihr dafür bis in alle Ewigkeit zürnen. »Was ist passiert, Geraldine?«

»Die Franzosen sind da. Es dürfen keine Boote mehr zu den Schiffen durch. Ich sollte mit einem Lieferanten überfahren, David und ich, wir hatten alles vorbereitet. Ich wollte doch bei ihm sein, wenn er stirbt, aber sie haben mich nicht durchgelassen und die Ruderer weggeschickt.«

»Wenn wer stirbt?«

Geraldine fuhr herum. Ihr schönes Gesicht war zur Fratze verzerrt. »Anthony Fletcher. Der Mann, den wir beide lieben. Ich habe einen Kerl auf die *Mary Rose* eingeschleust, der einen Haufen Leute gekauft hat, damit sie unter den Kanonieren Branntwein verteilen, die Verschlüsse von Geschützpforten zerstören, Brassen anschneiden und diese irre Horde Menschen von einer Seite auf die andere hetzen. Mehr braucht es nicht. Das Schiff hat Robert ja schon grandios verpfuscht, und auf die Idee, in den alten Kahn siebenhundert Männer zu stopfen, sind die Ehrgeizlinge in der Admiralität praktisch von selbst gekommen.«

»Warte.« Fenella war so vor den Kopf gestoßen, dass sie den Wagen anhielt. »Du hast jemanden dafür bezahlt, dass er die *Mary Rose* zum Sinken bringt? Mit siebenhundert Mann an Bord?« Ihr wurde übel. Durch die sommerliche Stille schien Lukes Stimme zu hallen: *Die Mary Rose ist nicht sicher. Und auf ihr werden in ein paar Wochen Hunderte von Menschen segeln.*

»Sie sinkt wirklich.« Über Geraldines entstelltes Gesicht liefen Tränen. »Ich wollte, dass wir zusammen sterben, ich wollte ihn in den Armen halten, aber ich wollte doch nicht, dass er allein jämmerlich ertrinken muss!«

»Bist du wahnsinnig? Hast du dich ein Mal gefragt, was er will, oder war er nicht mehr als eine große Katze für dich, an der du ausprobieren konntest, wie es sich mit dem Tod spielt?« Außer sich schlug sie Geraldine ins Gesicht, ehe sie sich besann und sich fragte: *Bin ich eigentlich besser?* Ihr Herz begann zu trommeln. Sie hatte das Recht, Anthony zu verlassen, weil er einen Menschen getötet hatte, sie hatte sogar das Recht, ihm die Kinder zu entziehen, aber sie konnte doch nicht tatenlos stillsitzen, während er starb! Mit fliegenden Zügeln trieb sie das Pferd an, ehe ihre Gedanken ins Rollen gerieten. »Bei allen Himmeln, was können wir denn jetzt überhaupt noch tun?«

»Ich habe das Boot dort«, presste Geraldine heraus. »Jetzt,

wo die Schlacht im Gang ist und alles auf das sinkende Schiff starrt, wird sich keiner mehr um ein Ruderboot scheren. Aber ich kann es nicht bewegen! Ich weiß nicht, wie man das macht.«

Fenella wusste, wie man es machte. Sie war ein Werftkind. Ein Boot zu rudern, hatte sie mit ihren Freunden gelernt, noch ehe sie lesen und schreiben konnte. Aber was sollte das Boot noch ausrichten? Von einem sinkenden Kriegsschiff, das gegen einen Enterangriff gesichert war, kam kaum ein Mann herunter. Als die *Regent* vor dreißig Jahren vor der Bretagne sank, war die gesamte Besatzung ertrunken.

Anthony konnte schwimmen. Aber er hatte nur ein gesundes Bein und würde nicht gegen den Sog ankämpfen können. Zudem würde er das Schiff nicht verlassen. Es war Ralphs Schiff, auf das er gegangen war, um für die zwei Toten zu büßen. »Ein Kind ist gestorben«, hatte Thomasin gesagt. »Ein Mann wird sterben, und wer stirbt das dritte Mal, wenn es ans Bezahlen geht?«

Fenella bekam keine Luft mehr. Weshalb hatte sie ihn nicht aufgehalten? Weshalb hatte sie geglaubt, sie könne zulassen, dass er irgendwo auf dem Meeresgrund verrottete – ihr Liebster, der an keine Rettung nach dem Tod glaubte, an keine Gnade, nur an Leere? Er starb und war mutterseelenallein.

Aber mutterseelenallein war er ja nicht! Ein neuer Schrecken durchfuhr sie. *Sylvester!* Er hatte es nicht fertiggebracht, seinen Freund allein zu lassen, der ihn mehr geliebt hatte als sie. Sylvester konnte nicht einmal schwimmen, und er würde Anthony so wenig verlassen wie Anthony die *Mary Rose*.

Weil sie ihre Verzweiflung an irgendwem auslassen musste, fuhr sie Geraldine an: »Weißt du, was du getan hast? Du hast Anthony umbringen wollen, weil du ihn nicht haben konntest, und bringst deinen eigenen Bruder um!«

»Meinen Bruder?«, stammelte Geraldine. »Sylvester?«

»Er ist an Bord«, antwortete Fenella. Dann sagte sie nichts mehr. Sie jagten an ihrem Haus und an den Ruinen des *Domus*

Dei vorbei. Dahinter, wo die Bucht sich öffnete, sah sie die Festung und die Menschenmassen, die am Ufer standen und fassungslos auf die graue Fläche des Solent starrten. Der Kampf tobte südlich der Festung, vor der Küste der Isle of Wight. Fenellas scharfe Augen erkannten Anthonys Galeassen. Sie taten genau das, wofür er sie gebaut hatte, sie boten dem Angriff der französischen Galeeren Paroli, waren schnell und beweglich und schlugen die erste Linie zurück, sodass die Segler, die im lauen Wind nur langsam vorankamen, in ihrer Deckung nachrücken konnten.

Anthony hatte all das in seinem Kopf vorausgedacht und auf seiner Werft gebaut, als wäre nichts Besonderes daran. Er hatte dieses überragende Talent besessen, das dazu gedacht war, ein Stück von der Welt in die Zukunft zu treiben. So wie Tyndale mit seiner Bibel Englands Kirche in die Zukunft getrieben hatte, gestützt von dem getreuen Cranmer, wie Sylvester Anthony gestützt hatte. Vielleicht war es zu schwer, mit solchem Talent in Frieden zu leben, vielleicht war es den Menschen nicht möglich, von etwas, das derart anders war, die Hände zu lassen.

Die *Mary Rose*, von der nur noch ein Drittel der Steuerbordseite und die Masten sichtbar waren, lag vor den kämpfenden Flotten. Sie konnte sich kaum weiter als drei Meilen von ihrem Ankerplatz entfernt haben, als ein Windstoß sie erfasste, der genügte, um ihr den Rest zu geben.

»Da ist mein Boot.«

Fenella hielt den Wagen an. Es hatte überhaupt keinen Sinn, und das Boot war zu groß, um es allein zu rudern, aber sie konnte nicht stehen bleiben. Zumindest würde sie dort sein, wo die zwei Männer waren. Sie sprang vom Bock.

»Ich komme mit!«

»Du bleibst hier«, erwiderte Fenella. Sie empfand nicht einmal mehr Zorn. »Ich kann keine zusätzliche Last brauchen, und jemand muss auf den Wagen achten.«

Auch ohne Geraldines Gewicht schaffte sie es nur mit knapper Not, das Boot vom Kieselstrand hinunter ins Wasser zu schieben.

Geraldine weinte, aber sie sträubte sich nicht. »Ich liebe ihn«, stieß sie heraus. »Ich habe gedacht, das könnte ich nicht. Ich habe immer gefroren, und er hat mir so warmgemacht. Ich will nicht, dass er stirbt. Ich will nicht, dass mein Bruder stirbt.«

»Ich muss jetzt ablegen«, sagte Fenella. »Kannst du einen Karren lenken? Dann tu mir einen Gefallen, und fahr nach Sutton Hall.« Der Gedanke, unverrichteter Dinge zurückzukommen, zu wissen, was Anthony und Sylvester geschehen war, und Geraldine versorgen zu müssen, war unerträglich.

Geraldine nickte. »Er hat mich nicht geliebt, nicht wahr? Er wollte mir wehtun, weil ich ihm wehgetan hatte – er hat es mir sogar gesagt, aber ich habe ja nie hingehört.«

»Er wollte deinem Mann wehtun«, erwiderte Fenella und stieg ins Boot, doch sofort fiel ihr ein, dass Anthony es ihr auch gesagt hatte: »Ich wollte ihr eins versetzen, weil sie mir eins versetzt hat. Wie beschämend ich mich benehme, habe ich erst bemerkt, als es zu spät war.«

»Robert?«, fragte Geraldine verdutzt. »Aber was konnte denn Robert dafür? Robert, der arme Tropf, hatte doch Anthony so gern. Ich war eifersüchtig auf sie alle beide, und dafür, dass dieses Schiff mit den Bibeln aufflog, habe doch ich gesorgt.«

»Und das mit dem Loch der Vergessenen?« Fenella erschrak vor ihrer eigenen Stimme. »Das mit dem sterbenden Jungen, der so alt war wie Ralph – das warst auch du?«

»Sag nicht, Anthony hat gedacht, es sei Robert gewesen!«, rief Geraldine. »Hat er ihn deshalb umgebracht? Aber Robert hat mir die Sache mit Ralph doch nicht einmal geglaubt!«

»Anthony, Sylvester und ich«, erwiderte Fenella tonlos und stieß das Boot vom Ufer ab. »Wir haben es geglaubt, und ja, wohl deshalb ist dein Mann gestorben.«

Vielleicht hatte Anthony es nicht geglaubt. Vielleicht hatte er Robert Mallach wirklich nur getötet, um die *Mary Rose* zu retten, aber wenn es so war, dann wollte Fenella es nicht wissen. Sie konzentrierte sich auf die Arbeit an den Riemen und war froh, dass sie ihr alle Kraft abforderten. Falls Geraldine ihr hinterherrief, hörte sie es nicht mehr. Ohnehin riefen, schrien und weinten am Ufer zu viele Menschen, die zusehen mussten, wie siebenhundert Männer vor ihren Augen den Tod fanden. Ein Echo schien über der stillen Wasserfläche zu schweben: *Prahlhänse seid ihr und Gotteslästerer, ihr Leute von Portsmouth! Euer stolzes Schiff werdet ihr verlieren und die Blüte eurer Jugend dazu.*

Fenella hegte weder Angst noch Hoffnung, als sie unter Einsatz ihres ganzen Körpers auf das sinkende Schiff zuruderte. Sie verspürte nichts als den Wunsch, ihnen nahe zu sein. *Werftkinder. Renaissancemenschen. Salve, verdammter Berg, ich bin Fenchel Clapham, und wo ich bin, werden immer Anthony Fletcher und Sylvester Sutton sein. Und wann immer ich friere, werde ich mich fragen: War euch kalt, als ihr starbt?*

Dass kein Schiff zurückgeschickt wurde, um Entkommene zu bergen, sondern alles sich auf das Kriegsgeschehen konzentrierte, stimmte sie flüchtig traurig, aber es gab ja kaum eine Möglichkeit zu entkommen. Ihr Blick glitt über die Wasseroberfläche. Nirgends ein Hinweis auf ein Menschenleben, das sie hätte bewahren können, um sich selbst zu bewahren. Dann entdeckte sie die zwei Kugeln, die auf dem Wasser tanzten. Einmal schnellten sie in die Höhe, dann wieder verschwanden sie unter der Wasseroberfläche; einmal schienen sie sich ihrem Boot zu nähern, dann wieder zerrte der Sog sie zurück.

Fenella konnte den Blick nicht abwenden. Was immer diese zwei Kugeln waren – ihr vergeblicher Kampf, sich aus dem Bannkreis des sinkenden Schiffes zu lösen, zog sie zu sich und verlieh ihr auf seltsame Weise Mut. Sie wusste, dass sie sich nicht zu nah an das Schiff begeben durfte, oder ihre Kraft würde nicht ausreichen, um trotz des Sogs zurückzurudern, aber die

Kugeln ließen sie nicht los. Wenn es nichts anderes gab, das von der *Mary Rose* übrig blieb, würde sie diese zwei Kugeln bergen müssen.

Keine zwei Kugeln. Zwei Köpfe. So wie es im Loch der Vergessenen gewesen sein musste, schien der eine mit letzter Anstrengung den anderen über Wasser zu halten, während seine Kräfte unaufhaltsam erlahmten, die Glieder schwerer wurden und die Versuchung, sich und den anderen fallen zu lassen, stetig größer wurde. Aber der Wille zu leben war so leicht nicht totzukriegen. Er wuchs über sich hinaus, erklomm Berge und brüllte aus berstenden Lungen. *Hier sind wir, und hier bleiben wir. Wir lassen uns nicht von der Welt herunterstoßen!*

Keine zwei Kugeln. Zwei Köpfe. Ein heller Schopf und ein schwarzer, und je näher Fenella kam, desto deutlicher zeichnete sich jede Einzelheit ab. Sie sah die verzweifelte Kraft, mit der Anthony darum rang, den viel schwereren Sylvester aus dem tödlichen Sog zu zerren, und wusste, dass er auf verlorenem Posten kämpfte. Er schwamm auf der Seite und hatte einen Arm um Sylvesters Brust geschlungen. Damit blieb ihm nur ein Arm zum Schwimmen, und die Angst, Sylvesters Kopf unter Wasser entgleiten zu lassen, half ihm nicht. Er hätte strikt voranschwimmen müssen, hätte die ganze Stärke der zwei Gliedmaßen, die ihm zur Verfügung standen, nutzen müssen, um Distanz zu überwinden, doch stattdessen hob er immer wieder mit dem freien Arm Sylvesters Kopf in die Höhe, geriet dabei selbst unter Wasser und fiel zurück.

Anthony war kein stählerner Held. Er war ein Mann, der zu Tode erschöpft sein musste und wirr vor Furcht um seinen Freund. Fenella legte sich mit aller Kraft in die Riemen, um ihm zu Hilfe zu kommen. »Anthony!«, brüllte sie. »Schwimm mir entgegen, bring ihn her, wir schaffen es!«

Sie kämpften beide. Zwischen sich ein Streifen Wasser, der sich zuerst unmerklich und dann immer deutlicher verkleinerte. Bald war sie so nah herangekommen, dass sie hörte, wie Anthonys Atem pfiff. »Greif nach dem Boot, halt dich irgendwo fest!«, schrie sie, weil sie sah, dass er nicht mehr konnte.

Er stieß etwas Unverständliches heraus, von dem sie wusste, dass es *Sylvester* hieß. Trotz der Angst, wieder weggetrieben zu werden, ließ sie die Ruder los, beugte sich über den Rand und packte Sylvesters Schulter. Er war unglaublich schwer. Fenella zog, während Anthony stemmte, mehrmals rutschte er ihnen aus den Händen, und als sie es schließlich schafften, ihn über die Bordwand zu stoßen, sodass er nicht mehr zurücksackte, entfuhr ihr ein krächzender Laut des Triumphs.

»Leg … ins … Boot«, stieß Anthony zwischen Stößen von mit Blut vermischtem Wasser heraus, das ihm aus Mund und Nase sprudelte. Dann tauchte er unter. Fenella stockte das Herz, aber sie gehorchte und zerrte noch einmal mit letzten Kräften an Sylvesters Schultern. Von unten wurden seine Beine in die Höhe geschoben, und dann plumpste der Körper auf den Boden, dass das Boot ins Schwanken geriet.

Fenella lehnte sich über den Rand des Bootes und schrie. »Bitte komm wieder hoch, bitte, bitte, bitte!«

Prustend und schnaubend tauchte Anthonys Kopf aus dem Wasser. Fenella griff blindlings zu, erwischte sein Haar und zog. »Komm ins Boot, hilf mir, wir schaffen es.«

Seine Hände schlossen sich um die Kante der Bordwand und zerrten seinen Körper in die Höhe. Leblos vor Entkräftung sackte er ins Boot. Mit äußerster Anstrengung riss Fenella sich zusammen und ruderte mehrere Stöße. Alles in ihr wollte sich um die zwei Männer kümmern, doch sie musste erst sicherstellen, dass sie dem gefährlichen Sog entronnen waren.

Als sie endlich schwer atmend die Riemen fahren ließ, lag Anthony auf Knien, hatte Sylvesters Kopf in seinen Schoß gebettet und schlug ihm auf den Rücken, damit er das geschluckte Wasser erbrach. Dabei redete er auf ihn ein, wie sie ihn nie hatte reden hören: »Es ist jetzt gut, hörst du? Du warst großartig, du bist der Allergrößte, und du hast es geschafft. Wir sind in Sicherheit, wir sind bei Fenchel, du musst nur noch fest atmen und sonst gar nichts, den Rest machen Fenchel und ich.«

Sylvester lag auf der Seite und hatte die Augen geöffnet. Er erbrach kein Wasser, aber Fenella war sicher, einen rasselnden Atemzug zu hören. Den nächsten hörte sie nicht mehr.

Anthony begann zu schreien: »Ich liebe dich, Sylvester. Du musst atmen, hörst du, verdammt! Du musst doch atmen, ich liebe dich so sehr.« Er krümmte den Rücken, presste sein Gesicht auf das von Sylvester und blies ihm mit bebenden Schultern seinen starken Atem ein.

Fenella ließ es ihn tun, bis sie sah, dass er am Ende war. Das ganze Rudern, das ganze Zerren und Stemmen war nicht im Entferntesten so hart, wie diesen Satz auszusprechen: »Lass ihn, Anthony. Er ist tot.«

Sein Körper bäumte sich auf, riss Sylvesters Körper mit sich in die Höhe, und dann weinte er. Er schluchzte auf wie ein Kind, drückte Sylvester an sich und schüttelte sich unter dem Ansturm des Weinens. Seine Kehle stieß schmerzverzerrte Laute aus, und über sein Gesicht rannen Ströme von Tränen. Er rührte keine Hand und verzog keine Miene, sondern hielt nur Sylvester fest und weinte hemmungslos. Er hatte seinen Freund verloren. Das geteerte Tau, die Ankerkette, die ihn hielt.

Fenella, die hinter ihm saß, weinte auch, und zugleich zuckten ihr die Hände, weil sie sich so sehr wünschte, Anthony zu berühren. Dass er ein Leben ausgelöscht hatte, ließ sich nicht rückgängig machen, aber er hatte nicht aufgehört, ein Mensch zu sein. Sie gab dem Wunsch nach und schloss die Arme um seinen Rücken. »Lehn dich an mich«, sagte sie weinend. »Lass mich dich halten. Du bist so erschöpft.«

Anthony weinte. »Es war nicht zu schaffen«, sagte sie. »Du hast alles gegeben, aber es war zu viel. Es ist gut, dass er nicht dort unten im Dunkeln, sondern hier bei uns gestorben ist. Dass du ihm deine Liebe mitgegeben hast.« Sie zog ihn fester an sich und barg ihr Gesicht in seinem tropfnassen, salzigen Haar. Sie weinten beide, und sie hielt ihn fest, bis sie nicht mehr konnten und er den Kopf hob, ohne Sylvester aus den Armen zu lassen.

»Wir hatten Glück«, sagte er mit starrer Stimme. »Statt in Richtung Porchester zu schaukeln, hätten wir den Franzosen in die Arme treiben können. Danke, Fenella. Ich bin jetzt wieder bei mir. Wenn du meinen Sylvester zu dir nimmst, rudere ich dich nach Hause.«

Fenella kamen erneut die Tränen. Anthony ließ Sylvester nicht aus den Armen und rührte sich nicht, bis sie sich von der Ruderbank erhob und sich neben ihn setzte. Dann bettete er ihn in ihren Schoß, wie er am Abend ihre Kinder gebettet hatte, strich ihm das Hemd am Hals glatt und ertastete dabei die Kette mit der Münze. Seine Finger drehten das abgegriffene Goldstück herum. »Das hat mir ein Mann in Genua gegeben«, murmelte er. »Für meine erste verkaufte Schiffszeichnung.«

»Ich wollte, dass Sylvester etwas von dir und von mir hat«, erklärte Fenella. »Wenn das nicht völlig verrückt klingt – so etwas wie einen Hochzeitsring.«

Er blickte auf. »Es klingt völlig verrückt. Es klingt nach uns.« Dann streichelte er Sylvesters Haar und ging, um sich auf die Ruderbank zu setzen. In ruhigen, gleichmäßigen Stößen führte er die Riemen und lenkte das kleine Boot zurück nach Portsmouth.

Dass er einen Menschen getötet hatte, ließ sich nicht auslöschen. Aber das andere auch nicht. »Ich liebe dich«, sagte Fenella. »Ich weiß nicht, was werden wird. Ich weiß nicht, wie ich zurechtkomme, aber du fehlst mir. Ich will dir meine Tür aufmachen. Bitte komm mit mir nach Hause.«

Er sagte nichts. Sie hörte ihn in ihrem Rücken weinen.

»Ich habe einen Brief von Sylvester«, sagte sie. »Er hat gesagt, ich soll ihn öffnen, wenn er nicht zurückkommt. Willst du ihn mit mir zusammen lesen?«

Obwohl er sie nicht berührte, spürte sie den Ruck, der durch seinen Körper ging. »Nein.«

»Warum nicht?«

»Weil ich weiß, was darin steht«, sagte er. »Fenella, kannst du …«

»Sag nicht Fenella zu mir!«, fuhr sie auf. »Bitte nicht.«

Er hielt im Rudern inne. »Ich liebe dich«, sagte er so leise, dass sie sich zu ihm umdrehen musste. »Bitte verzeih mir. Bitte mach mir deine Tür auf. Bitte lass mich wieder bei dir sein.«

»Scht«, machte sie, legte ihm einen Arm um den Hals, ohne den anderen von Sylvester zu lassen, und verschloss ihm mit den Lippen den Mund.

»Fenchel«, sagte er, als sie ihn freigab, »kannst du jetzt bitte diesen Brief ins Wasser werfen? Tu es mir zuliebe, frag mich nicht, tu's.«

»Aber das geht doch nicht!«, rief sie. »Sylvester hat gesagt, es sind Papiere für die Kinder darin.«

»Dann gib ihn mir«, sagte er. »Ich kümmere mich darum. Nur lies ihn nicht.«

Sie sah in seine Augen, und auf einmal wusste sie, was in dem Brief stand. Anthony hatte Robert Mallach nicht getötet. Er hatte überhaupt nichts gegen den Mann gehabt und nie geglaubt, an dem, was ihm zugefügt worden war, trüge ein anderer Schuld als Geraldine. Er hätte versucht, den König umzustimmen und das Schiff zu retten. Aber er hätte niemanden getötet. Hatte er ihr nicht sein Geheimnis anvertraut? Der Tod hatte ihm vor vierunddreißig Jahren einen unauslöschlichen Schrecken eingejagt. Einen einzigen Augenblick lang war er nicht auf der Hut gewesen, und als der Augenblick vorüber war, hatte sein Bruder tot im Dock gelegen. Er hatte aufgeblickt und nichts gesehen, nur den leeren Himmel, der sich nicht auftat, der nicht half, der nichts wieder geraderückte. Fortan war er beständig auf der Hut gewesen. Er hätte an niemanden Hand gelegt.

Das Entsetzen war so groß, dass sie glaubte, das Bewusstsein zu verlieren, aber sein Blick hielt sie fest, und als das Grauen begann, ihren Körper zu schütteln, zog er sie in die Arme. »Jetzt kann ich das auch nicht«, rief sie verzweifelt, »dich um Verzeihung bitten, denn es ist ja zu viel! Ich war wie die Stadt, ich habe dich verdammt und ausgestoßen, ohne dir auch nur eine Frage zu stellen. Wie sollst du mir das denn jemals verzeihen?«

Er küsste ihren Kopf, küsste den ganzen Scheitel entlang, von der Stirn bis zum Hinterkopf. »Sei mir nicht böse«, sagte er. »Aber wenn du mich noch magst, ist mir das eigentlich egal.«

»Ich mag dich, Anthony. Darauf kannst du Gift nehmen. Dich und das Ding, das du nicht hast.«

Behutsam setzte er sie vor die Ruderbank, bettete Sylvester wieder in ihren Schoß und umschlang sie mit den Beinen. Die Sonne ging unter. In der Ferne dröhnte der Kanonendonner der Schlacht. Von der *Mary Rose* war nichts mehr zu sehen, aber in England würde es nach diesem Tag keinen Mann geben, der ihren Namen nicht kannte. Anthony nahm die Riemen auf und ruderte sie mit kräftigen Schlägen ans Ufer zurück.

»Weißt du, was ich mir nicht vorstellen kann?«, fragte er.

»Was?«

»Dass der Himmel leer ist, wenn Sylvester dort ankommt.«

Sie streckte eine Hand nach hinten, tastete nach seiner und legte die Fingerspitze auf seinen Puls, der wie rasend klopfte. »Musst du es dir denn vorstellen?«, fragte sie vorsichtig und wandte ihm das Gesicht zu. »Kann denn gar nichts anders sein, als du es dir in deinem Kopf vorausberechnet hast?«

Aus weiten Augen sah er sie an, durch sie hindurch oder über sie hinaus. »Wenn ich Gott wäre, würde ich an der Tür auf Sylvester warten«, sagte er. »Einerlei, ob es mich gäbe oder nicht.«

ENDE

Zum Schluss

Vieles an dieser Geschichte ist erfunden, wenn auch nur wenig von mir.

Das Folgende ist wahr:

Sie hieß *Mary Rose*. Dass sie nach Henrys Lieblingsschwester benannt war, ist aus meiner Sicht ein sich hartnäckig haltendes Gerücht. Wahrscheinlicher ist, dass sie und ihr Schwesternschiff *Peter Pomegranate* nach der Jungfrau Maria bzw. dem heiligen Petrus sowie den Wahrzeichen des Königspaares benannt wurden: die Rose für England und der Granatapfel für Aragon.

Sie lief im Juli 1511 in Portsmouth am Solent vom Stapel. Bei der Feier anwesend war König Henry, der sie – als einen seiner ersten Regierungsakte – in Auftrag gegeben und dafür Meister des Schiffbauerhandwerks vom Kontinent nach England geholt hatte.

Vierunddreißig Jahre später, am 19. Juli 1545, ging sie in der sogenannten »Schlacht vom Solent« aus ungeklärten Gründen unter. Anwesend war auch dieses Mal König Henry, der von seiner neuen Festung Southsea aus zusehen musste, wie sein Lieblingsschiff knapp drei Meilen von seiner Ankerstelle entfernt versank.

Sie war im Laufe ihrer Existenz mehrmals baulichen Veränderungen unterzogen worden, von denen mindestens eine als verunglückt betrachtet werden muss. Mit großer Wahrscheinlichkeit wurde dabei ihre Tonnage erhöht und ein zweites Batteriedeck eingezogen, um eine Bestückung mit schwereren Geschützen und ein modernes Kampfverhalten zu ermöglichen.

Das Schiff, das zudem über zwei schwere Vollkastelle verfügte, geriet dadurch aus dem Gleichgewicht, was ihren Untergang ursächlich ausgelöst haben mag. Anzunehmen ist, dass die zu tief sitzenden Geschützpforten des unteren Batteriedecks voll Wasser liefen, was ihr Schicksal besiegelte.

Sie verfügte über ein rätselhaftes, nachträglich eingezogenes zweites Spantensystem, das ihr einen Teil ihrer Stabilität zurückgab, wenngleich es leider nicht genügte.

Sie besaß ein Fenster in der Kabine des Schiffszimmermannes, das dieser aller Wahrscheinlichkeit nach selbst dort angebracht hatte, um für seine Arbeit das Tageslicht nutzen zu können.

Sie war bemannt mit einer Überzahl von vermutlich bis zu siebenhundert Männern, die teilweise in großer Eile rekrutiert worden waren. Laut Berichten von Zeitzeugen gelang es Vizeadmiral George Carew nicht, diese Masse von Menschen in der Paniksituation unter Kontrolle zu bringen, sodass von Fehlern in der Handhabung der Segel auszugehen ist. Die überwältigende Mehrzahl der Männer und die Hündin Hatch fanden in den Wassern des Solent den Tod, viele von ihnen, weil sie durch die Netzvorrichtung zum Schutz gegen enternde Feinde nicht entfliehen konnten, andere, weil Seeleute in dieser Zeit nicht schwimmen lernten. An die fünfunddreißig Überlebende wurden von Booten geborgen.

Sie war Teil einer Flotte, die völlig zu Recht als die erste stehende Kriegsflotte Englands bezeichnet wird. Auch wer sich das Pathos gönnt, die Schlacht vom Solent als ihre Geburtsstunde zu bezeichnen, tut das nicht ohne Berechtigung. Die berühmte Flotte, die eine Generation später die Armada besiegte und Englands Seemacht begründete, bestand hier zumindest ihre Feuerprobe.

Sie führte – zusammen mit dem Flaggschiff *Henri Grâce à Dieu* – die Flotte in die Schlacht. Dabei fand sie sich einer französischen Übermacht gegenüber, die an Größe die vielzitierte spanische Armada bei Weitem übertraf. Es gelang, die Franzosen zurückzuschlagen und eine Invasion zu verhindern. Zu verdanken war dies zu einem Großteil dem Einsatz von Galeassen, die sich zur Abwehr der französischen Galeeren eigneten, auch wenn die von Henry gewünschte Anzahl nicht rechtzeitig fertiggestellt werden konnte.

Sie war wundervoll. Admiral Edward Howard pries sie vor Henry als »Blüte Eurer Schiffe«, ausländische Beobachter gerieten ins Schwärmen. Ein neues Zeitalter des englischen Schiffbaus nahm in ihr seinen Anfang, und Henry liebte und beweinte sie.

Sie ist noch immer wundervoll. *Our one and only.*

Sie wurde nach jahrelanger Vorarbeit und unter beispiellosem Einsatz der beteiligten Archäologen am 11. Oktober 1982 aus dem Uferschlamm des Solent gehoben, geborgen und ihrer Stadt Portsmouth zurückgegeben. Salutschüsse begrüßten sie, als ihre erhaltene Rumpfhälfte aus dem Wasser tauchte. Anwesend war Kronprinz Charles, und zahllose Menschen verfolgten ihre Heimkehr an den Fernsehschirmen.

Sie wurde sofort nach der Bergung einem unendlich klugen, bahnbrechenden und wegweisenden Konservierungsprogramm unterstellt, das auf fünfunddreißig Jahre angelegt war. Dieses Programm, das nur durch die Hingabe, das Fachwissen und die Kreativität der betreuenden Archäologen und anderer Wissenschaftler möglich war, sieht jetzt seinem Ende entgegen, und es lässt sich absehen, dass das kühne Experiment geglückt ist: Das Wrack der *Mary Rose* konnte ausgetrocknet und chemisch aufbereitet werden und wird dadurch auf viele Jahrzehnte hinaus der Nachwelt erhalten bleiben. Durch keinen anderen archäologischen Fund, kein Dokument, kein erhaltenes Gebäude lernen wir so viel über das Leben in der Tudorzeit, der englischen Renaissance, wie durch diese einzigartige Zeitkapsel.

Sie ist das Lieblingsschiff der Engländer. Wir lieben sie so sehr, dass wir uns bis heute weigern, ihren Namen aus der Kommissionsliste britischer Kriegsschiffe zu streichen. Ohne jeden Zweifel gibt es bei uns keinen Mann und erst recht keine Frau, die ihren Namen nicht kennt.

Sie hat seit Mai 2013 ein neues Museum, das unter Federführung des *Mary Rose Trust* entstand und nun ihr endgültiges Heim im historischen Hafen von Portsmouth ist – nur einen Steinwurf weit von der Stelle, an der sie gebaut und vom Stapel gelassen wurde. *Welcome home.* Das Museum ist schlichtweg grandios und stellt sich unter www.maryrose.org eindrucksvoll vor. Reisende, die nach Portsmouth kommen, sollten es sich nicht entgehen lassen. Falls der eine oder andere dabei die Begleitung eines hoffnungslos verfallenen Liebhabers wünscht, der wie ein Wasserfall schwärmt, so freue ich mich über Kontakt unter www.charlotte-lyne.com oder www.charlieundcarmen.wordpress.com.

Dank gebührt wie üblich vielen. Der, der ins Buch gehört, sei aufs Wichtigste beschränkt, damit es etwas Besonderes bleibt:

Ich danke dem *Mary Rose Trust*, für mich die bewundernswerteste Organisation zur Durchführung eines archäologischen Projekts überhaupt. Ein Verbund von Helden, Pionieren, Visionären, Genies, Experten und Multitalenten, unermüdlich, unbeirrbar, unbeschreiblich, mit den Füßen aus dem Boden stampfend und mit den Köpfen durch Wände brechend. Liebende eben. *Chapeau!*

Ich danke meinem Mann Alan, meinem Sohn Raul und meiner Freundin Corinna, die meine einigermaßen obsessive Liebe zu der zerzausten, unverwüstlichen Stadt am Meer mit mir teilen und geduldig bleiben, auch wenn ich eigentlich ganz gern noch ein Buch schreiben möchte, das in Portsmouth am Solent spielt. Und »der mit den sechs Frauen« soll am liebsten auch wieder mitmachen. *Can't help lovin' that king of mine.*

Ich danke Maren für das, was von meiner Familie abgesehen mein Schönstes war.

Charlie Lyne, London, September 2013

Glossar

Angel	Halbpfundmünze
Annaten	Die Hälfte des ersten Jahreseintrags jeglicher Pfründe, die an den Papst in Rom abgeführt wurde
Arkebuse	Vorderlader, im 15. und 16. Jahrhundert verbreitete Schusswaffe
Azuela	Spanische Dechsel
Batteriedeck	Deck für die Aufstellung von Kanonen, mit Stückpforten versehen
Brander	Alterndes Kriegsschiff, das mit brennbaren Materialien beladen und im Schlachtverlauf angezündet wurde, um Schiffe des Gegners, an denen es festgehakt wurde, zu schädigen
Brasse	Tauwerk, das backbord und steuerbord befestigt wird, um die Rah zu drehen und ihr Segel in den Wind zu stellen
Breitbeil	Schiffbauerwerkzeug, Beil zur Bearbeitung von Rundholz
Bugspriet	Starke, vordere Spiere, die über den Vorsteven eines Schiffes hinausragt und das Vorstag des Fockmastes trägt
Calais	Die französische Küstenstadt Calais befand sich zur Regierungszeit von Henry VIII. als Ergebnis des Hundertjährigen Krieges im Besitz der englischen Krone. Erst unter Mary I. ging die Stadt verloren und fiel an Frankreich zurück.

Clink	Berüchtigtes Londoner Gefängnis nahe der London Bridge. Auch wenn Gefängnisstrafen während der Tudorzeit eher für Schuldner, Diebe und Vagabunden üblich waren, saßen Männer unter dem Verdacht der Ketzerei dort mitunter jahrelang ein, während über ihr weiteres Schicksal entschieden wurde.
Dechsel	Schiffbauerwerkzeug mit einem Schneideblatt, das quer zum Schaft steht, wird vor allem zum Höhlen und Glätten von Holz verwendet
Dockkammer	Bassin eines Docks
Finocchio	Italienisches Wort für Fenchel
Galeasse	Mischtyp aus Segel- und Ruderschiff, dem türkischen Mahon ähnlich, löste zum Ende der Regierungszeit Henrys VIII. die neuzeitliche Galeere ab, weil sie wendiger und flexibler einsetzbar war
Galliarde	Schneller, lebhafter Tanz, häufig mit der gesetzten Pavane gepaart
Geschützpforte	Verschließbare Öffnung in der Bordwand eines Schiffes, durch die Kanonen abgefeuert werden konnten
Gestech	Zweikampf zu Pferd mit stumpfen Lanzen
Großbaum	Baum zum Aufspannen des Großsegels
Henri Grâce à Dieu	Der erste englische Zweidecker und Henrys Flaggschiff, wurde in späteren Jahren grundsätzlich vereinfacht *Great Harry* genannt. Ich habe im Roman darauf verzichtet, um mit zwei Namen für nur ein Schiff keine Verwirrung zu stiften.
Holk	Segelschiff mit flachem Boden und flachem Kiel, galt im 16. Jahrhundert bereits als veraltet

Interdikt Schwere Kirchenstrafe, die die Betroffenen – häufig ganze Städte oder Regionen – von den Sakramenten ausschloss und ihnen damit das Seelenheil versagte

Jakobsstab Astronomisches Gerät zur Winkelmessung

kalfatern Abdichtung der Nähte zwischen den hölzernen Planken eines Schiffes, um dieses wasserdicht zu machen. Verwendet werden Werg und Holzteer bzw. Pech. Kalfateisen und Kalfathammer sind die benötigten Werkzeuge.

Karacke Dreimastiger, nach Kraweelbauweise beplankter Schiffstyp, der den Beginn der Zeitwende im Schiffbau markiert

Karavelle Schiffstyp der Zeitenwende, vor allem in Spanien und Portugal verbreitet und wegen seiner Geschwindigkeit beliebt

Kardeele Dünnes Seil, meist zu dickeren Seilen verflochten

Ketzergabel Folterwerkzeug, schmaler Metallstift mit je zwei gespitzten Dornen an beiden Enden. Die Ketzergabel wurde dem Opfer zwischen Kinn und Brust befestigt, um es am Schlaf zu hindern – sobald das Opfer einschlief, sackte ihm der Kopf herunter, und die Dornen bohrten sich ihm in Kinn und Brust.

Knieholz Krumm gewachsene Hölzer, zur Herstellung von Spanten geeignet

Kokotte »Leichtes Mädchen«

Konstabler Höchster Beamter des Tower, verantwortlich für Beaufsichtigung und Versorgung der Gefangenen

Konvokation	Synodische Versammlung der beiden englischen Kirchenprovinzen (nördliche und südliche Konvokation)
Kraweelbau	Beplankungsweise eines Schiffes, die aus dem Mittelmeerraum stammte und dort bereits lange üblich war, ehe sie zum Ausgang des Mittelalters auch im Norden Europas die überholte Klinkerbauweise ablöste. Dabei wird das Schiff Stoß auf Stoß verplankt, wodurch eine ebene Fläche entsteht, die leichter kalfatert und bearbeitet werden kann und dem Schiff höhere Belastbarkeit und Geschwindigkeit im Wind verleiht.
Lateinersegel	Dreieckiges Schratsegel
Lollarden	Reformbewegung, die sich im 14. Jahrhundert entwickelte. Ihre Anhänger traten für eine Erneuerung der katholischen Kirche, namentlich für eine Übersetzung der Bibel ins Englische, ein und wurden als Häretiker verfolgt.
Mozetta	Schulterkragen, getragen von Kardinälen und anderen hohen Geistlichen
Nao	Robuster, der Kogge nicht unähnlicher, aus Spanien stammender Schiffstyp, meist zwei- oder dreimastig
Nine Men's Morris	Brettspiel, dem Mühle-Spiel vergleichbar
Orlopdeck	Unterstes Deck eines Schiffes
Pavane	Langsamer Schreittanz, häufig einer Galliarde vorausgehend
Peer von England	Angehöriger des Hochadels
Pottage	Dickflüssiges Eintopfgericht, das sich in der Tudorzeit großer Beliebtheit erfreute

Praemunire	Gesetz, nach dem in England keine Weisung einer fremden Macht über die des englischen Königs gesetzt werden darf
Ptolemäus-Atlas	Geographisches Werk des Claudius Ptolemäus aus dem 2. Jahrhundert, Gesamtdarstellung der damals bekannten Welt. Der Atlas beeinflusste seit dem 14. Jahrhundert die Kartographie maßgeblich, wurde im 16. Jahrhundert allmählich überwunden.
Pulveraffen	Rangniedrige Schiffsjungen, deren Aufgabe darin bestand, Schwarzpulver aus der Pulverkammer zu den Kanonen der Geschützdecks zu bringen
Rah	Am Mast angebrachte Spiere, an der Segel befestigt werden. Bei der Rahtakelung ist das Segel rechteckig oder trapezförmig.
Saltarello	Lebhafter, aus Neapel stammender Sprungtanz, der sich an den Höfen des 16. Jahrhunderts großer Beliebtheit erfreute.
Schamkapsel	Vorgewölbter, deutlich sichtbarer Hosenlatz der Herrenmode des 16. Jahrhunderts, an Rüstungen auch zum Schutz
Schaube	Glockenförmig geschnittener, weiter Überrock
Schecke	Ärmeljacke, die im 16. Jahrhundert sehr kurz, auf den Körper geschnitten und ohne Schöße getragen wurde
Schmalkaldische Liga	Verteidigungsbündnis mehrerer protestantischer Fürstentümer, das sich gegen die Politik Kaiser Karls V. in religiösen Fragen richtete
Schratsegel	Segel, die in Ruhestellung so gesetzt werden, dass sie – im Gegensatz zum Rahsegel – auf die Schiffslängsachse weisen

Schweißfieber Hochansteckende, häufig tödlich verlaufende Infektionskrankheit, deren Ursache bis heute unbekannt ist. Die Opfer starben innerhalb weniger Stunden, wer aber die erste Nacht überlebte, gesundete oft. Die Krankheit suchte England nach 1485 in fünf Wellen heim, um dann für immer zu verschwinden. Im Jahr 1539 gab es in Wahrheit keinen Schweißfieberausbruch in Portsmouth, sondern einen der Pest. Ich habe aus dramaturgischen Gründen hier an der Historie gedreht.

Spant Bauteil zur Verstärkung eines Schiffsrumpfes

Spiere Rundholz zur Befestigung der Segel

Storch Metallfessel, Foltergerät, in dem der Körper des Opfers zusammengepresst wurde; Gegenstück zur Streckbank

Trebuchet Belagerungsgerät, sehr große Wurfwaffe mit hoher Treffsicherheit

Trimmen Einstellen eines Segels mithilfe des Baumes

Trinity House Verwaltungseinrichtung für die Leuchtfeuer und Lotsen der britischen Hoheitsgewässer, 1514 unter Henry VIII. begründet, nachdem der Ruf nach der systematischen Bereitstellung von Navigationshilfen immer lauter wurde

Trockendock Bassin, das auf die Größe eines Schiffes abgestimmt ist und sich mit wasserdichtem Abschluss von der übrigen Wasserfläche abtrennen lässt. Durch Absenken des Wasserspiegels wird anschließend das Schiff trockengelegt. Das erste Trockendock Europas wurde unter der Herrschaft der Tudors in Portsmouth errichtet.

Vordersteven	Teil des Schiffsrumpfes, vordere Verlängerung des Kiels
Zink	Grifflochtrompete, vornehmlich des 16. und 17. Jahrhunderts
Zweidecker	Kriegsschiff, das mit zwei Batteriedecks ausgestattet ist. Der erste englische Zweidecker war die *Henri Grâce à Dieu* von 1514.
Zwölfte Nacht	Die letzte Nacht der zwölf Tage langen Weihnachtsfeiern, der Dreikönigstag, der in ausgelassenen Feiern, häufig kostümiert, begangen wurde